普通高等教育"十一五"规划教材

PUTONG GAODENG JIAOYU SHIYIWU GUIHUA JIAOCAI

DAXUE WULI SHIYAN

大学物理实验

主 编 彭建 皮伟

副主编 邓加军 师青梅 黄霞

主 审 李华

中国电力出版社

http://jc.cepp.com.cn

内 容 提 要

本书为普通高等教育"十一五"规划教材。本书是以《理工科类大学物理实验课程教学基本要求（2008 年版）》为指导，结合物理实验室建设以及实验教学实际，在华北电力大学北京校部使用多年的校内教材的基础上编写而成的。全书共分为 7 章，主要内容为绪论、测量误差与不确定度评定、物理实验方法和技术、基本物理量的测量及常用仪器的使用、基本实验、综合性实验与近代物理实验、设计性与研究性实验。

本书可作为高等院校工科专业和理科非物理专业的物理实验课程的教学用书，也可作为科研及工程技术、实验人员的参考用书。

图书在版编目（CIP）数据

大学物理实验/彭建，皮伟主编 .—北京：中国电力出版社，2010.2

普通高等教育"十一五"规划教材

ISBN 978 - 7 - 5123 - 0003 - 3

Ⅰ.①大… Ⅱ.①彭…②皮… Ⅲ.①物理学－实验－高等学校－教材 Ⅳ.①O4－33

中国版本图书馆 CIP 数据核字（2010）第 007750 号

中国电力出版社出版、发行

（北京三里河路 6 号 100044 http://jc.cepp.com.cn）

汇鑫印务有限公司印刷

各地新华书店经售

＊

2010 年 2 月第一版 2010 年 2 月北京第一次印刷

787 毫米×1092 毫米 16 开本 21 印张 508 千字

定价 **30.00** 元

前 言

  本书是以《理工科类大学物理实验课程教学基本要求（2008 年版）》为指导，结合物理实验室建设以及实验教学实际，在华北电力大学北京校部使用多年的校内教材基础上编写而成。全书共分 7 章。第 1 章在介绍大学物理实验课程的目的和任务的基础上，重点阐述了对于实验各个环节的要求以及实验报告的撰写，这些是做好物理实验的基础。第 2 章是在最新版的《测量不确定度评定与表示》（JJF1059—1999）、《测量仪器特性评定》（JJF1094—2002）以及《有关量、单位和符号的一般原则》（GB3101—1993）等计量文献规定的一般原则的基础上，考虑到物理实验的教学实际，力求条理清晰，通俗易懂而又不失严谨规范地阐述测量误差及不确定度的有关内容，这些是实验数据处理及实验方案设计的基础。第 3 章一般性地介绍了物理实验中常用的实验方法、测量方法及基本实验操作技术。第 4 章介绍了长度、质量、时间及温度等几个基本物理量的测量及常用基本仪器的使用，同时也介绍了电流、电压及电阻等几个电学量的测量方法以及相关的测量仪器，这些内容以及第 5 章前两节的电学与光学实验的基本知识是学生实验的基础，原则上要求学生在实验前仔细阅读有关的内容。第 5 章安排的主要是力学、电学及光学部分的十二个基础性实验，这些实验通常是必做的。综合性与近代物理实验置于第 6 章，这些实验涉及物理学多个方面的内容，并注意结合当今科技发展实际。第 7 章属于设计性与研究性实验，可根据实验教学的具体情况予以适当选取。

  实验教材的编写是与实验室的建设密切相关的。随着实验室的建设与发展，教材也必会吐故纳新，努力体现实验室建设的成果。不同高校实验室的历史渊源以及学科侧重点均有所不同，因此实验项目、实验内容以及一些实验的具体要求必然存在着不同程度的差别，这些都会在教材上有所反映。本教材的编写在结合自身实际的基础上也参考与借鉴了兄弟院校的教材，在此谨表谢意。

  李克强、李社强、胡冰、马续波等老师直接参与了此版教材中的一些实验项目的编写。陈雷老师以及其他很多老师在教材的编写过程中提出了许多宝贵的具体意见，对于他们的贡献，表示诚挚的感谢。实验室的发展、教材的不断更新与完善，离不开过去工作在实验室的所有教师的工作传承，在此对他们表示敬意。同时感谢数理系及学校相关部门对于此次教材的出版所给予的帮助和支持。

  由于时间仓促，编者水平有限，考虑问题的角度各有不同，因此教材中在所难免地会存在着一些问题。恳请老师和同学们在使用中不吝指正，以期有一版更好的教材奉献给大家。

编 者

2009 年 12 月于华北电力大学

目　录

第1章　绪　　论

§1.1　大学物理实验课的目的和任务

物理学的研究有实验的方法和理论的方法。实验的方法是以实验为基本手段，依据所得的实验结果，归纳出一定的规律，再接受实验的检验。理论研究虽不直接进行实验，但研究课题的提出，很多是直接来自于物理实验，且结论的正确与否还得通过实验的检验。物理实验对于物理科学的创立和发展，一直起着十分重要的作用，对其他学科也有着深刻影响。

随着科学理论与实验装备技术的飞速发展，物理实验的结果越来越精确，实验内容也越来越广泛。因而，它可以启发新的科学思想，提供新的科学方法；可以辨识研究对象的细微差异，进而拓展研究的范围，挖掘研究的深度；可以更好地检验理论成果，推动理论研究的发展；同时它也不断推动实验技术本身的发展。由此可知，物理实验对现代科学技术发展的影响愈益深远。

大学物理实验是高等理工院校对学生进行科学实验基本训练的必修基础课程。它是学生接受系统实验方法和实验技能训练的开端。大学物理实验课程的具体任务是：

（1）培养学生的基本科学实验技能，提高学生的科学实验素质，使学生初步掌握实验科学的思想和方法。它具体包含以下方面：

1）能够自行阅读实验教材和相关资料，做好实验前的准备。

2）能够借助教材或仪器使用说明书，掌握好常用仪器的使用。

3）能够运用物理学理论对实验现象进行初步的分析判断。

4）能够正确记录和处理实验数据，绘制实验曲线，说明实验结果，撰写合格的实验报告。

（2）培养学生的科学思维和创新意识，使学生掌握实验研究的基本方法，提高学生的分析能力和创新能力。通过该课程的学习，要使学生明确如何依据物理原理进行实验具体方案的设计，分析影响实验结果的因素，并做出实验测量值的可靠程度的评价，自行完成设计性实验。要引导学生积极思考，对于实际问题，如何转化为具体的物理模型，并采用实验的手段来加以解决。要鼓励学生探索使用新的方法和手段，培养学生的创新意识，提高其创新能力。

（3）提高学生的科学素养，培养学生理论联系实际和实事求是的科学作风，认真严谨的科学态度，积极主动的探索精神，遵守纪律，团结协作，爱护公共财物的优良品德。

在学习这门课程时，希望同学们首先明确它的重要性，在实验过程中自觉要求，有意识地培养自己的实验技能，提高自己的实验素养，锻炼自己的实验能力，努力使自己成为一名既有深广的理论基础，又有现代科学实验能力的富有开拓与创新意识的新型工程技术或科学研究人才。

§1.2 怎样做好物理实验

任何实验过程都包括以下三个阶段：实验前的准备（预习）、实验操作、数据的处理与分析。

1. 实验前的准备（预习）

实验前的精心准备是保证实验顺利进行，取得相应结果的重要环节。首先要明确本次实验所要达到的目的，以此为出发点，阅读实验指导书和有关参考书籍，充分理解实验的理论依据。其次由于任何实验都是有误差存在的，因此要分析影响误差大小的主要因素，理解现有的实验方案或自行设计出设计性实验的实验方案。再次要了解仪器的工作原理、工作条件和操作规程，掌握仪器的正确使用方法；对于设计性实验，还必须合理选择测量仪器。最后明确实验内容，熟悉实验步骤，设计好规范的原始数据记录表格。实验前必须按要求写出规范的预习报告。

2. 实验操作

实验操作是实验过程的核心环节，包括仪器使用、实验观测与记录等几个方面。为了获得满意的实验数据，实验者必须遵守实验规范，主动研究、积极探索，充分发挥自己的主观能动性。

（1）仪器使用。在满足正常工作条件和掌握正确的使用方法的前提下，耐心细致地调整好实验仪器。只有把实验仪器调整到合适的工作状态以后才能进行测量。使用仪器测量时，必须按操作规程进行，不是测量的需要，或者不明操作规程的情况下，不要乱动仪器。仪器使用时有以下几个应注意的地方：

1）安排仪器布局时，应综合考虑到仪器的操作、实验现象的观察、读数及记录的方便，以及实验桌面的整齐等方面。

2）对于易受损的小件仪器，如秒表、游标卡尺、螺旋测微计、天平的砝码、牛顿环等，用完后随手放回仪器盒。

3）拧动仪器上的旋钮和转动部分时，不要用力过猛，实验之前，应调整好实验仪器，使它们处于中间状态。

4）保持仪器的光学表面的光洁，不要用手去摸，也不要随便擦拭。

5）使用电学仪器时，注意量程及极性，同时注意防止触电。

6）仪器有异常情况时及时报告指导教师，不要随意动用别组的仪器。

7）实验后将仪器整理好，恢复到实验前的状态。

（2）实验观测。在明确了实验目的和测量内容及步骤，并能正确使用测量仪器之后，方可进行实验操作及观测。注意实验操作与观测的协调。注意哪些现象说明仪器调节已达到规定要求，观察到的现象是否与预期的一致，异常情况的出现及分析出现的原因等。

（3）实验记录。实验记录应如实地记下所观察到的实验现象、测量的数据（包括单位）及简单的实验过程、所用测量仪器的技术规格及工作条件等。实验记录是实验分析与数据处理的依据，在实际工作中则是宝贵的第一手资料。实验的原始数据应记录在实验预习报告中专门的地方。实验记录应完整、简洁、清楚，以便于自己处理实验数据和教师检查实验结果。除有明确理由，肯定某一数据有错误而不予记录外，其他数据（包括可疑的）一律记录，出现异常情况时，可增加测量次数。

下面以测量长方形钢板体积（$V=LWD$）的数据记录示例，以供设计原始数据记录表格和记录实验数据时参考。其中长度（L）用米尺测量，宽（W）用精度为 0.02mm 的游标卡尺测量，厚度（D）用精度为 0.01mm 的千分尺测量。

米尺的始端读数为 0.0mm，仪器误差限取 0.5mm[I]。

游标卡尺零点读数为 0.00mm，仪器误差限为 0.02mm[I]。

千分尺零点读数为 0.000mm，仪器误差限为 0.005mm[I]。

参数	1	2	3	4	5	6[IV]	平均值
L(mm)[II]	95.0[III]	95.2	95.1	95.1	95.2		
W(mm)[II]	44.28	44.26	~~48.28~~[V]	44.32	44.30[III]	44.26[V]	
D(mm)[II]	12.458	12.460[III]	12.461	12.459	12.459		

数据记录中注意以下几点：I、记录使用的测量仪器及相应的技术规格；II、单位可统一写在前头；III、测量数据最后的"0"必须记上；IV、数据记录表格适当保留富余的地方以便补充实验数据；V、发现错误数据后做出标记，补充测量数据。

3. 数据的处理与分析

测量结束后要尽快处理实验数据，按照数据处理规则计算出实验结果，绘制出必要的图像，并对实验中的有关问题进行分析讨论。

对实验问题的分析讨论是实验的重要组成部分。通过它可以总结自己在实验过程中的成败得失，有助于理论与实验更紧密地结合，有助于提高自己分析问题与解决问题的能力，也有助于培养自己的科学思维与创新意识。实验后可供讨论分析的问题是多方面的，不要只局限于实验结果本身。以下几方面可供参考：

（1）实验原理、实验方案设计、仪器等给自己留下什么印象，实验目的完成得如何？

（2）实验的系统误差表现在哪些方面？实验方案是如何设计以减小实验中的误差？还有哪些因素没有考虑到？条件许可下，怎样改进测量方案和仪器装置可以进一步减小误差？

（3）实验步骤的安排怎样更合理？

（4）观察到什么异常现象？出现的原因是什么？是如何排除的？

（5）实验操作中遇到过什么困难？是怎样克服的？测量结果是否满意？

（6）对实验安排（目的、要求、内容项目和仪器配置等）和教师的指导有何希望？

物理实验是大学理工专业的基础实验，一定要以端正的态度、严谨的作风、良好的行为习惯、一丝不苟的求实精神来要求自己做好每一个实验的每一个环节，不要满足于得出几个实验数据，这样才能使自己的实验能力有比较快的提高，以适应后续实践课程学习的需要。在实验过程中一定要严格要求自己，从点滴做起，充分利用好这门课程提供的实践机会。在实验过程中，可以通过重复实验，改变实验条件或参量数值来比较分析，判断实验结果的正确性。实验操作中全神贯注，各种感觉器官协调并用、手脑并用，遇到困难或数据异常，不要一味埋怨仪器不好或简单重做一遍，而要认真分析，找出原因，力争自己排除故障。实验后结合实验目的和要求以及实验后面的思考题，进行必要的归纳总结，并根据教师对实验报告的批阅结果进一步总结自己在实验过程中的优点与不足。

§1.3　实验报告的撰写

实验报告是实验成果的文字报道，是实验过程的总结。撰写出一份良好的实验报告是完成一个实验必不可少的环节。一份好的实验报告要求内容体系完整，数据处理正确规范，文字简单明了，版面整洁，字迹清楚。按照完成阶段的不同，可以将实验报告分为预习报告、原始数据记录、数据处理分析三部分。

（1）预习报告应在实验课前完成，经教师检查合格后，才允许进入实验室做实验。预习报告包括的内容有：

1）实验名称。

2）实验目的。

3）实验仪器。

4）实验原理。具体包括：简要的实验理论依据，具体的实验方案及在实验中主要考虑影响因素，主要的计算公式及公式中各物理量的意义，光路图或电路图，重要实验装置的原理图及操作要领，实验操作中的注意事项，评价及减小实验误差的方法和手段。有些实验还要求实验者自拟实验方案及合理选择实验仪器等。要求不照抄书本，但又要求内容体系相对完整，不可为了应付任务东拼西凑。

5）实验步骤。要求扼要说明实验的关键步骤和主要注意事项。

6）原始数据记录表格。要求在理解实验原理及实验内容和步骤的基础上，明确实验过程中要观察哪些实验现象，记录哪些实验数据，科学合理地设计出实验原始数据记录表格于规定的地方。

以认真的态度去完成预习报告，可以加深对实验原理及实验方案的理解，有助于更好的完成实验，避免损坏实验仪器。注意的是预习报告中先不要写数据处理中的有关内容，避免由于事先考虑不周而使整个实验报告条理不清、版面混乱。

（2）原始数据记录是在实验操作中完成的。应依据实验观测与数据记录的要求，规范、完整地将有关现象和实验数据记录于规定位置。实验总是在一定条件下，通过一定的测量仪器完成的，因此必须同时记录影响实验结果的重要环境条件，所使用的仪器设备的名称、型号及重要的性能参数。实验原始数据须经指导教师检查签字后才有效。

（3）数据处理分析是实验的重要环节，必须依据数据处理规则和其他有关要求及时进行。具体内容有：

1）数据处理。包括计算公式、简单计算过程、规范地采用坐标纸手工绘图或计算机绘图、不确定度的计算、测量结果的表示等。特别要注意下述四个方面的要求：要有计算过程；注意单位的一致，最好统一采用国际单位制中的单位；运算过程遵循有效数字的运算规则；最后结果的表示遵循数据修约规则。

2）实验结果的分析与讨论，可参照§1.2节有关的内容进行。

第 2 章 测量误差与不确定度评定

物理实验离不开测量。一个测量值总是会存在着误差，而误差又不能准确得知。国际上普遍采用不确定度来评价一个测量值的可靠程度。本章将遵从国家有关计量规范，结合工科物理实验教学的实际，介绍误差和不确定度的基本概念、测量值的不确定度计算、实验数据处理与实验结果的表示等方面的基本知识。这些知识是物理实验的基础，在今后的每个实验中都将要用到，也是今后从事科学研究与工程实践所必须掌握的。

误差分析、不确定度计算及数据处理贯穿于实验过程的始终，具体表现在实验前的实验方案设计与论证、实验操作中的要素控制、实验数据处理与结果分析等实验的整个阶段。要对这些方面进行深入的讨论和分析，需要有丰富的实践经验、概率统计和高等数学等方面的知识。在物理实验中，不可能一开始就完全掌握，但须首先对它们有一个基本了解，然后结合每一个具体实验仔细阅读有关内容，通过实际运用逐步加以掌握。具体来说，通过本章内容的学习及后续的实验，应该达到以下要求：

(1) 明确误差与不确定度的概念，能正确估算不确定度，能规范地表示出测量结果。
(2) 掌握有效数字的概念及运算规则，了解有效数字与不确定度的关系。
(3) 了解系统误差对测量结果的影响，学习发现、控制与减小系统误差的方法。
(4) 能初步运用误差理论及不确定度分析，科学设计实验方案，合理选择测量仪器。
(5) 掌握列表法、作图法、逐差法和回归法等常用的数据处理方法。

§2.1 误差与不确定度

§2.1.1 测量与误差

物理实验中，经常要定量测量各有关量的大小，以确定它们的联系，找出相应的物理规律。测量是指为确定被测对象的量值而进行的一组操作，而该量值的得出须借助于仪器并用某一计量单位表示出来，即为该计量单位的多少倍。因此，一个被测对象量值的表示包括数值和单位两个要素。

测量可分为直接测量和间接测量两种。凡使用仪器或仪表直接读出测量值的测量就叫做直接测量。一般基本量都可通过相应的仪器或仪表直接测量，如用米尺测物体长度、用天平测物体质量、用电流表测电路中的电流等。凡直接测量出相关物理量后，须通过一定的函数关系，才能计算得出测量结果的测量就叫做间接测量。物理实验中所进行的测量，大多属于间接测量。

每个物理量都是客观存在的，在一定条件下具有不依人的意志为转移的固定大小，这个客观大小，就称为该物理量的真值。无论是直接测量还是间接测量，最终目的是要获得待测量的真值。任何物理量的测量都必须依据一定的理论，使用一定的仪器，通过一定的方法，在一定的环境条件下，由某一观测者去完成，而理论、仪器、方法、环境和观测者都必然存在某种不理想情况，所以从原则上说，任何测量值都不可能绝对精确，我们也就不能得到真值。因此，作为一个测量结果，不仅应当提供被测对象的量值大小和单位，还应该对量值本身的可靠程度做出判断。不知道可靠程度的测量值是没有多大意义的。误差理论就是适应这一需要发展起来的。正确运用它，可以帮助我们合理控制实验误差的大小，得到接近真值的测量值，而且可对测量值的可靠程度做出科学的评价。

一个物理量的测量值 x 与其真值 A 之差就称为该测量值的绝对误差，通常简称为误差，表示为

$$\Delta x = x - A \tag{2-1}$$

误差 Δx 反映了测量值偏离真值的大小和方向。由于真值的不可知，通常我们把理论值、公认值、高一级精度仪表的测量值、等精度条件下多次测量值的算术平均值等作为约定真值（有时也称为测量的最佳值）代替。由此可知，误差也是不可准确知道的，只能进行近似估计。

绝对误差只能反映测量值相对于真值的偏离，并不能反映一个测量结果整体上的优劣，也不便于比较不同测量结果的好坏，因此引入了相对误差的概念，定义为

$$E_r = \frac{|\Delta x|}{A} \times 100\% \tag{2-2}$$

§2.1.2　误差的种类

误差存在于一切实验和测量过程的始终。误差按其性质和产生的原因可分为三类：系统误差、随机误差（也称偶然误差）和粗大误差。

1. 系统误差

在一定条件下，对同一被测量进行多次重复测量，有一类误差，其大小和符号均保持不变，而当条件改变时，它又按照某种确定的规律变化，则称这一类误差为系统误差。

系统误差的特点是它的确定规律性。这种规律性可表现为定值，如天平不等臂造成的误差；可以表现为累积的，如用受热膨胀的钢尺进行测量，其读数将可能小于真实长度，误差随待测长度成比例增加；也可以表现为周期性的，如分光计刻度盘中心和转动中心的不重合造成的偏心差；还可以表现为其他更为复杂的规律性。系统误差的确定规律性反映在：只要测量条件一经确定，系统误差也随之确定；同样条件下的多次重复测量，系统误差的大小和符号均保持不变。因此，相同实验条件下的多次重复测量是不可能发现系统误差的。

对实验者来说，系统误差的规律和产生的原因可能知道，也可能不知道。已被确切掌握了大小和符号的系统误差，称为已定系统误差。已定系统误差可以在测量过程中采取对应的措施予以消除或是在测量结果中进行修正。不能确切掌握误差的大小和符号，甚至其取值的变化规律也不可知，则称这类系统误差为未定系统误差。未定系统误差难以做出修正，只能合理控制并估计出它的取值范围，如测量仪表所规定的基本允许误差，就属于未定系统误差。

系统误差产生的主要来源有：

（1）仪器误差。它是由于仪器本身的不完善或仪器使用不当而引起的。天平两臂的不严格相等、分光计读数装置的偏心差、仪表示值与实际值的差异（如千分尺的零点读数）等就属于仪器本身的不完善，实际测量中可采取适当措施消除或减小其产生的误差。仪器设备使用前的安装调整未达到规定的要求，如不水平、不垂直、偏心、未校准等，或是未在操作规程下使用，就属于仪器使用不当，由此而引起的误差是完全可以避免并且是必须避免的。

（2）理论或方法误差。它是由于测量所依据的理论公式本身的近似性，或是实验条件达不到理论公式所限定的要求而引起的。如单摆的周期公式 $T = 2\pi\sqrt{\dfrac{l}{g}}$ 的成立条件是忽略摆绳的质量和摆角趋于零，也没有其他摩擦力矩存在，但在实际测量中是不可能达到的。

（3）个人误差。它是由于测量者的生理或心理特点所引起的误差。如一些同学读取电学仪表的示值时，总是习惯于眼睛偏左或偏右，结果使得测量值偏大或偏小。

（4）环境误差。它是由于实验环境如温度、气压、湿度、光照等因素与实验规定要求不一致而引起的误差。其引起误差的机理在不同的实验中可能表现不同，比如它可作用于实验理论，使实验理论表现为近似性；也可作用于实验仪器，使仪器的性能和精度产生变化；还可作用于实验者，使实验者受到生理或心理性的影响。

系统误差是测量误差的重要组成部分。发现系统误差的存在，弄清产生的原因，进而科学设计实验方案，合理选择数据处理方法以消除或减小系统误差是实验者始终必须考虑的重要问题。

2. 随机误差

在相同条件下多次测量同一物理量时，即使消除了系统误差，测量值也总是有稍许差异而且变化不定，这类绝对值和符号不断变化的误差就称为随机误差。

随机误差产生的原因，是由于测量过程中存在一些随机的、未能控制的可变因素或不确定因素。一方面，人的感官灵敏度及仪器精密度总是受到一定限制，因而使一些仪表的平衡点不能精密确定（如检流计）、目标物对得不清（如读数显微镜）等导致测量值的估读位产生变化；另一方面，环境因素的随机性干扰，比如待测样品受周围气流影响所产生的温度、湿度、气压等的微小起伏致使其物理性能表现出不确定性的变化；还有就是对于大批量样品的测量，被测量本身也会表现为随机性的分布。

随机误差的影响一般是微小的，并且是混杂出现的，因此难以确定某个因素产生的具体影响。对待随机误差不能像对待系统误差那样，找出原因而加以消除，只能根据它出现的特点，采用统计方法估算其大小。

随机误差出现的特点是单个具有随机性，而总体上服从统计规律。当随机误差服从正态分布时，它有以下四个特性：

（1）有界性。在一定的测量条件下，误差的绝对值不超过一定的限度。

（2）单峰性。绝对值小的误差比绝对值大的误差出现的机会大。

（3）对称性。绝对值相等的正负误差出现的机会相等。

（4）抵偿性。当测量次数趋于无穷大时，随机误差的算术平均值趋于零。

依据随机误差出现的统计特性，在实验测量中，可以通过增加测量次数来减小随机误差。在相同的实验条件下，当测量次数趋于无穷大时，各次测量值的算术平均值的随机误差将趋于零，因此可取算术平均值作为直接测量的最佳值。具体实验中，测量次数总是有限的，因而必须依据统计理论，科学评定一个测量值因为随机误差表现出的不可靠程度。

系统误差和随机误差是两种不同性质的误差，但它们又有着内在的联系。在一定实验条件下，它们有自己的内涵和界限，但当条件改变时，彼此又可能相互转化。例如考虑环境温度对测量值的影响时，由于短时间内温度保持恒定或极缓慢变化，其作用产生的误差可视为是系统误差；但在长时间内，温度若在某个平均值附近作无规律变化，其作用产生的误差宜视为随机误差。随着技术的发展和设备的改进，某些造成随机误差的因素能够得到控制，这些随机误差就可确定为系统误差并得到改善和修正。通过改变测量状态，某些规律复杂的微小未定系统误差则可使之随机化而能当作随机误差处理。例如测量一根钢丝的直径，由于制造和使用的原因，其截面不可能是严格的圆，因此只在某一位置测量时，会表现为系统误差，但在不同位置多次测量时，这种系统误差会以某种随机性表现出来。被测对象的这种内在统一性，使我们有可能在消除或修正了各种已定系统误差后，用统一的方法对其余部分做出估计和评定。

3. 粗大误差

由于实验系统忽然偏离实验所规定的要求，或是在读数、记录及计算时出现失误而产生的误差，就称为粗大误差。含有粗大误差的测量值称为坏值或异常值，这种测量数据是应当被剔除的。在实验过程中一定要遵守实验规程，细致严谨，尽力避免各种过失错误，确保测量数据的正确性。需要指出的是，不应当把所有异常的测量值都作为粗大误差处理，因为它可能是数据中固有的随机性的极端情况。判定一个测量值是否为异常值时，应依据仪器的工作状态、操作过程和数据处理的有关理论来进行。

§2.1.3 测量结果的精密度、准确度和精确度

实验中常用精密度、准确度和精确度来定性评价一个测量结果的好坏，但这三个词的含义是不同的，使用时应加以区别。

(1) 精密度通常表示测量结果中随机误差大小的程度。它是指在规定条件下对被测量进行多次测量时，所得结果之间的符合程度（或弥散程度）。

(2) 准确度通常表示测量结果中系统误差大小的程度。它反映了在规定条件下测量结果中所有系统误差的综合。

(3) 精确度通常表示测量结果与被测量的（约定）真值之间的一致程度。它反映了测量结果中系统误差与随机误差的综合。

精度一词通常可以理解为精密度的简称，有时也用来定性评价测量仪器的性能。测量仪器的最小分度越小，我们通常说测量仪器的精度越高，或者说该仪器的分辨力越好。

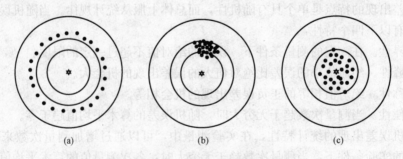

图 2-1　精密度、准确度与精确度的形象表示

(a) 准确度好而精密度差；(b) 精密度好而准确度差；(c) 精确度好

精密度、准确度与精确度可通过图 2-1 来形象地表示，其中小黑点表示一个测量值，中心的星形点表示真值。由此可见，精密度好并不意味着准确度好，因为测量结果的精密度主要取决于随机误差的作用；准确度好并不能说明精密度一定好，因为测量结果的准确度是由系统误差决定的。

§2.1.4　不确定度

测量误差是普遍存在的。随着实验技术和条件设备的改进，测量值可以更加接近真值，但误差不可能（往往也没必要）完全消除。通常人们关心的只是误差是否被控制在允许的范围内。

测量结果的表述，应当包含测量值的精确度即误差情况的报道，可误差通常又是无法知道的。依据国际上的标准文献和国家相关计量规范，误差情况的定量估计是通过一个新的参量—不确定度来完成的。

不确定度是测量结果带有的一个参数，用以表示被测量的真值以多大的概率处于某一量值范围内，也表示测量值在真值附近的概率分布。例如测量某一物质的密度，其结果的完整表述应为 $\rho \pm U(\rho) = (8.89 \pm 0.07) \mathrm{g/cm^3}$，其中的 $U(\rho) = 0.07 \mathrm{g/cm^3}$ 表示测量值 $\rho = 8.89 \mathrm{g/cm^2}$ 的不确定度。它的完整含义是该物质密度的真值以一个较大的可能（通常以 95% 的置信概率来进行评定）处于 $\rho - U(\rho) \sim \rho + U(\rho)$ 的范围内。特别要强调的是测量值与不确定度是两个含义完全不同的量，不能进行加减归并运算。

一个完整的测量结果应该包含被测量的测量值及该测量值的不确定度。测量值的不确定度源自于测量过程的误差。由于误差的种类及来源不同，测量值的不确定度一般包含多个分量。依据处理方法的不同，可以划分为用统计方法处理的 A 类分量（统计分量）和用其他方法处理的 B 类分量（非统计分量）。不确定度的合成公式为

$$U = \sqrt{U_{\mathrm{a}}^2 + U_{\mathrm{b}}^2} \tag{2-3}$$

还要指出的是早期的课本书籍中常用误差来表示一个测量结果的不可靠程度，但它是不科学的，现在都统一采用不确定度来表示。误差只是一个理想概念，一般情况下是不能准确知道的，甚至有时连其数量级也难以给出，但一定条件下的统计意义上的不确定度是可以准确计算出来的。误差是可正可负的，而不确定度恒为正值。

§2.2　随机误差的统计处理与不确定度的 A 类分量

§2.2.1　随机误差的统计分布

就单个测量值来说，随机误差的出现是没有规律的，其大小和方向都是不能预知的，但对同一物理量在相同条件下进行多次测量时，随机误差的出现又是服从统计规律的。

在一定的实验条件下，对某一物理量 x 进行测量，其取某个具体值 x_i 的可能性就称为 $x = x_i$ 的概率，以概率函数 $p(x_i)$ 表示，有

$$p(x_i) = \lim_{n \to \infty} \frac{n_i}{n} \tag{2-4}$$

其中 n 是总的测量次数，n_i 是 n 次测量中出现 x_i 的次数。如果测量值是离散的，则有

$$\sum_i p(x_i) = 1 \tag{2-5}$$

如果测量值是连续的，则应以概率密度分布函数 $p(x)$ 来描述测量值的分布，这时测量值 x 处于 $x \sim x + \mathrm{d}x$ 范围内的概率为 $p(x)\mathrm{d}x$，且有

$$\int_{-\infty}^{+\infty} p(x)\mathrm{d}x = 1 \tag{2-6}$$

式（2-5）与式（2-6）表示测量值取各种可能值的总概率为 1。

对于不同的测量对象，随机误差可能服从不同的概率分布，即概率密度分布函数 $p(x)$ 的数学形式是不相同的。物理实验中，很多被测量的随机误差服从一类典型的分布——正态分布（高斯分布），其概率密度分布函数 $p(x)$ 可表示为以下高斯函数的形式

$$p(x) = \frac{1}{\sigma\sqrt{2\pi}} e^{-\frac{(x-\mu)^2}{2\sigma^2}} \tag{2-7}$$

其中 μ 与 σ 是表示一个正态分布的两个特征量，μ 为无限次测量的总体平均值（或称期望值），如消除了系统误差，则 μ 即为真值，σ 为总体标准偏差，而 σ^2 则称为总体方差，有

$$\mu = \lim_{n\to\infty} \frac{\sum\limits_{i=1}^{n} x_i}{n} \tag{2-8}$$

$$\sigma^2 = \lim_{n\to\infty} \frac{\sum\limits_{i=1}^{n} (x_i - \mu)^2}{n} \tag{2-9}$$

或

$$\sigma^2 = \int_{-\infty}^{+\infty} (x-\mu)^2 p(x)\mathrm{d}x \tag{2-10}$$

如不考虑系统误差，正态分布的概率密度分布函数 $p(x)$ 可用图 2-2 来形象地表示，其中横坐标表示测量值，μ 为曲线峰值处（概率密度最大处）的横坐标，$x-\mu$ 为测量值 x 对应的误差，σ 则为曲线上的拐点处的横坐标值与 μ 值之差的绝对值。

可以证明

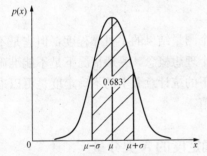

$$\int_{\mu-\sigma}^{\mu+\sigma} p(x)\mathrm{d}x = 0.683 \tag{2-11}$$

图 2-2　不考虑系统误差时
测量值的正态分布曲线图

即对满足正态分布的物理量作任何一次正确测量，测量值处于 $[\mu-\sigma,\ \mu+\sigma]$ 内的概率为 68.3%；或是作无限多次测量，测量值以 68.3% 的概率处于 $[\mu-\sigma,\ \mu+\sigma]$ 内；也可以从测量值接近期望值的角度来理解，则某次测量值为 x_i，其期望值处于 $[x_i-\sigma,\ x_i+\sigma]$ 内的概率为 68.3%。同时可以证明测量值处于 $[\mu-2\sigma,\ \mu+2\sigma]$ 内的概率为 95.45%；处于 $[\mu-3\sigma,\ \mu+3\sigma]$ 内的概率为 99.73%，这也就为我们判定异常测量值提供了理论依据。

以上结论是基于正态分布而得出的，但实际上并不是对所有物理量的测量都服从正态分布。除正态分布之外，还存在着矩形（均匀）分布、三角分布、反正弦分布、两点分布、投影分布及规律尚不知道的其他分布。有专门的论著对这些分布的数学形式及其对应的物理量进行阐述。对于学生实验，一般只是要求实验者掌握正态分布的特点与规律。因此在以后的实验中，除非特别指明外，通常是将被测对象视为服从正态分布来处理的。

§2.2.2　有限次测量的随机误差处理

实际的测量一般是存在着系统误差的，测量的次数也总是有限的。在进行系统误差修正的基础上，考虑测量次数 n 有限，随机误差的分布将偏离式（2-7）所表示的规律。我们通常称实验中有限的 n 次测量为无限次测量中的一个样本，则 n 次测量值的算术平均值 $\bar{x}$ 就称

为样本均值，表示为

$$\bar{x} = \frac{\sum\limits_{i=1}^{n} x_i}{n} \tag{2-12}$$

样本均值 $\bar{x}$ 一般会偏离总体均值 μ，且总体均值也只具有理论意义。

如图 2-3 所示，$(x_i - \mu)$ 为测量值的偏差，而 $(x_i - \bar{x})$ 则为测量值的残差，其中的虚线则为无限次测量的正态分布曲线。总体标准偏差 σ 通常是不知道的，因而也只具有理论意义。在实验中，对于由 n 次测量构成的一个样本，σ 的最佳估计值 $S(x)$ 可由贝塞尔公式给出

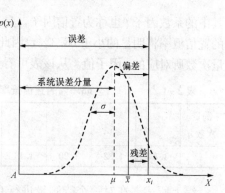

$$S(x) = \sqrt{\frac{\sum\limits_{i=1}^{n} (x_i - \bar{x})^2}{n-1}} \tag{2-13}$$

图 2-3 有限次实际测量的误差示意图

$S(x)$ 称为样本标准偏差，通常也称为实验标准差，用以表征对同一被测量作有限次测量时的测量值的分散程度。$S(x)$ 越小，测量值越密集，反之，则越分散。测量值 x_i 处于 $\mu \pm S(x)$ 范围内的置信概率近似为 68.3%。在实验数据处理中，$S(x)$ 的值可由具有统计计算功能的计算器直接算出。

§2.2.3 算术平均值的标准偏差与标准不确定度的 A 类分量

对于有限次测量来说，总体均值 μ 是不能准确得知的，我们通常是在尽可能消除系统误差的情况下，将各次测量值的算术平均值 $\bar{x}$ 作为测量的最佳值。现在的问题是以 $\bar{x}$ 作为测量的最佳值，其不可靠程度又如何呢？或者说 $\bar{x}$ 接近于总体均值 μ 的程度又如何呢？

现在考虑在相同的条件下对同一量作多组重复的系列测量。设对 x 作第一组 n 次（注意 n 不能太小）测量后得到平均值 $(\bar{x}_1)$，作第二组 n 次测量后得到平均值 $(\bar{x}_2)$，…，如此下去可得到无穷多个 $\bar{x}$。这些平均值 $\bar{x}$ 各不相同，但可以证明 $\bar{x}$ 围绕着 μ 作正态分布，其概率密度分布函数为 $p\left(\bar{x}, \mu, \dfrac{\sigma^2}{n}\right)$。相对于式（2-7）所表示的概率密度分布函数 $p(x, \mu, \sigma^2)$ 而言，$p\left(\bar{x}, \mu, \dfrac{\sigma^2}{n}\right)$ 的正态分布曲线要陡很多，其方差是前者的 $\dfrac{1}{n}$ 倍。依据正态概率密度分布函数的含义，如以 $\bar{x} \pm \dfrac{S(x)}{\sqrt{n}}$ 来表示一个测量结果，则意味着 $\bar{x}$ 处于 $\left[\mu - \dfrac{S(x)}{\sqrt{n}}, \mu + \dfrac{S(x)}{\sqrt{n}}\right]$ 内的概率大致为 68.3%。$\dfrac{S(x)}{\sqrt{n}}$ 就称为算术平均值的实验标准偏差，简称为算术平均值的标准差，即

$$S(\bar{x}) = \frac{S(x)}{\sqrt{n}} = \sqrt{\frac{\sum\limits_{i=1}^{n} (x_i - \bar{x})^2}{n(n-1)}} = \sqrt{\frac{\overline{x_i^2} - \overline{x}^2}{n-1}} \tag{2-14}$$

很明显，$S(\bar{x}) < S(x)$，这是因为取算术平均值时已经减小了单次测量的随机误差，其表现出的统计离散性更小。在误差理论中，$S(\bar{x})$ 作为评价算术平均值 $\bar{x}$ 的分散程度（不可

靠程度）的统计特征量，再乘一个与测量次数有关的系数因子 t，就称为标准不确定度的 A 类分量，表示为

$$u_a(x) = tS(\bar{x}) = t\frac{S(x)}{\sqrt{n}} = t\sqrt{\frac{\sum\limits_{i=1}^{n}(x_i - \bar{x})^2}{n(n-1)}} \tag{2-15}$$

其中的系数因子 t 也称为置信因子，是考虑到测量次数比较少时，随机误差处于 $S(\bar{x})$ 范围内的置信概率将明显的小于 68.3%，因此应对其修正。表 2-1 是 68.3% 的置信概率下的不同测量次数所对应的 t 因子值。从该表可看到，当测量次数 $n \geqslant 6$ 时，可以近似地取 $t=1$。

表 2-1　　　　68.3% 的置信概率下的不同测量次数所对应的 t 因子值

测量次数 n	2	3	4	5	6	7	8	9	10	20	∞
t	1.84	1.32	1.20	1.14	1.11	1.09	1.08	1.07	1.06	1.03	1.00

综上所述，在对一个待测量进行有限的 n 次测量后，如果消除了系统误差，测量值的算术平均值 $\bar{x}$ 就比较好地接近了真值 A，其处于 $A \pm u_a(x)$ 的概率大致为 68.3%。

§2.2.4　扩展不确定度的 A 类分量

对于科学研究和工程技术的实际需要来说，68.3% 的置信概率显得太小，因而必须在更高的置信概率下来评定测量值的分散程度。依据国家计量规范 JJF 1059—1999，通常是以 95% 的置信概率来评定的。由此得到的不确定度就称为扩展不确定度 $U_a(x)$。这时的置信因子以 T 表示，则有

$$U_a(x) = TS(\bar{x}) = \frac{T}{\sqrt{n}}S(x) = \frac{T}{\sqrt{n}}\sqrt{\frac{\sum\limits_{i=1}^{n}(x_i - \bar{x})^2}{(n-1)}} \tag{2-16}$$

在 95% 的置信概率下不同测量次数所对应的 T 因子及 $T/\sqrt{n}$ 值见表 2-2 所示。从该表可得出

$$U_a(x) = S(x) \quad (当 6 \leqslant n \leqslant 10 时) \tag{2-17}$$

即在消除了系统误差的前提下，当测量次数在 6~10 时，其真值处于 $\bar{x} \pm S(x)$ 的概率很接近 95%。

表 2-2　　　　95% 的置信概率下的不同测量次数所对应的 T 因子及 $T/\sqrt{n}$ 值

测量次数 n	2	3	4	5	6	7	8	9	10	20	∞
T	12.7	4.30	3.18	2.78	2.57	2.45	2.36	2.31	2.26	2.09	1.96
$T/\sqrt{n}$	8.98	2.48	1.59	1.24	1.05	0.93	0.84	0.77	0.72	0.47	$1.96/\sqrt{n}$

扩展不确定度与标准不确定度之比，就称为扩展因子，表示为

$$k = \frac{U_a(x)}{u_a(x)} = \frac{T}{t} \tag{2-18}$$

当测量次数 n 很大时，可近似取 $k=2$，但当 n 较小时，k 值有较大变化，其值可由表 2-1 以及表 2-2 得出。

§2.3　仪器误差限与不确定度的 B 类分量

§2.3.1　仪器误差限

任何测量都会存在误差，用以说明测量值的不可靠程度的定量指标是它的不确定度。用仪器进行各种测量并记录数据时，所产生的误差来源往往很多，与仪器的原理、结构、环境条件及操作者本身等因素都有关系。实际测量中，人们最关心的是通过仪器得出的测量值与真值的接近程度。

直接测量中，测量仪器的示值与对应量的真值之差就称为示值误差。示值误差也是通过该仪器进行测量的过程中各系统误差与随机误差的综合大小。示值误差的大小一般是不知道的，但一些结构简单的基本测量仪器，如游标卡尺、螺旋测微计等通常给出了示值误差的最大值，称为示值误差限，有时也简单地称为示值误差。

对于一些结构较复杂，工作过程中受影响因素较多的测量仪器，当不能简单地给出示值误差限时，一般给出的则是仪器误差限。它是指由国家技术标准或检定规程规定的计量器具的最大允许误差或允许基本误差在考虑到具体测量方法和条件下的适当简化。

示值误差限和仪器误差限通常是由仪器的生产厂家或计量部门使用更为精确的仪器，经过检定比较而给出的，是仪器的重要性能指标之一。其大小可以在仪器的铭牌、使用说明书、或国家相应的计量标准文献中查找到，一般与仪器的最小分度值、量程及准确度等级等相关联。因此在实验中，除了要规范、完整地记录所有测量数据之外，还应记录所用测量仪器的重要性能参数和工作条件。在 §2.3.3 中列出了物理实验中常用的测量仪器的示值误差限或仪器误差限，以供在以后的实验中查阅。

§2.3.2　不确定度的 B 类分量

以非统计方法给出的不确定度分量统称为 B 类分量，常以 U_b 或 u_b 表示。不确定度的 B 类分量也是与某些误差相关联的。当这些误差客观存在而又不便或者不需要采用统计方法来处理时，这个测量值的不可靠程度便由不确定度的 B 类分量来评价。

B 类不确定度分量的估计是测量不确定度估算中的难点。由于引起 U_b 分量的误差成分常与难以确定的某些未定系统误差相对应，而这些难以确定的未定系统误差又可能存在于测量过程的各个环节中，因此不确定度的 B 类分量通常存在着多项。要不重复、不遗漏地详尽分析不确定度 B 类分量各项产生的来源及大小一般是很难的，有赖于实验者的常识经验和分析判断能力，但通常应该找出对测量影响较大或是主要的 B 类分量的来源，并做出恰当的估算。

如果一个测量中存在着多项不确定度的 B 类分量：U_{b1}、U_{b2}、$\cdots$、U_{bk}，则扩展不确定度的 B 类分量 U_b 为其各项的"方和根"，即有

$$U_b = \sqrt{U_{b1}^2 + U_{b2}^2 + \cdots + U_{bk}^2} \qquad (2-19)$$

使用测量仪器进行正确测量时，由于仪器本身的原因，测量中也会产生相应的误差，这是不确定度 B 类分量的主要来源之一。在基础物理实验中，对 B 类不确定度分量的估算不做过高要求，则其最主要来源即为测量仪器的示值误差或仪器误差。依据示值误差限和仪器误差限的含义（均以 Δ_I 表示其绝对值），可近似得出

$$U_b = \Delta_I \qquad (2-20)$$

如以 68.3‰ 的置信概率考虑，则对应的是标准不确定度的 B 类分量，以 u_b 表示，这时有

$$u_b = \frac{U_b}{K} = \frac{\Delta_I}{K} \quad\quad\quad (2-21)$$

其中的 K 是一个与测量分布特性有关的常数，其值通常介于 1～3 之间，例如对于正态分布，$K \approx 3$；对于三角形分布，$K = \sqrt{6}$；对于矩形（均匀）分布，$K = \sqrt{3}$；对于反正弦分布，$K = \sqrt{2}$；对于两点分布，$K = 1$。

§2.3.3　常用测量仪器的示值误差限或仪器误差限

1. 长度测量仪器

物理实验中最基本的长度测量工具是刻度尺、游标卡尺及螺旋测微计（千分尺）。刻度尺中的钢板尺和钢卷尺的允许误差限如表 2-3 所示。不同分度值的游标卡尺的允许示值误差限如表 2-4 所示。螺旋测微计的允许示值误差限如表 2-5 所示。在一般的实验测量中，游标卡尺的仪器误差限按其最小分度值估计，而钢板尺、螺旋测微计的仪器误差限则按其最小分度值的 $\frac{1}{2}$ 估计，如表 2-6 所示。

表 2-3　　　　　　　　　　　钢板尺和钢卷尺的允许误差限

钢 板 尺		钢 卷 尺	
尺寸范围（mm）	允许误差限（mm）	准确度等级	示值允许误差限（mm）
1～300	±0.10	I	±(0.1+0.1L)
300～500	±0.15	II	±(0.3+0.2L)
500～1000	±0.20		
1000～1500	±0.27	说明：式中 L 是以"m"为单位的长度，当长度不是米的整数倍时，取最接近的较大正整数	
1500～2000	±0.35		

表 2-4　　　　　　　　　　　游标卡尺的允许示值误差限

测量长度（mm）	分度值（mm）		
	0.02	0.05	0.10
	示值误差限（mm）		
0～150	±0.02	±0.05	±0.10
150～200	±0.03	±0.05	±0.10
200～300	±0.04	±0.08	±0.10
300～500	±0.05	±0.08	±0.10
500～1000	±0.07	±0.10	±0.15

表 2-5　　　　　　　　　　　螺旋测微计的允许示值误差限

测量范围（mm）	允许示值误差限（mm）	测量范围（mm）	允许示值误差限（mm）
0～25，25～50	±0.004	100～125，125～150	±0.006
50～75，75～100	±0.005	150～175，175～200	±0.007

表 2 - 6　　　　　　　　　物理实验中常用长度量具仪器误差限的简化约定

钢　板　尺	游　标　卡　尺		螺旋测微计
	1/10mm 分度	1/50mm 分度	
0.5mm	0.1mm	0.02mm	0.005mm

2. 天平

物理实验中称衡质量的主要工具是天平。用非自动天平称衡质量的主要误差来源有分度值误差、示值变动性误差、横梁不等臂性误差、游码标尺误差及砝码误差等。作为简化，在以后的实验中，约定取天平游码标尺的一半为称衡质量时的仪器误差限。

3. 时间测量仪器

停表是物理实验中最常用的计时仪表。在以后的实验中，对于较短时间的测量，停表的仪器误差限可取为 0.01s。对石英电子秒表，其最大偏差不大于 $(5.8 \times 10^{-6} t + 0.01)$s，其中 t 是时间的测量值。

4. 温度测量仪器

常用的测温仪器有水银温度计、热电偶温度计、电阻温度计和光测高温计等。在物理实验中，我们通常约定水银温度计的仪器误差限按其最小分度值的 1/2 计算。

5. 电学测量仪器

(1) 电气指示仪表。实验中常用的电气指示仪表有电压表、电流表等，它们的仪器误差限 Δ_I 通常与其准确度等级 a、量限（最大测量值）X_m 这两个参数有关，可表示为

$$\Delta_I = a\% X_m \tag{2 - 22}$$

依据相关的国家标准，电气指示仪表的准确度 a 有 0.1、0.2、0.5、1.0、1.5、2.5、5.0 七个等级。

(2) 直流电阻器。实验中的直流电阻器包括标准电阻和电阻箱。直流电阻器的准确度也分为若干个等级，可由其铭牌读出。

标准电阻在某一温度 t 下的电阻值 R_x 可由下式给出

$$R_x = R_{20}[1 + \alpha(t - 20) + \beta(t - 20)^2] \tag{2 - 23}$$

其中 R_{20} 是 20℃时的电阻值，α 与 β 分别是一次、二次温度系数，可由产品说明书查出。在规定的使用范围内，标准电阻的仪器误差限由其准确度级别和电阻值的乘积所决定。

电阻箱是物理实验中广泛使用的一种直流电阻器。其阻值可调，但接触电阻与接触电阻的变化要比固定的标准电阻大。一般按不同度盘分别给出准确度级别，同时给出残余电阻（即各度盘均放置在零值时的电路连接点之间的电阻值）。仪器误差限则是按不同度盘的允许误差之和再加上残余电阻来估算，即

$$\Delta_I = \sum_i (a_i\% R_i) + R_0 \tag{2 - 24}$$

式中：R_0 为残余电阻；R_i 为第 i 个度盘的示值；a_i 为相应度盘的准确度级别。

在具体实验中，只要电阻箱的最高位或次高位度盘的示值不为 0，Δ_I 可以按这两档的准确度级别（两档相同）a 作简化处理，这时有

$$\Delta_I = a\% R \tag{2 - 25}$$

式中：R 为电阻测量值。

(3) 直流电位差计。直流电位差计的仪器误差限可表示为

$$\Delta_I = a\% \left(U_x + \frac{U_0}{10}\right) \qquad (2\text{-}26)$$

式中：a 为准确度级别；U_x 为测量值；U_0 为基准值。基准值 U_0 是有效量程的一个参考单位，除非制造单位另有规定，有效量程的基准值规定为该量程内 10 的最大整数幂。如某电位差计的最大度盘示值为 1.8V，量程因数（倍率比）为 0.1，则有效量程内（0～0.18V）的最大整数幂是 $10^{-1}V = 0.1V$，所以取 $U_0 = 0.1V$。

　　（4）直流电桥。直流电位差计的仪器误差限可表示为

$$\Delta_I = a\% \left(R_x + \frac{R_0}{10}\right) \qquad (2\text{-}27)$$

式中：a 为准确度级别；R_x 为测量值；R_0 为基准值。基准值 R_0 的规定与式（2-26）中的 U_0 的规定相仿。

　　（5）数字仪表。数字测量仪表能把连续的被测量自动转变成离散的数字式信号，最后以十进制数字自动显示出测量值。数字测量仪表的种类很多，其应用也越来越广泛。对于数字测量仪表，其仪器误差限取决于信号转换器件的性能参数及内部取样电路的精度，具体分析比较复杂，但通常可表示为

$$\Delta_I = a\% X + b\% X_m \qquad (2\text{-}28)$$

或简化为

$$\Delta_I = a\% X + n \text{ 字} \qquad (2\text{-}29)$$

式（2-28）及式（2-29）中：a 为数字式仪表的准确度级别；b 为固定项系数；a 与 b 均可在仪器的使用说明书中查找到；X 为显示的读数；X_m 为仪表的量程；n 取整数；"一个字"的含义是测量值的一个最小量化单位。如某数字电压表的 $\Delta_I = 0.02\% U_x + 2$ 字，若采用合适的量程时显示的数字为 1.4786V，则其最小量化单位为 0.0001V，于是有 $\Delta_I = 0.02\% \times 1.4786 + 2 \times 0.0001 = 0.000\,496(V)$。

　　在以上的介绍中，仪表的准确度指标通常以百分数（%）表示，但有时也采用百万分数（10^{-6}）或科学计数法表示。例如某标准电阻 R 的等级指数为 2000×10^{-6}，其仪器误差限应写成 $\Delta_I = 2000 \times 10^{-6} R$，相当于 0.2 级（0.2%）或 2×10^{-3}（科学计数法）的准确度。

§2.4　不确定度的计算与测量结果的表述

　　完成一个测量操作后，必须进行数据处理，才能得出测量结果。一个测量结果包含两方面，一是测量结果的最佳值（有时就简称为测量值）；二是测量结果的不可靠程度，即不确定度。最后的测量结果应表述为

$$F = \bar{F} \pm U(F) \qquad (2\text{-}30)$$

式中：F 表示被测的物理量；$\bar{F}$ 表示尽可能地修正了各种已定系统误差后的被测量 F 的最佳值；$U(F)$ 表示在 95% 的置信概率下的不确定度（扩展不确定度）。

　　对于一个被测量 F 可能进行直接测量，也可能进行间接测量。下面主要论述扩展不确定度的计算方法，至于最佳值 $\bar{F}$ 的处理方法，本节只是略为叙述，将在 §2.6 节再做专门阐述。

§2.4.1　直接测量

　　由于测量情况的复杂性，被测量往往存在着众多误差来源，其扩展不确定度应当由若干

个分量所合成。不确定度的合成是以各分量的"方和根"运算作为基础的。具体的做法是：在尽可能消除或修正了各种已定系统误差后，把余下的全部误差估计值以扩展不确定度的形式按 A 类分量 U_{a1}、U_{a2}、…、U_{ai}、…和 B 类分量 U_{b1}、U_{b2}、…、U_{bj}、…列出，如果它们相互独立，则不确定度的合成公式为

$$U = \sqrt{U_a^2 + U_b^2} = \sqrt{\sum_i U_{ai}^2 + \sum_j U_{bj}^2} \tag{2-31}$$

1. 多次直接测量

物理实验中通常对一个可直接测量的被测量在相同条件下进行多次测量。每次的测量值可能是不一致的，具有离散性，服从统计分布，因而我们可采用统计方法处理得到扩展不确定度的 A 类分量，见式（2-16）。在尽可能地修正了各种已定系统误差后，以算术平均值作为被测量的最佳值。由于每次测量总是采用一定的仪器来进行的，因而由测量仪器的仪器误差限可得到扩展不确定度的 B 类分量，见式（2-20）。由这两个分量合成的扩展不确定度为

$$U(x) = \sqrt{U_a^2(x) + U_b^2(x)} = \sqrt{[TS(\bar{x})]^2 + [\Delta_I(x)]^2}$$
$$= \sqrt{\left[\frac{T}{\sqrt{n}}S(x)\right]^2 + [\Delta_I(x)]^2} \tag{2-32}$$

式中：n 为测量次数，T 为与测量次数有关置信因子，见表 2-2；$S(x)$ 为实验标准差，依据式（2-13）计算，也可由具有统计计算功能的计算器直接算出；$S(\bar{x})$ 为算术平均值的标准差，依据式（2-14）计算；$\Delta_I(x)$ 为测量 x 所使用的测量仪器的仪器误差限。

【例 2-1】　某数字电压表的仪器误差限 $\Delta_I(U) = 0.02\% U_x + 2$ 字，用它 5 次重复测量电源电压得到的值是 1.4990V、1.4985V、1.4987V、1.4990V、1.4992V，求测量结果。

解　测量值的算术平均值为

$$\bar{U} = \frac{1.4990 + 1.4985 + 1.4987 + 1.4990 + 1.4992}{5} = 1.4989(\text{V})$$

利用计算器的统计功能直接算出电压测量的实验标准差为

$$S(U) = \sqrt{\frac{\sum\limits_{i=1}^{n}(U_i - \bar{U})^2}{n-1}} = 2.77 \times 10^{-4}(\text{V})$$

扩展不确定度的 A 类分量为

$$U_a(U) = TS(\bar{U}) = \frac{T}{\sqrt{n}}S(U) = 1.24 \times 2.77 \times 10^{-4} = 3.43 \times 10^{-4}(\text{V})$$

其中 $T/\sqrt{n} = 1.24$ 可由表 2-2 中查得（对应测量次数 $n=5$）。

扩展不确定度的 B 类分量为

$$U_b(U) = \Delta_I(U) = 0.02\% \times 1.4989 + 2 \times 0.0001$$
$$= 5.00 \times 10^{-4}(\text{V})$$

扩展不确定度为

$$U(U) = \sqrt{U_a^2(U) + U_b^2(U)} = \sqrt{3.43^2 + 5.00^2} \times 10^{-4}$$
$$= 6.06 \times 10^{-4}(\text{V})$$

最后的测量结果表述为

$$U = \bar{U} \pm U(U) = (1.4986 \pm 0.0006)\text{ V}$$

2. 单次直接测量

有时也可能对某个被测量只进行单次测量。对于单次测量，式（2-13）已不能使用，这时不能用统计方法来求标准偏差，但测量值的随机分布特征总是客观存在的，不随测量次数的不同而发生变化。依据仪器误差限的含义，单次直接测量的扩展不确定度即近似等于（一般是略小于）该测量仪器的仪器误差限，通常表示为 $U(x) = \Delta_I(x)$。例如用游标卡尺单次测量某一物体长度，这时测量结果可能表示为 $\angle = (27.12 \pm 0.02)$ mm。值得注意的是不能由此得出单次测量比多次测量的精确度更高。事实上，对于一个稳定量的等精度多次测量，不确定度的 A 类分量通常远小于其 B 类分量，因而扩展不确定度主要由其 B 类分量决定。

§2.4.2　间接测量

1. 被测量 F 与多变量相关

对于一个被测量 F 进行间接测量，如 F 与其他多个直接测量的物理量 x_i（$i=1$, 2, $\cdots$, k，k 表示相关物理量的个数）有关，则首先必须依据有关的物理定律和公式，确定被测量 F 与其他直接测量的物理量 x_k 的函数关系式，即

$$F = F(x_1, x_2, \cdots, x_i, \cdots, x_k) \tag{2-33}$$

数据处理按以下步骤进行：

（1）通过数据处理，得出直接测量的相关物理量 x_i 的正确表达式，即

$$x_i = \bar{x}_i \pm U(x_i) \tag{2-34}$$

式中：$\bar{x}_i$ 表示在尽可能地修正了各种已定系统误差后直接测量 x_i 的最佳值；$U(x_i)$ 为被测量 x_i 的扩展不确定度，是 A、B 两类分量的合成，即

$$U(x_i) = \sqrt{U_a^2(x_i) + U_b^2(x_i)} \tag{2-35}$$

（2）将相关物理量 x_i 的最佳值 $\bar{x}_i$ 代入式（2-33），求出被测量的最佳值（在本书中的间接测量量的最佳值都以 F 表示）为

$$F = F(\bar{x}_1, \bar{x}_2, \cdots, \bar{x}_i, \cdots, \bar{x}_k) \tag{2-36}$$

（3）依据不确定度的传递与合成公式，求出扩展不确定度 $U(F)$。

每一物理量 x_i 的测量值都存在着一个不确定度，因而都会对被测量 F 产生影响，使被测量 F 产生一个不确定度分量。由于不确定度都是一个很小的量，求 $U(F)$ 原则上可以按照高等数学中求全微分的方式进行。

首先依据式（2-33）求出 F 的全微分表达式为

$$dF = \frac{\partial F}{\partial x_1}dx_1 + \frac{\partial F}{\partial x_2}dx_2 + \cdots + \frac{\partial F}{\partial x_k}dx_k$$

然后将上式中每一项对应的物理量的变化量 dF、dx_1、dx_2、$\cdots$、dx_k 换成相应的不确定度 $U(F)$、$U(x_1)$、$U(x_2)$、$\cdots$、$U(x_k)$，得到

$$U(F) = \frac{\partial F}{\partial x_1}U(x_1) + \frac{\partial F}{\partial x_2}U(x_2) + \cdots + \frac{\partial F}{\partial x_k}U(x_k)$$

最后，考虑到上式右边每一项中的偏导数可能有正有负，出现极端的情况可能使 $U(F)$ 很大，也可能使 $U(F)$ 很小，因此依据统计规律，$U(F)$ 取所有项的平方和再开方（方和根）而得

$$U(F) = \sqrt{\sum_{i=1}^{k}U_i^2} = \sqrt{\left[\frac{\partial F}{\partial x_1}U(x_1)\right]^2 + \left[\frac{\partial F}{\partial x_2}U(x_2)\right]^2 + \cdots + \left[\frac{\partial F}{\partial x_k}U(x_k)\right]^2}$$

$$\tag{2-37}$$

式（2-37）即为不确定度的传递与合成公式，其中的每一项 $U_i = \dfrac{\partial F}{\partial x_i} U(x_i)$ 即为被测量 F 的扩展不确定度的一个分量，而 $\dfrac{\partial F}{\partial x_i}$ 则为 x_i 的不确定度引起 F 的不确定度的传递系数。

例如，$F = C_1 x \pm C_2 y \pm C_3 z$（$C_1$、$C_2$、$C_3$ 为常量），则可由式（2-37）得到 F 的扩展不确定度为

$$U(F) = \sqrt{[C_1 U(x)]^2 + [C_2 U(y)]^2 + [C_3 U(z)]^2} \tag{2-38}$$

值得注意的是，当被测量 F 与相关物理量 x_i 的函数关系式（2-33）具有乘积、幂、指数等形式时，这时直接求全微分比较困难，可以首先对两边取自然对数，得到

$$\ln F = \ln F(x_1, x_2, \cdots, x_i, \cdots, x_k) \tag{2-39}$$

然后对式（2-39）两边求全微分得

$$\frac{\mathrm{d}F}{F} = \frac{\partial \ln F}{\partial x_1}\mathrm{d}x_1 + \frac{\partial \ln F}{\partial x_2}\mathrm{d}x_2 + \cdots + \frac{\partial \ln F}{\partial x_k}\mathrm{d}x_k$$

再将其中每一项的变化量换成不确定度得到

$$\frac{U(F)}{F} = \frac{\partial \ln F}{\partial x_1}U(x_1) + \frac{\partial \ln F}{\partial x_2}U(x_2) + \cdots + \frac{\partial \ln F}{\partial x_k}U(x_k)$$

最后取上式右边所有项的"方和根"，得到相对不确定度的表达式为

$$\frac{U(F)}{F} = \sqrt{\left[\frac{\partial \ln F}{\partial x_1}U(x_1)\right]^2 + \left[\frac{\partial \ln F}{\partial x_2}U(x_2)\right]^2 + \cdots + \left[\frac{\partial \ln F}{\partial x_k}U(x_k)\right]^2} \tag{2-40}$$

由式（2-40），可得到 F 的不确定度 $U(F)$ 为

$$U(F) = \frac{U(F)}{F}F \tag{2-41}$$

式（2-40）及式（2-41）中的 F 应注意理解为被测量的最佳值 $\overline{F}$。

例如，已知 $F = k x^p y^q z^{-r}$（k、p、q、r 是常数），按式（2-40）可得到 F 的相对不确定度为

$$\frac{U(F)}{F} = \sqrt{\left[p\frac{U(x)}{x}\right]^2 + \left[q\frac{U(y)}{y}\right]^2 + \left[r\frac{U(z)}{z}\right]^2} \tag{2-42}$$

从上面的例子中可以看出，对于具有乘积、幂、指数等形式的函数关系式，两边先取对数再运算，结果将变得非常简单，可大为简化计算工作量。由式（2-42）可知，这时 F 的相对不确定度与各个直接测量量的相对不确定度有一个非常清晰的关系式，其传播系数即为 p、q、r。由上也可得出，要减小扩展不确定度，关键是减小直接测量量的相对不确定度，这也就为实验方案的设计、仪器的选择、实验手段的运用等方面提供了理论指导。

表 2-7 列出了实验中常用不确定度或是相对不确定度的传递公式，以供以后查阅。它们均可由式（2-37）或式（2-40）得到，有兴趣的同学可自行推导。

表 2-7　　　　　　　　　常用不确定度或相对不确定度的传递公式

函 数 表 达 式	不确定度的传递公式
$F = C_1 x \pm C_2 y \pm C_3 z$ （C_1、C_2、C_3 为常量）	$U(F) = \sqrt{[C_1 U(x)]^2 + [C_2 U(y)]^2 + [C_3 U(z)]^2}$
$F = kx$（k 为常量）	$U(F) = |k| U(x)$

函 数 表 达 式	不确定度的传递公式
$F = kx^{\frac{q}{p}}$ （k、p、q 为常量）	$\dfrac{U(F)}{F} = \left\| \dfrac{q}{p} \right\| \dfrac{U(x)}{x}$
$F = kx^p y^q z^{-r}$ （k、p、q、r 是常量）	$\dfrac{U(F)}{F} = \sqrt{ \left[p\dfrac{U(x)}{x} \right]^2 + \left[q\dfrac{U(y)}{y} \right]^2 + \left[r\dfrac{U(z)}{z} \right]^2 }$
$F = k\sin x$（k 是常量）	$U(F) = \| k\cos x \| U(x)$
$F = k\ln x^p y^q z^{-r}$ （k、p、q、r 是常量）	$U(F) = \| k \| \sqrt{ \left[p\dfrac{U(x)}{x} \right]^2 + \left[q\dfrac{U(y)}{y} \right]^2 + \left[r\dfrac{U(z)}{z} \right]^2 }$

2. 被测量 F 与单变量相关

在实验中有时遇到被测量 F 只与单个变量，比如与 X 有关，这时式（2-33）简化为

$$F = F(X) \tag{2-43}$$

其中 X 可能是直接测量量，也可能是间接测量量。现在假设 X 的各次测量值为 X_1、X_2、$\cdots$、X_i、$\cdots$、X_n（$n>1$，n 表示测量次数），则对被测量 F 的数据处理有两种方法：一是当 X 的各次测量值 X_i 是在相同条件下通过多次读数得出的（如用分光计测角度时，在同一位置多次读数；又如用补偿法测电池电动势时，达到补偿时电阻丝长度的多次读数），这已在前面所阐述，可先求出 $\overline{X}$ 和 $U(X)$，再求出 $\overline{F} = F(\overline{X})$ 和 $U(F)$；二是更为一般的情况，X 的各次测量值 X_i 是在等精度条件下改变测量参数而得出的（如用分光计测角度时，改变了度盘的起始位置；又如用补偿法测电池电动势时，单位长度的电阻丝上的电压降发生了改变），这时只能先求出被测量 F 的各次测量值 $F_i = F(X_i)$，然后求出 F 的最佳值（或是算术平均值）$\overline{F}$ 及 $U_a(F)$，最后求出 $U(F)$。相对而言，第二种方法的普适性更好，但计算过程更为繁琐。

下面举一个间接测量的例子来说明上面的数据处理过程。

【例 2-2】 用伏安法测电阻，电路如图 2-4 所示。所用仪器及参数如下：1.0 级毫安表，量程为 150mA；1.0 级伏特表，量程为 3V，内阻 $R_V \pm U(R_V) = (1.001 \pm 0.004)\,\text{k}\Omega$。测量数据为 $U = 2.565\text{V}$，$I = 127.7\text{mA}$。求给出待测电阻 R 的测量结果。

解 本实验的主要误差来源是：

（1）方法误差。由于电流表外接而产生的系统误差，使 $R_{测} < R_{真}$。

（2）电压测量误差。

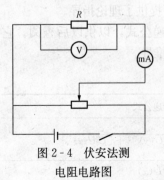

图 2-4 伏安法测
电阻电路图

（3）电流测量误差。

误差（1）属于已定系统误差，应在计算不确定度前予以修正，修正 R 的计算公式为

$$R = \frac{U}{I - \dfrac{U}{R_V}}$$

误差（2）和（3）的主要来源有仪器误差、估读误差等。在该实验条件下，可由相应仪表的仪器误差限进行综合评定，表示为

$$U(U) = U_b(U) = \Delta_I(U) = 3 \times 1.0\% = 0.03(V)$$

$$U(I) = U_b(I) = \Delta_I(I) = 150 \times 1.0\% = 1.5(mA)$$

为便于计算，将 R 的不确定度传播系数及其分量列于表 2-8 中，由此可得

$$R = \frac{U}{I - \dfrac{U}{R_V}} = \frac{R_V U}{R_V I - U} = \frac{1.001 \times 10^3 \times 2.565}{1.001 \times 10^3 \times 127.7 \times 10^{-3} - 2.565} = 20.497(\Omega)$$

$$U(R) = \sqrt{\left[\frac{\partial R}{\partial U} U(U)\right]^2 + \left[\frac{\partial R}{\partial I} U(I)\right]^2 + \left[\frac{\partial R}{\partial R_V} U(R_V)\right]^2}$$

$$= \sqrt{\left[\frac{R_V^2 I}{(R_V I - U)^2} U(U)\right]^2 + \left[\frac{-R_V^2 U}{(R_V I - U)^2} U(I)\right]^2 + \left[\frac{-U^2}{(R_V I - U)^2} U(R_V)\right]^2}$$

$$= \sqrt{0.245^2 + 0.246^2 + 0.001\,68^2} = 0.347(\Omega)$$

最后的测量结果表述为

$$R = (20.50 \pm 0.35)\ \Omega$$

表 2-8　　　　　　　　　　　　　R 的不确定度传播系数及其分量

i	$U(x_i)$	$\dfrac{\partial R}{\partial x_i}$	$U_i = \left\|\dfrac{\partial R}{\partial x_i}\right\| U(x_i)$
1	$U(U) = 0.03V$	$R_V^2 I / (R_V I - U)^2$	0.245Ω
2	$U(I) = 1.5mA$	$-R_V^2 U / (R_V I - U)^2$	0.246Ω
3	$U(R_V) = 0.004k\Omega$	$-U^2 / (R_V I - U)^2$	$0.001\,68\Omega$

§2.4.3　测量结果的最终表述与数据的修约

前面已阐述了一个测量结果应包含被测量的最佳值以及测量结果的不确定度（不可靠程度），最后应表述成下列形式

$$F = \bar{F} \pm U(F)$$

由于误差的存在，真值不可能获得，只能得到它的近似值，因此不论是直接测量的仪器读数，还是通过函数关系获得的间接测量值，很难、往往也没必要去得到过多的位数。数据取舍（或称修约）的原则是能恰当反映它们的不可靠性，也就是按测量的不确定度来合理规定数据的有效位数。

首先不确定度该怎么保留其有效位数呢？依据有关的统计理论和国家相应的测量规范，考虑到物理实验的一般情况，我们做如下规定：**不确定度在中间计算过程中保留 3 位有效数字；表述测量结果时，不确定度只保留 1~2 位有效数字，且只当不确定度的第一位非零数字为"1"、"2"、"3"时保留 2 位有效数字，而其余情况只保留 1 位有效数字；相对不确定度与相对误差一般保留 1~2 位有效数字。**

在确定了不确定度的有效位数保留规则的基础上，可合理得到测量值的位数保留规则：**表述测量结果时，测量最佳值 $\bar{F}$ 应与不确定度 $U(F)$ 的最后一位的位置对齐；计算测量值时，依据有效数字运算规则进行。**具体参照 §2.5 节的内容。

按照上述规则进行数据取舍（修约）的原则是：**小于 5 舍去，大于 5 进位，等于 5 凑偶。**"等于 5 凑偶"的含义是拟修约的数字如恰好是 5，则考虑其前一位的数，若是偶数，

则舍去 5；若是奇数，则 5 进位，前面的数变为了偶数。但注意的是如数字 5 的后有非零数字，则适用于大于 5 的规则，应进位。

在 §2.4.2 节中的［例 2-1］与［例 2-2］的数据处理即是按照上述规则来进行的。为便于大家的理解，下面再举一些数据修约的例子。

$$E = 1.507\,549V, U(E) = 0.00\,355V \rightarrow E \pm U(E) = (1.5075 \pm 0.0036)V$$
$$l = 24.1555cm, U(l) = 0.0125cm \rightarrow l \pm U(l) = (24.156 \pm 0.012)cm$$
$$\rho = 8.8651g/cm^3, U(\rho) = 0.0549g/cm^3 \rightarrow \rho \pm U(\rho) = (8.87 \pm 0.05)g/cm^3$$
$$m = 56.4352g, U(m) = 0.0450g \rightarrow m \pm U(m) = (56.44 \pm 0.04)g$$
$$I = 25.365mA, U(I) = 0.0651mA \rightarrow I \pm U(I) = (25.36 \pm 0.07)mA$$

§2.4.4 关于数据处理的几点说明

在进行数据处理时，可参照 §2.4.2 节的［例 2-1］与［例 2-2］来进行。在这里还要强调几点，希望大家予以注意。

（1）数据处理必须要有过程。不允许写出有关公式后就在后面直接写出结果。因为同学们刚开始进行数据处理的训练，要注意养成严谨、规范、条理清晰的良好习惯。在实验报告纸上写出有关的过程，可以减少出错的机会；即使出错了，也便于自己检查；同时也便于指导教师确定问题所在，纠正大家的错误。一些包含原始数据记录的表格，其本身就是数据处理的一部分，因此在进行数据处理时，必须规范地重画出来。

（2）如等号两侧的单位不一致，则必须同时写出单位。如整个计算过程中已采用统一的单位，则中间过程可不写单位，但最后结果的单位必须用括号括起来。建议大家在代入数字计算之前，所有物理量都采用国际单位制中的单位，这样不容易出错。另外，单位换算时，不应改变有效数字的位数。

（3）对于一个测量值（如 $\bar{x}_i$、F 等）的计算，必须遵循 §2.5 节所阐述的有效数字的运算规则。对于不确定度的计算，要尽量利用计算器的统计功能，这样可极大减少计算工作量。

（4）有不确定度计算要求的测量结果，应表述成式（2-30）的形式：$F = \bar{F} \pm U(F)$。进行数据取舍时，应遵循 §2.4.3 所阐述的修约规则。

（5）不确定度是表示测量值的不可靠程度的一个参量，只具有统计意义，但是有严格的理论依据的，与之相关的所有计算过程，没有不规范的"约等于"的概念，不能采用"≈"、"≐"等符号，只能用"＝"。再就是不确定度与测量值是两个意义完全不同的量，不能进行加、减归并运算。

§2.5 有效数字及其运算规则

由于测量总是会存在着误差，因而直接测量量的数值只能是一个近似数，并且有某种不确定性，由直接测量量通过函数关系计算所得到的间接测量量也是一个近似数。测量的不确定度决定了测量值的数字只能是有限位数（它们的最后一位对齐），不能随意取舍。在以后的实验中必须依照本节所介绍的"有效数字"的表示方法和运算规则来合理表达和计算测量结果。

§2.5.1　测量结果的有效数字

1. 有效数字的定义及基本性质

任何测量仪器总存在着仪器误差。在仪器设计中总是使仪器读数的最小分度值与其仪器误差限相适应，两者基本保持在同一数位上。由于受到仪器误差限的制约，在使用仪器对被测量进行测量读数时，通常是读到仪器的最小分度值，再在最小分度值以下估读一位数字。从仪器读出的最小分度值以上的部分（最小分度值的整数部分）通常是准确的，称为可靠数字。最小分度值后面的那位估读数字，一般也就是仪器误差或相应的不确定度 B 类分量所在的数字，具有不确定性，且估读数也可能因人而异，通常称其为可疑数字。

在实验中，我们称测量值和不确定度的第一位非零数字后面的所有数字为有效数字。有效数字也包括可疑数字。

测量值的有效数字具有以下基本性质。

（1）有效数字的位数与所选用的测量仪器的最小分度值（精度）有关。对于同一被测量，如果使用不同精度的仪器进行测量，测量值的有效数字的位数是不同的。如用千分尺（最小分度值是 $0.01mm$，$\Delta_1 = 0.004mm$）测得某物体的长度是 $12.867mm$，有五位有效数字。其中前四位数字"1286"是最小分度值的整数部分，是可靠数字，而末位"7"是在最小分度值内估读的数字，是可疑数字，与千分尺的仪器误差限 Δ_1 在同一数位上。如果改用最小分度值（游标精度）为 $0.02mm$ 的游标卡尺来测量，则其读数可能是 $12.88mm$，只有四位有效数字。游标卡尺没有估读数字，其末位数字"8"即为可疑数字，与游标卡尺的仪器误差限也是在同一数位上的。对于数字仪表，尽管没有估读数字，但其末位数字即是可疑的，受其内部取样电路的精度所限。

（2）有效数字的位数也与被测量的大小有关。若用同一仪器测量大小不同的被测量，有效数字的位数自然是不同的。被测量越大，有效数字的位数也就越多。

（3）同一测量值的有效数字的位数与小数点的位置无关。单位换算时，有效数字的位数不应发生变化。例如用某长度测量仪器测得某物体的长度可以表示为：$0.005\ 20m$、$0.520cm$、$5.20mm$，这三种表示方法本质上是相同的，只是采用的单位不同，因而小数点的位置不同。从上也看到，第一位非零数字前的"0"不是有效数字，只是表示小数点的位置，而第一位非零数字后的"0"均是有效数字，不能随意增减。因此单位换算时，不得在最后增减"0"而改变有效数字的位数，如测得某物质的密度为 $7.9g/cm^3$，换算成国际单位制中的单位时，不得写成 $7920kg/m^3$。

2. 有效数字与不确定度的关系

前面已经阐述了有效数字的末位一般是估读的，存在着不确定性。因此在 §2.4.3 中做了一般的规定：测量值的最后一位与不确定度的最后一位的位置对齐。

由于有效数字的最后一位一般是不确定度所在位，因此有效数字或有效位数在一定程度上反映了测量值的不确定度。测量值的有效数字越多，测量的相对不确定度越小；有效数字越少，相对不确定度就越大。一般来说，两位有效数字对应于 $10^{-1} \sim 10^{-2}$ 的相对不确定度，三位有效数字对应于 $10^{-2} \sim 10^{-3}$ 的相对不确定度，依此类推。

3. 数值的科学计数法

如果一个测量值很大或很小，而有效数字的位数又相对较少，那么进行单位换算时，数值的大小与有效数字的位数就可能发生矛盾。例如 56g＝0.056kg 是正确的，但若写成 56g＝56 000mg 则是错误的。为了解决这个矛盾，通常采用科学计数法，即用有效数字乘以 10 的幂指数的形式来表示。如单位换算时，$56g＝5.6×10^{-2}kg＝5.6×10^4mg$，这样保证了有效数字的位数不变。又如采用某种方法测得真空中的光速为 299 700km/s，计算得到不确定度为 353km/s，那么将这个结果写成（299 700±350）km/s 是不对的，应写成（2.9970±0.0035）$×10^5$km/s 才是正确的，这时不确定度保留两位有效数字，测量值的最后位与不确定度的最后位对齐，且都采用科学计数法。

§2.5.2　仪器示值的有效数字读取

对于直接测量，读取仪表或仪器（统称为仪器）示值时，通常是按该仪器的仪器误差限来确定读至哪一位。测量仪器的仪器误差限通常与其最小分度值处于同一量级。因此平常估读时，为了保证足够的精确度，一般是估读至最小分度值的 1/4～1/10（游标卡尺没有估读）。在仪器刻度均匀的条件下，考虑到读数的方便，我们对最小分度值以下的估读作如下规定：当最小分度值是 2、0.2、0.02 等时，估读至最小分度值的 1/4；当最小分度值是 5、0.5、0.05 等时，估读至最小分度值的 1/5；当最小分度值是 1、0.1、0.01 等时，估读至最小分度值的 1/10。按照上述规定，可使估读变得简单，又不至于产生太大的估读误差。还要注意的是当指针正好指在某一分度值的位置时，最小分度值以下的估读位应是"0"，不能省略，以保证使用同一仪器的同一量程，不管指针指在什么位置，读出的测量值的精度是相同的。

对仪器读数时，首先确定使用的是哪一量程，即最大值表示多少。然后确定这一量程分为多少大格，得出一大格表示多少。再确定一大格分为多少小格，得出每一小格（最小分度值）表示多少。一般仪器每一大格的位置表示多少是已标示出来的，注意观察，由此可以很方便地确定每一小格表示多少。在读数还不熟练的时候，可以在草稿纸上记录指针或读数标志过了多少大格和多少小格，还有最小刻度以下的估读值是几分之几小格，以便得出正确的读数，但不能在实验报告册的原始数据记录上也这样机械地一一列出。随着实验的进行，大家应该有意识地锻炼自己，尽量做到一气呵成地读出仪器的示数，方法是从上往下、一级一级地往下读，如图 2‑5 所示中的毫安表的示数即为 97.0mA。

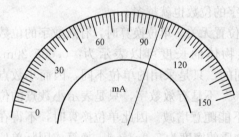

图 2‑5　毫安表的读数

§2.5.3　有效数字的运算规则

对于间接测量，需要通过一系列的函数运算才能得到最终的测量值。这就需要使用一些简单的规则来处理有关的函数运算，以便使计算在大体上不影响结果准确度的基础上变得简捷明了。

1. 加减法

例如 $N＝2A＋B＋C－3D$（本小节中 N、A、B、C、D 都表示变量），依据式（2‑38），可得

$$U(N) = \sqrt{2^2U^2(A)+U^2(B)+U^2(C)+3^2U^2(D)}$$

从上可看出 N 的不确定度 $U(N)$ 主要取决于变量 A、B、C、D 的不确定度中的最大

者。由有效数字与不确定度的关系，测量值的最后一位是可疑的，一般是不确定度所在，因此变量 A、B、C、D 的最后一位的位置最高者，其不确定度最大，对最后结果影响也最大。

若 $2A = 2472.2$，$B = 0.7536$，$C = 1214$，$3D = 15.78$，则 $C = 1214$ 的最后一位 "4" 的位置最高，是可疑的，也即这位存在着误差，由此可得 N 的有效数字取至个位（与 C 相同）即可。为了避免中间运算造成 "误差"，计算之前，变量 A、B、D 应比 C 往后多取一位，即到小数点后第一位，算出结果后再与 C 取齐，即

$$N = 2472.2 + 0.7536 + 1214 - 15.78$$
$$= 2472.2 + 0.8 + 1214 - 15.8$$
$$= 3661$$

上式括号中的中间计算过程可不写出。

由上分析可得：**和或差运算结果的可疑数字所在位置与参与运算的各量中可疑数字最高位者相同。**

2. 乘除法

假设 $N = \dfrac{ABC}{D}$，依据式（2 - 40），可得 N 的相对不确定度为

$$\frac{U(N)}{N} = \sqrt{\left[\frac{U(A)}{A}\right]^2 + \left[\frac{U(B)}{B}\right]^2 + \left[\frac{U(C)}{C}\right]^2 + \left[\frac{U(D)}{D}\right]^2}$$

由上可看出，$U(N)$ 主要取决于变量 A、B、C、D 的相对不确定度中的最大者。由于有效数字位数越少，相对不确定度越大，因此 $U(N)$ 也即取决于变量 A、B、C、D 中位数最少者。规定：**对于乘除运算，以参与运算的各量中有效数字位数最少者为准。**

若 $A = 80.5$，$B = 0.0014$，$C = 3.083\,26$，$D = 764.9$，则 B 的位数最少，其他量在运算前多取一位有效数字，最后结果保留两位有效数字，即

$$N = \frac{ABC}{D} = \frac{80.5 \times 0.0014 \times 3.083\,26}{764.9}$$
$$= \left(\frac{80.5 \times 0.0014 \times 3.08}{765}\right) = 4.5 \times 10^{-4}$$

上式括号中的中间计算过程可不写出。

3. 混合四则运算

按前述的规则按部就班进行运算，以获得最后结果。例如

$$N = \frac{A}{B - C} + D = \frac{7.032}{5.719 - 5.702} + 31.54 = 4.4 \times 10^2$$

4. 其他函数运算

一般的处理原则是：用微分公式求最小不确定度，然后由它确定最后一位有效数字所在的位置，进而确定运算结果有效数字的取舍。所谓最小不确定度，是指在测量值的有效数字的最后一位上取 1 个单位来作为测量值的不确定度。

例如求 $\sqrt[10]{2.35}$ 为多少？

将待求式写成函数形式为

$$y = x^{\frac{1}{n}} = 2.35^{\frac{1}{10}} = 1.089\,197\,88$$

上式中后面的计算结果用计算器算出，但不可在数据处理中直接将此结果写出。现考虑取 x 的最后一位的一个单位作为 x 的不确定度，即 $U(x) = 0.01$，由此可得

$$U(y) = \frac{1}{n}\frac{U(x)}{x}y = \frac{1}{10} \times \frac{0.01}{2.35} \times 1.089\,197\,88 = 0.0005$$

由上可看出，y 的小数点后第四位已是可疑的，因此只须保留到小数点后第四位，正确的运算结果应为

$$\sqrt[10]{2.35} = 1.0892$$

实验数据处理中常遇到乘方、开方运算，作为简化的估计，这时运算结果的有效数字位数与参与运算的数的有效数字位数相同。

5. 关于运算过程中的系数、物理常数等的处理

一个运算表达式中可能存在着系数、物理常数以及具体实验中所给定的一些非经测量的物理参数。对于它们的处理，总的原则是**它们不影响其他有效数字运算位数的取舍**。但这些系数、物理常数等在计算过程中的取位一般应多于起决定作用的那个数字的位数。例如一个运算表达式：$T = 2\pi\sqrt{l/g}$，其中 T 的有效数字位数由测量值 l 所决定，而与常数 π 或 g 的位数无关。现假设 $l = 1.0345\mathrm{m}$，则 π 原则上应取 3.141 59，重力常数 g 在北纬 40°处（北京地区）应取 9.801 80$\mathrm{m/s^2}$。尽管在一般测量中不做这么严格的要求，但至少必须取公认值，不可为了计算方便而过度简化，例如不能取 $\pi = 3$，$g = 10\mathrm{m/s^2}$。因为这样将会严重影响测量值的可靠程度，实际上是人为地引入了系统误差。

§2.5.4　计算工具的应用

随着科技的进步，计算工具也得到快速发展。以前进行数据处理时只能依靠手工或算盘来进行，但现在可以通过计算机来快速地处理大批量的数据，计算结果的精度也大为提高。我们在一般实验中的数据处理可以借助便携式计算器来进行。这可以使我们从烦琐的手工计算中解脱出来。但在应用计算器来进行计算时，一定要注意有效数字的概念及位数的取舍，不可将计算器的计算结果照搬到实验报告上。原则上应先进行位数的取舍（修约）再输入数字进行计算，最后位数的保留应遵循有效数字的运算规则和数据的修约规则。在实际问题中，为防止多次取舍而造成误差的累积效应，可在测量值的中间运算过程中比原则上的规定多取 1~2 位有效数字，也可以先运算再取舍，但测量值最后结果的末位务必与不确定度的最后一位对齐。

现在介绍 Windows 操作系统的附件中的科学计算器的统计功能的使用。

第一步：点击"开始"按钮，进入"程序"菜单，再点击"附件"菜单，最后点击"计算器"。注意"查看"菜单中选择"科学型"，进入如图 2-6 所示的界面。

图 2-6　Windows 操作系统附件中的科学型计算器界面

第二步：点击计算器左边的统计计算功能按钮"Sta"，出现统计计算的界面，如图 2-7 所示。

第三步：输入各个测量值。在图 2-8 的界面中，每输入一个数字，点击一下左边的"Dat"按钮，使该数字进入统计框中。如这样输入五个测量值：5.24，5.28，5.32，5.26，5.27，它们将依次进入统计框中，如图 2-9 所示。这时右边计算器显示栏中显示的

是最后输入的数字。左边统计框显示的是已经输入的所有数字，其下方 $n=5$ 表示已输入的数字的个数。点击统计框下面的按钮，可对已输入的数字进行相应的操作。

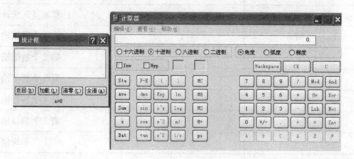

图 2-7　计算器的统计计算界面

图 2-8　测量值输入界面

第四步：统计计算。待全部数字已正确无误地输入后，即可进行统计计算。点击计算器左边的"Ave"按钮，可求出平均值；点击"Sum"按钮，可求出全部数字的和；点击"s"

按钮，可出求由这些数字构成的样本的标准差，即实验标准差 $S(x)=\sqrt{\dfrac{\sum\limits_{i=1}^{n}(x_i-\overline{x})^2}{n-1}}$ 。相应

的值均显示在计算器的显示栏中。图 2-9 所示显示的即为 $S(x)$ 。

图 2-9　统计计算界面

其他微型计算器的统计功能的使用方法类似，但不同型号的计算器的使用方法稍有不同。在使用前，务必仔细阅读说明书，多练习几遍，确保正确使用。

下面介绍 SHARPEL-5812 型计算器的使用，以供参考。使用前先按"2ndF"和"STAT"键，使计算器处于"STAT"（统计运算）状态。操作程序见表 2-9。

表 2 - 9　　　　　　　SHARPEL-5812 型计算器的统计运算键盘操作程序

操　作		显　示	注　释
2ndF	STAT	STAT　0	计算器进入统计运算状态
5.24	M+	1	第 1 个数据输入完毕
5.28	M+	2	第 2 个数据输入完毕
5.32	M+	3	第 3 个数据输入完毕
5.26	M+	4	第 4 个数据输入完毕
5.27	M+	5	第 5 个数据输入完毕
$\bar{x}$		5.274	平均值
s		0.0297	实验标准差
$\div\sqrt{5}$		0.0133	平均值的标准差

§2.6　系统误差的发现和消除

实验的不确定度计算应当在尽可能消除或修正了系统误差，特别是影响显著的系统误差的基础上进行。因此如何发现、消除或修正系统误差是做好实验的重要组成部分。

§2.6.1　发现系统误差的方法

发现系统误差是消除、修正系统误差的前提。一般情况下，系统误差是不能由重复多次测量来发现的。针对系统误差的来源，必须仔细地研究测量理论和方法的每一步（是否有问题或取近似），检验或校准每一件仪器（是否有仪器误差），分析每个实验条件（是否受振动，是否与气温、气压、湿度等有关，周围是否有磁场、电场对测量产生影响等）。这些因素都对实验结果有影响。发现系统误差的方法有：

1. 对比

（1）实验方法的对比。用不同方法测同一个量，看结果是否一致。如果不一致，就存在系统误差。

（2）仪器的对比。如用两块电表接入同一电路，读数不一致，则说明至少有一块表不准。如果其中一块表是标准的，就可以找出修正值。

（3）改变测量方法。如测电流时，当电流增加时测一组，当电流减小时再测一组，将两组进行比较，看结果是否一致。

（4）改变实验中某些参量的数值。如三线摆测转动惯量的实验中，改变摆角测周期来进行比较。

（5）改变实验条件。如改变电路中某元件的位置等，看结果是否一致。

（6）改变实验者。如换实验者进行实验，看结果是否一样。

2. 理论分析

（1）分析测量所依据的理论公式所要求的条件与实际情况是否相符，如三线摆实验中，要求摆角小于 5°，实验时是否满足了。

（2）分析仪器所要求的条件是否达到了。如用分光计测棱镜的折射率，则看分光计是否调整好了。

3. 数据分析

理论上，随机误差是遵从统计分布规律的。如果测量结果不遵从统计分布规律，则存在系统误差。

（1）将一组测量值按先后次序排列，如发现偏差的大小有规则地向一个方向变化，且前后的偏差是递增的（或递减的），则说明该测量存在系统误差。

（2）将测量列中各测量值按测量次序排列，如果发现其偏差的符号作有规律的交替变化，则该测量列含有周期性的系统误差。

（3）在某些测量条件下，测量列的各测量值的偏差均为某一固定的符号（如正号），若条件变化后，测得的各测量值的偏差符号发生变化（全为负号），则该测量列有固定的随测量条件的变化而消失或出现的系统误差。

§2.6.2　系统误差的消除和修正

找到了系统误差产生的原因，就可以采取一定的方法加以消除，或对测量结果进行修正。在实际测量中，完全消除系统误差是不可能的，而把系统误差减小到可忽略时，则可认为已消除了系统误差。

1. 测量结果引入修正量

（1）由于仪器、仪表不准确产生的误差，可通过准确度更高的仪表做比较，得到应有的修正值。

（2）由于理论、公式上的不准确产生的误差，可根据理论分析导出修正公式。

例如伏安法测电阻，可由下式给出修正：

电流表内接

$$R = \frac{U}{I} - R_A$$

电流表外接

$$R = \frac{U}{1 - \dfrac{U}{R_V}}$$

式中：R_A、R_V 分别是电流表和电压表的内阻。

2. 保证仪器装置及测量满足规定的条件

3. 采用合适的测量方法

（1）交换法（对置法）。如用天平称衡时，当被测物与砝码平衡时，则被测物质量 $x = P$（P 为砝码质量）。如果天平两臂不等长，设两臂长分别为 l_1 和 l_2，即 $l_1 \neq l_2$。根据力矩平衡条件有

$$xl_1 = Pl_2$$

因 $l_1 \neq l_2$，所以 $x \neq P$。将被测物与砝码交换位置，平衡时，砝码质量为 P'，则

$$xl_2 = P'l_1$$

上面两式相乘得

$$x^2 l_1 l_2 = PP' l_1 l_2$$
$$x^2 = PP'$$

所以

$$x = \sqrt{PP'}$$

（2）替代法。用已知量（标准量）替代被测量以达到消除系统误差的目的。如用单臂电

桥测电阻时，先测被测电阻，使电桥平衡，然后用标准电阻（已知量）替代被测量，保持测量被测电阻时的条件，调整标准电阻值，使电桥重新平衡，则标准电阻值等于被测电阻值。这样可以消除桥臂的系统误差。

（3）异号法。使误差出现两次而符号相反（＋，－），取其平均值以消除系统误差。

如测载流螺线管内的磁场，为了消除地磁场的影响，可使螺线管通正、反向电流，分别测出磁场，然后取平均值。即

$$B_+ = B_0 + B_{地}$$

$$B_- = B_0 - B_{地}$$

$$\overline{B} = \frac{B_+ + B_-}{2} = B_0$$

（4）半周期性偶数测量法。对于周期性误差，可以每经过半周期进行偶数次测量（一般测两次）。这种方法用来消除仪器中由于转轴偏心而引起的周期性系统误差。

周期性误差可表示为

$$\theta = a\sin\frac{2\pi}{T}t$$

式中：a 为常数；t 为决定周期性误差的量值（如时间、角度）；T 为误差变化周期。

当 $t=t_0$ 时，$\theta_0 = a\sin\frac{2\pi}{T}t_0$

当 $t=t_0+\frac{T}{2}=\tau$ 时，$\theta_\tau = -a\sin\frac{2\pi}{T}t_0$

而 $\frac{\theta_0 + \theta_\tau}{2} = 0$

故测得一个数后，相隔半个周期再测一个数，取两者平均，就可消除周期性系统误差。如分光计度盘偏心的消除，就是采用周期相距 180° 的一对游标来读数。

（5）补偿法。电位差计测电阻和电动势就是补偿法的具体应用，同学们可以在实验中去体会。

4．实验曲线的内插、外推法

5．系统误差的随机化处理

对有些系统误差，可在均匀改变测量状态下作多次测量，并取测量的平均值来削弱。由于改变了测量条件，系统误差取值时大时小、时正时负，平均的结果可实现系统误差的部分抵消。例如，使用测微目镜测间距，由于测微丝杠的螺距不可能做得绝对均匀，测量中存在微小的偏离误差，如果我们利用丝杠的不同部位进行测量，螺距不均匀所造成的系统误差在一定程度上被随机化了，用平均值来表达测量结果就较为准确。分光仪测角度，应在度盘的不同位置上进行测量，也是这个道理。

在圆柱体积测量和弹性模量测量中也采用了类似的方法。在圆柱或钢丝的不同截面，不同方向进行直径测量，可以部分抵偿因材质和加工等原因造成试样直径不均匀或成形不规则所带来的微小误差。

最后应指出，对未能消除或修正的系统误差，其影响又不能忽略时，原则上应做出估计并参与不确定度的合成。对可作统计处理的系统误差，可归入 A 类不确定度，其余按 B 类不确定度处理。

§2.7　实验数据处理的基本方法

数据处理是指从获得数据起到得到结果止的加工过程，它包括记录、整理、计算、分析等步骤。用简明而严格的方法把实验数据所反映的事物的内在规律性提炼出来就是数据处理。下面将介绍列表法、作图法、逐差法以及最小二乘法等数据处理方法。

§2.7.1　列表法

顾名思义，列表法就是把数据按一定规律列成表格。这是在记录和处理实验数据时最常用的方法，又是其他数据处理方法的基础，应当熟练掌握。列表法的优点是对应关系简单明了，比较容易发现实验中的规律。

1. 列表的要求

（1）表格设计合理、简单明了，重点考虑如何能完整地记录原始数据及揭示相关量之间的函数关系。

（2）提供与表格有关的说明和参数。包括表格名称，主要测量仪器的规格（型号、量程及准确度等级等），有关的环境参数（如温度、湿度等）和其他需要引用的常数和物理量等。

（3）表格的标题栏中注明物理量的名称、符号和单位（单位不必在数据栏内重复书写）。

（4）数据要正确反映测量结果的有效数字。

（5）为了便于揭示或说明物理量之间的联系，可以根据需要增加除原始数据以外的处理结果。

2. 应用举例（光的偏振）

主要仪器：旋光仪　　　型号_____　　　　　最小分度_____

钠光灯的波长 $\lambda=$_____　　　温度 $t=$_____　　　　测试管的长度 $l=$_____

初始读数 $\varphi_{0左}=$_____　　　　$\varphi_{0右}=$_____

光的偏振的实验数据见表 2-10。

表 2-10　　　　　　　　　　　　　　光的偏振的实验数据

旋光度 φ（度）　次数 　　　浓度（g/mL）		1	2	3	4	5	$\varphi'_{左}=\varphi_{左}-\varphi_{0左}$ $\varphi'_{右}=\varphi_{右}-\varphi_{0右}$	$\varphi=\dfrac{\varphi'_{左}+\varphi'_{右}}{2}$
0.25	$\varphi_{左}$							
	$\varphi_{右}$							
0.15	$\varphi_{左}$							
	$\varphi_{右}$							
0.10	$\varphi_{左}$							
	$\varphi_{右}$							
未知	$\varphi_{左}$							
	$\varphi_{右}$							

§2.7.2　作图法

所谓作图法，就是把实验数据用自变量和因变量的关系作成曲线，以反映它们之间的变化规律或函数关系。

作图的基本原则为：

（1）有完整的原始数据并列成表格，注意名称、符号、单位及有效数字的规范使用。

（2）除了一些特殊情况外，凡要通过作图提取参数或内插、外推数据的，一定要用坐标纸。图纸的选择以不损失实验数据的有效数字和能包括全部实验点作为最低要求，因此至少应保证坐标纸的最小分格（通常为1mm）以下的估计位与实验数据中最后一位数字对应。在某些情况下（如图形过小），还要适当放大，以便于观察，同时也有利于避免因作图而引入附加的误差。

应强调指出，类似后面的曲线图的例子均应画在坐标纸上。教材中只是由于印刷的原因才未显示出坐标纸的方格线。

（3）选好坐标轴并标明有关物理量的名称（或符号）、单位和坐标分度值。坐标起点不一定要通过零点，以曲线充满图纸，使全图比较美观（不要偏于一边或一角）为原则。分度比例要选择适当，一般取1，2.5，10，…较好，以便于换算数据和插点。

（4）实验数据点以十、×、□、⊙、△等符号标出，同一图中不同曲线用不同的符号。一般不用"·"号标示实验点（容易在连线时被掩盖或与图纸本身的缺陷相混淆）。用直尺或曲线板把数据点连成直线或光滑曲线。作曲线时应反映出实验的总趋势，不必强求曲线通过所有数据点，但应使实验点匀称地分布于曲线两侧。用曲线板作图的要领是：看准四个点，描中间两点间的曲线，依次后移，完成整个曲线。

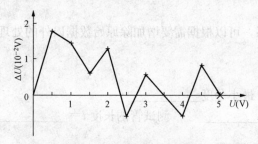

图 2-10　电压表校正曲线

光滑处理的原则不适用于绘制校准曲线。例如电表校准，这时数据点间应以线段连接（见图2-10）。这是因为考虑到被校表的测量误差来自可定系统误差，因此校准后的数据准确度有所提高。两个点之间的值便可用内插法处理，故采用折线连接是合理的。

（5）求直线图形的斜率和截距。当图线是直线时，作图法经常用于求直线的经验方程。如果求出斜率 b 和截距 a，就可得到直线方程

$$y = a + bx$$

具体做法是在直线两端部各取一点 (x_1, y_1)，(x_2, y_2)，则

$$\left. \begin{array}{l} b = \dfrac{y_2 - y_1}{x_2 - x_1} \\[3mm] a = \dfrac{x_2 y_1 - x_1 y_2}{x_2 - x_1} \end{array} \right\} \qquad (2 - 44)$$

当然 a 也可由图直接读出。取点的原则是：从拟合的直线上取点（为利用直线的平均结果，不取原数据点）；两点相隔要远一些〔否则由式（2-44）计算后有效数字位数会减少〕，但仍在实验范围之内；所取点的坐标应在图上标明（见图2-11）。

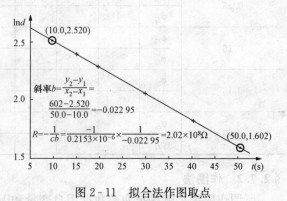

图 2-11　拟合法作图取点

（6）曲线改直。按相关物理量作成的曲线虽然直观，但要判断具体函数形式却比较困难。但如果能通过适当的变换将曲线改成直线，再来进行判断就会方便得多，而且也易于求得有关的参数。

§2.7.3　最小二乘法和一元线性回归

从含有误差的数据中寻求经验方程或提取参数是实验数据处理的重要内容。事实上，用作图法获得直线的斜率和截距就是一种平均处理方法，但这种方法有相当大的主观成分，结果往往因人而异。最小二乘法是一种比较精确的曲线拟合方法。它的判据是，对等精度测量，若存在一条最佳的拟合曲线，那么各测量值与这条曲线上的对应点之差的平方和应取极小值。

下面我们只讨论用最小二乘法来处理直线的拟合（一元线性回归）问题，并且还进一步假定在等精度测量中，只有因变量 y 有误差，自变量的测量误差远远小于因变量 y 的测量误差，故可认为自变量是精确的。

1. 最小二乘法原理

一列等精度测量的最佳值 $\bar{x}$ 是能使各次测量值误差平方和为最小的那个值，即

$$\sum_{i=1}^{n} (x_i - \bar{x})^2 = \min \tag{2-45}$$

可以证明 $\bar{x}$ 即为各次测量的算术平均值。

2. 一元线性回归

把实验结果画成图线虽然可以粗略地反映出物理量间的关系，但用函数表示更能深刻地反映物理量之间的客观规律。因此，我们往往通过实验数据求出经验方程。求出经验方程的过程称为方程的回归问题。如果两个变量之间的函数关系是线性的，就称一元线性回归。

下面将就一元线性回归问题，即工程上和科研中，常遇到的直线拟合问题进行讨论。

设直线的函数形式是 $y = a + bx$。实验测得的数据是：x_1，x_2，$\cdots$，x_n，y_1，y_2，$\cdots$，y_n，而 x_1，x_2，$\cdots$，x_n 测量很精确，可以忽略其误差，y 的相应回归值是 $a + bx_1$，$a + bx_2$，$\cdots$，$a + bx_n$。用最小二乘原理估计 a，b 之值，应满足 y 的测量值 y_i 和 $a + bx_i$ 之差的平方和取极小，即

$$\sum_{i=1}^{n} [y_i - (a + bx_i)]^2 = \min \tag{2-46}$$

选择 a、b，使式（2-46）取极小值的必要条件是

$$\left. \begin{array}{l} \dfrac{\partial}{\partial a} \sum_{i=1}^{n} [y_i - (a + bx_i)]^2 = 0 \\[2mm] \dfrac{\partial}{\partial b} \sum_{i=1}^{n} [y_i - (a + bx_i)]^2 = 0 \end{array} \right\} \tag{2-47}$$

由式（2-47）的第一式

$$\frac{\partial}{\partial a} \sum_{i=1}^{n} [y_i - (a + bx_i)]^2 = \sum_{i=1}^{n} 2[y_i - (a + bx_i)](-1) = 0$$

整理后得

$$an + b \sum_{i=1}^{n} x_i = \sum_{i=1}^{n} y_i \tag{2-48}$$

同理，由式（2-47）第二式可得

$$a \sum_{i=1}^{n} x_i + b \sum_{i=1}^{n} x_i^2 = \sum_{i=1}^{n} x_i y_i \tag{2-49}$$

由式 (2 - 48) 和式 (2 - 49) 解得

$$\left.\begin{array}{l} b = \dfrac{\sum x_i \sum y_i - n \sum x_i y_i}{(\sum x_i)^2 - n \sum x_i^2} = \dfrac{\overline{xy} - \overline{x}\,\overline{y}}{\overline{x^2} - \overline{x}^2} \\[3mm] a = \dfrac{\sum x_i y_i \sum x_i - \sum y_i \sum x_i^2}{(\sum x_i)^2 - n \sum x_i^2} = \overline{y} - b\overline{x} \end{array}\right\} \tag{2-50}$$

a，b 称为回归系数。式 (2 - 50) 中 $\overline{x} = \dfrac{1}{n}\sum x_i$；$\overline{y} = \dfrac{1}{n}\sum y_i$；$\overline{x^2} = \dfrac{1}{n}\sum x_i^2$，$\overline{xy} = \dfrac{1}{n}\sum x_i y_i$。

在进一步的研究中还有一些需要深入讨论的问题。这里只给出一些结论，具体说明可查阅相关参考书。

(1) 相关系数 γ。观测量 x 和 y 之间存在线性函数关系是预先设定好的，因此这种关系是否可靠需要验证，事实上，任何两组测量值 x_i，y_i 都可以通过式 (2 - 50) 得到回归系数 a 和 b，但所得出的直线 $y = a + bx$ 并非都能"拟合"这一组测量数据。一般可以通过计算相关系数 γ 来检验，即

$$\gamma = \frac{\sum\left[\left(x_i - \dfrac{1}{n}\sum x_i\right)\left(y_i - \dfrac{1}{n}\sum y_i\right)\right]}{\sqrt{\sum\left(x_i - \dfrac{1}{n}\sum x_i\right)^2 \sum\left(y_i - \dfrac{1}{n}\sum y_i\right)^2}}$$

$$= \frac{\overline{xy} - \overline{x}\,\overline{y}}{\sqrt{(\overline{x^2} - \overline{x}^2)(\overline{y^2} - \overline{y}^2)}} \tag{2-51}$$

γ 是一个绝对值 $\leqslant 1$ 的数。若直线 $y = a + bx$ 通过全部的实验点，则 $\gamma = \pm 1$。若 x_i，y_i 之间线性相关强烈，则 $|\gamma| \approx 1$，$\gamma > 0$ 表示随 x 增加 y 也增加；$\gamma < 0$ 则表示随 x 增加 y 减小。$|\gamma| \approx 0$ 表明实验数据分散，无线性关系。

(2) y_i 的标准偏差。测量值 y 的标准偏差可由下式给出

$$S(y) = \sqrt{\frac{\sum[y_i - (a + bx_i)]^2}{n-1}} \tag{2-52}$$

(3) 回归系数的不确定度估计。a，b 的标准偏差由下式给出

$$S(a) = S(y)\sqrt{\frac{\sum x_i^2}{n\sum x_i^2 - (\sum x_i)^2}} = S(y)\sqrt{\frac{\overline{x^2}}{n(\overline{x^2} - \overline{x}^2)}} \tag{2-53}$$

$$S(b) = S(y)\sqrt{\frac{n}{n\sum x_i^2 - (\sum x_i)^2}} = S(y)\sqrt{\frac{1}{n(\overline{x^2} - \overline{x}^2)}} \tag{2-54}$$

通常，回归系数和相关系数已经算出，这时 a，b 的扩展不确定度的 A 类分量可由下式得到

$$\left.\begin{array}{l} U_{\mathrm{a}}(b) = \dfrac{T}{\sqrt{n}}S(b) = \dfrac{T}{\sqrt{n}}b\sqrt{\dfrac{1}{n-1}\left(\dfrac{1}{\gamma^2} - 1\right)} \\[3mm] U_{\mathrm{a}}(a) = \dfrac{T}{\sqrt{n}}S(a) = \sqrt{\overline{x^2}}\,U_{\mathrm{a}}(b) \end{array}\right\} \tag{2-55}$$

(4) 应用计算器进行回归运算的示例。

应用 SC-106A 或 CASIOfx-82TL 等计算器也可以进行回归运算，只要将数据按规定的

程序输入计算器中，再按相应的按键，运算结果就会立刻显示出来，下面以 CASIOfx-82TL 型计算器为例说明。

若铁棒的伸长与温度的增长是线性关系，测量数据见表 2-11，试求回归系数 a，b 和相关系数 γ。

表 2-11　　　　　　　　　　　　　温 度 与 棒 长 数 据

$t(℃)$	10.0	15.0	20.0	25.0	30.0
$L(mm)$	1003.0	1005.0	1008.0	1010.0	1014.0

CASIOfx-82TL 型计算器有 6 种类型的回归运算功能，包括线性回归、对数回归、指数回归、反回归、二次回归等。首先按"MODE"、"3"键，使计算器进入回归运算状态，再按"1"键，选择线性回归运算，操作程序见表 2-12。显示为双行显示，为排版方便，表 2-12 中对显示屏上的内容以单行来表示。

表 2-12　　　　　　　CASIOfx-82TL 型计算器的回归运算操作程序

操　　　作			显　　　示		注　　　释
MODE	3	1	REG	0	计算器进入线性回归运算状态
SHIFT		Scl	Scl	0	清零
10.0	,	1003.0　DT	10，1003	10	输入第 1 对数据
15.0	,	1005.0　DT	15，1005	15	输入第 2 对数据
20.0	,	1008.0　DT	20，1008	20	输入第 3 对数据
25.0	,	1010.0　DT	25，1010	25	输入第 4 对数据
30.0	,	1014.0　DT	30，1014	30	输入第 5 对数据
SHIFT	A	=	A	997.2	回归系数 a
SHIFT	B	=	B	0.54	回归系数 b
SHIFT	r	=	r	0.992 539 7	相关系数 γ
18.0	SHIFT	y	Y	1006.92	18.0℃时铁棒的长度
1000.0	SHIFT	x	x	5.185 185	铁棒 1000.0mm 时的温度

3. 应用举例（电子荷质比的测定）

【例 2-3】　不同阳极电压 U_p 所对应的临界励磁电流 I_c 如表 2-13 所示，试用一元线性回归方法，求电子荷质比 $\dfrac{e}{m}$。

表 2-13　　　　　　　不同阳极电压 U_p 所对应的临界励磁电流 I_c

i	1	2	3	4
$U_p(V)$	20.0	18.5	17.0	15.0
$I_c(A)$	0.390	0.375	0.360	0.345

解

$$\frac{e}{m} = \frac{8(R^2 + L^2)}{u_0^2 n^2 L^2 (r_a^2 - r_k^2)} \frac{U_p}{I_c^2}$$

式中：R、L、u_0、n、r_a、r_k 为给定的参数。

U_p 和 I_c 之间不存在简单的线性关系，不能直接使用一元线性回归方法。因此对上式整理得：$U_p = \dfrac{u_0^2 n^2 L^2 (r_a^2 - r_k^2) e/m}{8(R^2 + L^2)} I_c^2$，设 $x \equiv I_c^2$，$y \equiv U_p$，即可由回归方程 $y = a + bx$ 求得 $\dfrac{e}{m} = $

$\dfrac{8(R^2 + L^2)}{u_0^2 n^2 L^2 (r_a^2 - r_k^2)} b \left[其中根据给定的参数可得 \dfrac{8(R^2 + L^2)}{u_0^2 n^2 L^2 (r_a^2 - r_k^2)} = 1.385 \times 10^9 \right]$。

数据处理见表 2-14（考虑到最后要计算 e/m 的不确定度，中间过程的数据取位适当增加）。

表 2-14　　　　　　　　　　求电子荷质比的数据处理

序号	$x_i = I_{ci}^2$	$x_i^2 = I_{ci}^4$	$y_i = U_{pi}$	$y_i^2 = U_{pi}^2$	$x_i y_i = U_{pi} I_{ci}^2$
1	0.1521	0.023 13	20.0	400.00	3.042
2	0.1406	0.019 78	18.5	342.25	2.602
3	0.1296	0.016 80	17.0	289.00	2.203
4	0.1190	0.014 17	15.0	240.25	1.845
$\sum$	0.5413	0.073 88	71.0	1271.5	9.692
平均	0.1353		17.8		

$$a = \frac{\sum x_i y_i \sum x_i - \sum y_i \sum x_i^2}{(\sum x_i)^2 - n \sum x_i^2} = \frac{9.692 \times 0.5413 - 71.0 \times 0.073\,88}{0.5413^2 - 4 \times 0.073\,88} = -0.318$$

$$b = \frac{\sum x_i \sum y_i - n \sum x_i y_i}{(\sum x_i)^2 - n \sum x_i^2} = \frac{0.5413 \times 71.0 - 4 \times 9.692}{0.5413^2 - 4 \times 0.073\,88} = 133.53$$

$$\frac{e}{m} = \frac{8(R^2 + L^2)}{u_0^2 n^2 L^2 (r_a^2 - r_k^2)} b = 1.385 \times 10^9 \times 133.53$$

$$= 1.849 \times 10^{11} (\text{C/kg})$$

$$S(y) = \sqrt{\frac{\sum [y_i - (a + bx_i)]^2}{k - 1}} = 0.06 (\text{V})$$

如略去其他不确定度分量的贡献，则有

$$U(b) = \frac{T}{\sqrt{n}} S(b) = \frac{T}{\sqrt{n}} S(y) \sqrt{\frac{n}{n \sum x_i^2 - (\sum x_i)^2}}$$

$$= 1.59 \times 0.06 \times \sqrt{\frac{4}{4 \times 0.073\,88 - 0.5413^2}} = 3.8 (\text{V/A}^2)$$

$$U\left(\frac{e}{m}\right) = \frac{8(R^2 + L^2)}{\mu_0^2 n^2 L^2 (r_a^2 - r_k^2)} U(b) = 1.385 \times 10^9 \times 3.8$$

$$= 0.05 \times 10^{11} (\text{C/kg})$$

$$\frac{e}{m} = (1.85 \pm 0.05) \times 10^{11} (\text{C/kg})$$

4. 小结

（1）式（2-50）建立在最小二乘原理的基础之上，在各种可能的直线中，回归系数 a，b 具有最小的方差。可以证明如果观测量服从正态分布，由此得到的 a，b 是最好的线性估计值。但应当注意公式的使用条件：等精度测量并且自变量无测量误差。在实际使用时应当选择精确度较高的物理量作为自变量，并且确认不同的 y 有大体相同的标准差，即 $\sigma(y_i) \approx$ 常数，由于实际测量中这些条件很难严格保证以及有限次测量造成的离散等原因，因此得到的回归系数 a, b 不一定比其他方法更优越。

（2）在求得回归系数 a, b 以后应当作线性关系的检验。这里包括两层意思：y 和 x 的单一线性函数模型是否合理（是否还有非线性效应或其他物理量的影响等）以及是否会因为测量误差过大（甚至存在粗差）而在实际上掩盖了这种线性规律。在本教材中，我们要求：

1）利用物理规律或其他方法（例如作图）确认线性关系的存在。

2）计算相关系数 γ，并检查是否有 $|\gamma| \approx 1$。

3）因为系数 a, b 的 A 类不确定度估计由式（2-52）～式（2-54）给出，在我们的实验中一般不要求这种估计。但要强调的是，上述公式依然是建立在忽略 x 的测量误差和对 y 进行等精度测量的基础上的，式（2-53）和式（2-54）中的 $U_a(a)$ 和 $U_a(b)$ 也只涉及通过重复测量可以反映出来的随机误差（有时也包括已经随机化了的部分未定系统误差）的贡献。

§2.7.4　逐差法

在一些特定的条件下，可以用简单的代数运算来处理一元线性拟合问题。逐差法是其中之一，它与作图法相比，没有人为拟合的随意性；与最小二乘法相比，计算上简单一些但结果相近，在物理实验中也经常使用。

1. 线性关系和一次逐差处理

设自变量和因变量之间存在以下线性关系

$$y = a + bx$$

并且已测得一组相关的实验数据为

$$x_1, x_2, \cdots, x_k; y_1, y_2, \cdots, y_k$$

为确定起见，设 k 是偶数，$k = 2n$，我们把数据分成两组为

$$x_1, x_2, \cdots, x_n; x_{n+1}, x_{n+2}, \cdots, x_{2n}$$

$$y_1, y_2, \cdots, y_n; y_{n+1}, y_{n+2}, \cdots, y_{2n}$$

并且用后一组的测量和前一组测量值对应相减（隔 n 项逐差），并利用公式 $y = a + bx$ 得到

$$x_{n+1} - x_1, y_{n+1} - y_1, b_1 = \frac{y_{n+1} - y_1}{x_{n+1} - x_1}$$

$$x_{n+2} - x_2, y_{n+2} - y_2, b_2 = \frac{y_{n+2} - y_2}{x_{n+2} - x_2}$$

$$\vdots$$

$$x_{2n} - x_n, y_{2n} - y_n, b_n = \frac{y_{2n} - y_n}{x_{2n} - x_n}$$

取平均值为

$$\bar{b} = \frac{1}{n} \sum_{i=1}^{n} b_i = \frac{1}{n} \sum_{i=1}^{n} \frac{y_{n+i} - y_i}{x_{n+i} - x_i} \tag{2-56}$$

如果自变量等间隔分布，则有

$$x_{n+i} - x_i = \Delta x$$

$$\bar{b} = \frac{1}{n\Delta x}\sum_{i=1}^{n}(y_{n+i} - y_i) \tag{2-57}$$

$\bar{b}$ 的 A 类不确定度在等精度测量、x 等间隔分布下可由相应的标准偏差来估计，即

$$U_a(b) = \frac{T}{\sqrt{n}}S(b) = \frac{T}{\sqrt{n}}\sqrt{\frac{\sum(b_i - \bar{b})^2}{n-1}} \tag{2-58}$$

注意 $n=k/2$ 是测量次数的一半。

如果 k 为奇数，设 $k=2n-1$，类似地有

$$b_i = \frac{y_{n+i} - y_i}{x_{n+i} - x_i}(i=1,2,\cdots,n-1)$$

$$\bar{b} = \frac{1}{n-1}\sum_{i=1}^{n-1}\frac{y_{n+i} - y_i}{x_{n+i} - x_i} \tag{2-59}$$

$$U_a(b) = \frac{T}{\sqrt{n-1}}S(b) = \frac{T}{\sqrt{n-1}}\sqrt{\frac{\sum(b_i - \bar{b})^2}{n-2}} \tag{2-60}$$

2. 说明

(1) 逐差法多用在自变量等间隔测量且其误差可忽略的情况，它的优点是能充分利用数据，计算也比较简单，且计算时有某种平均效果，还可以绕过一些具有确定值的未知量而直接得到"斜率"。

(2) 在用逐差法计算线性函数的系数时，必须把数据分为两半，并对前后两半的对应项进行逐差，不应采用逐项逐差的办法处理数据。后者不仅会使计算的精密度下降 $[\Delta y_i = y_{n+i} - y_i$ 的相对不确定度为 $\sqrt{\frac{U^2(y_{n+i}) + U^2(y_i)}{y_{n+i} - y_i}}$，可见间隔的项数 n 越小，相对不确定度越大$]$，而且不能均匀地使用数据，特别是在自变量等间隔分布时，将只计及首尾项的贡献（中间各项互相抵消），使多组测量失去意义。

(3) 用逐差法只能处理线性函数或多项式形式的函数，但后者需用多次逐差，因为使用较少，精度也低，所以这里不作介绍。

3. 应用举例（测量金属丝的杨氏弹性模量）

(1) 数据记录。

两夹头之间钢丝长度 $L=97.32\text{cm}$。

反射镜到尺间的距离 $D=206.12\text{cm}$。

光杠杆前后支脚间垂直距离 $R=7.576\text{cm}$。

钢丝直径数据表见表 2-15，钢丝伸长与外力关系表见表 2-16。

表 2-15　　　　　　　　　　钢 丝 直 径 数 据 表　　　　千分尺初读数 $d_0=-0.0011\text{cm}$

测量次数 i	1	2	3	4	5	平均
读数 d' (cm)	0.0321	0.0315	0.0311	0.0313	0.0320	0.0316
直径 $(d'-d_0)$ (cm)	0.0332	0.0326	0.0322	0.0324	0.0331	0.0327
$d_i^2 = (d-d_0)^2$ (cm²)	0.001 10	0.001 06	0.001 04	0.001 05	0.001 10	0.001 07

表 2 - 16　　　　　　　　　　　　　　　钢丝伸长与外力关系表

i	砝码（g）	望远镜中读数 S(cm)		
		减重 S_-	加重 S_+	$S_i = \dfrac{S_- + S_+}{2}$
0	F_0	1.00	1.00	1.00
1	$F_0 + 1000$	4.40	4.32	4.36
2	$F_0 + 2000$	7.82	7.65	7.74
3	$F_0 + 3000$	11.25	11.10	11.18
4	$F_0 + 4000$	14.62	14.51	14.56
5	$F_0 + 5000$	18.00	17.82	17.91
6	$F_0 + 6000$	21.60	21.42	21.51
7	$F_0 + 7000$	24.51	24.51	24.51

（2）用逐差法计算杨氏弹性模量，见表 2 - 17。

表 2 - 17　　　　　　　　　　　　用逐差法计算杨氏弹性模量

i	0	1	2	3	平均
$C_i = S_{i+4} - S_i$ (cm)	13.56	13.55	13.77	13.33	13.56
C_i^2 (cm²)	184.0	183.6	189.8	177.8	183.8

$$Y = \frac{8FLD}{\pi d^2 RC} = \frac{8 \times 39.21 \times 97.32 \times 206.12}{\pi \times 0.0327^2 \times 7.576 \times 13.56}$$
$$= 1.861 \times 10^7 \, \text{N/cm}^2 = 1.861 \times 10^{11} \, \text{N/m}^2$$

其中 F 为四个砝码的重量，即 $F = 4 \times 9.802 = 39.21\text{N}$。

（3）不确定度的计算。不确定度的 A 类分量用 U_a 表示，B 类分量用 U_b 表示，合成不确定度用 U 表示。因为 D、L 只测一次，故不确定度只有 B 类分量。它们的误差限为

$$\Delta_I(D) = 0.3 + 0.2D = 0.7(\text{mm}) \quad (D \text{ 与 } L \text{ 的取值见 §2.3})$$
$$\Delta_I(L) = 0.3 + 0.2L = 0.5(\text{mm})$$
$$\Delta_I(R) = 0.02(\text{mm})$$
$$U(D) = U_b(D) = \Delta_I(D) = 0.07(\text{cm})$$
$$U(L) = U_b(L) = \Delta_I(L) = 0.05(\text{cm})$$
$$U(R) = U_b(R) = \Delta_I(R) = 0.002(\text{cm})$$

d 的不确定度为

$$U_a(d) = \frac{T}{\sqrt{5}} \sqrt{\frac{\sum (d_i - \bar{d})^2}{5 - 1}} = 1.24 \times (4.36 \times 10^{-4}) = 5.41 \times 10^{-4}(\text{cm}) \, (T \text{ 为置信因子})$$

$$U_b(d) = \Delta_I = 0.0005(\text{cm}) \, (d \text{ 用千分尺测量}, \Delta_I = 0.0005\text{cm})$$

$$U(d) = \sqrt{U_a^2(d) + U_b^2(d)} = \sqrt{5.41^2 + 5^2} \times 10^{-4} = 7.37 \times 10^{-4}(\text{cm})$$

C 的不确定度为

$$U_a(C) = \frac{T}{\sqrt{4}} \sqrt{\frac{\sum (C_i - \bar{C})^2}{4 - 1}} = 1.59 \times 0.180 = 0.286(\text{cm}) \, (T \text{ 为置信因子})$$

$U_b(C)$ 的计算较为复杂，为了简化起见，可近似取（想想为什么是近似?）

$$U_b(C) = \Delta_I(S) = 0.05(\text{cm})[\text{标尺的最小分度值是 } 1\text{mm}, \Delta_I(S) = 0.05\text{cm}]$$

$$U(C) = \sqrt{U_a^2(C) + U_b^2(C)} = \sqrt{0.286^2 + 0.05^2} = 0.290(\text{cm})$$

杨氏弹性模量 Y 的不确定度，由不确定度方差合成公式得出。应先推导相对不确定度的计算式。

由 Y 的计算公式，两边取对数得

$$\ln Y = \ln L + \ln D - \ln R - 2\ln d - \ln C + \ln 8 + \ln F - \ln \pi$$

对各变量求偏微分（F、8、π 分别为准确值或常数、常量）得

$$\frac{\partial \ln Y}{\partial L} = \frac{1}{L}; \quad \frac{\partial \ln Y}{\partial D} = \frac{1}{D}; \quad \frac{\partial \ln Y}{\partial R} = -\frac{1}{R};$$

$$\frac{\partial \ln Y}{\partial d} = -\frac{2}{d}; \quad \frac{\partial \ln Y}{\partial C} = -\frac{1}{C}$$

将以上各式代入不确定度合成公式得出

$$\frac{U(Y)}{Y} = \left\{ \left[\frac{U(L)}{L}\right]^2 + \left[\frac{U(D)}{D}\right]^2 + 4\left[\frac{U(d)}{d}\right]^2 + \left[\frac{U(R)}{R}\right]^2 + \left[\frac{U(C)}{C}\right]^2 \right\}^{\frac{1}{2}}$$

$$= \left\{ \left[\frac{0.07}{97.32}\right]^2 + \left[\frac{0.05}{206.12}\right]^2 + 4\left[\frac{7.37 \times 10^{-4}}{0.0327}\right]^2 + \left[\frac{0.002}{7.576}\right]^2 + \left[\frac{0.290}{13.56}\right]^2 \right\}^{\frac{1}{2}}$$

$$= (5.17 \times 10^{-7} + 5.88 \times 10^{-8} + 2.03 \times 10^{-3} + 6.97 \times 10^{-8} + 4.57 \times 10^{-4})^{\frac{1}{2}}$$

$$= 0.050 = 5.0\%$$

$$U(Y) = Y\left[\frac{U(U)}{Y}\right] = 1.861 \times 10^{11} \times 0.050 = 0.0930 \times 10^{11}(\text{N/m}^2)$$

（4）测量结果。

$$Y = Y \pm U(Y) = (1.86 \pm 0.09) \times 10^{11} \text{N/m}^2$$

§2.8 小   结

测量总是不可避免地存在着误差的。误差按其性质和产生的原因可分为系统误差、随机误差和粗大误差。误差分析的任务就是要尽量改善和修正已定系统误差，合理估算未定系统误差和随机误差，避免粗大误差。

误差大小是不能准确知道的。科学评定误差可能大小的参量就是不确定度。不确定度即是在一定置信概率下测量误差的量限（即测量值与真值可能偏离大小的上限）。依据处理方法的不同，不确定度分为两类分量：用统计方法处理的 A 类分量；用非统计方法处理的 B 类分量。

对应于 68.3% 的置信概率下的不确定度为标准不确定度，而对应于其他更高置信概率下的不确定度则为扩展不确定度。在目前的实际应用中，通常采用的是对应于 95% 的置信概率的扩展不确定度。本书采用对应于 95% 置信概率的扩展不确定度。

不确定度 A 类分量的计算是在尽可能地改善或修正了已定系统误差的基础上进行的，是以统计理论为依据的。多次直接测量的扩展不确定度 A 类分量为

$$U_a(x) = TS(\bar{x}) = \frac{T}{\sqrt{n}}S(x) = \frac{T}{\sqrt{n}}\sqrt{\frac{\sum_{i=1}^{n}(x_i - \bar{x})^2}{n-1}} \tag{2-61}$$

式中：n 为测量次数；$S(x)$ 为可用计算器直接算出的实验标准差；$S(\bar{x})$ 为算术平均值 $\bar{x}$ 的标准差；T 为与测量次数有关的置信因子。数据处理中可查表 2-2 得出 T 与 $T/\sqrt{n}$。

不确定度 B 类分量的计算采用非统计方法处理，但它也是具有统计意义的。在物理实验中的不确定度 B 类分量主要是由仪器误差限所决定。由仪器误差限的含义，扩展不确定度的 B 类分量通常可近似取该测量仪器的仪器误差限，即

$$U_{\mathrm{b}} = \Delta_{\mathrm{I}}$$

其中具体测量仪器的仪器误差限可查阅 §2.3.3 得出。

一个测量值的不确定度是其 A 类分量和 B 类分量的合成，即为其两类分量的"方和根"。扩展不确定度的合成公式为

$$U = \sqrt{U_{\mathrm{a}}^2 + U_{\mathrm{b}}^2}$$

间接测量量 $F = F(x_1, x_2, \cdots, x_k)$ 的不确定度计算是以不确定度的传递与合成为基础的，即是每一被测量 $x_i (i = 1 \sim k)$ 引起的不确定度分量的"方和根"，具体计算公式为

$$U(F) = \sqrt{\sum_{i=1}^{k} U_i^2} = \sqrt{\left[\frac{\partial F}{\partial x_1} U(x_1)\right]^2 + \left[\frac{\partial F}{\partial x_2} U(x_2)\right]^2 + \cdots + \left[\frac{\partial F}{\partial x_k} U(x_k)\right]^2}$$

$$\frac{U(F)}{F} = \sqrt{\left[\frac{\partial \ln F}{\partial x_1} U(x_1)\right]^2 + \left[\frac{\partial \ln F}{\partial x_2} U(x_2)\right]^2 + \cdots + \left[\frac{\partial \ln F}{\partial x_k} U(x_k)\right]^2}$$

一个完整的测量结果应表述为

$$F = \bar{F} \pm U(F)$$

式中：$\bar{F}$ 表示被测量 F 的最佳值（对于间接测量，本书也即用 F 表示最佳值）；$U(F)$ 为测量值的不确定度。$\bar{F}$ 与 $U(F)$ 的计算过程应遵循 §2.4.3 和 §2.5.3 所阐述的数据修约（取舍）规则及有效数字的运算规则。$\bar{F}$ 与 $U(F)$ 的最后一位必须对齐。

一个实验过程包括完善的实验方案设计、正确的实验操作、规范的数据处理等方面。方案的设计应依据有关的物理理论和规律，充分考虑到各种误差因素的影响，尽可能地改善和修正各种可能的已定系统误差。正确的实验操作应是在教师的指导下通过自己的努力完成的。实验者必须在实验操作过程中有意识地锻炼自己，养成良好的习惯和作风，尽可能好地获得所需要的测量数据并规范记录下来。数据处理是实验过程中的一个重要环节。数据处理的基本方法有列表法、作图法、最小二乘法和逐差法等，应根据具体情况进行选择以获得最佳值。不确定度的计算是数据处理的一个重要方面，但不同的实验有不同的侧重点，并不要求每个测量值都计算其不确定度。

在数据处理中涉及繁复的计算，一定要按要求认真进行。注意利用计算机或计算器的高级功能（统计计算、回归计算等）以提高计算准确度并减小计算工作量。数据处理还可借助于其他专门软件或程序来进行。

习　　题

1. 依据误差来源，说明以下误差是什么误差：已定系统误差、未定系统误差、随机误差或粗差？

（1）由于三线摆发生微小倾斜，造成周期测量的变化。

（2）测溶液的旋光率时，因计算公式的近似而造成的误差。

（3）测三线摆周期时，由于对平衡位置的判断忽前忽后造成的误差。

（4）因为实验振动，造成望远镜中标尺的读数变化了大致 1cm。

（5）由公式 $V=\dfrac{\pi}{4}d^2h$ 测量圆柱体体积，在不同位置处测得直径 d 的数据因加工缺陷而离散。

2. 数字万用表说明书给出电压（量程为 2V）挡的允许误差限是 $1.0\%N_x+5$ 字，若表的示值为 1.315V，则其仪器误差限是多少？

3. 圆管体积 $V=\dfrac{\pi}{4}(D_1^2-D^2)L$，管长 $L\approx10$cm，外径 $D_1\approx3$cm，内径 $D\approx2$cm。问哪一个量的测量结果对最后结果影响最大（提示：比较不确定度传播系数）？

4. 实验测得一组三线摆 50 个周期的数据见表 2-18，如果认为人眼的位置判断和启动响应能力不会超过三线摆周期的 1/4，下述数据中是否有粗差存在？

表 2-18　　　　　　　　　　　习 题 4 的 表

i	1	2	3	4	5
$50T_i$	1′10.36″	1′09.93″	1′10.12″	1′10.02″	1′09.90″

5. 刻度盘为 25div（div 表示最小分度）、量程为 $100\mu A$ 的 2.5 级电流表，若表的指针在 19.2div 处，试给出测量结果的表示 $I\pm U(I)$。

6. 测量结果表述成 $x\pm U(x)$，对此有三种看法：①真值是 x；②x 的误差是 $U(x)$；③真值落在 $x-U(x)$ 到 $x+U(x)$ 之间。这些看法正确吗？为什么？

7. 有人说测量次数越多，平均值的标准偏差就越小，因此只要测量次数足够多，不确定度就可以在实际上减少到 0，这样就可以得到真值。这种说法是否正确？

8. 用电子毫秒表测量时间，共 10 次，结果是：0.136，0.138，0.133，0.130，0.129，0.133，0.132，0.134，0.129，0.136（单位：s）。要求给出测量结果的正确表达式。

9. 改正下列表达式中的错误，写出正确的结果。

（1）$N=10.8000\pm0.4$cm。

（2）$L=(28\,000\pm8000)$cm。

（3）$m=1.219\,567\pm0.0314$g。

（4）$H=3.4000\pm0.0053$cm。

（5）$R=9.256\times10^6\pm533\times10^3\,\Omega$。

（6）$d=0.000\,145\,3\pm0.000\,004\,51$cm。

（7）$L=12$km±10m。

（8）有人说 8.0×10^{-5}g 比 8.00g 测得精确，试纠正并说明原因。

（9）$0.0221\times0.0221=0.000\,488\,41$。

（10）$\dfrac{400\times150}{12.60-11.6}=60\,000$。

10. 计算测量值及不确定度，并正确表述最终结果。

（1）已知 $A\pm U(A)=(38.206\pm0.023)$cm；$B\pm U(B)=(13.2487\pm0.0005)$cm；$C\pm U(C)=(161.25\pm0.04)$cm；$D\pm U(D)=(1.3242\pm0.0037)$cm；且 $F=A-2B-C+5D$；求 F，$U(F)$ 及 $F\pm U(F)$。

(2) 已知 $M \pm U(M) = (236.124 \pm 0.005)$g；$D \pm U(D) = (2.345 \pm 0.005)$cm；$H \pm U(H) = (8.21 \pm 0.37)$cm；且 $\rho = \dfrac{4M}{\pi D^2 H}$。求 ρ，$U(\rho)$ 及 $\rho \pm U(\rho)$。

11. 计算下列结果。

(1) $L = L_1(a+b)$，已知：$a = 1$（常数），$b = 2.0 \times 10^{-3}$，$L_1 = 3.18795$cm。

(2) $V = \pi r^2 h$，已知：$2r = 1.3981 \times 10^2$cm，$h = 5.0 \times 10^2$m。

(3) $2\pi \sqrt{\dfrac{1.0155 + 0.02277/2}{g}}$（$g$ 为北京地区的重力常数）。

12. 在室温 $t = 25.0\,℃$ 时，测量通过一个电阻的电流强度 I 与电压 U 的变化关系得到如下数据，见表 2 - 19。根据这些数据画出电阻的 $I-U$ 关系曲线，并从图中求出电阻值。

表 2 - 19　　　　　　　　　　　　　习题 12 的表

U(V)	0.00	1.00	2.00	3.00	4.00	5.00	6.00	7.00	8.00	9.00	10.00
I(A)	0.00	2.00	4.01	6.03	7.85	9.70	11.83	13.75	16.02	17.86	19.94

13. 已知铜棒长度随温度变化的关系为 $l = l_0(1 + \alpha t)$，试用一元线性回归法由表 2 - 20 中数据求线膨胀系数 α。

表 2 - 20　　　　　　　　　　　　　习题 13 的表

i	1	2	3	4	5	6
t_i(℃)	10.0	20.0	25.0	30.0	40.0	45.0
l_i(mm)	2000.36	2000.72	2000.80	2001.07	2001.48	2001.60

14. 弹簧自然长度 $l_0 = 10.00$cm，以后依次增加砝码 10g，测得长度依次为 10.81、11.60、12.43、13.22、14.01、14.83、15.62cm。试用逐差法求倔强系数 k。

第3章　物理实验方法和技术

科学实验的过程可归纳为：①提出问题，确立课题；②分析问题，构建相应的物理模型；③确立实验方案，配置测量仪器；④通过实验，修正与完善实验方案，且得出实验数据；⑤分析处理实验数据，得出定性及定量结论。

本章将简述实验的基本方法、测量方法以及基本实验操作技术。其中实验方法是战略，将决定测量方法是否正确，而测量方法是战术，以保障实验方法得以正确的实施。两者相辅相成，互相依存，有时难以截然分开。实验方法与测量方法在具体实验中的运用就构成了实验方案。实验方案的实施必须借助一定的操作技术才能完成。

§3.1　物理实验中的基本实验方法

§3.1.1　换测法

寻找与待测参量有关的物理量，利用它们之间的函数关系，通过对有关物理量的测量求出待测参量的方法称为换测法。它是常用的实验方法之一，几乎渗透到科学实验的各个领域。换测法大致可分为参量换测法与能量换测法两类。

1. 参量换测法

参量换测法是利用各种参量在一定实验条件下的相互关系来实现待测参量的变换测量。如测定钢丝的杨氏模量 E，是利用应变与应力在一定范围内成线性变化的规律，将待测量 E 用杨氏模量测定仪转换成对应变量 $\Delta L/L$ 与应力量 F/S 的测量，即通过测量 L、ΔL、F、S，以 $E = (F/S)/(\Delta L/L)$ 求出待测量。类似这样的参量换测法，几乎贯穿于所有实验之中。

2. 能量换测法

此法是利用换能器（又称传感器或变换器）将一种形式的能量转换成另一种形式的能量来进行测量的。能量的转换方式取决于换能器的种类。

（1）热电换测。它是将热学量转换成电学量再进行测量，如在"实验十六—准稳态法测导热系数和比热容"中，热电偶就将温度的测量转换成了温差电动势的测量。

（2）磁电换测。这种方法常利用半导体的霍尔效应来实现，由霍尔电势的大小可求出磁感应强度的大小，而由霍尔电势的方向，可判断出磁感应强度的方向。在"实验十七—霍尔元件测磁场"中，即使用这种方法，也可利用电磁感应的方法来实现，如利用冲击电流计测磁场即属于此。

（3）压电换测。它通过压力与电势间的变换来进行测量。一些结构上不对称的晶体，如石英、钛酸钡、酒石酸钾钠等，它们在特定方向受压力作用时发生极化，而在两个端面出现电势差（压电效应）。利用这种性质可制成压电传感器，如心电图示仪的核心部分即是压电陶瓷片，它将心脏跳动对其产生的压力转换为电压输出，再用示波器予以显示。

压电效应相反的过程是，在这种晶片的特定方向加上一定电压，晶片将发生弹性形变（电致伸缩）。若让它工作在其"固有共振频率"上，则压电效应（或逆压电效应）尤为明显，这时用它作为激振或拾振元件，效率最高。

（4）光电换测。将光通量的变化转换为电学量的变化再进行测量称为光电换测。硅光电池、光敏二极管、光敏三极管、光电倍增管、电荷耦合器件（CCD）等皆为光电换测元件（光电传感器）。其中硅光电池可把光能直接转换为电能，转换效率已超过 12%，故还可作为电源使用。

必须指出，设计或采用任何形式的换测应遵循以下原则：

1）进行参量转换时，其转换原理以及转换参量间的函数关系应正确无误。

2）参量换测必须起到简化测量过程或是提高测量精度的作用。

3）换能器要有足够的输出，并且性能必须稳定。

4）变换中若伴有其他效应，应予以校正和补偿，见"实验十七—霍尔元件测磁场"中的附加效应的讨论及消除。

5）要考虑技术上是否可行，经济上是否在可承受的范围。

§3.1.2　静态与动态研究法

物理现象总是在一定的条件下有其特定的物理过程，其过程可能是线性的，也可能是非线性的，因此任何实验均应先确定在什么条件下进行。

1. 静态研究法

静态研究法是将物理过程视为一系列静止状态加以研究，以得出整体的变化过程。以电阻的伏安特性为例，若是线性的变化，则可在测量范围内（研究区间）采用定间隔定点测量法，而得出 U_1，U_2，…，U_i 及其对应的 I_1，I_2，…，I_i，最后将一系列状态 $(U_i，I_i)$ 标示在坐标纸上，再连成曲线，以得出 U-I 的函数关系。对于非线性的变化范围，为了把握曲线的细部变化，要求在曲线弯曲部分、拐点附近加密测量点距，这在"实验十八—普朗克常数的测定"中体现了出来。

2. 动态研究法

将静态研究法的点距缩小到近乎连续状态即为动态研究。一般通过仪器自动测量，或通过计算机的快速采样及检测，测出自变量与因变量在极短间隔内相应各点的数值，并将其曲线显示在屏幕上或打印出来，从而得到动态曲线。常用的显示器是示波器、XY 函数记录仪或微机联机后的显示屏或打印机。

在"实验十五—示波器测铁磁材料的磁化曲线和磁滞回线"中就是用动态研究法来观测磁滞回线的。在"用晶体管特性测试仪测三极管的特性曲线"中，用的也是动态研究法。

这种研究法采用的是电学仪器，被测量（无论是自变量还是因变量）均应转换为适于显示器输入的电学量（若显示器为示波器，则均应转变为电压），此外被转换成的电学量应与原待测量线性相关，否则会畸变而不能如实反映客观规律。

§3.1.3　模拟法

此法并不直接研究某物理现象或物理过程本身，而是采用与之相似的模型进行研究。它对于不便于或无法直接测量的物理量是行之有效的。依据模拟的手段，模拟法可分为物理模拟和数学模拟两类。

1. 物理模拟

若被模拟的物理过程与模拟的物理过程本质上是一致的就称为物理模拟。如利用小尺寸的实物模型进行"风洞"试验以改进飞机与导弹的设计，用"流槽"模型预演河流的水力作用等皆属于物理模拟。

2. 数学模拟

两个物理量，尽管它们的物理本质和产生的物理现象或过程并不相同，但他们却具有相同的数学表达式反映它们各自的规律。这时用其中一个物理过程来模拟另一个物理过程的方法就称为数学模拟。如流体力学中，用液体的速度场模拟气体的速度场，在"实验八—模拟法测绘静电场"中利用稳恒电流场来模拟静电场，即属于此类。

§3.1.4 干涉法

干涉法广泛应用于各种机械波、电磁波、光波等研究中。这种方法将一列行波分成两个或两个以上的波列，并使它们在同一区域中叠加而形成稳定的干涉图样，通过对干涉图样的分析而研究行波的特性。这样就可将瞬息变化并难以测量的动态研究对象变成稳定的静态对象——干涉图样，从而简化了研究过程，提高了研究的精度。干涉法在引入全息摄影技术后已发展成一门新技术——干涉计量术，并在生产实践与科学研究中发挥了越来越重要的作用。依据参与叠加的波列数的不同，干涉法可分为驻波法和衍射法。

1. 驻波法

驻波是指两列纵波或两列具有相同偏振面的横波，以相同的频率、相近的振幅和恒定的位相差，彼此沿相反方向传播，叠加后而形成的波。实验中常使波传播遇到障碍物（或另一种介质的界面）产生反射波，与入射波叠加相互干涉而形成驻波。光学测量中广泛应用的"等厚干涉法"即是利用入射光波与反射光波相干叠加形成驻波而进行测量的，它在检验元件的光洁度、测量微小长度、角度等方面是行之有效的。在"实验十一—光的等厚干涉"中，即使用此方法测透镜的曲率半径，还可测其他微小长度及其变化。

2. 衍射法

当波通过与其波长可以比拟的狭缝时会出现衍射现象。在波的衍射中，波场能量的分布是连续的无数相干波源发出的波相互干涉的结果，所以衍射现象的本质是一种特殊的干涉。衍射法也是光学测试的一种重要方法，许多仪器即是依此而设计的。如光栅摄谱仪，由于光的衍射，将入射到其上的各种波长的光分开，通过特征光谱分析，可进行物质的微量检测。

§3.2 物理实验中的基本测量方法

测量方法系指具体测量某一个物理量时，如何根据测量要求，在给定的条件下尽可能地消除或减小系统误差以及减小随机误差，使获得的测量值更为精确的方法。本节将介绍物理实验中最常用的几种基本测量方法。

§3.2.1 比较法

它是测量方法中最基本的方法。任何物理量，为了测量都必须规定出它的标准单位，测量就是将待测物理量与规定的该物理量的标准单位进行比较，以确定待测量是标准单位的多少倍，即得该待测量的测量值。比较法可分为直接比较法和间接比较法两类。

1. 直接比较法

（1）通过量具直接比较示值。将待测量与经过校准的量具进行直接比较测出其大小，称为直接比较法。如用刻度尺测量长度就是最简单的直接比较法。这种直接比较法的测量精度，受到测量仪器自身精度的局限，欲提高测量精度就得提高量具的精度。为达此目的，需依靠不同物理量的标准件，例如用于长度测量的"块规"、用于质量测量的高精度砝码、用于电阻测量的标准电阻、用于电动势测量的标准电池等。

（2）通过平衡、补偿或零示测量进行直接比较。在利用天平称量物体的质量时，是利用天平这一仪器使待测量与标准件（砝码）直接比较，其测量结果的准确度受天平本身灵敏度的制约而只能接近砝码的精度。在"惠斯通电桥测电阻"
实验中，从测量未知电阻而言用的是平衡测量，而作为表征电桥是否平衡却使用的是检流计零示法。

用电位差计测量电池电动势的原理如图 3-1 所示，它是补偿法测量的典型。合上 K，调节 R，使电阻丝 AB 上通过有一定电流 I，再合 K_1，改变 C 在 AB 上的位置至检流计示零，则待测电动势 E_X 被电位差 U_{AC} 所补偿，这时有

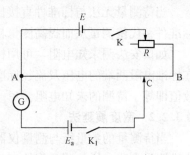

图 3-1　测量电池电动势原理图

$$E_X = U_{AC} = IR_{AC}$$

它也是以检流计示零后而获得测量结果，故又可称为零示测量法。

零示测量法最突出的优点是，无论是平衡测量或是补偿测量中皆以检流计示零而得出测量结果，所以测量的精度高低与示零仪器的灵敏度密切相关。而对于测量仪器而言，欲得一高精度的电流计是困难的，但高灵敏度的检流计却易于实现，故常常利用零示法来实现较高精度的测量。

必须指出，要有效地运用直接比较法应考虑以下两个问题：

1）创造条件使待测量能与标准件直接对比。

2）无法直接对比时，则考虑其能否用零示测量法予以比较，此时只要注意选择灵敏度足够高的平衡指示仪即可。

2. 间接比较法

此种比较法在测量中是更为普遍的方法，因为多数物理量是无法直接通过比较而测出的，往往需利用物理量之间的函数转换关系制成相应的仪器来简化测量过程。如电流表，是利用通电线圈在磁场中受到的电磁力矩与游丝的扭转力矩平衡时，电流的大小与电流表指针的偏转量之间具有一定的对应关系而制成，因此可用电流表指针的偏转量而间接比较出电路中的电流强度。

图 3-2 是利用补偿法进行间接比较来测待测电池的电动势的原理图，其中 K_1 是双刀双掷开关，E_S 是标准电池。合上 K，调节 R，使 AB 电阻丝中的电流 I 为某定值，让 K_1 投向 E_X，调节滑动触点 C 使 G 示零，这时 AC 间电阻丝的长度为 l_{AC}；在 I 不变的情况下将 K_1 投向 E_S，再滑动触点 C 至 C' 时 G 又示零，这时 AC' 间电阻丝的长度为 $l_{AC'}$，则可对前后两次达到补偿的情况进行比较，得

$$E_X = U_{AC} = IR_{AC} = I\rho l_{AC}/S$$
$$E_S = U_{AC'} = IR_{AC'} = I\rho l_{AC'}/S$$

最后可得

$$E_X = (l_{AC}/l_{AC'})E_S$$

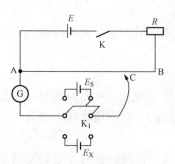

图 3-2　补偿法测量电池
电动势原理图

式中：ρ 为电阻丝 AB 的电阻率；S 为 AB 电阻丝的截面积。可见，对 E_x 的测量被转换成为对电阻丝长度的测量，也是间接测量。从推导过程来看，上述测量必须在 I 与 ρ 皆保持不变时才是正确的。

3. 替代法

当待测量无法与标准件直接比较时，可利用它们对某一物理过程具有等效的作用，而用标准件替代待测量从而提高测量精度。这种方法实质上是平衡测量法的引申。

如伏安法测未知电阻，可用标准电阻箱进行替代测量。只要改变标准电阻的大小，使加在标准电阻两端的电压及流经标准电阻的电流与测量未知电阻时的数值相同，则标准电阻的数值即等于待测的未知电阻。

§3.2.2 宽度展延法

当待测量的数量级与测量仪器的仪器误差限较为接近时，其测量数据是不可信的。如何改进测量方法，增加测量值的有效数字，从而提高测量的精度呢？宽度展延法将在一定程度上解决这一问题。

如欲测某均匀细丝的直径，可并排密绕一百匝，测量出这一百匝宽度而求得细丝的直径。又如在"用单摆测重力加速度实验"及"用三线摆测转动惯量实验"中，测量摆的周期时，可采用测量 10 个或 50 个周期的时间来求单个周期。类似情况不胜枚举。

这种在不改变待测物理量性质的情况下，将待测量延展若干倍，从而增加了待测量的有效数字位数，减小测量值的相对误差的方法称为测量宽度展延法。

现分析展延前后测量精度的变化。设某仪器对某物理量进行单次测量，测得值为 L，其绝对误差限即仪器误差限为 ΔL，则最大相对误差为

$$E = \Delta L / L$$

若让该物理量展延 m 倍（m 大于 1 且为整数），还用这个仪器对之进行单次测量，其测量值应为 mL，而该测量值绝对误差限应仍为 ΔL，则最大相对误差为

$$E_m = \Delta L / mL$$

可见，$E_m = E/m$，即展延后相对误差减小了。展延后的待测量的测量值为 mL/m，由于 mL 的有效数字的位数，必大于展延前的 L，所以展延后由测量值计算出的待测量的有效数字位数必然增加，从而提高了测量的精度。

必须指出的是，使用宽度展延法，首先必须保证待测量在展延过程中不能有变化，其次在展延中应努力避免引入新的误差因素（如细丝并排密绕时应避免出现间隙）。

§3.2.3 线性放大法

当待测量很小又无法使用宽度展延法时，就必须考虑采用线性放大法。常见的放大方法有机械放大法、电磁放大法、光学放大法等。

1. 机械放大法

利用机械部件之间的几何关系使标准单位量在测量过程中得到放大，从而提高测量仪器的分辨率，增加测量的有效数字的位数。游标卡尺和螺旋测微计的工作原理皆属于此类。

2. 电磁放大法

在对电磁量的测量中，如果被测量非常微弱，常需放大才便于检测。在对非电量的测量中，将其转换成电学量再进行放大测量，已成为科技人员首选方法之一。

在"普朗克常数的测定"实验中，由光电效应产生的光电流通常是非常微小的，因此设

置了微电流放大器，通过电子电路以实现放大，否则无法检测。实验中也常将待测电学量或者非电量通过传感器转变为电学量输入到示波器进行信号放大后测量，这不但可进行定性、定量测量，而且可以直观地展示被测量的变化，"实验十四—超声干涉法与相位比较法测空气声速与绝热系数"即用到了此方法。

3. 光学放大法

光学放大具有稳定性好、受环境干扰小的优点。望远镜、读数显微镜以及其他很多实验中应用的"光杠杆"皆属于光学放大，其中光杠杆法被广泛应用于各科研领域。在"实验三—测量金属丝的杨氏模量"中，为了测金属丝长度的微小变化，即用到此方法。

§3.2.4　对称测量法

对称测量法是消除测量中某些系统误差的重要方法。由于一些系统误差的大小与方向是个确定值（或按一定规律变化），故可以用对称测量法予以消除。可采用的对称测量常有"正向"与"反向"测量、平衡情况下的待测量与标准量的位置互换、测量状态的"过度"与"不足"（如超过平衡位置与未达平衡位置的对称、过补偿与未补偿的对称）等。

下面介绍常用的几种对称测量法：

1. 双向对称测量法

对于大小及取向不变的系统误差，通过正、反两个方向的测量后，可收到正、负系统误差相消的结果。

如某一物理量真值为 A_0，测量时的系统误差为 $+\Delta A$，则正向测量时的测量值为

$$A_{正} = A_0 + \Delta A$$

反向测量时的测量值为

$$-A_{反} = -A_0 + \Delta A$$

即

$$A_{反} = A_0 - \Delta A$$

由此可得

$$\overline{A} = (A_{正} + A_{反})/2 = \frac{(A_0 + \Delta A) + (A_0 - \Delta A)}{2} = A_0$$

从而在测量值 $\overline{A}$ 中消去了系统误差的影响。

此法可见之灵敏检流计实验。检流计常数 C 为

$$C = \frac{R_0 U}{(R_1 + R_0)(R_2 + R_g)d}$$

测量电路如图 3-3 所示，为了消除检流计与回路接线上可能出现的系统误差，利用 K_2 改变回路中的电流方向，若调节 R 使正反两次测量时检流计的指针正向的偏转量 d_1 等于反向的偏转量 d_2（数值上皆等于 d），而分别测出正反向时的电压 U_1 和 U_2，于是依上述公式可分别求出 C_1 和 C_2，取平均得 $C = (C_1 + C_2)/2$ 即可消去检流计与回路连接时可能产生的系统误差。

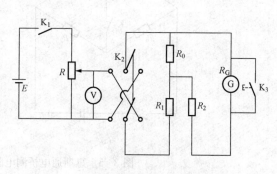

图 3-3　检流计实验中的双向对称测量法

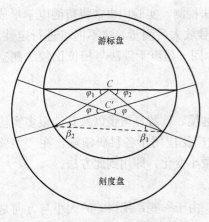

用分光计测量角度所采用的对径测量法，从广义上说，也属于对称测量。这种由于游标盘与刻度盘转轴不同心引起的变值系统误差，仍可通过对称测量使该系统误差正、负相消。如图 3-4 所示，刻度盘的转轴 C' 与游标盘转轴 C 不重合，因此，刻度盘实际转过 φ 角，而游标盘两个对径上读出的却是 φ_1 和 φ_2，即产生了偏心误差。它是一种周期性变化的系统误差，但若以对径测得的两个角度取平均，则可消除该系统误差。从图 3-4 中可以看出

图 3-4　分光计测角度中的
双向对称测量法

$$\beta_1 = \frac{\varphi_1}{2}$$

$$\beta_2 = \frac{\varphi_2}{2}$$

而

$$\varphi = \beta_1 + \beta_2 = \frac{1}{2}(\varphi_1 + \varphi_2)$$

2. 平衡位置互易法

此法系指在应用平衡测量法时，常使待测量与标准量位置互相交换，这样交换前后两次所测得的数据，可通过乘除来消除部分直接测量的系统误差。此法常见于天平称质量以及惠期通电桥测电阻的实验中。

惠斯通电桥测电阻的电路如图 3-5（a）所示，待测电阻 R_X 与其余三个桥臂上的比较电阻 R'_0、R_1、R_2 的平衡条件是

$$\frac{R_X}{R'_0} = \frac{R_1}{R_2}$$

其中 R_1、R_2 上存在着接触电阻及接线电阻等系统误差。若待测电阻 R_X 与比较电阻 R'_0 的位置互换，且保持 R_1、R_2 不变〔如图 3-5（b）所示〕，此时平衡条件为

$$\frac{R''_0}{R_X} = \frac{R_1}{R_2}$$

解位置互换前后的两个方程可得

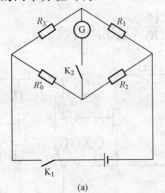

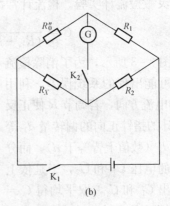

图 3-5　惠斯通电桥测电阻时的平衡位置互易法

(a) 互易前；(b) 互易后

$$R_X = \sqrt{R_0' R_0''}$$

这样，R_X 即不受 R_1、R_2 的误差的影响。

　　用天平进行质量的精密测量时，常采用砝码与待测物位置互换法，亦即复称法（高斯法）。这种测量方法可消除由于两个臂长短可能有微小的差异引起的系统误差。对于图 3-6（a）所示的情况，有

$$\frac{G}{G_1} = \frac{l_2}{l_1}$$

位置互换后，即图 3-6（b）所示的情况，有

$$\frac{G_2}{G} = \frac{l_2}{l_1}$$

若以质量表示则为

$$\frac{M}{M_1} = \frac{l_2}{l_1} \quad 及 \quad \frac{M_2}{M} = \frac{l_2}{l_1}$$

故可得

$$M = \sqrt{M_1 M_2}$$

这就消除了 l_1 与 l_2 不等而产生的系统误差。

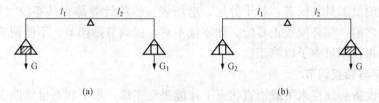

图 3-6　用天平进行质量精密测量时的平衡位置互易法
（a）互易前；（b）互易后

3. 内插法

　　在对称测量中往往要求在平衡状态下获取测量数据。但作为标准的量往往是跃变的非连续量，如作为惠斯通电桥的比较臂的电阻箱，其最小步幅为 0.1Ω。当电桥接近平衡时，比较臂的电阻为 R_0，若增加 0.1Ω 时指针正向偏了 $+n$ 格，而减少 0.1Ω 时指针却反向偏了 $-m$ 格，这就无法从实际测量中得到平衡时的比较臂电阻值，此时可用内插法求 R，即得

$$R = (R_0 + 0.1) - n\left(\frac{0.2}{m+n}\right)$$

或是

$$R = (R_0 - 0.1) + m\left(\frac{0.2}{m+n}\right)$$

也可用作图法求解，这时以 R 为横坐标，以指针相对于平衡位置的偏转格数为纵坐标，将 $(R_0 + 0.1, +n)$ 与 $(R_0 - 0.1, -m)$ 两点连成直线，如图 3-7 所示，该直线与 R 轴的交点即为平衡时的比较臂的电阻值。

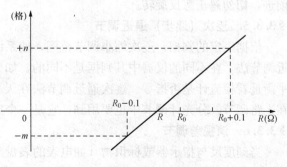

图 3-7　内插法示意图

还应指出的是，当无法得到平衡点两侧的测量点时，可用同侧两测量点（或数点）通过外推法作图求出。

§3.3 物理实验中基本操作技术

§3.3.1 仪器初态和安全位置

所谓"初态"是指仪器设备在进入正式调节、实验前的状态。正确的初态可保证仪器设备安全，保障实验工作顺利进行。如设置有调节螺钉（迈克尔逊干涉仪上的反光镜的方位调节螺钉，望远镜的俯仰调节螺钉等）的仪器，在正式调节前，应先调节螺钉处于松紧合适的状态，使其在各个方向都具有足够的调节量，以便于仪器的调整。这在光学仪器中常会遇到。

在电学实验中则有所谓安全位置问题。例如，未合电源前，应使电源的输出调节旋钮处于使电压输出为最小的位置。又如使滑线变阻器的滑动端处于对电路最"安全"的状态（若作分压用，使分压输出最小；若作限流用，使电路电流最小）。还有在平衡调节前，把保护电阻接入示零电路等。这样既保证了仪器设备的安全，又便于控制调节。

§3.3.2 零位（零点）调节

绝大多数测量工具及仪表，如千分尺、电压表、检流计等都有其零位（零点）。在应用它们进行测量之前，都必须校正零位。如零位不对，能调节则调节，不能调节则记下其对零点的偏差值，再在测量中予以修正。

§3.3.3 水平与铅直调节

有些仪器设备必须在水平或铅直状态下才能正常工作。水平状态可借助水平仪进行判断，铅直状态可借助重锤进行判断。对其进行调节时，一般借助于仪器基座上的三个调节螺钉。三个螺钉成正三角形或等腰三角形排列，调节其中一个，基座将以另外两个螺钉的连线为轴转动。

§3.3.4 避免回程误差

由丝杠—螺母构成的转动与读数机构，由于螺母与丝杠之间有螺纹间隙，往往在测量刚开始或刚反向转动丝杠时，丝杠需转过一定的角度（可能达几十度）才能与螺母啮合。结果与丝杠连接在一起的鼓轮已有读数改变，但是螺母带动的机构未产生实际位移，造成虚假读数而产生回程误差。为避免回程误差，使用这类仪器（如千分尺、读数显微镜等）时，必须单向旋转鼓轮待丝杠—螺母啮合后，才能开始测量，并且保持整个读数过程继续沿同一方向前进，切勿忽正忽反旋转。

§3.3.5 逐次（逐步）逼近调节

依据一定的判据，逐次缩小调节范围，使系统较快地收敛于所需状态的方法称为逐次逼近调节法。在不同的仪器中其判据是不同的，如天平平衡是看天平指针是否指在中央，电桥平衡是看检流计是否指零。逐次逼近调节法在天平、电位差计等仪器的平衡调节中要用到，在光路调节、分光计调节中也要用到，它是一个经常使用的调节方法。

§3.3.6 消视差调节

当刻度尺与指示器或标识物（如电表的表盘与指针、望远镜中分划板上的叉丝的虚像与被观察物的虚像）不在同一平面时，眼睛从不同方向观察会出现读数差异，或者物的像与叉丝的像有相对移动的现象，就称为视差现象。为了测量正确，实验时必须消除视差。消除视差的方法有两种：一是使视线垂直标尺平面读数，如 1.0 级以上的电表表盘均附有平面反射镜，当观察到指针与其像重合时，指针所指刻度即为正确读数值；二是使标尺平面与被测物密合于同一平面内，如游标卡尺的游标尺被做成斜面，就是为了使游标尺刻线端与主尺接近于同一平面，以减少视差。使用光学测量仪器时均需做消视差调节，须使被观测物的实像成在刻有标尺的分划板上，即让它们的虚像处于同一平面上。

§ 3.3.7　调焦

使用望远镜、显微镜和测微目镜等光学仪器时，为了进行正确的测量或看清目的物，均需进行调焦。例如使用望远镜时要调节物镜的位置，使远处物体的像成于目镜的焦平面上，使用显微镜时要使被观察对象处于物镜的工作距离处，以使其像成于分划板上，并且要对目镜作适度调节，这些调节统称为调焦。调焦是否准确，常以是否能看清目的物上的局部细小特征为标准。

§ 3.3.8　光路的等高共轴调节

在由两个或两个以上的光学元件组成的实验系统中，为获得好的像质，满足近轴光线条件，必须进行等高共轴调节（如分光计的调整），即是使所有光学元件的光轴重合，使其物面、屏面垂直于光轴。一般分为两步进行调节，第一步粗调（目测调节），第二步根据光学规律进行细调，常用的方法有自准法和二次成像法。

§ 3.3.9　回路接线法

一个电路常可分解为若干个闭合回路。接线时沿回路由始点（如等变电位点）依次首尾相连，最后仍回到始点，此接线方法称回路接线法。按照此法接线和查线，可确保电路连接正确无误。但注意的是在接线前应先对电路中元器件以及仪器设备合理布局。

§ 3.3.10　跃接法

在示零法测量中，经常采用瞬间（而不是较长时间）接通示零电路的方法来对是否达到平衡状态或偏离平衡的方向做出判断。这样做的好处是，在远离平衡状态时保护仪表，使其免受长时间的大电流冲击，在接近平衡时，通过电路的瞬间通断比较，以提高检测灵敏度。

第4章　基本物理量的测量及常用仪器的使用

物理学中的基本物理量包括长度、质量、时间、温度、电流强度、物质的量与发光强度等。本章将主要阐述其中的一些基本物理量的测量及相关仪器仪表的使用。除此之外，还简要介绍了电动势、电压及电阻的测量，这些量的测量在物理实验中经常涉及到。

§4.1　长度的测量

物理学中的物理量虽然很多，但大多数都可由长度、质量、时间和电流强度等几个最基本的量推导出来。掌握这些基本量的测量方法，熟练使用常用的测量仪器，是实验的最基本技能。

长度的测量处于计量的基础地位。很多物理量的直接测量，最终都通过仪器转化为对长度的测量，如水银温度计是利用热胀冷缩引起毛细管中水银柱的长度变化来测量温度的变化，福廷式气压计则是利用水银柱相对于某一基准位置的高度来表示气压的大小。有些物理量是将其转化为弧线长度来进行测量的，如量角器及各种指针式仪表等。直接测量长度的量器有刻度尺、游标卡尺、螺旋测微计。这三种量器测量长度的范围和准确度各不相同，需依据测量对象和条件来选用。当长度在 10^{-2}cm 以下时，需用更精密的长度测量仪器（如比长仪）或采用其他的测量方法（如用光的干涉或衍射、光杠杆等）来测量。

现在对长度的测量已能轻易地达到很高的精度。测量长度的精密仪器大多是基于显微镜或其他光学装置，但其读数绝大多数是利用游标尺或测微计来进行的。游标尺和测微计在其他精密仪器上也被广泛应用。本节将着重介绍它们的原理及使用方法。

§4.1.1　长度的单位

长度的国际标准，从 1795 年法国颁布米制条例以来，一直在不断地完善。

最早，科学家设想从自然界选取长度标准，把从北极通过巴黎到赤道的地球子午线长度的一千万分之一作为长度的基本单位，称为"米"，并用纯铂制成了米的基准器。显然，这种基准器（称为自然基准器）的准确度受到对地球子午线的测量准确程度的限制。

在 1889 年巴黎第一届国际计量大会上规定长度的国际标准是一根横截面呈 X 型的铂铱（90％铂和 10％铱）合金棒，保存于巴黎附近的塞弗尔市的国际计量局中，叫做国际米原器。刻在棒的两端附近金栓上的两条细线之间的距离（棒处在 0℃、标准大气压、湿度不超过 10mmHg，并用规定的方法支撑）定义为 1m。

由于国际米原器及其复制品的长度可能由于外界的作用而随时间发生极微小的变化，所以对于极其精密的测量来说，国际米原器不是理想的长度标准。任何大块物质都不可能保持本身的物理性质永久不变，但单个原子的性质可以合理地假定为基本上不随时间而变化，所以许多年来，科学家们就企图把长度的标准和原子的性质联系起来。由于实验技术的发展，人们已经能够极精密地测定光的波长。1960 年第 11 届国际计量大会决定，以氪的一种纯同位素——氪-86 原子的 $2p^{10}$ 和 $5d^5$ 能级间跃迁的辐射在真空中的波长作为长度的新标准，并规定 1m 等于该波长的 1 650 763.73 倍。新标准一方面提高了测量的准确度，另一方面比旧标准方便得多，因为在任何设备比较完善的实验室中，都能够获得氪-86 发出的橙红色光。

用氪-86 波长复现长度单位"米"时，在最好的复现条件下，其准确度为 $\pm 4 \times 10^{-9}$。要继续提高存在着困难，因为受激原子跃迁时，总要受外部电磁场作用和其他干扰的影响，使谱线偏移以及增加谱线的半值宽度。后来，又发现氪-86 标准谱线不对称，其原因不清。正是由于这些因素，限制了长度计量精确度的进一步提高。

20 世纪 70 年代初，有些国家在研究光速方面投入了很大的力量。因为当时的时间频率测量精度已经比较高了，如果能准确测量光速，则必然会提高长度测量的精确度。

1983 年 10 月 7 日，在巴黎召开的第 17 届国际计量大会上，审议并批准了米的新定义。决定：①米是光在真空中在 1/299 792 458s 的时间间隔内行程的长度；②废除 1960 年以来使用的建立在氪-86 原子在 $2p^{10}$ 和 $5d^5$ 之间能级跃迁的米的定义。

新定义用词简单，含义明确、科学，又能够为广大非科技人员所理解。这个定义带有开放性，定义本身不限制单位量值的复现精度，随着科学技术的发展，复现精度可不断提高，定义复现方便，即使是经济不很发达的国家，也有能力复现，并有足够的精确度。

在国际单位制（SI 制，简称国际制）中，长度单位是"米"（m）。除了"米"以外，在国际制中还可用"米"的十进倍数或分数作长度单位。常用长度单位的符号及其与"米"的关系如下：

1 千米（km）$= 10^3 \mathrm{m}$；

1 厘米（cm）$= 10^{-2} \mathrm{m}$；

1 毫米（mm）$= 10^{-3} \mathrm{m}$；

1 微米（$\mu \mathrm{m}$）$= 10^{-6} \mathrm{m}$；

1 纳米（nm）$= 10^{-9} \mathrm{m}$；

1 埃（Å）$= 10^{-10} \mathrm{m}$。

天文学中计量天体之间的距离时，常用"天文单位"及"光年"作为长度单位。1 天文单位就是地球和太阳的平均距离，等于 $1.496 \times 10^8 \mathrm{km}$。1 光年就是光在真空中一年时间内所走过的路程。1s 内光在真空中走过的路程约 $3 \times 10^8 \mathrm{m}$，所以 1 光年等于 $9.46 \times 10^{15} \mathrm{m}$。

§4.1.2　长度测量的基本仪器

在工程技术和科学研究中经常需要测量不同量值、不同精度要求的长度。针对不同情况，需使用不同的长度测量仪器。

在物理实验中常用的长度测量仪器有刻度尺、游标卡尺、螺旋测微计、读数显微镜、百分表等。选用时要注意仪器的量程和分度值（一般分度值越小，仪器越精密）。

1. 刻度尺

在粗略的测量中，可以用木尺和塑料尺。要进行较精确的测量就需用金属刻度尺。通常应选用温度系数小的材料（如不锈钢、殷钢、铁铬镍合金）制作刻度尺。刻度尺的分度值为 1mm，用刻度尺测量长度时，可准确到毫米这一位，毫米以下的一位，则靠估计。例如，用刻度尺测量一个物体的长度 $l = \mathrm{AB}$，如图 4-1（a）所示，A 点位置的读数是 10.00cm，B 点的位置的读数是 12.63cm，则 $l = 12.63 - 10.00 = 2.63$（cm）。毫米以下的一位读数（10.00 中最后的"0"和 12.63 中的"3"）是估计的，在这一位存在着随机误差。

用刻度尺测量时，应注意以下两点：

（1）尽量减小视差，使待测物与刻度尺的刻度紧贴，如图 4-1（a）所示。否则因刻度尺有一定的厚度，测量时从不同的角度去看，会导致读数的差异，如图 4-1（b）所示。

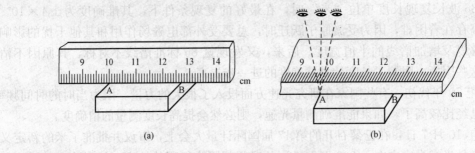

图 4-1　刻度尺的读数

（a）测长度；（b）读数

（2）当刻度尺的刻度由端边开始时，一般不要用刻度尺的端边作为测量的起点，以免由于刻度尺端边磨损而引入系统误差。

在进行物理实验时，常用的刻度尺有钢板尺和卷尺。钢板尺用后应擦净，以防生锈，并将尺挂起或平放于桌面上，以防钢板尺变形。

在使用时卷尺应注意以下两点：

（1）尺带的刻线面一般镀镍、铬或其他涂层，要保持清洁，测量时尽量不使它和被测面摩擦，防止划伤。

（2）拉尺时不要用力过猛，用完后，慢慢地退回尺带。使用制动式卷尺时，应先按下制动按钮，然后拉出尺带。用毕按下按钮，尺带自动卷入。尺带只能卷，不能折。

2. 游标卡尺

在刻度尺上附加一个可滑动的、刻有若干分度的小尺（称为游标），就可以把刻度尺的毫米以下的那一位精确地读出。

图 4-2 是测量精确到 1/10mm 的游标（称为十分游标）的原理图。游标上有 10 个分度，其总长正好等于主尺的 9 个分度，因此游标上的一个分度等于 9/10mm。

图 4-3 是使用十分度游标卡尺测量的读数示意图。测量时将物体 AB 的 A 端和主尺的零线对齐，若另一端 B 在主尺的第 6 和第 7 分度之间，比 6mm 长 Δl，则将游标的零线和物体的末端 B 相接，找出游标与主尺对齐的刻线为第四条，因此

$$\Delta l = 4 - 4 \times \frac{9}{10} = 4\left(1 - \frac{9}{10}\right) = 4 \times \frac{1}{10} = 0.4\,(\text{mm})$$

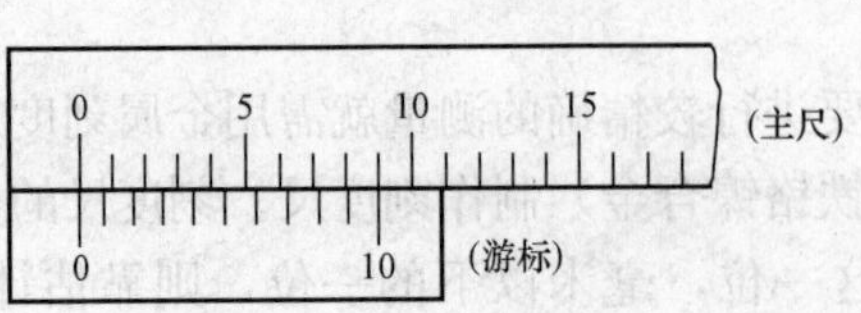

图 4-2　主尺与游标

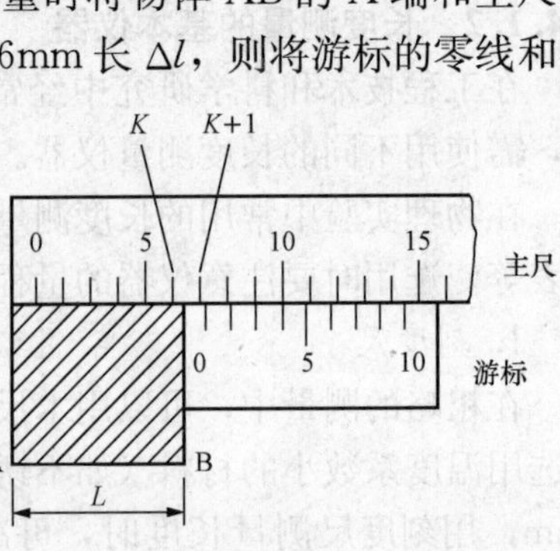

图 4-3　十分度游标卡尺的读数

由此得该物体的长度应为 6.4mm。对于十分度游标卡尺，由于毫米以下这一位数是准确的，根据仪器读数的一般规则，读数的最后一位应该是读数误差所在的一位，写为 $L = 6.40$mm。最后加一个"0"表示读数误差出现在最后这一位上。如果不能判定游标上相邻

两条刻线中哪一条与主尺刻线重合或更相近些，则最后一位可估读为"5"，如图4-4所示，读作 $L=0.55\text{mm}$。

若以 l_m 表示主尺上一个分度的长度，以 l_n 表示游标上一个分度的长度，通常游标的全部 n 个分度的总长等于主尺的 $(n-1)$ 个分度的长度，即

$$l_n n = l_m(n-1) \qquad (4-1)$$

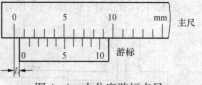

图4-4　十分度游标卡尺
最后一位的读数

由此可以求出主尺上一个分度与游标上一个分度的长度之差

$$\delta x = l_m - l_n = \frac{1}{n}l_m \qquad (4-2)$$

式（4-2）表示的即是游标的精密度，取决于主尺的一个分度的长度 l_m 和游标的分度数 n。

图4-5所示是一般游标卡尺的读数原理图。使用 n 分度游标卡尺测量，如图4-5（a）所示，若游标的第 m 条刻线与主尺某一刻线对齐，如图4-5（b）所示，则

$$\Delta L = ml_m - m\frac{n-1}{n}l_m = m\frac{l_m}{n}$$

$$L = Kl_m + \Delta L = Kl_m + m\frac{l_m}{n}$$

常用的游标卡尺的分度数 n 有10、20、50三种，它们的最小分度值分别为0.1、0.05mm和0.02mm。对于后两种游标卡尺，为了读数的方便，通常以几个最小分度值为一组，标示出较长的刻度线，且将其读数值直接标示出来。

图4-6和图4-7都是二十分度游标卡尺。图4-6中，主尺上的19mm等分为游标上的二十格。图4-7中，主尺上的39mm等分为游标上的二十格，因此它们的分度值分别为

$$\delta x = 1.0 - \frac{19}{20} = 0.05(\text{mm}) \quad \text{和} \quad \delta x = 2.0 - \frac{39}{20} = 0.05(\text{mm})$$

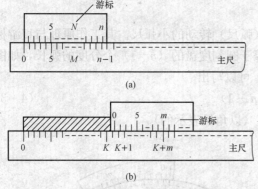

(a)

图4-6　二十分度游标卡尺
（等于主尺上的19mm）

(b)

图4-5　一般游标卡尺的读数原理图
（a）用 n 分度游标卡尺测量；（b）游标的第 m
条刻线与主尺某一刻线对齐

图4-7　二十分度游标卡尺
（等于主尺上的39mm）

为便于直接读数，二十分度游标卡尺上刻有0、25、50、75、100等示数。如游标上第5条刻线与主尺上的某一刻线对齐，则主尺最小刻度以下的示数为 $5\delta x = 0.25(\text{mm})$，可直接读出。二十分度游标的估读误差 $\left(<\frac{1}{2}\delta x\right)$ 可认为在百分之一毫米这一位上，如 $l=$

10.75(mm)，这时不再在其后面加"0"。

五十分度游标卡尺的工作原理与读数规则类同，不再赘述。

游标卡尺的结构如图 4-8 所示。

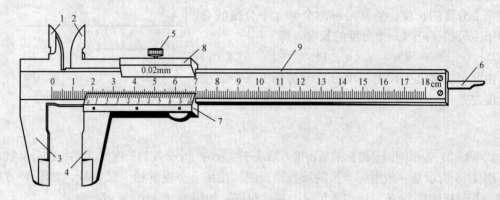

图 4-8　游标卡尺的结构

1、2—上量爪；3、4—下量爪；5—紧固螺钉；6—测深尺；7—游标；8—可滑动尺框；9—尺身

使用游标卡尺时应注意以下几点：

（1）合拢下量爪，检查游标"0"线与主尺"0"线是否重合。如不重合，应记下零点读数，加以修正。

（2）测量外尺寸时，应先把下量爪张开得比被测尺寸稍大，而测量内尺寸时，则应把上量爪张开得比被测尺寸稍小，然后慢慢推或拉尺框，使量爪轻轻地接触被测件表面。

（3）当量爪接触被测件后，用力的大小应正好使两个量爪恰好能接触被测件表面。如果用力过大，尺框和量爪会倾斜一个角度，这样量出的尺寸会偏离实际尺寸。

（4）不要用它去量粗糙物体。物体夹紧后，不要在卡口挪动物体，防止卡口的磨损。

在游标卡尺上所用的游标，称为直游标。还有一种弯游标，被广泛应用于精密测量角度的仪器仪表上，如分光计及一些电学测量仪表。

弯游标是一个能沿着与其同心的圆刻度盘（弧尺）转动的小弧尺。其工作原理与直游标基本相同。游标上刻有 n 个分度，其总的弧长等于圆刻度盘的 $(n-1)$ 个分度的弧长，如图 4-9（a）所示。因此，与式（4-1）完全类似，可以写出

$$\beta_n n = \beta_l (n-1) \tag{4-3}$$

式中：β_l、β_n 分别表示圆刻度盘和游标的分度值（以角量表示的）。

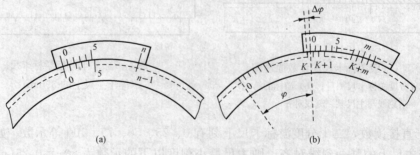

图 4-9　弯游标

（a）原理图；（b）角度测量

弧尺与游标分度的差值是

$$\beta_l - \beta_n = \frac{\beta_l}{n} \tag{4-4}$$

φ 表示被测的角，其值介于圆刻度盘的第 K 个和第（$K+1$）个刻度线之间，如图 4-9（b）所示，游标的第 m 个刻度与弧尺的第（$K+m$）个刻度线重合，则

$$\varphi = K\beta_l + m(\beta_l - \beta_n) = K\beta_l + \frac{\beta_l}{n}m \tag{4-5}$$

即被测的角度等于它所含有的弧尺的整分度数（$K\beta_l$）加上游标精度值（β_l/n）和游标上与弧尺某一分度线重合的分度的号数（m）的乘积，这与直游标的关系完全类似。

在应用弯游标时，还应注意以下几点：

（1）因为角度是以度、分和秒表示的，所以十进制的弯游标，即十分之一度或百分之一度的弯游标，较少采用。弯游标通常都是这样设计的，使所得的结果直接就是分或秒。常用弯游标的精度值列于表 4-1 中。最精密的弯游标（表的右端）只在特别需要下，例如在最精密的天文仪器中才用到。

表 4-1　　　　　　　　常用弯游标的精度值

圆刻度的分度值（β_l）	1°	1°	1/2°	1/3°	1/4°	1/4°	1/6°	1/12°
游标的分度值（n）	12	30	30	20	15	30	60	60
游标精度值（β_l/n）	5′	2′	1′	1′	1′	30″	10″	5″

（2）游标的旋转轴应与弧尺的中心重合，但是要完全达到这点实际上是不可能的，甚至就是最好的测角仪器，也不能完全没有偏心率。这种偏心率可能引进较显著的系统误差。为了消除偏心率的影响，通常不是用一个而是用两个游标，这两个游标彼此相对地位于圆刻度盘直径的两端。测量时，读取两个游标的示数，以两个游标的读数所得的两个角度的平均值作为测量值，这将在分光计的使用中涉及到。

（3）当测角度时，如游标没有通过弧尺的零刻度线，则游标的两个读数之差就等于被测的角度（对于双游标，则取两边游标转过的角度的均值）。但当游标通过弧尺的零刻度线时，注意计算时两边的角度取不同的符号。

弯游标上的分度值通常是非常小的，以致很难用肉眼对它们直接读数，因此在许多仪器的弯游标上安装有放大镜。如果仪器上没有，则在读数时可采用普通的手持放大镜。

总起来说，**游标上的最大读数值通常等于主尺上的最小一格的值（极少数情况除外），由此可确定游标上最小一格的值。**读数时，从上往下，一级一级往下读，力争一气呵成地读出测量值。

3. 螺旋测微计（外径千分尺）

螺旋测微计是一种比游标卡尺更精密的长度测量仪器，其外形如图 4-10 所示。

固定套筒 4 上的最小分度是 0.5mm（注意是上下两排最小分度是 1mm 的刻

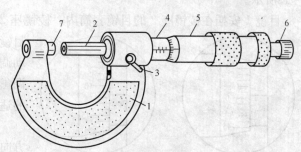

图 4-10　螺旋测微计外形

1—弓架；2—测微螺杆；3—制动器；4—固定套筒；

5—微分筒；6—测力旋钮；7—测量砧

度线在中间交错排列的，因此从上排某一刻度线至下排相邻的两条刻度线的距离均是 0.5mm）。旋转微分筒 5（沿筒的圆周等分 50 个分度）一周，测微螺杆 2 就移动 0.5mm，因此微分筒每转过一个分度，测微螺杆就移动 0.5/50mm＝0.01mm，也即微分筒上的最小分度为 0.01mm。

测量过程中，当测微螺杆与被测物体快接触时，只能轻轻转动测力旋钮 6，使测微螺杆与被测物体以恒定的压力保持接触，其中的棘轮便发出喀喀的响声。这时即使继续转动测力旋钮，微分筒也不再转动，测微螺杆也就不再前进了。读数时，先从固定套筒的标尺上读出整数格（每格 0.5mm），0.5mm 以下的读数则由微分筒圆周上的刻度读出，注意的是微分筒的最小分度值以下必须估读一位。刚学习使用时，容易将整数格读错，如图 4 - 11 所示。

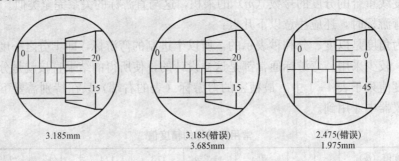

3.185mm　　　　　　3.185(错误)　　　　　2.475(错误)
　　　　　　　　　　3.685mm　　　　　　1.975mm

图 4 - 11　螺旋测微计的读数

使用螺旋测微计时应注意以下几点：

（1）记录零点读数。测微螺杆与测量砧接触时，理想情况下微分筒上的零线应正好和固定套筒上的长横线对齐，但通常是不对齐的，必须记下零点读数。图 4 - 12 所示是两种情况下的零点读数（注意零点读数均是以微分筒上的零刻度线为读数起点），注意它们的符号不同。显然，测量值＝读数值－零点读数。

（2）测微螺杆接近待测物时不要直接旋转微分筒，而应旋转测力旋钮，以免压力过大，致使测微螺杆上的螺纹发生形变而损坏仪器。

（3）用完后应使测微螺杆与测量砧之间有一个间隙，避免热胀时损坏测微螺杆上的精密螺纹。

4. 读数显微镜

读数显微镜是测微螺旋和显微镜的组合体，是用来精确测量长度的仪器。其外形如图 4 - 13所示。

目镜 1 安插在棱镜座 2 的目镜套筒内。棱镜座 2 可以转动。目镜紧固螺钉 16 可以固定目镜的位置。物镜 4 直接旋在镜筒 3 上。转动调焦手轮 15 可使显微镜上下升降以进行调焦。支架 13 通过旋钮 12 可紧固在立柱 14 的适当位置上。

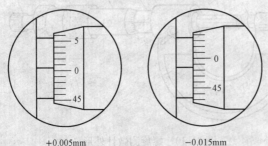

+0.005mm　　　　　－0.015mm

图 4 - 12　螺旋测微
计的零点读数

旋转测微鼓轮 9 时，测量工作台沿 X 轴方向平移。当鼓轮旋转一周时，工作台沿 X 轴方向移动 1mm。测微鼓轮边缘上刻有 100 个分度，因此每分度表示测量工作台的移动量为 0.01mm。Y 轴方向螺旋测微器周边刻有 50 个分度, 当测微器旋转一周时, 工作台沿 Y 轴方向移动 0.5mm, 因此每分度表示的移动量也是 0.01mm。

测量工作台还可以转动。圆形工作台的边缘刻有角度值。绕垂直轴旋转的角度由弯游标读数, 弯游标上的最小分度值为 6′。测量工作台装配在平台 11 上。通过旋钮 10 可将平台 11 紧固在立柱 14 上。反光镜 7 装在底座 8 上。根据光源方向, 可以任意转动反光镜 7, 以使显微镜的视场明亮。

读数显微镜的光学系统如图 4-14 所示。

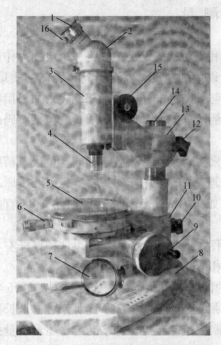

图 4-13　读数显微镜外形

1—目镜; 2—棱镜座; 3—镜筒; 4—物镜; 5—测量工作台; 6—测微螺旋; 7—反光镜; 8—底座; 9—测微鼓轮; 10—旋钮; 11—平台; 12—旋钮; 13—支架; 14—立柱; 15—调焦手轮; 16—紧固螺钉

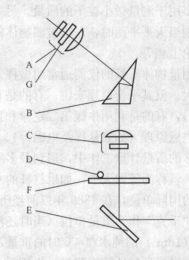

图 4-14　读数显微镜的光学系统

A—目镜; B—棱镜; C—物镜; D—待测物; E—反光镜; F—测量工作台; G—分划板

外界光线通过反光镜 E 而垂直向上反射, 照亮测量工作台 F 上的待测物 D。被照亮的待测物和背景由物镜 C 放大经过转向棱镜 B 而成像在分划板 G 上 (分划板上刻有十字分划线)。观察者经目镜 A 观察物体最终的像和分划板的像。

使用读数显微镜进行测量的主要步骤如下:

(1) 调节目镜 1, 看清叉丝。

(2) 将待测物安放在测量工作台上, 转动反光镜 7, 以得到适当亮度的视场。

(3) 旋动调焦手轮 15, 使物镜 4 下降到接近物体的表面, 然后逐渐上升, 看清待测物。

(4) 转动测微鼓轮 9, 使叉丝交点和被测物上的一点 (或一条线) 对准, 记下读数。继续旋转鼓轮, 使叉丝对准另一点, 再记下读数, 两次读数之差即所测两点间的距离。

使用该仪器应注意以下几点:

(1) 使工作台的移动方向和被测两点间的连线平行。

(2) 防止回程误差。

移动显微镜使它从两个相反方向对准同一点的两次读数可能不同。这是由于使工作台移动的丝杆和螺母的螺纹不能完全紧密接触, 当转动方向改变时, 它们的接触状态也将改变,由此产生回程误差。为了防止回程误差，在测量时应向同一方向转动鼓轮（不能中途反转），使叉丝和各点对准。如要从相反方向继续测量各点的位置，则必须通过转到鼓轮（使工作台移动），直到观察到叉丝较大距离地越过反向测量的起始点时，才能反向转动鼓轮进行测量。

§4.2　质　量　的　测　量

物体的质量可以用两种方法来测量。一种方法是利用质量的定义式，将一个已知力作用在一个物体上，测出该物体的加速度，再用这个力除以此加速度，就可得到该物体的质量。这种方法多用于测量微小粒子的质量。另一种方法是与某一标准件的质量相比较。如采用等臂天平，则当天平平衡时，左边被测物体的质量与右侧所加的全部砝码的质量（包括游码的读数）理论上相等。

直接测量物体质量的仪器通常叫做秤。秤的种类繁多，结构形式各不相同，量限、精度也相差很大。就其平衡原理来讲，有的是利用杠杆原理（如杠杆秤），有的是利用液压原理（如液压秤），有的是利用牛顿第二定律和弹性理论（如扭力天平、弹簧秤及惯性秤），有的则是利用电磁原理（如磁悬秤及电磁秤）。

在日常的质量计量工作中，遇到最多的是单杠杆秤，通常称为天平。如果这种杠杆左右两臂相等，就称为等臂天平；如果杠杆的左右两臂不相等，就称为不等臂天平。

质量的国际单位，在 1889 年以前经历了与长度的国际单位相类似的完善过程。1795 年以后，把"千克"作为重量单位（当时还没有使用质量这一名词），它等于十分之一米长度的立方体（$1dm^3$）的纯水在 4℃时的重量，并用纯铂制成了"千克"的基准器。随着测量技术的提高，经过反复地精确测量，发现重为 1kg 的纯水，在 4℃时的体积并不是 $1dm^3$，而是 $1.000\ 28dm^3$。即千克基准器的重量和理论千克的重量之间存在着很大的差别。

1889 年巴黎第一届国际计量大会规定"千克"是质量的单位，质量的国际标准是一个直径和高度均为 39mm 的铂铱合金圆柱体，称为国际千克原器，放置在双层玻璃罩内的石英托盘上，与国际米原器一起，保存于国际计量局。

把质量标准（千克）细分为相等的小质量的仪器是等臂天平。经常采用的其他质量单位有：

1 克（g）$=10^{-3}$kg；

1 毫克（mg）$=10^{-6}$kg；

1 微克（μg）$=10^{-9}$kg。

1. 天平的构造和性能

实验室常用的天平有精密度较高的分析天平和精密度较低的物理天平两种。我们主要介绍物理天平。

物理天平如图 4 - 15 所示。其主要部分是横梁，梁上有三个用玛瑙或钢制成的刀口。中间刀口向下，可由立柱上的刀承支起，两侧刀口上挂有吊耳，吊耳下边悬挂秤盘。三个刀口在同一平面上，且间距相等，即横梁是等臂杠杆。在立柱下方，有一个制动旋钮，用以升降横梁。当顺时针转动制动旋钮时，立柱中上升的刀承将横梁从支架上托起，横梁即可灵活地摆动，进行称衡。用毕，逆时针转动制动旋钮，横梁下降，由支架托住，中间刀口和刀承分离，两侧刀口也由于秤盘落在底座上而减去负荷，从而保护刀口不受损伤。横梁上刻有游码尺，用以放置游码，测量前应将游码置于游码标尺左端的"0"刻线处。

天平的性能用最大称量和灵敏度表示。灵敏度是指天平两侧的负载相差一个单位质量时，指针在标尺上偏转的分格数。有时也用感量代替灵敏度，感量是指天平的指针偏转一个最小分格时，秤盘上所要增加的砝码。可见，感量与灵敏度互为倒数。例如，某物理天平的最大称量为 500g，灵敏度约为 0.1 分格/mg，则其感量为 10mg/分格。

天平是比较精密的仪器，应放在牢固的实验台上。不要让阳光直接射到天平上，以防止天平的横梁由于受热不均匀而引起系统误差。平时应保持天平的洁净，尤其是刀口和刀承处的洁净。移动天平时，要取下秤盘。

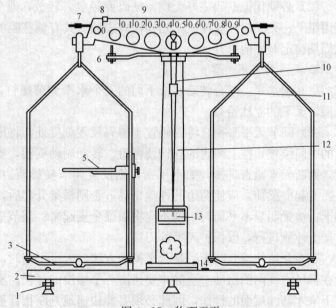

图 4-15　物理天平

1—水平调节螺钉；2—底板；3—秤盘；4—制动旋钮；
5—托架；6—支架；7—平衡调节螺母；8—游码；
9—横梁；10—指针；11—感量调节器；
12—立柱；13—标尺；14—水准器

2. 砝码

砝码是以固定形式复现一给定质量值的一种"从属的实物量具"。因为不能只靠砝码就能测出质量值，而必须结合天平和秤这一类测量仪器才能进行质量的计量。

砝码上标示的质量值，称为砝码的标称值，又叫砝码的名义值。

为使砝码具有稳定的质量值，适应精密称衡的需要，砝码的材料必须具有良好的物理和化学方面的稳定性，不易受周围介质的腐蚀；具有一定硬度，坚固耐磨。高等级的砝码还需考虑抗磁性好、组织紧密没有孔隙等因素。90％铂与10％铱的合金，性能理想，但价格昂贵，只用于制造质量原器。非磁性不锈钢也是较好的砝码材料。目前使用最广泛的，还是传统的黄铜和青铜。用青铜制造的砝码，外部都有一定厚度的镀层，一般是镀铬（或铑、铂）。毫克组的砝码可用钛、铂和铝制造，其中铝制毫克组砝码使用最广泛。对于精度更低的砝码，常用铸钢、铸铁或锻钢制造。

为了使用方便，砝码都配套成组。组合的原则是在满足使用要求、便于检定的前提下，用最少数量的砝码能够组成所需要的任何质量。使用最广泛的组合方式是按 5、2、2、1 组合。如毫克组砝码的组合为：500、200、200、100mg；50、20、20、10mg 等。

使用砝码时特别要注意以下两方面：

（1）必须保持砝码的清洁，不受腐蚀。使用砝码时，要注意不污染和腐蚀砝码表面，不要使砝码与腐蚀性液体接触。在使用一等至三等砝码时尽量避免对着砝码呼气，不得用手直接接触砝码，只准用镊子、夹叉，或带上细纱手套拿取。砝码上有水滴时，要马上擦干。用完砝码，必须顺手放回砝码盒。砝码盒放在洁净干燥而无剧烈温度变化的房间里或放在专用的玻璃干燥皿中。定期清洗砝码，可视情况选择无水乙醇、航空汽油、苯、乙醚、丙酮等作为清洗液。清洗具有调整腔结构的砝码时，要防止清洗液渗入调整腔内。

（2）必须保证砝码完好无损。砝码要轻拿、轻放，避免撞击在其他物体上或掉到地上。使用镊子、夹叉时，应注意不划伤砝码表面。具有调整腔的砝码，其调整腔盖只允许在修理或周期检定时才能打开。

3. 天平的使用步骤

（1）调水平。配合转动底板下面的三个水平调节螺钉，使水准器中的气泡处于正中央，以保证天平的立柱铅直。

（2）调节天平平衡。将游码置于游码尺零刻度处，将横梁两边的平衡调节螺母置于可调量的中间位置，挂上两边的挂钩及秤盘。转动制动旋钮，支起横梁，通过指针两边摆动的幅度，判断天平是否平衡，如不平衡，则反复调节横梁两边的平衡调节螺母。这里要注意的是：支起横梁前，应使两边的秤盘止动，否则横梁升起后，将会在水平方向摆动而落不回支架上；横梁明显不平衡时，则不应将横梁全支起来；调节平衡螺母时，须将横梁降下来托在支架上才能进行，以保护天平的刀口。

下面介绍快速判断天平是否平衡的方法。天平平衡时，指针最后应停在标尺中线。但指针在标尺中线两侧摆动直至静止要经历一个缓慢的过程。实际测量中，不可能等指针完全静止下来才继续后面的操作，因此必须要能快速地判断指针静止时所指的刻度值（简称停点）。

假设在摆动中的某一短时间内，指针在刻度尺的中线两侧所达到的刻度值为 a_1、b_1、a_2、b_2、a_3，如图 4-16 所示，则停点为

$$e_0 = \frac{\frac{1}{3}(a_1 + a_2 + a_3) + \frac{1}{2}(b_1 + b_2)}{2}$$

$$(4 - 6)$$

图 4-16 中，$a_1 = 3.5$，$b_1 = 17.6$，$a_2 = 4.1$，$b_2 = 16.8$，$a_3 = 4.8$，将它们代入式（4-6），得 $e_0 = 10.7$。因此指针稍微偏向右侧，说明左侧较重。

为了判断指针位置的方便，通常将标尺的中线取为"10"。如果天平的停点偏离标尺的中线，则应放下横梁后继续调节两边的平衡调节螺母，然后再支起进行检查，直到把停点调到和标尺中线相差不超过 1 个分格就可以了。

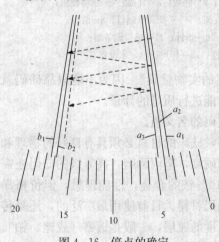

图 4-16　停点的确定

（3）称量。降下横梁，使它托在支架上。把待测物放在左盘中央（或挂在盘框上方的钩子上），然后根据对待测量的初步估计，从大到小，依次将砝码放入右盘。每次都稍稍升起横梁，注意指针偏转的情况，以判断砝码量应增减多少。逐步调整砝码的大小及个数，还有游码的位置，直到指针的停点和标尺中线重合时为止。

（4）天平用完后，务必将横梁放下，并托在支架上。砝码按顺序放回盒中。将横梁两边的挂钩从刀口取下。将秤盘等擦净。

§4.3　时 间 的 测 量

关于时间的测量，可能碰到两类问题：第一类是测定某一现象开始的真正时刻，这主要是在天文和地球物理等的研究中有它的意义；第二类是测定两个时刻之间的时间间隔，例

如，某一现象的开始和终止之间的时间间隔。在物理学的研究中经常遇到的是第二类问题。

1960 年以前，国际上对时间的标准规定为太阳在头顶连续两次出现的时间间隔，取其一年中的平均值，称为平均太阳日。1960～1967 年，时间的标准改为 1900 年的回归年，即 1900 年太阳从天空某一特定的位置（所谓春分点）出发再回到同一点所经历的时间。1967 年 10 月，第十三届国际计量大会决定，时间的标准改为铯－133 原子基态的两个超精细能级之间跃迁所对应的辐射周期时间，并规定 1s 等于该周期的 9 192 631 770 倍。

用来定义标准时间的钟是铯钟。它是一个大型的、复杂的、昂贵的实验仪器。它的精度非常高，能以 10^{-11} 以上的准确度维持其频率不变。它也可以用来校验其他高精度的钟，校验时间只需 1h 左右，而用回归年的天文标准来校验，则需要几年的时间。

国际单位制中，时间的单位是"秒（s）"。除"秒"以外，国际制中还可使用其他某些时间单位。常用的其他时间单位及其与"秒"的关系如下：

1 日（d）＝86 400s；

1 时（h）＝3600s；

1 分（min）＝60s；

1 毫秒（ms）＝10^{-3}s；

1 微秒（μs）＝10^{-6}s；

1 纳秒（ns）＝10^{-9}s。

以下仅对普通物理实验中常用的停表作一简单的介绍。

停表通常用来测量几秒到几分的时间间隔。常用的有机械停表和电子停表两种。

1. 机械停表

机械停表外形如图 4-17 所示。表盘上有一个长的秒针和一个短的分针。最小分度值有 0.2s 和 0.1s 两种。

端钮用来上紧发条和控制停表的走动和停止。使用时，用手握紧停表。当拇指第一次按下端钮时，开始计时，指针开始走动。第二次按下时，停止计时，指针停止走动。再按一次时，指针回到零点。有的停表，带有专用的回零按钮。

使用机械停表的注意事项：

（1）使用前先上发条。不宜过紧，以免损坏发条。

（2）检查零点是否正确。若秒表不指零，应记下读数，在测量后进行校正。

（3）按端钮时不要用力过猛，以免损坏机件。

（4）不要摔碰停表。

（5）实验结束后，应让停表继续走动，以使发条放松。

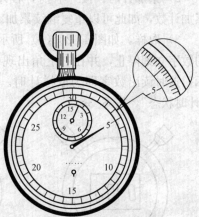

图 4-17　机械停表外形

2. 电子停表

电子停表的机芯全部采用电子元器件组成。利用石英振荡器的振荡频率作为时间基准，一般采用六位数液晶显示器，具有精度高、显示清楚、使用方便、功能较多等优点。有的表还装有太阳能电池，可延长表内电池的使用寿命。

下面以 SE7-1 型电子表为例，介绍电子表的主要特性和使用方法。

（1）主要特性。石英振荡器的振荡频率 32 768Hz。平均日差小于 0.5s/d。

停表功能：具有基本停表显示、累加计时、取样和分段计时等功能，最小测定单位为

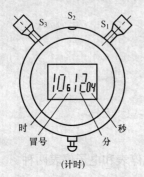

1/100s，可累计 59min59.99s。

带有计时计历功能，可显示时、分、秒、月、日、星期。

（2）使用方法。按钮使用如图 4-18 所示。

S₁ 按钮：启动/停止、调整、计时/计历；S₂ 按钮：调整置位；S₃ 按钮：状态选择、分段计时/复位。

电子停表状态选择见图 4-19。

S₁ 可作计时、计历选择。

在计时状态时，按 S₁ 3s，即进入秒表功能。若要回到计时状态，再按 S₁ 3s 即可。

图 4-18　电子停表按钮使用

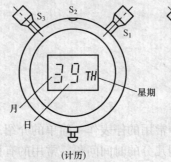
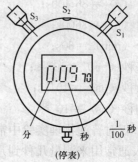

（计时）　　　　　　　　（计历）　　　　　　　　（停表）

图 4-19　电子停表状态选择

（3）停表的几种用途。

1）基本停表显示（即相当于机械停表的单针功能），如图 4-20（a）所示。当 S₁ 在停表状态时，应先使它复零。按 S₁，秒计数开始，再按 S₁，秒计数停止，若再按 S₁，停表复零。

2）累加计时。按一下 S₁，秒计数开始，再按一下 S₁，秒计数停止，若再按一下 S₃，即累加计数，如此可以重复继续累加。

3）取样，如图 4-20（b）所示。按一下 S₁，秒计数开始，再按一下 S₃，液晶显示器上的数字立刻停止，并在右上角出现"□"的记录信号，冒号仍在闪动，如图 4-20（c）所示，这时读出数字即为取样计时。要取消这个取样"□"可再按一下 S₃ 即可。若还原到"计时状态"，按 S₃ 3s。

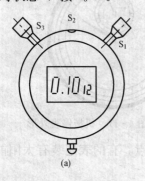
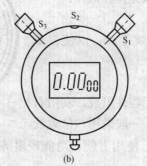
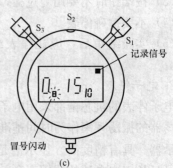

（a）　　　　　　　　　（b）　　　　　　　　　（c）

图 4-20　电子停表的几种显示

（a）基本停表显示；（b）取样；（c）冒号闪动

4）分段计时（相当于机械停表的双针功能），如图 4-21 所示。以两个运动员竞赛计时为例：按 S₁，停表开始计时。当运动员甲到达终点时，按 S₃，液晶显示器右上角出现"□"的记录信号，其读数为运动员甲的成绩，而停表内部继续在计数，冒号仍在闪动。当运动员乙到达终点时，按一下 S₁，停表停止计时，冒号停止闪烁。记录下运动员甲的成绩，再按 S₃ 出现运动员乙的成绩，再按一下 S₃，停表复零。

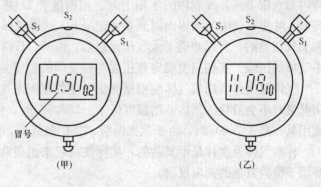

图 4-21　电子停表的分段计时

§4.4　温度的测量

温度是表征物体冷热程度的物理量。当用手触摸物体时，感觉越热，温度就越高。这种依靠感觉判断物体温度高低的做法是非常粗略的，只能作为定性地参考。

要定量地确定温度，就必须对不同的温度给以具体的数量表示。温度的数量表示方法叫做温标。为使温度的测量统一，就必须建立统一的温标。人们总结了生产和科学研究中的测量温度的经验，并经理论分析得出热力学温标是最科学的温标。因此，国际上规定热力学温标为基本温标。热力学温度单位是国际单位制中的温度单位。1954 年的第十届国际计量大会，对它的定义规定为选取水的三相点为基本点，并定义其温度为 273.16K。1967 年第十三届国际计量大会通过以开尔文的名称（符号 K）代替"K 氏度"（符号 °K），并对热力学温度定义如下："热力学温度单位开尔文是水的三相点热力学温度的 1/273.16"。

除了开尔文表示的热力学温度（以符号 T 表示）外，也使用由式 $t = T - T_0$ 所定义的摄氏温度（以符号 t 表示）。按定义，式中 $T_0 = 273.15K$（T_0 是水的冰点的热力学温度，它与水的三相点的热力学温度相差 0.01K）。摄氏温度单位用摄氏度（℃）表示。单位摄氏度与单位开尔文相等，而且摄氏温度间隔或温度差也可以用热力学温度开尔文来表示。

现代科学技术中要求测量的温度范围很大，从接近于绝对零度的极端低温到几千甚至上万度的高温。这样广的范围需要各种不同的测温仪器，即需要各种温度计。这些温度计的准确度或应用范围都是有区别的。基本仪器有：气体温度计、水银温度计、电测温度计以及光测温度计。

1. 气体温度计

气体温度计可应用于从极低的温度至 1500℃ 左右的温度范围。图 4-22 所示是一种定容气体温度计的原理图。玻璃泡 C 内装有气体，通常为

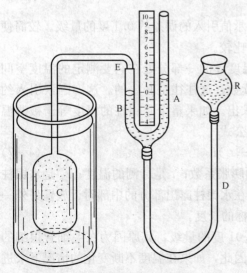

图 4-22　定容气体温度计原理图

氦气。泡中气体的压强可以从开口管的水银压强计测得。温度升高时，气体就膨胀，迫使 B 管内的水银下降，A 管内的水银上升。用橡皮管 D 使 A、B 两管和水银存储器 R 连通。升高 R，可使 B 管中的水银面回到参考记号 E。这样就保证气体具有恒定的体积。因为 A 管是和大气相通的，所以知道了大气压强之后，由 A、B 两管水银面的高度差，就可以测出 C 泡中气体的压强。我们只要确定该压强与温度间的对应关系，就可以用这套装置来测量温度。

气体温度计所用的气体应根据测量温度的范围来选择。如果是用它来测量低温，必须使用低温时不会液化的气体，当温度低于 -260.5℃ 时，使用氦。当测量温度不高于 200℃ 时，使用氢。高于 200℃ 时，由于氢太活泼，且扩散强烈，所以用氮和空气。

标准气体温度计是很复杂的，实际使用起来也很麻烦，因此很少直接用于测量温度，主要用于检验其他的测温仪器。

2. 水银温度计

水银温度计的测量范围为 -38～350℃，因为水银只在这一温度范围内保持为液态。如果温度计外壳用石英制作，并在水银面上充以惰性气体（如氦、氩等）时，测温上限可达 1200℃。但在这种情况下，水银温度计的示数变得很不可靠，所以很少用它来测 300℃ 以上的温度。水银温度计的优点是读数方便和迅速，但用它进行精密测量则受到诸多限制。引起水银温度计示值失真的主要原因有：

（1）玻璃的热后效。制作温度计时，必须先把玻璃加热到软化温度，然后再冷却到常温。玻璃恢复到原来的体积是非常缓慢的。因此，温度计的水银球在温度计制成以后，要继续很缓慢地改变体积，有时持续若干年，这种现象叫做玻璃的热后效。

热后效使温度计的示数失真，例如，使温度计的基本点（0℃ 和 100℃）发生变化。这种变化可以达到 1 度甚至更大一些。除了温度计基本点的这种经常的变化以外，每当温度计在使用时受热以后，基本点还会暂时的变化，而且这种变化要经过两、三天才能消失。不同种类玻璃的热后效程度不同。制作精密的标准温度计的玻璃，其热后效应很小。即使如此，基本点还是有变化的。因此，对每一个温度计必须定期地确定它的基本点的位置，即确定基本点的修正值，特别是要确定其零点，因为温度的读数是从该点算起的。对于较精密的温度测量，应在测量前后，校验其零点。

（2）温度计的毛细管粗细不均匀。这一因素对示值引入的误差约 0.1 度的量级。较简便的修正方法是与气体温度计或标准水银温度计进行比较。

（3）水银柱受热不均匀。在测量时通常只有温度计的一部分处在它要测定的温度空间中，而水银柱的其余部分则置于其外，为了进行读数，这往往是必要的。这一因素引入约 0.01 度量级的误差，这种误差可以用计算的方法求出。如果整个水银柱的温度等于被测温度时，水银柱露出部分的长度会发生变化。可利用公式

$$\Delta t = (\beta - \alpha)(t - t_1)L \tag{4-7}$$

计算相应的修正值 Δt。其中 β 和 α 是水银和玻璃的膨胀系数；t 是待测的温度；t_1 是水银柱露出部分的平均温度，这一温度很难确定，通常是在水银柱露出部分的中部附近放置另外一个温度计来测量这个平均温度；L 是以度表示的温标的长度。

（4）温度计的滞豫。这一因素引入的误差在 0.01 度的量级，其原因为在毛细管很细的温度计中，水银柱的移动将受到较大的摩擦阻力。因此，如果在温度不断变化的情况下来进行读数，则在相同的温度下，温度计的示数不同，而且还与温度是上升还是下降有关。温度

上升时，温度计的示数要比下降时低些。当温度计的示数下降时，滞豫现象表现得较显著。因此在测量温度差时，应该在水银柱总是往一个方向运动时进行测量。如果在读数前，用一个小橡皮锤轻轻敲击温度计，使它受到轻微的振动，则滞豫现象可以有效减小。

　　3. 电测温度计

　　这种温度计的测量范围很大，从接近绝对零度到 1500℃。电测温度计又可分为电阻温度计和温差电偶温度计两类。

　　(1) 电阻温度计。电阻温度计是根据金属丝的电阻随温度变化的原理制成的。它是由一根很细的铂丝（尽可能是纯铂）绕制的线圈，封在薄臂银管中而构成。用导线把它连接到测量电阻的仪器，如惠斯通电桥上。因为电阻的测量可达到很高的精确度，所以它是测量温度的最精密仪器之一。

　　(2) 温差电偶温度计。温差电偶温度计通常称为温差电偶，是根据温差电现象制成的。

1821 年塞贝克发现：把两种不同的金属 A 和 B 连接成如图 4-23 所示的闭合电路，如果把它们的两个接点分别置于温度各为 T_0 及 T（假定 $T > T_0$）的热源中，则在电路中就有电流产生。这一现象叫做塞贝克效应，这样的电路叫做温差电偶，而产生电流的电动势叫做温差电动势。

　　实验结果表明，温差电动势 ε 与温度差（$T - T_0$）的关系，在温度范围变化不大时，可以用下式表示，即

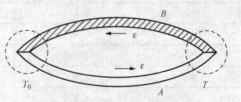

$$\varepsilon = a(T - T_0) + b(T - T_0)^2 \qquad (4-8)$$

其中 a、b 是与用作温差电偶的金属性质有关的常数。现列举几种温差电偶的 a 值和 b 值于表 4-2 中。

图 4-23　温差电偶

表 4-2　　　　　　　　　常见温差电偶的特性常数（a 值与 b 值）

温差电偶	a(V/℃)	b(V/℃^{2})
Cu—Fe	-13.403×10^{-6}	$+0.0275 \times 10^{-6}$
Cu—Ni	$+20.390 \times 10^{-6}$	-0.0453×10^{-6}
Pt—Fe	-19.272×10^{-6}	-0.0289×10^{-6}
Pt—Au	-5.991×10^{-6}	-0.0360×10^{-6}

　　表 4-2 中的"+"、"-"号与选取电动势 ε 的指向有关。表中选取的电动势的指向是：如果在热端接头处，电流由后一种金属流入前一种金属，则取电动势为正，反之取负。

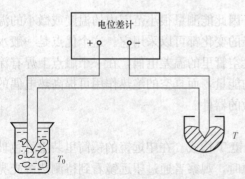

图 4-24　用电位差计测热电偶回路的电动势

　　从表 4-2 可看出，一般 $a \gg b$，因而电动势 ε 和温度差（$T - T_0$）的关系可近似表示为

$$\varepsilon = a(T - T_0) \qquad (4-9)$$

用温差电偶测量温度时，应使热电偶冷端接头的温度 T_0 保持恒定（通常保持在冰点），另一端与待测物体相接触，再用电位差计测出热电偶回路的电动势，如图 4-24 所示。如果在不同温差（$T - T_0$）的情况下精确地测定出温差电偶的电动势，将所测得的结果作出 $\varepsilon \sim (T - T_0)$ 曲

线，或者直接在电位差计上刻出各电动势所对应的温度值，那么就可以用这套仪器直接测量其他热源的温度。

实验应用的温差电偶有以下几种：测量 300℃ 以下的温度时用铜—康铜温差电偶；800℃ 以下的温度用铁—康铜温差电偶；1100℃ 以下的温度用镍的两种合金（克洛美和阿累美）制成的温差电偶；当温度更高或测量范围更大时，通常用铂—铂铑合金制成的温差电偶，应用范围从−200～1700℃；如果温度高达 2000℃ 时，则用钨—钛（HK40）热电偶。

表 4-3 列出了几种温差电偶在冷端接头处为 0℃（即 $T_0 = 0℃$）时，不同温度下的温差电动势的值。

表 4-3　　　　　　　　热电偶的温差电动势（冷端为 0℃）　　　　　　　　mV

热电偶 温度差（℃）	铂—铂铑 Pt−87%Pt+13%Rh	镍铬—镍铝	铁—康铜	铜—康铜
−200		−5.75		−5.540
−100		−3.49		−3.349
0	0.000	0.00	0.0	0.000
100	0.645	4.10	5.2	4.277
200	0.464	8.13	10.5	9.288
300	2.395	12.21	15.8	14.864
400	3.400	16.40	26.6	20.873
500	4.459	20.65	43.4	
800	7.921	33.31		
1000	10.473			
1500	17.360			
1700	20.069			

用温差电偶测量温度的优点很多，主要有以下几点：

（1）测量范围很广，可从−200～2000℃。因而对于测量炼钢炉中的高温，或液态空气的低温，均可使用。

（2）灵敏度和准确度很高（可达 10^{-3} 度以上），特别是铂和铑的合金做成的温差电偶稳定性很高，常用作标准温度计。

（3）由于受热面积和热容量都可以做得很小，因此能测量很小范围内的温度或微小的温度变化。研究金相变化、化学反应以及小生物体温的变化都可以采用它。这个优点是一般水银温度计所不及的。还有一种真空热偶是装置于真空管里的温差电偶，在一个触点上焊有涂了炭黑的金属片，以便有效地吸收外来光或辐射的能量，而真空的绝热作用可提高热电偶的灵敏度。这是一种测量光通量或辐射量的十分灵敏的器件。

4. 光测高温计

光测高温计原理如图 4-25 所示，主要由望远镜 T 构成。在望远镜的镜筒里装上红色玻璃滤光片 F 和小电灯泡 L。当高温计对准待测热源时，观察者通过望远镜看到待测热源光亮本底上的暗灯丝。灯丝的电池组 E 与可变电阻 R 相连。转动可变电阻器的旋钮，可以逐渐增加灯丝电流，从而逐渐提高灯丝亮度，直到灯丝亮度与本底亮度一致为止。测量前，须在不同的已知温度下对仪器定标。测量时，可从电路中电流表Ⓐ的标度直接读出待测热源的温度。因为该温度计没有任何部分与待测热源接触，所以光测温度计可用来测量金属熔点以上的非常高的温度。

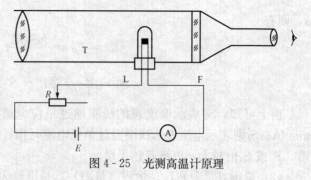

图 4-25　光测高温计原理

§4.5　电 流 的 测 量

在国际单位制中，电流强度是基本物理量之一。电流的测量不仅是电磁学中其他物理量测量的基础，也是其他很多非电磁量测量的基础。

利用电流的各种物理效应，可以制成各种相应的测量电流的仪器仪表。在实验中常用的是磁电式电流表。

1. 磁电式电流表的结构与工作原理

图 4-26 是一块磁电式电流表（微安表）的结构简图。在永久磁铁 N、S 两极中间，装有圆柱形软铁芯。在磁极掌和铁芯的狭小气隙间，形成了一个很强的均匀的径向磁场。以软铁芯轴线为轴的矩形平面线圈，置于气隙间的均匀径向磁场之中。

当线圈通以直流电流 I 时，线圈受磁力矩作用而绕轴旋转。磁力矩的大小为

$$M = NISB \tag{4-10}$$

式中：N 为线圈匝数；S 为线圈面积；B 为气隙间的磁感应强度。

线圈在旋转过程中，其转轴带动游丝扭转，故线圈又受到游丝弹性扭力矩的反作用。在弹性限度内，扭力矩为

$$M' = c\alpha \tag{4-11}$$

式中：c 为游丝的扭转常数；α 为线圈旋转的角度。

当线圈所受的磁力矩与弹性扭力矩相等时，线圈处于平衡状态，指针指示一定数。此时有 $NISB = c\alpha$，从而得到

$$I = \frac{c}{NSB}\alpha = k\alpha \tag{4-12}$$

式中：$k = \dfrac{c}{NSB}$，称为电表常数。k 值越小，表示电流表越灵敏。

2. 磁电式电流表的主要参数

（1）电流灵敏度。设指针的长度为 L，指针偏转时刻度盘上指示的格数或毫米数为 d，对应的角度为

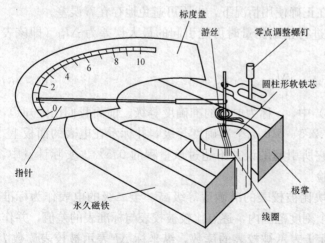

图 4-26　磁电式电流表的结构简图

α，则有

$$d = L\alpha = \frac{NSBL}{c}I = S_I I \qquad (4-13)$$

$$S_I = \frac{d}{I} = \frac{\alpha}{I}L = S'_I L = \frac{1}{k}L \qquad (4-14)$$

由上可知，S_I 表示电流表的线圈通过单位电流时指针偏转的格数，单位为格/安培或 mm/A；S'_I 则表示电流表的线圈通过单位电流时指针偏转的角度，单位为度/安培或弧度/安培。S_I 或 S'_I 值越大，电流表越灵敏。

（2）量程（量限）I_m。量程（量限）就是电流表允许通过的最大电流值。一般来说，电流表面板上的满刻度值就是该表的量程。实际使用的电流表，通过改装的方法，可以有不同的量程，称为多量程电流表。

（3）内电阻 R_g。电流表线圈的绕线电阻，称为内电阻或称内阻。电流表的内阻可用比较法由实验测定。

3. 磁电式电流表表头的改装

磁电式电流表的线圈和游丝，一般不能承受大电流冲击，只允许小电流通过。通常可以将它直接作为检流计（俗称表头）来使用，用来检验电路中有无电流通过。若用以测量电路中电流的大小，则必须依据表头的内阻 R_g，选定一适当阻值的电阻 R_1 与表头并

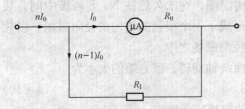

图 4-27　磁电式电流表表头
改装成量程较大的安培表

联，构成一定量程的安培表，如图 4-27 所示。这种方法称为电流表的改装。若以 n 表示表头量程扩大的倍数，则改装电流表所并联的电阻值必须为

$$R_1 = \frac{1}{n-1}R_g \qquad (4-15)$$

磁电式电流表表头除了能改装成量程较大的电流表外，还可改装成电压表，见 §4.6 节。

4. 电表的校准

任何电表都不可避免地存在着某种程度的固有缺陷，如轴承与轴的摩擦、游丝弹力不均匀、径向磁场不均匀、刻度不准等。在正确使用情况下，也不可避免地存在着误差。

如果某电表的量程为 I_m，用该表进行正确测量时可能引起的最大误差为 ΔI_m（即该表在该量程时的仪器误差限），则比值为

$$a\% = \frac{\Delta I_m}{I_{max}} \times 100\% \qquad (4-16)$$

就反映了该表的准确程度。式（4-16）中，a 称为电表的准确度等级。前面我们已经知道，电表存在 0.1、0.2、0.5、1.0、1.5、2.5、5.0 七个准确度等级，并标示在电表的面板上。如对于 0.5 级的电表，正确使用时，它所引起的误差不超过该量程的 0.5%。实际计量中，应该定期对电表的准确度等级进行校验。

校验电表，可用比较法。选取一块比被校表的准确度等级高一至二级的电表作为标准表，将两者都连入电路中。在表的整个刻度范围内，逐点比较被校表与标准表的差值，并作出校正曲线，如图 4-28 所示。横坐标 I 表示被校表的读数，纵坐标 ΔI 表示被校表读数 I 与标准表读数 I' 之差，即 $\Delta I = I - I'$。从校正曲线上，可以查出电表读数的校正量。例如，

某次测量中，电表读数值为 $I = 80.0\text{mA}$，从校正曲线上查得校正量 $\Delta I = -0.1\text{mA}$，则实测电流值为 $I' = I - \Delta I = 80.0 - (-0.1) = 80.1(\text{mA})$。

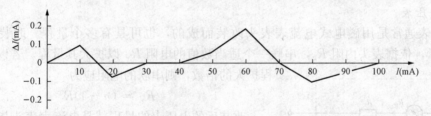

图 4-28　某毫安表的校正曲线

5. 量程的选择

在测量中，若选用准确度等级为 a、量程为 I_m 的电表，那么该电表可能引起的最大误差为

$$\Delta I_\text{m} = I_\text{m} a\% \tag{4-17}$$

可见，用同一准确度等级的电表测量时，可能的最大误差与量程有关。

如用 1.0 级的电流表测量某电流 $I = 100.0\text{mA}$，若选用 150mA 的量程，可能的最大误差为

$$\Delta I_\text{m} = 150 \times 1.0\% = 1.5(\text{mA})$$

这时可能的最大相对误差为

$$\frac{\Delta I_\text{m}}{I} \times 100\% = \frac{1.5}{100.0} \times 100\% = 1.5\%$$

若选用 300mA 的量程，可能的最大误差为

$$\Delta I'_\text{m} = 300 \times 1.0\% = 3.0(\text{mA})$$

可能的最大相对误差则为

$$\frac{\Delta I'_\text{m}}{I} \times 100\% = \frac{3.0}{100.0} \times 100\% = 3.0\%$$

因此，为了减小测量误差，在不超出电表量程的前提下，应尽可能选用小的量程。一般来说，选择量程时，应保证测量时表针指示在表盘的 1/3 至满刻度之间。

6. 电流表的使用注意事项

（1）使用前应对指针做零点校准。

（2）电流表串联在被测回路中。使用直流表时，应注意接线柱的正、负极性。

（3）先估计被测量的数值范围，选用合适的量程。如果无法估计，应先用大量程，然后改用合适的小量程。

（4）避免读数视差。

（5）读数时有效数字位数的取法参见 §2.5.2 节。

§4.6　电压的测量

电压与电动势，是电学中非常重要的物理量。在电磁量的测量中，电压与电动势的测量更是常见。

电压的测量方法有多种。在物理实验中常用的仪器有电压表、电位差计、晶体管电压表、数字电压表以及示波器等。

1. 电压表

电压表通常是用磁电式电流表表头改装而成的，也可具有多个量程。改装方法如图4-29所示，依据表头内阻 R_g，串联一个适当数值的电阻 R_V 以扩大其量程。若以 n 表示量程扩大的倍数，则串联的电阻应为

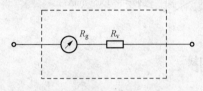

图4-29 磁电式电流表表头
改装成量程较大的电压表

$$R_V = (n-1)R_g \qquad (4-18)$$

改装后的电压表的量程就是电流表表头指针指在满刻度时，其线圈绕线电阻跨压的 n 倍。

电压表的准确度等级、可能的最大误差、校准、量程的选择、读数等与电流表的相类似。需要强调的是，在测量中，电压表需与待测支路并联。

2. 电位差计

用伏特表测量电压，如图4-30（a）所示，由于必然有电流 I' 流经伏特表而改变了待测电路的工作状态（电路中的电流变为 $I-I'$）。为了准确地测量电压，需采用图4-30（b）所示的补偿法。

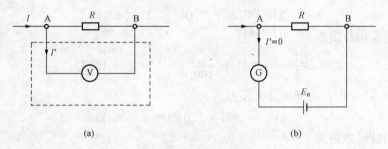

(a)   (b)

图4-30 电压的测量
（a）电表测量法；（b）补偿法

补偿法的原理是，当待测电压与处于同一回路中的反向的标准电压相等时，回路中的电流为零。在图4-30（b）中，若检流计 G 指零，则说明待测电压 U_{AB} 恰与标准电池的电动势 E_n 相等。

利用补偿法构成的电压测量仪器——电位差计，是一种比较准确而且应用广泛的仪器。一般电位差计的测量范围较小，如 UJ31 型电位差计，最大测量值为 171mV。在使用电位差计进行测量时，必须事先估计待测电压值的大小，再用标准电阻组成适当的分压器（衰减器），才能进行测量。

3. 示波器

利用示波器测电压时，通常是把待测电压从示波器的 y 轴输入。示波器垂直刻度线的每一格通过定标而表示一定电压值，由电压图形的高度（或相对于基准位置的移动，如测直流电位的情况）便可知待测的电压。如果待测的是交流电压，则由电压图形可读出电压峰—峰值。对于正弦变化的交流电压，峰—峰值与电压表测得的电压有效值的换算关系为

$$U_{有效} = \frac{1}{\sqrt{2}}U_峰 = \frac{1}{2\sqrt{2}}U_{峰-峰} \qquad (4-19)$$

用示波器测量电压的优点是，在测量电压幅度的同时，还能显示出波形、频率和位相。其缺点是精度不够高。

4. 数字电压表

数字电压表可非常方便地用来测量直流电压与交流电压。实验室常用的数字电压表可读出 4～8 位有效数字。

数字电压表内具有较高精度的采样电路与模数转换电路，并有电压补偿与温度补偿措施，因而其具有测量精度高、输入阻抗大、读数方便等优点。数字电压表通常被结合在万用电表中。

5. 晶体管电压表

晶体管电压表输入阻抗很高，因而对被测电路影响非常小，适宜于精确测量低值电压。其工作性能稳定、测量准确，是实验中常备的仪器。

电压的测量，除上面介绍的几种测量方法和测量仪器外，还有许多种。如静电学中的静电电位计，是用以测量静电电位的仪器，可以测量几万伏到几十万伏的高电位。

§4.7　电 阻 的 测 量

在实验中，最常测量的是阻值介于 $10～10^6\,\Omega$ 的中阻电阻。有时也可能需要测量介于 $10^7～10^{18}\,\Omega$ 的高电阻与超高电阻，如一些高阻半导体、新型绝缘材料等的电阻；另外可能需要测量阻值低于 1Ω 乃至 $10^{-7}\,\Omega$ 的低阻与超低阻，如金属材料的电阻、接触电阻、低温超导电阻等。

测量电阻常用的方法有伏安法测电阻，电桥法测电阻，电容器充、放电法测高电阻等。

1. 伏安法测电阻

伏安法测电阻是利用伏特表与安培表分别测量待测电阻两端的电压与流过的电流，依据部分电路的欧姆定律，可求得待测电阻为 $R_x=\dfrac{U}{I}$。

测量时，根据具体情况可选择安培表内接或是外接，如图 4 - 31 （a）和图 4 - 31 （b）所示。

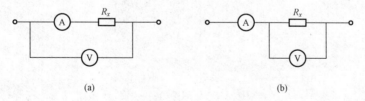

图 4 - 31　伏安法测电阻
（a）安培表内接；（b）安培表外接

伏安法测电阻，方法简便，并且能绘制待测元件伏安特性的直观曲线，所以应用普遍。其缺点是测量电表接入电路中改变了待测电路的工作状态，给测量带来误差。若用电位差计取代电压表，测量精度将大大提高。

2. 万用表测电阻

万用表是一种常用的电工测量仪表，用它可以直接测出不同大小的直流电流和电压及交流电流和电压等，还可直接测出电阻。

3. 电桥法测电阻

电桥法测电阻，是用桥式电路（或称电桥）将待测量与已知的标准量进行比较以获得测量结果。电桥法测电阻的优点是测量简便、准确度较高、对电源稳定性要求不高。

电桥的种类很多，有直流电桥和交流电桥、平衡电桥和非平衡电桥、电阻比较式电桥和电流比较式电桥等。在普通物理实验中，常用箱式惠斯通电桥（单臂电桥）测量 $10 \sim 10^6 \Omega$ 范围的电阻，而用凯尔文电桥（双臂电桥）测量小于 1Ω 的低电阻。

测量电阻还可有其他很多方法，在以后的具体实验中另作介绍。

习　　题

1. 一块 0.5 级的毫安表，量程为 100mA，它的最大可能误差是多少？若读数值为 68.3mA，其测量结果应如何表示？

2. 电表的校正曲线有何用途？如何使用？

3. 电表改装时，可能因为一些其他因素的影响，按式（4-15）计算的值将电阻并联到表头两端并不完全符合实际要求。怎样在实验中使并联的电阻最符合实际要求？

4. 用伏安法测电阻，若已知伏特表的内阻为 R_V，安培表的内阻为 R_1，试推导电流表内接与外接时所测得电阻 R_x 的修正公式，进而指出伏安法测电阻的两种测量电路的适用条件。

第5章 基本实验

§5.1 电学实验的基本知识

电学测量，除了可以直接测量电学量外，还可以通过特定的传感器，进行非电学量的测量。在电学测量中，应用了物理实验中许多典型的实验方法，如模拟法、比较法、补偿法及放大法等。

通过电学实验，要求实验者能掌握各种常用的电学仪器仪表及电路元器件的使用方法，能看懂电路图，能正确连接电路，能分析判断实验中常见的故障，能使用电学实验的一般方法进行有关物理量的测量和有关规律的研究。

§5.1.1 常用电学仪器简介

1. 电源

电源是把其他形式的能转变为电能的装置，分为直流电源和交流电源两类。

（1）直流稳压电源。实验室普遍采用的直流电源是晶体管直流稳压电源，这种电源稳定性好、内阻小，输出电压可以在一定范围内按需要调节，使用方便。图5-1所示是实验室常用的一种双路跟踪稳压稳流电源，它可以作为两路稳压源及恒流源使用，也可将两路电源串联或并联起来使用。使用时只要将电源线接到220V电源上，调节电压或电流调节旋钮，即可得到需要的电压或电流。多数直流稳压电源都装有自动保护装置，当输出过载或瞬间短路时，会自动停止输出，这时需排除故障才能恢复正常使用。使用这种电源要注意允许输出的最大电压和电流，防止过载。

（2）干电池。为了提高电压的短时稳定度，实验室也常用到一种化学电池——干电池，它的电动势约为1.5V，供电电流较小（一般小于几十毫安）。

（3）交流电源。常用的交流电源是220V市电，也可以通过变压器升压或降压使用。当电压较高（30V以上）时，要注意用电安全，防止触电。

无论使用哪一类电源，应特别注意不能使电源短路，即不能将电源两极直接接通，从而使外电路电阻等于零。

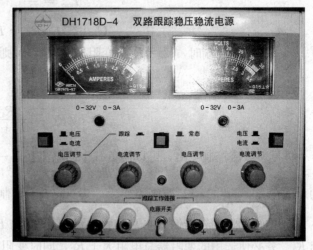

图5-1 双路跟踪稳压稳流电源

2. 电阻器

（1）滑线式变阻器。通常用符号 —⊡— 表示。滑线式变阻器是控制电路中广泛使用的仪器。依据连接方式的不同，它可起限流或分压作用，以控制负载或测量电路所需要的电压和电流。它的外形如图 5-2（a）所示。把长电阻丝绕在绝缘瓷管上，电阻丝两端与接线柱 a、b 相连，其间的电阻称为总电阻。在瓷管上方的滑动头可以沿粗金属棒滑动，滑动时它的下端始终与瓷管上的电阻丝接触。金属棒的一端装有接线柱 c 便于接线。改变滑动头的位置，就可以改变 ac 之间和 bc 之间的电阻，如图 5-2（b）所示。

滑动变阻器的参数主要有两个：①总电阻；②变阻器允许通过的最大电流。

1）限流控制电路。将变阻器的一个固定端和一个滑动端，串接在电源 E 和负载 R_L（这里 R_L 可理解为测量电路）之间，就构成了限流控制电路，如图 5-3 所示。不难看出，R_L 上的电流和电压分别为

$$I = \frac{E}{R_{ac} + R_L} \tag{5-1}$$

$$U = IR_L = \frac{R_L}{R_{ac} + R_L}E \tag{5-2}$$

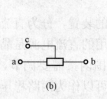

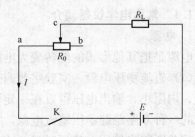

图 5-2　滑线式变阻器　　　　　　图 5-3　限流控制电路
（a）外形；（b）图形符号

当变阻器滑动端 c 移至 a 端时，$R_{ac} = 0$，则

$$I_{max} = \frac{E}{R_L} \tag{5-3}$$

$$U_{max} = I_{max}R_L = E \tag{5-4}$$

当 c 端移至 b 端时，$R_{ac} = R_0$（变阻器总电阻），则

$$I_{min} = \frac{E}{R_0 + R_L} \tag{5-5}$$

$$U_{min} = I_{min}R_L = \frac{R_L}{R_0 + R_L}E \tag{5-6}$$

可见，限流控制电路，可以使负载中的电流在 $\dfrac{E}{R_0 + R_L} \sim \dfrac{E}{R_L}$ 范围内变化，或使负载上的电压在 $\dfrac{R_L}{R_0 + R_L}E \sim E$ 范围内变化，从而起到了控制负载上所需要的电压和电流的目的。

选用变阻器组成限流控制电路时，应根据已知的 E、R_L 或实验要求的 I 和 U 值，计算出 R_0。务必使选用的变阻器总电阻大于 R_0，同时变阻器的允许电流必须大于实验要求的最大电流。

例如：电源电压 E＝1.5V，负载电阻 R_L＝100Ω，负载 R_L 上所需电压 U≥0.5V，求所需变阻器电阻值和允许电流。

由

$$U = U_{min} = \frac{R_L}{R_0 + R_L}E$$

$$R_0 = \left(\frac{E}{U} - 1\right)R_L = \left(\frac{1.5}{0.5} - 1\right) \times 100 = 200(\Omega)$$

即变阻器电阻大于 200Ω 才能满足要求，这时

$$I = \frac{U_{max}}{R_L} = \frac{1.5}{100} = 15(mA)$$

因而变阻器允许电流必须大于 15mA。

2）分压控制电路。电路如图 5-4 所示，是将变阻器的两个固定端 a、b 与电源 E 的两极相连，而由滑动端 c 和一个固定端 b（或 a）与负载 R_L 相接。这种连接方式也可以控制负载 R_L 上的电流和电压。

当 $R_L \gg R_0$ 时，可近似看作变阻器 R_0 中有固定电流 I 流过，$I = \frac{E}{R_0}$。R_L 两端电压为

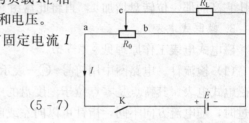

$$U = IR_{bc} = \frac{R_{bc}}{R_0}E \qquad (5-7)$$

图 5-4　分压控制电路

滑动端 c 移至 b 端时，$R_{bc} = 0$，有

$$U_{min} = 0 \qquad\qquad (5-8)$$

滑动端 c 移至 a 端时，$R_{bc} = R_0$，则有

$$U_{min} = E \qquad\qquad (5-9)$$

可见，分压控制电路，可以使负载上的电压在 0～E 整个范围内变化，调节滑动端的位置，就可以使负载上得到需要的电压。

选用变阻器组成分压电路时，变阻器的额定电流必须大于电源回路的总电流 I，$I \approx E/R_{并}$，$R_{并}$ 是 R_L 和 R_0 的并联值。当 $R_L \gg R_0$ 时，I 可用 E/R_0 来估算。

为了保证负载上的电流、电压不超过允许值，无论是分压或限流电路，在接通电源前，滑动端都要滑到安全位置，即负载上电流、电压最小的位置，如图 5-3 和图 5-4 所示，c 应滑到 b 的位置。

（2）电阻箱。在电路图中用符号 ―⟋⟍― 表示。转盘式电阻箱是可变电阻器的一种，电阻数值比较准确，并可从面板上直接读出。转盘式电阻箱面板如图 5-5 所示。箱面上有四个（或两个）接线柱和若干个转盘，每个转盘上都刻有 0～9 一组数字，在每个转盘旁边刻有一个箭头（或白点），并标有 ×0.1、×1、…数字。使用时，根据需要的电阻值分别将导线接在 0 和 0.9Ω、0 和 9.9Ω 或 0 和 99 999.9Ω 上，并使各转盘上需要的数值对准箭头。例如需要 7.5Ω 电阻，则将导线接在 0 和 9.9Ω 两接线柱上，×1 位的转盘调到 7，×0.1 位转盘调到 5，其余转盘调到 0。又如需要 97300.0Ω 电阻，则导线接在 0 和 99 999.9Ω 两接线柱上，各转盘调到如图 5-5 所示的位置即可。

电阻箱指示值的最大相对误差可近似用电阻箱的准确度等级的百分数表示，即

$$\frac{\Delta R}{R} = a\% \qquad (5-10)$$

$$\Delta R = a\% R \qquad (5-11)$$

图 5-5　转盘式电阻箱面板图

式中：ΔR 为允许基本误差；R 为电阻箱接入的电阻

值；a 为准确度等级。

使用电阻箱时应注意勿使电流过大，以免因发热造成电阻值不准或烧毁。一般转盘式电阻箱的允许功率为 0.25W，其电流限制为

$$I = \sqrt{\frac{P}{R}} = \sqrt{\frac{0.25}{R}}(\text{A}) \tag{5-12}$$

显然，电阻值越大，允许通过的电流就越小。

使用电阻箱时，还应注意从 9 到 0 的突变。若某一位转盘增加到 9 还需增加时，必须先把比它高的那一位转盘增加 1，再将此盘由 9 变到 0，否则会因电流突然变大而带来问题。

3. 磁电式电表

磁电式电表工作原理见 §4.5 节。

（1）检流计。电路图中用符号—ⓖ—表示。它是专门用来检验电路中有无微小电流通过的磁电式电表。其特点是零点位于刻度盘的中央，未通电流时指针正对零点，当有微小电流通过时，随电流方向不同，指针可以向左或向右偏转。检流计平常处于断开状态，仅当按下"电计"按钮时才接入电路中。由于它具有比较高的灵敏度，故常用来检验电路的某一部分是否有微弱电流存在，例如用作电桥、电位差计等的指示仪器。

如图 5-6 所示是实验室常用的 AC5 型直流指针式检流计。具体使用方法为：先将指针锁扣由"红点"拨向"白点"位置，使指针可以偏转，同时调节"零位调节"旋钮（注意当锁扣拨向"红点"位置时，不能调节），使表针停在中心零线上。"电计"按钮是接通检流计开关，按下则通，弹起则不通。若需长时间接通检流计，可按下"电计"按钮后再转一下，此时电计按钮不再弹起（注意，只有当指针在零位置附近时，才允许这样做，否则会由于流入检流计的电流太大而损坏检流计）。"短路"按钮是一个阻尼开关，使用时为了使指针能在零位附近快速停止摆动即可按下此按钮。

为了防止振动或搬动时损坏检流计，平时都用电磁阻尼或机械办法锁住线圈。使用检流计时，应打开锁扣，而使用完毕又必须记住锁好锁扣（锁扣这时处于"红点"位置）。

（2）电流表（安培计）。电路图中用—ⓐ—表示。它是用来测量直流电路中电流强度的仪表，其构造与前面介绍的基本相同，只是在线圈两端并联了电阻值合适的低电阻。为了扩大指针的有效偏转范围，将指针的零点调到了刻度盘的最左端。

电流表的两个主要参量是量程（量限）与内阻。

1）量程（量限）I_m。它是指电流表所能测量的最大电流值。有些多量程的电流表有两排插孔，每个插孔旁边都标有相应的数值，通过插入铜塞来选择相应的量程。实验时应注意选择合适的量程。

2）内阻 R_A。它是电流表本身的电阻值。对于多量程的电流表，量程越大，内阻越低，一般几十毫安以上的电流表内阻都小于 1Ω。为了表示方便，常常给出电流表的额定压降 U_m，则电流表的内阻即为

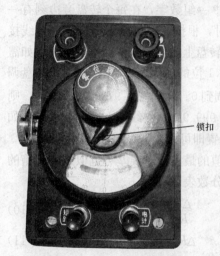

图 5-6 AC5 型直流指针式检流计

$$R_\text{A} = \frac{U_\text{m}}{I_\text{m}} \tag{5-13}$$

锁扣

使用时，应把电流表串联在被测电路中，并注意选择合适的量程，标"＋"号的接线柱表示电流流入端，不可接反。由于安培表内阻很小，绝不能把它与电源并联，否则电表和电源都可能被烧坏。

（3）电压表（伏特计）。电路图中用—Ⓥ—表示。它是用来测量电路中某两点之间的直流电位差的仪表，其构造与前面介绍的基本相同，但是在线圈上串联了电阻值合适的高电阻。指针零点也是调到刻度盘的最左端。

电压表也是用量程和内阻两个参量描述。

1）量程（量限）U_m。它是电压表能测量的最大电位差值。

2）内阻 R_V。它是电压表本身的电阻值。如电表的额定电流值以 I_m 表示，则可得电压表内阻为

$$R_V = \frac{U_m}{I_m} \tag{5-14}$$

有些电压表给出的是"欧姆/伏"的数值，这时电压表的内阻也可相应算出。

使用时，应将电压表并联在被测电路两端，接线柱的"＋"端应接电位高的一端，并注意选择合适的量程。

以上介绍的是电流表、电压表的基本知识，具体使用可参考§4.5节与§4.6节。要正确使用电表，还应注意以下几个问题：

a. 遵守电表面板上标示出的各项技术要求。常见仪表盘符号的含义见表5-1。

表 5-1　　　　　　常见仪表表盘符号的含义

名　称	符　号	名　称	符　号
指示测量仪表的一般符号	○	磁电系仪表	∩
检流计	⊕	静电系仪表	 ⊥
安培表	A	电磁系仪表	
毫安表	mA		
微安表	μA	直流	—
伏特表	V	交流（单相）	∼
毫伏表	mV	直流和交流	≃
千伏表	kV	准确度等级	1.5, ①.5
欧姆表	Ω	标度尺位置为垂直的	⊥, ↑
兆欧表	mΩ	标度尺位置为水平的	⊓, →
负端钮	－	绝对强度试验电压为2kV	☆
正端钮	＋	击穿电压	↯ 2kV
公共端钮	＊	调零器	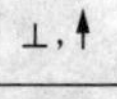 ⌒
接地端钮	⏚	Ⅱ级防外磁场及电场	Ⅲ Ⅲ

b. 使用前，调整零点调节螺丝使指针对准零点。

c. 正确的读数方法。电表上的镜面是为准确读数而设的，读数时，移动眼睛以观察到指针和它在镜面内的像重合，再顺着指针去读指示数，这样可以减少读数时的视差。还要注意表盘刻度与所用量程下实际代表的数值之间的关系，确定每一大格与每一小格表示多少。最小刻度后面通常应有一位估读数字。对于基本仪表的读数，实验者应注意训练自己一气呵成地熟练读出，具体方法与有效数字的获取可参考§2.5.2节。

4. 万用表

万用表实际上是由多量程的直流电压表、电流表、整流式交流电压表和欧姆表所组成，它们合用一个表头（磁电式微安表），在国家标准中称为复用表。它能测量交直流电压、电流和电阻等电学量。此外，万用表还广泛用于电路故障的检测。由于应用广泛，操作简单，携带方便，万用表是实验室、电工和无线电爱好者的必备仪表。

实验室常用的万用表有指针式和数字式两种，下面简单介绍万用表的使用方法。

（1）万用表的操作规程。万用表的结构形式多种多样，板面上的旋钮、开关的布局各有差异。测量不同的电学量或者测量同一电学量但其大小改变时需要换挡。为了防止损坏万用表，使用时应注意如下方面：

1）认清表盘和刻度，根据待测量的种类（如交流或直流的电流、电压或电阻）和大小，将选择开关置于合适的位置（一般应先选最大量程进行试测），接好表笔（"＋"端接红色表笔）。

2）测量直流电压和电流时，表笔的正负不能接反。

3）测电阻时每次换挡后都要调节零点；不得测带电的电阻；也不得测额定电流极小的电阻（如灵敏电流计的内阻）；测试时不得双手同时接触两支表笔的金属部分，以免人体的电阻与待测电阻并联，特别是在测高电阻时尤须注意，以免造成较大的测量误差。

4）操作完毕，务必将万用表选择开关扳离欧姆挡，至空挡或最大电压量程挡，以保护仪表。

图 5-7　VC-890D 型数字
式万用表

（2）数字式万用表的使用方法。数字式万用表与指针式万用表的使用方法和操作规程基本上相同，只是数字式万用表将测量值直接显示在液晶屏上，这样使用起来更为方便。下面以实验室常用到的 VC-890D 型数字式万用表（如图 5-7 所示）为例介绍其使用方法。

使用前应首先检查红（＋）黑（－）表笔及选择开关功能和量程的位置是否正确，然后打开电源开关，观察液晶显示器上是否有"←"符号出现，如果没有，则表示电源正常，如有，则应更换新电池才可进行测量。

1）测电阻。测量范围：0.1Ω～20MΩ。测量时，功能选择开关置于"Ω"中的适当量程，将黑表笔的一端插接"COM"，红表笔的一端插接"VΩ"，红黑表笔的另一端接待测电阻。若显示屏上只出现"1－"而无其他数字，则表示超量，应换大电阻挡位直至屏上出现电阻读数。

当只是为了检查导线是否导通时，则可将开关旋至"·））"

挡。若导通，表内会发出连续的蜂鸣声，无声则表示不导通，需要更换该导线。

2）测直流电流。测量范围：$0.1\mu A \sim 20A$。测量时，功能选择开关置于"A－"中的适当量程，若被测电流在 200mA 以下，黑表笔的一端插接"COM"，红表笔一端插接"mA"。若测量 200mA～20A 之间的电流时，则红表笔的一端插接至"20A"处。

3）测直流电压。测量范围：$0.1mV \sim 1000V$。测量时，功能选择开关置于"V－"中的合适量程。红表笔一端接"VΩ"，黑表笔一端插接"COM"，接通电源即可进行测量。

4）测交流电流。测量范围：$40 \sim 400Hz$，$0.001mA \sim 20A$。测量时，功能选择开关置于"A～"中的适当量程，其测量方法与测量直流电流相同。

5）测交流电压。测量范围：$4 \sim 400Hz$，$0.001 \sim 750V$。测量时，功能选择开关置于"V～"中合适的量程，其测量方法与测量直流电压相同。

6）二极管检查。检查时，功能选择开关置于"→▸))"位置，黑表笔的一端插接"COM"，红表笔的一端插接"VΩ"，红表笔的另一端接二极管的正极，黑表笔的另一端接负极时，显示的是正向压降，接通电源时，应在 500～800mV 之间，如果显示"000"表示短路，显示"1"表示断路。若黑表笔接二极管的正极，红表笔接负极时，显示"1"是好管，显示"000"或其他数值是坏管。

7）测量三极管放大系数 h_{FE}。测量时，功能选择开关置于 h_{FE} 位置，连接好三极管 b、c、e 三个管脚，好的三极管的 h_{FE} 值介于 40～1000 之间。

5. 开关

（1）单刀双掷开关。如图 5-8（a）所示，开关合向 1 时，2 与 1 接通；开关合向 3 时，2 与 3 接通。若用作电源开关，注意必须将 2、1 或 2、3 串联在电源回路中。

（2）双刀双掷开关。如图 5-8（b）所示，它相当于同步的两个单刀双掷开关。当开关向上合时，3 与 1 接通，同时 4 与 2 也接通（注意 3 与 4 之间不通）；当向下合时，3 与 5 接通，同时 4 与 6 接通。这样就可以将接在 1、2 之间的部分电路和 5、6 之间的部分电路通过开关的转换分别串联在主电路 3、4 之间。

（3）换向开关。如图 5-8（c）所示，它是在双刀双掷开关的 1、6 对角和 2、5 对角分别接上一段互相绝缘的导线构成。当开关向上合时，3 与 1 接通，同时 4 与 2 接通；当开关向下合时，3 与 2（通

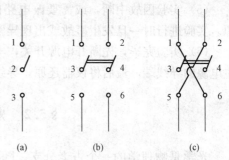

图 5-8　几种电路开关

（a）单刀双掷开关；（b）双刀双掷开关；（c）换向开关

过 5）接通，同时 4 与 1（通过 6）接通。这样，开关向上合或向下合时，1、2 之间部分电路中的电流方向相对于 3、4 所连接的主电路发生变化，从而起到了改变电流方向的作用。

§5.1.2　电磁学实验操作规程

为了保证实验顺利进行，避免发生人身安全事故和防止仪器、设备的损坏，实验者务必注意遵守电磁学实验操作规程。

（1）实验操作前，应结合实验目的和原理弄懂电路图，了解所用仪器的性能和作用，明确各条导线的作用和连接的必要性。对比较简单的电磁学实验，最好能不看讲义，默记住实验电路图。

（2）连接电路前，应先进行好仪器设备的布局。仪器设备的布局应综合考虑到安全、便于操作和读数等因素，还要考虑到实验桌面的整齐，不要让一个简单的电路弄得桌面非常凌乱。连接导线时，应按一个回路一个回路的连接。如图 5-9 所示的电路，可以看成是由Ⅰ、Ⅱ两回路组成，接线时先从电源 E 的正极接一条线到电阻 R_1 的一端，再由电阻 R_1 的另一端接一条线到电阻 R_3 的一端，由 R_3 的另一端接一条线到开关 K 的一端，由 K 的另一端接一条线到电源的负极，这样就完成了第Ⅰ回路的连接；由 R_1 与电源 E 正极相连的那个端点连一条线到电阻 R_2 的一端，由 R_2 的另一端接一条导线到电流表Ⓐ的正接线柱，由电流表Ⓐ的负接线柱接一条导线到 R_1、R_3 之间的端点，这样就完成了第Ⅱ回路的连接。按回路接线是电路连接的基本方法，这样就不易造成漏接或错接。

（3）接线完毕，首先自己仔细检查一遍，注意：电路各部分接线是否正确；正负极是否接对；各线头是否接牢；开关是否断开；变阻器是否处于安全位置；电阻箱是否有一定的阻值；电源输出电压调节旋钮是否调到最小等。

自己检查无误后，如有必要，再请教师检查电路，经教师允许后才能接通电源进行实验。

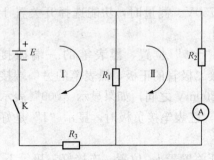

图 5-9　电路连接方法示意图

（4）初合开关时，应采用点接。此时要注意观察电路及仪器有无异常现象（如打火花、冒烟、仪器指针偏转过猛或反向偏转等）。如有异常，应立即断开电源排除故障。这可概括为："手合电源，眼观全局，先看现象，再读数据"。

（5）实验因故中断，或需要改电路的某一部分，或改变仪表的量程等，都必须断开电源。实验进行时一旦发生事故或出现异常现象，应立即切断电源，并向教师报告。

（6）实验完毕，先断开电源开关，实验数据经教师审阅合格后再拆线，拆线时先拆连接主电源的导线端，最后将仪器还原，导线整理好，桌面收拾整齐。

§5.2　光学实验的基本知识

光学是物理学的一个古老分支。随着激光技术和半导体技术的出现，光学的研究与应用焕发出了崭新的活力。光学实验方法与现代光学仪器设备已广泛应用于国防、通信、精密计量、微量检测、加工、医疗等各个领域。光学实验是物理实验的重要组成部分，有着物理实验的共性，也有着它独有特点。其主要特点有：实验所使用的仪器比较精密，也容易损坏；实验中对仪器和光路的调节要求较高，测试精度也较高；实验与理论的联系比力学、电学等实验更为密切，对各种现象的正确分析以及实验操作的各个方面都需要理论来指导。

为了确保光学实验的顺利进行及保护好实验仪器设备，实验者在光学实验过程中务必做到：①实验前做好充分预习，包括理解实验的基本原理、熟悉仪器设备的光路结构及工作原理，掌握仪器调节的思想与方法等方面；②实验中要按正确的方法与步骤调节、使用仪器，要细致地观察、分析与比较实验现象，准确地读出实验过程中的微量数据或数据变化并进行正确处理。

§5.2.1 常用光源

光学实验都需要光源。适于光学实验的光源种类很多。普通光学实验中常用到的光源有白炽灯、气体放电光源、激光器、发光二极管等。

1. 白炽灯

通常用来照明的各种普通钨丝灯，如家用的 220V 电灯、机床上使用的 36V 工作灯、仪器仪表上的 6.3V 指示灯等，都属于白炽灯。为了抑制钨丝的蒸发，延长其使用寿命，可在灯泡内充入微量卤素气体（碘或溴蒸汽），就制成了卤素灯（碘钨灯或溴钨灯）。卤素灯的发光效率相对于普通白炽灯来说，大为提高，可作为强光源使用。

白炽灯是利用电流流过钨丝加热至白炽状态而发光的热辐射光源。其发光光谱为分布在红外、可见光到紫外光范围的连续谱，其中红外成分居多，紫外成分很少。光谱成分和相对光强与钨丝温度有关。

2. 气体放电光源

气体放电光源是利用气体放电而发光的，其光谱为线状谱。钠光灯、汞灯、氢灯、氙灯、氦灯等都属此类光源。

（1）汞灯（水银灯）。汞灯是汞蒸气弧光放电灯。依据其稳定工作时灯内汞蒸气压的高低，分为低压汞灯和高压汞灯。低压汞灯的辐射能量主要集中在 253.7nm 的谱线上，因而通常作为紫外光源使用。高压汞灯在紫外、可见、红外区域都有辐射，在可见光和近紫外区域有几条很强的谱线，主要有 5780Å（5791Å 与 5770Å 两条谱线的平均波长）、5461Å、4358Å、4047Å、3650Å 等。高压汞灯是光学实验和光谱分析中常用到的光源。

使用汞灯时要注意：汞灯必须与镇流器或限流器串联使用；汞灯从启动到正常工作需要 5～10min 的预热时间；汞灯熄灭后，需要冷却几分钟后才能再次点燃。

（2）钠光灯。钠光灯是将金属钠封闭在抽空的放电管内，再在管中充有少量的氩、氖等辅助气体制成的。它是钠蒸汽弧光放电灯。在可见光范围内有两条靠得很近的较强谱线，$\lambda_1 = 5890$Å 和 $\lambda_2 = 5896$Å。在精度要求不是很高的普通光学实验中，通常取两条谱线的平均值 $\lambda = 5893$Å 作为单色钠黄光的波长。

钠在常温下是固体，蒸汽压强很低，因此在钠光灯中还必须充有一定量的氩气或氖气，以使放电现象得以发生。由于放电而使管内温度升高，钠开始蒸发，出现黄光，几分钟之后，钠黄光达到一定的强度，方可使用。管内的氩或氖气放电时会发出略带粉红色的光，在光谱仪中能看到相应的谱线。

如在管内充有其他金属蒸气，就可制成相应的金属蒸气弧光灯。其中有一种很重要的金属蒸气镉灯，其发出的明亮、细锐的波长为 6438.4722Å 的红色特征谱线（在温度为 15℃，压强为 760mm 汞柱的干燥空气中），历史上曾作为波长的原始标准。

使用钠光灯时要注意：钠光灯同样必须与镇流器串联使用；钠光灯一旦点燃，就不要随便熄灭，因为钠光灯每开一次都会减小其使用寿命；钠蒸汽活泼，遇水发生爆炸，使用时注意不能碰碎；报废的钠光灯管应由实验室统一处理。

3. 激光器

激光是通过光受激辐射放大而产生的。产生激光的两个必要条件是：①激光工作物质实现粒子布居数反转；②存在光学谐振机制，以使光受激辐射产生正反馈。激光具有单色性好、方向性强以及亮度高等优点，是极好的相干光源。激光器最早出现于 20 世纪 60 年代。目前，激光器的种类繁多，在物理实验室中最常用到的是氦—氖激光器及半导体激光器。

　　(1) 氦—氖(He-Ne)激光器。He-Ne 激光器的典型结构简图如图 5 - 10 所示。它由激光管和直流高压激光电源组成。激光管内充有氦—氖的混合气体，由激光电源产生高压促使毛细管内的气体放电，其中的 Ne 原子在其激光能级之间形成粒子布居数反转(He 的作用只是提高泵浦效率)，从其上能级跃迁到下能级而产生受激辐射。受激辐射经两端腔镜构成的谐振腔的反馈作用而产生激光输出。输出激光的功率取决于毛细管的结构参数及放电条件。实验中使用的 He-Ne 激光器的功率一般在几毫瓦至十几毫瓦。输出激光的波长为6328Å，属于可见光波段的红光。相对而言，He-Ne 激光器的光束质量较好，具有很小的光束发散角(<0.5°)以及良好的空间相干性，在实验室中广泛用于光路的调节以及在扩束后作为良好的单色光源使用。

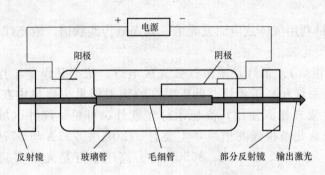

图 5 - 10　He-Ne 激光器典型结构简图

　　使用氦-氖激光器时必须注意：激光电源为直流高压电源，使用中应谨防触电；激光管的电极不能反接，以免损坏激光管；不能正视未经扩束的激光束，以免损伤眼睛。

　　(2) 半导体激光器(激光二极管 LD)。半导体激光器的工作物质主要是各类具有直接带隙结构的半导体材料。半导体材料的种类决定了输出激光的波长，如 InGaAlP/GaAs 的输出激光波长在可见光红光波段的 610～690nm，GaAlAs/GaAs 的输出激光波长为 650～870nm，InGaAsP/InP 的输出激光在光纤通信的 $1.31\mu m$ 与 $1.55\mu m$ 两个窗口波段，GaN 基材料的输出激光则在蓝光波段。半导体激光器的结构种类非常多，图 5 - 11 所示是一种双异质结的 AlGaAs/GaAs 条形激光器的典型结构简图，其 GaAs 有源区的厚度在 $0.1\sim0.2\mu m$，晶体两端的天然解理面即构成了平行平面谐振腔(Fabry-Perot 腔)。

　　半导体激光器的工作原理是：有源区与其两侧的限制层相当于一个 PN 结，施加如图 5 - 11 所示的正向电压，外电源注入的电子与空穴即被有效地约束在有源区中而形成粒子布居数反转，这时电子从其导带跃迁到价带而与空穴复合产生受激辐射，经过其两端的解理面构成的谐振腔的反馈作用而输出激光。

　　半导体激光器输出的远场光斑通常是椭圆形的，即在两个相互垂直方向的发散角是不同的(垂直于结平面方向的发散角在 30°～40°，平行于结平面方向的发散角在 10°～20°)，如图 5 - 11 所示。为满足某些应用方面的要求，通常使输出激光束经过一特别结构的微透镜，以改善其光场分布特性。尽管半导体激光的光束质量(发散角、光谱线宽等)通常比 He-Ne 激光器的差，但对于一般的实验使用，基本能满足要求。半导体激光器的输出光功率取

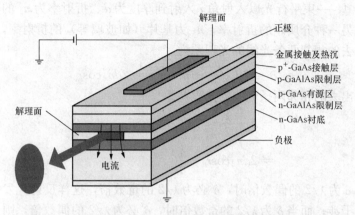

图 5-11　双异质结 AlGaAs/GaAs 条形激光器典型结构简图

决于注入电流的大小，注入电流一般在 mA 量级，输出功率则一般在 mW 量级。

使用半导体激光器时必须注意：使用专用的电源，以防突发性的瞬间电脉冲（浪涌）而对激光器造成损坏；防止静电；尽量保持温度稳定（其阈值电流、输出光功率、输出光波波长及光谱宽度等都与温度有关）；不可频繁地开关激光器。

4. 半导体发光二极管（LED）

半导体发光二极管也是实验中广泛应用的光源，由于其具有电源电压低、发光效率高、寿命长、可靠性好等优点，作为仪器面板的照明及指示等方面，有取代白炽灯的趋势。

相对于激光二极管（LD）而言，LED 的结构简单，没有谐振腔结构，因而发光的机理是电子与空穴在 PN 结中扩散而复合产生的自发辐射。LED 发出的光束的发散角很大（平行于 PN 结方向，可达 120°，垂直于 PN 结方向也可达几十度）。LED 的发射光谱线宽通常可达几十甚至上百纳米。

§5.2.2　光学滤光器

光学实验中，经常需要使用某些滤光器以从复色光中获取单色光或去掉某些波段范围的光。依据工作原理的不同，可分为反射滤光器、吸收滤光器、色散滤光器、干涉滤光器等。

反射滤光器系指利用物体的不同颜色的表面对不同波段的光的反射能力的强弱不同而制成的滤光器，如利用各种颜色的膜片制成的滤光片。吸收滤光器是利用物质对光的选择吸收特性而制成的滤光器，如将某些化学药品溶液盛于平行平面的吸收皿中，利用其吸收特性可制成某些特定波段的吸收滤光器。色散滤光器则是利用色散元件（如棱镜等）将不同颜色的光分开，而获取或去掉某些波段的光。

还有一类重要的干涉滤光器，是利用介质膜层上下表面反射光产生的多光束干涉的原理制成的，如图 5-12 所示，它能使某些特定波长的光反射或透射。很多光学仪器的光学表面以及光学实验中的很多镜片都镀有这种特别设计的介质膜层。

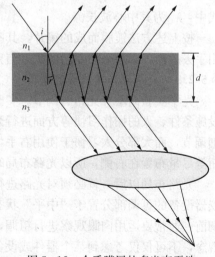

图 5-12　介质膜层的多光束干涉

在图 5-12 中，一束平行光以入射角 i 入射到厚度为 d、折射率为 n_2 的介质膜上，n_1 为空气层（也可是另一种介质）的折射率，n_3 为基片（如玻璃等）的折射率，设 $n_1 < n_2 < n_3$，从上表面反射出去的相邻两条光线的光程差为

$$\delta = 2d \sqrt{n_2^2 - n_1^2 \sin^2 i} = 2dn_2 \cos r \tag{5-15}$$

而从下表面透射出去的相邻两条光线的光程差为

$$\delta' = \delta - \frac{\lambda}{2} = 2d \sqrt{n_2^2 - n_1^2 \sin^2 i} - \frac{\lambda}{2}$$

$$= 2dn_2 \cos r - \frac{\lambda}{2} \tag{5-16}$$

由此可看出，当 δ 为 $\lambda/2$ 的偶数倍时，δ' 必为 $\lambda/2$ 的奇数倍，这样反射光发生相长干涉，而透射光发生相消干涉；而当 δ 为 $\lambda/2$ 的奇数倍时，δ' 必为 $\lambda/2$ 的偶数倍，则反射光发生相消干涉，而透射光发生相长干涉。因而可通过改变薄膜的厚度 d 及材料（即其折射率 n_2 改变）来使某些光反射或透射，以实现滤光的作用。

在实际应用中，光通常是正入射的（$i=0$），则将薄膜层设计成 1/4 波片（$n_2 d = \lambda/4$），并且寻找合适的薄膜材料，以满足 $n_2 = \sqrt{n_1 n_3}$，这样才能使某些特定波长的光被有效地反射或透射。但一般情况下很难寻找到满足 $n_2 = \sqrt{n_1 n_3}$ 的薄膜材料，且有时需要使比较宽的波长范围内的光反射或透射，因此单层薄膜已不能满足要求。为了解决这个问题，可将折射率高低不同的两种薄膜交替镀在镜片上，有时多达几十层，这样其光强能量的反射率为

$$R = \left(\frac{1-Y}{1+Y}\right)^2 \tag{5-17}$$

其中

$$Y = \left(\frac{n_H}{n_L}\right)^{2p} \frac{n_H^2}{n_S} \tag{5-18}$$

式中：n_H、n_L、n_S 分别表示高折射率薄膜、低折射率薄膜及基片的折射率；$2p$ 表示薄膜的总层数。这时高反射区的谱宽范围可以表示为

$$\Delta \lambda_R = \frac{4}{\pi} \lambda_0 \arcsin\left(\frac{n_H - n_L}{n_H + n_L}\right) \tag{5-19}$$

式中：λ_0 为其中心波长。

按上述方法镀膜而成的镜片，其膜层很容易损坏，因此使用时，一定要注意放尘，不能用手去触摸，必须采用专门的工具与方法去清洁，以保护镜片，防止划伤。

§5.2.3 光路与光学仪器的调节

光学实验离不开光路的调节。实验前，可依据实验的内容、使用的仪器设备、实验室的设施条件、人的操作习惯等方面进行光路的整体布局。光学实验离不开光路及仪器设备的精细调节，而大部分人习惯于使用右手，另外仪器设计的时候，也通常是将各种操控旋钮、按钮等尽量布置在右侧，所以光路布局时特别要考虑到这些方面，以使操作简单、调节方便。

光路布局以后，就必须对光路进行等高共轴调节。首先将要调节的各光学元器件、光学仪器设备的可调部分置于"中平"状态，以保证向各个方向具有等量的调节余地。在精密微调前，通常要运用肉眼观察进行粗调，以使大致达到等高共轴状态。光路调节时要有全局的观念，不可仅仅考虑到某个器件或设备，大家可体会"测量金属丝的杨氏弹性模量"中望远镜与平面镜构成的光路系统的调节步骤的设计。最后借助工具（如光屏上的小孔）、仪器

（如平行光管），或是专门的方法（如自准法和二次成像法等），进行等高共轴的微细调节。

光学实验中常用到望远镜、显微镜等成套的光学仪器。这类仪器本身就是一个复杂的光学系统。对它们的调节，是借助于其目镜中的分划板来进行的。当人的眼睛通过显微镜或望远镜进行观测时，要求物体成像于目镜的分划板上，以便用其上的分划线（叉丝）确定观测物的坐标或相对位置，并且这时人的眼睛也处于自然放松状态。首先应调节目镜与分划板的间距（旋转目镜筒），以确保看到的分划线（叉丝）最为清晰，没有重影（这时分划线的像面与物面重合）。再精细调节物镜的位置，确保看到物体的像没有视差，即移动眼睛时，像与分划线无相对移动，这时物像成在分划板上，已调试准确，可进行下一步的测量。

§5.2.4　光学仪器的使用与维护规则

光学仪器由精心制作的光学元件及精密测量机构组成，所以光学仪器一方面很精密，另一方面大多贵重且容易损坏。使用与维护时要注意遵循有关的规则。

（1）必须在了解仪器性能和使用方法以后才能操作仪器，不可随意乱动。

（2）使用时要轻拿轻放，用完的器件顺手放回仪器盒，不可在桌面上乱放。

（3）任何时候不能用手直接触及光学表面，不可对着光学元件打喷嚏、咳嗽等。

（4）光学表面有玷污时，未镀膜的表面可在教师指导下用洁净的镜头纸轻轻擦拭干净或用吹气球吹跑灰尘，不可用嘴哈气。有镀膜的表面，应由实验室人员用酒精与乙醚的混合溶剂按正确的方法擦拭，以保护膜层。

（5）对于光学仪器中的机械部分，如分光计的刻度盘、迈克尔逊干涉仪的旋钮、读数显微镜的测微鼓轮等，要按规程操作，且要做到动作轻缓、力度均匀。不准随意拆卸仪器或乱拧旋钮，以免造成仪器损坏或零件丢失。

（6）注意防尘。仪器使用完毕，盖好防尘罩，以保持清洁。

实验一 长 度 密 度 测 量

一、实验目的

1. 掌握游标卡尺、螺旋测微计和物理天平的构造原理和正确使用方法。
2. 掌握静力称衡法测不规则物体密度的方法。
3. 正确读数与规范记录实验数据。
4. 初步学习间接测量量的数据处理方法。

二、实验仪器

刻度尺、游标卡尺、螺旋测微计、物理天平、烧杯及待测件（金属圆管、小球、不规则物体等）。

三、实验原理

长度测量中有关刻度尺、游标卡尺及螺旋测微计的使用参阅 §4.1 节的有关内容。

对于规则物体（如球体、圆柱体和长方体等），可以利用测量长度的量器（如刻度尺、游标卡尺、千分尺等）间接测量得出它的体积。对于不规则物体，常可依据阿基米德定律测体积。阿基米德定律的内容是物体在液体中所受到的浮力与其排开的液体所受到的重力大小相等。

如果将被测物体置于空气和水中称量，得到其质量分别为 M 和 M_1，则物体在水中受到的浮力为

$$F = (M-M_1)g \tag{5-20}$$

依据阿基米德定律有

$$F = \rho_0 Vg \tag{5-21}$$

式中：ρ_0 为水的密度；V 为物体全部浸入水中时排开水的体积，亦即被测物体的体积。联立式（5-20）及式（5-21）得

$$V = \frac{M-M_1}{\rho_0} \tag{5-22}$$

将式（5-22）代入物体密度的定义式 $\rho = \frac{M}{V}$ 得

$$\rho = \frac{M}{M-M_1}\rho_0 \tag{5-23}$$

由式（5-23）可知，只要测出物体在空气中的质量 M 和水中的质量 M_1，就可以得出该不规则物体的密度 ρ，这种方法称为静力称衡法。它将不规则物体的体积测量问题转化为质量测量问题。一般来说，测质量比测体积容易得到较高的准确度，因此能使密度测量值的误差更小，也即不确定度更小。

四、实验内容

1. 测量如图 5-13 所示金属圆管的体积

（1）用刻度尺 5 次测量金圆属管不同位置处的长度 L，规范记录测量数据于表 5-2 中。

（2）用游标卡尺测金属圆管不同位置的外径 D、内径 d 和深度 l 各 5 次，规范记录测量数据于表 5-2 中。

2. 测金属小球的直径

用螺旋测微计 5 次测量金属小球直径 D，规范记录测量数据于表 5-3 中。

3. 测量不规则物体的密度

（1）掌握天平的使用，参阅 §4.2 节的内容。

（2）称量物体在空气中的质量 M，称量 5 次，数据记入表 5-4 中。

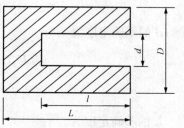

图 5-13　金属圆管截面图

（3）把盛有 2/3 杯水的玻璃杯，放在天平左边的托架上，然后将不规则待测物体用细线挂在天平左边的小钩上，并使待测物体全浸入水中，称量其在水中的质量 M_1，同样称量 5 次，数据记入表 5-4 中。注意的是，被测物体不要接触杯子；物体表面不得附着气泡；升起天平横梁时，物体不得露出水面。

（4）由表 5-5 查出室温下纯水的密度 ρ_0，按式（5-23）计算出待测物体的密度。

五、数据记录与处理

1. 测金属圆管体积

表 5-2　　　　　　　　　　**测 金 属 圆 管 体 积**

刻度尺的规程及技术指标：量程_____　　最小分度值_____

游标卡尺的规程及技术指标：量程_____　　最小分度值_____

次数　　项目	外经 D_i（cm）	内径 d_i（cm）	长度 L_i（cm）	深度 l_i（cm）
1				
2				
3				
4				
5				
平均值	$\bar{D}=$	$\bar{d}=$	$\bar{L}=$	$\bar{l}=$
实验标准差 $S(x)$	$S(D)=$	$S(d)=$	$S(L)=$	$S(l)=$
$T/\sqrt{n}$				

金属圆管的体积为

$$V = \frac{1}{4}\pi(\bar{D}^2\,\bar{L} - \bar{d}^2\,\bar{l}) = \underline{\qquad}\ (\text{cm}^3)$$

D 的不确定度为

$$U_a(D) = \frac{T}{\sqrt{n}}S(D), \quad U_b(D) = \Delta_I(D)$$

$$U(D) = \sqrt{U_a^2(D) + U_b^2(D)}$$

d 的不确定度为

$$U_a(d) = \frac{T}{\sqrt{n}}S(d), \quad U_b(d) = \Delta_I(d)$$

$$U(d) = \sqrt{U_a^2(d) + U_b^2(d)}$$

L 的不确定度为

$$U_a(L) = \frac{T}{\sqrt{n}}S(L), \quad U_b(L) = \Delta_I(L)$$

$$U(L) = \sqrt{U_a^2(L) + U_b^2(L)}$$

l 的不确定度为

$$U_a(l) = \frac{T}{\sqrt{n}}S(l), \quad U_b(l) = \Delta_I(l)$$

$$U(l) = \sqrt{U_a^2(l) + U_b^2(l)}$$

V 的不确定度为

$$U(V) = \frac{\pi}{4}\sqrt{4\,\overline{D}^2\,\overline{L}^2 U^2(D) + \overline{D}^4 U^2(L) + 4\,\overline{d}^2\,\overline{l}^2 U^2(d) + \overline{d}^4 U^2(l)}$$

测量结果为

$$V = V \pm U(V)$$

2. 测金属小球的体积

表 5 - 3　　　　　　　　　　　　　　测金属小球的体积

千分尺的规程及技术指标：等级＿＿；量级＿＿；最小分度值＿＿；零点读数 $\varepsilon =$ ＿＿ （mm）

次数	1	2	3	4	5	平均值	实验标准差	$T/\sqrt{n}$
千分尺读数 D' (mm)						$\overline{D'} =$	$S(D') =$	

$\overline{D} = \overline{D'} - \varepsilon =$ ＿＿＿＿＿＿ （mm）

钢球体积 V 为

$$V = \frac{1}{6}\pi\overline{D}^3 = \underline{\qquad\qquad}(\text{mm}^3)$$

D 的不确定度为

$$U_a(D) = \frac{T}{\sqrt{n}}S(D) = \frac{T}{\sqrt{n}}S(D'), \quad U_b(D) = \Delta_I(D) = \Delta_I(D')$$

$$U(D) = \sqrt{U_a^2(D) + U_b^2(D)}$$

V 的不确定度为

$$U(V) = \frac{1}{2}\pi\overline{D}^2 U(D)$$

测量结果为

$$V = V \pm U(V)$$

3. 测量不规则物体的密度

表 5 - 4 测不规则物体的密度

天平规程：型号_____ 称量_____ 分度值_____

温度 $t=$_____℃ 水的密度（查表 5 - 5）$\rho_0 =$_____

次序	1	2	3	4	5	平均值	实验标准差	$T/\sqrt{n}$
$M(g)$						$\overline{M}=$	$S(M) =$	
$M_1(g)$						$\overline{M_1}=$	$S(M_1) =$	

计算待测物体的密度为

$$\rho = \frac{\overline{M}}{\overline{M} - \overline{M_1}} \rho_0$$

ρ_0 的不确定度可忽略，只计由质量测量的不确定度传递至物体密度不确定度的部分。天平的仪器误差限约定为天平分度值（即天平横梁上的游码尺的最小刻度）的一半。

M 的不确定度为

$$U_a(M) = \frac{T}{\sqrt{n}} S(M), \quad U_b(M) = \Delta_I(M)$$

$$U(M) = \sqrt{U_a^2(M) + U_b^2(M)}$$

M_1 的不确定度为

$$U_a(M_1) = \frac{T}{\sqrt{n}} S(M_1), \quad U_b(M_1) = \Delta_I(M_1)$$

$$U(M_1) = \sqrt{U_a^2(M_1) + U_b^2(M_1)}$$

$U(\rho)$ 不确定度为

$$U(\rho) = \frac{\sqrt{[\overline{M_1} U(M)]^2 + [\overline{M} U(M_1)]^2}}{(\overline{M} - \overline{M_1})^2} \rho_0$$

测量结果为

$$\rho = \rho \pm U(\rho)$$

六、思考题

1. 游标尺的准确度如何确定？如何正确读数？

2. 一把游标卡尺，游标上有 20 格，总长度等于主尺 39 格，主尺 1 格为 1mm，它的最小分度值是多少？测物体长度时，读数的末位可否出现 0 和 5 以外的数？

3. 测量直径约为 2cm 的小球的直径。若要求相对不确定度不超过 0.2%，采用单次测量，问需选用什么仪器测量，为什么？如果要求测准到 1/1000cm，又需用什么仪器，为什么？

4. 分别用米尺、10 分度游标卡尺、50 分度游标卡尺和千分尺测量直径约为 1.5mm 的细丝直径，各可测得几位有效数字？

5. 天平的操作规程中，哪些规定是为了保护刀口的？哪些规定是为了保证精度的？

6. 用物理天平称量物体质量时，可否把砝码放在左盘而把待测物放在右盘？为什么？

7. 在精确测定物体密度时，需用精密度天平（分析天平）称量且不能用物体在空气中的质量 M 来代替它的真实质量 M_2（M_2 略大于 M）。如果考虑物体在空气中受到的浮力，计算物体密度公式式（5-23）应怎样修正呢？进一步地，如何测量空气的密度呢？试设计出实验方案。

8. 用静力称衡法如何测定密度比水小的固体的密度，以及测定能溶于水但不溶于某种液体的固体的密度？

表 5-5　　　　　　　　　不同温度水的密度 ρ_0　　　　　　　g/cm³

ρ_0　温度(℃) 温度(℃)	0	10	20	30
0.0	0.999 867	0.999 727	0.998 229	0.995 672
0.5	899	681	124	520
1.0	926	632	017	366
1.5	949	580	0.997 907	210
2.0	968	524	795	051
2.5	982	465	680	0.994 891
3.0	992	404	563	728
3.5	998	339	443	564
4.0	1.000 000	271	321	397
4.5	0.999 998	200	196	263
5.0	992	126	069	058
5.5	982	049	0.996 940	0.993 885
6.0	968	0.998 969	808	711
6.5	951	886	674	534
7.0	929	800	539	356
7.5	904	712	399	175
8.0	876	621	258	0.992 993
8.5	844	527	115	808
9.0	808	430	0.995 969	622
9.5	769	331	822	434
10.0	727	229	672	244

实验二　液体表面张力系数的测定

将一根缝衣针，轻轻地横放在水面上，就能把水面压出一条细小的沟，但针并不下沉。这一现象表明，液体表面处在张力状态中。对于液体边界上或液体表面上，任一条线的两侧物质，彼此之间有拉力作用，这个拉力处于液面平面内，并与该线垂直。表面张力 f 和线长 L 成正比，即

$$f = aL \qquad\qquad (5-24)$$

比例系数 a 是作用在液体表面单位长度上的表面张力，称为表面张力系数，其单位是 N/m。

本实验采用拉脱法测定表面张力系数，也有用毛细管法测定的。

一、实验目的

1. 用焦利秤测量微小力。
2. 测定弹簧的形变与拉力的关系，用作图法求出弹簧的倔强系数。
3. 用拉脱法测定水的表面张力系数，并观察杂质对表面张力的影响。

二、实验原理

将一洁净的金属丝框竖直地浸入水中，然后轻轻提起，丝框上就挂有一层水膜。水膜的两个表面沿长度 L 方向分布有表面张力 f，φ 为接触角，如图 5-14 所示。

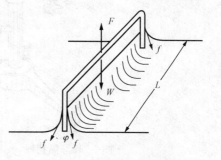

当金属丝下形成两表面互相平行的水膜时，两表面作用在金属丝框上的总的表面张力为 $2aL$，方向朝下。这时作用在金属丝框上的各力关系为

$$F = W + 2aL \qquad\qquad (5-25)$$

图 5-14　液体的表面张力

式中：F 为向上的拉力；W 为作用于金属丝框和水膜上的重力；L 为丝框上水平段的长度。

$$a = \frac{F-W}{2L} \qquad\qquad (5-26)$$

只要测得 $F-W$ 和 L，a 即可求得。

三、实验装置

本实验用焦利秤测量 $F-W$。其结构如图 5-15 所示。转动旋钮 R，可以使带有米尺刻度的 M 杆上下移动。套管上附有游标 N。在 M 的横梁上，挂一锥形弹簧 D。D 的下端挂一个带有水平刻线的指标杆，它可在刻有横线的玻璃管 C 中上下移动。指标杆下端挂有砝码盘和金属丝框。玻璃皿放在小平台 P 上，移动 B 夹可粗调 P 的高度，如需细调，则可拧动螺钉 E。仪器的垂直度由底脚螺旋 H 和 I 来调节。

四、实验内容

（1）测量弹簧的倔强系数 k。

调节底脚螺旋 H 和 I，使指标杆正处于玻璃管的中心并保持垂直。

将砝码放入砝码盘内，每次 0.2g，直到 1.2g 为止。每次都要旋转 R，使指标杆的刻线、玻璃管 C 的横线以及横线在镜面上的像重合（以下简称三线对齐），读出 M 杆上的标尺读数 l（重复测六次）。

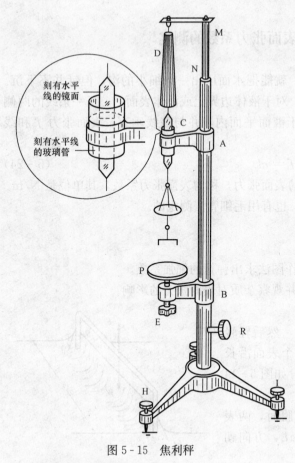

图 5-15　焦利秤

作 $mg-l$ 曲线。以 mg 为纵轴，以 l 为横轴。求出直线的斜率，即得到弹簧的倔强系数 k。

（2）测量 $F-W$。

将盛有蒸馏水的玻璃皿放在平台 P 上，使金属丝框浸入水中，调节 A 夹，使三线基本对齐。

慢慢旋转 R，使金属丝框向上提起。同时慢慢旋转 E，使玻璃皿下降（注意三线始终对齐），直到水膜破裂为止。记下此时 M 上的标尺读数 l_1。

用吸水纸把丝框上的小水珠吸干。旋转 R，使三线重新对齐。读出标尺读数 l_2，则

$$F-W = k(l_1-l_2)$$

反复测量五次。

（3）往水中滴入肥皂水，重复上述测量。

（4）测丝框水平段的长度以及水的温度。

（5）按式（5-26）计算 a。

五、数据记录

1. 数据记录与处理（见表 5-6～表 5-8）

表 5-6　　　　　测量弹簧的倔强系数

砝码 m（kg）					
重力 mg（N）					
标尺刻度 l（m）					

表 5-7　　　　　测量 $F-W$（水中）

丝框水平段长度 L=＿＿＿＿＿cm　　　　　　水温度 t=＿＿＿＿＿℃

项目 ＼ 次数	1	2	3	4	5	平均	$S(l_1-l_2)=$
l_1							
l_2							$\dfrac{T}{\sqrt{n}}=$
l_1-l_2							

表 5 - 8   测量 $F-W$（肥皂水中）

水温度 $t=$＿＿＿＿℃

项目 ＼ 次数	1	2	3	4	5	平均	$S(l'_1-l'_2)=$
l'_1							
l'_2							$\dfrac{T}{\sqrt{n}}=$
$l'_1-l'_2$							

2. 数据处理

（1）在 $mg-l$ 曲线上取两点求倔强系数（依据 §2.7 节作图法处理数据的有关内容进行）。

（2）求水的表面张力系数 a

$$a=\frac{\overline{F-W}}{2L}=\frac{k(\bar{l}_1-\bar{l}_2)}{2L}$$

（3）求肥皂水的表面张力系数 a

$$a=\frac{\overline{F'-W'}}{2L}=\frac{k(\overline{l'_1}-\overline{l'_2})}{2L}$$

（4）水的表面张力系数 a 的不确定度计算。

在这里不考虑倔强系数 k 的不确定度，认为 a 的不确定度主要由 l_1-l_2 的不确定度和 L 的不确定度决定。

l_1-l_2 的不确定度为

$$U_a(l_1-l_2)=\frac{T}{\sqrt{n}}S(l_1-l_2), \quad U_b(l_1-l_2)=\sqrt{2}\Delta_I(l_1)$$

$$U(l_1-l_2)=\sqrt{U_a^2(l_1-l_2)+U_b^2(l_1-l_2)}$$

L 的不确定度主要由 B 类分量决定（因为是单次测量）

$$U(L)=U_b(L)=\Delta_I(L)$$

水的表面张力系数 a 的不确定度为

$$U(a)=\frac{k}{2L^2}\sqrt{[LU(l_1-l_2)]^2+[(l_1-l_2)U(L)]^2}$$

测量结果为

$$a=a\pm U(a)$$

（5）肥皂水的表面张力系数 a 的不确定度计算方法同上。

六、注意事项

（1）本实验所用的弹簧比较精密，取时用镊子夹，不要用手拿，更不应随意玩弄。

（2）杂质对表面张力系数的影响很大，因此器皿和金属丝框必须保持清洁。

（3）操作应轻缓，尤其是水膜正要破裂时，更应注意。

七、思考题

1. 金属丝框向上提起，水膜即将破裂时，$F=W+2aL$ 成立。若过早读数，对实验结果有什么影响？

2. 试比较焦利秤与普通弹簧秤的特点与异同。

3. 在水中滴入几滴皂液（或将水加热）后，水的表面张力有什么变化？由此可得出什么结论？

表 5 - 9   不同温度下与空气接触的水的表面张力系数 a

温度（℃）	a（mN/m）	温度（℃）	a（mN/m）	温度（℃）	a（mN/m）
0	75.62	15		24	72.12
5	74.90	16	73.34	25	71.96
6	74.76	17	73.20	30	71.18
8	74.48	18	73.05	40	69.55
10	74.22	19	72.89	50	67.91
11	73.92	20	72.75	60	66.17
12	73.78	21	72.60	70	64.40
13	73.64	22	72.44	80	62.60
14	73.48	23	72.28	90	60.74

实验三　测量金属丝的杨氏弹性模量

一、实验目的

1. 观察在弹性限度内，钢丝的伸长随应力变化的关系。
2. 学习一种测定钢丝杨氏弹性模量的简单方法。
3. 了解光杠杆的结构、原理，掌握使用方法。

二、实验仪器

杨氏模量仪（包括尺读望远镜）

千分尺　　　　　　　　25mm，0.01mm

卡尺　　　　　　　　　13cm，0.02mm

钢卷尺　　　　　　　　5.5m，1mm

砝码　　　　　　　　　1000g×8

三、实验原理

物体受力时将发生形变。当外力去掉后物体如能恢复原状，此物体就是弹性体，这种形变称为弹性形变。任何弹性体所受的力超过一定的限度时，将不能恢复到原来的形状。实验证明："在弹性限度内，应力与相关应变成正比"。这个实验定律就是虎克定律。

对于长度为 L 的细长物体，其均匀截面积为 A，沿长度方向受拉力 F 时伸长了 ΔL，根据虎克定律有

$$\frac{F}{A} = Y\frac{\Delta L}{L} \tag{5-27}$$

式中：F/A 为作用在物体单位面积上的力，称为应力；$\Delta L/L$ 为单位长度上的形变，称为应变；比例系数 Y 称为材料的杨氏弹性模量，单位是 N/m^2。杨氏弹性模量 Y 代表在拉伸（或压缩）时材料对弹性形变的抵抗能力。对钢材而言，拉伸或压缩时杨氏弹性模量相同。对很多材料，Y 不是常量。杨氏弹性模量与截面积 A 的乘积 YA 称为杆件的抗拉或抗压刚度。在机械设计及材料的使用和研究时，杨氏弹性模量是一个必须考虑的重要参量。

根据式（5-27），只要测出 F、A、L 及 ΔL，就可算出杨氏弹性模量 Y。F 可从钢丝下所挂砝码重量得出，L 用米尺量出，钢丝截面积 A 可以通过用千分尺测出钢丝的直径而计算得出。由于 ΔL 数值很小，用一般量具不易测准，本实验采用光杠杆方法（一种光学放大装置）来测量。光杠杆方法不仅可用来测量微小长度变化，也可用来测量微小角度变化，如灵敏电流计的读数装置就是这种光杠杆。

四、实验装置

杨氏弹性模量实验装置如图 5-16（a）所示。铁架上端夹头 A 把被测钢丝（长度为 L）的上端固定，钢丝下端夹在夹头 E 上，E 下端挂有砝码。光杠杆［见图 5-16（b）］的支脚 a 放在夹头 E 上，另两支脚 b、b′ 则放在固定架平台 G 上。改变所加砝码个数，设两夹头之间钢丝长度变化 ΔL，放在夹头 E 上的脚 a 也有 ΔL 的变化（见图 5-17），于是光杠杆上的反射镜改变 α 角。在反射镜前面 2m 左右的地方放有米尺和望远镜。设钢丝长度变化前，望远镜中叉丝对准标尺上的位置为 S_0，平面反射镜转动后，根据光的反射定律，镜面转动 α 角，反射线将旋转 2α 角，这时望远镜中叉丝将对准标尺上新的位置 S。设反射镜 M 到标尺

间的距离为 D，光杠杆前后支脚间垂直距离为 R。因为 α 很小，则

$$\alpha = \tan\alpha = \frac{\Delta L}{R}$$

$$2\alpha = \tan 2\alpha = \frac{S - S_0}{D}$$

故

$$\Delta L = \frac{R(S - S_0)}{2D} \tag{5-28}$$

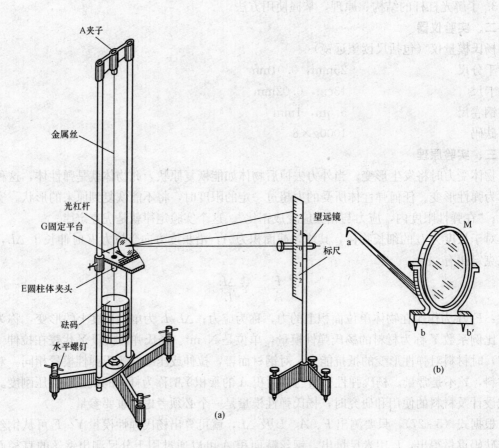

图 5-16　杨氏模量实验装置示意图

(a) 实验装置；(b) 光杠杆

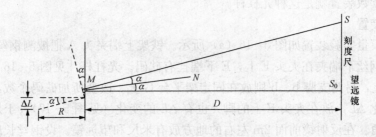

图 5-17　光杠杆原理示意图

测出 R 和 D，由望远镜中读出 S_0 和 S，即可算出 ΔL。例如 $D=200.0\text{cm}$，$R=7.500\text{cm}$，$S-S_0=1.0\text{mm}$，算出 $\Delta L=0.019\text{mm}$，这与千分尺所能测得的微小长度基本相同。由式（5-28）可见：减小 R 或增大 D 能测更小的长度。

将式（5-27）和式（5-28）合并得

$$Y=\frac{2FLD}{AR(S-S_0)}$$

用 $A=\frac{\pi}{4}d^2$（d 为金属丝直径）代入上式，则有

$$Y=\frac{8FLD}{\pi d^2 R(S-S_0)} \tag{5-29}$$

五、实验内容与步骤

（1）先调仪器处于"中平"状态，如图 5-18 所示。调节手轮 3 使望远镜大致水平；旋转视度圈 4（伸缩目镜）使望远望 6 的目镜对焦看到的黑色"十"字叉丝最为清晰。

（2）整个仪器的调节按照以下先整体后局部的过程进行：

1）将光杠杆放于平台 G 上（支脚 a 应放在夹头 E 上），调节反射镜使其镜面 M 与水平面大致垂直。

2）人坐于实验台前，面对反射镜 M，保持眼睛高度与反射镜 M 齐平，然后另一人绕水平轴稍微旋转反射镜 M 直至观察者能在其中看到自己眼睛的像。

3）移动望远镜的底座 9，使望远镜镜头 6 的中轴线大致平行于眼睛与反射镜 M 的连线，再调节手轮 8 改变望远镜 6 的高度，直至在反射镜 M 中能看到望远镜 6 的像。

4）利用锁紧手轮 7 调节刻度尺 2 的高低和左右微调望远镜的底座 9，直至通过眼睛可直接在反射镜 M 中能看到刻度尺 2 的像。

5）调节望远镜 6 的调焦手轮 5，直至在望远镜中能观察到刻度尺 2 的清晰的像。

（3）标尺位置 S 的测量。

1）在砝码钩上加上 7000g 的砝码，调节标尺的高低和通过旋钮 3 调节望远镜的俯仰角度，使"十"字叉丝的水平线与刻度尺的较高位置齐平，记下这时望远镜中的读数 S_{-7}，然后依次减砝码 1000g，记下相应的读数 S_{-6}、S_{-5}、…直至砝码减尽（剩下的砝码钩的质量记为 F_0）时的读数为 S_0。

2）再由 F_0 开始，依次加上 1000g 的砝码，记下望远镜中相应的读数 S_{+1}、S_{+2}、…、S_{+7}。

注意：加重或减重时动作要轻，以免光杠杆支脚 a 发生移动；整个实验过程不要碰动望远镜；加重或减重过程要连贯，不得中途倒转。

（4）用米尺测量 L、D 的长度各一次。

（5）取下光杠杆，让它的三个支脚在铺平的白纸上扎三个小孔由 a 点至 bb′ 作垂线即为 R，用游标卡尺测出 R 的长度，测一次。

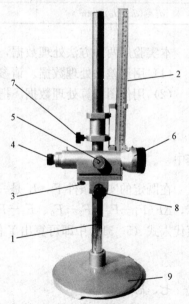

图 5-18 望远镜实物图

1—立柱；2—刻度尺；3—手轮；4—视度圈；
5—调焦手轮；6—望远镜；7—锁紧
手轮；8—手轮；9—底座

（6）用千分尺测钢丝直径，在不同位置测量五次。

六、数据和数据处理（见表 5 - 10、表 5 - 11）

表 5 - 10　　　　　　　　　　　　　**钢丝伸长与外力关系表**

序号 i	砝码质量 F_i(g)	望远镜中读数 S（cm）			$\Delta S_i = S_{i+4} - S_i = C_i$ (cm)
		减 重 S_{-i}	加 重 S_{+i}	$S_i = \dfrac{S_{-i} + S_{+i}}{2}$	
0	F_0				
1	$F_1 = F_0 + 1000$				
2	$F_2 = F_0 + 2000$				
3	$F_3 = F_0 + 3000$				
4	$F_4 = F_0 + 4000$				
5	$F_5 = F_0 + 5000$				
6	$F_6 = F_0 + 6000$				
7	$F_7 = F_0 + 7000$				

两夹头之间钢丝长度 $L =$ ＿＿＿＿＿（cm），反射镜 M 到尺间的距离 $D =$ ＿＿＿＿＿（cm）。

光杠杆前后支脚间垂直距离 $R =$ ＿＿＿＿＿（cm）。

表 5 - 11　　　　　　　　　　　　**钢 丝 直 径 数 据 表**

千分尺初读数 $d_0 =$ ＿＿＿＿＿（cm）

测 量 次 数	1	2	3	4	5	平均
读数 d'(cm)						
直径值 $(d' - d_0)$ (cm)						
$d_i^2 = (d' - d_0)^2$ (cm²)						

本实验用两种方法处理数据，分别求出待测金属丝的杨氏弹性模量。

（1）用逐差法处理数据。请参阅§2.7.4中逐差法应用举例。

（2）用作图法算处理数据。把式（5 - 29）改写为

$$\Delta S = \frac{8FLD}{\pi d^2 RY} F = KF \tag{5 - 30}$$

其中

$$K = \frac{8LD}{\pi d^2 RY} \tag{5 - 31}$$

在既定的实验条件下，K 是一个常量，若以 $\Delta S(S_1 - S_0、S_2 - S_0、S_3 - S_0 \cdots)$ 为纵坐标，$\Delta F(F_1 - F_0、F_2 - F_0、F_3 - F_0 \cdots)$ 为横坐标，作图得到一条直线，其斜率为 K。将 K 值代入式（5 - 31）中即可算出 Y 值为

$$Y = \frac{8LD}{\pi d^2 RK} \tag{5 - 32}$$

七、思考题

1. 材料相同，但粗细、长度不同的两根钢丝，它们的杨氏弹性模量是否相同？

2. 实验中为什么不同长度量的测量使用不同的长度测量仪器？分析实验结果中哪一项误差最大？能否进一步提高它的测量精度？

实验四　液体粘滞系数的测定

在两水平放置的玻片之间，放一层粘滞液体，如篦麻油、甘油等。下面的板固定，对上面的板施加一水平方面的恒力而使之移动。实验发现，板的速度增加到某一数值 v 以后，就不再增加了，板以该速度均速前进。粘附在上面板上的一层液体随上板以速度 v 移动，而粘附在下面板上的一层液体则静止不动。自上而下的流体，由于层和层之间的内摩擦力的作用，速度快的带动速度慢的。因此各层分别以由大到小的速度流动，它们的流速和它们与下板的距离成正比，越接近上板，流速越大，各流层只作相对滑动，彼此不相混合。

如图 5-19 所示，设两板间的距离为 Y，板的面积为 S。因为没有加速度，所以板间流体内摩擦力等于作用力 F。由实验可知，内摩擦力与面积 S 及速度 v 成正比，与 Y 成反比，即

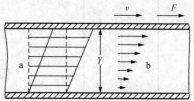

$$F = \eta S \frac{v}{Y} \qquad (5-33)$$

式中：η 为比例系数，叫做液体的粘滞系数，又称粘度。

在国际单位制中，粘滞系数的单位是"帕斯卡·秒"（Pa·s），简称"帕·秒"。在厘米·克·秒制中，粘滞系数的单位是"泊"。

图 5-19　粘滞液体的流速
a—液体层；b—液体层的流速

液体的粘滞系数除可用本实验采用的 S. G. Stokes 公式和转筒法测定外，还可用毛细管法等测定。本实验采用 S. G. Stokes 公式测定液体粘滞系数。

一、实验目的
用 S. G. Stokes 法测定液体粘滞系数。

二、实验仪器
玻璃量筒、小球、米尺、秒表、游标卡尺、千分尺、镊子、温度计等。

三、实验原理
当光滑小球在均匀的无限宽广的液体中运动时，只要小球相对于液体的速度不大，在液体中不产生涡旋，它在流体中所受到的阻力为

$$F = 6\pi\eta v r \qquad (5-34)$$

式中：η 为液体的粘滞系数；v 为小球的运动速度；r 为小球的半径。式（5-34）称为 Stokes 公式。

小球在液体中下落时，小球受到三个力的作用：重力、浮力和阻力。小球下落时，阻力随小球的速度增加而增加。当阻力和浮力之和等于重力时，小球开始匀速下落（此时的速度称为收尾速度），即

$$\frac{4}{3}\pi r^3 \rho g = \frac{4}{3}\pi r^3 \rho' g + 6\pi\eta v r \qquad (5-35)$$

式中：ρ 为小球的密度；ρ' 为液体的密度。

由式（5-35）可求出液体的粘滞系数为

$$\eta = \frac{2}{9} \times \frac{\rho - \rho'}{v} g r^2 \qquad (5-36)$$

实验时，小球在圆筒中下落如图 5-20 所示，因圆筒直径和深度都是有限的，故实验条

件和理论假设条件不符。如果只考虑管壁对小球运动的影响，其所受的阻力比在无限宽广的液体中所受的阻力要大些。这时式（5-34）需修正为

$$f = 6\pi\eta vr\left(1 + 2.4\frac{d}{D}\right) \tag{5-37}$$

式中：d 为小球的直径；D 为圆筒的直径。

式（5-36）可相应地修正为

$$\eta = \frac{2}{9}\frac{\rho - \rho'}{v\left(1 + 2.4\dfrac{d}{D}\right)}gr^2 \tag{5-38}$$

若小球以匀速下落了一段距离 L，所需时间为 t，将速度 $v = \dfrac{L}{t}$ 以及 $r = \dfrac{d}{2}$ 代入式（5-38），则得到

$$\eta = \frac{gd^2 t(\rho - \rho')}{18L\left(1 + 2.4\dfrac{d}{D}\right)} \tag{5-39}$$

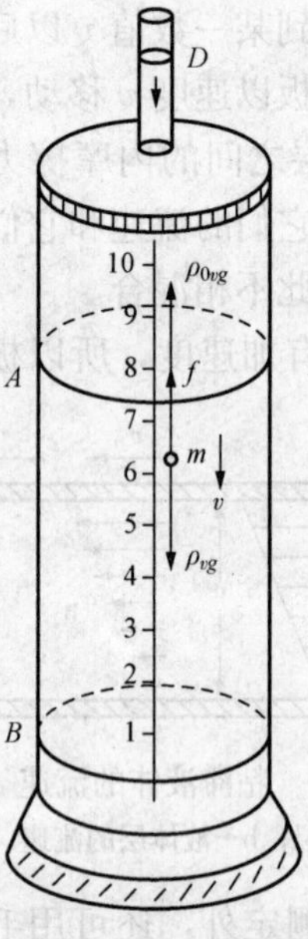

四、实验步骤

Stokes 法测液体粘滞系数示意图如图 5-20 所示。

（1）用千分尺测量小球的直径，每个小球取其不同位置测三次。小球为钢球，钢的密度 $\rho = 7.85 \text{g/cm}^3$。

（2）用秒表记录小球通过圆筒标线间所需要的时间 t。

（3）记录油的温度及油的密度 ρ'（用比重计测量）。

（4）测量标线间距 L 和圆筒的直径 D。

图 5-20 Stokes 法测液体
粘滞系数示意图

五、实验记录（见表 5-12）

表 5-12   **Stokes 法测液体粘滞系数的实验数据记录**

钢的密度 ρ = _____ g/cm³。
油的密度 ρ' = _____ g/cm³。
油的温度 T = _____ ℃。
圆筒直径 D = _____ cm。

小球编号	次 数	小球直径（cm）		下落距离 L（cm）	下落时间 t（s）	粘滞系数 η（泊）
		d	$\bar{d}$			
I	1					
	2					
	3					
II	1					
	2					
	3					
III	1					
	2					
	3					

六、数据处理

按式（5-39）计算液体的粘滞系数，并求其平均值。

七、思考题

1. 试根据式（5-39）推出估算 η 的不确定度公式。在将实验数据代入该公式后，指出造成误差的主要原因是什么？

2. 当小球的半径减小时，它下降的最终速度如何变化呢？当小球的密度增大时，又将如何呢？

3. 以下因素会影响 η 的测量结果吗？

（1）小球不在圆筒中心下落。

（2）圆筒不铅直。

（3）油中有气泡。

（4）小球未润湿。

实验五　惠斯通电桥测电阻

一、实验目的

1. 掌握电桥电路测量电阻的原理和特点。
2. 学会用线式和箱式惠斯通电桥测量电阻的方法。
3. 掌握检流计的使用及保护方法。

二、实验原理

电桥电路在电磁测量技术中有着极其广泛的应用。桥式电路是采用比较法来进行有关量的测量的。电桥有多种类型，其用途不同性能和结构也各有特点，但它们的基本原理都相同。惠斯通电桥仅是其中的一种，它适用于测量 $1 \sim 10^6 \, \Omega$ 范围的电阻值。

惠斯通电桥的基本电路如图 5-21 所示，四个电阻 R_1、R_2、R_X、R_S 组成电桥的四个臂。在两组对角线上分别联上检流计（平衡指示器）和工作电源（电池）组成"桥"。在线式电桥中还装有电桥灵敏度调节器（滑线变阻器）。

当通过平衡指示器的电流 I_g 等于零、指针不偏转时，B、D 两点的电位相同，这时

$$由 U_{AB} = U_{AD}，\quad 有 I_1 R_1 = I_2 R_2$$
$$由 U_{BC} = U_{DC}，\quad 有 I_X R_X = I_S R_S$$

两式相除得

$$\frac{I_1 R_1}{I_X R_X} = \frac{I_2 R_2}{I_S R_S}$$

因为 $I_g = 0$，所以 $I_1 = I_X$，$I_2 = I_S$，由此得

$$\frac{R_1}{R_X} = \frac{R_2}{R_S} \quad 或 \quad \frac{R_1}{R_2} = \frac{R_X}{R_S}$$

即

$$R_X = \frac{R_1}{R_2} R_S \qquad\qquad (5\text{-}40)$$

$\dfrac{R_1}{R_2} = \dfrac{R_X}{R_S}$ 即为电桥的平衡条件。可见，不论流经桥臂的电流大小如何变化都不会影响电桥的平衡。如果 R_S 和电阻比 $\dfrac{R_1}{R_2}$ 为已知，就可由式（5-40）求出待测电阻 R_X。

在图 5-22 线式电桥的情况下，因 $R_1 = \rho \dfrac{l_1}{S}$，$R_2 = \rho \dfrac{l_2}{S}$，其中 ρ 为金属丝的电阻率，S 为金属丝横截面积。对于 ρ 和 S 都均匀的电阻丝，则有

$$\frac{R_1}{R_2} = \frac{l_1}{l_2}$$

即

$$R_X = \frac{l_1}{l_2} R_S \qquad\qquad (5\text{-}41)$$

式中：R_S 为已知量，l_1 和 l_2 可从标尺上直接测出，故 R_X 可由上式算出。

从式（5-40）或式（5-41）可以看出，电桥法测电阻的特点是将被测电阻和已知电阻进行比较，因而测量精度只取决于已知电阻。但是，必须注意到式（5-40）和式（5-41）只是在电桥平衡时才成立，而电桥的平衡是依据检流计指针偏转来判断的，由于判断检流计时存在着视差（通常取视差为 0.2 格）因而给测量结果引进一定的误差，这个影响的大小取

决于电桥的灵敏度。提高电桥的灵敏度方法一般是选取低内阻（R_g）、高灵敏度的检流计，适当加大电桥的工作电压 E 以及适当减小比较臂电阻值 R_S。

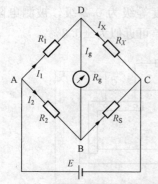

图 5 - 21　惠斯通电桥基本电路

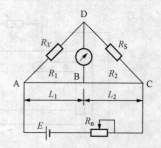

图 5 - 22　线式惠斯通电桥电路

式（5 - 41）是在电阻丝横截面积 S 和电阻率都均匀的情况下成立。实际上，由于长期使用，电阻丝受到磨损而导致电阻分布不均匀，此时再直接用式（5 - 41）计算，必然会对测量结果引进一定的系统误差。为了消除系统误差，应使按键 B 位置不动（保持 l_1 和 l_2 不变），将 R_X 和 R_S 交换位置，再调 R_S 使电桥重新达到平衡。设交换后达到平衡时 R_S 变为 R'_S，则有

$$R_X = R_S \frac{l_1}{l_2} \text{ 和 } R_X = R'_S \frac{l_2}{l_1}$$

最后可得
$$R_X^2 = R_S R'_S \tag{5 - 42}$$

由于式（5 - 42）中不出现 l_1 和 l_2，这就消除了由于电阻丝不均匀而产生的系统误差。

1. 线式惠斯通电桥

滑线式电桥的构造如图 5 - 23 所示。在一块长条木板上安置着长 100.0cm 的电阻丝、米尺及接线柱等。各接头之间均用镀铬铜片连接，以减少接触电阻。滑键 B 可在导轨上沿着电阻丝和米尺滑动，其上面有一按钮，当按下它时，接触点才与电阻丝 ab 上某一点接触。

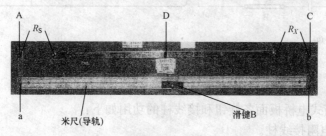

图 5 - 23　线式惠斯通电桥实物图

在电路中（如图 5 - 24 所示），串联有滑线变阻器 R_n 和电流表，它们的作用是控制整个回路的电流，以调整电桥的灵敏度。本实验控制电流为 0.2A 左右。开关 K 是为了断开电源的，在不测量时，应尽可能断开电源，以免电阻丝发热，影响测量的准确度。

2. 箱式电桥

一般的箱式电桥都大同小异。现以 QJ23 型箱式电桥为例说明箱式电桥的原理结构和使用方法。

　　QJ23 型直流单臂电桥采用惠斯登电桥电路，其电路及板面布置如图 5-25 所示。比率臂 N（相当于图 5-21 中的 R_1/R_2）、比较臂电阻 R_S、检流计及电池组等都装在一个箱子内，测量 $1\sim10^6\Omega$ 范围内的电阻时极为方便，该电桥准确度等级为 0.2 级，被测电阻为 $10\sim9999\Omega$ 时，用内部电源和内附检流计测量结果的相对误差可近似为 $\pm0.2\%$。

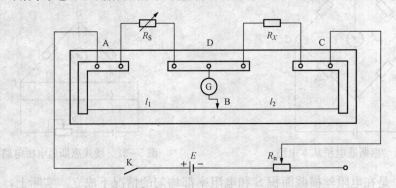

图 5-24　线式惠斯通电桥电路连接图

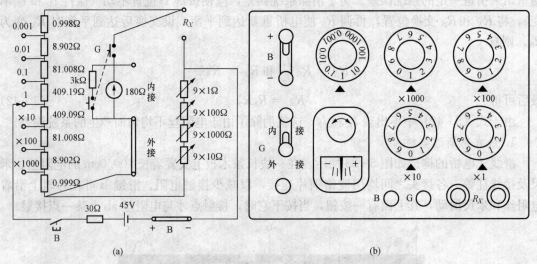

图 5-25　箱式惠斯通电桥电路及板面布置图
(a) 电路；(b) 板面布置

　　(1) QJ23 型箱式电桥板面各旋钮和接线柱的功用如下：

　　1) R_X：被测电阻接线柱。

　　2) B^+、B^-：外接电源接线柱。如用增加电源电压的办法来测量时，在这里按正、负接上外接电源，此电源即与内部 4.5V 电源串联，特别注意外接电源时，金属连接片必须拿开。若只用内部电源时，应用金属连接片接于该两接线柱之间。

　　3) G 外接：外接检流计接线柱。当嫌电桥灵敏度不够时，可在这里另接灵敏度更高的检流计。当用内附检流计时，应用连接片接于该两接线柱之间。

　　4) G 内接：用外接检流计时，需用连接片接于该两接线柱之间。使用完电桥或搬动电桥时，应将连接片接于该两接线柱之间，使内附检流计短路。

　　5) B 按钮：电源按接开关。按下 B 则电源接入电路。若需长时间接通电源，按下 B 顺时针转 90°即可锁住。

6）G 按钮：检流计按接开关。按下 G 则检流计接入电路。若需长时间接通检流计，可按下 G 顺时针转 90°锁住。

7）调节臂旋钮 R_S：用法同于电阻箱。

8）比率臂旋钮 N：N 等于原理图中的 R_1/R_2，其值可以直接从比率臂旋钮上读出。被测电阻 $R_X = NR_S$。

9）调零旋钮：利用检流计上面的圆形旋钮，可左右微调检流计指针位置，使指针指在零点，转动时要轻微、缓慢，以免钮断检流计悬丝。

（2）箱式电桥的使用方法如下：

1）放平电桥，断开内接检流计连接片，按要求接好电源连接片和检流计连接片。让检流计指针自由摆动，待表针停稳后，就可调整调零旋钮。

2）在 R_X 两接线柱间接上被测电阻。

3）根据待测电阻的大致数值（可参看标称值或万用表粗测）。选择合适的比率臂，使测量结果保持四位有效数字，亦即使调节臂电阻 R_S 保持千欧姆的数量级，例如被测电阻约几十欧姆，R_S 要保持几千欧姆，根据 $R_X = NR_S$，N 应取 0.01。测量时用点接法按下 B 和 G 按钮（按下后立即松开），若指针偏向 "+" 方向，则增加 R_S 的数值；若偏向 "－" 方向，则减小 R_S。反复调节直至电桥平衡。

测量有感电阻（如电机、变压器等）时，为避免感应电流过大损坏检流计，应先接通 "B" 后接通 "G"，断开时，先放开 "G" 再放开 "B"。

4）使用完毕，必须断开 "B" 和 "G" 按钮，并将检流计连接片接在 "内接" 位置，以保护检流计。

3. 电阻箱仪器误差限计算方法

电阻箱仪器误差计算式为

$$\Delta_I(R) = \sum a_i\% R_i + R_0$$

式中：a_i 为电阻箱各示值盘的准确度等级；R_i 为各示值盘的示值；R_0 为残余电阻。一些电阻箱直接给出准确度等级，各电阻盘的准确度视为同一级别，有的用铭牌标出各示值盘的不同准确度等级。图 5-26 是 ZX-21 型电阻箱的铭牌，第二行数值是以百万分数（10^{-6}）表示的准确度，由此可换算出该示值盘准确度等级百分数 $a_i\%$。以 1×10 000 示值盘为例，有

$$a_i\% = 1000 \times 10^{-6} = 0.001 = 0.1\%$$

故该电阻盘 $a = 0.1$。

×10 000	×1000	×100	×10	×1	×0.1	
1000	1000	1000	2000	5000	5000	×10⁻⁶
		$R_0 = (20 \pm 5)$ mΩ				

图 5-26　ZX-21 型电阻箱铭牌

同理可得其他各电阻盘的准确度等级：×10 000～×100 各电阻盘均为 0.1 级，×10 电阻盘为 0.2 级，×1 电阻盘为 0.5 级，×0.1 电阻盘为 5.0 级。可见电阻越小准确度越低。

4. 电桥灵敏度

在电桥平衡后，将 R_X 稍改变 ΔR_X，电桥将失衡，检流计指针将有 Δn 格的偏转，称

$$S = \frac{\Delta n}{\Delta R_X} \tag{5-43}$$

为电桥（绝对）灵敏度。显然，若 R_X 改变很大范围尚不足引起检流计指针的反应，则此电桥系统的灵敏度很低，它将对测量的精确度产生很大影响。电桥灵敏度与检流计的灵敏度、电源电压及桥臂电阻配置等因素均有关。选用较高灵敏度的检流计，适当提高电源电压都可以提高电桥灵敏度。

如果电阻 R_X 不可改变，这时可使标准电阻改变 ΔR_S，其效果相当于 R_X 改变 ΔR_X，由式（5-40）可得到

$$\Delta R_X = \frac{R_1}{R_2} \Delta R_S \tag{5-44}$$

上式代入式（5-43）中，则

$$S = \frac{\Delta n}{\Delta R_X} = \frac{R_2 \Delta n}{R_1 \Delta R_S} \tag{5-45}$$

当 $R_1 = R_2$ 时，则

$$S = \frac{\Delta n}{\Delta R_S} \tag{5-46}$$

电桥接近平衡时，在检流计的零点位置附近，ΔR_S 与 Δn 成正比。为减少测量误差，Δn 不能取值太小，但又不能超出正比区域，故取 $\Delta n = 5\sim10$ 格。

一般检流计指针有 0.2 格的偏格人眼便可察觉，由此可定出灵敏度引起的误差限为

$$\Delta_S = \frac{0.2}{S} \tag{5-47}$$

三、实验仪器

线式电桥；

稳压电源 0~15V（可调），0.5A；

电阻箱 ZX21 型，99999.9Ω，0.1 级，0.25W；

检流计 AC5/2 型，分度值 2×10^6A/格，内阻 50Ω，临界电阻 500Ω；

箱式电桥 QJ23 型，0.2 级；

保护电阻、金属膜电阻、开关、导线等。

四、实验内容

（1）用线式电桥测量金属膜电阻 R_1、R_2 的电阻值。

1）按图 5-24 接线（K 断开），R_S 处接 0.1 级电阻箱。R_S 和 R_X 应用短而粗的导线连接（为什么?），滑线变阻器的滑动端置于安全位置。

2）接通电源，使稳压电源指示为 6V。

3）根据被测电阻的估计值，在电阻箱上取 R_S 等于此估计值。同时根据 $\frac{R_S}{R_X} = \frac{l_1}{l_2}$ 估计按键 B 的大致位置，并将按键按于该处。

4）合上开关 K，再按下按键 B，看检流计是否偏转。逐渐改变 R_S 值使检流计偏转减小。找平衡的正确方法是用逐步逼近法。先使 R_S 取较小数值 r_1，设检流计指针向"+"方向偏转，然后让 R_S 取较大数值 r_2，设检流计指针向"−"方向偏转，则可断定平衡点在阻值 r_1 与 r_2 之间，再取 R_S 为上述两电阻值的中间值 r_3，判断检流计指针偏转方向，设为

"+"这样平衡点一定在 r_3 和 r_2 之间。重复这种调节方法，使电阻值范围不断缩小，即可较快地找到平衡点，便可找到 R_S 的准确值。减小 R_n 以增加电桥的灵敏度，再稍微调节电阻箱的阻值 R_S，使检流计指针的偏转为零。一直减小 R_n 直到 R_n 等于零，使 ac 端电压为最大，调节 R_S 使检流计指针的偏转为零。记下 R_S 值。

5）将 R_X 与 R_S 位置交换，重复上述测量步骤则得 R'_S。

6）用上述方法测出另一电阻。

7）电桥平衡后，改变电阻箱阻值，使检流计偏转 5 格（$\Delta n = 5$），记下电阻箱的改变值 ΔR_S。

（2）用箱式电桥测出 R_1 和 R_2 的电阻值，以及 R_1 和 R_2 的串联和并联电阻值。

五、数据记录

1. 用线式电桥测电阻（见表 5-13）

表 5-13   用 线 式 电 桥 测 电 阻

被测电阻	调节臂电阻（Ω）	
	交换前 R_S	交换后 R'_S
R_1		
R_2		

2. 电桥灵敏度

$\Delta n = 5$ 格 $\Delta R_S =$ _____ （Ω）

3. 用箱式电桥测电阻（见表 5-14）

表 5-14   用 箱 式 电 桥 测 电 阻

被测电阻	比率臂 N	调节臂 R_S（Ω）	$R_X = NR_S$（Ω）
R_1			
R_2			
$R_串$			
$R_并$			

六、数据处理

1. 线式电桥测电阻

测量进行一次（交换测量，是为了消除图 5-21 中的 R_1 与 R_2 并非完全相等产生的误差，这是一种已定系统误差），因而 R_X 的不确定度只有 B 类分量（不采用重复多次测量，是源于重复性误差的不确定度 A 类分量远小于测量仪器的 B 类分量）。由电阻箱仪器误差引起的不确定度与电桥灵敏度引起的不确定度合成而得。具体计算办法见本实验数据处理示例。要求求出被测电阻 R_1、R_2 的不确定度，并正确表述结果。

2. 箱式电桥测电阻

QJ23 型电桥测电阻的不确定度，由该电桥仪器误差引起的不确定度 $U_1(R_X)$ 与电桥灵敏度引起的不确定度 $U_S(R_X)$ 合成。

（1）电桥仪器误差引起的不确定度。

电桥仪器误差限按下式计算

$$\Delta_1(R_X) = a\% \left(\frac{R_0}{10} + R_X \right)$$

注意上式中的 R_0 并非是电阻箱的残余电阻,是电桥有效量程的基准值,根据 §2.3 节中相关内容,确定 R_0 的值。

电桥仪器误差引起的扩展不确定度为

$$U_1(R_X) = \Delta_1(R_X)$$

(2) 箱式电桥灵敏度引起的不确定度的计算与线式电桥的方法相同。但对箱式电桥而言,灵敏度引起的不确定度比电桥仪器误差引起的不确定度小得多,可以忽略,同学们可用计算给予验证 $\left[\text{计算出 } S \text{ 与 } U_S(R_X) = \Delta_S(R_X) = \frac{0.2}{S} \right]$。

(3) 经上计算,箱式电桥测量的标准不确定度为

$$U \approx U_1(R_X) = \Delta_1(R_X)$$

(4) 测量结果为

$$R_1 \pm U(R_1) = \underline{\qquad}$$
$$R_2 \pm U(R_2) = \underline{\qquad}$$
$$R_并 \pm U(R_并) = \underline{\qquad}$$
$$R_串 \pm U(R_串) = \underline{\qquad}$$

应在实验报告上写出上述计算公式,代入数据,计算结果。

七、思考题及作业

1. 如果将图 5-21 的 A、C 两点间接检流计,B、D 两点间接电源,电桥平衡时 $R_X = ?$ 与式 (5-40) 是否相同?

2. 按图 5-21 线路测量电阻。R_S 的误差忽略不计,电桥灵敏度也足够高。若测量结果 $R_X = \frac{R_1}{R_2} R_S$ 比 R_X 的真实数值偏大,说明什么问题?要测得比较可靠的结果应该怎么办?

3. 保护电阻 R_n 的作用是什么?如何正确使用?

4. 使用检流计时要注意哪些问题?

5. 使用箱式电桥时应注意哪些问题?

6. 试分析如何用交换测量法消除系统误差的影响。

7. 电桥线路连接无误,合上开关,调节比较臂电阻:①无论如何调节检流计指针都不偏转,线路中哪一部分出现了故障?②无论如何调节,指针始终向一个方向偏转无法平衡,电路中什么地方可能有故障?

八、数据处理示例

(1) 根据表 5-15 中测量数据,由式 (5-42) 求得 $R_X = \sqrt{R_S R_S'} = \sqrt{148.5 \times 147.1} = 147.798$ (Ω)。

表 5-15   测 量 数 据   Ω

R_S	R_S'	Δn	ΔR_S
148.5	147.1	5.0	1.1

（2）计算 R_X 的不确定度

如果忽略电阻 R_1、R_2（见图 5 - 21）在测量过程中数值变动引起的误差；不确定度只有 B 类分量，由标准电阻箱仪器误差引起的不确定度，与电桥灵敏度引起的不确定度合成得到，即

$$U(R_X) = \sqrt{U_I^2(R_X) + U_S^2(R_X)}$$

1）仪器误差引起的不确定度计算。电阻箱仪器误差计算式为

$$\Delta_I = \sum a_i\%R_i + R_0$$

式中：a_i 为电阻箱各示值盘的准确度等级；R_i 为各示值盘的示值；R_0 为残余电阻。根据电阻箱的铭牌，可得出各示值盘的准确度等级，$\times 100$ 电阻盘为 0.1 级（$1000 \times 10^{-6} = 0.1\%$），$\times 10$ 电阻盘为 0.2 级，$\times 1$ 电阻盘为 0.5 级，$\times 0.1$ 电阻盘为 5.0 级，则

$$\Delta_I(R_S) = 0.1\% \times 100 + 0.2\% \times 40 + 0.5\% \times 8 + 5.0\% \times 0.5 + 0.02 = 0.265(\Omega)$$

$$\Delta_I(R'_S) = 0.1\% \times 100 + 0.2\% \times 40 + 0.5\% \times 7 + 5.0\% \times 0.1 + 0.02 = 0.24(\Omega)$$

上面的计算也可以用电阻箱的铭牌直接得出

$$\Delta_I(R_S) = 1000 \times 10^{-6} \times 100 + 2000 \times 10^{-6} \times 40 + 5000 \times 10^{-6} \times 8 + 50000$$
$$\times 10^{-6} \times 0.1 + 0.02 = 0.265(\Omega)$$

$\Delta_I(R'_S)$ 的计算类似，各式中的 0.02Ω 为残余电阻 R_0，其 B 类不确定度为

$$U_I(R_S) = \Delta_I(R_S) \qquad U_I(R'_S) = \Delta_I(R'_S)$$

R_X 的仪器误差引起的不确定度要由传递公式经方差合成得出

$$R_X = \sqrt{R_S R'_S}$$

取对数得

$$\ln R_X = \frac{1}{2}(\ln R_S + \ln R'_S)$$

求其微分为

$$\frac{dR_X}{R_X} = \frac{1}{2}\left(\frac{dR_S}{R_S} + \frac{dR'_S}{R'_S}\right)$$

把微分符号换成不确定度符号，并对右端两项取方和根得

$$\frac{U_I(R_X)}{R_X} = \frac{1}{2}\sqrt{\left[\frac{U_I(R_S)}{R'_S}\right]^2 + \left[\frac{U_I(R_S)}{R'_S}\right]^2}$$

$$= \frac{1}{2}\sqrt{\left[\frac{\Delta_I(R_S)}{R_S}\right]^2 + \left[\frac{\Delta_I(R_S)}{R'_S}\right]^2}$$

$$= \frac{1}{2}\sqrt{\left(\frac{0.265}{148.5}\right)^2 + \left(\frac{0.24}{147.1}\right)^2}$$

$$= 1.21 \times 10^{-3} = 0.121\%$$

所以 $\qquad U_I(R_X) = 1.21 \times 10^{-3} \times 147.798 = 0.179(\Omega)$

2）灵敏度引起的不确定度计算。灵敏度 S 的计算公式为

$$S = \frac{\Delta n}{\Delta R_X} = \frac{R_2 \Delta n}{R_1 \Delta R_S}$$

R_1 与 R_2 的标称值相同，即 $R_1 \approx R_2$，则

$$S \approx \frac{\Delta n}{\Delta R_S} = \frac{5.0}{1.1} = 4.5(格 /\Omega)$$

$$U_S(R_X) = \Delta_S(R_X) = \frac{0.2}{4.5} = 0.0444(\Omega)$$

（3）合成不确定度计算。作为一种粗略的讨论，可把 $U_S(R_X)$ 和 $U_I(R_X)$ 的方差合成作为测量结果的标准不确定度。

$$U(R_X) = \sqrt{U_I^2(R_X) + U_S^2(R_X)} = \sqrt{0.179^2 + 0.0444^2} = 0.184(\Omega)$$

（4）测量结果为

$$R_X \pm U(R_X) = (147.80 \pm 0.18)\Omega$$

实验六 用电位差计测量电动势和内阻

用电位差计测量未知电动势或（电压），就是将未知电压与电位差计上的已知电压相比较。这时被测的未知电压回路无电流，测量的结果仅仅依赖于准确度极高的标准电池、标准电阻以及高灵敏度的检流计。电位差计的测量准确度可达到 0.01% 或更高。由于上述优点，电位差计是精密测量中应用得最广的仪器之一，不但用来精确测量电动势、电压、电流和电阻等，还可用来校准精密电表和直流电桥等直读式仪表，在非电参量（如温度、压力、位移和速度等）的电测法中也占有重要地位。

一、实验目的

1. 掌握电位差计的工作原理和结构特点。

2. 学习用线式电位差计测量电动势和电池的内阻。

二、实验原理

若将电压表并联到电池两端，如图 5-27 所示，就有电流 I 通过电池的内部。由于电池有内电阻 r，在电池内部不可避免地存在电位降落 Ir，因而电压表的指示值只是电池端电压 $U=E_x-Ir$ 的大小。显然，只有当 $I=0$ 时，电池两端的电压 U 才等于电动势 E_x。

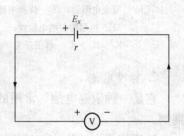

图 5-27 用电压表测量
电池的端电压

怎样才能使电池内部没有电流通过而又能测定电池的电动势 E_x 呢？这就需要采用补偿法。

如图 5-28 所示，接通 K_1 后，有电流通过电阻丝 AB，并在电阻丝上产生电压降落 IR。如果再接通 K_2，可能出现三种情况：

(1) 当 $E_x>U_{CD}$ 时，G 中有自右向左流动的电流（指针偏向一侧）。

(2) 当 $E_x<U_{CD}$ 时，G 中有由左向右流动的电流（指针偏向另一侧）。

(3) 当 $E_x=U_{CD}$ 时，G 中无电流，指针不偏转。我们称这种情形为电位差计处于补偿状态，或者说待测电路得到了补偿。

在补偿状态时，$E_x=IR_{CD}$。设每单位长度电阻丝的电阻为 r_0，CD 段电阻丝的长度为 L_x，于是

$$E_x = Ir_0L_x \tag{5-48}$$

将可变电阻 R_n 的滑动端固定，并保持稳压电源的输出电压 E 不变，即保持工作电流 I 不变，再用一个电动势为 E_S 的标准电池替换图 5-28 中的 E_x，适当地将 C、D 的位置调至 C′、D′，同样可使检流计 G 的指针不偏转，达到补偿状态。设这时 C′、D′ 段电阻丝的长度为 L_S，则

$$E_S = IR_{C'D'} = Ir_0L_S \tag{5-49}$$

将式 (5-48) 与式 (5-49) 相比得到

$$E_x = E_S \frac{L_x}{L_S} \tag{5-50}$$

式 (5-50) 表明，待测电池的电动势 E_x 可用标准电池的电动势 E_S 和在同一工作电流下电位差计处于补偿状态时测得的 L_x 和 L_S 值来确定。

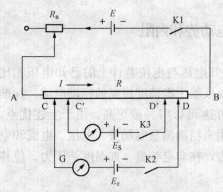

图 5-28　电位差计原理图

E—稳压电源；G—灵敏检流计（指针零
位处于刻度板面中央）；E_S—标准电池；
R_n—可变电阻器；E_x—待测电池；
AB—粗细均匀的电阻丝；
K_1、K_2、K_3—单极开关

三、实验装置

1. 线式电位差计

线式电位差计具有结构简单、直观、便于分析讨论等优点，而且测量结果亦较简单。具体结构见图 5-30。图中的电阻丝 AB 长 11m，往复绕在木板的十一个接线插孔 0、1、2、…、10 上，每两个插孔间电阻丝长为 1m。插头 C 可选插在插孔 0、1、…、10 中任一个位置。电阻丝旁边附有带毫米刻度的米尺，接头 D 在它上面滑动。插头 CD 间的电阻丝长度可在 0～11m 间连续变化。R_n 为可变电阻，用来调节工作电流。双刀双掷开关 K_2 用来选择接通标准电池 E_S 或待测电池 E_x。电阻 R 用来保护标准电池和检流计的，在电位差处于补偿状态进行读数时，必须关闭 K_3，使电阻 R 短路，以提高测量的灵敏度。

2. 标准电池

它是一种汞镉电池，常用的有 H 形封闭玻璃管式和单管式两种。前者只能直立，切忌翻倒。

H 形标准电池的内部结构示意图见图 5-29，电池密封在 H 形的玻璃管内，其两极为汞和镉汞齐。铂丝和两电极接触，作为两极的引出线，汞上放有硫酸镉和硫酸亚汞的混合物用作去极化剂。电池的电解液为硫酸镉溶液，按电解液的浓度又分为饱合式和不饱和式两种。饱和式的电动势最稳定，但随温度变化比较显著。不饱和式则不必作温度修正。

若已知 20℃时的电动势为 E_{20}，则 t℃时的电动势由下式算出（以伏特表示）为

$$E_S(t) = E_{20} - 4 \times 10^{-5}(t-20) - 10^{-6}(t-20)^2 \tag{5-51}$$

标准电池按准确度可分为 I、II、III 三个等级。I、II 级的最大容许电流为 $1\mu A$，内阻不大于 1000Ω，III 级的最大容许电流为 $10.0\mu A$，内阻不大于 600Ω。可见标准电池只是电动势的参考标准，不能作为电源使用，也不允许用一般的伏特计测量其电压。

使用标准电池时，要注意：

（1）标准电池不能摇晃、震动或倾倒。

（2）正、负极不能接错。

（3）必须在温度波动小的条件下保存。应远离热源，避免太阳光直射。

四、实验内容及步骤

1. 测量干电池的电动势

（1）测量记录室温 t，由式（5-51）计算出标准电池的电动势 $E_S(t)$。

（2）按图 5-30 连接电路。接线时需断开所有的开关。应特别注意稳压电源 E 的正、负极须与标准电池 E_S 和待测电池 E_x 的正、负极相对，否则，检流计 G 的指针总不会指到零，且可能烧坏检流计（思考为什么）。

（3）校准电位差计，即选定 L_S，调节工作电流 I 的大小，使得 E_S 被补偿。首先选定单位长度的电阻丝上的电压降为 AV/m，调节 C、D 两活动接头，使 C、D 间的电阻丝的长度为

$$L_S = \frac{E_S(t)}{A}(m) \tag{5-52}$$

例如，若 $E_S(t) = 1.018\ 60V$，选定 $A = 0.200\ 00V/m$，则 $L_S = 5.0930m$。然后接通 K_1，将 K_2 倒向 E_S 侧，调节 R_n，同时断续按下滑动接头 D，直到检流计 G 的指针不偏转（务必遵循检流计的使用规则）。最后去掉保护电阻（按下 K_3），再次微调 R_n 使 G 的指针指在中央零刻度的位置，这时电阻丝上每米的电压降即为 AV，将 L_S 的值记入表 5-16 中。

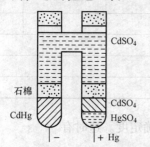

图 5-29　H 形标准电池内部结构示意图

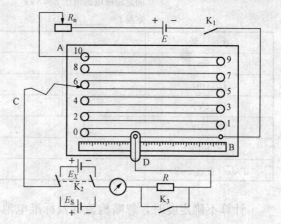

图 5-30　11m 线式电位差计实验电路

注意的是 L_S 不能太大，也不能太小。据实验中的具体条件，L_S 可在 4～6m 之间（思考为什么）。在接通 K_3 进行微调时，也可保持 R_n 不变，而改变活动接头 D 的位置，以使检流计 G 的指针无偏转，这时电阻丝上每米的电压降略大于或小于 AV。读出此时 L_S 的实际值 [与式（5-52）中 L_S 的计算值略有不同]，记入表 5-19 中。

（4）断开 K_3，固定 R_n，还要注意保持稳压电源 E 的输出电压不变，即保持主回路中的工作电流不变。首先将 K_2 倒向 E_x 侧，活动接头 D 移至米尺左边零刻度附近，按下接头 D，同时移动插头 C，找出使检流计指针偏转方向改变的两相邻插孔，将插头 C 插入数字较小的插孔。然后向右移动接头 D，找到检流计 G 的指针不偏转时 D 的位置。最后去掉保护电阻（按下 K_3），微调移动接头 D，确保 G 的指针指零，读出此时 C、D 间电阻丝的长度即为 L_x，记入表 5-16 中。

（5）改变 A 值（即 L_S），重复（3）、（4）两步骤，共测量五次。

2. 测量干电池的内阻

将图 5-30 中的插头 C 与接头 D 间的部分电路换成图 5-31 所示的电路，其中 R 是一个高精度的低值电阻箱，实验中可取 $R = 100\Omega$。固定 R_n，保持稳压电源 E 的输出电压不变。当 K_2 断开，电位差计达到补偿时 C、D 间电阻丝的长度为 L_1；当 K_2 接通，电位差计达到补偿时 C、D 间电阻丝的长度为 L_2，可以证明（自己证明）电池的内阻为

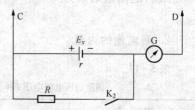

图 5-31　测电池内阻时 C、D 间的部分电路

$$r = R\left(\frac{L_1 - L_2}{L_2}\right) \tag{5-53}$$

仿照测电池电动势的方法，自己设计实验步骤，将实验数据计入表 5-17 中。

五、实验数据记录与处理

1. 测干电池的电动势

表 5 - 16 　　　　　　　　　　　　　　**测电动势数据记录与处理**

固定稳压电源电压 $E \approx 3V$; 　　　　　　检流计型号_____;

室温 $t=$ _____℃; 　　　　　　　　　$E_S(t) =$ _____V

次　　数	1	2	3	4	5
L_S (m)					
L_x (m)					
E_x (V)					
$\overline{E}_x$ (V)					
$S(E_x)$ (V)					
$T/\sqrt{n}$ (查表 2 - 2)					

计算不确定度时,忽略检流计及标准电池产生的不确定度。这时有

$$U_a(E_x) = \frac{T}{\sqrt{n}} S(E_x)$$

$$U_b(E_x) = \overline{E}_x \sqrt{\left[\frac{U_b(L_x)}{L_x}\right]^2 + \left[\frac{U_b(L_S)}{L_S}\right]^2}$$

在 $U_b(E_x)$ 的计算过程中,考虑到每次测量的 L_x、L_S 的值不同,因此上面的计算过程是比较复杂的。更重要的是,决定 $U_b(L_x)$ 与 $U_b(L_S)$ 大小的已不是与刻度尺的最小刻度相关联的仪器误差限,而是活动接头 D 在电阻丝上反复摩擦引起的电阻丝横截面的改变,还有电阻丝上的金属屑落在刻度尺上形成的电流微通道等因素。仅作为示范性的简略估算,可考虑

$$U_b(E_x) = 0.5\% \, \overline{E}_x$$

E_x 的不确定度为

$$U(E_x) = \sqrt{U_a^2(E_x) + U_b^2(E_x)}$$

最后的测量结果为

$$E_x = \overline{E}_x \pm U(E_x)$$

2. 测电池的内阻

表 5 - 17 　　　　　　　　　　　　　　**测电池内阻数据记录与处理**

固定稳压电源电压 $E \approx 3V$; 　　　　检流计型号_____; 　　　　　$R=100.0\Omega$

次　　数	1	2	3	4	5
L_1 (m)					
L_2 (m)					
R (Ω)					
$\overline{R}$ (Ω)					
$S(R)$ (Ω)					
$T/\sqrt{n}$ (查表 2 - 2)					

考虑到实验的具体情况，作为粗略的近似，设 $\dfrac{U_b(r)}{r}=0.5\%$，仿照电池电动势的不确定度计算，求出内阻的不确定度，最后结果应表述为

$$r=\bar{r}\pm U(r)$$

六、思考题

1. 按图 5-30 连接线路，接通 K_1，将 K_2 倒向 E_S 或 E_x 后，无论怎样调节活动端 C、D，检流计指针总向一边偏转，试问有哪些可能的原因？

2. 用图 5-30 所示的 11m 线式电位差计测量电动势时，我们可选定的每单位长度电阻丝的电压降最小值约 0.1V/m。因此用它来测量仅几个毫伏的温差电动势误差较大。为了减小测量误差，采用图 5-32 的电路，其中 R_1 和 R_2 是可变电阻箱，AB 是长 11m 电阻为 r 的电阻丝。现欲选定每单位长度电阻丝的电压降为 1mV/m，试问 R_1+R_2 的电阻值应取多少？设标准电池 E_S 的电动势为 1.018 60V，则电阻 R_1 可取的最小值和最大值分别为多少（用线电阻 r 表示）？

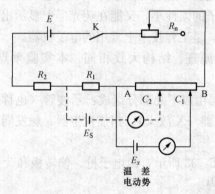

图 5-32　利用线式电位差计测量微小电动势的一种电路

实验七　示波器的使用

一、实验目的

1. 了解示波器的工作原理和使用方法。
2. 学会用示波器观察正弦信号的波形。
3. 学会通过观察李萨茹图形测量频率的方法。

二、实验仪器

示波器、信号发生器。

三、实验原理

示波器是一种用途极广泛的电子测量仪器。用示波器可以直接观察电压波形，并测定电压的大小。因此，一切可转化为电压的电学量（如电流、电功率、阻抗等）、非电学量（如温度、位移、速度、压力、光强、磁场、频率等）以及它们随时间的变化过程，都可以用示波器来观察和测量。由于电子的惯性小，又能在荧光屏上显示出可见的图像，所以示波器特别适用于观察瞬时变化过程，是工程技术上常用的电子仪器。

示波器的种类繁多，但原理、结构大致相同。本实验重点介绍 GOS-622G 型双踪示波器。

GOS-622G 型双踪示波器由以下几部分组成：示波管（也称阴极射线管或 CRT）、垂直放大器（Y 放大）、水平放大器（X 放大）、扫描发生器、触发同步等。

1. 示波管的构造和作用

示波管的内部结构如图 5-33 所示，由电子枪、偏转板和荧光屏三部分组成，它们被封在高真空的喇叭状的玻璃管内。

（1）电子枪。它由钨丝加热电极 H、阴极 K、栅极 G、加速电极 Ar、第一阳极 A_1（聚焦电极）；第二阳极 A_2（加速、辅助聚焦）组成。当加热电流从 HH 通过钨丝、阴极 K 被加热后［阴极是一个表面涂有氧化物（如钡与锶的氧化物）的金属圆筒］，筒端的氧化物涂层的自由电子获得较高的动能，从表面逸出，作为电子枪的电子源。控制栅极 G 为顶端带孔（直径约为 1mm）的无底圆筒，套于阴极之外，其电势为负（见图 5-33），G、K 相距很近（约十分之几毫米），其间形成的电场对电子有排斥作用。因此通过调节电位器 R_1 来改变 G 相对 K 的电压，可以控制电子枪射出的电子束密度，从而控制荧光屏上光点的亮度，这就是辉度调节。加速电极 Ar、聚焦电极 A_1 和第二阳极 A_2 为同轴金属圆筒，筒内膜片的中心有限制小孔，用于阻挡离开轴线的电子。三个电极所形成的电场，除对阴极发射的电子进行加速外，并使之会聚成很细的电子束，这种作用称为聚焦作用。调节 R_2 改变聚焦电极 A_1 的电压可以改变电场分布，以使电子束在荧光屏上聚焦成细小的光点，这就是聚焦调节。调节 R_3 改变 A_2 的电压，也会改变电场的分布，从而改变电子束的荧光屏上聚焦的好坏，称为辅助聚焦调节。

（2）偏转系统。在电子枪和荧光屏之间，有两对互相垂直的偏转板，一对为水平偏转板（$X_1 X_2$），另一对为垂直偏转板（$Y_1 Y_2$）。当 X、Y 偏转板上所加电压为零时，电子束正好打在荧光屏中央，中央出现亮点；当 Y 偏转板上加上不断变化的电压，X 偏转板电压为零，则光点在竖直方向移动，若电压变化的频率较高，则在竖直方向形成一条亮线；若在 X 偏

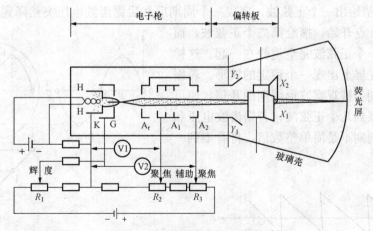

图 5-33　示波管内部结构图

HH—钨丝加热电极；K—阴极；G—控制栅极；A_1—第一阳极（聚焦电极）；A_r—加速电极；

A_2—第二阳极（加速、辅助聚焦）；X_1X_2—水平偏转板；Y_1Y_2—垂直偏转板

转板上加不断变化的电压，Y 偏转板电压为零，则水平方向形成一条亮线；如果 X、Y 偏转板同时加上变化的电压，则电子束将在两电场力的作用下发生偏转，光点将在荧光屏平面上不断改变位置。

（3）荧光屏。在示波管顶部的玻璃内壁上，涂一层荧光物质。当它受到具有一定能量的电子束轰击时就发光，从而显示出电子束的位置，以便观察或摄像。电子束停止作用以后，荧光物质的发光需要经过一定的时间才停止，所以荧光屏上看到的不是光点的移动，而是电子束扫过的所有点连成的一条发光线。

综上所述，从阴极 K 逸出的电子在电场中被加速，穿过 G 的小孔，通过 Ar 加速，以高速度（约 10^7 m/s 数量级）穿过 A_1 及 A_2 的限制小孔，形成一束电子射线。电子射线再经过 X_1X_2 和 Y_1Y_2 两对偏转板成为受控电子束，最后轰击荧光屏的荧光物质上，发出可见光，使输入到示波器的信号显示在屏上，以供观察和测量。

2. 示波器显示波形的原理

要观察一随时间变化的电压 $U=f(t)$，可把它加在示波器的垂直偏转板上，偏转电压的大小虽然随时间变化，但始终沿垂直方向，电子束沿垂直方向往复运动的轨迹是一条直线。怎样才能在荧光屏上观察到波形呢？设想电子束在垂直方向运动的同时，在水平方向上作匀速直线运动，两者合成运动的轨迹就不再是直线，而是一随时间变化的曲线。借助于一扫描装置（这个装置的主要部分是一个锯齿波发生器），可产生严格随时间线性变化的电压，叫锯齿波电压（见图 5-34），锯齿波的周期可以由电路进行调节。当被测电压加在垂直偏转板上，锯齿波电压加在水平偏转板上时，两者合成的结果就会使被测波形如实地展现在荧光屏上。

现在用一个具体例子来说明示波器是如何显现出被测波形的。设垂直偏转板上加一正弦电压 U_Y，水平偏转板加锯齿波电压 U_X，两者周期相同（见图 5-35）。在 $t=0$ 时刻，$U_Y=0$ 电子束无垂直方向位移；水平偏转板上有电压，使电子束有水平位移 $0a'$；两者合成，电子束应打在荧光屏上的 a 点。在 $t=1$ 时刻，U_Y 使电子束有 $1b''$ 的位移；U_X 使电子束有 $1b'$ 的水平位移，故光点在屏上 b 点出现。同理可确定 $t=2$，3，4 等时刻光点在荧光屏上的位置

c，d，e。这样描绘出一个正弦波，完成一个周期后然后锯齿波电压突然降到 a′，于是光点又重新从屏上 a 点开始，描绘第二个正弦波，而且与屏上的第一个正弦波完全重叠在一起。这样保持下去，荧光屏上出现一个稳定的波形。若锯齿波电压的周期为被观察波形周期的几倍，便可在荧光屏上观察到几个正弦波；若锯齿波电压和被观察电压的周期不是简单整数倍，将看不到一个稳定的波形。

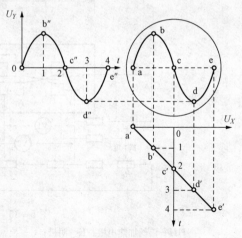

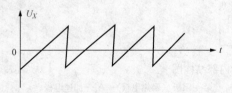

图 5-34　加在水平偏转板上的锯齿波信号　　　　图 5-35　示波器波形显示原理图

　　为了在屏上获得稳定的波形，可调节锯齿波的频率。但是，两个独立发生的电振荡频率在技术上难以调节成准确的整数倍关系，因而屏上波形发生横向移动，不稳定。必须设法使锯齿波形电压的频率在一定程度上受某种外来频率的控制，这种控制叫同步；最常见的是用被测电压来控制锯齿波频率，叫"内同步"。同步电压的大小可由示波器面板上的"同步增幅"旋钮调节。同步电压过大过小都不好，过大会使波形失真，过小则得不到稳定的波形。调节同步的方法是：先调节扫描频率，使之十分接近被测电压的频率（或成整数倍），然后由小到大调节同步增幅，使图形稳定。

　　3. 示波器显示李萨如图形及测量正弦信号的频率

　　如果示波器的 X 轴和 Y 轴输入的都是正弦电压，它们的频率相同或成简单的整数比，

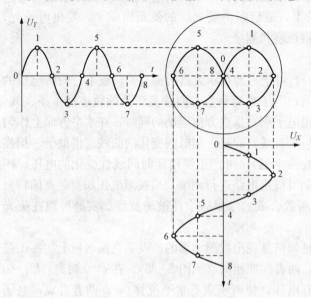

则电子束在这两个电压的作用下形成一个特殊的轨迹，示波器屏幕上显示出相应的图形叫李萨如图形。例如：当 Y 轴输入电压的频率 f_Y 与 X 轴输入电压的频率 f_X 之比为 2∶1 时，屏上亮点的轨迹如图 5-36 所示。

　　图 5-37 是频率比值（f_X∶f_Y）成简单整数比时形成的几种李萨如图形。频率比越大，图形越复杂。

　　如何从李萨如图形确定频率的比值呢？在避开图线交点的地方，作任何垂直方向和水平方向的两条轴线（见图 5-38），分别数出 X 轴、Y 轴分别与图线的交点数，交点数比值与频率比的关系是

图 5-36　李萨如图形形成原理图

$$\frac{f_X}{f_Y} = \frac{Y \text{轴与图线交点数} N_Y}{X \text{轴与图线交点数} N_X}$$

$$\frac{f_X}{f_Y} = \frac{4}{6} = 2 : 3$$

若 f_X 与 f_Y 中一个已知，则用此法可求出另一个未知频率。

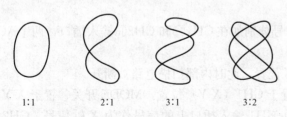

图 5 - 37　几种整数比的李萨如图形

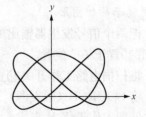

图 5 - 38　利用李萨如图形
测频率示意图

四、实验内容和步骤

1. 示波器的调整（各旋钮的位置和功能见图 5 - 39）

（1）接通电源，按下 POWER 开关⑨指示灯亮，约在 20s 内荧光屏上将显示一条零信号基线。

（2）调节 POSITION⑩和㉞使扫描轨迹显示在屏的中央。调节 INTEN②和 FOCUS④使扫描轨迹清晰且亮度适中。

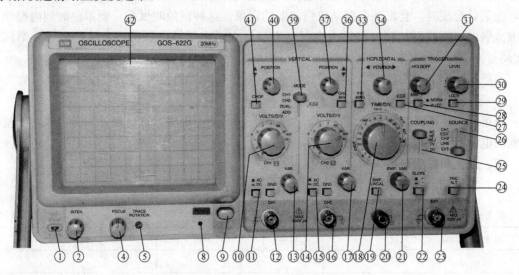

图 5 - 39　GOS-622G 示波器面板图

2. 观察正弦电压波形

（1）把信号发生器输出的正弦信号加到 CH1 的输入插口⑫，AC－DC 开关⑪置于 AC 位置，被观察的信号波形就显示在荧光屏上。

（2）调节示波器上 VOLTS/DIV（伏/格）旋钮⑩，使信号幅度适中。调节 TIME/DIV 旋钮⑱，使信号波形的周期数达到所要求的值。

当输入信号加在 CH2 的输入插口⑯时，应将 MODE 开关㊴置于 CH2，操作步骤同上。

（3）将旋钮⑬或⑰旋转到 CAL 位置，这时⑩或⑭上的指示值即表示竖直方向偏转一大格表示多大的电压，由此可以测出信号的幅度。

（4）将按钮⑲弹出，这时旋钮㉑将不起作用，⑱上的指示值即表示水平方向每偏转一大格表示多长的时间，由此可以测出信号的周期和频率。

3. 观察李萨如图形

（1）把两个信号发生器输出的正弦信号分别加在 CH1⑫和 CH2⑯输入插口，两个 AC—DC 开关⑪⑮置于 AC 位置。

（2）将扫描电路工作开关㉗置于 X-Y 位置，此时内部扫描电路被断开。

（3）将 SOURCE（触发源）开关㉖置于 CH1（X-Y）位置，MODE 开关㊴置于 X-Y 位置，示波器即工作于 X-Y 方式，此时加在 CH1 输入插口上的信号作为 X 轴信号，CH2 输入插口上的信号作为 Y 轴信号。

（4）调节 VOLTS/DIV⑩⑭及其微调控制旋钮⑬⑰，直至观察到大小合适的两个互相垂直振动的合成的李萨如图形。

（5）保持输入 CH1 的信号频率为 50Hz（$f_X = 50$Hz），改变输入 CH2 信号频率分别为 25、50、75、100、150Hz，在理论值附近缓慢调节信号发生器的频率，得到稳定的图形，记下该信号发生器的指示值 f'_Y，并描出李萨如图形。

4. 观察拍的观象

两个同方向的简谐振动（无论是电振动还是机械振动），当它们的频率都较大但相差很小，在某处合成时，会出现合振动忽强忽弱的现象，这种现象叫做拍，而单位时间内振动加强或减弱的次数叫做拍频。具体内容可参考清华大学出版社出版的《大学物理学》第四册《波动与光学》。

参照示波器的使用说明，自己设计实验步骤，观察拍的现象，求出拍频。

5. 用示波器测量直流电位

也可以用示波器来测量直流电位。参照示波器的使用说明，自己设计实验步骤，测量干电池的电动势。

五、数据和数据处理

（1）数据记录，填入表 5 - 18 中。

表 5 - 18 $\qquad$ $f_X = 50$Hz

理论值 f_Y(Hz)	25	50	75	100	150
$f_X : f_Y$					
李萨如图形					
Y 轴交点数 N_Y					
X 轴交点数 N_X					
信号发生器示数 f'_Y(Hz)					
校正值 $\Delta f = f_Y - f'_Y$(Hz)					

（2）以 f_Y 为横坐标，Δf 为纵坐标，在坐标纸上作出信号发生器频率校正曲线（折线）。

六、思考题

1. 示波器观察到的波形不断向右移动，说明扫描频率是偏高还是偏低？

2. 要在示波器上观察频率为 10kHz 的波形，扫描频率范围放在哪一挡比较合适？为什么？

3. 示波器荧光屏上得到一李萨如图形，在避开图形交点处，Y 轴和 X 轴与图形交点数之比为 $4:3$，已知 $f_X=100Hz$，求 $f_Y=?$

七、GOS-622G 型双踪示波器面板上各旋钮、按钮、控制器和指示器的功能

1. 示波管电路

POWER⑨：电源开关，按下此按钮时，示波器示波管接通 220V 交流电源，发光二极管⑧发光。

INTEN②：辉度调节旋钮，顺时针调节此旋钮，可增加扫描轨迹的亮度。

FOCUS④：聚焦旋钮，调节此旋钮，可使电子束的焦点正好聚在荧光屏上，形成一清晰而细的圆点。

TRACE ROTATrON⑤：扫描轨迹旋钮，强磁场或示波器在搬动过程中，可能使荧光屏的扫描轨迹发生倾斜，此时可调节该旋钮，使扫描轨迹回到水平位置。

2. 垂直轴

CH1(X) ⑫：通道 1 的垂直输入插口，在 X-Y 工作方式时，则作为 X 轴输入插口，其最大输入电压为 400V（直流加交流峰值）。

CH2(Y) ⑯：通道 2 的垂直输入插口，在 X-Y 工作方式时，则作为 Y 轴输入插口，其最大输入电压为 400V（直流加交流峰值）。

AC−DC−GND⑪⑮：通道 1 和 2 的输入耦合方式转换开关。

AC：交流耦合方式，开关处于 AC 状态时，可以隔断通道 1 和 2 输入信号中的直流分量，适用于观察交流信号。

GND：接地，开关处于接地状态时，垂直放大器的输入端接地，加在通道 1 和 2 输入插口上的输入信号不能被加到垂直偏转板上，此时，若将触发方式的选择按钮㉘按下时（这时扫描电路处于自动触发 Auto 状态），荧光屏上将显示一条零信号基线，在进行直流测量时，该基线的位置可作为测量的基准。

DC：直流耦合，开关处于直流 DC 状态时，可将通道 1 和 2 中输入信号的交流和直流成分直接输入垂直放大器，适合于观察各种缓慢变化和含有直流分量的信号。

VOLTS/DIV⑩⑭：通道 1 和 2 的垂直衰减旋钮，用作垂直灵敏度的调节，从 1mV/DIV 至 5V/DIV 共 12 挡，当垂直灵敏度的微调旋钮⑬⑰置于标准位置 CAL 时，垂直衰减旋钮所指的刻度就是荧光屏上标尺纵向每格所代表的电压值，对于 X-Y 工作方式，旋钮⑩用于水平灵敏度的粗调节，旋钮⑭用于垂直灵敏度的粗调节。

VAR⑬⑰：通道 1 和 2 垂直灵敏度微调旋钮。使用它们可以对通道 1 和 2 的垂直灵敏度作微调控制，当将它们顺时针到 CAL 位置时，垂直衰减旋钮⑩⑭所指示的刻度就被校准。

POSITION㊵㊲：通道 1 和 2 的垂直位移旋钮，用以调节通道 1 和 2 扫描轨迹的垂直位置。

VERT MODE㊴：垂直方式转换开关。这是一个四挡拨动开关，开关在不同的位置，

可选择示波器的五种基本工作方式。

CH1：当开关处于此位置时，荧光屏上只显示通道 1 的输入信号的波形，用于单踪显示，此时通道 1 的输入信号作为内触发源。

CH2：当开关处于此位置时，荧光屏上只显示通道 2 的输入信号的波形，用于单踪显示，此时通道 2 的输入信号作为内触发源。

DUAL：当开关处于此位置时，荧光屏同时显示通道 1 和 2 的输入信号波形，用于双踪显示，此时可用 SOURCE 开关㉖和交替触发按钮 ALT㉔选择内触发信号。

ADD：当开关处于此位置时，可将通道 1 和 2 的输入信号相加后显示在荧光屏上，此时可用 SOURCE 开关㉖选择内触发信号。

X-Y：当开关置于此位置时，示波器为处于 X-Y 工作方式作准备，当 X-Y 工作按钮⑱和 SOURCE 开关㉖也处于 X-Y 位置时，示波器便工作于 X-Y 方式，此时，CH1 的输入信号使电子束产生水平偏转，CH2 的输入信号使电子束产生垂直偏转。

3. 触发

EXT㉓：外触发（外水平）信号输入插口，当扫描电路采用外触发方式时，外触发信号由此输入，当触发源 SOURCE 开关㉖置于 EXT 位置时，加在 EXT 输入插口㉓的输入信号便成为扫描电路的外触发信号。该输入插口的最大输入电压为 100V（直流加交流峰值）。

SOURCE㉖：扫描电路内触发信号和外加触发信号的选择开关，共分四挡，用以选择不同的信号作为扫描电路的触发信号。

CH1(X-Y)：开关置于该位置时，且垂直方式转换开关㊴置于 DUAL 或 ADD 位置时，选择 CH1 的输入信号作为扫描电路的内触发信号，对于 X-Y 工作方式，则选择 CH1 中的输入信号作为 X 轴信号。

CH2：开关㊴置于 DUAL 或 ADD 位置时，选择 CH2 的输入信号作为扫描电路的内触发信号。

LINE：用 50Hz 的交流电源作触发源，一般在观察与 50Hz 交流电源有确定时间关系的信号时使用。

EXT：拨动开关置于此位置时，加于 EXT TRIG 输入插口㉓上的外加信号为扫描电路的触发信号。在 X-Y 和 EXT TRIG 工作方式，加于 EXT 输入插口㉓上的外加信号作为外扫描信号加于 X 偏转板上。

ALT：当垂直方式转换开关㊴置于 DUAL 或 ADD 位置时，且 SOURCE 开关㉖置于 CH1 或 CH2 位置时，按下按钮 ALT（交替）㉔，可交替地选择 CH1 和 CH2 的输入信号作为扫描电路的内触发信号。

注意：当垂直方式转换开关 MODE㊴置于 CH1 或 CH2 位置时，必须用 SOURCE 开关㉖选择相应的 CH1 或 CH2 信号作为内触发信号。

COUPLING㉕：触发信号耦合方式选择开关，用以选择触发信号的耦合方式。

AC：交流耦合方式，当选择开关置于此位置时，可以隔断触发信号中的直流分量，使触发性能不受直流分量的影响，这种耦合方式用得最多。

DC：直流耦合方式，主要用于显示频率很低的信号或大占空比的信号。

HF REJ：当触发耦合方式开关置于此位置时，触发信号要经过交流耦合电路和低通滤波器（约 50kHz－3dB）后才加到触发电路上，触发信号中的高频成分被抑制，仅有低频成分加到触发电路上。

TV：这是在观察电视视频信号时采用的耦合方式。当开关置于此位置时，触发信号以交流耦合方式经触发电路加到电视同步分离器电路上，分离器电路再产生触发扫描的同步信号，使视频信号能稳定地显示在荧光屏上，在这种情况下，扫描速度可用 TIME/DIV 旋钮⑱按如下要求置于 TV—V 和 TV—H 位置：

TV—V：0.5s/DIV—0.1ms/DIV

TV—H：50μs/DIV—0.1μs/DIV

SLOPE㉒：触发极性转换开关，当开关置于"＋"时，其触发极性为正，开关置于"－"时，则触发极性为负。

LEVEL㉚：用以调节触发电平，以稳定所显示的波形并用以确定在波形上扫描的起始点。

当旋钮按顺时针方向旋至"＋"时，触发电平升高；向"－"旋转时，触发电平降低。

注意：若触发电平太高，触发信号可能触发不了触发电路，不能产生扫描信号，反之，触发电平太低，较小的干扰信号就会造成误触发，使扫描线左右晃动。

HOLDOFF㉛：是脱出同步（释抑）时间调节旋钮。

LOCK㉙：锁定位置，按下此按钮时，在不必依靠自动调节触发电平的情况下，不论信号幅度多大（从很小到很大）总能自动地将触发电平保持最佳值，使显示的波形自动地保持稳定。

注意：HOLDOFF 只有在显示复杂波形或仅用 LEVEL 旋钮不能得到稳定触发的情况下才使用。

TIME/DIV⑱，水平扫描时间粗调旋钮，调节此旋钮可粗调锯齿波的周期，当扫描时间微调旋钮 SWP UNCAL⑲处于校准位置，TIMDE/DIV 旋钮所指示的刻度（从 0.1μs 至 0.5s 共 21 挡）就是荧光屏上横向标尺每格所代表的时间值。

SWP·VAR㉑：扭描时间微调装置。当 SWP·UNCAL⑲弹出时，便处于校准位置，TIME/DIV 旋钮⑱所指示的值就被校准。

X10 MAG㉝：扫描轨迹水平移位旋钮，旋转此旋钮可使荧光屏上的扫描轨迹沿水平方向左右移动。当按下 X10 MAG 时，被测信号的波形，在 X 方向扩大 10 倍，主要用于观察快速脉冲或重复频率较高的信号。

TRIGGER MODE㉘：触发方式选择旋钮，用以选择不同的触发方式。

AUTO：自动触发方式，当没有触发信号或触发信号低于 50Hz 时，扫描电路处于自激振荡状态，能自动产生扫描。

NORM：常态触发方式，当没有触发信号加入时，扫描处于准备状态，荧光屏上无扫描轨迹，只有加入适当的触发信号时，才有扫描信号产生。主要用于观察≤50Hz 的信号。

CAL(U_{P-P})①：校准信号输出端子，由该端子可输出 $U_{P-P}=2V$，$f=1kHz$ 的正方波信号，其输出电阻为 2kΩ，可作为示波器的自检测信号。

实验八　用模拟法测绘静电场

一、实验目的

1. 学习模拟法，用稳恒电流场模拟静电场的电场分布。
2. 加深对描述静电场的两个基本量即电场强度和电位概念的理解。

二、实验原理

1. 直接测量静电场的困难

带电体在周围空间产生静电场，静电场可以通过电场强度 E 或电位 V 的空间分布来描述。原则上，我们可以从已知的电荷分布，通过静电场方程求出其对应的静电场分布。对形状稍微复杂的电极（电荷分布）要求其电场的具体分布，在数学上仍然十分困难，只能借助于实验方法来直接测定。但是，目前直接测量静电场往往很困难。首先，静电场中无电流，不能用我们所熟悉的磁电式电表，而要采用较复杂的静电仪表和相应的测量方法；其次，探测装置总是导体或电介质，一旦放入静电场中，会产生感应电荷使原电场发生畸变，影响测量结果的准确性。如果用相似的电流场来模拟静电场，就可以通过电流场的实验测量得到静电场的具体分布。可见，模拟法是一种简单的求解电场的方法。

2. 用模拟法测量静电场

静电场和稳恒电流场虽然是两种不同的场，但如果被研究的区域中存在各自的场源，且这两种场遵从的规律具有相似的形式，则这两种场都可以用同样形式的方程式来描述。通过上述两种场的方程式和其中包含的物理量的比较可以看出，如果稳恒电流场和静电场的空间电极形状与边界条件都相同，则其中的任一个场都可以作为另一场的模拟场。由于测量稳恒电流场中的电位比测量静电场的电位要简易得多，因此常用稳恒电流场的测量代替静电场的测量。

3. 同轴圆柱面之间的电场

下面我们分别对两个均匀带等量异号电荷的无限长同轴圆柱面之间的静电场和稳恒电流场的分布进行推导，目的是说明稳恒电流场数学表示形式与静电场相似，可以用它模拟静电场。同时，也便于实验结果与理论结果进行比较。今后碰到难以处理的静电场问题，就可以毫不怀疑地创造相似的稳恒电流场条件，来模拟出其静电场分布。

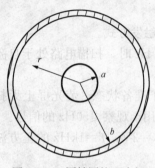

图 5 - 40　同轴圆柱面之间
的静电场

（1）同轴圆柱面之间的静电场。如图 5 - 40 所示，设小圆柱面半径为 a，电位为 U_a，大圆柱面半径为 b，电位为 U_b，则电场中距轴心为 r 处的电位为 U_r 可表示为

$$U_r = U_a - \int_a^r E \mathrm{d}r \qquad (5 - 54)$$

设内外圆柱面每单位长度的电量分别为 $+\lambda$ 和 $-\lambda$，根据高斯定理，r 处的电场强度为

$$E = \frac{\lambda}{2\pi\varepsilon_0 r} = \frac{K}{r} （当 a < r < b 时） \qquad (5 - 55)$$

将式（5 - 55）代入式（5 - 54）得

$$U_r = U_a - \int_a^r \frac{K}{r} \mathrm{d}r = U_a - K\ln\left(\frac{r}{a}\right) \qquad (5 - 56)$$

在 $r = b$ 时，应有

$$U_b = U_a - K\ln\left(\frac{b}{a}\right)$$

所以

$$K = \frac{U_a - U_b}{\ln\left(\frac{b}{a}\right)}$$

如果取 $U_a = U_0$，$U_b = 0$，并将上式代入式（5 - 56），就可得到

$$U_r = U_0 \frac{\ln\left(\frac{b}{r}\right)}{\ln\left(\frac{b}{a}\right)} \tag{5 - 57}$$

（2）同轴圆柱面之间的稳恒电流场。设电极形状、大小、位置以及电极电位，与前面研究静电场时的同轴圆柱面完全相同，电极间充满均匀的导电介质，且电极的导电率远大于导电介质的导电率。现计算电极间稳恒电流场的电位分布。由于导电介质的电导率远远大于空气介质的导电率，电流从电极 a 均匀辐射状地沿平面流向电极 b。沿此平面取厚度为 t 的导电介质圆柱体（见图 5 - 41），则半径为 r 的圆柱面到半径为 $r + \mathrm{d}r$ 的圆柱面之间的导电介质薄块的电阻为

$$\mathrm{d}R = \rho\frac{\mathrm{d}r}{S} = \rho\frac{\mathrm{d}r}{2\pi rt}$$

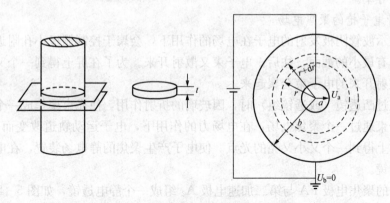

图 5 - 41　同轴圆柱面之间的电阻的计算

式中：ρ 为导电介质的电阻率。由 r 至外圆柱面之间的电阻为

$$R_{rb} = \frac{\rho}{2\pi t}\int_r^b \frac{\mathrm{d}r}{r} = \frac{\rho}{2\pi t}\ln\left(\frac{b}{r}\right)$$

由半径为 a 的内圆柱面至半径为 b 的外圆柱面之间的总电阻为

$$R_{ab} = \frac{\rho}{2\pi t}\int_a^b \frac{\mathrm{d}r}{r} = \frac{\rho}{2\pi t}\ln\left(\frac{b}{a}\right)$$

由于是稳恒电流场，从半径为 a 的内圆柱面至半径为 b 的外圆柱面间，流过任何圆柱面的电流都相等，设为 I，则半径为 r 处的电位为

$$U_r = IR_{rb} = \frac{\rho I}{2\pi t}\ln\left(\frac{b}{r}\right) \tag{5 - 58}$$

同样

$$U_a = IR_{ab} = \frac{\rho I}{2\pi t}\ln\left(\frac{b}{a}\right) \tag{5 - 59}$$

将式（5-58）和式（5-59）相比得

$$U_r = U_a \frac{\ln\left(\dfrac{b}{r}\right)}{\ln\left(\dfrac{b}{a}\right)} \qquad\qquad (5-60)$$

比较式（5-57）和式（5-60）可看出，真空中的静电场和导电质中稳恒电流场的电位分布相同，即电场分布相同。可以这样来理解：真空中的静电场是由 a、b 两带电体上的静止电荷产生的，在稳恒电流场的导电介质中，若有电流通过，其任意体积元内从一侧面流入的电量等于从另一侧面流出的电量，净电荷为零，导电介质中的电场也是由 a、b 电极上的电荷产生，不过这个电荷不是不动的，而是一边流失一边由电源不断地补充，在动态平衡条件下保持着电极电荷数量不变，所以这两种情况下电场分布相同。

用稳恒电流场模拟静电场必须注意模拟条件的相似：①产生静电场的带电体的形状和分布与稳恒电流场的电极形状和分布必须完全相同。②静电场中带电体表面是一个等位面，要求稳恒电流场中的电极表面也是等位面，这只有在电极的导电率远大于导电介质的导电率时方能成立，所以导电介质的导电率不宜过大。③静电场中的介质相应于稳恒电流场中的导电介质。如果研究的是真空（或空气）中的静电场，相应的稳恒电流场必须是均匀分布的导电介质。若模拟垂直于柱面的每一个平面内电场分布都相同的场，还要求导电介质的电导率远大于空气的电导率。

4. 示波管电子枪的聚焦电场

我们知道示波管阴极发射的电子在电场的作用下，会聚于控制栅极小孔附近一点。在这里，电子束具有最小的截面，往后，电子束又散射开来。为了在屏上得到一个又小又亮的光点，必须把散射开来的电子束会聚起来。

像光束通过凸透镜（或透镜组）时，因玻璃的折射作用，使光束聚焦成一个又小又亮的点一样，电子束通过一个聚焦电场，在电场力的作用下，电子运动轨道改变而会合于一点，结果在荧光屏上得到一个又小又亮的光点。使电子产生聚焦的静电场装置，在电子光学里称为静电电子透镜。

电子枪内的聚焦电极 FA 与第二加速电极 A_2 组成一个静电透镜，如图 5-42 所示。

图 5-43 是 FA 与 A_2 之间电场分布的截面图，虚线为等位线，实线为电场线，电场对 Z 轴是对称分布的。电子束中某个散离轴线的电子沿轨道 S 进入聚焦电场，在电场的前半区（左边），这个电子受到一个沿电场线相切方向的作用为 f。f 可分解为垂直指向轴线的分力 f_r 和平行于轴线的分力 f_z（图中 A 区）。f_r 的作用使电子运动向轴线靠拢，起聚焦作用。f_z 的作用使电子沿 Z 轴线方向得到加速度。电子到达电场的后半区（右边）时，受到的作用力 f' 可分解为相应的 f_r' 和 f_z' 两个分量（图中 B 区）。f_r' 使电子离开轴线，起散焦作用。但因为在整个电场区域里电子都受到同方向的沿 Z 轴的作用力（f_z 和 f_z'），故电子在后半区的轴向速度比在前半区的大得多。这样，在后半区，电子受 f_r' 的作用时间短得多，获得的离轴速度比在前半区获得的向轴速度小。总的效果是，电子向轴线靠拢，整个电场起聚焦作用。聚焦作用的强弱是通过改变 FA 与 A_2 之间的电位差，从而改变其间的电场强度来实现。最后的结果是，电子到达荧光屏时会聚于一小点。事实上，FA 两端的电场皆有聚焦作用，是两个静电透镜的组合。

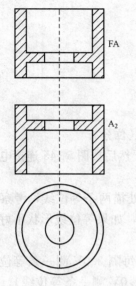
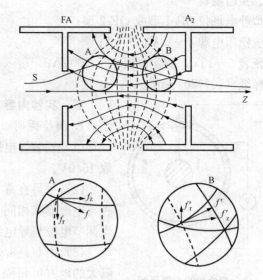

图 5 - 42　静电透镜示意图　　　　　图 5 - 43　静电透镜电场分布图

三、模拟静电场仪简介

模拟静电场仪主要有两种类型。一种如图 5 - 44（a）所示。探针始终与电极间的导电纸相接触，探针通过滑块 I 可以在 X 轴轨道上滑动，而 X 轴轨道通过滑块 II 又可以沿 Y 轴滑动，从 X 轴刻度尺和 Y 轴刻度尺上可以读出探针所在的位置。

另一种如图 5 - 44（b）所示。探针可以在电极平面中的导电纸上任意移动，与它同轴相连的测量指针则在电极板上方的另一平面内平行移动，该平面铺有坐标纸或白纸。当探针移动到合适的位置时，轻轻按一下上平面内的测量指针，纸上就打下一个记号。采用这种装置可以直接打出等位面的分布图形。

两种类型为模拟静电场仪都配有同轴圆环、平行圆柱体等几种电极，根据测量的需要可以更换。

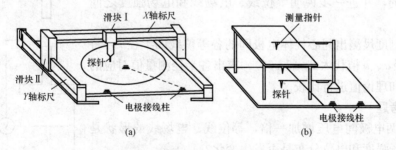

图 5 - 44　模拟静电场仪实验装置图
（a）MJ-1 型；（b）QE-2 型

实验时首先在电极板上装好导电纸，上好电极。注意导电纸要平整，电极与导电纸要接触良好。然后在两电极间加上一定的直流电压，两电极所在的导电纸平面内就形成了模拟的电流场。将高内阻电压表接在一电极与探针之间，就可以测出场中任一点相对于该电极的电位。

四、实验器材

模拟静电场仪 MJ-1 型或 QE-2 型；

直流稳压电源 0～15V，0.5A；

电压表 0～15V，额定电流小于 $500\mu A$；

坐标纸（10×20）cm^2。

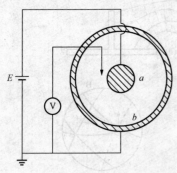

图 5 - 45　测绘两同心圆环间
的电位分布连接电路

五、实验内容

1. 测绘两同心圆环间的电位分布

（1）安装导电纸、电极，然后按图 5 - 45 连接电路，U_a 取 15.0V。

（2）尽量在靠近两电极处描两条等位线，考察它们是否与电极形状相同（同心圆），如果等位线形状不好，可适当调节电极与导电纸的接触。

（3）由 $U=3.0$V 开始，每隔 3.0V 测一条等位线（间隔大的地方可每隔 1.5V 或 1.0V 测一条等位线）。记下相应的电压表指示数。

为了明显地看出每条等位线的形状，每条等位线上的实验点不可太少，而且应尽量均匀分布，不能直接打点时，应列表记下每个实验点的 X、Y 值，不可漏记。

（4）用游标卡尺测出两柱形电极的几何参数。

2. 测绘电子枪的聚焦电场

（1）先在坐标纸上确定电极的位置，然后按图 5 - 46 连接线路，取 $U_{A2}=15.0$V。

（2）尽量在靠近两极处测两条等位线，且测点不能太少。

（3）由 $U=12.0$V 开始，每隔 3.0V 或 2.0V 测一条等位线。

六、数据处理

（1）画出待测电场的等位线和电场线，指出何处电场较强，何处电场较弱，并进一步说明等位线、电场线和电场强度之间的关系。

（2）用刻度尺测出同心柱体电极间的各等位线的半径 r，将 r 和圆柱半径 a、b 值代入式（5 - 60），求出各半径测量值对应的电位值，并和理论值进行比较。

七、思考题

1. 如果两电极间电压增加一倍，等位线、电场线的形状是否变化？电场强度和电位分布是否发生变化？

2. 用电压表测量稳恒电流场中某点电位时，要使电压表的接入对该点电位无影响，对电压表的内阻有什么要求？

3. 在导电纸上能模拟点电荷激发的静电场吗？能模拟带任意电量的两个平行圆柱间的静电场分布吗？

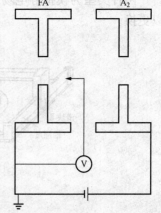

图 5 - 46　测绘电子枪聚焦
电场的连接电路

实验九　分光计的调整与光的衍射

光的衍射是光的波动性的一种表现。研究光的衍射不仅有助于加深对光的波动特性的理解，也有助于进一步学习近代光学实验技术，如光谱分析、全息照相、光学信息处理等。

分光计是一种精密测量角度的光学仪器使用时必须严格按规则调整。这对初学者来说，往往会感到困难，但只要在实验过程中认真揣摩，注意观察实验现象，并运用理论来分析和指导自己的操作，是一定能够掌握的。

一、实验目的

1. 观察光的衍射现象。
2. 了解分光计构造的基本原理，学习分光计的调整方法。
3. 掌握测定钠光光波波长的原理和方法。

二、实验原理

由大量等宽、等间距的平行狭缝所组成的光学器件叫做光栅。设 a 为光栅每条狭缝的宽度，b 为相邻狭缝间不透光部分的宽度，则 $a+b=d$ 就称为光栅常数。

当一束平行单色光垂直照射在透射光栅上时，每一狭缝透过的光都要发生衍射。与光栅平面法线成 θ 角的平行光，经过透镜而聚焦于屏幕上一点 P_1（见图 5-47）。由于光栅上各狭缝是等间距的，所以沿 θ 角方向的由两相邻狭缝发出的光束的对应光线的光程差都等于 $d\sin\theta$。由于光程差一定，它们彼此之间又要发生干涉。用透镜会聚在屏幕上，将呈现由衍射和干涉所形成的光栅衍射条纹。当光程差 $d\sin\theta$ 为入射光波长的整数倍时，各平行光相互干涉而加强，得到亮线。因此，产生亮线的条件为

$$d\sin\theta = \pm k\lambda \tag{5-61}$$

式中：d 为光栅常数；θ 为衍射角；λ 为入射光的波长；k 为谱线级次。$k=0$ 是中心亮线，$k=\pm 1$ 是一级亮线。

光栅衍射实际上是在单缝衍射基础上缝与缝之间的衍射光再产生干涉，即衍射条纹应看作是衍射与干涉的总效果。只有当 θ 角满足式（5-61）时，才形成亮条纹，而形成暗条纹的机会远比形成亮条纹的机会多，这样就在亮条纹之间，充满大量的暗条纹，形成一片黑暗的背景。从式（5-61）还可看出因为 d 很小，所以各级亮条纹将分得很开。一般光栅上狭缝总数很多，透射光束较强，干涉所得亮条纹很亮，清晰程度也很高。实验中可利用光栅来精确地测量光波波长。

三、仪器和用具

分光计、光栅$\left(d = \dfrac{1}{600}\text{mm}\ \text{或}\ \dfrac{1}{300}\text{mm}\text{，由所使用}\right.$的光栅决定$\Big)$、钠光灯（包括电源）、平面反射镜。

四、实验装置

分光计的型号很多，但结构基本相同。现以 JJY-1′型分光计为例来介绍其结构和使用方法，其外形结构如图 5-48 所示。它由四个部件组成：平行光

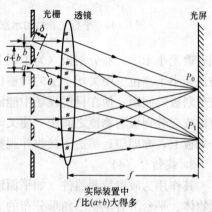

图 5-47　平面衍射光栅截面示意图

管、望远镜、载物台和读数装置。分光计的底座中心有一固定竖轴，称为分光计的中心旋转轴。除平行光管外，其余部件均可绕中心轴转动。

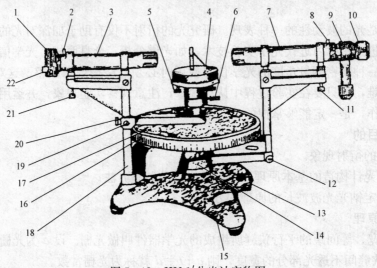

图 5-48　JJY-1′分光计实物图

1—狭缝；2—狭缝套筒锁紧螺钉；3—平行光管；4—载物台；5—载物台水平调节螺钉（3 只）；6—载物台锁紧螺钉；
7—望远镜；8—目镜套筒锁紧螺钉；9—阿贝式自准直目镜；10—目镜视度调节圈；11—望远镜水平调节螺钉；12—望远
镜转动微调螺钉；13—刻度盘制动螺钉；14—望远镜制动螺钉；15—底座；16—刻度盘；17—游标盘；18—立柱；
19—游标盘转动微调螺钉；20—游标盘制动螺钉；21—平行光管水平调节螺钉；22—狭缝宽度调节螺钉

1. 平行光管（3）

其作用为产生平行光束。管的一端装有会聚透镜，另一端插入一套筒，套筒末端为一可调狭缝，如图 5-49 所示。旋转螺钉（22）可调节狭缝宽度。伸缩套筒可改变狭缝至透镜之间距，当其间距等于透镜的焦距时，就能使照在狭缝上的光经过透镜折射后成为平行光束。

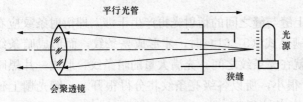

图 5-49　平行光管结构示意图

螺钉（21）可调节平行光管的俯仰倾斜程度。

2. 望远镜（7）

其作用为接受并观察平行光。它由目镜、分划板及物镜三部分组成，如图 5-50 所示。A 筒为阿贝目镜。B 筒中装有全反射小棱镜（在其涂黑的端面上刻有透光小十字）和分划板（为了调节和测量，板上刻有上叉丝及中叉丝，上叉丝十字交点与透光小十字位于中叉丝十字的对称位置）。C 筒上有一固定物镜。移动 A 筒可以改变目镜与分划板的间距，使在目镜视场中能清晰地看到叉丝像（即目镜对叉丝调焦）。前后移动 B 可以改变分划板与物镜之间距，使叉丝位于物镜的焦平面，则无穷远处的物体一定会成像在分划板上，亦即望远镜适于接收并观察平行光。

3. 载物台（4）

其作用为放置待测器件（如平面镜、棱镜、光栅等）。平台上有一弹簧压片夹，用以夹紧物体。平台下有呈正三角形分布的 B_1、B_2、B_3，三个调节螺钉（5），可用来调节平台面使之与中心轴垂直。松开载物台锁紧螺钉（6），可调节平台的高度。

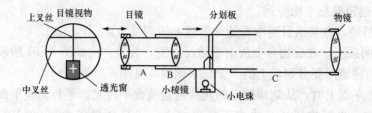

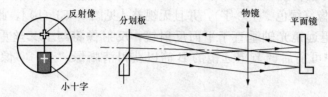

图 5 - 50　望远镜内部结构示意图

待测器件放置方法，一般可如图 5 - 51 所示，以便于调节。

4.读数装置

它由度盘 A 和游标盘 B 组成（见图 5 - 52）。度盘 A 按圆周等分成 720 个格，最小分格值为 $360°/720=30'$。小于 $30'$ 的读数由游标盘 B 读出。游标圆弧等分成 30 小格，最小分格值为 $30'/30=1'$。

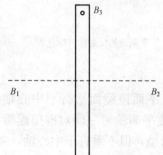

读数方法按弯游标原理读取：以游标盘的"0"线为准，度盘上读出 A 值，即最小刻度以上的值（$30'$ 以下的值），再找游标上与度盘重合的刻线，并由游标上读出 B 值（$30'$ 以下的值），此二值之和即为该位置所处的角度值，即 $\theta=A+B$。

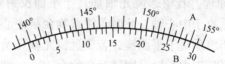

图 5 - 51　待测器件放置方法

图 5 - 52　游标度盘读数示例

$A=139°30'$　$B=24'$　$\theta=A+B=139°54'$

为了消除度盘中心与分光计中心转轴的偏心而引起的误差（即所谓仪器的偏心差），在度盘对称方向设置有两个对称的角游标，每次皆应读出两个角游标的读数，并分别求出它们转过的角度，再取平均，以消除偏心差。

五、实验内容

1.调整分光计

(1) 望远镜能接收平行光（即望远镜聚焦于无穷远）。

(2) 平行光管能够发出平行光。

(3) 望远镜与平行光管的光轴共轴，且与分光计的中心轴垂直。

2.调整方法

(1) 对照图 5 - 48 和实物，熟悉分光计各部分的具体结构及调整、使用方法。

(2) 粗调。用目视法进行粗调，使望远镜与平行光管大致共轴且与中心轴垂直，载物台下方三只螺钉外伸部分等长，以使载物台平面大致与中心轴垂直。

(3) 细调可分为下列三点：

1）调整望远镜聚焦于无穷远。

a. 先调整目镜，直至从目镜中看清分划板上的刻线为止。

b. 接通照明系统，在载物台上放上平面反射镜，放置方法如图 5-51 所示。小电珠发出的光线经全反射棱镜照亮分划板上的"十"字刻线〔见图 5-53（a）〕，当小"十"字刻线平面处在物镜的焦平面上时，从刻线发出的光线经物镜成平行光。平行光经平面反射镜的一个光学面反射回来，再经物镜，必成像于焦平面上。于是从目镜中可以同时看到叉丝和小"十"字刻线的反射像（绿色"十"字），并且无视差〔见图 5-53（b）〕。此时，望远镜已聚焦于无穷远。如果望远镜光轴垂直于平面反射镜，反射像将与上叉丝重合〔见图 5-53（c）〕。注意在调节中可前后调节望远镜的 B 筒以获得清晰绿"十"字像。此过程就是自准法。

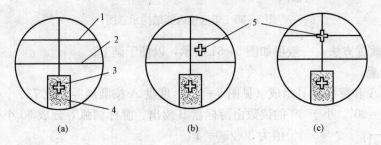

图 5-53　望远镜视场示意图

1—上叉丝；2—中心叉丝；3—透光"十"字刻线；4—绿色背景；5—"十"字刻线的反射像（绿色）

2）调整望远镜光轴与分光计中心轴垂直。

a. 调整原理。若望远镜光轴垂直于平面反射镜镜面，而且平面镜镜面平行于中心轴，则望远镜必垂直于中心轴。此时若将载物台绕中心轴转 180°，使平面镜另一面对准望远镜，望远镜光轴仍将垂直于平面镜。若望远镜光轴开始时垂直于平面镜，但不垂直于中心轴，亦即平面镜不平行于中心轴，则转动载物台 180°，使其上面的平面镜的另一面对准望远镜时，望远镜的光轴将不再垂直于平面镜镜面。

由望远镜的结构及基本光学规律可知，当望远镜光轴垂直于平面镜镜面时，绿"十"字与上叉丝重合，如图 5-50 所示。若同时有平面镜镜面平行于中心轴和望远镜光轴垂直于中心轴，则平面镜反转 180°后，仍有望远镜光轴与平面镜垂直，绿"十"字仍与上叉丝重合，否则将不再重合。

b. 调整方法。在望远镜聚焦于无穷远的基础上，观察绿色小"十"字，一般是偏离上叉丝的。调节载物台调节螺钉 B_2 或 B_1（见图 5-51），使绿色小"十"字向上叉丝字移近 $\frac{1}{2}$ 的偏离距离；再调节望远镜俯仰螺钉（见图 5-48 的 11）；使绿色小"十"字与上叉丝重合（见图 5-54），这时，望远镜光轴与平面镜镜面垂直。将平面镜反转 180°（通过转动载物台 180°来实现），重复调节载物台下的调节螺钉 B_1 或 B_2（注意不能调 B_3），以及调节望远镜俯仰调节螺钉，使绿"十"字各自消除 $\frac{1}{2}$ 与上叉丝的偏离量，这样再次使望远镜光轴与平面镜镜面垂直。如此重复多次，直至平面镜绕中心轴旋转 180°（即转动载物台 180°），绿色小"十"字始终落在上叉丝中心为止。每进行一次调节，望远镜光轴与中心轴垂直状态及平面镜与中心轴的平行状态就改善一次。多次调节，逐渐达到完全重合为止，故称为逐次逼近调节。又由于每次调节各调 $\frac{1}{2}$ 偏离量，故又称半调法。

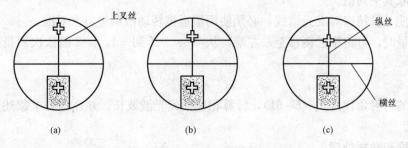

图 5 - 54 半调法

(a) 绿十字偏离上叉丝中央；(b) 调节调平螺丝，减少 1/2 偏离；

(c) 调望远镜俯仰，再减少 1/2 偏离，绿十字回到上叉丝中央

3）调整平行光管发出平行光，并使其光轴与中心轴垂直。

a. 点亮钠光灯，将狭缝照亮。

b. 打开狭缝，松开螺钉（2）（见图 5 - 48），前后移动狭缝装置（1），使从望远镜中看到清晰的狭缝像，调节螺钉（22），使缝宽约为 1mm。

c. 转动狭缝装置（1）使其狭缝呈水平，调节平行光管水平调节螺钉（21）（见图 5 - 48），使狭缝与分划板中间水平线重合。转动狭缝装置（1）使之呈垂直状态，锁紧螺钉（2）。

狭缝宽度调至 1mm，并使叉丝竖线与狭缝平行，这时叉丝交点恰好在狭缝像中点，再注意消除视差。调好后固定望远镜。

3. 安置光栅

安置光栅时要求达到：

（1）入射光垂直照射光栅表面 [否则式（5 - 61）将不适用]。

（2）平行光管狭缝与光栅刻痕相平行。

具体调节步骤为：

（1）将光栅按图 5 - 55 所示，放在载物台上，先用目视使光栅平面和平行光管轴线大致垂直，然后以光栅面作为反射面，用自准法调节光栅面与望远镜轴线相垂直（注意：望远镜已调节好，不能再调）。可以调节光栅支架或载物台的两个调节螺钉 B_1、B_2，使得从光栅面反射回来的叉丝像与上叉丝相重合，随后固定载物台。

（2）转动望远镜，观察衍射光谱的分布情况，注意中央明条纹两侧的衍射光谱是否在同一水平面内。如果观察到光谱线有高低变化，说明狭缝与光栅刻痕不平行，此时调节载物台的调节螺钉 B_3（见图 5 - 55），直到中央明条纹两侧的衍射光谱基本上在同一水平面内为止。

（3）记下光栅常数 d。

4. 测量钠光各光谱线的衍射角

（1）由于衍射光谱对中央明条纹是对称的，为了提高测量准

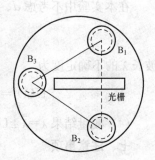

图 5 - 55 光栅放置方法

确度，测量第 k 级光谱时，应测出 $+k$ 级和 $-k$ 级光谱线的位置。两位置的差值之半即为 θ_k。

（2）为消除分光计刻度盘的偏心误差，测量每一条谱线时，在刻度盘上的两个游标都要读数，然后取其平均值。

（3）为使叉丝精确对准光谱线，必须使用望远镜转动微调螺钉来对准。

（4）测量时，可将望远镜移至最左端，从 -2、-1 到 $+1$、$+2$ 级依次测量，以免漏测数据。

5. 计算

将测得的衍射角代入式（5-61），计算相应钠光光波波长。并在报告上叙述观察到的光栅衍射现象。

六、数据和数据处理

（1）数据表格见表 5-19。

表 5-19   **数 据 表 格**   光栅常数 $d=\dfrac{1}{300}$mm

k	亮线位置（度，分）		衍射角 θ（度，分） $\theta=\dfrac{1}{2}(\mid P_k-P_0\mid+\mid P'_k-P'_0\mid)$	波长 λ（Å） $\lambda_k=d\sin\theta/k$
	P_k	P'_k		
+2				
+1				
0				
−1				
−2				

（2）计算 $k=\pm1$、±2 级衍射光的波长的平均值 $\bar{\lambda}$ 为

$$\bar{\lambda}=\frac{\lambda_{-1}+\lambda_{+1}+\lambda_{-2}+\lambda_{+2}}{4}$$

（3）计算 λ 的不确定度。由于每一级都是单次测量，所以只考虑 B 类分量，则

$$U(P'_k)=U(P'_0)=U(P_k)$$
$$=U(P_0)=\Delta_{\mathrm{I}}(\Delta_{\mathrm{I}}=1',取最小刻度,在计算中要化为弧度)$$

$$U(\theta_k)=\frac{1}{2}\sqrt{U^2(P'_k)+U^2(P'_0)+U^2(P_k)+U^2(P_0)}$$

在本实验中不考虑 d、k 产生的不确定度，故 k 级波长 λ_k 的不确定度为

$$U(\lambda_k)=\frac{d\cos\theta_k U(\theta_k)}{k}$$

波长 λ 的不确定度为

$$U(\lambda)=\frac{1}{4}\sqrt{U^2(\lambda_{-1})+U^2(\lambda_{+1})+U^2(\lambda_{-2})+U^2(\lambda_{+2})}$$

（4）测量结果 $\lambda=\bar{\lambda}\pm U(\lambda)$。

七、注意事项

（1）光栅是精密光学器件，不要用手去触摸表面，以免弄脏或损坏。

（2）汞灯、钠光灯灯泡需与限流器（镇流器）串联使用，不可直接与 220V 电源相连。

八、思考题

1. 光栅光谱和棱镜光谱有哪些不同之处？

2. 利用本实验装置怎样测定光栅常数呢？

3. 当用钠光（$\lambda = 589.3nm$）垂直入射到 1mm 内有 500 条刻痕的平面透射光栅上时，最多能看到第几级光谱？说明理由。

4. 当狭缝太宽或太窄时将会出现什么现象？为什么？

实验十 分光计的应用与棱镜折射率的测量

光线在传播过程中，遇到不同媒质的分界面（如平面镜和三棱镜的光学表面）时，就要发生反射和折射，光线将改变传播方向。反射定律、折射定律等正是这些方向之间的关系的定量表述。很多光学量，如折射率、光波波长等的测量也可通过测量有关角度来进行。因而精确测量角度，在光学实验中显得非常重要。

分光计是一种测量角度的光学仪器，故可用它来测量折射率、光波波长、色散率等。光学测量仪器一般比较精密，使用时必须严格按规则调整。这对初学者来说，往往会感到困难些，但只要在实验过程中注意观察现象，并运用理论来分析和指导自己的操作，是一定能够掌握的。

一、实验目的

1. 进一步熟悉分光计的调整和使用。
2. 测定三棱镜对钠光的折射率。

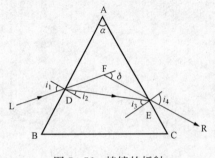

图 5-56 棱镜的折射

二、实验原理

如图 5-56 所示，三角形 ABC 表示三棱镜的横截面；AB 和 AC 是透光的光学表面，又称折射面，其夹角 α 称为三棱镜的顶角；BC 为毛玻璃面，称为三棱镜的底面。假设有一束单色光 LD 入射到棱镜上，经过两次折射后沿 ER 方向射出，则入射线 LD 与出射线 ER 的夹角 δ 称为偏向角。根据图中的几何关系，偏向角 $\delta = \angle FDE + \angle FED = (i_1 - i_2) + (i_4 - i_3)$。因顶角 $\alpha = i_2 + i_3$，因而可得

$$\delta = (i_1 + i_4) - \alpha \tag{5-62}$$

对于给定的棱镜来说，α 是固定的，δ 随 i_1 和 i_4 而变化，而 i_4 又与 i_3、i_2、i_1 依次相关，因此 i_4 归根结底是 i_1 的函数。偏向角 δ 也就仅随 i_1 而变化。在实验中可观察到，当 i_1 变化时，δ 有一极小值，称为最小偏向角。当入射角 i_1 满足什么条件时，δ 才处于极值呢？这可按求极值的办法来推导。令 $\mathrm{d}\delta / \mathrm{d}i_1 = 0$，则由式（5-62）得

$$\frac{\mathrm{d}i_4}{\mathrm{d}i_1} = -1 \tag{5-63}$$

再利用 $\alpha = i_2 + i_3$ 和两折射面处的折射条件

$$\sin i_1 = n \sin i_2 \tag{5-64}$$

$$\sin i_4 = n \sin i_3 \tag{5-65}$$

得到

$$\frac{\mathrm{d}i_4}{\mathrm{d}i_1} = \frac{\mathrm{d}i_4}{\mathrm{d}i_3} \frac{\mathrm{d}i_3}{\mathrm{d}i_2} \frac{\mathrm{d}i_2}{\mathrm{d}i_1} = \frac{n \cos i_3}{\cos i_4} \times (-1) \times \frac{\cos i_1}{n \cos i_2}$$

$$= -\frac{\cos i_3}{\cos i_2} \frac{\sqrt{1 - n^2 \sin^2 i_2}}{\sqrt{1 - n^2 \sin^2 i_3}}$$

$$= -\frac{\sqrt{\sec^2 i_2 - n^2 \tan^2 i_2}}{\sqrt{\sec^2 i_3 - n^2 \tan^2 i_3}}$$

$$=-\frac{\sqrt{1+(1-n^2)\tan^2 i_2}}{\sqrt{1+(1-n^2)\tan^2 i_3}} \tag{5-66}$$

将式（5-66）和式（5-63）比较，有 $\tan i_2 = \tan i_3$。而在棱镜折射的情形下，i_2 和 i_3 均小于 $\pi/2$，故有 $i_2 = i_3$。代入式（5-64）和式（5-65），得到 $i_1 = i_4$。可见，δ 具有极值的条件是

$$i_2 = i_3 \text{ 或 } i_1 = i_4 \tag{5-67}$$

当 $i_1 = i_4$ 时，δ 具有极小值。显然，这时入射光和出射光的方向相对于棱镜是对称的。若用 $\delta_{\min}$ 表示最小偏向角，将式（5-67）代入式（5-62），得到

$$\delta_{\min} = 2i_1 - \alpha$$

或

$$i_1 = \frac{1}{2}(\delta_{\min} + \alpha)$$

而 $\alpha = i_2 + i_3 = 2i_2$，$i_2 = a/2$。于是，棱镜对该单色光的折射率 n 为

$$n = \frac{\sin i_1}{\sin i_2} = \frac{\sin \frac{1}{2}(\delta_{\min} + \alpha)}{\sin \frac{1}{2}\alpha} \tag{5-68}$$

因此，如果测出棱镜的顶角 α 和最小偏向角 $\delta_{\min}$，按照式（5-68）就可算出棱镜的折射率 n。

三、实验内容

1. 分光计的调整

（1）调整要求。

1）望远镜能接收平行光（即望远镜聚焦于无穷远）。

2）平行光管能够发出平行光。

3）望远镜与平行光管的光轴共轴，且与分光计的中心轴垂直。

（2）调整方法。具体调整方法见《分光计的调整与光的衍射》实验的有关内容。

（3）待测件的调整。三棱镜两个光学表面的法线应与分光计的中心轴相垂直。为此，可根据自准原理，用已调好的望远镜来进行调整。先将三棱镜按图 5-57 所示安放在载物台上，

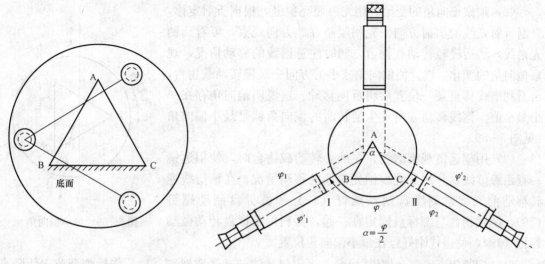

图 5-57　三棱镜的放法　　　　　　图 5-58　用反射法测定棱镜的顶角

然后转动载物台，使棱镜的一个折射面正对望远镜，调整载物台下面的水平调节螺钉，达到自准（注意：此时望远镜已调好，不能再调）。再旋转载物台，使棱镜另一折射面正对望远镜，调到自准。这样反复校核几次，直到转动载物台时，两个折射面都能达到自准。

2. 棱镜顶角的测定

测量三棱镜顶角的方法有反射法及自准法两种。图 5 - 58 所示为反射法。将三棱镜放在载物台上，并使棱镜顶角对准平行光管，则平行光管射出的光束照在棱镜的两个折射面上。从棱镜左面反射的光可将望远镜转至 Ⅰ 处观测，用望远镜转动微调螺钉使竖直叉丝对准狭缝，此时从左右两个游标可读出角度为 φ_1 和 φ'_1，再将望远镜转至 Ⅱ 处观测从棱镜右面反射的光，同样可从左右两个游标读出角度 φ_2 和 φ'_2，填入表 5 - 21 中。由图 5 - 58 可得顶角为

$$\alpha = \frac{\varphi}{2} = \frac{1}{4}[(\varphi_2 - \varphi_1) + (\varphi'_2 - \varphi'_1)] \tag{5 - 69}$$

重复测量多次，求出顶角的平均值。

注意：在计算望远镜转过的角度时，要注意望远镜是否经过了刻度盘的零点。例如，当望远镜由图 5 - 58 中位置 Ⅰ 转到位置 Ⅱ 时，读数见表 5 - 20，下面计算望远镜转过的角度。

表 5 - 20　　　测 量 读 数

望远镜位置	Ⅰ	Ⅱ
游标 1（望远镜左侧游标）	175°45′（φ_1）	295°43′（φ_2）
游标 2（望远镜右侧游标）	355°45′（φ'_1）	115°43′（φ'_2）

游标 1 未经过零点，望远镜转过的角度为

$$\varphi = \varphi_2 - \varphi_1 = 119°58′$$

游标 2 经过了零点，这时望远镜转过的角度应按下式计算

$$\varphi = (360° + \varphi'_2) - \varphi'_1 = 119°58′$$

如果从游标读出的角度 $\varphi_2 < \varphi_1$，$\varphi'_2 < \varphi'_1$，而游标又未经过零点，则式（5 - 69）中的（$\varphi_2 - \varphi_1$）和（$\varphi'_2 - \varphi'_1$）应取绝对值。

三棱镜顶点应放在靠近载物台中心。否则，棱镜折射面的反射光不能进入望远镜。

3. 测量最小偏向角

（1）将棱镜置于载物台上，并使棱镜折射面的法线与平行光管轴线的夹角大致为 60°。

（2）观察偏向角的变化。用光源照亮狭缝，根据折射定律，判断折射光线的出射方向。先用眼睛在此方向观察，可看到钠光谱线，然后轻轻转动载物台，同时注意谱线的移动情况，观察偏向角的变化。选择使偏向角减小的方向去缓慢转动载物台，可看到谱线移至某一位置后将反向移动。这说明偏向角存在一个最小值。谱线移动方向发生逆转时的偏向角就是最小偏向角（见图 5 - 59）。

（3）用望远镜观察谱线，在细心转动载物台时，使望远镜一直跟踪谱线，并注意观察钠光谱线的移动情况。在该谱线逆转移动前，旋紧刻度盘制动螺钉（13）和游标盘制动螺钉（20），使载物台与游标盘固定在一起，再利用游标盘转动微调螺钉（19），使谱线刚好停在最小偏向角位置。

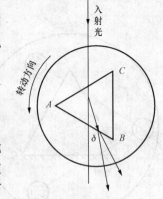

图 5 - 59　最小偏向角

（4）旋紧望远镜制动螺钉（14），再用望远镜转动微调螺钉（12）作精细调节，使竖直叉丝对准谱线中央，从两个游标上读出角度 θ 和 θ'，填入表 5 - 22 中。

（5）测定入射光方向。移去三棱镜，将望远镜对准平行光管，微调望远镜，使叉丝对准狭缝中央，在两个游标上又读得角度 θ_0 和 θ_0'，填入表 5-22 中。

（6）按 $\delta_{\min} = \dfrac{1}{2}\left[(\theta-\theta_0)+(\theta'-\theta_0')\right]$ 计算最小偏向角 $\delta_{\min}$［差值 $(\theta-\theta_0)$ 和 $(\theta'-\theta_0')$ 应取绝对值］。重复测量多次，算出 $\delta_{\min}$ 的平均值。

四、数据记录及处理

（1）测量三棱镜顶角 α（注意在测量过程中，载物台不能移动）。

表 5-21 　　　　　测量三棱镜顶角 α

次 数 \ 项 目	位置 I		位置 II		$\Delta\varphi=\lvert\varphi_2-\varphi_1\rvert$	$\Delta\varphi'=\lvert\varphi_2'-\varphi_1'\rvert$	$\alpha=\frac{1}{4}(\Delta\varphi+\Delta\varphi')$	$\bar{\alpha}$	$S(\alpha)$	$\frac{T}{\sqrt{n}}$
	φ_1	φ_1'	φ_2	φ_2'						
1										
2										
3										

1）求 α 的平均值。

2）求 α 的不确定度（注意求不确定度时，角度应化成弧度后计算）。

$$U_{\mathrm{a}}(\alpha)=\sqrt{\frac{\sum(\alpha_i-\bar{\alpha})^2}{n(n-1)}}=\frac{T}{\sqrt{n}}S(\alpha)$$

$$U_{\mathrm{b}}(\alpha)=\frac{1}{2}\Delta_{\mathrm{I}}(\varphi)\left[\Delta_{\mathrm{I}}(\varphi)=1',\text{在计算中要化为弧度}\right]$$

$$U(\alpha)=\sqrt{U_{\mathrm{a}}(\alpha)^2+U_{\mathrm{b}}(\alpha)^2}$$

（2）测最小偏向角。

表 5-22 　　　　　测 最 小 偏 向 角

次 数 \ 项 目	位置 I		位置 II		$\Delta\theta=\lvert\theta-\theta_0\rvert$	$\Delta\theta'=\lvert\theta'-\theta_0'\rvert$	$\delta_{\min}=\frac{1}{2}(\Delta\theta+\Delta\theta')$	$\bar{\delta}_{\min}$	$S(\delta_{\min})$	$\frac{T}{\sqrt{n}}$
	θ	θ'	θ_0	θ_0'						
1										
2										
3										

1）求 $\delta_{\min}$ 的平均值。

2）求 $U(\delta_{\min})$，方法同上（注意求不确定度时，角度应化为弧度后才能计算）。

（3）由式（5-68）计算折射率 $\bar{n}$。

（4）计算 n 的不确定度（不确定度公式同学自己推导，这里给出结果）为

$$U(n)=\frac{n}{2}\sqrt{\left(\cot\frac{\alpha}{2}-\cot\frac{\alpha+\delta_{\min}}{2}\right)^2 U^2(\alpha)+\cot^2\frac{\alpha+\delta_{\min}}{2}U^2(\delta_{\min})}$$

（5）测量结果为

$$n=\bar{n}\pm U(n)$$

五、思考题

1. 用自准法调节望远镜时，如果望远镜中叉丝交点在物镜焦点以外或以内，则叉丝交点经平面镜反射回到望远镜后的像将成在何处？

2. 在用反射法测三棱镜顶角时，为什么三棱镜放在载物台上的位置，要使得三棱镜顶角离平行光管远一些，而不能太靠近平行光管呢？试画出光路图，分析其原因。

3. 除了用反射法测定棱镜顶角外，还有一种常用的自准法，请扼要说明这种方法的基本原理和测量步骤。

实验十一 光的等厚干涉

光的干涉和衍射现象，证实了光在传播过程中的波动性。光的干涉现象在工程技术和科学研究中具有广泛的应用，如精确地测量长度、厚度、检验表面光洁度、研究零件内应力的分布等。本实验用牛顿环测平凸透镜的曲率半径。

一、实验目的

1. 观察等厚干涉现象及其特点。
2. 学习用牛顿环测量平凸透镜的曲率半径。
3. 掌握读数显微镜的正确使用。

二、实验原理

1. 牛顿环

如图 5-60 所示，DCE 是一光学平板玻璃，其上放一待测曲率半径 R 较大的平凸透镜 ACB，在透镜凸面和平玻璃板间就形成一层空气隙，其厚度从中心接触点到边缘逐渐增加。当以平行单色光垂直入射时，则由 DCE 面反射回来的光线与入射光线在 ACB 面处产生干涉。由于空气间隙由 C 向外逐渐增加，所以在等厚处产生以 C 点为中心的干涉圆环，整个干涉条纹就是一组以 C 为中心的、明暗相间的同心圆，如图 5-61 所示。

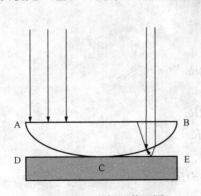

图 5-60 牛顿环截面图

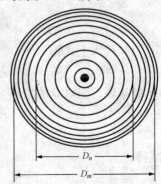

图5-61 牛顿环所形成的干涉条纹

设单色光波长为 λ，与 C 距离 r 处的空气间隙的厚度为 e，则空气间隙上下边缘反射光的光程差（空气折射率 $n=1$）为

$$\Delta = 2e + \frac{\lambda}{2} \tag{5-70}$$

上式中 $\frac{\lambda}{2}$ 是光在 DCE 面由光疏介质入射到光密介质表面反射而产生的半波损失，由图 5-62 的几何关系可知

$$R^2 = r^2 + (R-e)^2 = r^2 + R^2 - 2Re + e^2$$

当 $R \gg e$ 时，则可略去二级小量 e^2，于是有

$$e = \frac{r^2}{2R} \tag{5-71}$$

将式（5-71）代入式（5-70）得

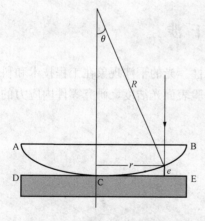

图 5-62　牛顿环干涉原理图

$$\Delta = \frac{r^2}{R} + \frac{\lambda}{2} \qquad (5-72)$$

由干涉条件可知，当光程差为半波长的奇数倍时，干涉条纹为暗条纹，由式（5-72）有

$$\frac{r^2}{R} + \frac{\lambda}{2} = (2K+1)\frac{\lambda}{2} \quad (K=0,1,2,\cdots)$$

即

$$r_k = \sqrt{KR\lambda} \qquad (5-73)$$

由式（5-73）可知，牛顿环的半径与 K 的平方根成正比，故由 C 点向外，牛顿环越来越密、越细。如果已知入射光的波长 λ，并测出第 K 级暗条纹的半径 r_k，则可由式（5-73）求出透镜的曲率半径 R。

　　观察牛顿环时会发现，牛顿环中心不是一点，而是一个不甚清晰的暗或亮的圆斑。其原因是由于玻璃接触处的形变，使接触处为一圆面；又镜面上可能有微小灰尘等存在，从而引起附加光程差。这都会给测量带来较大的系统误差。

　　我们可以通过取两个暗环的半径的平方差值来消除附加光程差带来的误差。假设附加厚度为 a，则光程差为

$$\Delta = 2(e \pm a) + \frac{\lambda}{2} = (2K \pm 1)\frac{\lambda}{2}$$

即

$$e = K\frac{\lambda}{2} \pm a$$

将式（5-71）代入上式得

$$r_k^2 = KR\lambda \pm 2Ra$$

取第 m 和第 n 级暗环，则对应的暗环半径为

$$r_m^2 = mR\lambda \pm 2Ra$$

$$r_n^2 = nR\lambda \pm 2Ra$$

将上两式相减得

$$r_m^2 - r_n^2 = (m-n)R\lambda$$

可见 $r_m^2 - r_n^2$ 与附加厚度 a 无关。

　　因暗环圆心不易确定，故取暗环的直径替换得

$$D_m^2 - D_n^2 = 4(m-n)R\lambda$$

因而透镜的曲率半径为

$$R = \frac{D_m^2 - D_n^2}{4(m-n)\lambda} \qquad (5-74)$$

　　2. 波长的相对测量

　　在式（5-73）中 r_k^2 与 K 成线性关系，即 r^2-K 图线是一条直线。若有已知波长 λ_0 和未知波长 λ_x 的单色光，分别观测它们各自干涉产生的牛顿环并作相应的两条 $r^2 - K$ 图线，再任取两个 r^2 的值（r_2^2、r_1^2）与图线相交于 A、A′、B、B′点。设上述四点在 K 轴上的坐标值相应地为 m、m'、n、n'，如图 5-63 所示，则

$$r_1^2 = nR\lambda_0 = n'R\lambda_x$$

$$r_2^2 = mR\lambda_0 = m'R\lambda_x$$

将两式相减并除以 R 后得

$$\lambda_x = \frac{m-n}{m'-n}\lambda_0 \qquad (5-75)$$

即通过对两种波长的牛顿环半径的测量，可从一已知波长相对地测出另一未知波长。

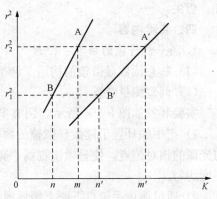

图 5-63　波长的相对测量示意图

3. 劈尖

将两块光学平板玻璃，使其一端接触，另一端插入一薄片（或细丝等），这样在两玻璃片之间形成一空气劈尖。当用单色光垂直照射时，劈尖薄膜上下表面反射的两束光发生干涉，形成一组与玻璃板接触的棱边相平行、间隔相等、明暗相间的干涉条纹，如图 5-64 所示。这也是一种等厚干涉条纹。

设入射的单色光波波长为 λ，在厚度为 d 处产生干涉的两束光线的光程差为

$$\Delta = 2nd + \frac{\lambda}{2} \qquad (5-76)$$

式中：n 为劈尖中的介质折射率（空气劈尖 $n=1$）；$\frac{\lambda}{2}$ 为光线从劈尖下表面反射时产生的半波损失。

由干涉条件，当

$$\Delta = 2nd + \frac{\lambda}{2} = (2K+1)\frac{\lambda}{2} \quad (K=0,1,2,\cdots) \qquad (5-77)$$

上式又可简化为

$$d = \frac{K\lambda}{2n} \qquad (5-78)$$

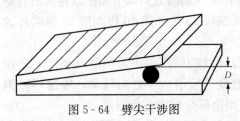

图 5-64　劈尖干涉图

由式（5-77）可见，当 $d=0$ 时，光程差 $\Delta = \frac{\lambda}{2}$，即两玻璃板的接触棱边呈现 0 级暗条纹。又由式（5-78）可知，对于空气劈尖 $n=1$，两相邻暗条纹的对应位置空气层厚度相差为 $\frac{\lambda}{2}$。

若金属细丝到劈尖棱边的距离为 L，且该处空气层厚度为 D（即为细丝直径），由棱边到细丝处暗条纹总数为 N，则由式（5-78）可得

$$D = \frac{K\lambda}{2n} \qquad (5-79)$$

N 的数目很大，容易数错，故先测出单位长度的暗条纹数 n_0，再测出总长度 L，则 $N=n_0 L$，于是式（5-79）变为

$$D = n_0 L \frac{\lambda}{2n} \qquad (5-80)$$

利用式（5-80）即可求出薄片厚度或细丝直径等微小量。

三、实验仪器

读数显微镜（测量范围为 $0\sim50\text{mm}$，分度值为 0.01mm），钠光灯，汞灯及电源，牛顿

环，劈尖。

四、实验内容

1. 测平凸透镜的曲率半径 R

（1）熟悉读数显微镜的构造、调节方法和读数方法（阅读§4.1.2节）。

（2）调整测量装置。

实验装置如图5-65所示。调节步骤如下：

1）把牛顿环置于读数显微镜的物镜正下方，打开钠光灯，调节45°反光镜、读数显微镜与光源的相对位置，使显微镜视场中亮度最强（此时照射到牛顿环上的光线也最强），并且亮度均匀。

2）通过调焦手轮自下而上缓慢地调节显微镜的物镜，直到从目微镜中看到清晰干涉圆环为止。

图5-65　牛顿环实验装置示意图
1—测微鼓轮；2—调焦手轮；3—目镜；
4—测微螺旋；5—牛顿环；6—物镜；
7—45°反射镜；8—载物台；
9—支架

3）轻微变动牛顿环的位置，同时转动测微鼓轮（读数显微镜的载物台也会一起移动），使显微镜目镜中的叉丝交点在牛顿环中心暗环上。调节中注意叉丝是否与暗环相切，并且注意整个调节范围内是否能测出第50级暗环的直径，如果条件不满足，则应对载物台或牛顿环位置进行调整。

（3）测量牛顿环的直径。

1）测量时，调节测微鼓轮及测微螺旋使目镜中的竖直叉丝与左侧（或右侧）第60级暗环相切，反向调节鼓轮至与第50级暗环相切，记下读数，以后按递减的顺序依次测到第46级（每移动一级都应记下读数），再从第25级测到第21级，继续朝同方向调节测微鼓轮测出右侧（或左侧）第21级到第25级和第46级到第50级暗环的读数。

由于相邻两级环纹的间距很小，测量时要细心，在每次测量时，注意鼓轮应沿一个方向转动，中途不可倒转（为什么），否则全部数据要重新测量。

2）同一级暗环左右两边读数之差即为该级暗环的直径值，然后算出各级暗环直径的平方值后，以第50级、第25级为一组，第49级、第24级为一组，…，第46级、第21级为一组，采用逐差法处理所得数据。

2. 光波波长的相对测量

（1）以汞灯代替钠光灯，在同一装置上观察、比较汞灯照射时复色光的干涉条纹与单色光的干涉条纹有何差异。

（2）用滤色片依次获得汞灯的任意两个单色光（如绿光和黄光），分别观测其等厚干涉条纹，测出相应各级暗环的半径 r_k。试比较两者有何差异。

（3）作 r^2-K 图线，并用相对测量法求汞灯的某单色光的波长（其中一种波长为已知量）。

3. 用劈尖干涉法测微小厚度（或细丝直径）

（1）将空气劈尖置于显微镜正下方，调节 45°反射镜和显微镜的位置，使之正对入射光。通过调焦手轮自下而上调节显微镜的物镜，使正好聚焦在干涉条纹上。

（2）为了测量条纹间距，需使条纹与载物台移动方向垂直。显微镜的叉丝方位可通过旋转目镜来调节。设法调节叉丝方位和劈尖的位置使达到上述测量要求。

（3）转动测微鼓轮，测出棱边到薄片（或细丝）所在处的总长 L。

（4）在劈尖棱边附近（干涉条纹比较清楚）的不同位置上注意测三组 20 根干涉条纹的垂直距离 S，求出单位长度上的条纹数目 $n_0 = \dfrac{20}{S}$，取平均值 $\bar{n}_0$ 代入计算式。

五、实验数据记录与处理

1. 测平凸透镜的曲率半径（见表 5 - 23）

表 5 - 23   测平凸透镜的曲率半径实验数据记录与处理

暗环的级次	m	50	49	48	47	46
暗环的位置（mm）	右					
	左					
暗环的直径（mm）	D_m					
暗环的直径的平方（mm²）	D_m^2					
暗环的级次	n	25	24	23	22	21
暗环的位置（mm）	右					
	左					
暗环的直径（mm）	D_n					
暗环的直径的平方（mm²）	D_n^2					
$D_m^2 - D_n^2$（mm²）						
$\overline{D_m^2 - D_n^2}$（mm²）						
$S\,(D_m^2 - D_n^2)$（mm²）						
$T/\sqrt{n}$（查表 2 - 2 得）						
$\sum\limits_i (D_{mi}^2 + D_n^2)$（mm²）						

$$\overline{R} = \frac{\overline{D_m^2 - D_n^2}}{4(m-n)\lambda}$$

$D_m^2 - D_n^2$ 的不确定度计算如下：

A 类不确定度为

$$U_a(\overline{D_m^2 - D_n^2}) = \frac{T}{\sqrt{n}} S(D_m^2 - D_n^2)$$

B 类不确定度的计算过程为

$$U_b(D_{mi}) = U_b(D_{ni}) = U_b(D) = \Delta_I(D)$$

$$U_b(D_{mi}^2 - D_{ni}^2) = \sqrt{[2D_{mi}U_b(D_{mi})]^2 + [2D_{ni}U_b(D_{ni})]^2}$$

$$U_b(\overline{D_m^2 - D_n^2}) = \frac{\sqrt{4U_b^2(D)\sum(D_{mi}^2 + D_{ni}^2)}}{5} = \frac{2}{5}U_b(D)\sqrt{\sum_i (D_{mi}^2 + D_{ni}^2)}$$

$$U(\overline{D_m^2 - D_n^2}) = \sqrt{U_a^2(\overline{D_m^2 - D_n^2}) + U_b^2(\overline{D_m^2 - D_n^2})}$$

$m-n$ 的不确定度由实验室给定，可取

$$U(m-n) = U(m) + U(n) = 0.2$$

以上的考虑是条纹具有一定的宽度，因此条纹位置的测量中，目镜叉丝有可能没有严格对准各个条纹的相应位置，作为合理的近似，故取 $U(m)=U(n)=0.1$。

R 的相对不确定度为

$$\frac{U(R)}{R} = \sqrt{\left[\frac{U(\overline{D_m^2 - D_n^2})}{D_m^2 - D_n^2}\right]^2 + \left[\frac{U(m-n)}{m-n}\right]^2}$$

$$U(R) = \frac{U(R)}{R}\overline{R}$$

最后的测量结果表述为

$$R = \overline{R} \pm U(R)$$

2. 光波波长的相对测量和薄片厚度（或细丝直径）的测量

自己设计数据记录表格，在坐标纸上画出 r^2-K 图线，按式（5-75）求出待测光波的波长，依据式（5-80），测出相关物理量，求出薄片厚度（或细丝直径）。

六、思考题

1. 如何正确使用读数显微镜？

2. 牛顿环的干涉中心，在什么情况下是暗的？在什么情况下是亮的？

3. 在本实验中若遇下列情况，对实验结果是否有影响？为什么？

（1）牛顿环中心是亮斑而非暗斑。

（2）测 D 时叉丝交点不通过圆环的中心，因而测量的是弦而非直径。

4. 比较牛顿环和劈尖条纹的共同点，体会这种干涉为什么称作等厚干涉？"厚"是指哪一厚度？

5. 若看到的牛顿环局部不圆、劈尖干涉条纹局部弯曲，说明什么？试举例说明等厚干涉的其他应用。

实验十二 光 的 偏 振

光的偏振现象，证实了光是横波，即光的振动方向垂直于它的传播方向。对于光的偏振现象的研究在光学发展史中有很重要的地位。光的偏振使人们对光的传播（反射、折射、吸收和散射）规律有了新的认识，并在光学计量、晶体性质研究和应力分析等技术领域有广泛的应用。

一、实验目的

1. 观察线偏振光通过旋光物质的旋光现象。

2. 了解旋光仪的结构原理。

3. 学习用旋光仪测旋光性溶液的旋光率和浓度。

二、实验原理

如图 5-66 所示，线偏振光通过某些物质的溶液（特别是含不对称碳原子物质的溶液，如蔗糖溶液等）后，偏振光的振动面将旋转一定的角度 φ，这种现象称为旋光现象。旋转的角度 φ 称为旋转角或旋光度，与偏振光通过的溶液长度 l 和溶液中旋光性物质的浓度 c 成正比，即

$$\varphi = acl \tag{5-81}$$

式中：a 称为该物质的旋光率，它在数值上等于偏振光通过单位长度（1dm）、单位浓度（1g/mL）的溶液后引起振动面旋转的角度[❶]。c 用 g/mL 表示，l 用 dm 表示。

实验表明，同一旋光物质对不同波长的光有不同的旋光率；在一定的温度下，它的旋光率与入射光波长 λ 的平方成反比，即随波长的减小而迅速增大。这个现象称为旋光色散。考虑到旋光色散，通常采用钠黄光的 D 线（$\lambda = 589.3$nm）来测定旋光率。

若已知待测旋光性溶液的浓度 c 和液柱的长度 l，则测出旋光度 φ 就可由式（5-81）算出其旋光率。显然，在液柱的长度 l 不变时，如果依次改变浓度 c，测出相应的旋光度 φ，然后画出 $\varphi \sim c$ 曲线——旋光曲线，则得到一条直线，其斜率为 al。从直线的斜率也就可以算出旋光率 a[❷]。反之，

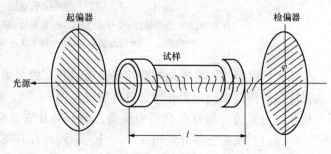

图 5-66 观测偏振光的振动面旋转的实验原理图

通过测量旋光性溶液的旋光度，可确定溶液中所含旋光物质的浓度。通常可根据测出的旋光

[❶] 某些晶体（如石英等）也具有旋光性质，其旋光度 $\varphi = ad$，其中 d 为晶体通光方向的厚度，单位为 mm。可见，晶体的旋光率 a 在数值上等于偏振光通过厚度为 1mm 的晶片后振动面的旋转角度。

[❷] 在这里，我们忽略了温度和溶液浓度对于旋光率的影响。实际上旋光率 a 与温度和浓度均有关。例如，在 20℃ 时对于钠黄光 D 线蔗糖水溶液的旋光率为

$$a_{20} = 66.412 + 0.01267c - 0.000\,376c^2$$

其中浓度 $c = 0 \sim 50$（克/100 克溶液）。当温度 t 偏离 20℃，在 14~30℃ 时，其旋光率随温度变化的关系为

$$a_t = a_{20}[1 - 0.000\,37(t - 20)]$$

大体上，在 20℃ 附近。温度每升高或降低 1℃，蔗糖水溶液的旋光率约减小或增加 0.24°。

度从该物质的旋光曲线上查出对应的浓度。

三、实验仪器

测量物质旋光度的装置称为旋光仪，其结构如图 5 - 67 所示。测量时先将旋光仪中起偏镜（4）和检偏镜（7）的偏振轴调到相互正交，这时在目镜（10）中看到最暗的视场。然后装上测试管（6），转动检偏镜，使因振动面旋转而变亮的视场重新达到最暗，此时检偏镜的旋转角度即表示被测溶液的旋光度。

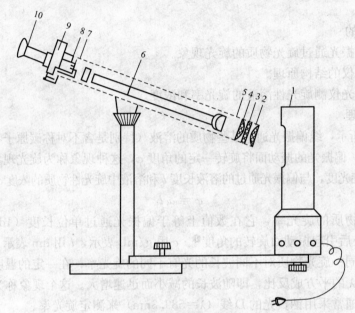

图 5 - 67　旋光仪示意图

1—光源；2—会聚透镜；3—滤色片；4—起偏镜；5—石英片；6—测试管；

7—检偏镜；8—望远镜物镜；9—刻度盘；10—望远镜目镜

因为人的眼睛难以准确地判断视场是否最暗，故多采用半荫法，用比较视场中相邻两光束的强度是否相同来确定旋光度。具体装置见图 5 - 68。在起偏镜后再加一石英晶体片，此石英片和起偏镜的一部分在视场中重叠。随石英片安放位置的不同，可将视场分为两部分 [图 5 - 68（a）] 或者三部分 [图 5 - 68（b）]。同时在石英片旁装上一定厚度的玻璃片，以补偿由石英片产生的光强变化。取石英片的光轴平行于自身表面并与起偏镜的偏振轴成一角度 θ（仅几度）。由光源发出的光经起偏镜后变成线偏振光，其中一部分再经过石英片（其厚度恰使其在石英片内分成 e 光和 o 光的位相差为 π 的奇数倍，出射的合成光仍为线偏振光），其振动面相对于入射光的偏振面转过了 2θ，所以进入测试管的光是振动面间的夹角为 2θ 的两束线偏振光。

在图 5 - 69 中，如果以 OP 和 OA 分别表示起偏镜和检偏镜的偏振轴，OP' 表示透过石英片后偏振光的振动

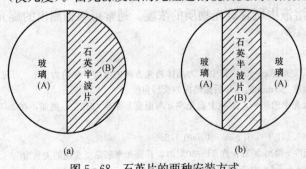

图 5 - 68　石英片的两种安装方式

（a）两分视场的；（b）三分视场的

方向，β 表示 OP 与 OA 的夹角，β' 表示 OP' 与 OA 的夹角，以 A_P 和 A_P' 分别表示通过起偏镜和起偏镜加石英片的偏振光在检偏镜偏振轴方向的分量。由图 5 - 69 可知，当转动检偏镜时，A_P 和 A_P' 的大小将发生变化，反映在从目镜中见到的视场上将出现亮暗的交替变化（见图 5 - 69 的下半部）。图中列出了四种显著不同的情形：

（1）$\beta' > \beta$，$A_P > A_P'$，通过检偏镜观察时，与石英片对应的部分为暗区，与起偏镜对应的部分为亮区，视场被分为清晰的两（或三）部分。当 $\beta' = \pi/2$ 时，亮暗的反差最大。

（2）$\beta = \beta'$，$A_P = A_P'$，故通过检偏镜观察时，视场中两（或三）部分界线消失，亮度相等，较暗。

（3）$\beta > \beta'$，$A_P' > A_P$，视场又分为两（或三）部分，与石英片对应的部分为亮区，与起偏镜对应的部分为暗区。当 $\beta = \pi/2$ 时，亮暗的反差最大。

（4）$\beta = \beta'$，$A_P = A_P'$，视场中两（或三）部分界线消失，亮度相等，较亮。

由于在亮度不太强的情况下，人眼辨别亮度微小差别的能力较大，所以常取图 5 - 69（b）所示的视场作为参考视场，并将此时检偏镜的偏振轴所指的位置作刻度盘的零点。

在旋光仪中放上测试管后，透过起偏镜和石英片的两束偏振光均通过测试管，它们的振动面转过相同的角度 φ，并保持两振动面间的夹角 2θ 不变。如果转动检偏镜，使视场仍旧回到图 5 - 69（b）所示的状态，则检偏镜转过的角度即为被测试溶液的旋光度。迎着射来的光线看去，若检偏镜向右（顺时针方向）转动，表示旋光性溶液使偏振光的偏振面向右（顺时针方向）旋转，该溶液称为右旋溶液，如蔗糖的水溶液。反之，若检偏镜向左（反时针方向）转动，该溶液称为左旋溶液，如糖的水溶液。

四、实验内容

1. 调整旋光仪

（1）调节旋光仪的目镜，使能看清视场中两（或三）部分的分界线。

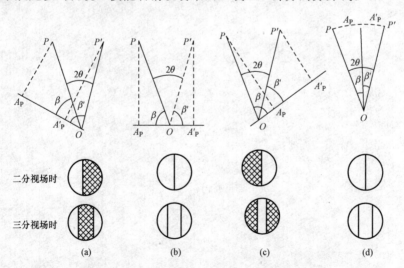

图 5 - 69 转动检偏镜时目镜中视场的亮暗变化图线

（2）转动检偏镜，观察并熟悉视场明暗变化的规律。校验零点位置，记下刻度盘上的相应读数（旋光仪上双游标的读数和数据处理方法与分光计类似）。

（3）根据半荫法原理，测量透过起偏镜和石英片的两束偏振光振动面的夹角。

（4）将溶剂（如蒸馏水）注入测试管，然后装进旋光仪，检验溶剂是否有旋光现象。

2. 测定旋光溶液的旋光率和浓度

（1）由于旋光率与所用光波波长、温度以及浓度均有关系，所以测定旋光率时应对上述各量作出记录或加以说明。

（2）将纯净待测物质（如蔗糖）事先配制成不同百分浓度的溶液，分别注入同一长度的试管内。测出在不同浓度下的旋光度 φ，然后在坐标纸上作 $\varphi \sim c$ 曲线（要求光滑），并由此算出该物质的旋光率 a。

（3）测出待测溶液的旋光度 φ，再根据旋光曲线 $\varphi \sim c$ 确定待测溶液的浓度。

注意事项：

（1）溶液应装满试管，不能有气泡。

（2）注入溶液后，试管和试管两端透光窗均应擦净，才可装入旋光仪。

（3）试管的两端经精细磨制，以保证其长度为确定值，使用时应十分小心，以防损坏试管。

（4）为降低测量误差，测定旋光度 φ 时应重复测读五次，取其平均值。

五、思考题

1. 对波长 $\lambda = 589.3$nm 的钠黄光，石英的折射率为 $n_0 = 1.5442$，$n_e = 1.5533$。如果要使垂直入射的线偏振光（设其振动方向与石英片光轴的夹角为 θ）通过石英片后变为振动方向转过 2θ 角的线偏振光，试问石英片的最小厚度应为多少？

2. 为什么说用半荫法测定旋光度 φ 比单用两个尼科耳棱镜（或两块偏振片）时更方便、更准确？

第6章 综合性实验与近代物理实验

实验十三 转动惯量的测量

转动惯量是刚体转动惯性大小的量度，它取决于刚体的总质量、质量分布、形状大小和转轴位置。对于形状简单、质量均匀分布的刚体，可以通过数学方法计算出其绕特定转轴的转动惯量，但对于形状比较复杂或质量分布不均匀的刚体，用数学方法计算其转动惯量是非常困难的，因而大多采用实验方法来测定。

转动惯量的测定在涉及刚体转动的机电制造、航空、航天、航海、军工等工程技术和科学研究中具有十分重要的意义，因此学会刚体转动惯量的测定方法，具有重要的实际意义。

转动惯量的测定，常采用三线扭摆法、单丝扭摆法和恒力矩转动法。

一、实验目的

1. 学习通用电脑计时器的使用。

2. 研究作用在刚体上的外力矩与刚体角加速度的关系，验证刚体转动定律。

3. 学习用恒力矩转动法测定刚体的转动惯量，观测刚体的转动惯量随其质量、质量分布及转轴不同而改变的情况，验证平行轴定理。

4. 学习不确定度的计算。

二、实验仪器

1. ZKY-ZS 转动惯量实验仪一台，包括转动主体一套、载物台一个、配套的待测圆盘、圆环各一个、待测圆柱体两个、5g 砝码一只、10g 砝码三只、砝码托一个、支脚三个、滑轮支架一套、2m 细线一根。

2. ZKY-JI 通用电脑计时器（计时范围 0～999.999s，计量误差＜0.0005s）一台，包括主机一台、电源线一根、信号电缆线一根、1A 熔丝两只。

3. 游标尺、钢板尺各一把。

4. 物理天平一台。

5. 水平仪一个。

三、实验原理

（1）根据刚体的定轴转动定律

$$M = J\beta = J \frac{d\omega}{dt} \tag{6-1}$$

只要测定刚体转动时所受的合外力矩及该力矩作用下刚体转动的角加速度 β，则可计算出该刚体的转动惯量，这是恒力矩转动法测定转动惯量的基本原理和设计思路。

如图 6-4（b）所示，设空实验台转动时，其转动惯量为 J_1，加上被测刚体后的转动惯量为 J_2，由转动惯量的叠加原理可知，被测刚体的转动惯量 J_3 为

$$J_3 = J_2 - J_1 \tag{6-2}$$

由刚体的转动定律可知

$$TR - M_\mu = J\beta \tag{6-3}$$

式中：M_μ 为摩擦阻力矩；β 为角加速度；T 为线的张力；R 为实验台塔轮半径。由牛顿第二定律可得

$$mg - T = ma = mR\beta \tag{6-4}$$

$$T = m(g - a) = m(g - R\beta) \tag{6-5}$$

式中：m 为砝码和托的质量；g 为重力加速度。

未加被测刚体及外力时（$m=0$，$T=0$），使空实验台转动，在摩擦阻力矩 M_μ 的作用下，它将作匀减速转动（J_1 为其转动惯量），则有

$$-M_\mu = J_1\beta_1 \tag{6-6}$$

加外力后有（令其角速度为 β_2）

$$m(g - R\beta_2)R - M_\mu = J_1\beta_2 \tag{6-7}$$

式（6-6）、式（6-7）联立求解后，可得

$$J_1 = \frac{mgR}{\beta_2 - \beta_1} - \frac{\beta_2}{\beta_2 - \beta_1}mR^2 \tag{6-8}$$

测出 β_1，以及加外力矩 mgR 后的 β_2，由式（6-8）即可得 J_1，将 J_1、β_1 代入式（6-6）可求出 M_μ。同理，加被测刚体后有

$$-M'_\mu = J_2\beta_3 \tag{6-9}$$

$$m(g - R\beta_4)R - M'_\mu = J_2\beta_4 \tag{6-10}$$

$$J_2 = \frac{mgR}{\beta_4 - \beta_3} - \frac{\beta_4}{\beta_4 - \beta_3}mR^2 \tag{6-11}$$

以上 β_1、β_3 系由摩擦阻力矩产生的角加速度，其值为负，因此式（6-8）、式（6-11）中的分母实为相应角加速度的绝对值相加。由式（6-2）即可求出被测刚体的转动惯量。

（2）β 的测量。实验中直接测量的是时间和角位移，β 可由下列计算间接得出。

设转动体系的初角速度为 ω_0。当 $t=0$ 时开始计时，角位移 $\theta=0$，则

$$\theta = \omega_0 t + \frac{1}{2}\beta t^2 \tag{6-12}$$

若测得角位移为 θ_1、θ_2 时相应的时间为 t_1、t_2，则有

$$\theta_1 = \omega_0 t_1 + \frac{1}{2}\beta t_1^2 \tag{6-13}$$

$$\theta_2 = \omega_0 t_2 + \frac{1}{2}\beta t_2^2 \tag{6-14}$$

$$\beta = \frac{2(\theta_2 t_1 - \theta_1 t_2)}{t_2^2 t_1 - t_1^2 t_2} \tag{6-15}$$

本实验采用配套的 ZKY-JI 通用电脑计时器，计时和记录角位移，其原理是固定在载物台圆周边缘并随之转动的遮光细棒，每转动半圈（$\theta=\pi$）遮挡一次固定在底座圆周直径相对两端的光电门，即产生一个计数光电脉冲，计数器记下时间和遮挡次数。计数器从第一次挡光（第一个光电脉冲发生）开始计时、计数，此时 $t=0$，$k=0$。若以此为计时起点（注意观察），则

$$\beta = \frac{2\pi(K_2 t_1 - K_1 t_2)}{t_2^2 t_1 - t_1^2 t_2} \tag{6-16}$$

式中：$K=1$，2，3，…，64，$K_2 > K_1$，$t_2 > t_1$。

若以其他任一点 $t_0 \neq 0$，$K_0 \neq 0$ 为计时起点则

$$\beta = \frac{2\pi\left[(K_2 - K_0)(t_1 - t_0) - (K_1 - K_0)(t_2 - t_0)\right]}{(t_2 - t_0)^2(t_1 - t_0) - (t_1 - t_0)^2(t_2 - t_0)} \qquad (6-17)$$

式中：$K_2 > K_1 > K_0$，$t_2 > t_1 > t_0$。

四、实验方法与步骤

本实验采用恒力矩转动法测转动惯量，即利用砝码的恒定重力，在线上产生一个恒定张力，从而通过塔轮半径形成一个恒力矩，驱使刚体转动。测出张力矩、摩擦阻力矩和角加速度，根据刚体定轴转动定律

$$TR - M_\mu = J\beta = J\frac{d\omega}{dt}$$

即可计算出刚体的转动惯量 J。

（1）在水平的桌面上放置 ZKY-ZS 转动惯量实验仪，并利用三角底座上的三颗调平螺钉，将载物台调水平（可用水平仪进行观测），如图 6-1 所示。实验仪结构原理示意图如图 6-4 所示。

（2）将滑轮支架固定在实验台面边缘，调整滑轮高度及方位，使滑轮槽与选取的绕线塔槽等高，且其方位相互垂直，如图6-2所示。

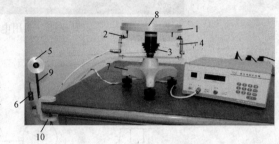

图 6-1 转动惯量实验仪

1—载物台；2—遮光细棒；3—绕线塔轮；
4—光电门；5—滑轮；6—砝码托及砝码；
7—三角座；8—待测试件；9—滑轮支架；
10—固定滑轮扳手

（3）ZKY-JI 通用电脑计时器的调整、使用。

1）信号输入线的连接。用四芯电缆把实验仪的光电开关输出端口与通用电脑计时器（如图 6-3 所示）的信号输入端口相连。只接通一路（另一路备用），如用输入Ⅰ插孔输入，则将输入Ⅰ"通—断"开关接通，而将输入Ⅱ的"通—断"开关断开。反之亦然。如两个输入插孔同时输入信号，将两个"通—断"开关都接通。

图 6-2 载物台俯视图

2）接通电源后，通用电脑计时器进入自检状态。

a. 8 位数码显示器同时点亮，否则计时器有错误出现。

b. 数码显示器显示"－－ 0 1 － － 8 0"，表明制式为每组脉冲由 1 个光电脉冲组成，共有 80 组脉冲（均为系统默认值）。

3）制式的调整方法。

a. 如无须对制式进行修改或已经修改完毕，按"待测/＋"进入工作等待状态，参见4）。

b. 计时显示的前两位为每组光电脉冲数，后两位为记录组数。对于闪烁的数码显示器位，直接键入数字，即可修改此位；如果需要修改下一位，则须按下"↓/－"键，下一位数码显示器位闪烁，再键入数字即可进行修改，同时保留对其他位的修改值；用"↓/－"键能对可修改的四位数码显示器位进行循环操作。

注意：记录组数最多为80。

4）按"待测/＋"键进入工作等待状态。数码显示器显示："－－－－－－"。

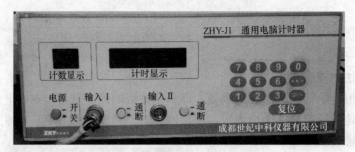

图 6-3 通用电脑计时器

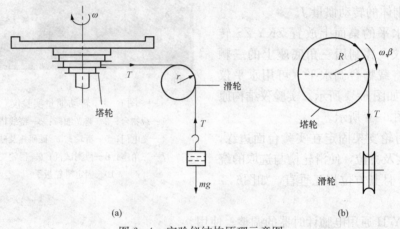

(a)   (b)

图 6-4 实验仪结构原理示意图

(a) 受力分析：塔轮与滑轮上缘等高（正视图）；（b) 塔轮张力矩：塔轮与滑轮方位垂直（俯视图）

5）进入计时工作状态。输入第一个光电脉冲后开始计时和计数。

6）计时结束。当测量组数超过设定的记录组数时，数码显示为" 8.8—CLOSE "，计时结束。

（4）在空实验台或空实验台上放置待测刚体后施加恒力矩，使其产生加（减）速转动，测定相应的角位移（转过圈数）及时间。

（5）从电脑计时器中查询出有关数据代入有关公式，计算出所测刚体的转动惯量。

1）电脑计时器在工作中，按任意键（复位键除外）均可中断工作进程，面板显示" 8.8—CLOSE "，进入数据查询状态，参见2）。

2）计时结束后，电脑计时器自动进入数据查询状态，面板显示" 8.8—CLOSE "，连续两次键入数字，则面板显示由这两数字组成的记录组数及时间；如果输入的数据大于所设定的最大记录组数时，面板显示为最大记录组数及对应的时间；但是，如果连续按两次"9"键，电脑计时器进入制式调整状态，同时保留前次制式设定数据，原有的时间记录数据已全部清零。

3）每按一次"待测/＋"键则面板显示的记录组数递增一位，每按一次" ↓/－"键则递减一位。在当前显示记录组数为设定的最大记录组数时，按"待测/＋"显示 0 组记录。

在当前显示记录组数为第 0 组时，按" ↓/－"键则显示设定的最大记录组。

4）任何时候按"复位"键，电脑计时器回到机器自检状态，并清除原有的记录。

五、注意事项

（1）注意调整好仪器以下部分：载物台水平、塔轮及滑轮两者凹槽等高且方位垂直，以免细线张力和转轴摩擦阻力以外的力矩作用于旋转的刚体，造成测量误差。

（2）注意电脑计时器的操作方法，特别要避免按错键，使所测得的数据被清除。

（3）细线长度不得超过固定于桌面的滑轮顶部到地面的距离，以免砝码托着地失去张力后，细线仍缠绕在塔轮上，影响空转时摩擦阻力矩的测定。

（4）同一次测量中，砝码托未着地（细线未释放）时系统在细线张力矩和摩擦力矩作用下作匀加速转动，细线释放后仅在摩擦阻力矩作用下作匀减速转动，在数据处理和计算时必须分段进行。因为释放点不易找准，所以计算 β 时选取的加速终点时间 t_{22} 和减速段起点时间 t_{10} 可以远离释放点 t，一般可从每两计数脉冲之间的时间间隔来判断，若后两次计数脉冲的间隔小于前两次的间隔待测系统作加速转动，否则作减速转动。切不可将加速段起点时间 t_{20} 与减速段起点时间 t_{10} 混在一起代入公式计算。

为方便起见，可一边观察砝码的运动，一边观察计时器的计数。待砝码落地时，记下最相近的脉冲数 N。此脉冲前两个脉冲所对应的时刻之前待测系统必为加速转动，而后两个脉冲所对应的时刻之后必为减速转动。分别选取 t_{20} 和 t_{10}，按式（6-17）计算出 β_1 与 β_2（或 β_3 与 β_4）。

转动刚体角速度变化示意图如图 6-5 所示。

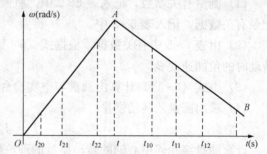

图 6-5 转动刚体角速度变化示意图

OA—加速段由 t_{20}、t_{21}、t_{22} 计算出 β_2（>0）；

AB—减速段由 t_{10}、t_{11}、t_{12} 计算出 β_1（<0）；

t—细线释放，转动变化时刻

六、实验内容

1. 测定空实验台的转动惯量及计算其不确定度

（1）测量有关数据，记入表 6-1 中。

（2）计算空实验台加速转动时的角加速度 β_2 与减速转动时的角加速度 β_1。

由式（6-17）得

$$\beta_2 = \frac{2\pi[10(t_{21}-t_{20})-5(t_{22}-t_{20})]}{(t_{22}-t_{20})^2(t_{21}-t_{20})-(t_{21}-t_{20})^2(t_{22}-t_{20})}$$

［其中 $K_2-K_0=(N-2)-(N-12)=10,K_1-K_0=(N-7)-(N-12)=5$］

$$\beta_1 = \frac{2\pi[10(t_{11}-t_{10})-5(t_{12}-t_{10})]}{(t_{12}-t_{10})^2(t_{11}-t_{10})-(t_{11}-t_{10})^2(t_{12}-t_{10})}$$

［其中 $K_2-K_0=(N+12)-(N+2)=10,K_1-K_0=(N+7)-(N+2)=5$］

（3）计算 $U(\beta_2)$ 与 $U(\beta_1)$。为简化计算，可认为 $U(\beta_2)\approx U(\beta_1)$。为便于计算 $U(\beta_2)$，可令 $x=t_{21}-t_{20}$，$y=t_{22}-t_{20}$，则可得

$$U(x)=U(y)=\sqrt{2}U(t)=\sqrt{2}\Delta_1(t)=\sqrt{2}\times 0.001=0.001\,41\,(\text{s})$$

［根据计时器的有关参数，取 $\Delta_1(t)=1$ 字 $=0.001$s，且只考虑 $U(t)$ 的 B 类分量］

$$\beta_2 = \frac{20\pi x-10\pi y}{y^2 x-x^2 y}$$

$$U(\beta_2) = \sqrt{\left(\frac{\partial \beta_2}{\partial x}\right)^2 U^2(x) + \left(\frac{\partial \beta_2}{\partial y}\right)^2 U^2(y)}$$

（4）计算空实验台的转动惯量 J_1 与其不确定度 $U(J_1)$，取 $g = 9.802\text{m/s}^2$

$$J_1 = \frac{mgR}{\beta_2 - \beta_1} - \frac{\beta_2}{\beta_2 - \beta_1} mR^2$$

$U(R)$ 与 $U(m)$ 的计算只考虑其 B 类分量，则有

$$U(R) = \Delta_I(R) \quad ; u(m) = \Delta_I(m)$$

$$U(J_1) = \sqrt{\left(\frac{\partial J_1}{\partial R}\right)^2 U^2(R) + \left(\frac{\partial J_1}{\partial m}\right)^2 U^2(m) + \left(\frac{\partial J_1}{\partial \beta_2}\right)^2 U^2(\beta_2) + \left(\frac{\partial J_1}{\partial \beta_1}\right)^2 U^2(\beta_1)}$$

（5）计算 $J_1 \pm U(J_1)$。

2. 测圆盘的转动惯量并与理论值比较

（1）测量有关参数，记入表 6-2 中。将圆盘放在空实验台上，让其随实验台一起转动，记录有关数据，记入表 6-2 中。

（2）由表 6-2 中有关数据，根据式（6-17），计算出加速转动时的角加速度 β_4 与减速转动时的角加速度 β_3。

（3）由式（6-11）计算出圆盘与空实验台的总转动惯量 J_2。

（4）求出圆盘的转动惯量

$$J = J_2 - J_1$$

计算圆盘绕几何中心轴的转动惯量的理论值

$$J_理 = \frac{1}{2} M \left(\frac{D}{2}\right)^2$$

计算测量的相对误差

$$E_r = \frac{|J - J_理|}{J_理} \times 100\%$$

3. 测圆环的转动惯量并与理论值比较（实验步骤同2）

测量数据记入表 6-3 中。

圆环绕几何中心轴的转动惯量的理论值

$$J_理 = \frac{M}{2} \left[\left(\frac{D_外}{2}\right)^2 + \left(\frac{D_内}{2}\right)^2 \right]$$

4. 验证平行轴定理（选做）

平行轴定理：质量为 M 的刚体绕其几何中心轴转动时其转动惯量为 J_C，绕与中心轴平行的另一轴的转动惯量为 J，两轴之间的距离为 d，则有

$$J = J_C + Md^2 \qquad J_C = \frac{1}{2} M \left(\frac{D}{2}\right)^2$$

验证平行轴定理待测件放置图如图 6-6 所示。

（1）将圆柱体一端面中心的定位销插入实验台中心的圆孔中，让圆柱体与实验台一起转动，记录有关数据，求出这时圆柱体的转动惯量 J_C，方法与步骤参见"2. 测圆盘的转动惯量并与理论值比较"。自行

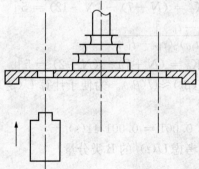

图 6-6　验证平行轴定理待测件放置图

设计数据记录表格。

（2）将圆柱体一端面中心的定位销孔插入实验台中心孔周围的任一孔，让圆柱体与实验台一起转动，记录有关数据，求出这时圆柱体的转动惯量 J。方法与步骤同样参见"2. 测圆盘的转动惯量并与理论值比较"。自行设计数据记录表格。

（3）测出两孔中心线之间的距离 d 和圆柱体的质量 M，验证中心轴定理。

七、数据记录

表 6 - 1　　　　　　　　　　　　　测空实验台的转动惯量

塔轮半径 $R=$ 　　　；$\Delta_1(R)=$ 　　　；砝码托及砝码总质量 $m=$ 　　　；$\Delta_1(m)=$

脉冲数	$N-12$	$N-7$	$N-2$	N（砝码落地）	$N+2$	$N+7$	$N+12$
时间 (s)	t_{20}	t_{21}	t_{22}	t	t_{10}	t_{11}	t_{12}

表 6 - 2　　　　　　　　　　　　　测圆盘的转动惯量

塔轮半径 $R=$ 　　；砝码及砝码托的总质量 $m=$ 　　　；圆盘质量 $M=$ 　　　；圆盘直径 $D=$

脉冲数	$N-12$	$N-7$	$N-2$	N（砝码落地）	$N+2$	$N+7$	$N+12$
时间 (s)	t_{20}	t_{21}	t_{22}	t	t_{10}	t_{11}	t_{12}

表 6 - 3　　　　　　　　　　　　　测圆环的转动惯量

塔轮半径 $R=$ 　　　；砝码及砝码托的总质量 $m=$ 　　　；圆环质量 $M=$ 　　　；
圆环内直径 $D_{内}=$ 　　　；圆环外直径 $D_{外}=$

脉冲数	$N-12$	$N-7$	$N-2$	N（砝码落地）	$N+2$	$N+7$	$N+12$
时间 (s)	t_{20}	t_{21}	t_{22}	t	t_{10}	t_{11}	t_{12}

八、思考题

1. 由实验结果可以看出，圆盘和圆环质量和半径都相同，但转动惯量不相等，为什么？

2. 如何测定任意形状的物体绕特定轴转动的转动惯量？

3. 如果重物对旋转轴的质量分布是不对称的，这对实验有否影响？应如何处理？

4. 实验中所选取的塔轮半径 R 和砝码质量的大小对测量结果有何影响？能否太大太小？

5. 滑轮的半径 r 及质量 m 大小对测量结果有何影响，如何选择为佳？

6. 试分析测量值和理论计算值不一致的原因及其修正方法。

7. 如果你曾经用三线扭摆和单丝扭摆测量过刚体转动惯量，那么比较这三种测量方法的优缺点。

实验十四　超声干涉法和相位比较法测空气声速与绝热系数

通常情况下把在气体中传播的机械波叫声波。由于声波在气体中传播时，气体只能发生压缩和膨胀，气体质点的振动方向与传播方向平行，故声波为纵波。在其波腹处，声压最小，而在其波节处，声压最大。声波在空气中传播时，作用于人耳，产生声音感觉。人耳可闻的声波频率是 20～20 000Hz。频率小于 20Hz 的声波称为次声，在大气中传播时，衰减系数很小，可远距离传播，一般产生于自然现象中，如海啸、台风、地震等。频率高于 20 000Hz 的声波称为超声，它通常是利用具有压电效应、磁致伸缩效应等特性的某些晶体材料做成的换能器将电信号转换为同频率的超声波。超声波具有很好的定向性和贯穿能力，因此其应用非常广泛，主要有超声分析、超声检测、超声探伤、超声加工、超声处理等方面。

一、实验目的

1. 了解超声波产生与接收的原理和方法。

2. 进一步熟悉示波器的使用。

3. 理解驻波的形成及特性。

4. 掌握用干涉法和相位比较法测量声速。

5. 测量空气的绝热系数。

二、实验仪器

1. GOS-622G 型双踪示波器一台。

2. 信号发生器一台。

3. SW-1A 型超声声速测量仪一台（换能器谐振频率 35～45kHz，谐振阻抗 800～1000Ω，精密丝杠——转鼓测距，有效测距 150mm，最小刻度 0.01mm）。

4. 空气温度计一个。

三、实验原理

1. 超声信号的产生与接收

实验仪器的连接如图 6-7 所示。激发换能器利用其晶体材料（通常采用压电陶瓷）的压电逆效应将信号发生器产生的电信号转换为同频率的超声信号发射出去。接收换能器再利用其晶体材料的压电效应将其接收的超声信号转换为同频率的电信号。如激发换能器与接收换能器其结构做得相同，则它们可互换使用。

压电逆效应的原理如图 6-8 所示。图 6-8（a）为压电陶瓷的极化方向，这时电极 A 面有极化正电荷，电极 B 面有极化负电荷。如施加图 6-8（b）中的外电压，则外部正电荷与压电陶瓷的极化正电荷相斥，同时外部负电荷与极化负电荷相斥，因而压电陶瓷在厚度方向缩短，在长度方向上伸长。图 6-8（c）中施加的外电压方向与图 6-8（b）中的外电压方向相反，因而在厚度方向伸长，而在长度方向缩短。

激发换能器工作原理如图 6-9 所示。实际的超声激发换能器与接收换能器一般均采用双晶振子，即把双压电陶瓷片以相反极化方向粘在一起，在长度方向，一片伸长，另一片就缩短。双晶振子的两面涂敷薄膜电极，其一个面用引线通过金属板（振动板）接到一个电极端，另一面用引线直接接到另一个电极端。双晶振子为正方形，在其一侧由圆弧形凸起部分支撑着，这两处的支点就成为振子振动的节点。金属板的中心有圆锥形谐振子，发送超声波

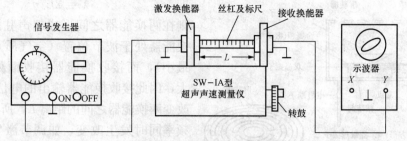

图 6 - 7　实验仪器的连接图

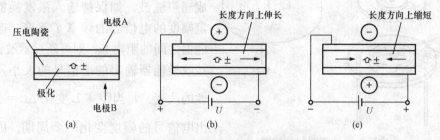

图 6 - 8　压电效应与逆效应原理图

（a）压电陶瓷的极化；（b）与极化方向相同的外加电压产生的应变；
（c）与极化方向相反的外加电压产生的应变

时，圆锥形振子有较强的方向性，能高效率地发送超声波；接收超声波时，超声波的振动集中于振子的中心，高效率地将超声波转换为电信号。实际的激发换能器与接收换能器的结构如图 6 - 10 所示。

超声波产生与接收的工作过程如图 6 - 11 所示。如在激发换能器的双晶振子上施加上一高频电压，压电陶瓷片 a、b 就根据所加的高频电压极性伸长或缩短，带动圆锥形振子以同频率振动，于是就发送出了超声波。超声波以疏密波形式传播，被接收换

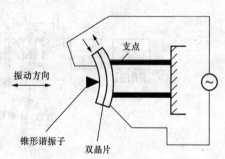

图 6 - 9　激发换能器工作原理图

能器中的锥形谐振子吸收，带动其双晶振子，在它的两极就产生了一个与超声波同频率的高频电压（实验中的激发换能器与接收换能器的结构相同）。

2. 超声驻波的形成与干涉法测声速

一个实际的换能器的谐振频率是由其所用晶体材料的物理性质及其几何结构所决定的。但是其谐振频率具有一定的带宽。在其带宽范围内的所有电信号均能使其谐振，产生相应频率的超声波。其频率响应曲线如图 6 - 12 所示。其中 f_C 为其中心谐振频率，f_L、f_H 分别为其下限和上限频率，$\Delta f = f_H - f_L$ 为其响应带宽。实验中两换能器结构相同，中心谐振频率都在 40kHz 附近，带宽约为 10kHz。

当激发换能器与接收换能器之间的距离保持为 L 不变时，如图 6 - 13 所示，处于换能器谐振带宽范围内的某一频率的电信号产生的超声波部分经接收换能器反射与入射波叠加产生干涉，如满足

$$L = n\frac{\lambda}{2}（n 为某一整数）$$

（6 - 18）

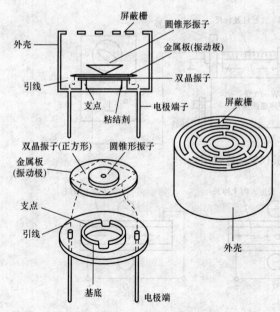

图 6 - 10　实际激发换能器的结构图

述的测量超声声速的方法便称为干涉法。

即　　　　　　　　　　$\lambda = 2L/n$　　　　（6 - 19）

则在两换能器之间形成超声驻波。这时两换能器处于波节位置（空气质点纵向位移最小），而接收换能器接收面处的声压最大，因此接收换能器输出的电信号也最强。改变两换能器之间的距离 L，所对应的驻波频率同时发生改变，如调节激发换能器输入电信号的频率，又可在两换能器之间形成超声驻波。如保持输入激发换能器的一定幅度的电信号的频率 f 不变，改变两换能器之间的距离 L，则可通过示波器观察到接收换能器输出的电信号的大小发生周期性的改变。每当距离 L 变化 $\Delta L = \dfrac{\lambda}{2}$ 时，输出电信号的幅度变化一个周期。因此即可测出超声波的声速 $V_t = f\lambda = f2\Delta L$。以上所

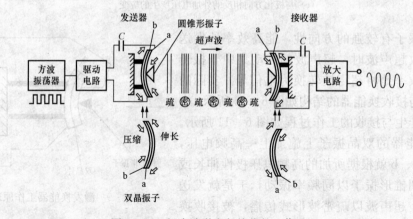

图 6 - 11　超声波激发与接收的工作过程

3．相位比较法测声速

如将输入到激发换能器的电信号同时接入到示波器的 X 轴输入端，而接收换能器输出端的电信号接入到示波器的 Y 轴输入端，这时示波器将显示出一椭圆（由此亦可看出超声波的频率与电信号的频率相同）。改变接收换能器的位置，会观察到不仅椭圆的幅值大小会随两换能器之间距离的变化而改变（超声波在空气中传播，

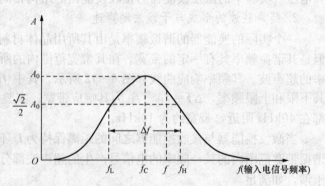

图 6 - 12　超声换能器的频率响应特性曲线

其幅度将随距离的变大而衰减），而且椭圆的相位会发生变化。每当 L 变化一个波长时，相位亦发生 2π 的变化。为使测量准确，可从两者之间的相位差 $\varphi=\pi$（这时示波器上显示为一条在二、四象限内的直线）开始算起，改变 L 一个波长 λ，这时示波器上所显示的图形又回复到为一条二、四象限内的直线。由此亦可求出超声波声速 $V_t = f\Delta L = f\lambda$。

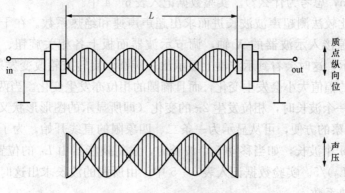

图 6-13 驻波形成原理图

4. 空气绝热系数的测定

通常状态下，声波的传播过程可视为一绝热过程，其传播速度可表示为

$$V_t = \sqrt{\frac{\gamma RT}{\mu}} \tag{6-20}$$

式中：$R=8.314\mathrm{J\cdot mol^{-1}\cdot k^{-1}}$ 为气体的普适常数；T 为气体的热力学温度；μ 为摩尔质量（等于该气体的分子量 $\times10^{-3}\mathrm{kg}$）；$\gamma=\dfrac{C_P}{C_V}$ 为气体的绝热系数，即气体的定压与定容比热容之比，其大小由该气体的分子结构所决定。按照经典理论，对于单原子气体，$\gamma=1.67$；对于双原子分子气体，$\gamma=1.40$。空气是多种气体的混合物，其中 99.9% 以上为双原子分子气体氮和氧，所以非常接近于 1.40。对于空气，在标准状态下（1atm，0℃），可由式（6-20）计算出这时的声速 $V_0=331\mathrm{m/s}$。在 t℃时，其声速的理论值为

$$V_{t理} = \sqrt{\frac{\gamma RT}{\mu}} = \sqrt{\frac{\gamma RT_0}{\mu}}\sqrt{\frac{T}{T_0}} = V_0\sqrt{\frac{273.15+t}{273.15}} \tag{6-21}$$

如通过实验测出某一温度下空气中的声速，则可由式（6-20）计算出这时的绝热系数

$$\gamma_实 = \frac{\mu V_{t实}^2}{RT} \tag{6-22}$$

其相对误差为

$$E_\gamma = \frac{|\gamma_实 - \gamma_理|}{\gamma_理} \times 100\% = \frac{|\gamma_实 - 1.40|}{1.40} \times 100\% \tag{6-23}$$

四、实验内容及步骤

(1) 在教师的指导下，按图 6-7 所示连接好电路。取下两换能器上的保护盖。调节信号发生器，使其能产生大约为 40kHz 的正弦波输出。将示波器上的各旋钮、按钮按示波器的使用要求调节好。开通信号发生器和示波器的电源，在示波器上观察所看到的图形。开机约 5min，待信号源和换能器工作稳定后即可开始实验。

(2) 用干涉法测超声波波长进而求出超声声速和绝热系数。将信号发生器的输出信号频率分别调至为 38、40、42kHz 下，转动图 6-7 中所示的鼓轮，使激发换能器处于标尺左端

或右端的位置。微调鼓轮，使示波器所显示的信号幅度最大。朝某一方向旋转鼓轮，会看到所显示的信号幅度由极大逐渐变小，然后又逐渐变大。相邻二次极大值之间的距离即为 $\frac{\lambda}{2}$。实验中应测出多组极大值再采用逐差法处理数据（注意保证激发换能器向左或向右可移动的距离不小于 80mm，思考为什么?）。实验数据记入表 6-4 中。

（3）用相位比较法测超声波波长进而求出超声声速和绝热系数。在干涉法实验的基础上，同时将信号源接入示波器的 X 轴，调节示波器面板上各相关旋钮、按钮，使图像按"$X—Y$"方式显示，这时会看到示波器上显示出一椭圆。旋转鼓轮改变发射换能器的位置，会看到不仅椭圆的幅值大小会发生变化，而且椭圆的相位亦发生变化。当两换能器之间的距离 L 变化恰好为一个波长时，相位发生 2π 的变化（即所显示的图形形状又完全回复到开始时一样）。为了观察的方便，可从显示为一条二、四象限的直线开始。为了使测得值更加准确，可使 L 移动 n 个波长，如当移动 5 个波长时，发射换能器由 L_0 的位置移动至 L_5 的位置，则 $\lambda=(L_5-L_0)/5$。实验数据记入表 6-5 中，由所测的波长求出这时的超声声速，进而求出空气的绝热系数。

五、实验记录与数据处理

（1）空气温度 $t=$＿＿＿＿＿℃，$T=273.15+t=$＿＿＿＿＿ K。

（2）干涉法测空气声速与绝热系数。

表 6-4　　　　　　　　　干涉法测空气中声速数据记录与处理

$f_1=38\text{kHz}$；　　　$f_c=40\text{kHz}$；　　　$f_h=42\text{kHz}$

测量顺次	位置 L_i (mm)			测量顺次	位置 L_{i+6} (mm)			$\lambda_i=\dfrac{L_{i+6}-L_i}{3}$ (mm)		
i	f_1	f_c	f_h	$i+6$	f_1	f_c	f_h	f_1	f_c	f_h
1				7						
2				8						
3				9						
4				10						
5				11						
6				12						
声波波长的实验标准差 $S(\lambda)$										
声波波长的平均值 $\bar{\lambda}$（对 λ_i 求平均）										
空气声速 $V_t=f\bar{\lambda}$										
空气声速的平均值 $\overline{V}_t$										

数据处理中，取 $U(f_1)=U(f_c)=U(f_h)=0.2\text{kHz}$，$U_B(\lambda_1)=U_B(\lambda_c)=U_B(\lambda_h)=\dfrac{\sqrt{2}}{3}\Delta_I(L)$ ［$\Delta_I(L)$ 是丝杠—转鼓测量装置的仪器误差限］。

当 $f_1=38\text{kHz}$ 时，

$$U_A(\lambda_1)=\frac{T}{\sqrt{n}}S(\lambda_1)\left(\text{此处的}\frac{T}{\sqrt{n}}\text{是由表 6-5 所查得的系数，其中 }n=6\right)$$

$$U(\lambda_1)=\sqrt{U_A^2(\lambda_1)+U_B^2(\lambda_1)}$$

$$\frac{U(V_{tl})}{V_{tl}} = \sqrt{\left[\frac{U(f_l)}{f_l}\right]^2 + \left[\frac{U(\lambda_l)}{\lambda_l}\right]^2}$$

$$U(V_{tl}) = \frac{U(V_{tl})}{V_{tl}} V_{tl}$$

同理可求出 $f_c = 40\text{kHz}$ 时的 $U_A(\lambda_c)$、$U(\lambda_c)$、$U(V_{tc})$，以及求出 $f_h = 42\text{kHz}$ 时的 $U_A(\lambda_h)$、$U(\lambda_h)$、$U(V_{th})$。

最后得

$$U(V_t) = \frac{1}{3}\sqrt{U^2(V_{tl}) + U^2(V_{tc}) + U^2(V_{th})}$$

$$V_{t实} = \bar{V}_t \pm U(V_t)$$

$$V_{t理} = V_0\sqrt{\frac{T}{T_0}} \quad (V_0 = 331\text{m/s}, \ T_0 = 273.15\text{K})$$

$$E_r(\bar{V}_t) = \frac{|\bar{V}_t - V_{t理}|}{V_{t理}} \times 100\%$$

$$\gamma_实 = \frac{\mu \bar{V}_t^2}{RT}$$

$$E_r(\gamma_实) = \frac{|\gamma_实 - \gamma_理|}{\gamma_理} \times 100\% = \frac{|\gamma_实 - 1.40|}{1.40} \times 100\%$$

（3）相位比较法测空气声速与绝热系数。

表 6 - 5　　　　　　　　　　相位比较法测空气中声速数据记录与处理

换能器输入信号频率	L_0	L_5	$\lambda_i = (L_5 - L_0)/5$ $(i = l, c, h)$	$V_{ti} = f_i\lambda_i$ $(i = l, c, h)$	声速平均值 $\bar{V}_t$
$f_l = 38\text{kHz}$					
$f_c = 40\text{kHz}$					
$f_h = 42\text{kHz}$					

$$E_r(\bar{V}_t) = \frac{|\bar{V}_t - V_{t理}|}{V_{t理}} \times 100\%$$

$$\gamma_实 = \frac{\mu \bar{V}_t^2}{RT}$$

$$E_r(\gamma_实) = \frac{|\gamma_实 - \gamma_理|}{\gamma_理} \times 100\% = \frac{|\gamma_实 - 1.40|}{1.40} \times 100\%$$

六、思考题

如超声波在物质中传播时按 $I = I_0 e^{-\alpha L}$ 的规律衰减（α 为衰减系数），如何采用你所用的仪器，测出超声波在该物质中传播时的衰减系数？试设计出实验步骤。

实验十五　示波器测铁磁材料的磁化曲线和磁滞回线

在工程技术上广泛应用各种不同的铁磁材料。铁磁材料的性能主要体现在磁化曲线和磁滞回线。本实验介绍用示波器测量铁磁材料的磁化曲线和磁滞回线的方法。

一、实验目的

1. 了解示波器显示磁滞回线的原理。

2. 学会用示波器测定铁磁材料的磁化曲线和磁滞回线。

二、实验仪器

示波器、调压器、磁滞回线仪。

三、实验原理

1. 初始磁化曲线、基本磁化曲线和磁滞回线

如图 6 - 14 所示，有两线圈绕在一铁圆环上，铁圆环为所研究的铁磁材料。观察铁圆环磁化的全过程：当线圈中的电流 I（称励磁电流）从零逐渐增大时，磁场强度 H 也从零逐渐增大，铁圆环中的磁感应强度 B 相应地也从零逐渐增大。当 I 增到某一值时，H 增大到 H_m，B 增大到 B_m；H 继续增大，此时 B 几乎保持 B_m 不变，如图 6 - 15 中 Oa 段所示。Oa 段曲线称作初始磁化曲线。当 H 减小到零时，B 并不为零，这表明铁环内保留一定的磁感应强度 B_r，称 B_r 为剩磁，见图 6 - 15 中 ab 段。要使 B 为零，必须加一反向

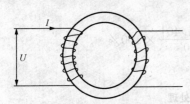

图 6 - 14　绕有线圈的铁圆环

磁场 H_c，H_c 称为该种铁磁材料的矫顽力，如图 6 - 15 中 bc 段所示。当 H 反向继续增大到 $-H_m$ 时，B 反向增加到 $-B_m$，见 cd 段。当 H 反向减小到零，B 为 $-B_r$，见 de 段曲线。要消除 $-B_r$，需正向增加 H 至 H_c，见 ef 段曲线。继续正向增大 H 到 H_m，B 至 B_m，见 fa 段曲线。这样完成了磁化的全过程，形成了图 6 - 15 所示的 abcdefa 闭合曲线，这条闭合线称为该铁磁材料的磁滞回线。严格地说只有经过多次 $H_m \rightarrow -H_m \rightarrow H_m$ 的变化过程（即磁锻炼）后，才能形成稳定的磁滞回线。只有稳定的磁滞回线才能代表该材料的磁滞性质。

在实际应用中通常关心铁磁材料的基本磁化曲线和磁滞回线。基本磁化曲线可以用下述方法得到：依次增加励磁电压 U 为 U_1，U_2，…，U_m（$U_1 < U_2 < \cdots < U_m$），分别在每一个励磁电压大小不变的情况下反复改变电压的方向（用交流电压），则可以得到一系列的磁滞回线，测出各条磁滞回线的顶点 a_1，a_2，…，a_m 的坐标，把原点和 a_1，a_2，…，a_m 连成光滑曲线，该曲线就叫铁磁材料的基本磁化曲线，如图 6 - 16 中 $Oa_1a_2\cdots a_m$ 所示。从图 6 - 16 中可以看出它的基本磁化曲线不是直线，说明铁磁材料的磁导率 $\mu = \dfrac{B}{H}$ 不是常数。

由于铁磁材料磁化过程的不可逆性及其有剩磁的特点，在测定磁化曲线和磁滞回线时，首先必须将铁磁材料预先退磁，以保证外加磁场 $H=0$ 时 $B=0$，其次，励磁电压在实验过程中只允许单调增加或减小，绝不可时增时减。

在理论上，要消除剩磁 B_r，只需加上反向励磁电压，使外加磁场正好等于铁磁材料的矫顽力就行。实际上矫顽力的大小通常并不知道，因而无法确定励磁电压的大小。我们从磁滞回线得到启示：如果使铁磁材料磁化达到饱和，然后不断改变励磁电压的方向，与此同时

逐渐减小励磁电压，直至到零，那么该铁磁材料的磁化过程就是一连串逐渐缩小而最终趋于原点的环状曲线。当 H 减小到零时，B 也同时降为零，达到完全退磁。为此退磁可采用通交流电的方法，即先让铁磁材料达到饱和，然后逐渐减小励磁电压直至零。也可采用通直流电退磁方法，这时先加上使样品达到磁饱和的励磁电压，然后对样品进行磁锻炼，使其形成一稳定的（封闭）磁滞回线，再逐渐减小励磁电压，每减小一次，均需重新进行磁锻炼，使其形成的磁滞回线的面积逐次减小，随着励磁电压趋于零，在样品内部的磁滞回线面积也逐渐缩小至原点 O。

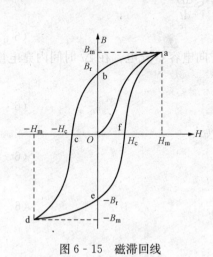

图 6 - 15　磁滞回线

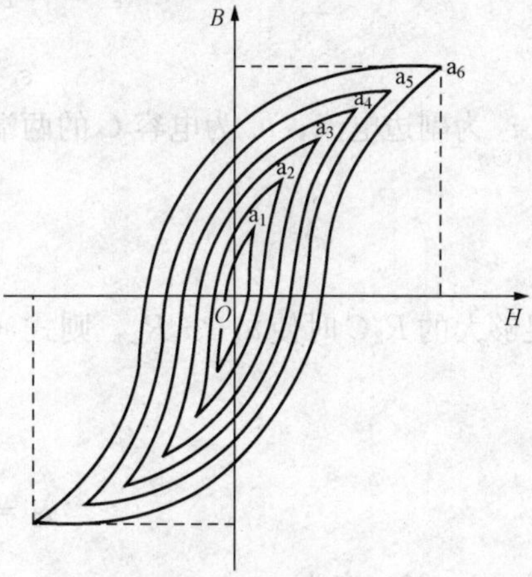

图 6 - 16　基本磁化曲线

2. 示波器显示磁滞回线的原理

已知 l 为被测样品的平均长度，图 6 - 17 中，N_1、N_2 分别为原副边匝数，R_1、R_2 为电阻，C 为电容。

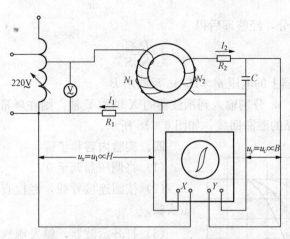

图 6 - 17　磁滞回线测量实验电路图

当调节变压器输入交流电压 u_λ 时，就在匝数为 N_1 的线圈中产生交变的励磁电流 i_1，由安培环路定理可得磁场强度 H

$$H = \frac{N_1 i_1}{l} \tag{6-24}$$

又因
$$i_1 = \frac{u_1}{R_1} \tag{6-25}$$

所以
$$H = \frac{N_1 u_1}{l R_1} \tag{6-26}$$

由式（6-26）可知 $H \propto u_1$，将此电压加到示波器 X 轴上，就能反映出 H。

交变的 H 将在样品中产生交变的磁感应强度 B。若被测样品的截面积是 S，穿过该截面的磁通 $\psi = BS$。由法拉第磁感应定律可知，在匝数为 N_2 的副线圈中将产生感应电动势

$$\varepsilon_s = -N_2 \frac{\mathrm{d}\psi}{\mathrm{d}t} = -N_2 S \frac{\mathrm{d}B}{\mathrm{d}t} \tag{6-27}$$

又
$$\varepsilon_s = i_2 R_2 + u_c \tag{6-28}$$

式中：i_2 为副边电流；u_c 为电容 C 的两端的电压。i_2 向电容 C 充电，在 Δt 时间内充电量为 Q，则

$$u_c = \frac{Q}{C} \tag{6-29}$$

当取足够大的 $R_2 C$ 时使 $u_c \ll i_2 R_2$，则式（6-28）变为

$$\varepsilon_s = i_2 R_2 \tag{6-30}$$

又因
$$i_2 = \frac{\mathrm{d}Q}{\mathrm{d}t} = C \frac{\mathrm{d}u_c}{\mathrm{d}t} \tag{6-31}$$

所以式（6-30）变为

$$\varepsilon_s = R_2 C \frac{\mathrm{d}u_c}{\mathrm{d}t} \tag{6-32}$$

由式（6-32）与式（6-27）联立得

$$R_2 C \frac{\mathrm{d}u_c}{\mathrm{d}t} = -N_2 S \frac{\mathrm{d}B}{\mathrm{d}t} \tag{6-33}$$

将式（6-33）两边积分，经整理后得

$$B = \frac{R_2 C}{N_2 S} u_c \tag{6-34}$$

式（6-34）表明电容器上的电压 $u_c \propto B$，u_c 反映出 B。

因此，只要将 u_1、u_c 分别输入到示波器的 X 轴和 Y 轴，则在屏幕上扫描出来的图形就能如实地反映被测样品的磁滞回线，如图 6-18 所示。

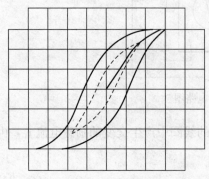

图 6-18　样品磁滞回线

四、实验内容和步骤

（1）将调压器调至 0V。

（2）按图连接导线，经检查后无误后，方能往下做实验。

（3）打开示波器，触发源选择开关置于 $\boxed{X-Y}$ 工作方式，水平方向选择按钮置于 $\boxed{X-Y}$ 方式，通道选择开关置于 $\boxed{X-Y}$ 位置，调节水平方向和 Y 方向的旋钮，将亮点调至示波器的屏幕中间。

（4）将 X、Y 通道耦合方式置于 DC，增益微调

旋钮置于 CAL 位置（可准确测量）。

（5）缓慢将调压器输出调至 220V，观察示波器显示的图像，调节 X、Y 通道增益旋钮使图像大小合适。

（6）缓慢将调压器输出电压至 0V，进行退磁。

（7）缓慢将调压器的输出电压调至 40V，在坐标纸上按 1：1 比例画出示波器上的 Y—X 曲线，然后依次调至 80、120、160、180、200、220V，重复上面操作，读出 0，$a_1 a_2 \cdots$，相应坐标值填入表 6 - 6 中。

（8）读出 X、Y 坐标上每一大格表示的值，$S_x =$ _____ V/div，$S_y =$ _____ V/div。

（9）在坐标纸上画出基本磁化曲线，根据数据记录表格中的值求出相应的物理量，画出 B—H，μ_r—H 曲线。

（10）读出 220V 电压下的 y_r 和 x_c 的值，求出剩磁 B_r 和矫顽力 H_c。

数据记录表 6 - 6 中。

参数：$D_内 = 30$mm；$D_外 = 52$mm；t（圆环厚度）$= 20$mm；$C = 2.2\mu$F；

$N_1 = 2800$ 匝；$N_2 = 230$ 匝；$R_1 = 300\Omega$；$R_2 = 400$kΩ；

公式：$H = \dfrac{N_1}{l R_1} U_x$，其中 $l = \dfrac{D_内 + D_外}{2}\pi$。

$B = \dfrac{R_2 C}{N_2 S} U_y$，其中 $S = \left(\dfrac{D_外 - D_内}{2}\right) t$。

表 6 - 6   **测 量 数 据**

U_λ(V)	0	40	80	120	160	180	200	220
X(div)								
Y(div)								
$U_x = X S_x$ (V)								
$U_y = Y S_y$ (V)								
U_λ(V)	40	80	120	160	180	200	220	
B(T)								
H(A/m)								
μ								

220V 电压下：

$y_r =$ _____ div；$x_c =$ _____ div；$u_r = y_r S_y =$ _____ ；$B_r =$ _____ ；$u_c = x_c S_x =$ _____ ；$H_c =$ _____ 。

实验十六　准稳态法测导热系数和比热容

导热亦称"热传导",是热传递三种基本方式之一,也是固体中热传递的主要方式。要发生热传导,必须存在温度梯度。温度梯度定义为单位距离的两点之间的温度差,单位为 K/m。导热系数定义为稳态条件时,单位温度梯度下单位时间内由单位面积传递的热量,单位为 J/(m·K·s)。导热系数是表征物质热传导性质的特征量。

比热容,即比热,是单位质量物质的热容量。单位质量的某种物质,在温度升高(或降低)1K 时所吸收(或放出)的热量,叫做这种物质的"比热容"。在国际单位制中,比热容的单位是 J/(kg·K)。

一、实验目的

1. 了解热电偶传感器的工作原理。
2. 了解准稳态法测量导热系数和比热容的原理。
3. 用准稳态法测量不良导体的导热系数和比热容。

二、实验仪器

1. ZKY-BRDR 型准稳态法比热容导热系数测定仪。
2. 主机、样品加热台、实验样品各两套(橡胶和有机玻璃每套各四块)、保温杯一个。

三、实验原理

如图 6-19 所示的一维无限大导热模型,无限大不良导体平板厚度为 $2D$,初始温度为

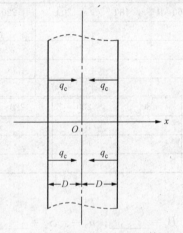

图 6-19　理想无限大不良导体平板

t_0,平板两侧为加热面,两侧同时施加均匀的指向中心面的热流密度 q_c [单位时间通过单位面积的热量,单位为 J/(m²·s)],则平板各处的温度 $t(x,\tau)$ 将随加热时间 τ 而变化,中间平面称为中心面($x=0$ 面),两平板初始温度同为 t_0。

上述模型的数学描述可表达如下:

$$\begin{cases} \dfrac{\partial t(x,\tau)}{\partial \tau} = a\dfrac{\partial^2 t(x,\tau)}{\partial^2 x} \\[2mm] \dfrac{\partial t(x,\tau)}{\partial x}\Big|_{x=\pm D} = \dfrac{q_c}{\lambda} \\[2mm] \dfrac{\partial t(x,\tau)}{\partial x}\Big|_{x=0} = 0 \\[2mm] t(x,\tau)\big|_{\tau=0} = t_0 \end{cases}$$

式中:$a=\lambda/\rho c$;λ 为材料的导热系数,ρ 为材料的密度;c 为材料的比热容。此方程组的解为

$$t(x,\tau) = t_0 + \frac{q_c}{\lambda}\left[\frac{a}{D}\tau + \frac{1}{2D}x^2 - \frac{D}{6} + \frac{2D}{\pi^2}\sum_{n=1}^{\infty}\frac{(-1)^{n+1}}{n^2}\cos(\frac{n\pi}{D}x)e^{-\frac{an^2\pi^2}{R^2}\tau}\right] \quad (6-35)$$

考察 $t(x,\tau)$ 的解析式(6-35)可以看到,随加热时间 τ 的增加,样品各处的温度将发生变化,而且注意到式中的级数求和项由于指数衰减的原因,会随加热时间的增加而逐渐变小,直至所占份额可以忽略不计。

定量分析表明当$\frac{a\tau}{D^2}>0.5$以后，上述级数求和项可以忽略。这时式（6-35）变成

$$t(x,\tau) = t_0 + \frac{q_c}{\lambda}\left(\frac{a\tau}{D} + \frac{x^2}{2D} - \frac{D}{6}\right) \tag{6-36}$$

这时，在样品中心处有 $x=0$，因而有

$$t(0,\tau) = t_0 + \frac{q_c}{\lambda}\left(\frac{a\tau}{D} - \frac{D}{6}\right) \tag{6-37}$$

在样品加热面处有 $x=D$，因而有

$$t(D,\tau) = t_0 + \frac{q_c}{\lambda}\left(\frac{a\tau}{D} + \frac{D}{3}\right) \tag{6-38}$$

由式（6-37）和式（6-38）可见，当加热时间满足条件$\frac{a\tau}{D^2}>0.5$时，在样品中心面和加热面处温度和加热时间成线性关系，升温速率同为$\frac{aq_c}{\lambda D}$，此值是一个和材料导热性能和初始条件有关的常数，此时加热面和中心面间的温度差为

$$\Delta t = t(D,\tau) - t(0,\tau) = \frac{1}{2}\frac{q_c D}{\lambda} \tag{6-39}$$

由式（6-39）可以看出，此时加热面和中心面间的温度差 Δt 和加热时间 τ 没有直接关系，保持恒定。系统各处的温度和时间是线性关系，升温速率也相同，我们称此种状态为准稳定导热状态即准稳态。当系统达到准稳态时，由式（6-39）得到

$$\lambda = \frac{q_c D}{2\Delta t} \tag{6-40}$$

根据式（6-40），只要测量出进入准稳态后加热面和中心面间的温度差 Δt，并由实验条件确定相关参量 q_c 和 D，则可以得到待测材料的导热系数 λ。

另外在进入准稳态后，由比热容的定义和能量守恒关系，可以得到下列关系式

$$q_c = c\rho D\frac{\mathrm{d}t}{\mathrm{d}\tau} \tag{6-41}$$

比热容为

$$c = \frac{q_c}{\rho D\frac{\mathrm{d}t}{\mathrm{d}\tau}} \tag{6-42}$$

式中：$\frac{\mathrm{d}t}{\mathrm{d}\tau}$为准稳态条件下样品中心面的升温速率（进入准稳态后各点的升温速率是相同的）。

由以上分析可以得到结论：只要在上述模型中测量出系统进入准稳态后加热面和中心面间的温度差和中心面的升温速率，即可由式（6-39）和式（6-42）得到待测材料的导热系数和比热容。

为了尽量减少热量散失，保证热量均匀稳定地流动，采用如图 6-20 所示的四块样品的配置。加热面和中心面间的温度差 Δt 和中心面升温速率$\frac{\mathrm{d}t}{\mathrm{d}\tau}$的

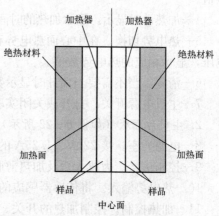

图 6-20　被测样品安装配置图

测量方法如下：

将一热电偶热端置于中心面中心，另一热电偶热端置于加热面中心，两热电偶冷端置于冰水混合物中（若实验中能保证冷端温度恒定不变，不用冰水混合物也不影响本实验导热系数和比热容的测量结果，一般可在实验中把冷端置入盛有水的保温瓶中）。

中心面升温速率$\dfrac{\mathrm{d}t}{\mathrm{d}\tau}$的测量是通过测量相同时间间隔内中心面热电偶的读数，利用$\dfrac{\Delta t}{\Delta \tau}$而得到。加热面和中心面间的温度差 Δt 可以由将两个热电偶反向串联后的输出测量值得到。

四、仪器介绍

本实验仪主要包括了主机、样品加热台和保温杯三部分。主机是控制整个实验操作并读取实验数据的装置。样品加热台是安放实验样品和通过热电偶测温并放大感应信号的平台。保温杯用于保证热电偶的冷端温度在实验中保持一致。

1. 主机前面板（如图 6 - 21 所示）

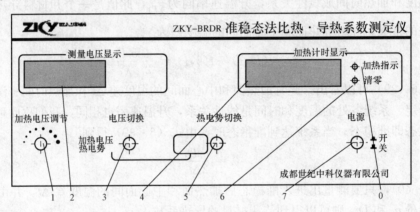

图 6 - 21　主机前面板示意图

0—加热指示灯。指示加热控制开关的状态。亮时表示正在加热，灭时表示加热停止。

1—加热电压调节。调节加热电压的大小（范围：15.00～19.99V）。

2—测量电压显示。显示两个电压，即"加热电压（V）"和"热电势（mV）"。

3—电压切换。在加热电压和热电势之间切换，同时测量电压显示表显示相应的电压数值。

4—加热计时显示。显示加热的时间，前两位表示分，后两位表示秒，最大显示 99：59。

5—热电势切换。在中心面热电势和中心面—加热面的温差热电势之间切换，同时测量电压，显示相应的热电势数值。

6—清零。当不需要当前计时显示数值而需要重新计时时，可按此键实现清零。

7—主机电源开关。打开或关闭实验仪器。

2. 主机后面板（如图 6 - 22 所示）

8—电源插座。接 220V、1.25A 的交流电源。

9—控制信号。为放大盒及加热薄膜提供工作电压。

10—热电势输入。将传感器感应的热电势输入到主机。

11—加热控制。控制加热的开关。

3. 样品加热台（如图 6 - 23 所示）

12—放大盒。将热电偶感应的电压信号放大并将此信号输入到主机。

13—中心面横梁。承载中心面的热电偶。

14—加热面横梁。承载加热面的热电偶。

15—加热薄膜。给样品加热。

16—隔热层。防止加热样品时散热，从而保证实验精度。

17—螺杆旋钮。推动隔热层压紧或松动实验样品和热电偶。

18—锁定杆。实验时锁定横梁，防止未松动螺杆取出热电偶导致热电偶损坏。

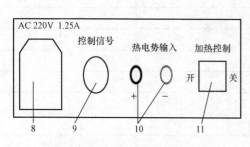

图 6 - 22　主机后面板示意图

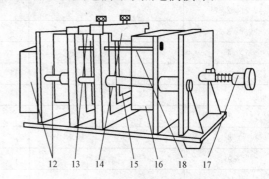

图 6 - 23　样品加热台示意图

五、实验内容

1. 安装样品

戴好手套（尽量的保证四个实验样品初始温度保持一致），将冷却好的样品放进样品架中（注意两个热电偶之间、中心面与加热面的位置不要放错，同时热电偶不要嵌入到加热薄膜里），然后旋动旋钮以压紧样品，准备开始实验。

2. 设定加热电压

检查"加热控制"开关是否关上（可以根据前面板上加热计时指示灯的亮和不亮来确定，亮表示加热控制开关打开，不亮表示加热控制开关关闭），没有关则应立即关上，然后就可以实验了。

开机后，先让主机预热 10min 左右再进行实验。在记录实验数据之前，应该先设定所需要的加热电压，步骤为：先将"电压切换"钮按到"加热电压"挡位，再由"加热电压调节"旋钮来调节所需要的电压（参考加热电压：18、19V）。

3. 测定样品的导热系数和比热容

将测量电压显示调到"热电势"的"温差"挡位，如果显示数值小于 0.004mV，就可以开始加热了，否则应等到显示降到小于 0.004mV 再加热（如果实验要求精度不高，显示在 0.010 左右也可以，但不能太大，那样会使得不好确认进入准稳态的时间和准稳态时的温差 Δt）。

保证上述条件后，打开"加热控制"开关并开始记数，记入表 6 - 7 中（记数时，建议每隔 1min 记录一次中心面热电势和温差热电势，这样便于后面的计算。一次实验时间最好在 25min 之内完成，一般在 15min 左右为宜）。分别测量有机玻璃和橡胶样品的导热系数及比热容。当记录完一次数据需要换样品进行下一次实验时，其操作顺序是：关闭加热控制开关→关闭主机电源开关→旋螺杆以松动实验样品→取出实验样品。

以上操作中特别要注意的是，须先松动螺杆再取实验样品，否则会损坏热电偶传感器。

六、数据记录与处理

1. 有机玻璃导热系数及比热容测定（见表 6 - 7）

表 6 - 7 测有机玻璃导热系数及比热容实验数据记录表格

时间（min）	温差热电势 $\Delta t'$(mV)	中心面热电势 U_t(mV)	$\dfrac{\mathrm{d}t'}{\mathrm{d}\tau}$
1			
2			
3			
4			
5			
6			
7			
8			
9			
10			
11			
12			
13			
14			
15			
平均			

其中 $\dfrac{\mathrm{d}t'}{\mathrm{d}\tau} = Ut_{n+1} - Ut_n (n \in N)$。

由于铜—康铜热电偶温度（K）和热电势（mV）对应关系为每 1℃对应热电势 0.040mV，因此有

$$\overline{\Delta t} = \frac{\overline{\Delta t'}}{0.040}(K), \qquad \overline{\frac{\mathrm{d}t}{\mathrm{d}\tau}} = \frac{\overline{\dfrac{\mathrm{d}t'}{\mathrm{d}\tau}}}{60 \times 0.040}(K/s)$$

$$\lambda = \frac{q_c D}{2 \overline{\Delta t}}, \qquad c = \frac{q_c}{\rho D \dfrac{\mathrm{d}t}{\mathrm{d}\tau}}$$

其中热流密度 q_c 可由下式得到

$$q_c = \frac{U^2}{2Sr}(J \cdot m^{-2} \cdot s^{-1})$$

式中：U 为加热电压；S 为样品面积；r 为每个加热器电阻（本实验取 110Ω）。有机玻璃板尺寸为 90.0mm×90.0mm×10.0mm，密度为 $\rho = 1196\text{kg/m}^3$。

2. 橡胶导热系数及比热容测定（同上）

橡胶板尺寸为 90.0mm×90.0mm×10.0mm，密度为 $\rho = 1374\text{kg/m}^3$。

七、注意事项

1. 尽量保证每组实验样品的初始温度一样，安装时应戴手套。

2. 实验样品放好后尽量压紧，基本保证整个样品处于密封状态，防止散热。

3. 主机开机前必须关好主机的"加热控制"开关，开机后预热 10min 左右再打开"加热控制"开关。

4. 更换样品时，其操作顺序是：关闭加热控制开关→关闭主机电源开关→旋螺杆以松动实验样品→取出实验样品，冷却加热薄膜 5～10min 后再进行第二组实验。

八、思考题

1. 什么叫准稳定导热状态？如何判定实验达到了准稳定导热状态？

2. 试分析本实验过程中影响测量结果的因素有哪些？哪些已采取措施？还可以做哪些改进？

九、热传导方程的求解

在我们的实验条件下，以样品中心为坐标原点，温度 t 随位置 x 和时间 τ 的变化关系 $t(x,\tau)$ 可用如下热传导方程及边界，初始条件描述

$$\begin{cases} \dfrac{\partial t(x,\tau)}{\partial \tau} = a\,\dfrac{\partial^2 t(x,\tau)}{\partial^2 x} \\[2mm] \dfrac{\partial t(D,\tau)}{\partial x} = \dfrac{q_c}{\lambda} \\[2mm] \dfrac{\partial t(0,\tau)}{\partial x} = 0 \\[2mm] t(x,0) = t_0 \end{cases} \tag{6-43}$$

式中：$a = \lambda/\rho c$；λ 为材料的导热系数；ρ 为材料的密度；c 为材料的比热容；q_c 为从边界向中间施加的热流密度；t_0 为初始温度。

为求解式（6-43），应先作变量代换，将式（6-43）的边界条件换为齐次的，同时使新变量的方程尽量简洁，故此设

$$t(x,\tau) = u(x,\tau) + \frac{aq_c}{\lambda D}\tau + \frac{aq_c}{2\lambda D}x^2 \tag{6-44}$$

将式（6-44）代入式（6-43），得到 $u(x,\tau)$ 满足的方程及边界，初始条件

$$\begin{cases} \dfrac{\partial t(x,\tau)}{\partial \tau} = a\,\dfrac{\partial^2 t(x,\tau)}{\partial^2 x} \\[2mm] \dfrac{\partial u(D,\tau)}{\partial x} = 0 \\[2mm] \dfrac{\partial u(0,\tau)}{\partial x} = 0 \\[2mm] u(x,0) = t_0 - \dfrac{q_c}{2\lambda D}x^2 \end{cases} \tag{6-45}$$

用分离变量法解方程式（6-45），设

$$u(x,\tau) = X(x)T(\tau) \tag{6-46}$$

代入式（6-45）中第 1 个方程后得出变量分离的方程

$$T'(\tau) + a\beta^2 T(\tau) = 0 \tag{6-47}$$

$$X''(x) + \beta^2 X(x) = 0 \tag{6-48}$$

式（6 - 47）、式（6 - 48）中 β 为待定系数。

式（6 - 47）的解为

$$T(\tau) = e^{-\alpha\beta^2\tau} \tag{6 - 49}$$

式（6 - 48）的通解为

$$X(x) = c\cos\beta x + c'\sin\beta x \tag{6 - 50}$$

为使式（6 - 46）是式（6 - 45）的解，式（6 - 50）中的 c、c'、β 的取值必须使 $X(x)$ 满足式（6 - 45）的边界条件，即必须 $c' = 0$，$\beta = n\pi/D$。

由此得到 $u(x, \tau)$ 满足边界条件的一组特解

$$u_n = c_n\cos\frac{n\pi}{D}x \cdot e^{-\frac{\alpha n^2\pi^2}{D^2}\tau} \tag{6 - 51}$$

将所得特解求和，并代入初始条件，得

$$\sum_{n=0}^{\infty} c_n\cos\frac{n\pi}{D}x = t_0 - \frac{q_c}{2\lambda D}x^2 \tag{6 - 52}$$

为满足初始条件，令 c_n 为 $t_0 - \dfrac{q_c}{2\lambda D}x^2$ 的傅立叶余弦展开式的系数

$$c_0 = \frac{1}{D}\int_0^D\left(t_0 - \frac{q_c}{2\lambda D}x^2\right)\mathrm{d}x = t_0 - \frac{q_c D}{6\lambda} \tag{6 - 53}$$

$$c_n = \frac{2}{D}\int_0^D\left(t_0 - \frac{q_c}{2\lambda D}x^2\right)\cos\frac{n\pi}{D}x\,\mathrm{d}x = (-1)^{n+1}\frac{2q_c D}{\lambda n^2\pi^2} \tag{6 - 54}$$

将 c_0、c_n 的值代入式（6 - 51），并将所有特解求和，得到满足式（6 - 45）条件的解为

$$u_n(x,\tau) = t_0 - \frac{q_c D}{6\lambda} + \frac{2q_c D}{\lambda\pi^2}\sum_{n=1}^{\infty}\frac{(-1)^{n+1}}{n^2}\cos\left(\frac{n\pi}{D}x\right)e^{-\frac{\alpha n^2\pi^2}{D^2}\tau} \tag{6 - 55}$$

将式（6 - 55）代入式（6 - 44）可得

$$t(x,\tau) = t_0 + \frac{q_c}{\lambda}\left[\frac{a}{D}\tau + \frac{1}{2D}x^2 - \frac{D}{6} + \frac{2D}{\pi^2}\sum_{n=1}^{\infty}\frac{(-1)^{n+1}}{n^2}\cos\left(\frac{n\pi}{D}x\right)e^{-\frac{\alpha n^2\pi^2}{D^2}\tau}\right]$$

即为式（6 - 43）。

实验十七　霍耳元件测量磁场

一、实验目的

1. 理解霍耳效应及了解霍耳元件有关参数的含义和作用。
2. 学习利用霍耳效应测磁感应强度 B 及其分布。
3. 学习用"对称交换测量法"消除副效应产生的系统误差。

二、实验原理

1. 用霍耳元件测量磁场的工作原理

1879 年，霍耳在研究载流导体在磁场中受力性质时发现：摆在磁场中的导体，若磁场方向与电流方向垂直，则在与磁场和电流都垂直的方向上会出现横向电场如图 6 - 24 所示。这就是霍耳效应。所产生的横向电场叫霍耳电场。而相应的横向电势就称为霍耳电势。

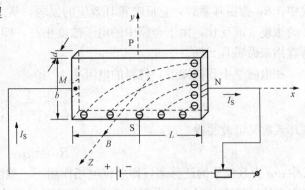

图 6 - 24　霍耳效应原理图

霍耳效应实质是载流子（即电荷的携带者）在磁场中受到洛仑兹力的作用偏向导体一侧而形成的。如图 6 - 24 所示，在与磁场 B 垂直的半导体薄片上（此薄片的长为 L，宽为 b，厚为 d）通过工作（控制）电流 I_S，假设载流子为电子（N 型半导体材料），它沿与电流 I_S 相反方向运动。由于洛仑兹力 f_B 作用电子即向一侧偏转，于是在薄片该侧将有负电荷积聚。而在另一侧就呈现过多的正电荷。所以，P、S 两点间将出现电位差，且点 P 的电位高于点 S。

在霍耳效应中，薄片两侧的电荷积聚不会无限进行下去。因为一方面，电荷数值为 e，迁移速度为 $\vec{v}$ 的载流子，在磁感应强度为 $\vec{B}$ 的磁场作用下，电子受到洛仑兹力为

$$\vec{f}_B = e\vec{v} \times \vec{B} \tag{6 - 56}$$

另一方面侧面积聚的电荷又在薄片中形成横向电场 E，因此电子又受到静电场力 f_e 的作用，且电场力的方向正好与 f_B 相反。因此它将阻碍电子在侧面上继续积聚，电场力的大小为

$$f_e = eE \tag{6 - 57}$$

最后，当

$$| f_B | = | f_e | \tag{6 - 58}$$

时，电荷在侧面上便停止继续积聚。此时横向电场强度为

$$E = \frac{f_e}{e} = \frac{f_B}{e} = vB \tag{6 - 59}$$

图薄片的宽度为 b，则 PS 两点间的电位差为

$$U_H = Eb = Bvb \tag{6 - 60}$$

电流强度 I_S，电子的电荷 e，电子的浓度 n，以及薄片的横截面积 s 之间存在如下的关系

$$I_S = nevs = nevdb$$

改写成

$$vb = \frac{I_S}{ned}$$

将上式代入式(6-60),有

$$U_H = \frac{I_S B}{ned} \tag{6-61}$$

令

$$R_H = \frac{1}{ne}$$

则

$$U_H = \frac{R_H}{d} I_S B \tag{6-62}$$

式中:R_H 为霍耳系数,它反映霍耳效应的强弱,从式(6-62)中可以看出 R_H 与材料中电子的浓度 n 成反比。由于金属中的电子浓度很高,即霍耳系数很小,灵敏度不高,因此,不适宜用来做霍耳元件。

在电磁学中我们知道,材料的电阻率为

$$\rho = \frac{1}{ne\mu}$$

霍耳系数又可改写成

$$R_H = \rho\mu$$

式中:μ 为载流子的迁移率,即单位电场作用下,载流子的运动速度。一般电子的迁移率大于空穴的迁移率。因此制作霍耳元件时多采用 N 型半导体材料。如锑化铟(lnSb)、砷化铟(lnAs)、锗(Ge)和硅(Si)等。

式(6-62)中,令

$$K_H = \frac{R_H}{d} = \frac{1}{ned}$$

则式(6-61)又可改写成

$$U_H = K_H B I_S \tag{6-63}$$

式中:K_H 叫做霍耳元件的灵敏度。它表示霍耳元件在单位磁感应强度和单位控制电流下的霍耳电势输出的大小,其单位是 mV/(mA·T)。

把式(6-63)再改写为

$$B = \frac{U_H}{K_H I_S} \tag{6-64}$$

由式(6-64)可知:若知道了半导体薄片的灵敏度 K_H,用仪器分别测出 U_H 及 I_S 的大小,则磁场的大小就可以根据式(6-64)计算出来。式(6-64)是利用霍耳效应测量磁场的理论基础。

2. 实验中所伴随的副效应及其消除方法

式(6-64)是完全从理想情况出发来讨论了半导体薄片 P、S 两点间产生霍耳电压的过程。其实伴随霍耳效应还会出现几个副效应,从而给实验结果带来一定的误差。为此需要对这些副效应产生的原因,及对霍耳效应的影响和消除这些副效应的方法,加以讨论。

(1) 不等位效应(又称零位误差)。假定半导体薄片上 P、S 两点电极的位置恰好在同一等位面上,如图 6-25(a)所示。这样当磁场不存在时,毫伏表不会有任何读数。但事实上,要想把 P、S 两点的电极恰好焊在同一等位面上是很困难的。实际的电极位置如图 6-25(b)所示,即不在同一条等位线上。这样即使当磁场不存在时,毫伏表 mV 也会有读数，这种现象称为不等位效应，P、S 出现的电位差叫做"不等位电势差"，以 U_0 表示。它会给霍耳电压的测量带来误差。不过由于目前的生产工艺水平有了很大的提高，不等位效应已很小，可以忽略不计。

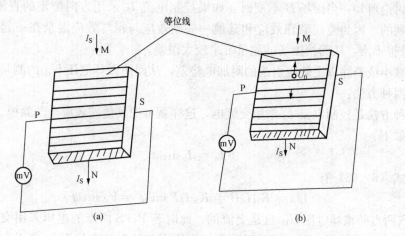

图 6 - 25　不等位效应形成示意图

(a) 电极恰好在同一等位面上；(b) 实际的电极位置

(2) 爱廷豪森效应。式 (6 - 64) 是假定载流子在磁场 6 作用下以同一速度 V 迁移，因此在薄片两侧积聚电荷后，不会引起 P、S 两点产生温度差。但实际情况是载流子的迁移速度 V 是各不相同的，有的大，有的小。因此在磁场作用下，高速载流子偏转小，而低速载流子偏转大，这将使半导体薄片两侧形成一个横向的温度梯度 $\dfrac{dT}{dY}$。即 P、S 两点间出现温差电势 U_t。这种现象是 1887 年爱廷豪森发现的，所以叫做爱廷豪森效应。

$$U_t \propto = \frac{dT}{dY} = PI_sB \tag{6 - 65}$$

式中：P 为爱廷豪森系数。U_t 和磁场 B 及控制电流 I_s 的方向有关。这种效应也给霍耳电压的测量带来误差。但爱廷豪森效应在某一方向达到其最大值是需要一定时间的。根据实际测定，大约需要 1min。

(3) 能斯脱效应。能斯脱效应是由于工作电流引线的焊接点 M 与 N 处的接触电阻不相同，通电后发热程度不同，使 M 与 N 两端间存在温度差，而载流子总是倾向于从热端扩散到冷端。因此在 M、N 方向上出现热扩散电流，当有外加磁场时，也将形成一个横向电场 E_V，同霍耳电场 E_H 叠加在一起。这一现象，称为"能斯脱效应"。

$$E_V = QB \frac{dT}{dX} \tag{6 - 66}$$

式中：Q 为能斯脱系数，它的正、负与扩散电流方向及磁场方向有关。

(4) 里纪—勒杜克效应 (U_s)。由于霍耳元件在 X 方向有温度梯度（是由载流子热扩散的迁移速率不同而引起的）$\dfrac{dT}{dX}$，引起载流子沿梯度方向扩散而有热电流 I_h 通过霍耳元件。在此过程中，载流子受 Z 方向的磁场 B 的作用，在 Y 方向引起类似爱廷豪森效应中的温差电势 U_h。这一现象称为"里纪—勒杜克效应"。

$$U_\mathrm{h} \propto \frac{\mathrm{d}T}{\mathrm{d}Y} = SB\frac{\mathrm{d}T}{\mathrm{d}X} \tag{6-67}$$

式中：S 为里纪—勒杜克系数。它的正、负只与磁感强度 B 的方向有关。

由上讨论可知：当磁场 B 不变时，如果控制电流 I_S 采用方向恒定的直流电来测磁场，那是很不利的，因为爱廷豪森效应和其他一些副效应与霍耳效应混杂在一起，使霍耳电压 U_H 的测量很不准，从而给磁场的测量带来较大误差。

为了减小或消除以上效应引起的附加电势差，从而使霍耳电压 U_H 的测量更为准确，可采用如下两种方法：

第一种方法是控制电流 I_S 采用交流电，这样就可把其他副效应全部除掉。

理由如下：

设 　　　　　　　　　　　　　　　$I_\mathrm{S} = I_0 \sin\omega t$

以此代入式（6-63）有

$$U_\mathrm{H} = K_\mathrm{H} I_\mathrm{S} B = K_\mathrm{H} I_0 B \sin\omega t = V_\mathrm{m} \sin\omega t$$

可见 P、S 两点的霍耳电压 U_H 也是交流的，此时若 P、S 两点的电压采用交流放大器来测量，则测出的只是霍耳电压，而爱廷豪森效应所引起的温差电势 U_t，由于交流变化快来不及建立，所以消除了。其他效应所引起的电压是属于直流电压（理由从略），交流放大器对它们不起作用所以也消除了。这就是为什么在多数情况下要采用交流霍耳效应来测磁场的原因。在控制电流使用交流供电时，式（6-63）仍然成立只是式中的 I_S 和 U_H 均应理解为有效值而已。

第二种方法是采用对称（交换）测量法进行测量。其原理是除爱廷豪森效应以外的其他副效应产生的附加电势差的方向与霍耳元件的控制电流 I_S 的方向，磁感应强度 B 的方向（由相应的励磁电流 I_M 的方向决定）均有关。因此在实际测量中，可每次改变 I_S 与 B（I_M）的其中一个方向，则总共有四种电流方向的组合：$+I_\mathrm{M}$，$+I_\mathrm{S}$；$+I_\mathrm{M}$，$-I_\mathrm{S}$；$-I_\mathrm{M}$，$+I_\mathrm{S}$；$-I_\mathrm{M}$，$-I_\mathrm{S}$。测出每种情况下的霍耳电压 U_H 的表观值，取它们的绝对值的平均，则这一平均值更好地接近了霍耳电压 U_H 的真值。至于爱廷豪森效应产生的附加电势差虽然不能通过此种方法加以消除，但在非大电流，非强磁场的情况下，附加电势差很小，可略去不计。

三、实验仪器及简介

本实验的仪器主要由霍耳效应实验仪（ZKY-HS）与霍耳效应测试仪（ZKY-HC）两部分构成。

1. ZKY-HS 霍耳效应实验仪

本仪器由 C 型电磁铁，二维移动标尺（带霍耳元件及引线），三个双刀双掷换向闸刀开关组成。C 型电磁铁通以励磁电流 I_M，将在其气隙中产生磁场，其气隙中心磁感应强度 B 最大。三个双刀双掷换向闸刀分别对励磁电流 I_M、工作（控制）电流 I_S、霍耳电势 U_H 进行通断和换向控制。霍耳元件在 C 型电磁铁气隙中的位置的改变通过二维移动标尺（水平标尺：0～100mm，竖直标尺：0～30mm）来实现。本实验所用的霍耳元件是由 N 型硅单晶经过硅平面工艺制成的磁电转换元件，其尺寸为 4mm×2mm×0.2mm。霍耳元件胶合在白色绝缘衬板上。霍耳元件通过绝缘衬板有四条引出线，其中编号 1、2 的两条为霍耳元件工作（控制）电流 I_S 极，编号 3、4 的两条为霍耳电压 U_H 输出极。这四条引线焊接在玻璃丝布板上，然后引到仪器换向闸刀开关上，并用铭牌标明，能方便进行实验。霍耳元件的灵敏

度 $K_H[\mathrm{mV/(mA \cdot T)}]$、霍耳元件的不等位电势 U 等重要参数均标示在仪器面板上的铭牌上。

2.ZKY-HC 霍耳效应测试仪

该仪器的作用是提供工作（控制）电流 I_S、励磁电流 I_M，并对霍耳电压 U_H 进行测量。仪器背部为 220V 交流电源插座及电源开关。仪器的面板分为三大部分：

（1）励磁电流 I_M 输出：前面板右侧。通过四位数码管显示输出电流 I_M(mA)。输出电流的大小通过调节旋钮调节（0000～1000mA）。

（2）霍耳元件工作（控制）电流 I_S 输出：前面板左侧。通过四位数码管显示输出电流 I_S 值（mA）。其大小通过相应的调节旋钮进行调节（00.00～10.00mA）。

（3）霍耳电压 U_H 输入：前面板中部。通过四位数码管显示输入电压值 U_H(mV)，其测量范围为（00.00～99.99mV）。注意使用前将两输出端接线柱短路，用调零旋钮调零。

四、实验内容及步骤

本实验中为消除大部分其他副效应对霍耳电压 U_H 的测量的影响，采用对称（交换）测量法，即分别改变 I_M、I_S 的方向，测出每一情况下的 U_H 值，然后取 $|U_H|$ 的平均值为真值。

（1）按仪器面板上的文字和符号提示将 ZKY-HS 霍耳效应实验仪与 ZKY-HC 霍耳效应测试仪正确连接。

1）ZKY-HC 霍耳效应测试仪面板右下方供给励磁电流 I_M 的直流恒流源输出端（0～1000mA）接霍耳效应实验仪上电磁铁线圈电流的输入端（将接线叉口与接线柱连接）。

2）"测试仪"左下方供给霍耳元件工作（控制）电流 I_S 的直流恒流源（0～10mA）输出端接"实验仪"霍耳元件工作电流输入端（将接头插入插座）。

3）"实验仪"上霍耳元件的霍耳电压 V_H 输出端接"测试仪"中部下方的霍耳电压输入端。

4）将测试仪与 220V 交流电源接通。

注意以上三组线千万不能接错，以免烧坏元件。

（2）研究霍耳效应与霍耳元件特性。

1）测量霍耳元件的零位（不等位）电势 U_0 和不等位电阻 R_0。

a. 短路中间霍耳电压输入端，调节调零旋钮使电压表显示 00.00mV 后，再恢复到测试状态。

b. 断开励磁电流 I_M，调节霍耳元件标尺，使霍耳元件远离电磁铁气隙（如 $X=0.00$，$Y>50.00$mm），以免电磁铁剩磁影响测量数据。

c. 调节霍耳元件工作电流 $I_S=10.00$mA，利用转换开关改变霍耳元件工作电流 I_S 的方向，分别测出零位霍耳电压 U_{01}、U_{02}，并计算出不等位电阻 $R_{01}=U_{01}/I_S$；$R_{02}=U_{02}/I_S$。

2）测量霍耳电压 U_H 与工作电流 I_S 的关系。将霍耳元件移至电磁铁气隙中心（$X=25.00$mm，$Y=15.00$mm），调节 $I_M=1000$mA，调节 $I_S=2.00$，3.00，…，10.00mA（间隔为 1.00mA），分别测出 U_H 值并填入表 6-8 中。用坐标纸手工绘出 $U_H \sim I_S$ 曲线，验证线性关系（也可用计算机采用 Excel 软件或其他软件绘出）。

3）测量霍耳电压 U_H 与励磁电流 I_M 的关系。霍耳元件仍处于电磁铁气隙中心，调节 $I_S=10.00$mA，调节 $I_M=100$，200，…，1000mA（间隔为 100mA），分别测量霍耳电压 U_H 值填入表 6 - 9 中。用坐标纸或计算机绘出 $U_H \sim I_M$ 曲线，验证线性关系的范围。分析当 I_M 达到一定值以后，$U_H \sim I_M$ 直线斜率变化的原因。

（3）测量电磁铁气隙中磁感应强度 B 的分布。调节 $I_M = 1000 \text{mA}$，$I_S = 10.00 \text{mA}$，电流方向的组合固定为 $+I_M$，$+I_S$。旋转竖直方向的标尺旋钮，使霍耳元件在竖直方向处于电磁铁气隙中间位置。旋转水平方向的标尺旋钮，使霍耳元件开始时处于最左端或最右端的位置。逐步改变霍耳元件在水平方向的位置 X，测出相应位置的霍耳电压值 U_H，并求出该位置的磁感应强度 B 填入表 6 - 10 中。用坐标纸或计算机绘出 $U_H \sim X$ 与 $B \sim X$ 关系曲线，即可得气隙中磁感应强度 B 的分布。

五、思考题

1. 怎样通过实验来确定半导体材料是 N 型还是 P 型？

2. 表 6 - 11 测的是 C 型电磁铁气隙中的一个截面内 $U_H \sim (X, Y)$ 的分布，试用计算机通过相关的软件绘出该截面内 U_H（或 B）的分布。

表 6 - 8　　　　　　　　　　　　　　　　　　$U_H \sim I_S$ 关系

$I_M = 1000 \text{mA}$；仪器型号：＿＿＿＿＿；$K_H = $＿＿＿＿ mV/ (mA·T)

霍耳元件处于 C 型电磁铁气隙中心（$X_C = 25.00 \text{mm}$，$Y_C = 15.00 \text{mm}$）

I_S (mA)	U_1 (mV) $+I_M, +I_S$	U_2 (mV) $-I_M, +I_S$	U_3 (mV) $-I_M, -I_S$	U_4 (mV) $+I_M, -I_S$	$U_H = \dfrac{\lvert U_1 \rvert + \lvert U_2 \rvert + \lvert U_3 \rvert + \lvert U_4 \rvert}{4}$ (mV)
2.00					
3.00					
4.00					
5.00					
6.00					
7.00					
8.00					
9.00					
10.00					

表 6 - 9　　　　　　　　　　　　　　　　　　$U_H \sim I_M$ 关系

$I_S = 10.00 \text{mA}$；仪器型号：＿＿＿＿＿；$K_H = $＿＿＿＿ mV/ (mA·T)

霍耳元件处于 C 型电磁铁气隙中心（$X_C = 25.00 \text{mm}$，$Y_C = 15.00 \text{mm}$）

I_M (mA)	U_1 (mV) $+I_M, +I_S$	U_2 (mV) $-I_M, +I_S$	U_3 (mV) $-I_M, -I_S$	U_4 (mV) $+I_M, -I_S$	$U_H = \dfrac{\lvert U_1 \rvert + \lvert U_2 \rvert + \lvert U_3 \rvert + \lvert U_4 \rvert}{4}$ (mV)
100					
200					
300					
400					
500					

I_M（mA）	U_1（mV）	U_2（mV）	U_3（mV）	U_4（mV）	$U_H=\dfrac{\|U_1\|+\|U_2\|+\|U_3\|+\|U_4\|}{4}$
	$+I_M$，$+I_S$	$-I_M$，$+I_S$	$-I_M$，$-I_S$	$+I_M$，$-I_S$	（mV）
600					
700					
800					
900					
1000					

表 6 - 10　　　　　　　　　　$U_H\sim X$ 分布　$(Y_C=15.00\text{mm})$

$I_S=10.00\text{mA}$；$I_M=1000\text{mA}$；$K_H=$_____ mV/（mA·T）

仪器型号：_____；电流方向组合：$+I_M$，$+I_S$

X（mm）	0.00	2.00	4.00	6.00	8.00	10.00	15.00	20.00
U_H（mV）								
B（T）								
X（mm）	25.00	30.00	35.00	40.00	42.00	44.00	46.00	48.00
U_H（mV）								
B（T）								

表 6 - 11　　　　　　　　　　$U_H\sim(X,Y)$ 分布

$I_S=10.00\text{mA}$；$I_M=1000\text{mA}$；$K_H=2.4\text{mV/（mA·T）}$；仪器型号：_____

电流方向组合：$+I_M$，$+I_S$；C 形电磁铁气隙大小：4.050mm×2.080mm×0.750mm

U_H（mV） \ Y(mm) / X(mm)	0.00	2.00	4.00	6.00	8.00	10.00	15.00	20.00	22.00	24.00	26.00	28.00	30.00
0.00	13.8	15.2	17.0	18.9	20.0	20.9	21.9	21.9	21.1	19.8	17.9	16.1	14.0
2.00	16.0	18.4	21.4	24.5	26.3	27.9	28.9	28.8	27.6	26.0	22.9	19.6	16.1
4.00	19.0	22.6	28.2	34.1	37.4	38.5	40.2	39.5	39.3	37.0	30.4	24.2	18.7
6.00	21.6	27.1	36.9	47.5	51.7	53.1	55.1	54.7	55.0	50.9	39.9	28.8	21.2
8.00	24.1	30.9	44.2	56.8	61.7	62.9	63.8	63.8	63.1	59.4	45.8	32.6	23.2
10.00	25.8	33.2	47.0	59.5	64.1	65.4	66.1	66.0	65.3	61.5	48.0	34.5	24.6
15.00	27.3	34.6	48.4	60.6	65.0	66.1	66.7	66.7	65.8	62.5	49.4	35.9	25.9
20.00	27.6	34.8	48.7	60.7	65.0	66.2	66.8	66.7	65.9	62.7	49.7	36.3	26.3
25.00	27.6	34.7	48.4	60.6	65.0	66.2	66.8	66.7	66.0	62.9	50.0	36.5	26.4
30.00	27.4	34.6	48.3	60.7	65.1	66.2	66.8	66.7	66.0	63.0	50.2	36.6	26.5
35.00	26.9	34.4	48.3	60.7	65.1	66.2	66.8	66.7	66.1	63.3	50.7	36.8	26.5
40.00	25.6	33.4	47.6	60.7	65.1	66.1	66.7	66.7	66.1	63.7	51.6	37.0	26.1
42.00	24.5	32.7	47.0	60.3	64.9	66.0	66.5	66.6	66.0	63.6	51.3	36.5	25.5
44.00	23.2	30.9	45.4	58.9	63.6	64.5	65.3	65.0	64.5	62.0	49.7	34.7	24.2
46.00	21.2	27.9	40.3	51.8	56.4	56.9	57.0	56.3	55.9	52.5	41.9	30.4	22.0
48.00	18.8	23.6	30.9	37.0	41.5	41.3	41.8	40.1	39.1	36.6	30.9	24.6	19.2
49.50	16.6	19.7	24.1	27.7	30.1	31.2	31.7	30.8	29.5	27.6	24.1	20.5	17.0

实验十八　普朗克常数的测定

　　光电效应是指一定频率的光照射在金属表面时会有电子从金属表面逸出的现象。在光电效应中，光显示出它的量子性质，所以这种现象对于认识光的本质，具有极其重要的意义。1887 年赫兹发现了光电效应现象，以后又经过许多人的研究，总结出一系列实验规律，但是这些规律用经典的电磁理论无法完满地进行解释。爱因斯坦于 1905 年应用并发展了普朗克的量子理论，首次提出了"光量子"的概念，并成功地解释了光电效应的全部规律。10 年后，密立根用实验证实了爱因斯坦的光量子理论，并精确地测定了普朗克常数。两位物理大师因在光电效应等方面的杰出贡献，分别于 1921 年和 1923 年获得诺贝尔物理学奖。光电效应实验和光量子理论在物理学的发展中具有重大而深远的意义。利用光电效应制成了许多光电器件，在科学和技术上得到了极其广泛的应用。

一、实验目的

　　1. 通过实验了解光的量子性，加深对爱因斯坦光电效应方程物理意义的理解。

　　2. 掌握用光电效应方程测定普朗克常数的方法。

二、实验原理

　　当某种金属材料受到一定频率的光照射时，金属中有电子逸出，这种现象叫光电效应（又称外光电效应）。逸出的电子叫光电子。

　　图 6-26 所示是当高于某种金属"红限"频率 v_0 的光，照在该金属表面，光电子逸出金属表面的基本规律：

　　(1) 光电流（光电子形成的电流）与光强成正比，见图 6-26 (a)、图 6-26 (b)。

　　(2) 光电效应存在一个阈频率，当入射光的频率低于某一阈值 v 时，不论光的强度如何，都没有光电子产生，见图 6-26 (c)。

　　(3) 光电子的初动能与光强无关，但与入射光的频率成正比，见图 6-26 (d)。

　　(4) 光电效应是瞬时效应，一经光线照射，立即产生光电子。

　　然而，用经典波动理论是无法对上述事实做出完满解释的。

　　爱因斯坦认为从一点发出的频率为 v 的光，以 hv 为能量单位（光量子）的形式一份一份地向外辐射，而不是按麦克斯韦电磁学说提出的那样以连续分布的形式把能量传播到空间的。当频率为 v 的光以 hv 为能量单位作用于金属中的一个自由电子，而自由电子获得能量后，克服金属表面逸出功 W_S，再逸出金属表面，其初动能为 $mv^2/2$。

　　按照能量守恒定律有

$$mv^2/2 = hv - W_S \tag{6-68}$$

式中：h 为普朗克常数，其公认值为 6.626×10^{-34} J·s；v 为入射光频率；m 为电子的质量；v 为光电子逸出金属表面的初速度；W_S 为受光照射的金属材料的逸出功。

　　这就是著名的爱因斯坦光电效应方程。

　　在式 (6-68) 中，$mv^2/2$ 是没有受到空间电荷阻止，从金属中逸出的光电子的最大初动能，入射到金属表面的光的频率越高，逸出来的电子初动能必然也越大，如图 6-26 (d)。正因为光电子具有最大初动能，所以即使阳极不加电压也会有光电子达到阳极而形成光电流，甚至阳极相对于阴极电位为负时，也会有光电子到达阳极。直到阳极电位低于某一

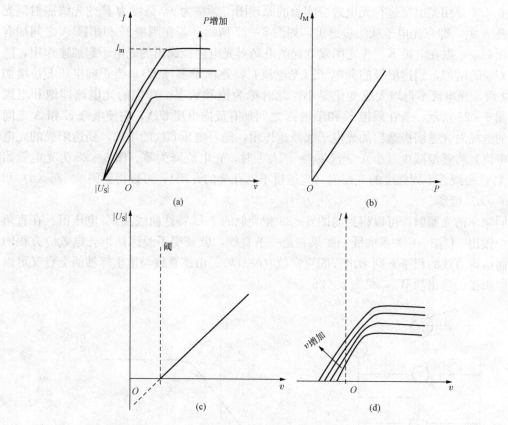

图 6 - 26　光电效应实验规律

值时，所有光电子都被阻止而不能到达阳极，光电流为零，见图 6 - 26（a）。此相对于阴极为负值的阳极电位 U_S 被称为光电效应的截止电位（或称截止电压）。此时有

$$e \mid U_S \mid - m v^2 / 2 = 0 \tag{6-69}$$

将式（6 - 69）代入式（6 - 68）中有

$$e \mid U_S \mid = h v - W_S \tag{6-70}$$

　　由于金属表面的逸出功 W_S 是金属的固有属性，对于给定的金属材料而言，W_S 为一个定值，它与入射光的频率无关，不同金属材料，W_S 值不同。令 $W_S = h v_0$，则 $v_0 = W_S / h$ 为"红限频率"；即只当入射光的频率 $v > v_0$ 时，电子才能从金属中逸出。

　　将式（6 - 70）改写成

$$\mid U_S \mid = h v / e - W_S / e = h / e (v - v_0) \tag{6-71}$$

　　式（6 - 71）表明，截止电位的大小 $\mid U_S \mid$ 是入射光频率 v 的线性函数。当入射光的频率 $v = v_0$ 时，$\mid U_S \mid$ 为零，即无光电子逸出，见图 6 - 26（a），其斜率 $k = h / e$，是一个常数，亦即

$$h = e k \tag{6-72}$$

　　可见，只要用实验方法获得不同频率下的截止电压的大小 $\mid U_S \mid$，作 $\mid U_S \mid - v$ 直线，并求出该直线的斜率 k，就可以通过式（6 - 72）求出普朗克常数的数值。其中，$e = 1.602 \times 10^{-19} C$ 是电子的电量。

图 6 - 27 是用光电管进行光电效应实验的原理图。频率为 υ，强度为 P 的光线照射到光电管阴极 K 上，即有光电子从阴极逸出，如图 6 - 27 所示。若在阴极 K 和阳极 A 之间加有正向电压 U_{AK}，则在电极 K、A 之间建立起的电场对光电阴极逸出的光电子起加速作用，随着电压 U_{AK} 的增加，到达阳极的光电子（光电流）将逐渐增多（大）。当正向电压 U_{AK} 增加到 U_m 之后，光电流不再增大或变化很小，此时称为饱和状态，对应的光电流即饱和电流 I_m；如图 6 - 27 所示，若在阴极 K 和阳极 A 之间加有反向电压 U_{KA}，它使电极 K 和 A 之间建立起的电场对光电阴极逸出的光电子起减速作用，随着电压 U_{KA} 的增加，到达阳极的光电子（光电流）将逐渐减少（小）。当 $U_{KA} = |U_s|$ 时，光电流降为零。图 6 - 28 为光电管始末 I-U 特性曲线。不同强度的光照射（光通过不同孔径的光阑），可以得到图 6 - 26（a）和图 6 - 26（b）情形。

不同频率的光照射，可以得到与图 6 - 28 相类似的 I-U 特性曲线及 U_s 电压值。在直角坐标系中做出 $|U_s|$ -υ 关系曲线。如果它是一条直线，就证明了爱因斯坦光电效应方程的正确。而由该直线的斜率 k 则求出普朗克常数（$h = ek$）。由该直线与横坐标轴的交点又可以求出光电阴极的逸出功 W_s，见图 6 - 26（c）。

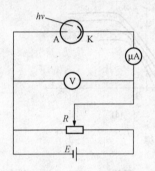

图 6 - 27　光电效应原理图

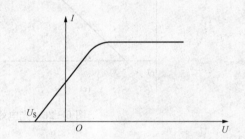

图 6 - 28　光电管始末 I-U 特性

实际上测出的光电流和电压的特性曲线较图 6 - 28 所示的要复杂，主要是由两个原因影响所致：

（1）暗电流和本底电流。光电管没有受到光照射时也会产生电流，称为暗电流，它是由于热电子发射、光电管管壳漏电等原因造成；本底电流是因为室内各种漫反射光射入光电管所致。它们均使光电流不能降为零，且随电压的变化而变化。

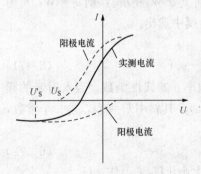

图 6 - 29　光电效应实际 I-U
曲线示意图

（2）反向电流。由于制作时阳极 A 也往往溅有阴极材料，所以当光射到 A 上，A 也有光电子发射，另外阴极 K 发射的光电子有可能被 A 反射，当 A 加负电位，K 加正电位时，对 K 发射的光电子起了减速作用，但对 A 发射和反射的光电子却起了加速作用，所以 I-U 关系曲线就如图 6 - 29 所示的实线。为了精确地确定截止电位 U_s，就必须去掉暗电流和反向电流的影响。从图 6 - 29 可看出，在 U 电位负到 $|U_s|$ 时，反向电流仍未饱和，因此反向电流刚开始饱和的拐点，即非线性电流向线性饱和电流的转换点（从另一个方向看，又称饱和电流的抬头点），所

对应的电位差 U'_s 可近似为 U_s。

三、仪器及仪器介绍

本实验所用的为 ZKY - GD - 3 光电效应（普朗克常数）实验仪。仪器由汞灯及电源、滤色片、光阑、光电管、测试仪（含光电管电源和微电流放大器）构成，仪器结构如图 6 - 30 所示，测试仪的调节面板如图 6 - 31 所示。

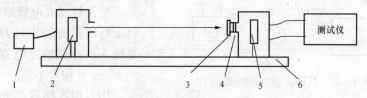

图 6 - 30　仪器结构图

1—汞灯电源；2—汞灯；3—滤色片；4—光阑；5—光电管；6—基座

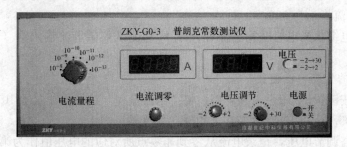

图 6 - 31　普朗克常数测试仪前面板图

主要技术参数：

（1）汞灯：可用谱线 365.0、404.7、435.8、546.1、578.0nm。

（2）滤色片：5 片，透射波长 365.0、404.7、435.8、546.1、578.0nm。

（3）光阑：3 片，直径 2、4、8mm。

（4）光电管：光谱响应范围 340～700nm，最小阴极灵敏度 ≥ 1μA/Lm。阴极：镍圈。

（5）暗电流：$I \leqslant 2 \times 10^{-12}$ A（$-2V \leqslant U_{AK} \leqslant 0V$）。

（6）光电管电源：2 挡，$-2 \sim +2V$，$-2 \sim +30V$，三位半数显，稳定度 $\leqslant 0.1\%$。

（7）微电流放大器：电流测量范围 $10^{-13} \sim 10^{-6}$ A，分 6 挡，三位半数显。

（8）零漂：开机 20min 后，30min 内不大于满度读数的 $\pm 0.2\%$（10^{-13}A 挡）。

常用汞灯的谱线及发光强度见表 6 - 12。滤色片选用谱线波长及透过率见表 6 - 13。

表 6 - 12　　　　　　　　　　常用汞灯的谱线及发光强度

波长（nm）	365.0	404.7	435.8	546.1	577.0
相对强度	500	300	500	2000	200

表 6 - 13　　　　　　　　　　滤色片选用谱线波长及透过率

型　　号	NG365	NM405	NG546	NF577
选用波长（nm）	365.0	407.0	546.1	577.0
透过率（%）	48	40	30	25

四、实验内容及步骤

具体实验电路简图见图 6‑32。

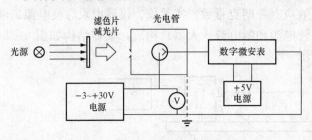

图 6‑32 　具体实验电路简图

1. 测试前准备

将测试仪及汞灯电源接通，预热 20min。

把汞灯及光电管暗箱遮光盖盖上，将汞灯暗箱光输出口对准光电管暗箱光输入口，调整光电管与汞灯距离为约 40cm 并保持不变。

用专用连接线将光电管暗箱电压输入端与测试仪电压输出端（后面板上）连接起来（红—红，蓝—蓝）。

将"电流量程"选择开关置于所选挡位，仪器在充分预热后，进行测试前调零，旋转"调零"旋钮使电流指示为 000.0。

用高频匹配电缆将光电管暗箱电流输出端 K 与测试仪微电流输入端（后面板上）连接起来。

2. 测光电管的伏安特性曲线

将电压选择按键置于 $-2 \sim +30V$ 挡；将"电流量程"选择开关置于 10^{-11} A 挡；将直径 2mm 的光阑及 435.8nm 的滤色片装在光电管暗箱光输入口上。

（1）从低到高调节电压，记录电流从零到非零点所对应的电压值作为第一组数据，以后电压每变化一定值记录一组数据到表 6‑14 中。

（2）在 U_{AK} 为 30V 时，将"电流量程"选择开关置于 10^{-10} A 挡，记录光阑分别为 2、4、8mm 时对应的电流值于表 6‑15 中。

换上直径 4mm 的光阑及 546.1nm 的滤色片，重复（1）、（2）测量步骤。

用表 6‑14 数据在坐标纸上作对应于以上两种波长及光强的伏安特性曲线。

由于照到光电管上的光强与光阑孔面积成正比，用表 6‑15 数据验证光电管的饱和光电流与入射光强成正比，并在坐标纸上作出相应 I_M‑P^2 曲线。

表 6‑14 　　　　　　　　　　　　　　I‑U_{AK} 关 系

435.8nm 光阑 2mm	U_{AK}(V)								
	$I(\times 10^{-11}$A)								
546.1nm 光阑 4mm	U_{AK}(V)								
	$I(\times 10^{-11}$A)								

表 6‑15 　　　　　　　　　　　　　I_M‑P 关 系 　　　　　　　　　$U_{AK}=$ _____ V

435.8nm	光阑孔 Φ					
	$I(\times 10^{-10}$A)					
546.1nm	光阑孔 Φ					
	$I(\times 10^{-10}$A)					

3. 测普朗克常数

(1) 问题讨论。理论上，测出各频率的光照射下阴极电流为零时对应的 U_{AK}，其绝对值即该频率的截止电压，然而实际上由于光电管的阳极反向电流，暗电流，本底电流及极间接触电位差的影响，实测电流并非阴极电流，实测电流为零时对应的 U_{AK} 也并非截止电压。

光电管制作过程中阳极往往被污染，沾上少许阴极材料，入射光照射阳极或入射光从阴极反射到阳极之后都会造成阳极光电子发射，U_{AK} 为负值时，阳极发射的电子向阴极迁移构成了阳极反向电流。

暗电流和本底电流是热激发产生的光电流与杂散光照射光电管产生的光电流，可以在光电管制作，或测量过程中采取适当措施以减小或消除它们的影响。

极间接触电位差与入射光频率无关，只影响 U_S 的准确性，不影响 U_S-ν 直线斜率，对测定 h 无影响。

此外，由于截止电压是光电流为零时对应的电压，若电流放大器灵敏度不够，或稳定性不好，都会给测量带来较大误差。

本实验仪器采用了新型结构的光电管。由于其特殊结构使光不能直接照射到阳极，由阴极反射照到阳极的光也很少，加上采用新型的阴、阳极材料及制造工艺，使得阳极反向电流大大降低，暗电流水平也很低。

基于本仪器的特点，在测量各谱线的截止电压 U_S 时，可不采用难操作的"拐点法"，而用"零电流法"或"补偿法"。

零电流法是直接将各谱线照射下测得的电流为零时对应的电压 U_{AK} 的绝对值作为截止电压 U_S。此法的前提是阳极反向电流、暗电流和本底电流都很小，用零电流法测得的截止电压与真实值相差很小。且各谱线的截止电压都相差 ΔU，对 U_S-ν 曲线的斜率无大的影响，因此对 h 的测量不会产生大的影响。

补偿法是调节电压 U_{AK} 使电流为零后，保持 U_{AK} 不变，遮挡汞灯光源，此时测得的电流 I_1 为电压接近截止电压时的暗电流和本底电流。重新让汞灯照射光电管，调节电压 U_{AK} 使电流值至 I_1，将此时对应的电压 U_{AK} 的绝对值作为截止电压 $|U_S|$。此法可补偿暗电流和本底电流对测量结果的影响。

(2) 测量。将电压选择按键置于 $-2\sim+2\mathrm{V}$ 挡；将"电流量程"选择开关置于 $10^{-13}\mathrm{A}$ 挡，将测试电流输入电缆断开，调零后重新接上；将直径 4mm 的光阑及 365.0nm 的滤色片装在光电管暗箱光输入口上。

从低到高调节电压，用"零电流法"或"补偿法"测量该波长对应的 U_S，并将数据记于表 6 - 16 中。

依次换上波长分别为 404.7、435.8、546.1、578.0nm 的滤色片，重复以上测量步骤。

表 6 - 16　　　　　　　　　　　　　　　$|U_S|$ -ν 关系　　　　　　　　光阑孔 $\Phi=$＿＿ mm

波长 λ_i(nm)	365.0	404.7	435.8	546.1	578.0
频率 ν_i($\times10^{14}$Hz)	8.214	7.408	6.879	5.490	5.196
截止电压 $|U_S|$ (V)					

(3) 数据处理。可用以下三种方法之一处理表 6 - 16 的实验数据，得出 $|U_S|$ -ν 直线的斜率 k。

1）根据线性回归理论，$|U_S|$ - ν 直线的斜率 k 的最佳拟合值为

$$k = \frac{\overline{\nu}\,\overline{|U_S|} - \overline{\nu|U_S|}}{\overline{\nu}^2 - \overline{\nu^2}}$$

其中：$\overline{\nu} = \dfrac{1}{n}\displaystyle\sum_{i=1}^{n}\nu_i$ 表示频率 ν 的平均值；

$\overline{\nu^2} = \dfrac{1}{n}\displaystyle\sum_{i=1}^{n}\nu_i^2$ 表示频率 ν 的平方的平均值；

$\overline{|U_S|} = \dfrac{1}{n}\displaystyle\sum_{i=1}^{n}|U_{Si}|$ 表示截止电压 $|U_S|$ 的平均值；

$\overline{\nu|U_S|} = \dfrac{1}{n}\displaystyle\sum_{i=1}^{n}\nu_i|U_{Si}|$ 表示频率 ν 与截止电压 $|U_S|$ 的乘积的平均值。

2）根据 $k = \dfrac{\Delta|U_S|}{\Delta\nu} = \dfrac{|U_{Sm}| - |U_{Sn}|}{\nu_m - \nu_n}$，可用逐差法从表 6 - 16 的后四组数据中求出两个 k，将其平均值作为所求 k 的数值。

3）可用表 6 - 16 数据在坐标纸上作 $|U_S|$ - ν 直线，由图求出直线斜率 k。

求出直线斜率 k 后，可用 $h = ek$ 求出普朗克常数，并与 h 的公认值 h_0 比较，求出相对误差 $E_r = \left|\dfrac{h - h_0}{h_0}\right| \times 100\%$，式中 $e = 1.602 \times 10^{-19}$C，$h_0 = 6.626 \times 10^{-34}$J·s。

五、注意事项

（1）本机配套滤色片是经精选和精加工的组合滤色片，更换滤色片时应避免污染或使用前用镜头纸认真擦拭，以保证良好透光，更换滤色片时应平整放入套架，以免不必要的折光带来的实验误差。

（2）更换滤色片时应先将出光孔遮住，且实验完毕后用遮光罩盖住光电管暗盒进光窗，避免光直接照射阴极，缩短光电管寿命。

（3）光源与光电管暗盒之间距离取 40cm，从光源出光孔射出的光必须直照光电管阴极，暗盒可作左右高低调节。

（4）实验虽然不必在暗室进行，但在安排仪器时，光电管入光孔请勿对着其他强光源（如窗户等），以免杂散光干扰，仪器不宜在强磁场强电场、强振动、高温度、带辐射物质的环境下工作。

六、预习思考题

1. 何谓光电效应？它的规律怎样？

2. 爱因斯坦的公式内容是怎样的？它的物理意义是什么？

3. 如何通过测量截止电压，以测定普朗克常数？

4. 怎样正确使用微电流测试仪？

5. 影响实验准确度的主要问题何在？

实验十九　夫兰克—赫兹实验

在原子物理学的发展历史中，丹麦物理学家玻尔（N. Bohr）因为在 1913 年提出了原子模型而获得了 1922 年度诺贝尔物理学奖。在玻尔提出原子模型的第二年，德国科学家夫兰克（J. Frank）和赫兹（G. Hertz）用慢电子与稀薄气体原子的方法，使原子从低能级激发到了高能级。他们发现了电子与原子碰撞时能量交换的规律性，这种规律性直接证明了原子能级的存在，即原子能量的量子化现象，并因此获得了 1925 年度诺贝尔物理学奖。这就是原子物理学中著名的夫兰克—赫兹实验（也称 F-H 实验）。

F-H 实验至今仍是探索原子结构的重要手段之一，因为它不仅提供了一个直接测量原子量子态能量差方法，而且使人们形象地了解到电子与原子之间如何交换能量。实验中用"拒斥电压"筛去小能量电子的方法，已成为广泛应用的实验技术。

一、实验目的

1. 学习关于原子碰撞激发和激发电位的测量方法。

2. 测量氩原子的第一激发电位，并证实原子能级的存在。

3. 了解计算机数据采集、数据处理的方法。

二、实验原理

由玻尔理论可知，原子只能较长时间停留在一些不连续的稳定状态（即定态），在这些定态中，原子既不发射也不吸收能量。而且原子的能量不论通过什么方式使其改变，它只能从一个定态跃迁到另一个定态。能级的跃迁必须满足普朗克公式

$$h\upsilon = E_m - E_n (m \neq n) \tag{6-73}$$

式中：h 为普朗克常数；υ 为辐射频率；E_m、E_n 为原子能级。原子状态的改变，通常发生在原子本身吸收或放出电磁辐射和原子与其他带电粒子发生碰撞而交换能量这两种情况。F-H 实验就是利用原子与电子发生碰撞而交换能量，来实现原子状态的改变。只要加速电子使其能量大于或等于 $E_m - E_n$，原子就从能态 E_n 跃迁到能态 E_m。

夫兰克—赫兹实验原理如图 6-33 所示。F-H 管为低压管，内充要测量的气体（本实验为氩气）。

在氩的夫兰克—赫兹管中，电子由阴极 K 发出，阴极 K 和第二栅极 G_2 之间的加速电压 U_{G_2K} 使电子在 K 和 G_2 之间加速。在极板 A 和第二栅极 G_2 之间可设置减速电压 U_{G_2A}。管内空间电位分布如图 6-34 所示。

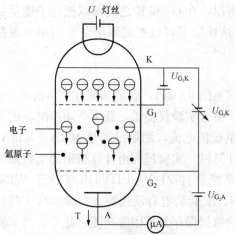

图 6-33　夫兰克—赫兹实验原理图

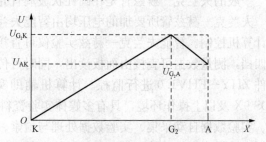

图 6-34　夫兰克—赫兹管管内空间电位分布

注意：第一栅极 G_1 和阴极 K 之间的加速电压 U_{G_1K} 约为 1.5V，用于消除空间电荷对阴极散射的影响。

当灯丝加热时，阴极 K 发射热电子，电子在 G_2K 之间的电场作用下被加速而获得越来越高的能量。但在起始阶段，由于电压 U_{G_2K} 较低，电子的能量较小，即使在运动过程中，它与原子相碰撞（为弹性碰撞），也只有微小的能量交换。这样，穿过第二栅极的电子所形成的极板电流 I_A 将随第二栅极电压 U_{G_2K} 的增加而增大（见图 6 - 35 中的 Oa 段），这一段曲线与二极管的特性相似。

当第二栅极电压 U_{G_2K} 达到氩原子的第一激发电位（11.5V）时，电子在第二栅极附近与氩原子相碰撞（发生非弹性碰撞）。电子把从加速电场中获得的全部能量传递给

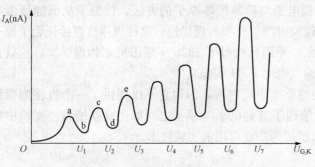

图 6 - 35　夫兰克—赫兹管内氩气的 I_A-U_{G2K} 曲线

氩原子，使氩原子从基态激发到第一激发态，而电子本身由于把全部能量传递给了氩原子，它即使能穿过第二栅极，也不能克服反向拒斥电场而到达极板 A。所以极板电流 I_A 将显著减小（如图 6 - 35 的 ab 中段），以后随着第二栅极电压 U_{G_2K} 的增加，电子的能量也随之增加，与氩原子相碰撞后还留下足够的能量这就可以克服拒斥电场的作用力而到达极板 A，这时电流又开始上升（如图 6 - 35 中的 bc 段），直到 U_{G_2K} 是 2 倍氩原子的第一激发电位时，电子在 G_2 和 K 间又会因第二次非弹性碰撞而失去能量，因而又造成了第二次极板电流的下降（如图 6 - 35 中的 cd 段），这种能量转移随着加速电压的增加而呈周期性的变化。若以 U_{G_2K} 为横坐标，以极板电流 I_A 为纵坐标，就可以得到谱峰曲线，两相邻谷点（或峰尖）间的加速电压差值，即为氩原子的第一激发电位值。

这个实验就说明了夫兰克—赫兹管内的电子与氩原子碰撞，使氩原子从低能级被激发到高能级。通过测量氩的第一激发电位值（11.5V 是一个定值，即吸收和发射的能量是完全确定的，不连续的），也就说明了原子能级的存在。

另外，电子也可以在 G_1 和 K 之间进行加速，由于 G_1 和 K 之间的距离很小，小于电子在氩气中的平均自由程，与原子碰撞的机会很小。所以，在 G_1 和 K 之间可以把电子能量加高，然后在较大的 G_1 和 G_2 之间的区域进行碰撞。这样除了可以把氩原子激发到第一激发态外，还可以得到氩原子的更高激发态。

三、实验装置

一般的夫兰克—赫兹管是在圆柱状玻璃管壳中（见图 6 - 36），管脚如图 6 - 37 所示。

夫兰克—赫兹管所要加的电压均由智能夫兰克—赫兹实验仪提供，既可手动控制，也可由计算机控制。智能夫兰克—赫兹实验仪可直接测量板极电流，测量范围是 $10\mu A \sim 10mA$，共四挡，测量数据可直接由面板读出，同时可传给计算机。实验过程由计算机辅助实验系统软件 ZHY—FHV1.0 进行监控。计算机辅助实验系统软件 ZHY—FHV1.0 工作于 WIN-DOS 9X 及以上操作环境，具有多媒体实验资料查询、实验装置自动控制、实验过程实时监控、实验数据自动采集、实验数据处理与检索、实验数据保存及打印等功能。此外，当实验数据出现异常时，计算机辅助实验系统软件会自动关闭所有的电压，并显示警告信息，提醒

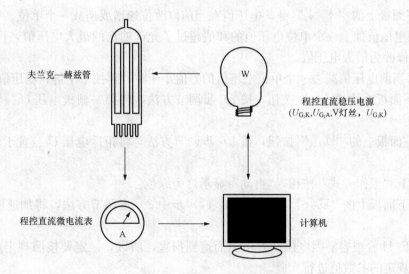

图 6 - 36　智能夫兰克—赫兹实验仪的实验装置原理图

实验人员检查实验装置和实验参数是否合适，避免损坏仪器（注：具体软件操作说明由实验室给出）。

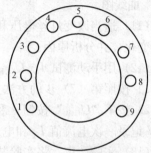

图 6 - 37　F- H 管脚接线图
1—K；2—G_1；3—G_2；
4、5—灯丝电压；7—A；
6、8、9—空

四、实验内容

（1）用手动方式、计算机联机测试方式测量氩原子的第一激发电位，并做比较。

（2）分析灯丝电压、拒斥电压的改变对 F-H 实验曲线的影响。

（3）了解计算机数据采集、数据处理的方法。

五、实验步骤

（1）连接面板上的连接线。不要接错位置并且正负极不能接反。

（2）经教师检查连接无误后，按下电源开关，接通电源，预热 10min。

（3）将夫兰克—赫兹仪上的信号输出端与示波器上的通道（CH_1 或 CH_2）连接，并将夫兰克—赫兹仪上的同步输出端与示波器上的外触发输入端（EXT）连接。

（4）调整示波器（调整方法见教材实验七）。

（5）将扫描电路内触发信号的选择开关（SOURCE）置于"EXT"位置。

（6）将垂直方式开关（MODE）置于通道"CH_1"或"CH_2"，如果两台夫兰克—赫兹仪共用一个示波器，则置于仪器上"DUAL"。

（7）夫兰克赫兹仪的参数设置：

1）将极板流 I_A 的量程置于仪器上所规定的量程。

2）先按下"灯丝电源"按钮，利用"←/→"键，将闪动位调至个位，再用"↑/↓"键，改变个位数值，使灯丝电压置于仪器上所规定值。

注意：

a. 按下面板上的"←/→"键，当前电压的修改位将进行循环移动，同时闪动位随之改变，以提示目前修改的电压位置。

b. 按下面板上的"↑/↓"键，电压值在当前修改位递增或递减一个单位。

c. 如果电压值加上一个单位电压值的和值超过了允许输出的最大电压值，再按下↑键，电压值只能修改为最大电压值。

d. 如果当前电压值减去一个单位电压值的差值小于零，再按下↓键，电压值只能为零。

3）按下面板上的"U_{G_1K}"按钮，按2）步调节方法，将第一栅极电压 U_{G_1K} 置于仪器上所规定值。

4）按下面板上的"U_{G_2A}"按钮，按2）步调节方法，将拒斥电压 U_{G_2A} 置于仪器上所规定值。

（8）按下"工作方式"按钮，"自动"显示灯为绿色。

（9）按下面板上的"U_{G_2K}"按钮，按第（7）步中2）步调节方法，将加速电压 U_{G_2K} 调为 80.0V。

注意：F-H 管很容易因电压设置不当而遭到损害，所以，一定要按照规定的实验步骤和仪器上所规定的参数值进行实验。

（10）调整示波器上"POSITION"、"VOLTS/DIV"旋钮，直至在荧光屏上观察到"I_A-U_{G_2K}"曲线图。

（11）适当改变灯丝电压和拒斥电压 U_{G_2A}，重复进行实验，在示波器上观察 I_A-U_{G_2K} 曲线的变化，并分析原因。

（12）用手动测试 I_A-U_{G_2K} 曲线。

1）按照第（7）步的方法重新设置参数值（按仪器上所规定的参数值）。

2）按下"U_{G_2K}"按钮，利用"↑/↓"键，逐步增加 U_{G_2K} 值，电流值随之改变，每隔 0.5V 记录一次电流值 I_A 和电压值 U_{G_2K}（U_{G_2K} 不超过 80.0V）。

（13）实验结束，将实验装置恢复原状。

六、数据记录与处理（见表 6-17～表 6-19）

表 6-17　　　　　　　　　　　　实 验 参 数 表

灯丝电压	U_{G_1K}	U_{G_2A}	电流量程	环境温度

表 6-18　　　　　改变灯丝电压和拒斥电压对 F-H 管的 I_A—U_{G_2K} 曲线的影响

	I_A—U_{G_2K}曲线的变化情况	原　因
灯丝电压增大 0.5V		
灯丝电压减小 0.5V		
拒斥电压 U_{G2A} 增大 1.0V		
拒斥电压 U_{G2A} 减小 1.0V		

表 6 - 19　　　　　　　　　　　氩原子第一激发电位测量数据表

$I_{A(\mu A)}$＼$U_{G_2K}(V)$ / $U_{G_2K}(V)$	0.0	0.5	1.0	...	9.0	9.5
10						
20						
30						
40						
50						
60						
70						
80						

计算第一激发电位值和平均值 $\overline{U}$ 及相对误差

$$\overline{U} = \frac{(U_{h4} - U_{h2}) + (U_{h3} - U_{h1}) + (U_{g4} - U_{g2}) + (U_{g3} - U_{g1})}{8}$$

（想一想此处为什么要这样计算平均值?）

相对误差：$E = \dfrac{|\overline{U} - 11.5|}{11.5} \times 100\%$

实验二十 电子荷质比的测定

一、实验目的

1. 验证电子是带有一定电量和具有一定质量的粒子。
2. 测定电子的荷质比值。
3. 了解磁控二极管的构造原理。

二、实验仪器

HZ-2 型电子荷质比测定仪、螺线管。

三、实验原量

本实验的主要设备是电子荷质比测定仪,它主要包括电源、螺线管和磁控二极管三部分。其工作原理示意图如图 6 - 38 所示。

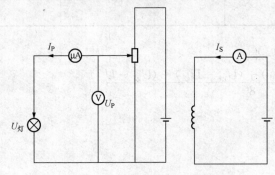

图 6 - 38 电子荷质比测定仪工作原理图

I_P—阳极电流;U_P—阳极电压;

$U_灯$—灯丝电压;I_S—励磁电流

本仪器中所用的磁控二极管的阳极作成圆筒形,阴极灯丝直立于圆筒形中心。电子管放入长螺线圈内,并与螺线管同轴。在阳极和阴极之间加以电压,灯丝发射出来的电子沿电场 E 的相反方向呈辐射状向阳极运动,最后被阳极吸收而形成阳极电流 I_P。若螺线管通电产生轴向磁场,则电子除受电场力以外,还要受到垂直于电子运动方向的洛仑兹力,此力使电子沿运动路径的法向产生一加速度,使电子不能再沿径向作直线运动而被迫弯成圆弧形。这圆弧的曲率随着洛仑兹力的增大而增大(见图 6 - 39),当此力增大到一定程度时,电子就不可能到达阳极,也就是说,当磁场大到一定程度时,阳极电流会突然截止(见图6 - 40)。此时的磁感应强度就称为使阳极电流截止的临界磁场 B_C。

分析电子在阳极和阴极之间的受力情况,可以得出极坐标系统下的电子运动微分方程(方程略),利用阳极电流为 0 的边界条件,可以得此微分方程的解为

$$\frac{e}{m} = \frac{8U_P}{B_C^2(r_a^2 - r_k^2)} \qquad (6-74)$$

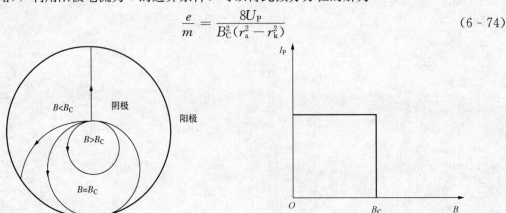

图 6 - 39 磁控二极管内电子运动轨迹示意图   图6 - 40 磁控二极管的阳极电流随磁场的变化

式中：U_P 为阳极电压；r_a 为阳极半径；r_k 为阴极半径；$\frac{e}{m}$ 为电子荷质比。

而 B_C 是通电螺线管产生的轴向磁场，根据阳极电流截止时的励磁电流 I_C，利用螺线管上磁场的公式，不难计算得到

$$B_C = \frac{\mu_0 n L I_C}{\sqrt{R^2 + L^2}} \tag{6-75}$$

式（6-75）代入式（6-74）可得到

$$\frac{e}{m} = \frac{8(R^2 + L^2)}{\mu_0^2 n^2 L^2 (r_a^2 - r_k^2)} \frac{U_P}{I_C^2} \tag{6-76}$$

式中：R 为螺线管半径，m；$2L$ 为螺线管长度，m；$n = \dfrac{N}{2L}$ 为螺线管单位长度的匝数，m^{-1}；N 为螺线管总匝数；$\mu_0 = 4\pi \times 10^{-7}$，$\text{T} \cdot \text{m} \cdot \text{A}^{-1}$；$I_C$ 为临界励磁电流，A；U_P 为阳极电压，V。

应用国际单位制，求得 e/m 的单位就为 C/kg。式（6-76）就是本仪器测定电子荷质比所依据的公式。

由于电子从阴极出来时就具有各种不同的初速度（电子热运动所至），以及阴极的偏心（由装配及阴极加热膨胀所至）；导致阳极电流的截止不是突变，而是渐变的。也即阳极电流随励磁电流的实际变化如图 6-41 所示。考虑到电子热运动速度分布的各向同性及阴极热膨胀的方向均匀性，把临界励磁电流 I_C 取在使初始阳极电流减少一半的地方是合适的。

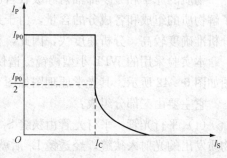

图 6-41　阳极电流随励磁电流的
实际变化示意图

四、实验内容及步骤

（1）记录螺线管和磁控二极管的有关参数。

（2）将灯丝电压取为 6.0V，如果阳极电流太大或太小，可以稍微调节灯丝电压。

（3）取某一阳极电压，调节励磁电流由小到大，观测阳极电流的变化。

（4）列表记录 $I_S \sim I_P$ 的对应数据，并作出相应的曲线。

（5）根据曲线确定临界励磁电流 I_C，由式（6-76）求得 e/m 的值。

（6）测得对应于一组不同的阳极电压的 I_S-I_P 曲线，由图求得对应于不同 U_P 的临界励磁电流 I_C，并由式（6-76）求得各对应的 e/m 值，取其平均值作为结果。亦可作 U_P-I_C^2 直线，求出此直线的斜率，代入式（6-76）计算得到 e/m 的平均值。

（7）参考 2.7.3 节，采用线性回归法处理实验数据，得出 e/m 值。

五、注意事项

（1）使用的环境温度 0～40℃，相对湿度＜80%，输入电压 220V。

（2）仪器周围不应有强电磁场的干扰，没有强烈振动。

（3）测试时要保证磁控二极管和螺线管同轴，且二极管的中心位于螺线管的中央。

（4）测试的数据在阳极电流下降的地方应该密一些。

六、思考题

（1）磁控二极管的原理如何？

（2）怎样确定临界励磁电流 I_C？

实验二十一　小型棱镜摄谱仪测定光波的波长

一、实验目的

1. 了解摄谱仪的构造原理。

2. 初步掌握棱镜摄谱仪的调节方法和使用方法。

3. 了解用照相法测定光谱线波长的方法，掌握在摄谱仪上直接用测微读数装置测谱线波长的方法。

二、实验仪器

WPL 小型棱镜摄谱仪（包括摄谱箱上的测微读数装置），电极架，电弧发生器，光源聚光镜，比长仪（或读数显微装置），光谱管（He、Hg 等）及电源。

三、实验原理

物质的原子和分子都辐射和吸收自己的特征光谱。分析物质的辐射和吸收光谱，就可以了解物质的组成和各成分的含量，由于光谱分析具有较高的灵敏度，特别是对低含量元素的分析准确度较高，分析速度快，因此，在科学实验和研究中有着重要的应用。

本实验采用的 WPL 小型棱镜摄谱仪可用来观察、拍摄与测量可见光区域的光谱。原理图如图 6-42 所示。其光学原理图如图 6-43 所示。

它主要由三部分组成：

（1）平行光管。平行光管由狭缝 S_1 和透镜 L_1 组成，S_1 位于 L_1 的焦平面上。当被分析物质发出的光射入狭缝，经透镜 L_1 后就变成为平行光。实际使用中，为了使光源 S 射出的光在 L_1 上具有较大的照度，在光源与狭缝之间放置会聚透镜 L，使光束会聚在狭缝上。

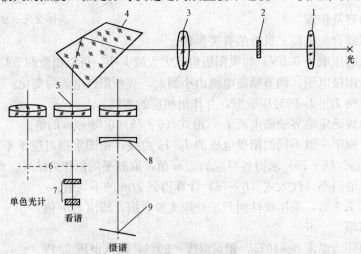

图 6-42　仪器原理图

1—聚光镜；2—入射狭缝；3—入射物镜；4—恒偏向棱镜；5—出射物镜；6—出射狭缝；

7—看谱目镜；8—照相物镜；9—摄谱底片

（2）棱镜部分。主要是一个或几个棱镜 P。由于棱镜的色散作用，不同波长的平行光被分解成不同方向的平行光。

（3）光谱接收部分。摄谱仪的光谱接收部分是一个照相装置，它包括透镜 L_2 和放置在

L_2 的第二焦平面上的照相板 F。透镜 L_2 可使被棱镜分解开的各种不同波长的单色平行光聚焦在 F 的不同位置上，如图 6-43 中 $F_1(\lambda_1)$ 和 $F_2(\lambda_2)$ 各点。又因透镜对不同波长的光的焦距不同，因此不同波长的光经 L_2 聚焦后并不分布在与光轴垂直的同一平面内。适当调节照相底板 F 的位置（有一定倾角），可以清晰地记录各种波长的谱线。

$F_1(\lambda_1)$、$F_2(\lambda_2)$ 分别是波长 λ_1 和 λ_2 的光照亮狭缝而形成的像，称为光谱线。各条光谱线在底版上按波长依次排列，就形成被摄光谱的光谱图。

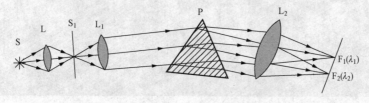

图 6-43　仪器光学原理图

图 6-42 中的 4 是恒偏向棱镜，其分光原理与图 6-43 中的三棱镜 P 完全相同，但它还有一个重要特性就是 90°定偏向特性，即当某一波长的光以最小偏向位置（参见实验十）入射到三棱镜上，经其折射后，其出射角与入射角相等，且这时出射光与入射光的夹角最小（最小偏向角 δ_{min}），保持为 90°，即出射光与入射光相互垂直（见图 6-44）。因此，摄谱仪的出射光管与入射光管的光轴也是相互垂直的。

四、仪器介绍

仪器的基本组成（见图 6-45）：机座 1、导轨 2、电弧发生器 3、电极架 4、光源聚光镜 5、入射狭缝 6、入射光管 7、棱镜旋转鼓轮 8、棱镜罩 9、出射光管 10、看谱目镜 13、摄谱箱 33。

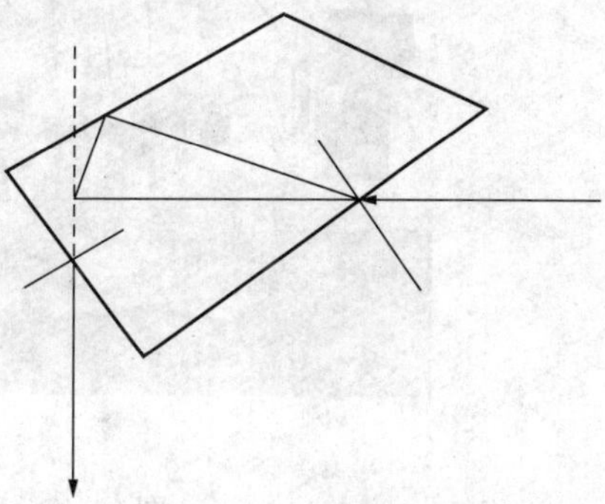

1. 电极架

电极架用来夹持试棒，使用时调整其相对位置，以达到所需要的电弧或火花光源，其外形如图 6-45 中的 4 所示。

图 6-44　恒偏向棱镜

电极架的调整有以下四个方面：

（1）总升降——操作旋钮 18。

（2）上下分合——操作旋钮 19。

（3）电极绕中心微转——操作调节螺钉 17。

（4）下试棒对上试棒左右微动——操作调节螺钉 16。

整个电极架的各部分套在升降管上，而升降管插在支座孔内可作粗调节用，左侧螺钉是固紧用的。支座可在导轨上左右移动，由固定螺钉 23 固定。

电弧火花发生器引出之导线应接入插孔 21 中，并用螺钉压紧，试件安置在斜槽内用螺钉 22 固紧。

绝缘棒 20 使试件与调整部分绝缘，以保证操作安全。

2. 入射狭缝

入射狭缝是光谱仪中重要的机械部件，它用来限制入射光束并构成光谱的实际光源，直接决定谱线的质量，本仪器的狭缝如图 6-45 的 6 所示。

狭缝由两片对称分合的刀片组成，其分合动作由刻度轮 28 实现。改变刻度轮上一个分度相当于狭缝宽度改变 0.005mm（一圈为 0.25mm）、狭缝盖 27 内装有能滑动的哈德曼光阑板 26（见图 6-47），上面装有曝光开关 25，用锁紧螺钉 24，固定在狭缝体上。

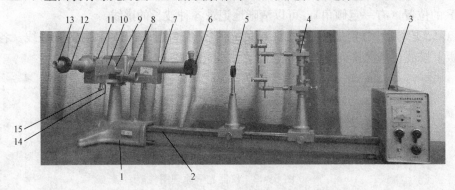

图 6-45　WPL 小型棱镜摄谱仪实物图（一）

1—机座；2—导轨；3—电弧发生器；4—电极架；5—光源聚光镜；6—入射狭缝；7—入射光管；8—棱镜旋转鼓轮；
9—棱镜罩；10—出射光管；11—锁紧机构；12—出射狭缝调节螺钉；13—看谱目镜；14—调整螺钉；15—调节螺杆

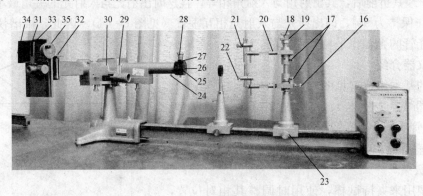

图 6-45　WPL 小型棱镜摄谱仪实物图（二）

16—调节螺钉；17—调节螺钉；18—旋钮；19—旋钮；20—绝缘棒；21—插孔；22—螺钉；23—固定螺钉；
24—锁紧螺钉；25—曝光开关；26—哈德曼光阑；27—狭缝盖；28—刻度轮；29—棱镜转动平台；
30—压板；31—刻度尺；32—螺钉；33—摄谱箱；34—暗盒；35—旋转手轮

　　光阑板上设有三种方孔，它是供改变谱线的高度和进行三种谱线的比较实验用的，板上三条红线与三种高度缝相对应，某一红线与狭缝盖边缘相切时，表示光阑板上相应的缝位于入射狭缝中的位置。移动的曝光开关控制光线进入仪器的闸门，故在摄谱时可借此控制曝光时间。另外，它也起防尘作用，在不使用时应使之闭合。

　　3. 入射光管

　　图 6-45 中的入射光管 7 是光线进入棱镜色散前的产生平行光的部件，它由销钉定位，用大滚花螺钉固定在机座的平板上，管之左端内装有入射物镜，光管之右端套有入射狭缝，入射狭缝套管上刻有一线，该线与入射光管端面重合时，表示入射狭缝已与入射物镜的焦面重合（见图 6-46）。

　　4. 棱镜台及其旋转机构

　　棱镜转动台是用以放置恒偏向棱镜并使之转动的部件，当旋转图 6-45 中的波长刻线鼓轮 8 时，棱镜绕一固定轴线旋转，在看谱镜内可依次观察到不同波长的谱线。

棱镜旋转台以销钉位定，用小滚花螺钉固定在机座的平板上，棱镜旋转是由波长刻线鼓轮内同轴丝杆推动棱镜转动平台 29 而实现的，棱镜转动平台之旋转轴由滚珠支承，以保证运动灵活。

在仪器使用前，棱镜应放在棱镜台的固定位置上（划线表示），用压板 30 压紧，压紧棱镜时压力不要过大以防棱镜变形或破碎。

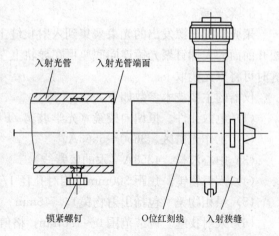

图 6-46　入射光管与狭缝套管的连接

5. 出射光管

出射光管是光线经棱镜色散后的接收或聚焦部件，其结构如图 6-45 中的 10 所示，其中前端装有出射物镜筒，筒内有出射物镜。镜筒被支持在出射管壁上四个调整螺钉 14 上，通过旋转调焦手轮 15，使之能在轴向有大约 10mm 的移动量，调焦之位置可由出射管面指针指示的数值读出。

出射管之另一端有一内圆定位孔，它是用以放置摄影箱或看谱管，它们在出射管内均用锁紧机构 11 之螺母锁紧。

6. 摄谱箱

摄谱箱是实现摄谱的主要部件，其结构如图 6-45 中的 33 所示，它由摄谱箱架子，照相物镜和放置摄谱底片的木匣组成，它的一端装有照相物镜。另一端为旋转摄谱底片的木匣，它放在能在燕尾槽上下滑动的木匣子的滑道上，当拨开左上角的搭扣匣子能从滑道取下来，到暗室搁放底片。

旋转手轮 35，通过齿轮转动，匣子便在燕尾槽上下滑动，以便在一张底片内拍摄多排谱线，上下移动的距离可由左侧标尺读出，当利用光阑板上三排孔摄谱时暗箱不作上下移动。

松开螺钉 32 匣子可绕一固定轴转动，目的使在整个波长范围内得到清晰的谱面，因为通过色散从后焦平面是倾斜的，旋转角度数可以从刻度尺上读出。

7. 看谱管

看谱管是作为看谱与单色光计用的，它主要由出射狭缝和看谱目镜组成。

出射狭缝是由两薄片组成，它们对出射物镜光轴对称，分合动作由转动图 6-45 中的狭缝调节螺钉 12 得到，管座后端之圆柱面与出射光管相应部分连接。

看谱目镜 13，用螺纹连接在看谱镜筒上，可适应观察者不同视度，看谱时可旋动目镜视度调节圈。

如果把看谱目镜从镜筒内旋出，则可作单色光计用，使用时可调整出射狭缝的宽度，并通过波长读数鼓轮的旋转得到需要波长的单色光，波长近似值可以由给出的鼓轮刻度与波长的关系曲线中查取（见随仪器所附的曲线图）。

视场内的指针是看谱时的标志，调节螺钉旁边的另一部件内装有弹簧。位置已经调好，不要随便变动。

8. 聚光镜

聚光镜把光源发出的光束聚集到入射狭缝上。松开右侧小螺钉，聚光镜可作上下移动，松开前面的大螺钉聚光镜连同底座可在导轨上左右移动。当不用聚光镜而以光源直接照明狭缝时可将聚光镜取下。

仪器的主要技术参数如下：

(1) 色散元件。恒偏向棱镜（光学玻璃 ZF1）。

(2) 工作光谱区。3650～6563Å。

(3) 中心波长。4358Å（汞的蓝紫线）。

(4) 入射物镜。焦距 300mm，相对孔径 1/10。

(5) 照相物镜（包括出射物镜）。545mm。

(6) 入射狭缝。调节范围 0～1.5mm，格值 0.005mm。

(7) 出射狭缝。调节范围 0～8mm。

(8) 看谱镜目镜。放大倍数 8×。

(9) 哈德曼光阑。三排孔，每孔高，2mm。

五、实验内容及步骤

本实验的内容为：在教师的指导下，在观察屏上观察铁或铜的激发光谱，了解谱线的拍摄过程与方法及利用已知的铁谱图测未知谱线波长的方法；利用摄谱箱上的测微读数装置进行已知谱线与未知谱线的位置的测量，采用内插法与图像法求出未知谱线的波长。

(1) 摄谱仪的调节。

1) 见图 6-46，将入射光管与狭缝套管连接起来，并用锁紧螺钉锁定。保证狭缝套管上的 0 位红刻线与入射光管的端面齐平，使狭缝刀片的刃口处于物镜的焦平面上。

2) 以汞光谱管作为光源，这时可去掉光源聚光镜（见图 6-45），将光谱管紧贴狭缝，并保证它们等高，且使光谱管的发光区域正位于光轴与狭缝构成的平面内。

3) 取去狭缝罩盖，用看谱管观察谱线。注意调节狭缝的大小、看谱管目镜的位置及目镜与物镜之间的距离（通过调焦手轮 15 控制），以使所观察到的谱线最为明亮锐利、清晰。调节狭缝大小时，应注意刻度鼓轮上的分度值为 0.005mm，与刻度鼓轮配合的圆柱上的最小刻度为 50×0.005mm=0.25mm，一般狭缝的大小为 0.02mm 左右。

4) 棱镜位置的微调。以汞谱中的蓝紫光所对应的波长 4358Å 为中心波长，将棱镜旋转鼓轮 8 置于红点处，在看谱管视场内观察 4358Å 的谱线，应使其处于视场内的小指针的尖端。如不处于尖端，可以打开棱镜罩盖，微调棱镜位置（一般情况下均已调好，不须自行调节）。

(2) 光谱的拍摄与波长的测量。

1) 光谱的拍摄。为了测量待测光源发射的谱线波长，必须先拍摄出待测光谱，然后和已知波长的谱线进行比对。本实验用铁的光谱作为已知波长的谱线，可测量氦、氖、氢、汞、钠等光源的光谱线的波长。拍摄时，常用如图 6-47 所示的哈德曼光阑遮光。它有三个方形小孔，第一孔的下面一条边与第二孔的上面一条边在同一直线上。光阑装在摄谱仪的狭缝前，左右移动光阑，可将其上的三条刻度中任意一条对准狭缝外壳的边缘，这时，与该刻线对应的孔则与狭缝罩合。假如我们先用第一孔拍摄已知波长的光谱（如铁的光谱），移动光阑再用第二孔拍摄待测光谱（如汞灯光谱），第三孔再拍摄另一已知波长的光谱（如铜的光谱）（注意光谱线的高低位置与各孔的对应关系），那么就将在冲洗好的照相底版上得到三列光谱，两列已知光谱的谱线与待测光谱的谱线在竖直方向恰相衔接而又不相重合（见图6‑48）。

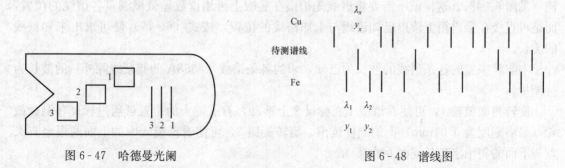

图 6‑47　哈德曼光阑　　　　　　　　　　　　　　图 6‑48　谱线图

拍摄时注意：①先在毛玻璃上观察谱线，看暗匣旁边的标尺在什么位置可以拍到光谱，每拍一组谱线，暗匣须移动多少，以便拍摄时控制暗匣的位置，然后固定所有元件。用狭缝前的罩盖将狭缝盖上，取下暗匣，在暗室内装入底版（注意不要使底版曝光）。底版的药膜面（比较不光滑的一面）应对着入射光的方向。为了拍得较好的谱版，必须准确控制曝光时间。曝光时间太短，底版感光不足，拍不出谱线或谱线太淡；曝光时间太长，谱线变黑变粗，影响测量结果。为此，可以在同一张底版上拍摄二至三组不向曝光时间的谱线，以供测量时选择。曝光时间的长短可用狭缝罩遮闭或打开来控制（一般厂家都已给出每台仪器拍摄时有关的最佳参数）。②在拍摄比较光谱时，必须防止不同光源的光谱线产生横向相对移动而引起测量波长的误差，因此，拍摄每组谱线时，会聚透镜、棱镜及照相物镜等均不能移动。待几组光谱全部拍摄完后，将暗匣抽板插入，并取下暗匣用黑布包好。③底版的冲洗须在暗室中进行，并遵循有关的操作规则。

2）待测谱线波长的测量。测量谱线波长一般采用内插法。这个方法是假设在一个较小的波长范围内，摄谱仪棱镜的色散是均匀的，即认为谱线在底版上的位置与波长有线性关系。若已知谱线的波长为 λ_1 和 λ_2，介于 λ_1 和 λ_2 之间的待测谱线的波长 λ_x，它们在底版上的位置为 y_1、y_2 和 y_x（见图6‑48），则根据上述假定，可得出

$$\frac{\lambda_2-\lambda_1}{y_2-y_1}=\frac{\lambda_x-\lambda_1}{y_x-y_1}$$

即

$$\lambda_x=\lambda_1+\frac{y_x-y_1}{y_2-y_1}(\lambda_2-\lambda_1) \qquad (6‑77)$$

测量 y_1、y_2 和 y_x 时，是将比长仪（或读数显微镜）中的十字叉丝依次对准底版上波长为 λ_1、λ_x 和 λ_2 的谱线，顺着一个方向旋转螺旋（测量过程中切勿倒退旋转，以免引入回程误差），记录下读数。测量三次，求平均值。

棱镜摄谱仪的色散实际上不是线性的，因此使用内插法时，必须选择一条最靠近的已知谱线，一般要求 λ_1 和 λ_2 相差在几十埃（Å）之内，才能使测量结

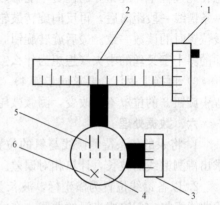

图 6‑49　测微读数装置和看谱镜
1—测微鼓轮；2—标尺；3—旋钮；
4—看谱镜；5，6—读数标识叉丝

果的误差较小。

　　（3）直接使用摄谱箱上的测微读数装置测出谱线位置，求出待测谱线的波长。现在使用的 WPL 小型棱镜摄谱仪已对原来的仪器进行了改进，在摄谱箱上附有测微读数装置和看谱镜（见图 6-49）。这样就不需要将谱线先拍摄在底版上再用读数显微镜测量各谱线的位置，而是可直接在摄谱箱上读出已知谱线与未知谱线的位置，按式（6-77）便可求出未知谱线的波长。

　　本实验中氦的各条谱线的波长为已知，汞的各条谱线（4358Å 的蓝紫线除外）的波长为待测量。

　　旋转测微鼓轮 1，可使看谱镜 4 在标尺 2 上移动，看谱镜 4 的位置可通过标尺和测微鼓轮（最小刻度为 0.01mm）上的刻度读出。旋转旋钮 3，可使看谱镜 4 中的上面两根竖直叉丝与下面的斜十字叉丝同时左右移动。

　　测量时注意按以下步骤进行：

　　1）以汞的蓝紫线（4358Å）作为中心波长调校仪器的各部分。将棱镜的旋转鼓轮 8 置于红点处，微调棱镜位置，使用看谱管观察，应使其处于视场中小指针的尖端位置（一般情况下，棱镜位置不须改变，如须改变，应在教师指导下进行）。

　　2）固定光源和棱镜上其他元件，然后将看谱管取下，换上摄谱箱。注意使摄谱箱有一个倾角并使之固定（每一台仪器均已给出最佳值）。

　　3）调节看谱镜 4 的目镜，以保证能在视场中看到清晰的黑色叉丝与标尺。旋转旋钮 3，移动叉丝使其处于视场的中间位置。旋转测微鼓轮 1，以使看谱镜 4 处于标尺 2 的中间位置。观察谱线并旋转棱镜上的调焦手轮 15，最后应使视场中所有谱线最为锐利、明亮、清晰。

　　4）关闭汞灯电源，移开汞灯。换上氦灯，打开电源，等待发光稳定。通过会聚透镜 5 将先聚焦在狭缝上。

　　5）旋转测微鼓轮 1，使看谱镜 4 向左移动靠近最左端。再旋转测微鼓轮 1 使看谱镜 4 向右移动，并同时观察氦的各条谱线。当谱线处于上面两竖直叉丝的中央和经过下面的斜十字叉丝的交点时，通过标尺 2 和测微鼓轮 1 读出该谱线的位置。依次记下各条谱线的位置（注意在此过程中，旋钮 3 的位置不能移动）。测完后再旋转鼓轮 1，先使看谱镜 4 左移越过第一条谱线一段距离后，再反向旋转鼓轮 1 使看谱镜右移，保证标尺与鼓轮的读数与测量该谱线位置时的读数一致。最后旋转旋钮 3 以使第一条谱线处于看谱镜中的上面两竖直叉丝与下面的斜十字叉丝的中央（想想为什么？）。

　　6）再换上汞灯，要求同步骤 4）。从左至右依次测出汞的各条谱线的位置（注意测量过程中旋钮 3 的位罩不能改变，测微鼓轮只能缓慢地向一个方向旋转）。

　　六、数据处理

　　1. 将汞的各条待测谱线与氦的位置最接近的两条谱线比较，采用内插法按式（6-77）求出待测谱线的波长，计算相对误差。

　　2. 以各谱线位置为横坐标，波长为纵坐标，在坐标纸上标出氦的各条谱线的位置，再用曲线板将它们连成光滑的曲线。在曲线上找出待测的各谱线的位置，从图上读出各谱线的波长。

七、注意事项

1. 必须爱护入射狭缝，不要让刀片处于相互紧闭的状态，因为刀刃比较锐利，相互紧闭容易产生卷边而使刃口受到损伤与破坏。

2. 旋转各种刻度轮时，要用力小而均匀，保证缓慢匀速进行。

3. 在拍摄光谱的过程中，注意曝光前，入射狭缝前的曝光开关应是关闭的，还要注意底版匣旁边的黑色遮光板要拉出来，以防止造成虚拍。

4. 调整电极时，不能接触绝缘棒的左边部分，以保证操作安全，调试电弧或火花时应戴上防护眼镜，以免伤害眼睛。

八、思考题

1. 摄谱仪由哪几部构成？它所以能分光并摄谱是根据什么原理？

2. 拍摄比较光谱时，为什么使用哈德曼光阑？每一孔所对应的谱线的上下位置与孔的位置有何关系？为什么？

3. 测未知谱线波长时，为什么要用两组已知波长的谱线？在图 6-48 中用内插法求其第二条待测谱线的波长时，要使用哪两条已知的谱线？

4. 在测已知谱线与未知谱线的位置时，由于是分两次进行，这其中存在着回程误差，在实验过程中，是怎么消除回程误差的？

5. 比较用图像法与内插法处理数据理论上哪种方法误差更小些？为什么？

可见光区汞的发射谱线波长见表 6-20，可见光区氦的发射谱线波长见表 6-21。

表 6-20　　　　　　　　　　　可见光区汞的发射谱线波长　　　　　　　　　　　Å

波长	颜色	相对强度	波长	颜色	相对强度
6907.2	深红	弱	5460.7	黄绿	很强
6716.2	深红	弱	5354.0	绿	弱
6234.4	红	中	4960.3	蓝绿	中
6123.3	红	弱	4916.0	蓝绿	中
5890.2	黄	弱	4358.4	蓝紫	很强
5859.4	黄	弱	4347.5	蓝紫	中
5790.7	黄	强	4339.2	蓝紫	弱
5789.7	黄	强	4108.1	紫	弱
5769.6	黄	强	4077.8	紫	中
5675.9	黄绿	弱	4046.6	紫	强

表 6-21　　　　　　　　　　　可见光区氦的发射谱线波长　　　　　　　　　　　Å

颜色	红	红	黄	蓝绿	蓝绿	蓝绿	蓝
波长	7065.2	6678.2	5875.6	5047.7	5015.7	4921.9	4713.1
颜色	紫	紫					
波长	4387.9	4143.8					

实验二十二 迈克耳逊干涉实验

一、实验目的

1. 了解迈克耳逊干涉仪的构造原理，并掌握其调节方法。

2. 观察干涉条纹，区别等倾干涉和等厚干涉，定域干涉和非定域干涉，巩固加深对干涉理论的理解。

3. 利用等倾条纹测定光波的波长和波长差。

二、实验器具

迈克耳逊干涉仪半导体激光器、钠光灯、白光光源、会聚透镜、扩束镜、毛玻璃观察屏。

三、仪器介绍

迈克耳逊干涉仪是一种典型的分振幅双光束干涉装置。可用它来研究多种干涉现象，并对有关的物理量进行精密的测量。

图 6-50　迈克耳逊干涉仪的结构

1—观察屏；2—粗动手轮；3—分光板；4—补偿片；
5—固定反射镜 M_1；6—活动反射镜 M_2；7—粗调螺钉；
8—水平微调；9—垂直微调；10—微动手轮；11—读数窗

1. 迈克耳逊干涉仪的结构

迈克耳逊干涉仪的结构如图 6-50 所示。M_1 与 M_2 是两面经精细磨光的平面反射镜。M_1 是固定的，M_2 是活动的，转动粗动手轮 2，M_2 能在精密导轨上前后移动，M_2 的镜面垂直于移动方向；在粗动手轮 2 对准某一刻线，微动手轮 10 对准零时，这时转动微动手轮 10，M_2 在精密导轨上做的是微小移动。在上述两种情况下，M_2 移动的距离可由导轨上的标尺（位于导轨的左侧）读数窗 11 和微动手轮 10 上的刻度共同读出。

G_1 和 G_2 是两块材料、厚度一样的平行平面玻璃。G_1（称为分光板）的一个表面上镀有半透明的铬

（或铝）层 K，使射到它上面的光线的强度一半被反射，另一半被透射。G_2 称为补偿片，与 G_1 保持平行，且与 M_2 成 45°。调节 M_1，可使 M_1 与 M_2 相互垂直或成某一角度。调节 M_1 的方法是：粗调用 M_1 背后的三个螺钉 7 进行；细调时调节 M_1 下面的两个相互垂直、附有弹簧的微动螺钉 8 和 9。

2. 迈克耳逊干涉仪的光路

迈克耳逊干涉仪的光路如图 6-51 所示。光源上一点发出的光线射到半透明层 K 上被分为两部分光线"1"和"2"。K 上的反射光"2"射到 M_2 上再被反射回来，透过 G_1 到达 E 处。K 上的透射光"1"透过 G_2 射到 M_1 上，被 M_1 反射回来后再透过 G_2 射到 K 上，被 K 反射而到达 E 处。由于光线"1"和"2"是由同一条入射光线分出来的，故它们是相干光，

在 E 处叠加将发生干涉。

玻璃片 G_2 称为补偿片，起补偿光程的作用，以使光线 1 和 2 在最后到达 E 处时，通过玻璃片的次数相同，因而通过玻璃片的厚度也相同。

光线"1"也可看作是从 M_1 在半透明铬层中的虚像 M_1' 反射来的。在研究干涉时，M_1' 与 M_1 是等效的。注意的是光线"1"和"2"在到达 E 处时存在着一附加光程差 $\frac{\lambda}{2}$。

四、实验原理

1. 点光源产生的非定域干涉条纹

由两个相干的单色光源所发出的球面波，在相遇的空间处皆可产生干涉现象。在此空间任意位置放一观察屏都可接收到干涉条纹，这种条纹称为非定域干涉条纹。

利用迈克耳逊干涉仪可实现两个相干点光源的干涉，如图 6 - 52 所示。使半导体激光束（近似于平行光束）通过一短焦距会聚透镜 L（$F \approx 10\text{mm}$），在焦点处形成一点光源 S_0，S_0 经 G_1 和 M_1 镜面成像，形成虚光源 S_1，S_0 经 G_1 和 M_2 镜面成像，形成虚光源 S_2。由于两虚点光源 S_1 和 S_2 是来自于同一激光束的会聚点 S_0，故它们是相干光源，将在整个空间产生非定域的干涉条纹（注意由于存在附加光程差，S_1 和 S_2 是反相的）。调节 M_2 在导轨上的不同位置和 M_1、M_2 的方位，可以改变虚点光源 S_1 和 S_2 的位置，因而也就可以得到各种不同形状的非定域干涉条纹。

现在来分析两点光源 S_1 和 S_2 所形成的干涉场，如图 6 - 52 所示 S_1 与 S_2 相距为 $2d$，空间任一点 P 的相位差由光程差 ΔL 来确定（实际情况还必须考虑附加光程差 $\lambda/2$）。

$$\Delta L = r_1 - r_2$$
$$r_1 = \sqrt{(y+d)^2 + x^2 + z^2}$$
$$r_2 = \sqrt{(y-d)^2 + x^2 + z^2}$$
$$\Delta L = r_1 - r_2 = \sqrt{(y+d)^2 + x^2 + z^2} - \sqrt{(y-d)^2 + x^2 + z^2} \tag{6-78}$$

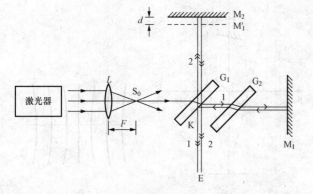

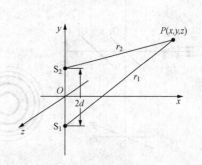

图 6-51　迈克耳逊干涉仪的光路　　　　图 6-52　两相干点光源形成的干涉物

由上式消去根号，化简，便可得到等光程差面的方程式

$$\frac{r^2}{\left(\frac{\Delta L}{2}\right)^2} - \frac{x^2 + z^2}{d^2 - \left(\frac{\Delta L}{2}\right)^2} = 1 \tag{6-79}$$

若将 $\Delta L = k\lambda$ 代入上式，即得

$$\frac{\lambda^2}{\left(\frac{k\lambda}{2}\right)^2} - \frac{x^2 + z^2}{d^2 - \left(\frac{k\lambda}{2}\right)^2} = 1 \qquad (6-80)$$

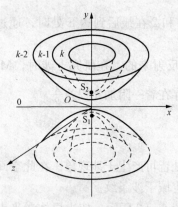

图 6-53 等光程差旋转双曲面

式（6-80）表明，等光程差面是一组以 k 为参数的旋转双曲面，其旋转轴为 y 轴，曲面形状如图 6-53 所示。我们所观察到的非定域干涉条纹就是等光程差曲面与观察屏幕的交线。交线的形状取决于屏幕相对于 S_1 和 S_2 的位置。

（1）圆形干涉条纹。圆形干涉条纹出现的条件是反射镜 M_2 与 M_1'（M_1 经 G_1 反射形成的虚像）平行，接收屏 E_1 垂直于 S_2 和 S_1 的连线，如图 6-54 所示。

在图 6-54（a）所示的 E_1 平面中设有一 P 点，则 P 点至 Q 点的距离为 $\rho = \sqrt{x^2 + z^2}$；S_1 到 E_1 平面距离 $D_1 = |y - d|$；S_2 到 E_1 平面的距离为 $D_2 = |y + d|$。将 ρ、D_1、D_2 的表达式代入式（6-78）中可得（注意光程差一般指的是绝对值）

$$\Delta L = \sqrt{D_2^2 + \rho^2} - \sqrt{D_1^2 + \rho^2}$$
$$= D_2\sqrt{1 + \left(\frac{\rho}{D_2}\right)^2} - D_1\sqrt{1 + \left(\frac{\rho}{D_1}\right)^2}$$

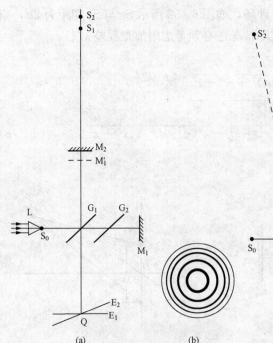

图 6-54 圆形与椭圆形干涉条纹的观察
(a) 光路图；(b) 干涉条纹

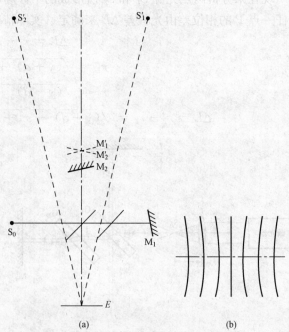

图 6-55 直线与双曲线干涉条纹的观察
(a) S_1' 和 S_2' 的位置；(b) 干涉条纹

由于 D_1、$D_2 \gg \rho$，所以 ΔL 可表示为

$$\Delta L \approx D_2\left(1 + \frac{\rho^2}{2D_2^2}\right) - D_1\left(1 + \frac{\rho^2}{2D_1^2}\right) = (D_2 - D_1)\left(1 - \frac{\rho^2}{2D_1 D_2}\right)$$

$$= 2d\left[1 - \frac{\rho^2}{2(y-d)(y+d)}\right] \tag{6-81}$$

由式（6-81）并考虑到附加光程差 $\frac{\lambda}{2}$，可得出获得亮条纹的条件为

$$\Delta L + \frac{\lambda}{2} = 2d\left[1 - \frac{\rho^2}{2(y-d)(y+d)}\right] + \frac{\lambda}{2}$$

$$= k\lambda \tag{6-82}$$

由式（6-82）可得出相邻两亮条纹间距 $\Delta\rho$ 的表达式为

$$\frac{-2d\rho\Delta\rho}{(y-d)(y+d)} = \lambda \tag{6-83}$$

根据式（6-82）和式（6-83）可得单色光非定域圆条纹有下列规律：

1）$\rho = 0$ 时，光程差 ΔL 最大（d 一定时），即中心条纹干涉级次最高。当 ρ 逐渐增加时，干涉级次下降。

2）ρ 较小时，相邻干涉条纹间距 $\Delta\rho$ 较大，而当 ρ 较大时，$\Delta\rho$ 变小。即靠近中心的干涉条纹粗而疏，外圈的干涉条纹细而密。

3）中心条纹的光程差为

$$\Delta L \Big|_{\rho=0} = 2d + \frac{\lambda}{2} = k\lambda$$

上面的结果表明，中心条纹的光程差仅仅取决于 M_2 和 M_1' 的距离 d。当移动 M_2 向 M_1' 靠近时，ΔL 减小，干涉级次降低，ΔL 每减小 λ（即 M_2 向 M_1' 靠近 $\frac{\lambda}{2}$），中心"吞"进一个条纹。反之，M_2 向远离 M_1' 方向移动 $\frac{\lambda}{2}$，中心"吐"出一个条纹。如果单方向移动 M_1，使干涉条纹"吞"进（或"吐"出）N 个条纹，则 M_2 移动的距离为

$$\Delta d = N \cdot \left(\frac{\lambda}{2}\right)$$

以上即是测量很多与长度有关的微小量的基础。

4）当 d 减小时，即 M_2 靠近 M_1'，对于一定的 ρ，相邻干涉条纹间距 $\Delta\rho$ 变大，即 M_2 与 M_1' 较近时，条纹粗而疏；反之，增大时，条纹细而密。

5）当 $|y|$ 增大时（即使点光源 S_0 和屏幕 E_1 都远离 G_1），则同一级干涉条纹半径 ρ 是增大的。

（2）椭圆形干涉条纹。当观察屏不严格垂直于 S_1 和 S_2 时，干涉条纹将由圆形变为椭圆形。在图 6-54（a）中的观察屏 E_2 上出现的是椭圆形干涉条纹。

（3）直线和双曲线干涉条纹。由图 6-52 和图 6-53 可知，当观察屏 E 平行于 y 轴时，就可以观察到直线和双曲线形干涉条纹。观察时，可保持观察屏 E 的位置不变，适当调节 M_1 和 M_2 镜的方位和 M_2 镜在导轨上的位置即可。这时两虚点光源 S_1' 和 S_2' 的位置如图6-55（a）所示。图6-55（b）为观察到的干涉条纹。严格地说，干涉条纹中只有一条是直线形的，其他均为双曲线形的。由于观察屏较小，看起来似乎有多条直线形的。

2. 面光源产生的定域干涉条纹

当用面光源（或扩展光源）代替点光源照明迈克耳逊干涉仪时，面光源中每一点发出的光各自在干涉场中产生一组干涉条纹。各组干涉条纹之间有一定的位移。无数组干涉条纹非

相干叠加的结果，使得干涉场中的部分区域光场均匀分布，干涉条纹消失。而在干涉场的另一部区域，非相干叠加的结果，光强仍保持着一定的分布，干涉现象依然存在。这种在特定区域内仍然存在着干涉的现象，称为定域干涉，相应的干涉条纹称为定域干涉条纹，这特定的区域就称为干涉条纹的"定域"。定域的位置取决于 M_1' 和 M_2' 的位置和它们的取向。

观察迈克耳逊干涉仪的定域干涉条纹的方法有两种：一是直接用眼睛观察，此时应将眼睛调焦到干涉条纹的定域位置；二是用透镜成像的办法，将干涉条纹成像于观察屏上。

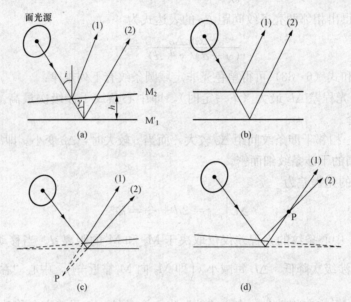

图 6-56 面光源在迈克耳逊干涉仪中的区域干涉

迈克耳逊干涉仪的由面光源产生的干涉现象与 M_2 和 M_1' 间的"空气膜"产生的干涉现象一样。M_2 与 M_1' 就相当于"空气膜"的两表面。图 6-56 中面光源上某点发出的光线入射到 M_2 和 M_1' 组成的空气膜上，形成反射光线（1）和（2），经计算得到光线（1）和（2）间的光程差$\left(注意存在着附加光程差 \dfrac{\lambda}{2}\right)$为

$$\Delta L + \frac{\lambda}{2} = 2d\sqrt{n_0^2 - \sin^2 i} + \frac{\lambda}{2} = 2d\cos\gamma + \frac{\lambda}{2} \tag{6-84}$$

式中：d 为入射光所在处 M_2 和 M_1' 之间的距离；n_0 为空气的折射率；i 为入射角；γ 为光线在膜内的入射角（非常接近于入射到 M_2 表面的入射光的折射角）。干涉条纹的形状及定域的位置取决于 d 和 γ。下面讨论的是单色面光源照明下的两种特殊情况：等倾干涉和等厚干涉。

（1）等倾干涉。当两镜面完全平行时［见图 6-56（b）］，此时 d 是常量，由式（6-84）可看出，光束（1）和（2）的光程差完全由 γ 所决定，干涉条纹是一系列与不同倾角 γ 相对应的同心圆形干涉条纹，称为等倾干涉条纹。由于（1）、（2）两光线相交于无穷远，因此干涉条纹定域于无穷远处。观察时，必须使眼睛聚焦于无穷远处（或者将观察屏放于透镜的后焦面处来接收干涉条纹）。

当 $\gamma=0$ 时，即入射光垂直于两镜面时，由式（6-84）知两光线具有最大的光程差，因而中心干涉条纹的级次最高。中心点的明暗完全取决于两镜面间的距离 d。当 d 一定，而 γ

不为 0 时，光程差减小，因而偏离中心的干涉条纹的级次较低。

（2）等厚干涉。式（6-84）中的 γ 值是由人眼对两镜面的张角来决定，如图 6-56（c）和图 6-56（d）所示。γ 值一般是很小的，因而可将 $\cos\gamma$ 展开，忽略高次项，可有

$$\Delta L = 2k\left(1 - \frac{\gamma^2}{2}\right) \tag{6-85}$$

如 M_2 和 M_1' 之间的距离 d 很小，满足 $d\gamma^2 \ll \lambda$，则此时 γ 对光程差 ΔL 的影响可忽略不计，式（6-85）就变为

$$\Delta L = 2d$$

即此时光程差 ΔL 就取决于空气膜的厚度 d。干涉条纹就是几何厚度相等点的轨迹。因此，这种干涉条纹就称为等厚干涉条纹。这些条纹是平行于 M_2 和 M_1' 的交线的等间距直线，间距的大小取决于 M_2 和 M_1' 的夹角，其夹角越大，干涉条纹也就越密集。

等厚干涉条纹是定域在薄膜表面附近的。因此，观察时需将眼睛调焦在薄膜附近。

当 d 值比较大，倾角 γ 对光程差的影响不能忽略时，可对式（6-84）求全微分。对某一级干涉条纹，有 $\delta(\Delta L) = 0$，即有

$$\delta(\Delta L) = -2d\sin\gamma \cdot \delta\gamma + 2\cos\gamma \cdot \delta d = 0 \tag{6-86}$$

由式（6-86）可看出，倾角的增加，即 $\delta\gamma > 0$，对光程差的贡献是负值，为使光程差保持不变，必须由薄膜厚度的增加，即 $\delta d > 0$ 来补偿。因而在 γ 大的地方，干涉条纹偏向 d 增大的方向。如图 6-57 所示，P_1 与 P_2 处是等厚的，P_1P_2 平行于 AB，但由于 P_2 点对人眼 E 的张角 γ 较大，因而实际的干涉条纹（等光程点的轨迹）是过 P_1P_2 的曲线，向交棱凸出。随着 d 的增加，干涉条纹偏离直线的现象就越显著。

五、实验内容

1. 仪器调节

（1）调节迈克耳逊干涉仪的底座螺丝，使仪器基本保持水平。

（2）调节半导体激光器，使激光束保持水平，基本垂直于干涉仪的导轨，并入射到 G_1 板的中部。

（3）在光路中放一小孔光阑 P，如图 6-58 所示。使激光束经 G_1 反射后入射于 M_2 镜面上，调节 M_2 镜后的三个螺钉，直到 M_2 镜反射的最亮光点与圆孔 P 重合，这时 M_2 镜垂直于入射的激光束。用相同的方法调节 M_1，使由 M_1 镜入射的最亮光点也与圆孔 P 重合，这时 M_1 镜也垂直于入射的激光束。此时在小孔 P 的近旁可看到两束反射光的干涉条纹，这样 M_2 与 M_1' 基本平行。

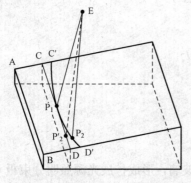

图 6-57　倾角 γ 对光程差的影响

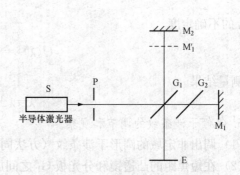

图 6-58　迈克耳逊干涉仪的调节

2. 调节非定域的圆形干涉条纹

用一短焦距的凸透镜代替光阑 P，使激光束聚焦于 S_0 形成一点光源，如图 6-51 所示。在由 M_1 和 M_2 反射光束相交的区域放一毛玻璃观察屏，就可在上面看到干涉条纹。微调 M_1 的取向，直到出现圆形干涉条纹。此时 M_2 与 M_1' 的平行度进一步提高。

3. 观察非定域圆形干涉条纹的变化

（1）向靠近迈克耳逊干涉仪方向移动凸透镜，观察干涉条纹的变化规律。

（2）前后移动观察屏，观察干涉条纹的变化规律。适当改变观察屏相对于 M_2 镜法线的倾角，观察出现的椭圆形干涉条纹。

（3）观察 M_2 镜移动时，干涉条纹的变化。转动干涉仪的手柄，使 M_2 沿导轨移动，观察干涉条纹的变化。从条纹的"吞"或"吐"，判断 M_2 与 M_1' 之间的距离是变大还是变小了。注意观察干涉条纹的大小、疏密、条纹间距 $\Delta\rho$ 与 M_2 和 M_1' 间距离关系，列表记录观察结果。

4. 测量半导体激光的波长

（1）读数刻度基准线的调整。先转动微调读数鼓轮 10，使其上某一刻度线与读数基准线对准。再转动粗动手轮 2，使刻度盘上某一刻度线与读数基准线对准。

（2）朝同一方向慢慢转动微调读数鼓轮 10 一段距离以后，可以清晰地看到条纹一个个地"吐出"或"吞进"。待熟练操作后开始测量，记下初读数 P_0。每当"吐出"或"吞进" $N=100$ 个条纹时读下 P_i，连续测量 10 次，记下 10 个 P_i 值。读数时应依次从导轨上的标尺、读数窗和微调鼓轮上一级一级往下读，估读数从微调鼓轮 10 读出。测量过程中还应注意不可转动粗动手轮 2，只可单向旋转微动手轮 10。

（3）按逐差法处理数据，将 10 个 P_i 分两组（$P_1 \sim P_5$）和（$P_6 \sim P_{10}$）。计算 $\Delta d_i = |P_{i+5} - P_i|$，其中（$i=1$，2，3，4，5），$\overline{\Delta d} = \dfrac{1}{5}\sum\limits_{i=1}^{5}\Delta d_i$。由 $\overline{\Delta d} = \dfrac{1}{2}N\lambda$ 可得 $\lambda = \dfrac{2\overline{\Delta d}}{N}$（其中 $N=500$）。

（4）扩展不确定度的计算。

Δd 的不确定度

$$U(\Delta d_i) = U_b(\Delta d_i) = \sqrt{2}\Delta_I(P_i) \quad [\text{其中 } \Delta_I(P_i) = 0.000\,005\text{mm}]$$

$\overline{\Delta d}$ 的不确定度

$$U(\overline{\Delta d}) = \frac{\sqrt{5}}{5}U(\Delta d_i)$$

λ 的不确定度

$$U(\lambda) = \frac{2}{N}U(\overline{\Delta d})$$

测量结果

$$\lambda = \lambda \pm U(\lambda)$$

5. 等倾干涉条纹的调节和观察

（1）调出非定域的圆形干涉条纹（方法同前）。

（2）在短焦距的凸透镜和分光板 G_1 之间放入毛玻璃，形成扩展光源照明分束板 G_1。此时，用眼睛直接接收，可看到圆形干涉条纹。

（3）进一步微调 M_1 的倾角，使干涉条纹更清晰，当眼睛上、下、左、右移动改变观察点时，圆形干涉条纹不再有"吐出"或"吞进"的现象，且各圆形干涉条纹的半径不再发生变化，仅有圆心随眼睛的移动而移动。此时即是严格的等倾干涉圆形条纹。

（4）移动 M_2 的位置，改变 M_2 与 M_1' 间的距离，观察干涉条纹有何变化。在移动 M_2 镜的过程中，你如何判断 M_2 镜是靠近还是远离 M_1'？

（5）用已知焦距的凸透镜验证等倾干涉条纹定域在无穷远处。

6．等厚干涉条纹的调节与观察

（1）调出非定域圆形干涉条纹，改变 M_2 的位置，使条纹向中心收缩，直到干涉条纹变得很粗（视场中仅有二、三个条纹）。

（2）略调节 M_1 的取向，使 M_2 与 M_1' 间有一微小的夹角，出现略有弯曲的非定域干涉条纹。

（3）在光源和 G_1 之间放入毛玻璃，用眼睛直接接收，可看到弯曲的干涉条纹。

（4）移动 M_2 镜，使干涉条纹向其曲率中心的方向移动，可看到干涉条纹渐渐垂直。如继续按此方向移动 M_2 镜，则发现干涉条纹又向相反方向弯曲。即单方向移动 M_2 镜时，条纹由图 6 - 59 中的（一）变为（二）再变成（三）（或者干涉条纹的变化方向正好与上所述的相反）。其中（二）是较严格的等厚干涉条纹。

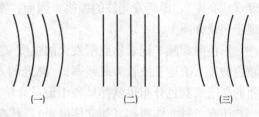

图 6 - 59　等厚干涉条纹的调节

六、注意事项

（1）迈克耳逊干涉仪是精密光学仪器，不要用手触摸光学元件的表面。

（2）调节 M_1 背面的螺钉 7 及拉簧微动螺钉 8 和 9 时，均应缓缓旋转。

七、思考题

1．分束板的镀膜层 K 透过率要求约在 50%，为什么？如不符此要求将对干涉条纹的观察产生什么影响。

2．图 6 - 51 中的凸透镜能否用凹透镜代替？

3．观察非定域的干涉条纹所用光源是否仅限于激光光源？如用钠光或白光做光源，能否观察到非定域的干涉条纹？能否观察到等倾与等厚干涉条纹？

4．当用眼睛接收等倾干涉时，为什么中心干涉条纹直径不变，但中心随眼睛作平移？如果等倾条件没有得到严格的保证，眼睛从左到右平移时，中心冒出一个条纹，设反射镜直径 $\phi = 20\text{mm}$，求 M_2 与 M_1' 间的夹角约为多少？

5．如何判别干涉仪中 M_1 与 M_2 的等光程点？此时 M_2 与 M_1' 重合吗？

6．如不用激光光源，从一开始就用钠光，试拟定调出等倾干涉条纹的步骤。

实验二十三　全　息　照　相

一、实验目的

1. 理解普通照相与全息照相的区别。
2. 理解全息照相的基本原理。
3. 学习静态全息照片的拍摄方法和有关技术。
4. 掌握全息照相的像的性质和再现方法。

二、实验原理

1. 普通照相

普通黑白照相是利用光学成像系统（透镜或透镜组），将物体的每一物点形成一对应的像点并记录于介质上（感光胶片或相纸）。这时记录介质所记录的信息只是物点所发光的强度（或亮度），即所发光波的振幅。因而，物体向着记录介质的部分表面的亮暗分布也就呈现于记录介质上。

彩色照相除了记录物点所发光的强度（振幅）外，还利用记录介质的不同感光层对不同颜色的光（决定于波长 λ 或频率 υ）感光的方法，记录下了物点的颜色。因而，物体部分表面的亮暗及颜色分布也就都呈现于记录介质上。

还有一种立体照相（如立体电影），其本质还是普通照相。同时用相距不远的两台相机对同一物体进行拍摄，这两台相机的镜头前各加上了一片偏振化方向正交的偏振片。观察时，必须戴上立体眼镜。立体眼镜的镜片实质上也是偏振化方向正交的偏振片。这时，左、右眼就相当于从不同的方向去观察物体，因而存在着视差，便能看到物体的立体的像。

2. 全息照相的基本原理

全息照相除了能记录下物体表面各点所发光波的振幅（亮度）信息外，最重要的就是还能记录下各点所发光波的位相信息。在采用单色光时，位相信息反映的就是物体上各点离记录介质的远近，因而通过特殊的方法，可以再现物体真正的立体像。

全息照相的基本原理是以光波的干涉和衍射为基础的。其思想是在 1948 年就由盖伯（D. Gabor）提出的，但由于当时缺乏相干性好的光源，几乎没有引起人们的注意。直到 1960 年激光器问世后，全息照相技术才得到迅速发展，成为科学技术上一个崭新的领域。由于全息照相所独具的特点和优点，因而它在精密计量、无损检测、信息存贮和处理、遥感技术和生物医学方面都有着极其广泛的应用。

应用于其他波动过程，如红外、微波、X 光及声波、超声波等，也有类似的全息照相，即红外全息、微波全息、X 光全息、超声全息等。

拍摄静物漫反射全息照片的基本光路及装置如图 6 - 60 所示。由 He - Ne 激光器或半导体激光器发出的激光照射到分束镜 3 上，其反射光再经全反镜 5 反射和扩束镜 6 扩束后，直接照射到全息干版 8 上（全息干版一般以玻璃作为基片，其对着光路的一面涂有一层感光材料，称为乳胶层），这部分光称为参考光；分束镜 3 的透射光经全反镜 4 反射和扩束镜 7 扩束后照射到被摄物 9 上，其表面各点的漫反射光最后照射到全息干版 8 上的各处，这一部分光称为物光。光开关 2 起控制曝光时间的作用。由于物光与参考光是来自同一相干光源，因而它们是相干光，在干版 8 上叠加后形成干涉条纹，由其乳胶层记录下来。由此可以看到，全息干版记录的不是物体的

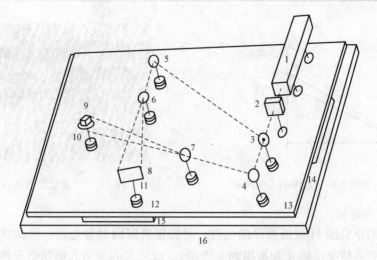

图 6-60　静物漫反射全息照片的拍摄光路图及装置

1—He-Ne 激光器或半导体激光器；2—光开关；3—分束镜；4、5—全反射镜；6、7—扩束镜；8—干板（感光胶片）；
9—被摄物体；10—物体座；11—干板夹架；12—磁性底座；13—钢板；14、15—气垫；16—工作台

直接的像，而是干涉条纹。干涉条纹包含了来自于物体光波的丰富的信息（振幅和位相）。

如图 6-61 所示，为便于说明问题，假设参考光的平面光波以 R 表示，S 表示被摄物上的任一点，其漫反射波可视为球面波，它们在干版 H 上叠加。设 P 为 H 上某一点，在 P 点是形成亮条纹还是暗条纹取决于参考光与物光的光程差（由 S、P 两点间的距离决定），条纹的亮度取决于 S 点所发光波到达 P 点后的振幅。在 H 上的各处都存在着这种条纹，即各处都记录着 S 所发光波的信息（振幅和位相）。物体上的每一点都在 H 上有一套自己的干涉条纹，因而 H 上的每一部分都记录了物体的各点的信息。

条纹的疏密由物光与参考光的入射夹角 θ 决定，如图 6-62 所示。考虑到全息照相一般都采用单色光，因而由 S 所发出的物光可写为

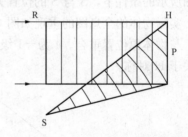

$$x = A\cos\left(\omega t + \varphi_0 - \frac{2\pi r}{\lambda}\right) \qquad (6-87)$$

P 与 P′ 是相邻两亮条纹上的对应点，则 $r' - r = \lambda$，因而

$$d = |pp'| = \frac{\lambda}{\sin\theta} \qquad (6-88)$$

图 6-61　全息干版上干涉条纹的形成

在干版 H 上的不同位置，对于同一物点 S，θ 是不同的；在 H 上的同一位置，对于不同物点，θ 也不相同。这样，在 H 上形成的所有干涉条纹是非常复杂的，其疏密及走向各不相同。

记录下干涉条纹的干版经显影、定影、烘干处理后就得到了一幅全息图，实际上就相当于一个复杂的光栅。图 6-63 就是其在高倍显微镜下的放大图像；其外貌是在感光物质的均匀颗粒的装置上叠加不规则的、断续的细条纹光栅似的结构。

为了得到较好的效果，应使感光物质颗粒的线宽小于条纹的间距，因此对全息干版有比普通胶片更高的要求。一般情况下，使用的是面全息，还应使乳胶层的厚度小于条纹间距。θ 可根据以上要求进行选择，一般控制在 30°左右。物光与参考光的光强比一般控制在 1∶2～1∶10 之间。

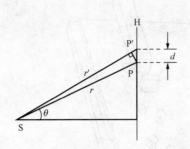

图 6 - 62　物点 S 的全息图的条纹间距

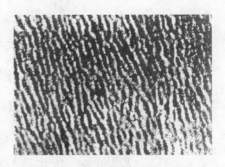

图 6 - 63　全息图的显微图像

3. 全息图的透视

将处理好的全息图 H 放回原采的位置，并保证乳胶面对着光路，移动物体和光源（只需在图 6 - 60 中去掉全反镜 4 和被摄物 9 即可），以原来的参考光照明全息图，就可显现出与物体一般模样的立体的像。

由于全息图相当于一个复杂的光栅，因而参考光照射到全息图上时将发生衍射。在全息图的右侧，除了有一束直接透过的光（0 级衍射）外，还有±1 级衍射光，这两束衍射光应满足如下的条件：通过全息图相邻两条纹的光程差为±λ。因而衍射角也就是式（6 - 88）中的 θ。

为了说明问题的方便，以一物点 S 的全息图的重现为例，如图 6 - 64 所示。可以证明，+1 级衍射光是一束发散的球面波，光线的反向延长线交点就是原物点 S 的位置。当人眼接收到这束发散光时，就看到了虚像 S′，好像物点 S 还在原来的地方。-1 级衍射光是会聚光，形成实像 S″，称为膺像。实像 S″ 的截面可以用毛玻璃显示，但实际上很难观察到。在如图所示的条件下，S″ 与 S′ 的位置关于 H 对称。

实际物体的全息图的重现如图 6 - 65 所示。5 为观察方向，3 为 +1 级衍射光形成的虚像，与物体原位置重合。4 为 -1 级衍射光会聚形成的实像，一般难以直接观察。3 与 4 同样关于 H 对称。

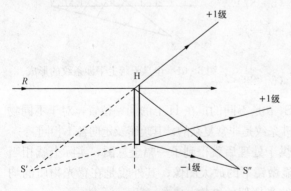

图 6 - 64　物点全息图的重现

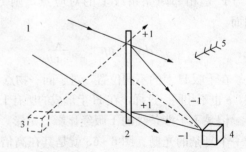

图 6 - 65　实际物体全息图的重现

1—再现光束；2—全息照片；3—物体虚像；4—共轭实像；

5—观察方向；+1、-1—正负一级衍射光

4. 全息照相的特点

（1）全息照片所再现出的被摄物形象是完全逼真的三维立体形象，具有显著的视差特

性，如图 6 - 66 所示，从不同的方向可以观察到物体的不同侧面的像，这是与普通照相根本不同的。

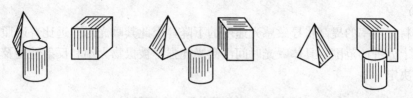

图 6 - 66　全息照片的视差特性

（2）由于全息照片上的每一部分都记录了整个物体上信息，因而全息照片具有可分割的特性，通过其中的任一部分，都能再现出被摄物完整的形象，普通照相绝不具有这一特性。

（3）全息照相所再现出的被摄物象的亮度可调，入射的再现光波越强，被摄物的再现像就越亮。

（4）同一张全息感光板可进行多次重复曝光记录，一般在每次拍摄曝光前稍微改变全息感光板的方位（如转动一个小角度），或改变参考光束的入射方向，或改变物体在空间的位置，就可在同一感光板上重叠记录，并能互不干扰地再现多个不同的图像。若物体在外力作用下产生微小的位移或形变，并在变化前后重复曝光，则再现时物光波将形成反映物体形态变化的干涉条纹，这就是全息计量的基本原理。

（5）全息照片的再现图像可放大或缩小。用不同波长的激光照射全息照片，由于与拍摄所用激光的波长不同，再现的物像就会放大或缩小。

三、仪器装置

要成功地拍摄一张效果良好的全息照片，需要好的相干光源、高分辨率的全息记录介质，机械稳定性良好的光路系统和一个抗震性能良好的工作台。

1. 相干光源

根据不同的要求，采用不同的激光器作为相干光源。拍摄较小的漫射对象（漫射物）时一般都采用小型 He-Ne 激光器或半导体激光器，其输出光功率一般为 $1\sim10\mathrm{mW}$，波长在 630nm 附近，相干度也能满足要求。激光器的输出光功率较大，则拍摄时的曝光时间也相应缩短，这样可有效减小外界因素对拍摄的干扰。一些专门用途的全息拍摄也经常采用氩离子激光和其他种类的激光器。

2. 记录介质

记录全息图，应当采用性能（主要指分辨率、平均曝光量）良好的感光材料。

前面已指出，全息干涉条纹的间距取决于物光和参考光束的夹角 θ，即

$$\overline{d} = \frac{\lambda}{\sin\theta}$$

式中：θ 应理解为平均值；$\overline{d}$ 为干涉条纹的平均间距。

一般用 $\overline{d}$ 的倒数

$$\eta = \frac{\sin\theta}{\lambda} \tag{6-89}$$

表示每毫米中的平均干涉条纹数。η 也称为条纹的空间频率。

感光材料的分辨率可理解为在每毫米的宽度内能记录的最大条纹数。很显然，所用感光

材料的分辨率应不小于实际条纹的空间频率。由表 6-22 可见，一般全息干涉条纹的间距很小，故应采用高分辨率的（$\eta > 1000$ 条/mm）的感光材料（普通照相感光片的分辨率约为100 条/mm）。

感光材料分辨率的提高将导致感光速度的下降，因此其曝光时间远比普通照相长，一般在几秒到几十分钟的范围。具体曝光时间由激光光强、被摄物大小和反射性能及感光材料的分辨率共同决定。

表 6-22　　　　　　　θ 与 $\bar{d}$、η 的对应关系　（$\lambda = 6328\text{Å}$）

θ	5°	10°	15°	30°	45°	60°	90°
$\bar{d} \times 10^3$ （mm）	7.261	3.644	2.445	1.266	0.8949	0.7307	0.6328
η （1/mm）	137.7	274.4	409.0	789.9	1117	1369	1580

曝光后的显影、定影等化学处理过程和普通感光胶片的处理相同。显影液可采用 D-19 配方，定影液可用 F-5 配方。Ⅰ型干版对红光感光，对绿光不敏感，故可在暗绿色安全灯下操作。具体程序与要求由实验教师详述。

除了用上述的乳胶类感光材料外，还可用铌酸钡、铌酸锶钡晶体、硫砷玻璃半导体薄膜、光电热型薄膜等材料作为记录介质。

3. 光路系统

选择合理的光路是获得优质全息图的关键之一。实验时可采用图 6-60 所示的光路。在调节光路时应注意：

（1）尽量保证物光和参考光的光程相等。

（2）物光与参考光的光强比 $B = I_0/I_R$，一般应在 1:2～1:10 的范围内，因此应选取合适的分束镜和衰减法来满足此要求。

（3）投射于感光板上的参考光与物光之间的平均夹角 θ 应在 30°左右。

（4）光学元件（包括感光板）的装夹务必稳固，因为其中任一元件的微小移动或震动对干涉条纹的影响很大，以致破坏全息图，使拍摄失败。

4. 全息实验台

为了保证拍摄系统具有很好的抗震性能，避免外界环境的震动对拍摄的影响，精密全息照相实验室一般应设在房屋的底层，实验台与地面之间应有隔震措施（如中间隔一层细沙）。一般的全息照相可采用气囊袋支撑式实验台。本实验采用长春第五光学仪器厂生产的 JQ 型激光全息实验台。实验全息台的防震可用放在台上的干涉仪来检查。若在所需的曝光时间内干涉条纹稳定不动，则可满足要求。

四、实验内容

实验之前，先熟悉实验室布局，冲洗设备及药液的放置位置，然后掌握感光板的装夹方法及判断其乳胶面的方法，熟悉掌握各光学调节支架的调节方法。

1. 拍摄静物的漫反射全息照片

根据被摄静物是透明或不透明的具体情形，选择光路图。本实验的光路图如图 6-60 所示。先按图布置好光学元件，然后调节好光路。拍摄前，应再一次检查。

（1）物光与参考光的光束强度分配是否恰当。

(2) 各光学元件是否装夹牢固。

(3) 物光与参考光的光程是否大致相等。

(4) 物光与参考光的夹角 θ 是否在 30°左右。

(5) 有无杂散光干扰。

(6) 是否能保证装上感光板后，物光与参考光能照在其中央。

(7) 实验过程中的分工合作是否已做好，各人的位置是否合适。

拍摄的具体参数由指导教师掌握，行动听从指挥，拍摄过程中保持安静。还要强调的是，安置感光板时，须用遮光板遮住激光，感光板的乳胶面应向激光束，并注意区分曝光后的感光板和未曝光的感光板，妥善收藏。

2. 感光板的处理

实验中的感光版采用的是天津远大感光材料公司生产的 I 型干版。曝光后的干版经过显影、定影、水洗、烘干处理后即制成了全息照片。按下列程序操作：

(1) 显影。将干版药膜面朝下放入显影液中，用夹子夹住干版边缘，在显影液中轻轻地来回划动以保证显影均匀。

(2) 停显。将显影好的干版放入停影液中，轻轻荡动干版，停影大约 1min，使显影液里的碱性物质与停影液里的酸性物质中和，底片就不再显影。

(3) 定影。将干版放入定影液中定影 10min 或者直到原来未感光的乳白色乳剂层全部溶解至透明后几分钟就可取出。

(4) 水洗。将定影好的干版，放在干净流水中冲洗 10min。

(5) 烘干。将于版于通风处晾干，切勿暴晒。为了快点晾干，可将干版放入酒精水溶液中，然后用吹风机的冷风吹干。

3. 观察全息照片的再现物像

将处理好的全息照片放于原曝光时的位置，注意乳胶片仍向着激光束，去掉被摄物与物光，即可进行观察。

(1) 观察再现的虚像出现的位置、亮度，注意从不同方位可看到其不同的侧面，即其视差特性。判别看到再现虚像的视角范围（即立体角 Ω）大小与观察者离全息照片的距离和全息照片尺寸的关系。用纸板做一观察小孔，观察小孔处干版上不同位置时看到的再现象有无变化，并做出解释。观察全息照片绕其平面法线旋转时再现像的位置和大小有无变化。观察使乳胶面反过来时再现像的变化。

(2) 观察再现实像。用玻璃漫射观察屏放于与虚像对称的位置，前后移动观察屏，观察屏上所截得的像的大小和清晰程度的变化。

(3) 如有可能，将再现激光换成钠光灯、汞灯或其他光源，观察并记录再现像的变化。

(4) 总结观察的结果，分析比较全息照相与普通照相的异同。

五、注意事项

(1) 保持各光学元件清洁，否则将影响全息图的质量。不能用手直接接触各光学元件的表面。如被玷污或有灰尘，应按规定方法处理。

(2) 曝光过程中切勿触及实验台，不能走动，不能说话，以免因振动而影响整个实验室中的全息图的拍摄质量。

(3) 绝对不能用眼睛直对未扩束的激光，以免伤害眼睛。

（4）全息照片及观察屏均为玻璃片，使用时小心轻放，以免损坏设备及伤害身体。

六、思考题

1. 为什么要求光路中物光和参考光的光程尽量相等？

2. 为什么个别光学元件安置不牢靠将导致拍摄失败？

3. 如何判别实像与虚像？能否用眼睛（不通过漫射屏）直接接收到再现实像？请试一试，困难在何处，什么条件下才能达此目的？

4. 可否用两个激光器分别作为物光源和参考光源来记录全息图，为什么？

5. 为什么通过全息图上的一小部分就能重现整个物的像？

附　录　一

1. 透射全息照相光路图

对于透明物体，其全息照片的拍摄即采用图 6-67 所示的光路。

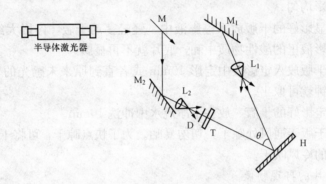

图 6-67　透射全息光路图

2. 白光再现全息图

一些全息图可直接在白光下观察，如全息防伪标志、全息商标等。图 6-68 所示的是反射式白光再现全息图的拍摄光路。拍摄中要求：

（1）被摄物反光好，以保证光强比。

（2）干板乳胶面朝向被摄物。

（3）被摄物到干板的距离小于 2cm。

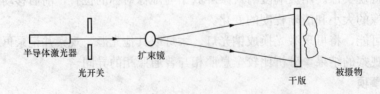

图 6-68　反射式白光再现全息图的拍摄光路

图 6-69 所示的是反射像全息图的拍摄光路。它所得到的全息图是反射式全息图的一种，所记录的干涉均是一系列的主波面，用白光再现时，像的色彩随再现光的入射角而变，因而只有一小段波长谱带同时满足布拉格条件，故从不同方位看，其再现像

颜色不同。

图 6-70 所示的是像面全息图的拍摄光路，拍摄中要求：

（1）物光与参考光的平均夹角为 $30°\sim40°$。

（2）参考光与物光的光强比为 $2:1\sim4:1$。

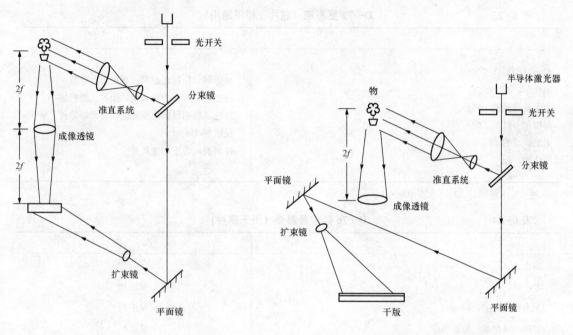

图 6-69　反射像全息图的拍摄光路　　　　图 6-70　像面全息图的拍摄光路

3. 全息光栅

用全息干版记录两平面光波形成的干涉条纹结果在干版上形成了类似于光栅的结构，这就叫做全息光栅。全息光栅上的干涉条纹的疏密决定于两光束的夹角。夹角大，条纹密；夹角小，条纹疏。拍摄前可先用读数显微镜观察其疏密是否满足要求。其拍摄光路图如图 6-71 进行。

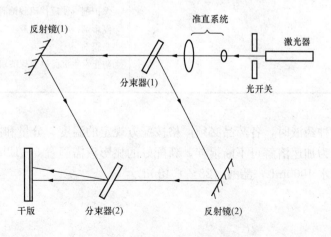

图 6-71　拍摄全息光栅的一种光路

附　录　二

常用显影液和定影液的配方，见表 6-23～表 6-25。

表 6-23　　　　　　　　　　　D—72 显影液（底片、相纸通用）

配　方	作　用
温水（52℃），750mL 米吐尔，3g 无水亚硫酸钠，45g 海得尔（对苯二酚），12g 无水碳酸钠，67.5g 溴化钾，2g	显影剂，快速还原剂、显出影像较软 保护剂，防止药液氧化，使显出银粒细小 慢速显影剂显影温度要求高显出影像硬 促进剂 抑制剂，防止产生灰雾

　注　温水溶解后，加冷水至 1000mL。

表 6-24　　　　　　　　　　　D—76 微粒显影液（用于底片）

配　方	作　用
温水（52℃），750mL	
米吐尔，2g	显影剂
无水亚硫酸钠，100g	保护剂
海得尔（对苯二酚），5g	显影剂
硼砂，2g	促进剂

　注　加水至 1000mL。

表 6-25　　　　　　　　　　F—5 酸性坚膜定影液（底片、相纸通用）

配　方	使　用
热水（60℃～70℃），600mL 结晶硫代硫酸钠，240g 无水亚硫酸钠，15g 醋酸（30%），45g 硼酸，7.5g 硫酸铝钾矾，15g	定影剂（溶出来感光的溴化银） 保护剂（使硫代硫酸钠遇酸时不易分解） 停影剂，中和显影液 坚膜剂 防止发生沉淀（亚硫酸铝）

　注　加水至 1000mL。

　　在配制上述三种药液时，各药品必须严格按配方规定的温度、分量和次序依次溶解，溶完一种再加一种。为加速溶解可不断搅拌。新配好的显影液需静置 6～12h 后再用。
　　停影液配方：水 1000mL，醋酸（28%）48mL。

实验二十四　基本光敏元件特性的测量及应用

先介绍本实验中与光度学有关的几个物理量，作为实验的预备知识。

（1）辐射通量 Ψ。单位时间内，光源发出或通过一定接收截面的辐射能量。其单位为瓦（W），$1W=1J/s$。

（2）辐射通量密度 $\Psi(\lambda)$。在某波长 λ 附近，单位波长间隔内所辐射的能量。$\Psi(\lambda) = d\Psi/d\lambda$，或 $\Psi = \int_0^\infty \Psi(\lambda)d\lambda$。

光源发射的各种波长的光，并不都能引起人眼的视觉，而且不同波长的光即使能量相同，眼睛的视觉灵敏度也不相同。人眼对 $\lambda_0=555.0nm$ 的黄绿光视觉最灵敏。引入一定量评价指标——视见函数：$K(\lambda) = \Psi(\lambda_0)/\Psi(\lambda)$，其中 $\Psi(\lambda_0)$ 与 $\Psi(\lambda)$ 为引起人眼同样视觉效果所需的在波长 $\lambda_0=555.0nm$ 的黄绿光及某一波长 λ 的光的辐射通量。视见函数 $K(\lambda) \leqslant 1$，为一无量纲的量。

（3）光通量 Φ。能引起人眼有效视觉强度的辐射通量。它与辐射通量及视见函数有以下关系：$\Phi = \int_0^\infty K(\lambda)\Psi(\lambda)d\lambda$。光通量的单位为流明（lm）。

（4）光谱响应函数 $R(\lambda)$。检测器件对某一波长光的输出信号（电压或电流）的大小与某个特定波长 λ_0 的光在同样辐射通量下相应输出信号的比值，$R(\lambda) = I(\lambda)/I(\lambda_0)$ 或 $U(\lambda)/U(\lambda_0)$。检测器件的光谱响应函数 $R(\lambda)$ 是与器件的结构及制造该器件的材料密切相关的。

（5）发光强度 I。光源向某方向单位立体角内发射的光通量，$I = d\Phi/d\Omega$。它的单位是坎德拉（cd），是国际单位制中的基本单位之一。$1cd=1lm/sd$，其中 sd 是球面度的单位。

（6）亮度 B。光源在某观察方向上单位投影面积在单位立体角内发出的光通量。其定义式为 $B = I/dScos\alpha = d\Phi/d\Omega dScos\alpha$，其中 α 为光源面元的法线方向与观察方向的夹角。光源的亮度是与观察方向有关的。亮度的国际单位为 $lm/(m^2 \cdot sd)$，1 熙提 $=1lm/(cm^2 \cdot sd)$。如以辐射通量考虑，则其单位为 $W/(m^2 \cdot sd)$。

（7）照度 E。受照面某处单位面积上所接收到的光通量，$E=d\Phi/dS$。国际单位制中，其单位为勒克斯（lx），$1lx=1lm/m^2$。如以辐射通量考虑，则其单位为 W/m^2。

一、实验目的

1. 理解光敏电阻、光敏二极管及光敏三极管的基本工作原理。
2. 对光敏电阻、光敏二极管及光敏三极管的光电特性和伏安特性进行测量。
3. 了解光敏元件的光谱特性并进行测量。
4. 了解光敏元件的应用，能自己查阅资料，设计简单的光控电路。

二、实验仪器

CSY—998G 光电传感器实验仪。

三、仪器介绍

利用 CSY—998G 光电传感器实验仪可以进行光敏元件和光电传感器特性及应用的多个实验。它采用集成化和模块化的方案。供电电源和测量仪表共用，不同的电路模块适用于不同的实验，电路的连接采用插接方式。仪器正面视图如图 6 - 72 所示。仪器顶板上的部分为光源及光电传感器的固定装置；侧面板上左边布有各种规格的电源，右边为测量仪表；主面板上布有各实验用的相对独立的模块；主面板的左上部分的插孔与顶板上的相应插孔是相通的，以方便连接电路并保持所连接电路的整齐规范；右边盒子所装的是实验中可能要用到的各种光源及传感器件。

图 6 - 72　CSY—998G 光电传感器实验仪正面视图

　　仪器使用时注意：各种器件用完后顺手放回仪器盒，不可在实验台上乱放；观察各插孔的颜色，正确连接导线，保证电路连接整齐规范；各种器件的安装要稳当，同时又不要将有关的旋钮拧得太紧；注意仪表的量程；关机前，应将各种电源提供的电压和电流调至最小。

　　下面列出本仪器提供的电源、测量仪表及各种传感器与器件的规格，以供实验者在实验中参考，写预习报告时没必要全面涉及。

　　（1）本仪器侧面板左边提供的电源规格如下：

　　1）0～15V 连续可调直流稳压电源。

　　2）0～5V 连续可调直流稳压电源。

　　3）±15V、+5V 直流稳压电源。

　　4）AC12V 交流电源。

　　5）0～20mA 连续可调恒流源。

　　（2）本仪器侧面板右边提供的测量仪表规格如下：

　　1）电流表：DC20μA、200μA、20mA、200mA（量程四挡切换）。

　　2）电压表：DC200mV、2V、20V（量程三挡切换）。

　　3）光照度计：1～1999lx。

　　（3）本仪器提供的各种传感器与器件的规格如下：

　　1）光敏电阻（cds 光敏电阻：额定功率＝100mW；暗阻≥1MΩ；t_r＝20ms；t_f＝30ms；λ_p＝580nm）。

　　2）光敏二极管（U_r＝20v；I_D＜0.1μA；I_L＝50μA；t_r＝t_f＝10ns；λ_p＝880nm）。

　　3）光敏三极管（U_{CEO}＝50v；I_D＜0.1μA；I_L＝5mA；t_r＝t_f＝15ns；λ_p＝880nm）。

4) 硅光电池（$U_{OC}=300mV$；$I_D<1\times10^{-8}\mu A$；$I_{SC}=5\mu A$；$\lambda=300-1000nm$；$\lambda_p=880nm$）。

5) 反射式光耦（输入：$I_{FM}=20mA$；$U_R=5V$；$U_F=1.3V$。输出：$U_{CEO}=30V$；$I_{CEO}=0.1\mu A$；$U_{CES}=0.4V$。传输特性：$C_{TR(\%)}=5$；$t_r=t_f=5\mu s$）。

6) 红外热释电探头。

7) 光照度计探头。

8) Y 型光纤。

9) PSD 位置传感器。

10) CCD 测径系统（选配）。

11) 光栅位移传感器（选配）。

12) 普通白炽灯。

13) 普通发光二极管。

14) 红外发射二极管（$U_R=5V$；$U_F=1.4V$；$I_R=10\mu A$；$P_O=2mW$）。

15) 半导体激光器（波长：$635\mu m$；功率 $1\sim3mW$）。

四、实验原理

能感受特定的被测量并按照一定的规律转换成可用输出信号的器件或装置就称为传感器，通常由敏感元件和转换元件组成。其中敏感元件是指传感器中能直接感受或响应被测量的部分；转换元件是指传感器中能将感受或响应的被测量转换成适于传输或测量的电信号部分。传感器是感知、获取、检测和转换信息的窗口，处于研究对象与传输处理系统的接口位置，是一切智能化系统的五官，是实现信息化的基础。本实验涉及光敏电阻、光敏二极管和光敏三极管等最基本的光电传感器，将对它们的伏安特性，光电特性及光谱响应特性进行测量。以此为基础，同学们可以查阅有关资料，了解它们的具体应用，并进行有关电路的初步设计。

1. 光敏电阻

半导体材料在一般情况下其内部没有能够自由移动的电荷，因而是不导电的。在有光照射时，其中的电子吸收光子的能量而从键合状态过渡到自由状态，引起电导率的变化，这种现象称为光电导效应。光电导效应是半导体材料的一种体效应。光照越强，器件自身的电阻越小。基于这种效应的光电器件称为光敏电阻。无光照射时的电阻也称为暗电阻，理想情况下，在它内部没有能自由移动的电荷，这时的暗电阻应为无穷大，但实际上总会有热激发等因素产生极少数可移动的电荷，形成微弱的暗电流，这时的暗电阻也总为有限值。暗电阻是评价光敏电阻的一个重要性能指标，可能的情况下，应越大越好。光敏电阻无极性，其工作特性与入射光照度、波长和外加电压有关，即其电导率是它们的函数，$\rho=\rho(E,\lambda,U)$。

图 6-73 是光敏电阻特性测量的具体实验电路，它将光的照度、两端的电压及光源波长的变化转换为通过其电流（称为光电流）的变化，即 $I=I(E,\lambda,U)$。如果保持其两端的电压及照射到它上面的光为某一单色光不变，则通过它的光电流随光照度变化的函数关系，即 $I=I(E)$，就称为光电特性。如果保持光照度及照射到它上面的光为某一单色光不变，则通过它的光电流随两端电压变化的函数关系，即 $I=I(U)$，就称为伏安特性。如果保持光照度及两端的电压不变，则通过它的光电流随光源波长变化的函数关系，即 $I=I(\lambda)$，就称为光谱响应特性。

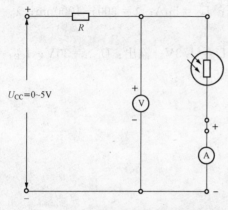

图 6-73　光敏电阻特性测量电路

2. 光敏二极管

在一块完整的本征半导体材料上，用不同的掺杂工艺使其一边形成 N 型半导体，另一边形成 P 型半导体，那么在两种半导体交界面附近就形成了 PN 结，如图 6-74 所示。由于 P 区的多数载流子（简称多子）是空穴，少数载流子（简称少子）是电子；N 区多数载流子是电子，少数载流子是空穴，这就使交界面两侧明显地存在着两种载流子的浓度差。因此，N 区的电子必然越过界面向 P 区扩散，并与 P 区界面附近的空穴复合而消失，在 N 区的一侧留下了一层不能移动的施主

正离子；同样，P 区的空穴也越过界面向 N 区扩散，与 N 区界面附近的电子复合而消失，在 P 区的一侧，留下一层不能移动的受主负离子。扩散的结果，使交界面两侧出现了由不能移动的带电离子组成的空间电荷区，因而形成了一个由 N 区指向 P 区的电场，称为内电场。随着扩散的进行，空间电荷区加宽，内电场增强，P 区和 N 区的少数载流子又在此电场的作用下，向与扩散运动相反的方向漂移。最终扩散运动与漂移运动达到动态平衡，形成稳定的空间电荷区，称为 PN 结。由于空间电荷区内缺少载流子，所以又称 PN 结为耗尽层或高阻区。对 PN 结进行封装，引出导线就构成了一个二极管。

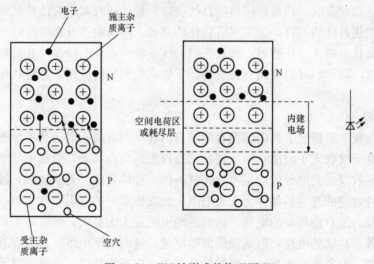

图 6-74　PN 结形成的物理原理

当 PN 结加上正向偏置电压（P 区高电位端，N 区低电位端），外电场和内建电场的方向相反，将使空间电荷区变薄，结果是促进多数载流子的扩散运动，因而形成一比较大的正向电流。当 PN 结加上反向偏置电压（P 区低电位端，N 区高电位端），外电场和内建电场的方向相同，将使空间电荷区变厚，阻碍了多数载流子的扩散运动，但由于热激发或光激发形成的少数载流子在此电场作用下的漂移运动将占主要地位，形成反向的微弱电流。通过 PN 结二极管的电流 I 可以统一表示为

$$I = I_s\left(e^{\frac{U}{U_T}} - 1\right) = I_s\left(e^{\frac{qU}{KT}} - 1\right) \tag{6-90}$$

式中：I_s 为反向饱和电流；U 为外加电压，加正向电压时为正值，加反向电压时为负值；$U_T = KT/q$ 为温度的电压当量；$K = 1.38 \times 10^{-23}$ J/K 为玻耳兹曼常数；T 为绝对温度。

　　光敏二极管采取的是反向偏置，即在 PN 结加一反向电压。理想情况下，没有光照射在 PN 结的空间电荷区时，将没有载流子的定向移动，其暗电阻应为无穷大。但由于总有热运动等因素会激发少数载流子，因而也就会有微弱的反向暗电流存在，这时的暗电阻也会为一有限值。对于光敏二极管，同样其暗电流应越小越好，或暗电阻越大越好。当有光照射在 PN 结上时，会在耗尽层产生光生电子—空穴对，这些电子—空穴对在耗尽层电场作用下产生漂移运动，形成反向电流，这反向电流也称为光电流。光电流通常是与光照度成正比的。光敏二极管的特性测量可参照图 6-73，只要将其中的光敏电阻换成光电二极管就行了，注意的是二极管的极性，应该加一反向偏置电压。

　　3. 光敏三极管

　　光敏二极管能提供的光电流是比较小的。为了获得内增益，在光敏二极管的基础上，利用晶体三极管的电流放大作用，用 Si 或 Ge 单晶采用掺杂工艺制造出 NPN 或 PNP 型光敏三极管。其结构、使用电路及等效电路如图 6-75 所示。

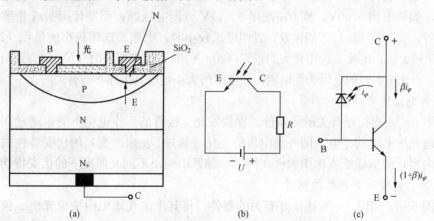

图 6-75　光敏三极管结构及等效电路
(a) 光敏三极管结构；(b) 使用电路；(c) 等效电路

　　光敏三极管可以等效一个光电二极管并联在一个一般三极管的基极 B 和集电极 C 的两端。光照射在集电结上，其作用相当于一个光电二极管。集电极—基极产生的电流（光电流 i_φ），输入到相当于一个共发射极 C 的三极管的基极再放大。因此集电结起双重作用，一方面把光信号变成电信号起光电二极管作用；另一方面使光电流再放大起一般三极管的集电结作用。一般光敏三极管只引出 E、C 两个电极，体积较小。不同于光敏电阻和光电二极管，其光电特性是非线性的，广泛应用于光电自动控制中。

　　五、实验内容及步骤

　　1. 光敏电阻光电特性的测量

　　(1) 结合图 6-73 光敏电阻实验原理图，按图 6-76 连接电路。

　　(2) 维持 $U_{CC} = 5$V 不变，改变光源（发光二极管）的工作电流大小可得到不同的光照度值（照度计探头和光敏电阻探头交替使用），测出光敏电阻在不同光照度 E 下的光电流与光电阻，填入表 6-26 中，用坐标纸或作图软件画出 $I\text{-}E$，$R\text{-}E$ 曲线。

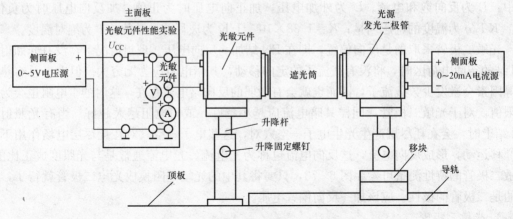

图 6 - 76 　光敏元件性能测试实验接线图

注意：测量光的照度时，将图 6 - 76 中的光敏元件以照度计代替，照度计探头与侧面板上的照度计显示表的 U_i 口相连；开始时顺时针慢慢调节 0～5V 可调电压源，使电压表显示为 5.00V，如调不到 5.00V，则 U_{CC} 改接 0～15V 可调电压源；照度计探头或光敏元件探头连接好以后，要等待 10s 后才能读数；光照度比较小时，电流表选用较小的量程（20μA 挡），而光照度比较大时，电流表选用较大的量程（20mA 挡）；无光照射时（$E=0$），这时的电阻即为暗电阻，有光照射时的电阻为亮电阻，亮电阻的大小是与其工作参数有关的。

2. 光敏电阻伏安特性的测量

仍按图 6 - 76 连接好有关的元器件。保持发光二极管的工作电流不变，测量在一定光照度下，通过光敏电阻的光电流随外加电压的变化（通过 U_{CC} 来改变）的伏安特性曲线。完成有关实验内容，用坐标纸或作图软件在同一坐标系中画出不同光照度下的伏安特性曲线。

3. 光敏二极管光电特性的测量

参照图 6 - 73 和图 6 - 76 连接好有关的器件，将其中的光敏电阻换成光敏二极管。注意光敏二极管的极性，应加一个反向偏置电压。保持 $U_{CC}=5.00V$ 不变，改变发光二极管的工作电流，测量通过光敏二极管的光电流随光照度的变化的规律，测量数据填入表 6 - 28。具体测量可参照光敏电阻光电特性的测量。用坐标纸或作图软件画出 I-E 曲线。

4. 光敏三极管光电特性的测量

参照图 6 - 73 和图 6 - 76 连接好有关的器件，只要将其中的光敏电阻换成光敏三极管就可以了。注意光敏三极管连接的极性。保持 $U_{CC}=5.00V$ 不变，改变发光二极管的工作电流，测量通过光敏三极管的光电流随光照度的变化的规律，测量数据填入表 6 - 29。具体测量同样可参照光敏电阻光电特性的测量。用坐标纸或作图软件画出 I-E 曲线。

5. 光敏三极管伏安特性的测量

光敏三极管在不同的照度下的伏安特性就像一般晶体管在不同的基极电流输出特性一样。

（1）将图 6 - 73 和图 6 - 76 中的光敏元件换成光敏三极管，按图接线（注意接线孔颜色相对应），主机的电流表的量程在实验过程中需要进行切换，从 μA 到 mA 挡，电压表的量程为 20V 挡。

（2）首先缓慢调节 0～20mA 电流源（光源工作电流），使光源的光照度在某一照度值

（2、4、6、8、10lx），再调节主机 0～5V 电源改变光敏三极管的工作电压，测量光敏三极管的输出电流和电压。测量数据填入表 6 - 30 中，在同一坐标系中作出一定光照度下的光敏三极管的系列伏安特性曲线。

6. 光敏三极管光谱特性的测量（选做）

光敏元件对不同波长的光，接收的灵敏度是不一样的，这就是光敏元件的光谱特性。实验时安装接线如图 6 - 77 所示（U_{CC} 接主机 5V 电压源）。光源采用普通白炽灯，通过棱镜分光。光敏三极管前端盖换成狭缝端盖，旋动蜗杆，记录对应各种颜色的光透过狭缝时的光功率与光电流并填入表 6 - 31 中。由单位光功率的光电流可画出光谱响应曲线。

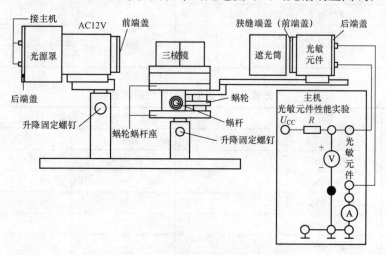

图 6 - 77　光谱特性测试实验接线图

六、实验数据记录

表 6 - 26　　　　　　　　　　**光敏电阻光电特性的测量**

光照度 E（lx）	0	20	40	60	80	···	180	200
光电流 I（mA）								
光敏电阻两端电压 U（V）	5.00							
光敏电阻 R（kΩ）								

表 6 - 27　　　　　　　　　　**光敏电阻伏安特性的测量**

型号：G5528		电压（V）	0.00	0.50	1.00	1.50	2.00	···	4.50	5.00
照度 (lx)	50	光电流 I_1（mA）								
	100	光电流 I_2（mA）								
	150	光电流 I_3（mA）								

表 6 - 28　　　　　　　　　　**光敏二极管光电特性的测量**

照度 E（lx）	0	5	10	···	70	75	80
I（µA）							

表 6 - 29 光敏三极管光电特性的测量

照度（lx）	5	10	15	20	25	30	35	40	50	60
I（mA）										

表 6 - 30 光敏三极管伏安特性的测量

型号：3DU33		电压（V）	0.00	0.50	1.00	1.50	2.00	…	4.50	5.00
照度（lx）	2	光电流 I_1（mA）								
	4	光电流 I_2（mA）								
	6	光电流 I_3（mA）								
	8	光电流 I_4（mA）								
	10	光电流 I_5（mA）								

表 6 - 31 光敏三极管光谱响应特性的测量

颜色	波长（nm）	光敏三极管　型号 3DU33		
		光功率	光电流	单位光功率的光电流
红	630～760			
橙	590～630			
黄	560～590			
绿	500～560			
青	470～500			
蓝	430～470			
紫	380～430			

七、思考题

1. 测量光敏电阻特性时，为什么要经过 10s 后才开始读数？试从它的结构去分析。

2. 比较光敏电阻、光敏二极管和光敏三极管的工作特性的异同，它们各有些什么应用？

3. 从式（6 - 90）出发，分析 PN 结的反向光电流与温度的关系。能否用它做成温度传感器？

4. 查找有关的资料，试着用上述三种光敏元件之一设计一个实际应用电路。

实验二十五 密立根油滴实验

密立根（R. A. Millikan）在 1910～1917 年的 7 年间，致力于测量微小油滴上所带电荷的工作，这即是著名的密立根油滴实验，它是近代物理学发展过程中具有重要意义的实验。密立根经过长期的实验研究获得了两项重要的成果：一是证明了电荷的不连续性。即电荷具有量子性，所有电荷都是基本电荷 e 的整数倍；二是测出了电子的电荷值—即基本电荷的电荷值 $e = (1.602 \pm 0.002) \times 10^{-19}$ C。

本实验就是采用密立根油滴实验这种比较简单的方法来测定电子的电荷值 e。由于实验中产生的油滴非常微小（半径约为 10^{-9} m，质量约为 10^{-15} kg），进行本实验特别需要严谨的科学态度、严格的实验操作、准确的数据处理，才能得到较好的实验结果。

一、实验目的

1. 验证电荷的不连续性，测定基本电荷的大小。

2. 学会对仪器的调整、油滴的选定、跟踪、测量以及数据的处理。

二、实验仪器

密立根油滴仪，显示器，喷雾器，钟油。

三、实验原理

实验中，用喷雾器将油滴喷入两块相距为 d 的水平放置的平行极板之间，如图 6-78 所示。油滴在喷射时由于摩擦，一般都会带电。设油滴的质量为 m，所带电量为 q，加在两平行极板之间的电压为 U，油滴在两平行极板之间将受到两个力的作用，一个是重力 mg，一个是电场力 $qE = qV/d$。通过调节加在两极板之间的电压 U，可以使这两个力大小相等、方向相反，从而使油滴达到平衡，悬浮在两极板之间。此时有

$$mg = q\frac{U}{d} \tag{6-91}$$

为了测定油滴所带的电量 q，除了测定 U 和 d 外，还需要测定油滴的质量 m。但是，由于 m 很小，需要使用下面的特殊方法进行测定。

因为在平行极板间未加电压时，油滴受重力作用将加速下降，但是由于空气的粘滞性会对油滴产生一个与其速度大小成正比的阻力，油滴下降一小段距离而达到某一速度 v 后，阻力与重力达到平衡（忽略空气的浮力），油滴将以此速度匀速下降。由斯托克斯定律可得

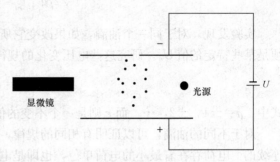

图 6-78 密立根油滴仪原理图

$$f_r = 6\pi a\eta v = mg \tag{6-92}$$

式中：η 为空气的粘滞系数；a 为油滴的半径（由于表面张力的作用，小油滴总是呈球状）。

设油滴的密度为 ρ，油滴的质量 m 可用下式表示

$$m = \frac{4}{3}\pi a^3 \rho \tag{6-93}$$

将式（6-92）和式（6-93）合并，可得油滴的半径为

$$a = \sqrt{\frac{9\eta v}{2\rho g}} \qquad (6\text{-}94)$$

由于斯托克斯定律对均匀介质才是正确的，对于半径小到 10^{-6} m 的油滴小球，其大小接近空气空隙的大小，空气介质对油滴小球不能再认为是均匀的了，因而斯托克斯定律应该修正为

$$f_r = \frac{6\pi a \eta v}{1 + \frac{b}{aP}}$$

式中：b 为一修正常数，取 $b = 6.17 \times 10^{-6}$ m·cmHg；P 为大气压强，单位是 cmHg。利用平衡条件和式（6-93）可得

$$a = \sqrt{\frac{9\eta v}{2\rho g} \cdot \frac{1}{1 + \frac{b}{aP}}} \qquad (6\text{-}95)$$

上式根号中虽然还包含油滴的半径 a，但它是处于修正项中，所以在不需要十分精确时，仍可用式（6-94）来表示。现将式（6-95）代入式（6-93）得

$$m = \frac{4}{3}\pi \left(\frac{9\eta v}{2\rho g} \cdot \frac{1}{1 + \frac{b}{aP}} \right)^{\frac{3}{2}} \rho \qquad (6\text{-}96)$$

当平行极板间的电压为 0 时，设油滴匀速下降的距离为 l，时间为 t，则油滴匀速下降的速度为

$$v = \frac{l}{t} \qquad (6\text{-}97)$$

将式（6-97）代入式（6-96），再结合式（6-91）得

$$q = \frac{18\pi}{\sqrt{2\rho g}} \left(\frac{\eta l}{t} \cdot \frac{1}{1 + \frac{b}{aP}} \right)^{\frac{3}{2}} \frac{d}{U} \qquad (6\text{-}98)$$

实验发现，对于同一个油滴，如果改变它所带的电量，则能够使油滴达到平衡的电压必须是某些特定的值 U_n。研究这些电压变化的规律可以发现，他们都满足下面的方程

$$q = ne = mg\frac{d}{U_n}$$

式中：$n = \pm 1, \pm 2, \cdots$，而 e 则是一个不变的值。

对于不同的油滴，可以证明有相同的规律，而且 e 值是相同的常数，这即是说电荷是不连续的，电荷存在着最小的电荷单位，也即是电子的电荷值 e。于是，式（6-98）可化为

$$ne = \frac{18\pi}{\sqrt{2\rho g}} \left(\frac{\eta l}{t} \cdot \frac{1}{1 + \frac{b}{aP}} \right)^{\frac{3}{2}} \frac{d}{U_n} \qquad (6\text{-}99)$$

根据上式即可测出电子的电荷值 e，并验证电子电荷的不连续性。

四、实验仪器介绍

密立根油滴仪包括油滴盒、油滴照明装置、调平系统、测量显微镜、供电电源以及电子停表、喷雾器等部分组成。

本实验采用 CCD 盒型油滴仪，实验装置如图 6-79 所示。其应用了 CCD 摄像头代替人

眼来观察，并在监视屏上进行显示和测量。

油滴盒是由两块经过精磨的平行极板（上、下电极板）中间垫以胶木圆环组成。平行极板间的距离为 d。胶木圆环上有进光孔、观察孔和石英窗口。油滴盒放在有机玻璃防风罩中。上电极板中央有一个 $\phi=0.4\text{mm}$ 的小孔，油滴从油雾室经过油雾孔和该小孔落入上下电极板之间，上述装置如图 6-80 所示。油滴由照明装置照明。油滴盒可用调平螺丝调节，并用水准泡检查其水平。

电源部分提供 4 种电压：

（1）2.2V 油滴照明电压。

（2）500V 直流平衡电压。该电压可以连续调节，并从显示器上直接读出，上极板极性为负，下极板为正。换向开关放在"0"位置时，上、下电极板短路，不带电。

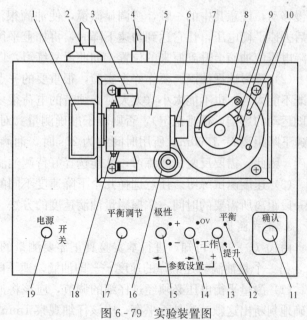

图 6-79　实验装置图

1—CCD盒；2—电源插座；3—调焦旋钮；4—Q9 视频接口；
5—光学系统；6—镜头；7—观察孔；8—上极板压簧；9—进光孔；
10—光源；11—确认键；12—状态指示灯；13—平衡、提升切换键；
14—工作状态切换键；15—极性切换键；16—水准泡；17—电压平衡
调节旋钮；18—紧定螺钉；19—电源开关

（3）200V 直流升降电压。该电压可以连续调节，但不稳压。它可通过平衡—提升电压换向开关叠加在平衡电压上，以便把油滴移到合适的位置。升降电压高，油滴移动速度快，反之则慢。

（4）12V 的 CCD 电源电压。

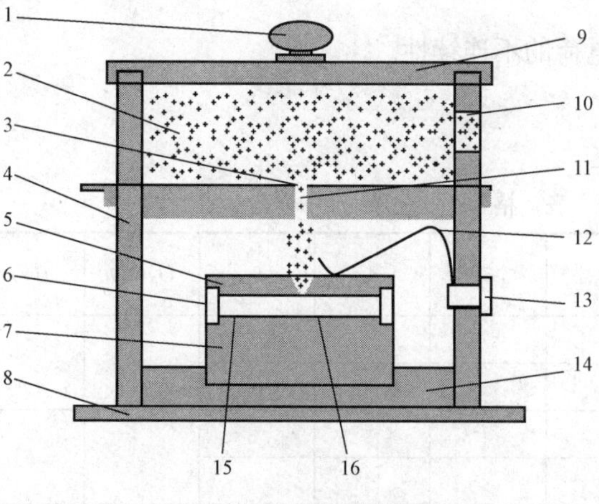

五、实验内容与步骤

1. 仪器调节

（1）调节调平螺丝，使水准仪的气泡移到中央，这时平行极板处于水平位置，电场方向和重力平行。

（2）将"0V—工作"开关置于"0"位置，"平衡—提升"开关也置于"平衡"位置。将油滴从喷雾室的喷口喷入，视场中将出现大量油滴，犹如夜空繁星。如果油滴太暗，微调显微镜，使油滴更清楚。

2. 测量练习

（1）练习控制油滴。当油滴喷入油雾室并观察到大量油滴时，在平行极板上加上平衡电压（约 300V），驱走不需要的油滴，等待 $1\sim2\text{min}$ 后，只剩下几颗油滴在

图 6-80　油滴盒剖面图

1—油雾室提把；2—油雾室；3—油雾孔开关；
4—油滴盒防风罩；5—铝质上电极；6—上下电极绝缘电圈；
7—铝质下电极；8—油滴仪托板；9—油雾室上盖；
10—油滴喷雾口；11—油雾孔；12—上电极压簧；
13—上电极电源的插孔；14—油滴盒绝缘座；
15—照明孔；16—漫反射屏

慢慢移动，注意其中的一颗，微调显微镜，使油滴很清楚，仔细调节电压使这颗油滴平衡；然后去掉平衡电压，让它达到匀速下降时，再加上平衡电压使油滴停止运动；之后，再调节升降电压使油滴上升到原来的位置。如此反复练习，以熟练掌握控制油滴的方法。

（2）练习选择油滴。要作好本实验，很重要的一点就是选择好被测量的油滴。油滴的体积既不能太大，也不能太小（太大时必须带的电荷很多才能达到平衡；太小时由于热扰动和布朗运动的影响，很难稳定），否则难于准确测量。对于所选油滴，当取平衡电压为 300V，匀速下降距离 $l=1.60$mm 所用时间约为 20s 时，油滴大小和所带电量较适中，测量也较为准确。因此，需要反复试测练习，才能选择好待测油滴。

（3）速度测试练习。任意选择几个下降速度不同的油滴，用显示器上的秒表测出它们下降一段距离所需要的时间，掌握测量油滴速度的方法。

3. 正式测量

由式（6-99）可知，进行本实验真正需要测量的量只有两个，一个是油滴的平衡电压 U_n，另一个是油滴匀速下降的速度——即油滴匀速下降距离 l 所需的时间 t。

（1）测量平衡电压必须经过仔细的调节，应该将油滴悬于分化板上某条横线附近，以便准确地判断出这颗油滴是否平衡，应该仔细观察 1min 左右，如果油滴在此时间内在平衡位置附近漂移不大，才能认为油滴是真正平衡了。记下此时的平衡电压 U_n。

（2）在测量油滴匀速下降一段距离 l 所需的时间 t 时，为保证油滴下降的速度均匀，应先让它下降一段距离后再测量时间。选定测量的一段距离应该在平行极板之间的中间部分，占分划板中间八个分格为宜，此时的距离为 $l=1.60$mm，若太靠近上电极板，小孔附近有气流，电场也不均匀，会影响测量结果。太靠近下极板，测量完时间后，油滴容易丢失，不能反复测量。

（3）由于有涨落，对于同一颗油滴，必须重复测量 5 次。同时，还应该选择至少 5 颗不同的油滴进行测量。

（4）通过计算求出基本电荷的值，验证电荷的不连续性。

六、数据记录及处理

1. 数据表格（见表 6-32）

表 6-32　　　　　　　　　　　数 据 表 格

油滴号	次数	1	2	3	4	5	$\bar{U}_n$(V)	$\bar{t}$(s)
1	U_n(V)							
	t(s)							
2	U_n(V)							
	t(s)							
3	U_n(V)							
	t(s)							
4	U_n(V)							
	t(s)							
5	U_n(V)							
	t(s)							

2. 数据处理方法

根据式（6-99）和式（6-94）可得

$$ne = \frac{k}{\left[t(1 + k'/\sqrt{t})\right]^{\frac{3}{2}}} \frac{1}{U_n} \tag{6-100}$$

式中：$k = \frac{18\pi}{\sqrt{2\rho g}}(\eta l)^{\frac{3}{2}} d$；$k' = \frac{b}{P}\sqrt{\frac{2\rho g}{9\eta}}$。有关常数的取值如下：油的密度 $\rho = 981\text{kg/m}^3$；重力加速度 $g = 9.80\text{m/s}^2$；空气的粘滞系数 $\eta = 1.83 \times 10^{-5}\text{kg/m} \cdot \text{s}$；油滴下降距离 $l = 1.60 \times 10^{-3}\text{m}$；常数 $b = 6.17 \times 10^{-6}\text{m} \cdot \text{cmHg}$；大气压 $P = 76.0\text{cmHg}$；平行极板距离 $d = 5.00 \times 10^{-3}\text{m}$。

将上述数据代入式（6-100）可得，$k = 1.02 \times 10^{-14}\text{kg} \cdot \text{m}^2/\text{s}^{1/2}$，$k' = 0.021\text{s}^{1/2}$

$$q = ne = \frac{1.02 \times 10^{-14}}{\left[t(1 + 0.021\sqrt{t})\right]^{\frac{3}{2}}} \cdot \frac{1}{U_n} \tag{6-101}$$

显然，上面的计算是近似的。但是，一般情况下，最大误差仅在 1% 左右。

将式（6-101）所得数据除以电子电荷的公认值 $e = 1.602 \times 10^{-19}\text{C}$，所得整数就是油滴所带的电荷数 n，再用 n 去除实验测得的电荷值，就可得到电子电荷的测量值。对不同油滴测得的电子电荷值不能再求平均值。

3. 数据处理

（1）由 $\bar{U}_n(\text{V})$ 和 $\bar{t}(\text{s})$ 依据式（6-101）求出每个油滴的带电量 q，利用公式 $n_1 = q/e$ 求出每个油滴的电荷数 n_1，如果 n_1 不是整数，就取与 n_1 最接近的整数为油滴的电荷数 n，再用 q 去除以 n 就得到电子电荷的测量值。

（2）由于电子电荷已有公认值，因此只需计算出由每个油滴得到的电子电荷的测量值的相对误差 $E_r = \frac{|e_测 - e|}{e} \times 100\%$。

（3）要求写出 q 和 E_r 的计算过程。

七、注意事项

（1）喷油时，只需喷一两下即可，不要喷得太多，不然会堵塞小孔。

（2）对选定油滴进行跟踪测量的过程中，如果油滴变得模糊了，应随时调节显微镜镜筒的位置，对油滴聚焦。对任何一个油滴进行的任何一次测量中都应随时调节显微镜，以保证油滴处于清晰状态。

（3）平衡电压取 200～350V 为最好，应该尽量在这个平衡电压范围内去选择油滴。例如，开始时平衡电压可定在 320V，如果在 320V 的平衡电压情况下已经基本平衡时，只需稍微调节平衡电压就可使油滴平衡，这时油滴的平衡电压就在 200～350V 的范围之内。

（4）在监视器上细致观察，确保油滴竖直下落。

八、思考题

1. 为什么对选定油滴进行跟踪时，油滴有时会变得模糊起来？

2. 通过实验数据进行分析，指出做好本实验关键要抓住哪几步？造成实验数据测量不准的原因是什么？

3. 为什么对不同油滴测得的电子电荷最后不能再求平均值来得到电子电荷的测量值？

实验二十六　太阳能电池基本特性测量

太阳能是一种清洁、"绿色"能源，因此，世界各国十分重视对太阳能电池的研究和利用。其中硅太阳能电池的开发和利用大有发展前景。目前硅太阳能电池除应用于人造卫星和宇宙飞船外，还应用于许多民用领域：如太阳能汽车、太阳能游艇、太阳能收音机、太阳能计算机、太阳能乡村电站等。太阳能的利用和太阳能电池特性的研究已经成为 21 世纪新型能源开发的重点课题。

一、实验目的

1. 熟悉太阳能电池的基本特性。
2. 测量太阳能电池的基本特性参量。
3. 学习数字式万用表的使用。

二、实验仪器

1. 光具座及滑块座。
2. 具有引出接线的盒装太阳能电池。
3. 数字万用表 2 只、电阻箱 1 只。
4. 直流电源 1 个。
5. 白光源 1 个，射灯结构，功率 40W。
6. 带探测器数字式光功率计。
7. 遮板及遮光罩各 1 个。

实验装置如图 6 - 81 所示。

图 6 - 81　太阳能电池基本特性测定实验装置

三、实验原理

太阳能电池能够吸收光的能量，并将所吸收的光子能量转换为电能。在没有光照时，其特性可视为一个二极管，其正向偏压 U 与通过电流 I 的关系式为

$$I = I_0(e^{\beta U} - 1) \tag{6 - 102}$$

式中：I_0 和 β 为常数，取决于太阳能电池的材料及工作温度。

根据半导体理论，二极管主要是由能隙为 $E_C - E_V$ 的半导体构成，如图 6 - 82 所示，其中 E_C 为半导体导带势能，E_V 为半导体价带势能。当入射光子能量大于能隙时，光子会被半导体吸收，产生电子和空穴对。电子和空穴对会分别受到二极管之内电场的影响而产生光电流。

太阳能电池可视为如图 6 - 83 所示的理想模型，它由一个理想电流源（光照产生光电流的电流源）和一个理想二极管所组成。

图 6 - 83 中，I_{ph} 为太阳能电池在光照时该等效电流源的输出电流，I_d 为光照时通过太阳能电池内部等效二极管的电流。则由式（6 - 102）得

$$I = I_{ph} - I_d = I_{ph} - I_0(e^{\beta U} - 1) \tag{6 - 103}$$

式中：I 为太阳能电池的输出电流；U 为输出电压。

在短路时，$U = 0$，这时的输出电流即为短路电流，可得短路电流 $I_{sc} = I_{ph}$。而在开路时，$I = 0$，即 $I_{sc} - I_0(e^{\beta U_{oc}} - 1) = 0$。

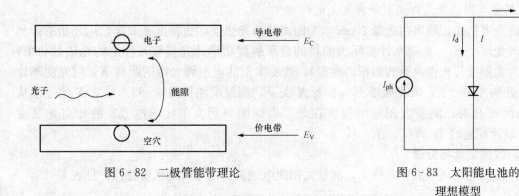

图 6-82　二极管能带理论　　　　　　　图 6-83　太阳能电池的
　　　　　　　　　　　　　　　　　　　　　　　　　理想模型

因此得开路电压 U_{OC} 为

$$U_{\mathrm{OC}} = \frac{1}{\beta}\ln\left(\frac{I_{\mathrm{SC}}}{I_0} + 1\right) \tag{6-104}$$

式（6-104）即为在理想情况下，太阳能电池的开路电压 U_{OC} 和短路电流 I_{SC} 的关系式。其中，I_0 与 β 即是式（6-104）中的常数。

太阳能电池的基本特性参量除了短路电流 I_{SC} 和开路电压 U_{OC} 外，还有最大输出功率 $P_{\max}$ 和填充因子 FF。最大输出功率 $P_{\max}$ 就是 $P = UI$ 的最大值。填充因子 FF 定义为

$$FF = \frac{P_{\max}}{I_{\mathrm{SC}}U_{\mathrm{OC}}} \tag{6-105}$$

填充因子是代表太阳能电池性能好坏的一个重要参数。FF 值越大，说明太阳能电池对光的利用率越高。

四、实验内容及步骤

1. 在无光照（全黑）条件下，测量太阳能电池加正向偏压时的伏安特性

测量电路如图 6-84 所示。R 为电阻箱，其阻值设定为 1kΩ。分别测量电池和电阻箱两端的电压 U_1 和 U_2，则电流值 I 即为 U_2 与 R 的比值。测量范围为直流偏压 U_1 从 0～3.0V。

2. 测量太阳能电池的基本特性参量

在不加偏压时，用白色光源照射，保持光源到太阳能电池距离为 20cm，测量在不同负载电阻下，光电流 I 对电压 U 变化关系，测量电路如图 6-85 所示。测量过程中，负载 R 从 0～25kΩ 变化。

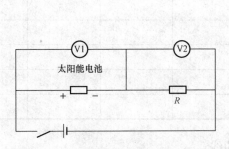

图 6-84　太阳能电池加正向偏压时
　　　　　伏安特性测量电路

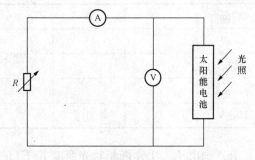

图 6-85　太阳能电池基本特性参量测量电路

3. 测量太阳能电池的光照效应与光电性质

　　用遮光罩挡光，取离白光源 20cm 水平距离处的光照度作为标准光照度，用光功率计测量该处的光照度 E_0（光功率计实际所测量的是照射到功率计光接收元件上的光辐射功率，可理解为光照度与光接收面的面积的乘积）；改变太阳能电池到光源的距离 X，用光功率计测量 X 处的光照度 E，求光照度 E 与位置 X 关系，测量电路见图 6 - 85。位置 X 的范围从 20～50cm 变化时，测量太阳能电池所在处（也即照射到太阳能电池上）的相对光照度 E/E_0，以及相应的 I_{SC} 和 U_{OC} 值。

五、数据记录与处理

（1）在无光照（全黑）条件下，测量太阳能电池正向偏压时的伏安特性，见表 6 - 33。

表 6 - 33　　　　　　　全暗情况下太阳能电池在外加偏压时伏安特性

U_1/V								
U_2/mV								
$I/\mu A$								

　　利用测得的正向偏压时 $I-U$ 关系数据，画出 $I-U$ 曲线。

（2）测量太阳能电池的基本特性参量，见表 6 - 34。

表 6 - 34　　　　　　　太阳能电池的光电流与电压随负载的变化关系

$R/k\Omega$				...			
I/mA				...			
U/V				...			
P/mW				...			

　　画出 $I-U$ 曲线图，求出短路电流 I_{SC} 和开路电压 U_{OC}。画出功率随负载的变化 $P-R$ 曲线图，求出太阳能电池的最大输出功率及最大输出功率时负载电阻，并计算填充因子 $FF = \dfrac{P_{max}}{U_{OC}I_{SC}}$。

（3）测量太阳能电池的光照效应与光电性质，见表 6 - 35。

表 6 - 35　　　　　　　太阳能电池光照效应与光电特性

X/cm	20	25	30	35	40	45	50
E/mW							
E/E_0							
I_{SC}/mA							
U_{OC}/V							

　　分别画出 I_{SC}、U_{OC} 随相对光照度 E/E_0 的变化曲线。

六、注意事项

（1）连接电路时，保持太阳能电池光照条件。

（2）避免太阳光直接照射太阳能电池。

（3）注意使用万用表测量时选择正确、合适的挡位。

七、思考题

1. 两个太阳能电池串联，如何测量它们的伏安特性曲线、填充因子？

2. 两个太阳能电池并联，如何测量它们的伏安特性曲线、填充因子？

实验二十七　液晶电光效应实验

液晶是介于液体与晶体之间的一种物质状态。一般的液体内部分子排列是无序的，而液晶既具有液体的流动性，其分子又按一定规律有序排列，使它呈现晶体的各向异性。当光通过液晶时，会产生偏振面旋转，双折射等效应。液晶分子是含有极性基团的极性分子，在电场作用下，电偶极子会按电场方向取向，导致分子原有的排列方式发生变化，从而液晶的光学性质也随之发生改变，这种因外电场引起的液晶光学性质的改变称为液晶的电光效应。

1888 年，奥地利植物学家 Reinitzer 在做有机物溶解实验时，在一定的温度范围内观察到液晶。1961 年美国 RCA 公司的 Heimeier 发现了液晶的一系列电光效应，并制成了显示器件。从 20 世纪 70 年代开始，日本公司将液晶与集成电路技术结合，制成了一系列的液晶显示器件，并至今在这一领域保持领先地位。液晶显示器件由于具有驱动电压低（一般为几伏），功耗极小，体积小，寿命长，环保无辐射等优点，在当今各种显示器件的竞争中有独领风骚之势。

一、实验目的

1. 测量液晶光开关的电光特性曲线，并得到液晶的阈值电压（U_{th}）和关断电压（U_{off}）。

2. 测量液晶显示器的视角特性以及在不同视角下的对比度，了解液晶光开关的工作原理。

3. 了解液晶光开关构成图像矩阵的方法，学习和掌握这种矩阵所组成的液晶显示器构成文字和图形的显示模式，从而了解一般液晶显示器件的工作原理。

4. 测量液晶光开关的时间响应曲线，并由时间响应曲线得到液晶的上升时间和下降时间。

二、实验原理

1. 液晶光开关的工作原理

液晶的电光效应种类很多，主要有动态散射型（DS）、扭曲向列相型（TN）、超扭曲向列相型（STN）、有源矩阵液晶显示（TFT）、电控双折射（ECB）等。其中应用较广的有 TFT 型——主要用于液晶电视、笔记本电脑等高档产品；STN 型——主要用于手机屏幕等中档产品；TN 型——主要用于电子表、计算器、仪器仪表、家用电器等中低档产品。

本实验仅以常用的 TN 型液晶为例，说明其工作原理。TN 型光开关的结构如图 6 - 86 所示。在两块玻璃板之间夹有正性向列相液晶，液晶分子的形状如同火柴一样，为棍状，长度为十几埃（$1\text{Å} = 10^{-10}\text{m}$），直径为 4～6Å，液晶层厚度一般为 5～8$\mu$m。玻璃板的内表面涂有透明电极，电极的表面预先作了定向处理（可用软绒布朝一个方向摩擦，也可在电极表面涂取向剂），这样，液晶分子在透明电极表面就会躺倒在摩擦所形成的微沟槽里；电极表面的液晶分子按一定方向排列，且上下电极上的定向方向相互垂直。上下电极之间的那些液晶分子因范德瓦尔斯力的作用，趋向于平行排列。然而由于上下电极上液晶的定向方向相互垂直，所以从俯视方向看，液晶分子的排列从上电极沿一45°方向排列逐步地、均匀地扭曲到下电极的沿＋45°方向排列，整个扭曲了 90°。如图 6 - 86 的左图所示。理论和实验都证明，上述均匀扭曲排列起来的结构具有光波导的性质，即偏振光从上电极表面透过扭曲排列起来的液晶传播到下电极表面时，偏振方向会旋转 90°。取两张偏振片贴在玻璃的两面，P_1 的透

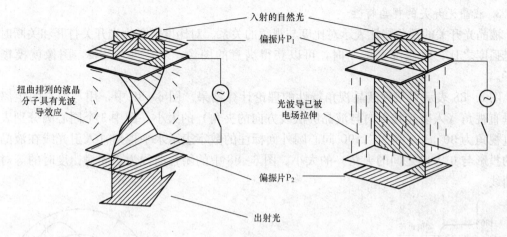

图 6-86　液晶光开关的工作原理

光轴与上电极的定向方向相同，P_2 的透光轴与下电极的定向方向相同，于是 P_1 和 P_2 的透光轴相互正交。在未加驱动电压的情况下，来自光源的自然光经过偏振片 P_1 后只剩下平行于透光轴的线偏振光，该线偏振光到达输出面时，其偏振面旋转了 $90°$。这时光的偏振面与 P_2 的透光轴平行，因而有光通过。在施加足够电压情况下（一般为 $1\sim2V$），在静电场的作用下，除了基片附近的液晶分子被基片"锚定"以外，其他液晶分子趋于平行于电场方向排列。于是原来的扭曲结构被破坏，成了均匀结构，如图 6-86 右图所示。从 P_1 透射出来的偏振光的偏振方向在液晶中传播时不再旋转，保持原来的偏振方向到达下电极。这时光的偏振方向与 P_2 正交，因而光被关断。由于上述光开关在没有电场的情况下让光透过，加上电场的时候光被关断，因此叫做常通型光开关，又叫做常白模式。若 P_1 和 P_2 的透光轴相互平行，则构成常黑模式。

液晶可分为热致液晶与溶致液晶。热致液晶在一定的温度范围内呈现液晶的光学各向异性，溶致液晶是溶质溶于溶剂中形成的液晶。目前用于显示器件的都是热致液晶，它的特性随温度的改变而有一定变化。

2. 液晶光开关的电光特性

图 6-87 为光线垂直液晶面入射时本实验所用液晶相对透射率（以不加电场时的透射率为 100%）与外加电压的关系。

由图 6-87 可见，对于常白模式的液晶，其透射率随外加电压的升高而逐渐降低，在一定电压下达到最低点，此后略有变化。可以根据此电光特性曲线图得出液晶的阈值电压和关断电压。

（1）阈值电压（U_{th}）。透过率为 90% 时的驱动电压。

（2）关断电压（U_{off}）。透过率为 10% 时的驱动电压。

液晶的电光特性曲线越陡，即阈值电压与关断电压的差值越小，由液晶开关单元构成的显示器件允许的驱动路数就越多。TN 型液晶最多允许 16 路驱动，故常用于数码显示。在电脑，电视等需要高分辨率的显示器件中，常采用 STN（超扭曲向列）型液晶，以改善电光特性曲线的陡度，增加驱动路数。这是液晶显示器的重要指标。早期的液晶显示器在这方面逊色于其他显示器，现在通过结构方面的技术改进，已达到很好的效果。

3. 液晶光开关的视角特性

液晶光开关的视角特性表示对比度与视角的关系。对比度定义为光开关打开和关断时透射光强度之比，对比度大于 5 时，可以获得满意的图像，对比度小于 2，图像就模糊不清了。

图 6-88 表示了某种液晶视角特性的理论计算结果。图 6-88 中，用与圆心的距离表示垂直视角（入射光线方向与液晶屏法线方向的夹角）的大小。图中 3 个同心圆分别表示垂直视角为 30°，60° 和 90°。90° 同心圆外面标注的数字表示水平视角（入射光线在液晶屏上的投影与 0° 方向之间的夹角）的大小。图 6-88 中的闭合曲线为不同对比度时的等对比度曲线。

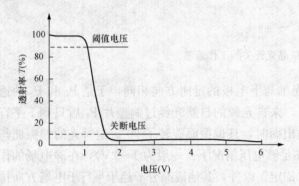

图 6-87 液晶光开关的电光特性曲线

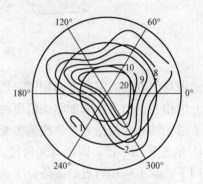

图 6-88 液晶的视角特性

由图 6-88 可以看出，液晶的对比度与垂直以及水平视角都有关，而且具有非对称性。若我们把具有图 6-88 所示视角特性的液晶开关逆时针旋转，以 220° 方向向下，并由多个显示开关组成液晶显示屏。则该液晶显示屏的左右视角特性对称，在左、右和俯视 3 个方向，垂直视角接近 60° 时对比度为 5，观看效果较好。在仰视方向对比度随着垂直视角的加大迅速降低，观看效果差。

4. 液晶光开关构成图像显示矩阵的方法

除了液晶显示器以外，其他显示器靠自身发光来实现信息显示功能。这些显示器主要有以下一些：阴极射线管显示（CRT），等离子体显示（PDP），电致发光显示（ELD），发光二极管（LED）显示，有机发光二极管（OLED）显示，真空荧光管显示（VFD），场发射显示（FED）。这些显示器因为要发光，所以要消耗大量的能量。

液晶显示器通过对外界光线的开关控制来完成信息显示任务，为非主动发光型显示，其最大的优点在于能耗极低。正因为如此，液晶显示器在便携式装置，例如电子表、万用表、手机、传呼机等的显示方面具有不可代替地位。下面我们来看看如何利用液晶光开关来实现图形和图像的显示。

矩阵显示方式，是把图 6-89（a）所示的横条形状的透明电极做在一块玻璃片上，叫做行驱动电极，简称行电极（常用 X_i 表示）；而把竖条形状的电极制在另一块玻璃片上，叫做列驱动电极，简称列电极（常用 S_i 表示）。把这两块玻璃片面对面组合起来，把液晶灌注在这两片玻璃之间构成液晶盒。为了画面简洁，通常将横条形状和竖条形状的 ITO 电极抽象为横线和竖线，分别代表扫描电极和信号电极，如图 6-89（b）所示。

矩阵型显示器的工作方式为扫描方式。显示原理可依以下的简化说明作一介绍。

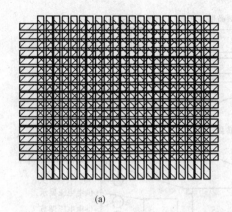

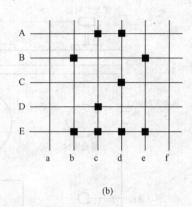

(a)   (b)

图 6 - 89　液晶光开关组成的矩阵式图形显示器

欲显示图 6 - 89（b）的那些有方块的像素，首先在第 A 行加上高电平，其余行加上低电平，同时在列电极的对应电极 c、d 上加上低电平，于是 A 行的那些带有方块的像素就被显示出来了。然后第 B 行加上高电平，其余行加上低电平，同时在列电极的对应电极 b、e 上加上低电平，因而 B 行的那些带有方块的像素被显示出来了。然后是第 C 行、第 D 行…，以此类推，最后显示出一整场的图像。这种工作方式称为扫描方式。

这种分时间扫描每一行的方式是平板显示器的共同的寻址方式，依这种方式，可以让每一个液晶光开关按照其上的电压的幅值让外界光关断或通过，从而显示出任意文字、图形和图像。

5. 液晶光开关的时间响应特性

加上（或去掉）驱动电压能使液晶的开关状态发生改变，是因为液晶的分子排序发生了改变，这种重新排序需要一定时间，反映在时间响应曲线上，用上升时间 τ_r 和下降时间 τ_d 描述。给液晶开关加上一个如图 6 - 90 所示的周期性变化的电压，就可以得到液晶的时间响应曲线，上升时间和下降时间，如图 6 - 90 所示。

（1）上升时间（τ_r）。透过率由 10％升到 90％所需时间。

（2）下降时间（τ_d）。透过率由 90％降到 10％所需时间。

液晶的响应时间越短，显示动态图像的效果越好。

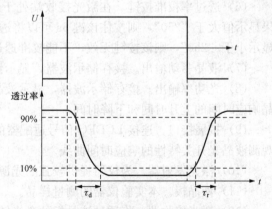

图 6 - 90　液晶驱动电压和响应时间

三、仪器介绍

本实验所用仪器为液晶光开关电光特性综合实验仪，其外部结构如图 6 - 91 所示。下面简单介绍仪器各个按钮的功能。

（1）模式转换开关。切换液晶的静态和动态（图像显示）两种工作模式。在静态时，所有的液晶单元所加电压相同，在（动态）图像显示时，每个单元所加的电压由开关矩阵控制。同时，当开关处于静态时打开激光发射器，当开关处于动态时关闭激光发射器。

（2）静态闪烁/动态清屏切换开关。当仪器工作在静态的时候，此开关可以切换到闪烁

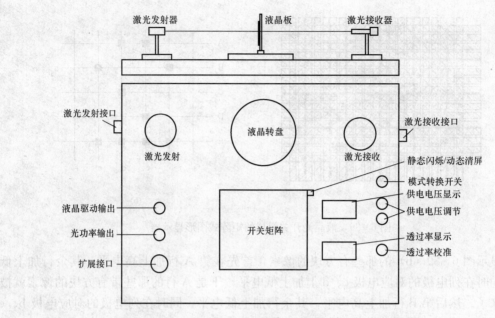

图 6-91　液晶光开关电光特性综合实验仪功能键示意图

和静止两种方式；当仪器工作在动态的时候，此开关可以清除液晶屏幕因按动开关矩阵而产生的斑点。

（3）供电电压显示。显示加在液晶板上的电压，范围在 0.0～7.6V 之间。

（4）供电电压调节按键。改变加在液晶板上的电压，调节范围在 0.0～7.6V 之间。其中单击＋按键（或－按键）可以增大（或减小）0.01V。一直按住＋按键（或－按键）2s 以上可以快速增大（或减小）供电电压，但当电压大于或小于一定范围时需要单击按键才可以改变电压。

（5）透过率显示。显示光透过液晶板后光强的相对百分比。

（6）透过率校准按键。在激光接收端处于最大接收的时候（即供电电压为 0V 时），如果显示值大于"250"，则按住该键 3s 可以将透过率校准为 100%；如果供电电压不为 0，或显示小于"250"，则该按键无效，不能校准透过率。

（7）液晶驱动输出。接存储示波器，显示液晶的驱动电压。

（8）光功率输出。接存储示波器，显示液晶的时间响应曲线，可以根据此曲线来得到液晶响应时间的上升时间和下降时间。

（9）扩展接口。连接 LCDEO 信号适配器的接口，通过信号适配器可以使用普通示波器观测液晶光开关特性的响应时间曲线。

（10）激光发射器。为仪器提供较强的光源。

（11）液晶板。本实验仪器的测量样品。

（12）激光接收器。将透过液晶板的激光转换为电压输入到透过率显示表。

（13）开关矩阵。此为 16×16 的按键矩阵，用于液晶的显示功能实验。

（14）液晶转盘。承载液晶板一起转动，用于液晶的视角特性实验。

（15）电源开关。仪器的总电源开关。

四、实验内容及步骤

将液晶板金手指 1（见图 6-92）插入转盘上的插槽，液晶凸起面必须正对激光发射方向。打开电源开关，点亮激光器，使激光器预热 $10\sim20$ min。

在正式进行实验前，首先需要检查仪器的初始状态，看发射器光线是否垂直入射到接收器；在静态 0V 供电电压条件下，透过率显示是否为 "100%"。如果显示正确，则可以开始实验，如果不正确，请指导教师将仪器调整好再让学生进行实验。

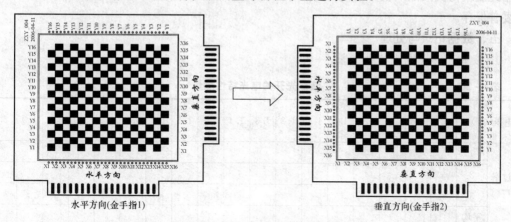

图 6‐92　液晶板方向

1. 液晶光开关电光特性测量

将模式转换开关置于静态模式，将透过率显示校准为 100%，按表 6‐36 的数据改变电压，使得电压值从 0V 到 5V 变化，记录相应电压下的透射率数值。重复 3 次并计算相应电压下透射率的平均值，依据实验数据绘制电光特性曲线，可以得出阈值电压和关断电压。

2. 液晶光开关视角特性的测量

（1）水平方向视角特性的测量。将模式转换开关置于静态模式。首先将透过率显示调到 100%，然后再进行实验。

确定当前液晶板为金手指 1 插入的插槽（如图 6‐92 所示）。在供电电压为 0V 时，按照表 6‐37 所列举的角度调节液晶屏与入射激光的角度，在每一角度下测量光强透过率最大值 T_{max}。然后将供电电压置于关断电压，再次调节液晶屏角度，测量光强透过率最小值 T_{min}，并计算其对比度（T_{max}/T_{min}）。以角度为横坐标，对比度为纵坐标，绘制水平方向对比度随入射光入射角而变化的曲线。

（2）垂直方向视角特性的测量。关断总电源后，取下液晶显示屏，将液晶板旋转 $90°$，将金手指 2（垂直方向）插入转盘插槽（如图 6‐92 所示）。重新通电，将模式转换开关置于静态模式。按照与（1）相同的方法和步骤，可测量垂直方向的视角特性。记录于表 6‐37 中。

3. 液晶显示器显示原理

将模式转换开关置于动态（图像显示）模式。液晶供电电压调到 5V 左右。此时矩阵开关板上的每个按键位置对应一个液晶光开关像素。初始时各像素都处于开通状态，按 1 次矩阵开光板上的某一按键，可改变相应液晶像素的通断状态，所以可以利用点阵输入关断（或点亮）对应的像素，使暗相素（或亮像素）组合成一个字符或文字。以此体会液晶显示器件组成图像和文字的工作原理。矩阵开关板右上角的按键为清屏键，用以清除已输入在显示屏上的图形。

4. 液晶的时间响应的测量

将模式转换开关置于静态模式，透过率显示调到 100%，然后将液晶供电电压调到 2.0V 左右，在液晶静态闪烁状态下，用存储示波器观察此光开关时间响应特性曲线，可以根据此曲线得到液晶的上升时间 τ_r 和下降时间 τ_d。实验完成后，关闭电源开关，取下液晶板妥善保存。

五、数据记录与处理

1. 液晶光开关电光特性测量

表 6 - 36　　　　　　　　　　　液晶光开关电光特性测量

电压（V）		0	0.5	0.8	0.9	1.0	1.1	1.2	1.3	1.4	1.5	1.6	1.7	1.8	1.9	2.0	3.0	4.0	5.0
透过率 T（%）	1																		
	2																		
	3																		
	平均																		
阈值电压（$T=90\%$）=＿＿＿V										关断电压（$T=10\%$）=＿＿＿V									

以电压为横坐标，透过率为纵坐标作出电光特性曲线，得出阈值电压和关断电压。

2. 液晶光开关视角特性的测量

（1）水平方向视角特性的测量。

表 6 - 37　　　　　　　　　　　液晶水平方向视角特性的测量

正角度（°）	0	5	10	15	20	25	30	35	40	45	50	55	60	70	80
T_{max}（%）															
T_{min}（%）															
T_{max}/T_{min}															
负角度（°）	0	-5	-10	-15	-20	-25	-30	-35	-40	-45	-50	-55	-60	-70	-80
T_{max}（%）															
T_{min}（%）															
T_{max}/T_{min}															
水平方向较好视角范围：负＿＿度～正＿＿度（$T_{max}/T_{min}\geqslant 5$，且 $T_{max}\geqslant 50\%$）															

（2）垂直方向视角特性的测量。

表格同表 6 - 37，请自行设计。

3. 液晶显示器显示原理

动态模式下将电压调到 5V 左右，利用矩阵开关按键在液晶板上显示各种文字、符号或图形，并作简单记录。

4. 液晶的时间响应的测量

六、注意事项

（1）绝对禁止用光束照射他人眼睛或直视光束本身，以防伤害眼睛。

（2）在进行液晶视角特性实验中，更换液晶板方向时，务必断开总电源后，再进行插取，否则将会损坏液晶板。

（3）液晶板凸起面必须要朝向激光发射方向，否则实验记录的数据为错误数据。

（4）在调节透过率100％时，如果透过率显示不稳定，则很有可能是光路没有对准，或者为激光发射器偏振没有调节好，需要仔细检查，调节好光路。

（5）在校准透过率100％前，必须将液晶供电电压显示调到0.00V或显示大于"250"，否则无法校准透过率为100％。在实验中，电压为0.00V时，不要长时间按住"透过率校准"按钮，否则透过率显示将进入非工作状态，本组测试的数据为错误数据，需要重新进行本组实验数据记录。

附录（初始光路的调节方法）

液晶发射装置、接收装置和转盘示意图如图6-93所示。

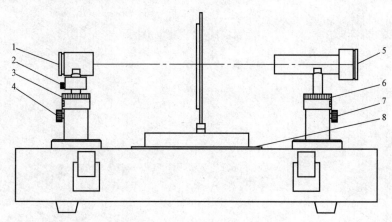

图6-93　液晶发射装置、接收装置和转盘示意图
1—激光发射护套；2—固定激光发射器旋转的螺钉；3—升高或降低激光发射器旋钮；
4—固定激光发射器高度的螺钉；5—激光接收后装置盖板；6—升高或降低激光接收装置旋钮；
7—固定激光接收装置高度的螺钉；8—转盘底板

第一步：调节激光管和液晶的偏振关系。

插上电源，打开电源总开关，点亮激光管（模式转换开关置于静态模式），在激光管预热10~20min后。让激光透射过液晶板，旋转激光管，使透过液晶板后的光斑在液晶板的水平方向和垂直方向的光强基本一致。然后保持激光管的偏振方向，将激光管插入激光发射护套内，用螺钉固定。

第二步：调节激光发射器的高度，使激光照射到液晶板（水平方向）的Y9行。

将液晶板金手指1（水平方向）插入转盘上的插槽（插取液晶板前要关闭总电源）。将液晶转盘置于零刻度位置固定住。将供电电压调节到2.00V以上（方便观测液晶板行列），调节激光发射器装置的高度，让激光射到液晶板上的Y9行（且必须是Y9行）。用锁紧螺钉固定激光发射器的高度。

第三步：调节激光接收装置，让激光完全射入激光接收孔中。

　　将供电电压调节到 0V，再调节激光接收装置的高度，同时水平转动激光发射器，让激光完全入射到激光接收装置中（为了使调节更方便，可以取掉激光接收器后盖，让激光直接从接收装置孔中射出，并保证射出的激光光斑没有光晕）。然后将激光发射器和接收装置固定锁紧。

　　第四步：调节激光光斑到指定位置，即液晶板水平方向的（X8，Y9）坐标点上。

　　将供电电压调节到 2.00V 以上，松动液晶转盘底板上的四颗螺钉，移动底板，让激光光斑射到 X8 列上（且必须是 X8 列）。此时激光光斑应该照射到液晶板的（X8，Y9）坐标点上。然后固定好底座上的四颗螺钉。

　　第五步：装激光接收器后盖板。

　　将激光接收器后盖旋上接收装置，再将插头插入到主机相应的插座上，完成光路调节。

　　第六步：初步检验光路。

　　调整好光路后，将供电电压调节到 0V，观测透过率，水平方向和垂直方向的透过率差值应小于 15。否则激光管的偏振还需要调节。

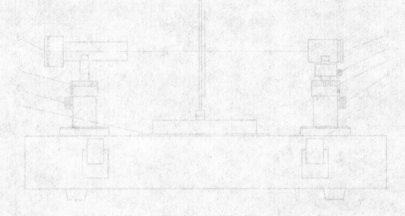

实验二十八　光栅传感器特性测定实验

几百年前，法国人发现一种现象：当两层被称作莫尔丝绸的绸子叠在一起时将产生复杂的水波状的图案，如薄绸间相对挪动，图案也随之晃动，这种图案当时称为莫尔条纹。一般说，任何具有一定排列规律的几何簇图案的重合，均能形成按新规律分布的莫尔条纹图案。1874 年，瑞利首次将莫尔图案作为一种计测手段，即根据条纹的结构形状来评价光栅各线纹间的间隔均匀性，从而开拓了莫尔计量学。随着时间的推移，莫尔条纹测量技术现已经广泛应用于多种工程计量测试中，为微位移的测量做出了重大的贡献。

一、实验目的

1. 理解莫尔现象产生的机理。
2. 测量直线光栅常数。
3. 观察直线光栅、径向圆光栅、切向圆光栅的莫尔条纹并验证其特性。
4. 了解光栅传感器的结构及其应用。

二、实验仪器

ZKY‑GS 光栅传感实验仪。

三、实验原理

两只光栅以很小的夹角相向叠合时，在相干或非相干光的照射下，在叠合面上将出现明暗相间的条纹，称为莫尔条纹。莫尔条纹现象是光栅传感器的理论基础，它可以用粗光栅或细光栅形成。栅距远大于波长的光栅叫粗光栅，栅距接近波长的光栅叫细光栅。

1. 莫尔条纹现象

(1) 直线光栅。两只光栅常数相同的光栅，其刻划面相向叠合并且使两者栅线有很小的夹角 θ，则由于挡光效应（刻线密度≤50/mm）或光的衍射作用（刻线密度≥100/mm），在与光栅刻线大致垂直的方向上形成明暗相间的条纹（如图 6‑94 所示，aa、$a'a'$ 为明条纹中心，bb、$b'b'$ 为暗条纹中心）。若两光栅相对运动，则条纹随之移动，其中一个称为主光栅，另一个光栅称为副光栅。

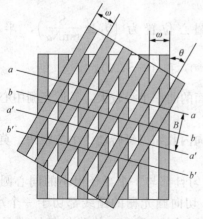

图 6‑94　直线光栅莫尔条纹

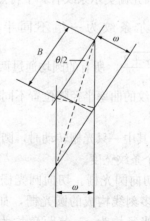

图 6‑95　主光栅与副光栅相交图

若主光栅与副光栅之间的夹角为 θ，光栅常数为 w，则相邻莫尔条纹之间的距离 B 为

$$B = \frac{w}{2\sin\frac{\theta}{2}} \approx \frac{w}{\theta} \tag{6-106}$$

由上式可知，当改变光栅夹角 θ，莫尔条纹宽度 B 也将随之改变。

若副光栅沿与刻线垂直方向移动一个栅距 w，莫尔条纹移动一个条纹间距 B。因此，莫尔条纹可以将很小的光栅位移同步放大为莫尔条纹的位移。当得到莫尔条纹相对移动的个数 N 就可以得到光栅相对移动的位移 x 为

$$x = Nw \tag{6-107}$$

莫尔条纹有如下主要特性：

1）条纹的移动与光栅的相对运动方向相对应。在保持两光栅夹角一定的情况下，使一个光栅固定，另一个光栅沿栅线的垂直方向运动，则莫尔条纹将沿栅线方向移动。若光栅反向运动，则莫尔条纹的移动方向也相应反向。

2）位移放大作用。当两光栅夹角 θ 很小时，相当于把栅距 w 放大了 $1/\theta$ 倍。当 $\theta=0$ 时 $B\rightarrow\infty$，称为光闸莫尔条纹。

3）同步性。光栅运动一个栅距 w，莫尔条纹相应移动一个条纹间距。

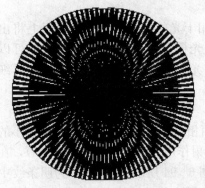

图 6-96　径向圆光栅莫尔条纹

（2）径向圆光栅。径向圆光栅是指大量在空间均匀分布都指向圆心的刻线形成的光栅。圆光栅的参数常用整圆上刻线数或节距角来表示，它是指圆光栅上相邻两条栅线之间的夹角。图 6-96 所示是两只节距角相同（即 $\alpha_1=\alpha_2=\alpha$）的径向光栅相向叠合产生的莫尔条纹。

若两光栅的刻线中心相距为 $2S$，以两圆连心线中心为坐标原点，连心线为 x 轴建立直角坐标系，则莫尔条纹满足如下方程

$$x^2 + \left(y - \frac{S}{\tan N\alpha}\right)^2 = \left(\frac{S\sqrt{\tan^2 N\alpha + 1}}{\tan N\alpha}\right)^2 \tag{6-108}$$

径向圆光栅莫尔条纹有如下特点：

1）莫尔条纹为一组不同半径的圆方程，圆心位置为 $\left(0, \pm\dfrac{S}{\tan N\alpha}\right)$，半径为 $\dfrac{S\sqrt{\tan^2 N\alpha + 1}}{\tan N\alpha}$。所有的圆均通过两光栅的中心 $(S, 0)$ 和 $(-S, 0)$。

2）条纹的曲率半径随位置不同而变化，靠近外面的曲率半径较大，靠近光栅中心的曲率半径较小。

3）当其中一只光栅转动时，圆族将向外扩张或向内收缩。每转动 1 个节距角，莫尔条纹移动 1 个条纹宽度。

（3）切向圆光栅。切向圆光栅是由空间分布均匀且都与 1 个半径很小的同心圆单向相切的众多刻线构成的圆光栅，如图 6-97 所示。切向圆光栅的栅线都切于一个小圆。两只小圆半径均为 r，节距角均为 α 的切向光栅相向同心叠合，其莫尔条纹满足的方程为

$$x^2 + y^2 = \left(\frac{2r}{N\alpha}\right)^2 \qquad (6-109)$$

它们是一组同心圆环，如图 6-98 所示。

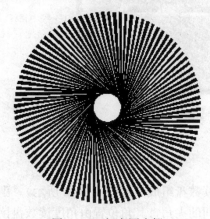

图 6-97　切向圆光栅

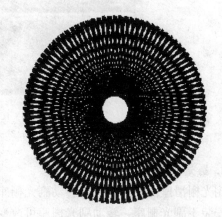

图 6-98　切向圆光栅莫尔条纹

2. 光栅传感器

如图 6-99 所示，光栅传感器主要由光源系统、光栅副系统、光电转换及处理系统等组成。光源系统使光源以平面波或球面波的形式照射到光栅副系统，光电转换及处理系统用于检测莫尔条纹的变化并经适当处理后转换为位移或角度的变换，其中光栅副系统主要用于产生各种类型的莫尔条纹，是关键部分。

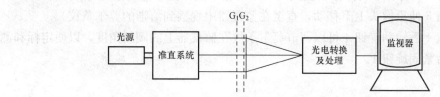

图 6-99　光栅传感器系统组成示意图

四、仪器介绍

仪器结构由主光栅基座、副光栅滑座、摄像头及监视器等组成（见图 6-100）。主光栅和副光栅形成一个可组装的、开放式的光栅副结构。

1. 主光栅基座

主光栅基座由主光栅和读数装置构成（见图 6-101）。读数装置由直尺和百分手轮组成，用于读取副光栅的移动距离，作为副光栅移动距离的标准值。主光栅和副光栅组成可组装、开放式结构，可以直观地了解光栅位移传感器的结构，通过摄像头从监视器上观察和测量条纹的相关特性。

图 6-100　实验装置结构图

1—主光栅基座；2—副光栅滑座；3—摄像头；4—监视器

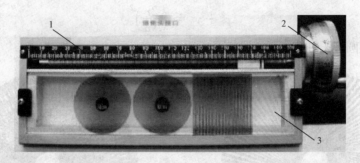

图 6-101 主光栅基座

1—直尺；2—百分手轮；3—主光栅

2. 副光栅滑座

副光栅滑座由副光栅、可转动副光栅座及角度读数盘组成（如图 6-102 所示）。副光栅固定安装于副光栅座，转动副光栅座可改变光栅之间的夹角，其角位置由角度读数盘读出。

3. 摄像头及监视器

摄像头及监视器用于观察和测量莫尔条纹特性，由摄像头升降台、摄像头及监视器组成。摄像头升降台位于副光栅滑座上（见图 6-103），用于调整摄像头的上下位置，以便在监视器中观察到清晰的条纹。

摄像头升降台的调节方法：

（1）旋松螺钉 2，前后移动摄像头使其对准副光栅中间位置，然后紧固螺钉 2。

（2）调节旋钮 3 使摄像头上下移动，直至在监视器中观察到清晰的莫尔条纹。

（3）旋松旋钮 1 后转动旋钮 4 可以调节莫尔条纹在监视器上的倾斜角度，以便定标和测量，调整好角度后紧固旋钮 1。

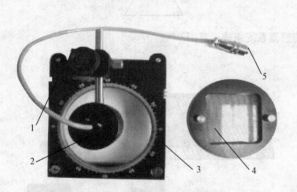

图 6-102 副光栅滑座

1—读数位置；2—摄像头；3—角度读数盘；

4—副光栅；5—视频接头

图 6-103 摄像头升降台

1、4—旋钮；2—螺钉；3—调节旋钮

五、实验内容与步骤

安装好直线主光栅（注意主光栅的刻划面要向上）和摄像头。

1. 成像系统放大率测量

（1）打开电源，调节摄像头的上下位置使监视器上出现清晰的直线光栅条纹。转动摄像头使光栅栅线与监视器纵向刻划线平行。

（2）转动手轮，通过读数游标初始位置和末位置的刻度读数测出 10 个光栅条纹间隔对应的距离 d_0，并从监视器上读出 10 个光栅条纹间隔距离 d_s，将测量数据填入表 6 - 38 中。根据 $k=d_s/d_0$ 计算成像系统的放大率 k。

2. 直线光栅莫尔条纹的特性测量

（1）安装好直线副光栅。

（2）慢慢旋转副光栅以改变两光栅的夹角 θ，每改变 5° 记录 1 条莫尔条纹在监视器上的宽度 s，将测量数据填入表 6 - 39 中，并计算莫尔条纹的实际宽度 $B=\dfrac{s}{k}=\dfrac{sd_0}{d_s}$。

（3）验证条纹的移动与光栅的相对运动方向相对应：转动手轮移动副光栅，观察莫尔条纹的移动方向。反向移动副光栅，观察莫尔条纹移动方向的变化。

3. 利用直线光栅测量线位移

（1）使主光栅和副光栅成一定夹角 θ，调节摄像头的上下位置使监视器上出现清晰的莫尔条纹图案。

（2）转动光栅盘使副光栅沿轨道运动。每移动 1 个莫尔条纹，记录副光栅的位置。将测量数据填入表 6 - 40 中。

4. 径向圆光栅莫尔条纹的特性测量

（1）安装好径向圆光栅，调节摄像头的上下位置使监视器上出现清晰的莫尔条纹图案（注意主光栅和副光栅要相向放置）。

（2）调节两光栅中心距，使之出现莫尔条纹，观察并描绘莫尔条纹图案的对称性及圆半径的变化。

（3）改变两光栅刻线中心的间距，观察圆曲率半径的变化。

（4）转动手轮移动副光栅，观察莫尔条纹的移动方向。反向移动副光栅，观察莫尔条纹移动方向的变化。

（5）使两光栅中心相距一定距离 θ，调节摄像头的上下位置使监视器上出现清晰的莫尔条纹图案。

（6）转动副光栅，每移动 5 个莫尔条纹记录副光栅的角位置，直至 30 个条纹为止，将测量数据填入表 6 - 41 中。

5. 切向圆光栅莫尔条纹的特性测量

（1）安装好切向圆光栅，调节摄像头的上下位置使监视器上出现清晰的莫尔条纹图案（注意主光栅和副光栅要相向放置）。

（2）转动手轮使两光栅同心，观察并描绘莫尔条纹图案。

（3）转动手轮移动副光栅，观察莫尔条纹的移动方向。反向移动副光栅，观察莫尔条纹移动方向的变化。

（4）使两光栅中心相距一定距离 θ，调节摄像头的上下位置使监视器上出现清晰的莫尔条纹图案。

（5）转动副光栅，每移动 5 个莫尔条纹记录副光栅的角位置，直至 30 个条纹为止，将测量数据填入表 6 - 42 中。

六、数据记录与处理

1. 成像系统放大率测量

表 6 - 38   成像系统放大率测量

	1	2	3	4	5
游标初位置 d_1（cm）					
游标末位置 $d_1{}'$（cm）					
$d_0 = \mid d_1{}' - d_1 \mid$（cm）					
监视器读数 d_s（cm）					
$k = d_s / d_0$					

2. 直线光栅莫尔条纹的特性测量

表 6 - 39   直线光栅莫尔条纹的特性测量

光栅盘旋转角度	5°	10°	15°	20°	25°	30°	35°	40°
条纹宽度 s（cm）								
莫尔条纹实际宽度 B（cm）								

莫尔条纹实际宽度 $B = \dfrac{s}{k} = \dfrac{s d_0}{d_s}$，以 $1/\theta$ 为横坐标，B 为纵坐标，作图并求出光栅常数 w。

3. 利用直线光栅测量线位移

表 6 - 40   利用直线光栅测量线位移   游标初始位置：____

莫尔条纹变化数								
游标读数（cm）								

以莫尔条纹变化的数目 N 为横坐标，位移量 y 为纵坐标作图。

4. 径向圆光栅莫尔条纹的特性测量

表 6 - 41   径向圆光栅莫尔条纹的特性测量

莫尔条纹移动个数 N								
转动角度 θ								

以莫尔条纹变化的数目 N 为横坐标，角度变化量 θ 为纵坐标作图。

5. 切向圆光栅莫尔条纹的特性测量

表 6 - 42   切向圆光栅莫尔条纹的特性测量

莫尔条纹移动个数 N								
转动角度 θ								

以莫尔条纹变化的数目 N 为横坐标，角度变化量 θ 为纵坐标作图。

七、注意事项

（1）为保证使用安全，三芯电源线必须可靠接地。

（2）仪器应在清洁干净的场所使用，避免阳光直接暴晒和剧烈颠震。

（3）切勿用手触摸光栅表面。如果光栅被弄脏，建议用清水加少量的洗洁精清洗然后晾干。

（4）测量时应注意回程差。

（5）测量时应尽量避免光栅的垂直上方有其他直射光源，因为玻璃的成像会对实验产生一定影响。

八、思考题

1. 根据自己的实验数据，分析条纹间隔不同时对光栅常数的测量结果有何影响？

2. 试想如何用此方法测量薄片的厚度？

实验二十九　　光纤特性及传输实验

在现代通信技术中，为了避免信号互相干扰，提高通信质量与通信容量，通常用信号对载波进行调制，用载波传输信号，在接收端再将需要的信号解调还原出来。不管用什么方式调制，调制后的载波要占用一定的频带宽度，如音频信号要占用几千赫兹的带宽，模拟电视信号要占用 8MHz 的带宽。载波的频率间隔若小于信号带宽，则不同信号间会互相干扰。能够用作无线电通信的频率资源非常有限，国际国内都对通信频率进行统一规划和管理，仍难以满足日益增长的信息需求。通信容量与所用载波频率成正比，与波长成反比，目前微波波长能做到厘米量级，在开发应用毫米波和亚毫米波时遇到了困难。光波波长比微波短得多，用光波作载波，其潜在的通信容量是微波通信无法比拟的，光纤通信就是用光波作载波，用光纤传输光信号的通信方式。

与用电缆传输电信号相比，光纤通信具有通信容量大、传输距离长、价格低廉、重量轻、易铺设、抗干扰、保密性好等优点，已成为固定通信网的主要传输技术，帮助我们的社会成功发展至信息社会。

一、实验目的

1. 学习光纤信号传输系统的基本结构及各部件选配原则。

2. 熟悉光纤传输系统中电光/光电转换器件的基本性能。

3. 训练如何在光纤传输系统中获得较好信号传输质量。

二、实验仪器

1. ZKY-GQC 光纤特性及传输实验仪。

2. 示波器。

三、实验原理

1. 光纤

光纤是由纤芯，包层，防护层组成的同心圆柱体，横截面如图 6-104 所示。纤芯与包层材料大多为高纯度的石英玻璃，通过掺杂使纤芯折射率大于包层折射率，形成一种光波导效应，使大部分的光被束缚在纤芯中传输。若纤芯的折射率分布是均匀的，在纤芯与包层的界面处折射率突变，称为阶跃型光纤。若纤芯从中心的高折射率逐渐变到边缘与包层折射率一致，称为渐变型光纤。若纤芯直径小于 $10\mu m$，只有一种模式的光波能在光纤中传播，称为单模光纤。若纤芯直径 $50\mu m$ 左右，有多个模式的光波能在光纤中传播，称为多模光纤。防护层由缓冲涂层，加强材料涂覆层及套塑层组成。通常将若干根光纤与其他保护材料组合起来构成光缆，便于工程上铺设和使用。

衡量光纤性能的好坏主要是根据它的损耗特性与色散特性。损耗特性决定光纤传输的中继距离。光在光纤中传输时，由于材料的散射、吸收，会使光信号衰减，当信号衰减到一定程度时，就必须对信号进行整形放大处理，再进行传输，才能保证信号在传输过程中不失真，这段传输的距离叫中继距离，损耗越小，中继距离越长。光纤的损耗与光波长有关，通过研究发现，石英光纤在 0.85、1.30、$1.55\mu m$ 附

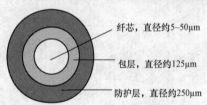

纤芯，直径约 5~50μm
包层，直径约 125μm
防护层，直径约 250μm

图 6-104　光纤基本结构

近有 3 个低损耗窗口，实用的光纤通信系统光波长都在低损耗窗口区域内。

损耗用损耗系数表示。光在有损耗的介质中传播时，光强按指数规律衰减，在通信领域，损耗系数用单位长度的分贝值（dB）表示，定义为

$$\alpha = \frac{10}{L} \lg \frac{P_0}{P_1} (\text{dB/km}) \qquad (6\text{-}110)$$

已知损耗系数，可计算光通过任意长度 L 后的强度

$$P_1 = P_0 10^{-\frac{\alpha L}{10}} \qquad (6\text{-}111)$$

上两式中：L 是传播距离；P_0 是入射光强；P_1 是损耗后的光强。

对于单模光纤而言，随着波长的增加，其弯曲损耗也相应增大，因此对 1550nm 波长的使用，要特别注意弯曲损耗的问题。随着光纤通信工程的发展，最低衰减窗口 1550nm 波长区的通信必将得到广泛的运用。CCITT（国际电报电话咨询委员会）对 G.652 光纤和 G.653 光纤在 1550nm 波长的弯曲损耗作了明确的规定：对 G.652 光纤，用半径为 37.5mm 的光纤松绕 100 圈，在 1550nm 波长测得的损耗增加应小于 1dB；对 G.653 光纤而言，要求增加的损耗小于 0.5dB。单模光纤弯曲损耗测试如图 6-105 所示。

此处可以不用扰模器，可用其他方法实现光纤的弯曲也可。弯曲损耗的测量，要求在具有较为稳定的光源条件下，将几十米被测光纤耦合到测试系统中，保持注入状态

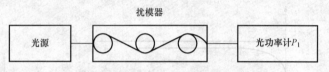

图 6-105 单模光纤弯曲损耗测试

和接收端耦合状态不变的情况下，分别测出松绕 100 圈前后的输出光功率 P_1 和 P_2，弯曲损耗可由下式计算得出。

$$A = 10 \lg \frac{P_1}{P_2} \qquad (6\text{-}112)$$

相同光纤，传输相同波长光波信号，弯曲半径不同时其损耗也必定不同。同样，对于相同光纤，弯曲半径相同时，传输不同光波信号，其损耗也不同。按照 CCITT 标准，光纤的弯曲损耗比较小，在实验中采用减小弯曲半径的办法提高实验效果的明显性。实验测试框图如图 6-106 所示。

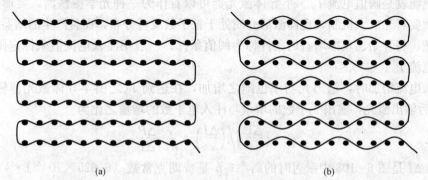

(a)　　　　　　　　　　　　(b)

图 6-106 扰模器缠绕方法

(a) 弯曲半径 R_1 缠绕方法；(b) 弯曲半径 R_2 缠绕方法

2. 激光二极管（FP-LD）

光通信的光源为半导体激光器（LD）或发光二极管（LED），本实验采用半导体激光

器。半导体激光二极管或简称半导体激光器，它通过受激辐射发光，是一种阈值器件。处于高能级 E_2 的电子在光场的感应下发射一个和感应光子一模一样的光子，而跃迁到低能级 E_1，这个过程称为光的受激辐射，所谓一模一样，是指发射光子和感应光子不仅频率相同，而且相位、偏振方向和传播方向都相同，它和感应光子是相干的。由于受激辐射与自发辐射的本质不同，导致了半导体激光器不仅能产生高功率（≥10mW）辐射，而且输出光发散角窄（垂直发散角为 $30°\sim 50°$，水平发散角为 $0°\sim 30°$），与单模光纤的耦合效率高（30%～50%），辐射光谱线窄（$\Delta\lambda=0.1\sim 1.0$nm），适用于高比特工作，载流子复合寿命短，能进行高速信号（>20GHz）直接调制，非常适合于作高速长距离光纤通信系统的光源。

　　LD 和 LED 都是半导体光电子器件，其核心部分都是 PN 结。因此其具有与普通二极管相类似的 U-I 特性，如图 6-107 所示。

　　由于结构上的不同，LD 和 LED 的 P-I 特性曲线则有很大的差别。LED 的 P-I 曲线基本上是一条近似的直线。而 LD 半导体激光器的 P-I 曲线，如图 6-108 所示。可以看出有一阈值电流 I_{th}，只有在工作电流 $I>I_{th}$ 部分，P-I 曲线才近似直线；而在 $I<I_{th}$ 部分，LD 输出的光功率几乎为零。

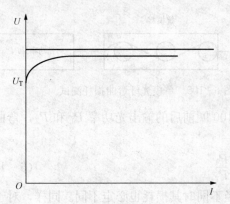

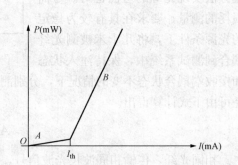

图 6-107　LD 激光器输出 U-I 特性示意图　　　　图 6-108　半导体激光器 P-I 特性示意图

　　阈值电流是非常重要的特性参数。图 6-108 中 A 段与 B 段的交点表示开始发射激光，它对应的电流就是阈值电流 I_{th}。半导体激光器可以看作为一种光学振荡器，要形成光的振荡，就必须要有光放大机制，也即激活介质处于粒子数反转分布，而且产生的增益足以抵消所有的损耗。将开始出现净增益的条件称为阈值条件。一般用注入电流值来标定阈值条件，也即阈值电流 I_{th}。

　　当注入电流增加时，输出光功率也随之增加，在达到 I_{th} 之前半导体激光器输出荧光，到达 I_{th} 之后输出激光，输出光子数的增量与注入电子数的增量之比为

$$\eta = \left(\frac{\Delta P}{h\upsilon}\right)\Big/\left(\frac{\Delta I}{e}\right) = \frac{e}{h\upsilon}\frac{\Delta P}{\Delta I} \tag{6-113}$$

式中：$\Delta P/\Delta I$ 是图 6-108 中激射时的斜率；h 是普朗克常数（6.625×10^{-34}J·s）；υ 为辐射跃迁情况下释放出的光子的频率。

　　P-I 特性是选择半导体激光器的重要依据。在选择时，应选阈值电流 I_{th} 小，I_{th} 对应 P 值小，而且没有扭折点的半导体激光器。这样的激光器工作电流小，工作稳定性高，消光比大，而且不易产生光信号失真。并且要求 P-I 曲线的斜率适当，斜率太小，则要求驱动信号

太大，给驱动电路带来麻烦；斜率太大，则会出现光反射噪声及使自动光功率控制环路调整困难。

3．光电二极管

光通信接收端由光电二极管完成光电转换与信号解调。光电二极管是工作在无偏压或反向偏置状态下的 PN 结，反向偏压电场方向与势垒电场方向一致，使结区变宽，无光照时只有很小的暗电流。当 PN 结受光照射时，价电子吸收光能后挣脱价键的束缚成为自由电子，在结区产生电子—空穴对，在电场作用下，电子向 N 区运动，空穴向 P 区运动，形成光电流。

光通信常用 PIN 型光电二极管作光电转换。它与普通光电二极管的区别在于在 P 型和 N 型半导体之间夹有一层没有渗入杂质的本征半导体材料，称为 I 型区。这样的结构使得结区更宽，结电容更小，可以提高光电二极管的光电转换效率和响应速度。

图 6-109 是反向偏置电压下光电二极管的伏安特性。无光照时的暗电流很小，它是由少数载流子的漂移形成的。有光照时，在较低反向电压下光电流随反向电压的增加有一定升高，这是因为反向偏压增加使结区变宽，结电场增强，提高了光生载流子的收集效率。当反向偏压进一步增加时，光生载流子的收集接近极限，光电流趋于饱和，此时，光电流仅取决于入射光功率。在适当的反向偏置电压下，入射光功率与饱和光电流之间呈较好的线性关系。

图 6-110 是光电转换电路，光电二极管接在晶体管基极，集电极电流与基极电流之间有固定的放大关系，基极电流与入射光功率成正比，则流过 R 的电流与电压也与光功率成正比，若光功率随调制信号变化，R 的两电输出端解调出原调制信号。

4．光源的调制

对光源的调制可以采用内调制或外调制。内调制用信号直接控制光源的电流，使光源的发光强度随外加信号变化，内调制易于实现，一般用于中低速传输系统。外调制时光源输出功率恒定，利用光通过介质时的电光效应，声光效应或磁光效应实现信号对光强的调制，一般用于高速传输系统，本实验采用内调制。

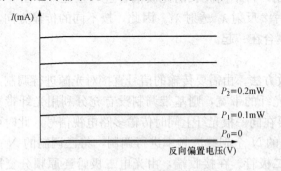

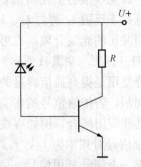

图 6-109　光电二极管的伏安特性　　　　　图 6-110　简单的光电转换电路

图 6-111 是简单的调制电路。调制信号耦合到晶体管基极，晶体管作共发射极连接，流过发光二极管的集电极电流由基极电流控制，R_1、R_2 提供直流偏置电流。图 6-112 是调制原理图，由图可见，由于光源的输出光功率与驱动电流是线性关系，在适当的直流偏置下，随调制信号变化的电流变化由发光二极管转换成了相应的光输出功率变化。

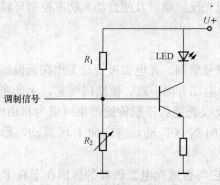 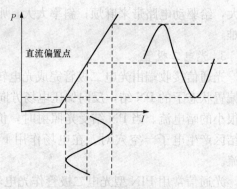

图 6 - 111　简单的调制电路　　　　　　　　　图 6 - 112　调制原理图

5. 波分复用

波分复用指用同一根光纤传输不同波长的光波，是提高光纤通信容量的有效方法，目前用一根光纤可传输上百个不同波长。在入口端，用波分复用器将两路（或多路）信号复合在一起，在出口端，再用波分复用器将信号分离（解复用）。不同类型复用器都是基于角色散或光滤波这两种机制，图 6 - 113 和图 6 - 114 表示这两种复用器的原理。

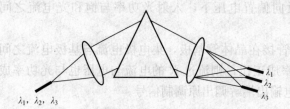 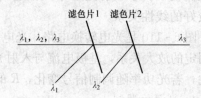

图 6 - 113　色散（棱镜）型复用器/解复用器　　　图 6 - 114　滤波器型复用器/解复用器

图 6 - 113 中，光线从左向右传播是解复用。由光纤出射的光波经左边透镜准直后进入棱镜，不同波长的光波由于色散，经棱镜后的出射角不同，经右边透镜聚焦后分别进入不同的光纤。若光线从右向左传播，则是复用，将不同波长的光波耦合进一根光纤。图 6 - 114 中，滤色片 1 反射 λ_1 透射 λ_2、λ_3，滤色片 2 反射 λ_2 透射 λ_3。因此，按不同的传输方向，既可将不同波长的光波分离，也可将光波耦合在一起。

6. 频分复用（副载波调制）

频分复用是提高通信容量的另一有效方法。由需要传输的信号直接对光源进行调制，称为基带调制，若传输信号的带宽远小于光纤的带宽，则基带调制没有充分利用光纤带宽容量。在某些应用场合，例如有线电视需要在同一根光纤上同时传输多路电视信号，此时可用 N 个基带信号对频率为 f_1，f_2，…，f_N 的 N 个副载波频率进行调制，将已调制的 N 个副载波合成一个频分复用信号，驱动发光二极管。在接收端，由光电二极管还原频分复用信号，再由带通滤波器分离出副载波，解调后得到需要的基带信号。

对副载波的调制可采用调幅，调频等不同方法。调频具有抗干扰能力强，信号失真小的优点，本实验采用调频法。图 6 - 115 是副载波调制传输框图。

如果载波的瞬时频率偏移随调制信号 $m(t)$ 线性变化，即

$$\omega_d(t) = k_f m(t) \tag{6 - 114}$$

称为调频，k_f 是调频系数，代表频率调制的灵敏度，单位为 $2\pi Hz/V$。调频信号可写成下列

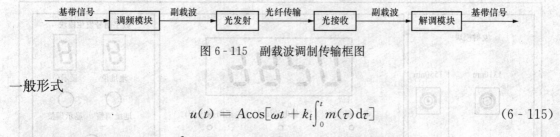

图 6-115　副载波调制传输框图

一般形式

$$u(t) = A\cos\left[\omega t + k_\mathrm{f}\int_0^t m(\tau)\mathrm{d}\tau\right] \quad\quad (6-115)$$

式中：ω 为载波的角频率；$k_\mathrm{f}\int_0^t m(\tau)\mathrm{d}\tau$ 为调频信号的瞬时相位偏移。

下面考虑两种特殊情况：

假设 $m(t)$ 为电压为 U 的直流信号，则式（6-115）可以写为

$$u(t) = A\cos[(\omega + k_\mathrm{f}U)t] \quad\quad (6-116)$$

式（6-116）表明直流信号调制后的载波仍为余弦波，但角频率偏移了 $k_\mathrm{f}U$。假设 $m(t) = U\cos\Omega t$，则式（6-115）可以写为

$$u(t) = A\cos\left(\omega t + \frac{k_\mathrm{f}U}{\Omega}\sin\Omega t\right) \quad\quad (6-117)$$

可以证明，已调信号包括载频分量 ω 和若干个边频分量 $\omega \pm n\Omega$，边频分量的频率间隔为 Ω。任意信号可以分解为直流分量与若干余弦信号的叠加，式（6-116）和式（6-117）可以帮助理解一般情况下调频信号的特征。

四、仪器介绍

实验系统由光纤发射装置、光纤接收装置、光纤跳线、波分复用器、光纤适配器、扰模器以及若干连接导线组成。

光纤发射装置可产生各种实验需要的信号，通过发射管发射出去。发出的信号通过光纤传输后，由接收管将信号传送到光纤接收装置。接收装置将信号处理后，通过仪器面板显示或者示波器观察传输后的各种信号。

实验中使用的有 2 种长度的光纤，分别为 FC-FC 光跳线（短光纤）、长光纤（2km）。扰模器用于光纤弯曲损耗测试，弯曲方法可参考图 6-106。FC 型适配器用于光纤跳线，尾纤之间的连接。光纤发射与接收装置面板如图 6-116、图 6-117 所示。

五、实验内容与步骤

1. 单模光纤损耗系数测量

损耗系数的测量方法有剪断法，插入法，时域反射法。本实验采用插入法。即比较光通过一小段光纤和一长段光纤后接收光的强度，计算衰减系数。

（1）用 FC-FC 光跳线（短光纤）将 1310nm 光发送口与光接收口相连。

连接电压源输出至发射模块"直流偏置"或"信号输入 1"，设置接收装置显示为"光功率计 1310"。调节电压源使发射电流为 35mA，测量光纤输出端输出功率为 P_0，将数据记入表 6-43 中。断开短光纤与光接收口的连接，用 FC 型适配器连接长度为 L（2km 或标称长度）的一段长光纤，将长光纤与光接收口连接；测量光纤输出端输出功率为 P_1，将数据记入表 6-43 中。

（2）用 FC-FC 光跳线（短光纤）将 1510nm 光发送口与光接收口相连（1510nm 光发送口已内置偏置）。设置接收装置显示为"光功率计 1510"。此时光功率即光纤输出端输出功

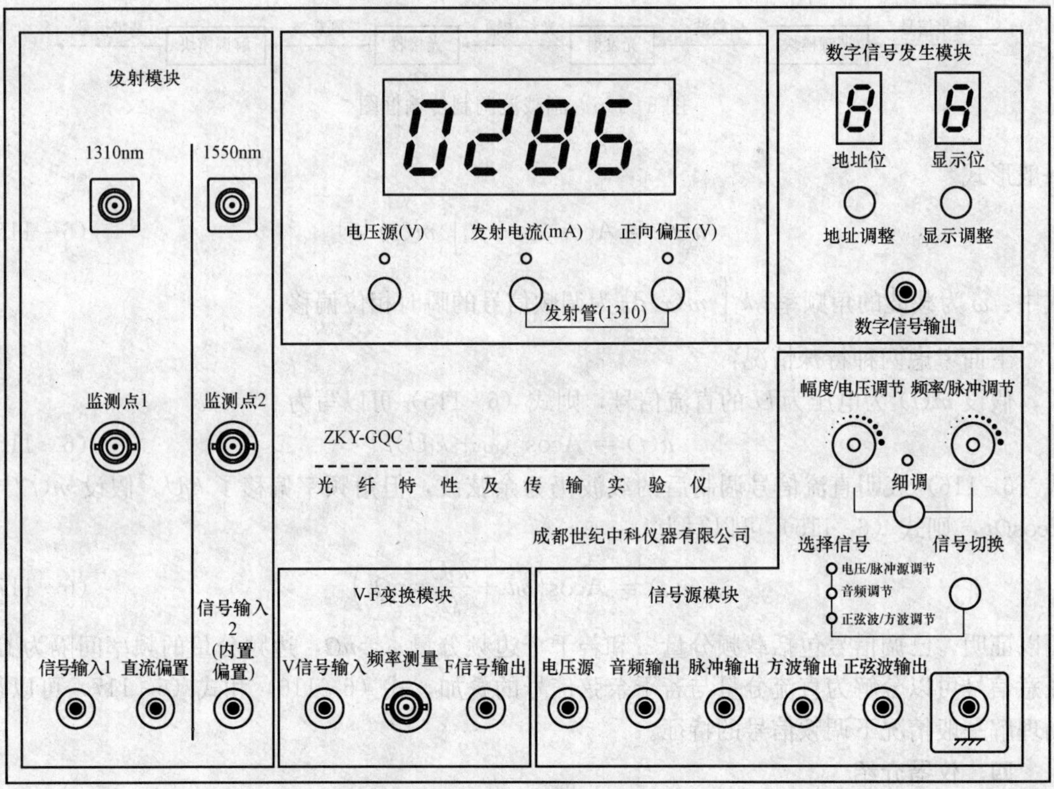

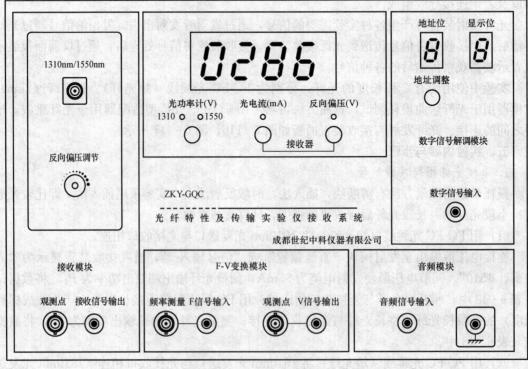

图 6-116 光纤发射装置面板图

图 6-117 光纤接收装置面板图

率 P_0，将数据记入表 6 - 43 中。断开短光纤与光接收口的连接，用 FC 型适配器连接长度为 $L = 2km$ 的一段长光纤，将长光纤与光接收口连接；测量光纤输出端输出功率为 P_1，将数据记入表 6 - 43 中。

若两次测量时忽略光纤连接器的连接损耗差异，则两次测量到的输出功率的不同是由于第二次测量时传输距离增长引起的损耗，可由式（6 - 110）计算损耗系数。

2. 单模光纤弯曲损耗测量

（1）用 FC-FC 光跳线（短光纤）将 1310nm 光发送口与光接收口相连，连接电压源输出至发射模块"直流偏置"或"信号输入 1"，设置接收装置显示为"光功率计 1310"；调节电压源使光功率最大；记录光功率 P_1，填入表 6 - 44 中；将光纤按照图 6 - 106 中方法缠绕，记录此时的光功率 P_2，填入表 6 - 44 中。

（2）用 FC-FC 光跳线（短光纤）将 1550nm 光发送口与光接收口相连，连接电压源输出至发射模块"信号输入 2"，设置接收装置显示为"光功率计 1550"；调节电压源使光功率最大；记录光功率 P_1，填入表 6 - 44 中；将光纤按照图 6 - 106 中方法缠绕，记录此时的光功率 P_2，填入表 6 - 44 中。将测得的数据依次代入式（6 - 112）中计算得出各弯曲损耗。

3. 激光二极管伏安特性与输出特性测量

用 FC-FC 光跳线将 1310nm 光发送口与光接收口相连，连接电压源输出至发射模块"直流偏置"或"信号输入 1"，设置发射显示为发射电流，接收显示为"光功率计 1310"。调节电压源以改变发射电流，记录发射电流与接收器接收到的光功率（与发射光功率成正比）。设置发射显示为正向偏压，记录与发射电流对应的发射管两端电压。依次改变发射电流，将数据记录于表 6 - 45 中。

4. 光电二极管伏安特性的测量

连接方式同实验 3。调节发射装置的电压源，可使光电二极管接收到的光功率改变。在光功率保持稳定（固定发射电流）的条件下，调节接收装置的反向偏压调节，切换显示状态，分别测量光电二极管反向偏置电压与光电流，记录于表 6 - 46 中。

5. 基带调制传输实验

用 FC-FC 光跳线（短光纤）将 1550nm 光发送口与光接收口相连。将信号源模块正弦波输出接入发射模块信号输入端 2。将观测点 2 接入双踪示波器的其中一路，观测输入信号波形。将接收装置信号输出端的观测点接入双踪示波器的另一路，观测经光纤传输后接收模块输出的波形。观测信号经光纤传输后，波形是否失真，频率有无变化，记入表 6 - 47 中。

调节正弦波信号幅度，当幅度超过一定值后，可观测到接收信号明显失真，记录信号不失真对应的输入信号幅度及对应接收端输出信号幅度于表 6 - 47 中。

用适配器将长光纤串联进光路后测出对应接收端输出信号幅度并记录于表 6 - 47 中。

6. 波分复用实验

连接电压源输出至 1310 发射模块"直流偏置"，调节电压源使发射电流为 25mA，将信号源模块正弦波输出接入发射模块信号输入 1。信号源模块方波输出接入发射模块信号输入 2。

用 FC-FC 光跳线将 1310nm 光发送口与光接收口相连，用示波器观测光电二极管输出信号，记录正弦波幅度；将 1310 光口换为 1550 光口，记录方波幅度。

用波分复用器将两路信号复合在一起，用一根光纤传输。将波分复用器中标为 1310 的尾纤接入 1310 光口，1550 尾纤接入 1550 光口。在出口端，用 FC-FC 适配器连接另一个波分复用器，将信号分离，分别接至光电二极管，用示波器观测波分复用传输的信号，计算波分复用器的衰减，将数据记入表 6 - 48 中。

7. 副载波调制传输实验

(1) 观测调频电路的电压频率关系

将发射装置中的电压源输出接入 V-F 变换模块的 V 信号输入，用直流信号作调制信号。根据调频原理，直流信号调制后的载波角频率偏移 $k_f V$。将 F 信号输出的频率测量接入示波器，观测输入电压与输出频率之间的 V-F 变换关系。调节电压源，通过在示波器上读输出信号的周期来换算成频率。将输出频率 f_V 随电压的变化记入表 6 - 49 中。

(2) 副载波调制传输实验

用 FC-FC 光跳线（短光纤）将 1550nm 光发送口与光接收口相连。将信号源模块正弦波输出接入发射模块信号输入端 2，用示波器观测基带信号（观测点 2），在保证正弦波不失真的前提下调节其幅度和频率到一个固定值，记录幅度和频率于表 6 - 50 中。保持正弦波的状态，将正弦波输出接入发射装置 V-F 变换模块的 V 信号输入端，再将 V-F 变换模块 F 信号输出接入发射模块信号输入端 2，用副载波信号作激光二极管调制信号。此时接收装置接收信号输出端输出的是经光电二极管还原的副载波信号，将接收信号输出接入 F-V 变换模块 F 信号输入端，在 V 信号输出端输出经解调后的基带信号。

用示波器观测经调频、光纤传输后解调的基带信号波形（F-V 变换模块的"观测点"），将观测情况记入表 6 - 50 中。

用适配器将长光纤串联进光路后将观测情况记入表 6 - 50 中，改变输入基带信号（正弦波）的频率和幅度，观测 F-V 变换模块输出的波形。

8. 音频信号传输实验

用 FC-FC 光跳线将 1550nm 光发送口与光接收口相连。

(1) 基带调制。将发射装置"音频信号输出"接入发射模块信号输入端 2。将接收装置接收信号输出端接入音频模块音频信号输入端。

(2) 副载波调制。将发射装置"音频信号输出"接入 V-F 变换模块的 V 信号输入端，再将 V-F 变换模块 F 信号输出接入发射模块信号输入端 2。将接收信号输出接入 F-V 变换模块 F 信号输入端，V 信号输出端接入音频模块音频信号输入端。倾听音频模块播放出来的音乐。定性观察光通路、连接、弯曲等外界因素改变对传输的影响，陈述你的感受。

9. 数字信号传输实验

若需传输的信号本身是数字形式，或将模拟信号数字化（模数转换）后进行传输，称为数字信号传输，数字传输具有抗干扰能力强，传输质量高；易于进行加密和解密，保密性强；可以通过时分复用提高信道利用率；便于建立综合业务数字网等优点，是今后通信业务的发展方向。

本实验用编码器发送二进制数字信号（地址和数据），并用数码管显示地址一致时所发送的数据。用 FC-FC 光跳线将 1550nm 光发送口与光接收口相连。将发射装置数字信号输出接入发射模块信号输入端 2，接收装置接收信号输出端接入数字信号解调模块数字信号输入端。

设置发射地址和接收地址，设置发射装置的数字显示。可以观测到，地址一致，信号正常传输时，接收数字随发射数字而改变。地址不一致或光信号不能正常传输时，数字信号不能正常接收。

六、数据记录与处理

1. 单模光纤损耗系数测量

表 6 - 43　　　　　　　　　　　单模光纤损耗系数测量

波长	P_0（mW）	L（km）	P_1（mW）	$\alpha=\dfrac{10}{L}\lg\dfrac{P_0}{P_1}$（dB/km）
1310nm				
1550nm				

2. 单模光纤弯曲损耗测量

表 6 - 44　　　　　　　　　　　单模光纤弯曲损耗测量

缠绕方法 波长（nm）		1310	1550
不绕（光功率 mW）P_1			
图 6 - 106（a）（光功率 mW）P_2			
图 6 - 106（b）（光功率 mW）P_2			
弯曲损耗	图 6 - 106（a）A（dB）		
	图 6 - 106（b）A（dB）		

3. 激光二极管伏安特性与输出特性测量

表 6 - 45　　　　　　　　　　激光二极管伏安特性与输出特性测量

正向偏压（V）										
发射管电流（mA）	0	5	6	8	10	15	20	25	30	35
光功率（mW）										

以表 6 - 45 数据作出所测激光二极管的伏安特性曲线，输出特性曲线。

4. 光电二极管伏安特性测量

表 6 - 46　　　　　　　　　　　光电二极管伏安特性测量

反向偏压（V）	0	1	2	3	4	光功率（mW）
光电流（μA）						

以表 6 - 46 数据作出光电二极管的伏安特性曲线。

5. 基带调制传输实验

表 6 - 47　　　　　　　　　　基 带 调 制 传 输 实 验

激光二极管调制电路输入信号			光电二极管光电转换电路输出信号			
波形	频率（kHz）	幅度	波形	频率（kHz）	幅度（短光纤）	幅度（短＋长光纤）
正弦波						
方波						

6. 波分复用实验

表 6 - 48   波 分 复 用 实 验

单路传输信号			波分复用传输信号				
波形	频率（kHz）	信号幅度 U_1（V）	波形	频率（kHz）	信号幅度 U_2（V）	$\dfrac{U_1-U_2}{U_1}$	信号失真程度
正弦波							
方波							

7. 副载波调制传输实验

表 6 - 49   副载波调制传输实验

输入电压（V）	0	0.2	0.4	0.6	0.8	1.0	1.2	1.4	1.6	1.8	2.0
输出频率 f_V（kHz）											

表 6 - 50   实 验 数 据

基 带 信 号			光纤传输后解调的基带信号		
幅度（V）	频率（kHz）	幅度（短光纤）	幅度（短＋长光纤）	频率（kHz）	信号失真程度

七、注意事项

（1）本实验需要经常连接和断开光跳线（尾纤）与光发射器、光检测器，应轻拿轻放，使用时切忌用力过大。

（2）若不小心把光纤输出端的接口弄脏，需用酒精棉球进行清洗。

（3）光纤跳线接头应妥善保管，防止磕碰，使用后及时戴上防尘帽。

（4）不要用力拉扯光纤，光纤弯曲半径一般不小于 30mm，否则可能导致光纤折断。

（5）测量光纤弯曲损耗时，光纤在扰模器上缠绕不可拉得过紧。

（6）实验完毕后，请立即将防尘帽盖住光纤输入、输出端口，用光纤端面防尘盖盖住光纤跳线端面，防止灰尘进入光纤端面而影响光信号的传输。

八、思考题

1. 本实验中光传输系统哪几个环节会引起光信号的衰减？

2. 光电二极管在工作时应正偏压还是反偏压，为什么？

3. 如果纤芯的中心和包层的中心不同心，这样的光纤有什么不好？

实验三十　波 尔 共 振 实 验

在机械制造和建筑工程等科技领域中受迫振动所导致的共振现象引起工程技术人员极大注意，既有破坏作用，但也有许多实用价值。众多电声器件是运用共振原理设计制作的。此外，在微观科学研究中"共振"也是一种重要研究手段，例如利用核磁共振和顺磁共振研究物质结构等。表征受迫振动性质有受迫振动的振幅—频率特性和相位—频率特性（简称幅频和相频特性）。本实验中采用波尔共振仪定量测定机械受迫振动的幅频特性和相频特性，并利用频闪方法来测定动态的物理量——相位差。

一、实验目的

1. 研究波尔共振仪中弹性摆轮受迫振动的幅频特性和相频特性。
2. 研究不同阻尼力矩对受迫振动的影响，观察共振现象。
3. 学习用频闪法测定运动物体的某些量，如相位差。

二、实验仪器

ZKY-BG 型波尔共振仪。

三、实验原理

物体在周期外力的持续作用下发生的振动称为受迫振动，这种周期性的外力称为强迫力。如果外力是按简谐振动规律变化，那么稳定状态时的受迫振动也是简谐振动，此时，振幅保持恒定，振幅的大小与强迫力的频率和原振动系统无阻尼时的固有振动频率以及阻尼系数有关。在受迫振动状态下，系统除了受到强迫力的作用外，同时还受到回复力和阻尼力的作用。所以在稳定状态时物体的位移、速度变化与强迫力变化不是同相位的，存在一个相位差。当强迫力频率与系统的固有频率相同时产生共振，此时振幅最大，相位差为 90°。

本实验采用摆轮在弹性力矩作用下自由摆动，在电磁阻尼力矩作用下作受迫振动来研究受迫振动特性，可直观地显示机械振动中的一些物理现象。当摆轮受到周期性强迫外力矩 $M = M_0 \cos \omega t$ 的作用，并在有空气阻尼和电磁阻尼的媒质中运动时 $\left(\text{阻尼力矩为} -b\dfrac{\mathrm{d}\theta}{\mathrm{d}t}\right)$ 其运动方程为

$$J \frac{\mathrm{d}^2\theta}{\mathrm{d}t^2} = -k\theta - b\frac{\mathrm{d}\theta}{\mathrm{d}t} + M_0 \cos \omega t \tag{6-118}$$

式中：J 为摆轮的转动惯量；$-k\theta$ 为弹性力矩；M_0 为强迫力矩的幅值；ω 为强迫力的圆频率。令 $\omega_0^2 = \dfrac{k}{J}$，$2\beta = \dfrac{b}{J}$，$m = \dfrac{m_0}{J}$ 则式（6-118）变为

$$\frac{\mathrm{d}^2\theta}{\mathrm{d}t^2} + 2\beta\frac{\mathrm{d}\theta}{\mathrm{d}t} + \omega_0^2\theta = m\cos\omega t \tag{6-119}$$

当 $m\cos\omega t = 0$ 时，式（6-119）即为阻尼振动方程。当 $\beta = 0$，即在无阻尼情况时，式（6-119）变为简谐振动方程，系统的固有频率为 ω_0。式（6-119）的通解为

$$\theta = \theta_1 \mathrm{e}^{-\beta t}\cos(\omega_f t + \alpha) + \theta_2 \cos(\omega t + \varphi_0) \tag{6-120}$$

其中 $\omega_f = \sqrt{\omega_0^2 - \beta^2}$，由式（6-120）可得，受迫振动可分成两部分：

第一部分：$\theta_1 \mathrm{e}^{-\beta t}\cos(\omega_f t + \alpha)$ 和初始条件有关，经过一定时间后衰减消失。

第二部分：表示强迫力矩对摆轮做功，向振动体传送能量，最后达到一个稳定的振动状

态。振幅为

$$\theta_2 = \frac{m}{\sqrt{(\omega_0^2 - \omega^2)^2 + 4\beta^2\omega^2}} \tag{6-121}$$

它与强迫力矩之间的相位差为

$$\varphi = \tan^{-1}\frac{2\beta\omega}{\omega_0^2 - \omega^2} = \tan^{-1}\frac{\beta T_0^2 T}{\pi(T^2 - T_0^2)} \tag{6-122}$$

由式（6-121）和式（6-122）可看出，振幅 θ_2 与相位差 φ 的数值取决于强迫力矩 m、频率 ω、系统的固有频率 ω_0 和阻尼系数 β 四个因素，而与振动初始状态无关。由 $\frac{\partial}{\partial\omega}\left[(\omega_0^2 - \omega^2)^2 + 4\beta^2\omega^2\right] = 0$ 极值条件可得出，当强迫力的圆频率 $\omega = \sqrt{\omega_0^2 - 2\beta^2}$ 时，产生共振，θ 有极大值。若共振时圆频率和振幅分别用 ω_r、θ_r 表示，则

$$\omega_r = \sqrt{\omega_0^2 - 2\beta^2} \tag{6-123}$$

$$\theta_r = \frac{m}{2\beta\sqrt{\omega_0^2 - 2\beta^2}} \tag{6-124}$$

式（6-123）、式（6-124）表明，阻尼系数 β 越小，共振时圆频率越接近于系统固有频率，振幅 θ_r 也越大。图 6-118 和图 6-119 表示在不同 β 时受迫振动的幅频特性和相频特性。

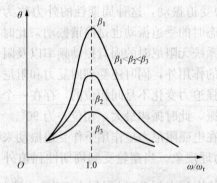

图 6-118　受迫振动幅频特性

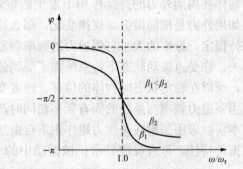

图 6-119　受迫振动相频特性

四、仪器介绍

ZKY-BG 型波尔共振仪由振动仪与电器控制箱两部分组成。振动仪部分如图 6-120 所示，铜质圆形摆轮 A 安装在机架上，弹簧 B 的一端与摆轮 A 的轴相连，另一端可固定在机架支柱上，在弹簧弹性力的作用下，摆轮可绕轴自由往复摆动。在摆轮的外围有一卷槽型缺口，其中一个长形凹槽 C 比其他凹槽长出许多。机架上对准长型缺口处有一个光电门 H，它与电器控制箱相连接，用来测量摆轮的振幅角度值和摆轮的振动周期。在机架下方有一对带有铁芯的线圈 K，摆轮 A 恰巧嵌在铁芯的空隙，当线圈中通过直流电流后，摆轮受到一个电磁阻尼力的作用。改变电流的大小即可使阻尼大小相应变化。为使摆轮 A 做受迫振动，在电动机轴上装有偏心轮，通过连杆机构 E 带动摆轮，在电动机轴上装有带刻线的有机玻璃转盘 F，它随电机一起转动。由它可以从角度读数盘 G 读出相位差 φ。调节控制箱上的电机转速调节旋钮，可以精确改变加于电机上的电压，使电机的转速在实验范围（30～45r/min）内连续可调，由于电路中采用特殊稳速装置、电动机采用惯性很小的带有测速发电机的特种电机，所以转速极为稳定。电机的有机玻璃转盘 F 上装有两个挡光片。在角度读数盘 G 中

央上方 90°处也有光电门 I（强迫力矩信号），并与控制箱相连，以测量强迫力矩的周期。

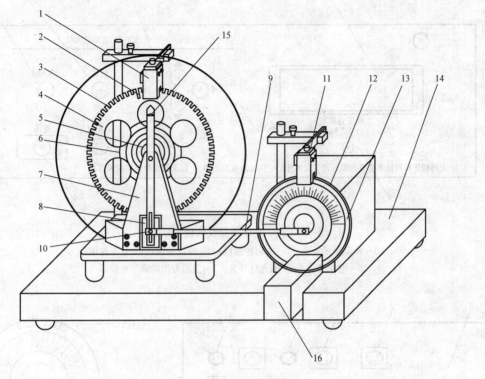

图 6 - 120　波尔振动仪

1—光电门 H；2—长凹槽 C；3—短凹槽 D；4—铜质摆轮 A；5—摇杆 M；6—蜗卷弹簧 B；7—支撑架；
8—阻尼线圈 K；9—连杆 E；10—摇杆调节螺丝；11—光电门 I；12—角度盘 G；13—有机玻璃转盘 F；
14—底座；15—弹簧夹持螺钉 L；16—闪光灯

　　受迫振动时摆轮与外力矩的相位差是利用小型闪光灯来测量的。闪光灯受摆轮信号光电门控制，每当摆轮上长型凹槽 C 通过平衡位置时，光电门 H 接受光，引起闪光，这一现象称为频闪现象。在稳定情况时，由闪光灯照射下可以看到有机玻璃指针 F 好像一直"停在"某一刻度处，所以此数值可方便地直接读出，误差不大于 2°。闪光灯放置位置如图 6 - 120所示搁置在底座上，切勿拿在手中直接照射刻度盘。

　　摆轮振幅是利用光电门 H 测出摆轮读数 A 处圈上凹型缺口个数，并在控制箱液晶显示器上直接显示出此值，精度为 1°。

　　波耳共振仪电器控制箱的前面板和后面板分别如图 6 - 121 和图 6 - 122 所示。电机转速调节旋钮，系带有刻度的十圈电位器，调节此旋钮时可以精确改变电机转速，即改变强迫力矩的周期。锁定开关处于图 6 - 123 的位置时，电位器刻度锁定，要调节大小须将其置于该位置的另一边。×0.1 挡旋转一圈，×1 挡走一个字。一般调节刻度仅供实验时作参考，以便大致确定强迫力矩周期值在多圈电位器上的相应位置。

　　可以通过软件控制阻尼线圈内直流电流的大小，达到改变摆轮系统的阻尼系数的目的。阻尼挡位的选择通过软件控制，共分 3 挡，分别是"阻尼 1"、"阻尼 2"、"阻尼 3"。阻尼电流由恒流源提供，实验时根据不同情况进行选择（可先选择在"阻尼 2"处，若共振时振幅太小则可改用"阻尼 1"），振幅在 150°左右。

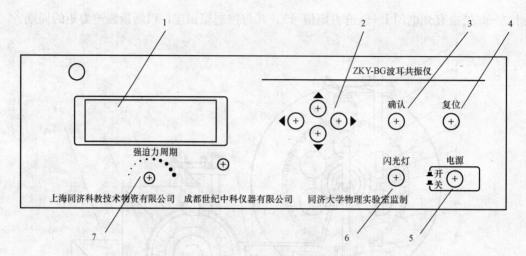

图 6-121　波耳共振仪前面板示意图
1—液晶显示屏幕；2—方向控制键；3—确认按键；4—复位按键；
5—电源开关；6—闪光灯开关；7—强迫力周期调节电位器

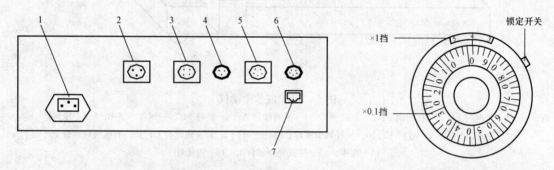

图 6-122　波耳共振仪后面板示意图
1—电源插座（带保险）；2—闪光灯接口；3—阻尼线圈；
4—电机接口；5—振幅输入；6—周期输入；7—通信接口

图 6-123　电机转速调节电位器

闪光灯开关用来控制闪光与否，当按住闪光按钮、摆轮长缺口通过平衡位置时便产生闪光，由于频闪现象，可从相位差读盘上看到刻度线似乎静止不动的读数（实际有机玻璃 F 上的刻度线一直在匀速转动），从而读出相位差数值。为使闪光灯管不易损坏，采用按钮开关，仅在测量相位差时才按下按钮。电器控制箱与闪光灯和波尔共振仪之间通过各种专业电缆相连接，可有效避免接线错误。

五、实验内容与步骤

按下电源开关后，屏幕上出现欢迎界面，其中 NO.0000X 为电器控制箱与电脑主机相连的编号。过几秒钟后屏幕上显示如图一"按键说明"字样。符号"◀"为向左移动；"▶"为向右移动；"▲"为向上移动；"▼"为向下移动。根据是否连接电脑选择联网模式或单机模式。

1. 测量自由振动下摆轮振幅 θ 与系统固有周期 T_0 的关系

在图 6-124 状态按确认键，显示图 6-125 所示的实验类型，默认选中项为自由振动，字体反白为选中。再按确认键显示，如图 6-126 所示。

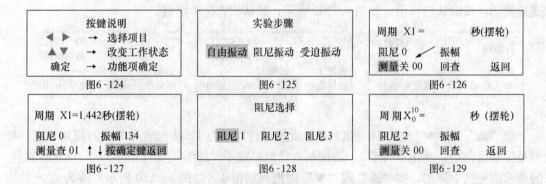

用手转动摆轮 160°左右，放开手后按"▲"或"▼"键，测量状态由"关"变为"开"，控制箱开始记录实验数据，振幅的有效数值范围为 160°～50°（振幅小于 160°测量开，小于 50°测量自动关闭）。测量显示关时，此时数据已保存并发送主机。

查询实验数据，可按"◄"或"►"键，选中回查，再按确认键如图 6-127 所示，表示第一次记录的振幅 $\theta_0 = 134°$，对应的周期 $T = 1.442s$，然后按"▲"或"▼"键查看所有记录的数据，该数据为每次测量振幅相对应的周期数值，回查完毕按确认键，返回到图 6-126 状态，测出振幅 θ 与 T_0 的对应关系。若进行多次测量可重复操作，自由振动完成后，选中返回，按确认键回到前面图 6-125 进行其他实验。

因电器控制箱只记录每次摆轮周期变化时所对应的振幅值，因此有时转盘转过光电门几次，测量才记录一次（其间能看到振幅变化）。当回查数据时，有的振幅数值被自动剔除了（当摆轮周期的第 5 位有效数字发生变化时，控制箱记录对应的振幅值。控制箱上只显示 4 位有效数字，故无法看到第 5 位有效数字的变化情况，在电脑主机上则可以清楚的看到）。

2. 测定阻尼系数 β

在图 6-125 状态下，根据实验要求，按"►"键，选中阻尼振荡，按确认键显示阻尼，如图 6-128 所示。阻尼分 3 个挡次，阻尼 1 最小，根据自己实验要求选择阻尼挡，例如选择阻尼 2 挡，按确认键显示，如图 6-129 所示。

首先将角度盘指针 F 放在 0°位置，用手转动摆轮 160°左右，选取 θ_0 在 150°左右，按"▲"或"▼"键，测量由"关"变为"开"并记录数据，仪器记录 10 组数据后，测量自动关闭，此时振幅大小还在变化，但仪器已经停止记数。

阻尼振动的回查同自由振动类似，请参照上面操作。若改变阻尼挡测量，重复阻尼一的操作步骤即可。从液显窗口读出摆轮作阻尼振动时的振幅数值 θ_1、θ_2、θ_3、$\cdots\theta_n$，利用公式

$$\ln \frac{\theta_0 e^{-\beta t}}{\theta_0 e^{-\beta(t+nT)}} = n\beta\overline{T} = \ln \frac{\theta_0}{\theta_n} \qquad (6-125)$$

求出 β 值，式中 n 为阻尼振动的周期次数，θ_n 为第 n 次振动时的振幅，$\overline{T}$ 为阻尼振动周期的平均值。此值可以测出 10 个摆轮振动周期值，然后取其平均值，一般阻尼系数需测量 2～3 次。

3. 测定受迫振动的幅频特性和相频特性

在进行受迫振动前必须先做阻尼振荡，否则无法实验。仪器在图 6-125 状态下，选中

受迫振动，按确认键显示，如图 6 - 130 所示，默认状态选中电机。

周期×1 　=　　　　 秒（摆轮） 　　　　　=　　　　 秒（电机） 阻尼 1　　振幅 测量关 00 周期 1 电机关 返回	周期×1 　=1.425 　秒（摆轮） 　　　　　=1.425 　秒（电机） 阻尼 1　　振幅 122 测量关 00 周期 1 电机开 返回	周期×　10 =　　　 秒（摆轮） 　　　　 5 =　　　 秒（电机） 阻尼 1　　振幅 测量开 01 周期 10 电机开 返回
图6 - 130	图6 - 131	图6 - 132

按"▲"或"▼"键，让电机启动。此时保持周期为 1，待摆轮和电机的周期相同，特别是振幅已稳定，变化不大于 1，表明两者已经稳定了（如图 6 - 131 所示），方可开始测量。测量前应先选中周期，按"▲"或"▼"键把周期由 1（如图 6 - 130 所示）改为 10（如图 6 - 132 所示）（目的是为了减少误差，若不改周期，测量无法打开）。再选中测量，按下"▲"或"▼"键，测量打开并记录数据（如图 6 - 132 所示）。

一次测量完成，显示测量关后，读取摆轮的振幅值，并利用闪光灯测定受迫振动位移与强迫力间的相位差。调节强迫力矩周期电位器，改变电机的转速，即改变强迫外力矩频率 ω，从而改变电机转动周期。电机转速的改变可按照 $\Delta \varphi$ 控制在 10°左右来定，可进行多次这样的测量。每次改变了强迫力矩的周期，都需要等待系统稳定，约需 2min，即返回到图 6 - 131 状态，等待摆轮和电机的周期相同，然后再进行测量。

在共振点附近由于曲线变化较大，因此测量数据相对密集些，此时电机转速极小变化会引起 $\Delta \varphi$ 很大改变。电机转速旋钮上的读数（如 5.50）是一参考数值，建议在不同 ω 时都记下此读数，以便实验中快速寻找要重新测量时参考。测量相位时应把闪光灯放在电动机转盘前下方，按下闪光灯按钮，根据频闪现象来测量，仔细观察相位位置。

受迫振动测量完毕，按"◀"或"▶"键，选中返回，按确定键，重新回到图 6 - 125 状态。按住复位按钮保持不动，几秒钟后仪器自动复位，此时所做实验数据全部清除，然后按下电源按钮，结束实验。

六、数据记录与处理

1. 测量自由振动下摆轮振幅 θ 与系统固有周期 T_0 的关系（见表 6 - 51）

表 6 - 51　　　　　　　测量自由振动下摆轮振幅 θ 与系统固有周期 T_0 的关系

振幅 θ	固有周期 T_0（s）	振幅 θ	固有周期 T_0（s）	振幅 θ	固有周期 T_0（s）	振幅 θ	固有周期 T_0（s）

2. 测定阻尼系数 β（见表 6 - 52）

表 6 - 52　　　　　　　　　　　　测 定 阻 尼 系 数 β

$10T=$_____ s　　$\overline{T}=$_____ s　　阻尼挡位_____

序号	振幅 θ（°）	序号	振幅 θ（°）	$\ln\dfrac{\theta_i}{\theta_{i+5}}$
θ_1		θ_6		
θ_2		θ_7		
θ_3		θ_8		
θ_4		θ_9		
θ_5		θ_{10}		
$\ln\dfrac{\theta_i}{\theta_{i+5}}$ 平均值				

利用公式 $\beta=\dfrac{1}{5T}\ln\dfrac{\theta_i}{\theta_{i+5}}$ 对所测数据按逐差法处理，求出 β 值。

3. 测定受迫振动的幅频特性和相频特性（见表 6 - 53）

表 6 - 53　　　　　　测定受迫振动的幅频特性和相频特性　　　　　　阻尼挡位_____

强迫力矩周期电位器刻盘度值	强迫力矩周期（s）	相位差读取值 φ'（°）	振幅 θ（°）	固有周期 T_0(s)	$\dfrac{\omega}{\omega_r}$	相位差计算值 φ（°）

其中 T_0 由表 6 - 51 查出，根据公式 $\varphi=\tan^{-1}\dfrac{\beta T_0^2 T}{\pi(T^2-T_0^2)}$ 计算出相位差计算值。以 ω/ω_r 为横坐标，θ 为纵坐标，作出幅频特性曲线；以 ω/ω_r 为横坐标，相位差 φ 为纵坐标，作出相频特性曲线。

七、注意事项

（1）为保证使用安全，三芯电源线须可靠接地。

（2）受迫振动实验时，调节仪器面板"强迫力周期"旋钮，从而改变电机转动周期，该实验必须做 10 次以上，其中必须包括电机转动周期与自由振动实验时的自由振动周期相同的数值。

（3）在做受迫振动实验时，须待电机与摆轮的周期相同（末位数差异不大于2）即系统稳定后，方可记录实验数据。且每次改变了变强迫力矩的周期，都需要重新等待系统稳定。

（4）因为闪光灯的高压电路及强光会干扰光电门采集数据，因此须待一次测量完成，显示测量关后（参看图6-130），才可使用闪光灯读取相位差。

（5）做完实验确保测量数据保存后，才可在主机上查看特性曲线及振幅比值。

八、思考题

1. 受迫振动的振幅和相位差与哪些因素有关？

2. 实验中采用什么方法来改变阻尼力矩的大小？它采用了什么原理？

3. 实验中是怎样利用频闪原理来测定相位差 φ 的？

4. 研究发现，当强迫力的频率变化时，振动系统会达到位移共振、速度共振、加速度共振三种状态。这三种共振的条件分别是：

$$\bar{\omega} = \sqrt{\bar{\omega}_0^2 - 2\beta^2}、\bar{\omega} = \bar{\omega}_0 \text{和} \bar{\omega} = \frac{\bar{\omega}_0^2}{\sqrt{\bar{\omega}_0^2 - 2\beta^2}}$$

三种共振都有很大的振幅，其中，位移共振的振幅最大。试推导后两种共振条件。

附录　　ZKY-BG型波尔共振仪调整方法及简单故障排除

波尔共振仪各部分经校正后，请勿随意拆装改动，电器控制箱与主机有专门电缆相接，不要混淆，在使用前请务必清楚各开关与旋钮功能。经过运输或实验后若发现仪器工作不正常可行调整，具体步骤如下：

（1）将角度盘指针F放在"0"处。

（2）松开连杆上锁紧螺母，然后转动连杆E，使摇杆M处于垂直位置，然后再将锁紧螺母固定。

（3）此时摆轮上一条长形槽口（用白漆线标志）应基本上与指针对齐，若发现明显偏差，可将摆轮后面三只固定螺丝略松动，用手握住蜗卷弹簧B的内端固定处，另一手即可将摆轮转动，使白漆线对准尖头，然后再将三只螺丝旋紧。一般情况下，只要不改变弹簧B的长度，此项调整极少进行。

（4）若弹簧B与摇杆M相连接处的外端夹紧螺钉L放松，此时弹簧B外圈即可任意移动（可缩短、放长）缩短距离不宜少于6cm。在旋紧处夹拧螺钉时，务必保持弹簧处于垂直面内，否则将明显影响实验结果。

（5）将光电门H中心对准摆轮上白漆线（即长狭缝），并保持摆轮在光电门中间狭缝中自由摆动，此时可选择阻尼挡为"1"或"2"，打开电机，此时摆轮将作受迫振动，待达到稳定状态时，打开闪光灯开关，此时将看到指针F在相位差度盘中有一似乎固定读数，两次读数值在调整良好时相差1°以内（在不大于2°时实验即可进行）若发现相差较大，则可调整光电门位置。若相差超过5°以上，必须重复上述步骤重新调整。

由于弹簧制作过程中问题，在相位差测量过程中可能会出现指针F在相位差读数盘上两端重合较好，中间较差，或中间较好、二端较差现象。

简单故障排除见表6-54。

表 6 - 54　　　　　　　　　　　　简 单 故 障 排 除

故障现象	原因及处理办法
"受迫振动"实验无法进行，一直无测量值显示	检查刻度盘上的光电门 I 指示灯是否闪烁。 　（1）若此指示灯不亮，左右移动光电门，会看到指示灯亮，再将其调整到合适的不阻碍转盘运动的位置。 　（2）指示灯长亮，不闪烁。说明光电门 I 位置偏高，使有机玻璃转盘 F 上的白线无法挡光，实验不能进行。调整光电门 I 的高度，直到合适位置即可。 　若以上情况都不是，则"周期输入"小五芯电缆有断点或有粘连，拆开接上断点或排除粘连即可
"受迫振动"实验进行时，按住闪光灯，电机周期会变	有两个原因： 　（1）闪光灯的强光会干扰光电门 H 及光电门 I 采集数据； 　（2）闪光灯的高压电路会对数据采集造成干扰。 　因此必须待一次测量完成，显示"测量关"后，才可使用闪光灯读取相位差
幅频和相频特性曲线数据点非常密集	在做"受迫振动"实验时，未调节强迫力矩周期电位器来改变电机的转速。每记录一组数据后，应该调节强迫力矩周期电位器来改变电机的转速，再进行测量
除 1、2 号集中器外，其他编号的集中器（如 3、4 号等）连接好后系统无法识别	系统默认的是 1、2 号集中器，如果是其他编号的集中器，则需要在软件界面"系统管理"/"连接装置管理"中添加，只有添加后才能被系统识别
"自由振动"实验时无测量值显示	连接"振幅输入"的大五芯线内有断点或有粘连，拆开接上断点或排除粘连即可

实验三十一 燃料电池综合实验

能源为人类社会发展提供动力，长期依赖矿物能源使我们面临环境污染之害，资源枯竭之困。为了人类社会的持续健康发展，各国都致力于研究开发新型能源。未来的能源系统中，太阳能将作为主要的一种能源；替代目前的煤，石油和天然气。而燃料电池将成为取代汽油、柴油和化学电池的清洁能源。

燃料电池以氢和氧为燃料，通过电化学反应直接产生电能，能量转换效率高于燃烧燃料的热机。燃料电池的反应生成物为水，对环境无污染，单位体积氢的储能密度远高于现有的其他电池。因此它的应用从最早的宇航等特殊领域，到现在人们积极研究将其应用到电动汽车，手机电池等日常生活的各个方面，各国都投入巨资进行研发。

1839 年，英国人格罗夫（W. R. Grove）发明了燃料电池，历经近 200 年，在材料，结构，工艺不断改进之后，进入了实用阶段。按燃料电池使用的电解质或燃料类型，可将现在和近期可行的燃料电池分为碱性燃料电池，质子交换膜燃料电池，直接甲醇燃料电池，磷酸燃料电池，熔融碳酸盐燃料电池，固体氧化物燃料电池 6 种主要类型，本实验研究其中的质子交换膜燃料电池。

燃料电池的燃料氢（反应所需的氧可从空气中获得）可电解水获得，也可由矿物或生物原料转化制成。本实验包含太阳能电池发电（光能－电能转换），电解水制取氢气（电能－氢能转换），燃料电池发电（氢能－电能转换）几个环节，构成了完整的能量转换，储存，使用的链条。

一、实验目的

1. 了解燃料电池的工作原理。
2. 观察燃料电池的能量转换过程。
3. 测量燃料电池输出特性。
4. 测量质子交换膜电解池的特性，验证法拉第电解定律。
5. 测量太阳能电池的基本特性。

二、实验仪器

ZKY-RLDC 燃料电池综合特性实验仪。

三、实验原理

1. 燃料电池

质子交换膜（PEM，Proton Exchange Membrane）燃料电池在常温下工作，具有启动快速，结构紧凑的优点，最适宜作汽车或其他可移动设备的电源，近年来发展很快，其基本结构如图 6 - 133 所示。目前广泛采用的全氟璜酸质子交换膜为固体聚合物薄膜，厚度 0.05～0.1mm，它提供氢离子（质子）从阳极到达阴极的通道，而电子或气体不能通过。催化层是将纳米量级的铂粒子用化学或物理的方法附着在质子交换膜表面，厚度约 0.03mm，对阳极氢的氧化和阴极氧的还原起催化作用。膜两边的阳极和阴极由石墨化的碳纸或碳布做成，厚度 0.2～0.5mm，导电性能良好，其上的微孔提供气体进入催化层的通道，又称为扩散层。

商品燃料电池为了提供足够的输出电压和功率，需将若干单体电池串联或并联在一起，流场板一般由导电良好的石墨或金属做成，与单体电池的阳极和阴极形成良好的电接触，称为双极板，其上加工有供气体流通的通道。教学用燃料电池为直观起见，采用有机玻璃做流场板。

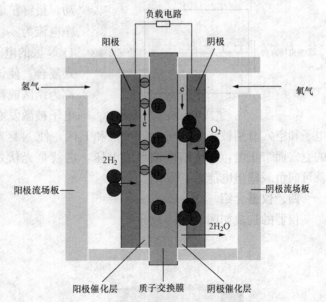

图 6-133　质子交换膜燃料电池结构示意图

进入阳极的氢气通过电极上的扩散层到达质子交换膜。氢分子在阳极催化剂的作用下解离为 2 个氢离子，即质子，并释放出 2 个电子，阳极反应为

$$H_2 = 2H^+ + 2e \qquad (6-126)$$

氢离子以水合质子 H^+（nH_2O）的形式，在质子交换膜中从一个磺酸基转移到另一个磺酸基，最后到达阴极，实现质子导电，质子的这种转移导致阳极带负电。在电池的另一端，氧气或空气通过阴极扩散层到达阴极催化层，在阴极催化层的作用下，氧与氢离子和电子反应生成水，阴极反应为

$$O_2 + 4H^+ + 4e = 2H_2O \qquad (6-127)$$

阴极反应使阴极缺少电子而带正电，结果在阴阳极间产生电压，在阴阳极间接通外电路，就可以向负载输出电能。总的化学反应如下：

$$2H_2 + O_2 = 2H_2O \qquad (6-128)$$

在电化学中，失去电子的反应叫氧化，得到电子的反应叫还原。产生氧化反应的电极是阳极，产生还原反应的电极是阴极。

2. 水的电解

将水电解产生氢气和氧气，与燃料电池中氢气和氧气反应生成水互为逆过程。水电解装置同样因电解质的不同而各异，碱性溶液和质子交换膜是最好的电解质。若以质子交换膜为电解质，可在图 6-133 右边电极接电源正极形成电解的阳极，在其上产生氧化反应 $2H_2O = O_2 + 4H^+ + 4e$。左边电极接电源负极形成电解的阴极，阳极产生的氢离子通过质子交换膜到达阴极后，产生还原反应 $2H^+ + 2e = H_2$。即在右边电极析出氧，左边电极析出氢。

燃料电池或电解器的电极在制造上通常有些差别，燃料电池的电极应利于气体吸纳，而电解器需要尽快排出气体。燃料电池阴极产生的水应随时排出，以免阻塞气体通道，而电解器的阳极必须被水淹没。

3. 太阳能电池

太阳能电池利用半导体 P-N 结接收光照射时的光伏效应发电，太阳能电池的基本结构就是一个大面积平面 P-N 结，图 6-134 为 P-N 结示意图。

P 型半导体中有多余的空穴，N 型半导体中有多余的自由电子。当两种半导体结合在一起形成 P-N 结时，N 区的电子（带负电）向 P 区扩散，P 区的空穴（带正电）向 N 区扩散，在 P-N 结附近形成空间电荷区与势垒电场。势垒电场会使载流子向扩散的反方向做漂移运

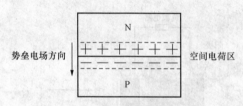

图 6-134 半导体 P-N 结示意图

动，最终扩散与漂移达到平衡，使流过 P-N 结的净电流为零。在空间电荷区内，P 区的空穴和来自 N 区的电子复合，N 区的电子和来自 P 区的空穴复合，使该区内几乎没有能导电的载流子，又称为结区或耗尽区。当光电池受光照射时，部分电子被激发而产生电子－空穴对，在结区激发的电子和空穴分别被势垒电场推向 N 区和 P 区，使 N 区有过量的电子而带负电，P 区有过量的空穴而带正电，P-N 结两端形成电压，这就是光伏效应，若将 P-N 结两端接入外电路，就可向负载输出电能。

四、仪器介绍

仪器的构成如图 6-135 所示。

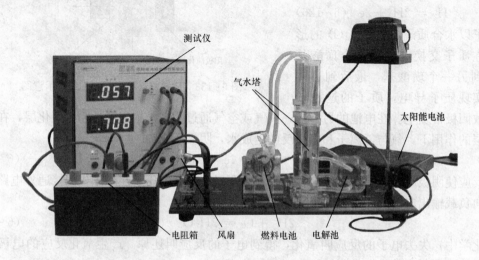

图 6-135 燃料电池综合实验仪

质子交换膜必须含有足够的水分才能保证质子的传导。但水含量又不能过高，否则电极被水淹没，水阻塞气体通道，燃料不能传导到质子交换膜参与反应。如何保持良好的水平衡关系是燃料电池设计的重要课题。为保持水平衡，电池正常工作时排水口打开，在电解电流不变时，燃料供应量。若负载选择不当，电池输出电流太小，未参加反应的气体从排水口泄漏，燃料利用率及效率都低。在适当选择负载时，本实验仪燃料利用率可达 90%。

气水塔为电解池提供纯水（2 次蒸馏水），可分别储存电解池产生的氢气和氧气，为燃料电池提供燃料气体。每个气水塔都是上下两层结构，上下层之间通过插入下层的连通管连接，下层顶部有一输气管连接到燃料电池。初始时，下层近似充满水，电解池工作时，产生的气体会汇聚在下层顶部，通过输气管输出。若关闭输气管开关，气体产生的压力会使水从下层进入上层，而将气体储存在下层的顶部，通过管壁上的刻度可知储存气体的体积。两个气水塔之间还有一个水连通管（工作时切记关闭该连通管），加水时打开使两塔水位平衡。

风扇作为定性观察时的负载，电阻箱作为定量测量时的负载。

测试仪可测量电流，电压。若不用太阳能电池作电解池的电源，可从测试仪供电输出端口向电解池供电。测试仪面板如图 6-136 所示。

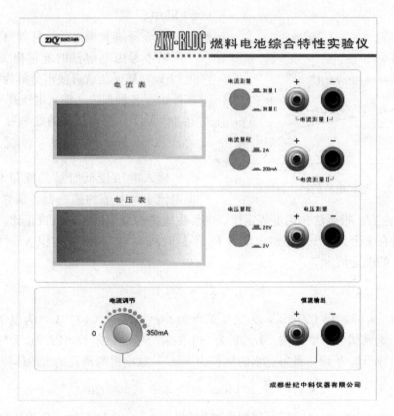

图 6 - 136 测试仪面板图

五、实验内容与步骤

1. 燃料电池输出特性测量

在一定的温度与气体压力下，改变负载电阻的大小，测量输出电压与输出电流之间的关系，如图 6 - 137 所示，称为燃料电池的极化特性曲线。理论分析表明，如果燃料的所有能量都被转换成电能，则理想电动势为 1.48V。实际燃料的能量不可能全部转换成电能，例如，总有一部分能量转换成热能，少量的燃料分子或电子穿过质子交换膜形成内部短路电流等，故燃料电池的开路电压低于理想电动势。输出电压有一段下降较快，主要是因为电极表面的反应速度有限，有电流输出时，电极表面的带电状态改变，驱动电子输出阳极或输入阴极时，产生的部分电压会被损耗掉，这一段被称为电化学极化区。输出电流过大时，电极表面的反应物浓度下降，使输出电压迅速降低，这一段被称为浓差极化区。随着电流增大，输出电流过大时，电极表面的反应物浓度下降，使输出电压迅速降低，这一段被称为浓差极化区。燃料电池的效率为

$$\eta_{电池} = \frac{U_{输出}}{1.48} \times 100\% \qquad (6 - 129)$$

输出电压越高，转换效率越高，这是因为燃料的消耗量与输出电量成正比，而输出能量为输出电量与电压的乘积。某一输出电流时燃料电池的输出功率相当于图 6 - 137 中虚线围出的矩形区，在使用燃料电池时，应根据极化曲线，兼顾效率与输出功率，选择适当的负载匹配。改变负载电阻的大小，测量输出电流电压值，并计算输出功率，记入表

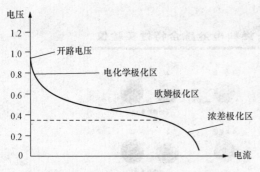

图 6-137 燃料电池的极化特性曲线

6-55中。

2. 质子交换膜电解池特性测量

若不考虑电解器的能量损失，在电解器上加 1.48V 电压就可使水分解为氢气和氧气，实际由于各种损失，输入电压高于 1.6V 电解器才开始工作。电解器的效率为

$$\eta_{电解} = \frac{1.48}{U_{输入}} \times 100\% \qquad (6-130)$$

输入电压较低时虽然能量利用率较高，但电流小，电解的速率低，通常使电解器输入电压在 2V 左右。根据法拉第电解定律，电解生成物的量与输入电量成正比。若电解器产生的氢气保持在 1 个大气压，电解电流为 I，经过时间 t 生产的氢气体积（氧气体积为氢气体积的一半）的理论值为

$$V_{氢气} = \frac{It}{2F} \times 22.4 \quad L \qquad (6-131)$$

式中：$F = eN = 9.65 \times 10^4 C/moL$，为法拉第常数；$e = 1.602 \times 10^{-19} C$，为电子电量；$N = 6.022 \times 10^{23}$，为阿伏伽德罗常数。$It/2F$ 为产生的氢分子的摩尔数，22.4L 为气体的摩尔体积。由于水的分子量为 18，且每克水的体积为 $1cm^3$，故电解池消耗的水的体积为

$$V_水 = \frac{It}{2F} \times 18cm^3 = 9.33It \times 10^{-5} cm^3 \qquad (6-132)$$

式（6-131）、式（6-132）对燃料电池同样适用，只是其中的 I 代表燃料电池输出电流，$V_{氢气}$ 代表氢气消耗量，$V_水$ 代表电池中水的生成量。改变加在电解池上的输入电压（改变太阳能电池的光照条件或改变光源到太阳能电池的距离），测量输入电流及产生一定体积的气体的时间，记入表 6-56 中。由式（6-131）计算氢气产生量的理论值，与氢气产生量的测量值比较。若氢气产生量只与电量成正比，与输入电压与电流大小无关，且测量值与理论值接近，即验证了法拉第定律。

3. 太阳能电池特性测量

在一定的光照条件下，改变太阳能电池负载电阻的大小，测量输出电压与输出电流之间的关系，如图 6-138 所示，U_{oc} 代表开路电压，I_{sc} 代表短路电流，图中虚线围出的面积为太阳能电池的输出功率。与最大功率对应的电压称为最大工作电压 U_m，对应的电流称为最大工作电流 I_m。表征太阳能电池特性的基本参数还包括光谱响应特性，光电转换效率，填充因子等。填充因子 FF 定义为

$$FF = \frac{U_m I_m}{U_{oc} I_{sc}} \qquad (6-133)$$

它是评价太阳能电池输出特性好坏的一个重要参数，它的值越高，表明太阳能电池输出特性越趋近于矩形，电池的光电转换效率越高。保持光照条件不变，改变太阳能电池负载电阻的大小，测量输出电压和电流，并计算输出功率，记入表 6-57 中。

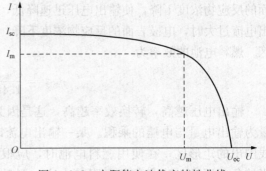

图 6-138 太阳能电池伏安特性曲线

六、数据记录与处理

1. 燃料电池输出特性测量

表 6-55　　　　　　　　　　　燃料电池输出特性测量

温度＝＿＿℃　　　压强＝1 个大气压

输出电流 I(mA)										
输出电压 U(V)										
功率 $P = U \times I$(mW)										

作出测燃料电池的极化特性曲线以及电池输出功率随输出电压的变化曲线。求出该燃料电池的最大效率和最大输出功率。

2. 质子交换膜电解池特性测量

表 6-56　　　　　　　　　　　质子交换膜电解池特性测量

输入电压 (V)	输入电流 I (mA)	时间 t (s)	电量 It (C)	氢气产生量 测量值（L）	氢气产生量 理论值（L）

3. 太阳能电池特性测量

表 6-57　　　　　　　　　　　太阳能电池的特性测量

输出电压 U(V)										
输出电流 I (mA)										
功率 $P = U \times I$(mW)										

作出所测太阳能电池的伏安特性曲线以及输出功率随输出电压的变化曲线。求出该太阳能电池的开路电压 U_{oc}、短路电流 I_{sc}、最大输出功率 P_m、最大工作电压 U_m、最大工作电流 I_m 和填充因子 FF。

七、注意事项

（1）实验室内严禁火苗（氢气为易燃、易爆气体）。

（2）气水塔中水需用纯水。

八、思考题

1. 燃料电池与其他化学电池有什么区别？

2. 根据燃料电池极化特性曲线，举出可能影响燃料电池放电效能的参数并加以讨论。

实验三十二　巨磁电阻效应及应用实验

　　1988 年，法国物理学家阿尔贝·费尔（Albert Fert）和德国物理学家彼得·格伦贝格尔（Peter Grunberg）各自独立发现了一中特殊现象：非常弱小的磁性变化就能导致磁性材料发生非常显著的电阻变化。那时，费尔在铁、铬相间的多层膜电阻中发现，微弱的磁场变化可以导致电阻大小的急剧变化，其变化的幅度比通常高十几倍，他把这种效应命名为巨磁阻效应（Giant magneto resistance，简称 GMR）。有趣的是，就在此前 3 个月，德国优利希研究中心格林贝格尔教授领导的研究小组在具有层间反平行磁化的铁/铬/铁三层膜结构中也发现了完全同样的现象。2007 年诺贝尔物理学奖授予了巨磁电阻效应的发现者，诺贝尔奖委员会说明："这是一次好奇心导致的发现，但其随后的应用却是革命性的，因为它使计算机硬盘的容量从几百兆，几千兆，一跃而提高几百倍，达到几百吉乃至上千吉。"

　　巨磁电阻效应自从被发现以来就被应用于开发研制用于硬磁盘的体积小而灵敏的数据读出头（Read Head）。这使得存储单字节数据所需的磁性材料尺寸大为减小，从而使得磁盘的存储能力得到大幅度的提高。到目前为止，巨磁阻技术已经成为全世界几乎所有电脑、数码相机、MP3 播放器的标准技术。

　　除读出磁头外，巨磁电阻效应也可应用于测量位移、角度等传感器中，可广泛地应用于数控机床、汽车导航、非接触开关和旋转编码器中，与光电等传感器相比，具有功耗小、可靠性高、体积小、能工作于恶劣的工作条件等优点。

一、实验目的

1. 了解 GMR 效应的原理。

2. 了解 GMR 传感器的工作原理。

3. 了解磁记录与读出的原理。

二、实验仪器

ZKY-JCZ 巨磁电阻效应及应用实验仪。

三、实验原理

　　根据导电的微观机理，电子在导电时并不是沿电场直线前进，而是不断和晶格中的原子产生碰撞（又称散射），每次散射后电子都会改变运动方向，总的运动是电场对电子的定向加速与这种无规则散射运动的叠加。称电子在两次散射之间走过的平均路程为平均自由程，电子散射几率小，则平均自由程长，电阻率低。电阻定律 $R = \rho l / S$ 中，把电阻率 ρ 视为常数，与材料的几何尺度无关，这是因为通常材料的几何尺度远大于电子的平均自由程（例如铜中电子的平均自由程约 34nm），可以忽略边界效应。当材料的几何尺度小到纳米量级，只有几个原子的厚度时（例如，铜原子的直径约为 0.3nm），电子在边界上的散射几率大大增加，可以明显观察到厚度减小，电阻率增加的现象。

　　电子除携带电荷外，还具有自旋特性，自旋磁矩有平行或反平行于外磁场两种可能取向。早在 1936 年，英国物理学家诺贝尔奖获得者 N. F. Mott 指出，在过渡金属中，自旋磁矩与材料的磁场方向平行的电子，所受散射几率远小于自旋磁矩与材料的磁场方向反平行的电子。总电流是两类自旋电流之和；总电阻是两类自旋电流的并联电阻，这就是所谓的两电流模型。

在图 6-139 所示的多层膜结构中，无外磁场时，上下两层磁性材料是反平行（反铁磁）耦合的。施加足够强的外磁场后，两层铁磁膜的方向都与外磁场方向一致，外磁场使两层铁磁膜从反平行耦合变成了平行耦合。电流的方向在多数应用中是平行于膜面的。

图 6-140 是图 6-139 结构的某种 GMR 材料的磁阻特性。由图可见，随着外磁场增大，电阻逐渐减小，其间有一段线性区域。当外磁场已使两铁磁膜完全平行耦合后，继续加大磁场，电阻不再减小，进入磁饱和区域。磁阻变化率 $\Delta R/R$ 达百分之十几，加反向磁场时磁阻特性是对称的。注意到图 6-140 中的曲线有两条，分别对应增大磁场和减小磁场时的磁阻特性，这是因为铁磁材料都具有磁滞特性。

图 6-139 多层膜 GMR 结构示意图

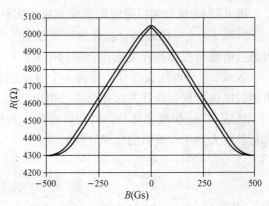

图 6-140 某种 GMR 材料的磁阻特性

有两类与自旋相关的散射对巨磁电阻效应有贡献。

其一，界面上的散射。无外磁场时，上下两层铁磁膜的磁场方向相反，无论电子的初始自旋状态如何，从一层铁磁膜进入另一层铁磁膜时都面临状态改变（平行—反平行，或反平行—平行），电子在界面上的散射几率很大，对应于高电阻状态。有外磁场时，上下两层铁磁膜的磁场方向一致，电子在界面上的散射几率很小，对应于低电阻状态。

其二，铁磁膜内的散射。即使电流方向平行于膜面，由于无规则散射，电子也有一定的几率在上下两层铁磁膜之间穿行。无外磁场时，上下两层铁磁膜的磁场方向相反，无论电子的初始自旋状态如何，在穿行过程中都会经历散射几率小（平行）和散射几率大（反平行）两种过程，两类自旋电流的并联电阻相似两个中等阻值的电阻的并联，对应于高电阻状态。有外磁场时，上下两层铁磁膜的磁场方向一致，自旋平行的电子散射几率小，自旋反平行的电子散射几率大，两类自旋电流的并联电阻相似一个小电阻与一个大电阻的并联，对应于低电阻状态。

多层膜 GMR 结构简单，工作可靠，磁阻随外磁场线性变化的范围大，在制作模拟传感器方面得到广泛应用。在数字记录与读出领域，为进一步提高灵敏度，发展了自旋阀结构的 GMR，如图 6-141 所示。

自旋阀结构的 SV-GMR（Spin valve GMR）由钉扎层、被钉扎层、中间导电层和自由层构成。其中，钉扎层使用反铁磁材料，被钉扎层使用硬铁磁材料，铁磁和反铁磁材料在交换耦合作用下形成一个偏转场，此偏转场将被钉扎层的磁化方向固定，不随外磁场改变。自由层使用软铁磁材料，它的磁化方向易于随外磁场转动。这样，很弱的外磁场就会改变自由

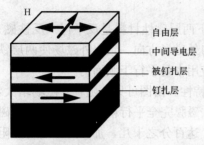

图 6 - 141　自旋阀 SV-GMR 结构图

层与被钉扎层磁场的相对取向，对应于很高的灵敏度。制造时，使自由层的初始磁化方向与被钉扎层垂直，磁记录材料的磁化方向与被钉扎层的方向相同或相反（对应于 0 或 1），当感应到磁记录材料的磁场时，自由层的磁化方向与被钉扎层磁化方向相同（低电阻）或相反（高电阻）的方向偏转，检测出电阻的变化，就可确定记录材料所记录的信息，硬盘所用的 GMR 磁头就采用这种结构。

四、仪器介绍

图 6 - 142 所示为巨磁电阻效应及应用实验仪系统的实验仪前面板图。

区域 1——电流表部分：作为一个独立的电流表使用。两个挡位：2mA 挡和 200mA 挡，可通过电流量程切换开关选择合适的电流挡位测量电流。

区域 2——电压表部分：作为一个独立的电压表使用。两个挡位：2V 挡和 200mV 挡，可通过电压量程切换开关选择合适的电压挡位。

区域 3——恒流源部分：可变恒流源。实验仪还提供 GMR 传感器工作所需的 4V 电源和运算放大器工作所需的 ±8V 电源。

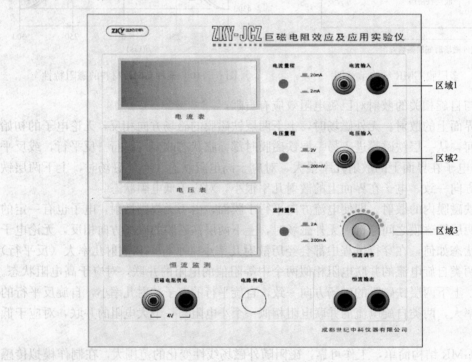

图 6 - 142　巨磁阻实验仪操作面板

1. 基本特性组件（见图 6 - 143）

基本特性组件由 GMR 模拟传感器，螺线管线圈及比较电路，输入输出插孔组成。用以对 GMR 的磁电转换特性，磁阻特性进行测量。GMR 传感器置于螺线管的中央。螺线管用于在实验过程中产生大小可计算的磁场，由理论分析可知，无限长直螺线管内部轴线上任一

点的磁感应强度为

$$B = \mu_0 nI \qquad (6 - 134)$$

式中：n 为线圈密度；I 为流经线圈的电流强度；$\mu_0 = 4\pi \times 10^{-7}\,\mathrm{H/m}$ 为真空中的磁导率。采用国际单位制时，由上式计算出的磁感应强度的单位为 T（$1\mathrm{T} = 10\,000\mathrm{Gs}$）。

2. 电流测量组件（见图 6 - 144）

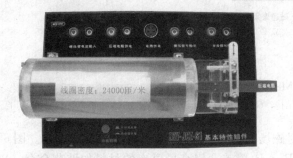

图 6 - 143　基本特性组件　　　　　　　　　　图 6 - 144　电流测量组件

电流测量组件将导线置于 GMR 模拟传感器近旁，用 GMR 传感器测量导线通过不同大小电流时导线周围的磁场变化，就可确定电流大小。与一般测量电流需将电流表接入电路相比，这种非接触测量不干扰原电路的工作，既可测量直流，也可测量交流，具有广阔的应用前景。

3. 角位移测量组件（见图 6 - 145）

角位移测量组件用巨磁阻梯度传感器作传感元件，铁磁性齿轮转动时，齿牙干扰了梯度传感器上偏置磁场的分布，使梯度传感器输出发生变化，每转过一齿，就输出类似正弦波一个周期的波形。利用该原理可以测量角位移（转速、速度）。汽车上的转速与速度测量仪就是利用该原理制成的。

4. 磁读写组件（见图 6 - 146）

图 6 - 145　角位移测量组件　　　　　　　　　图 6 - 146　磁读写组件

磁读写组件用于演示磁记录与读出的原理。磁卡做记录介质，磁卡通过写磁头时可写入数据，通过读磁头时将写入的数据读出来。

五、实验内容与步骤

1. GMR 模拟传感器的磁电转换特性测量

在将 GMR 构成传感器时，为了消除温度变化等环境因素对输出的影响，一般采用桥式结构，图 6 - 147 是某型号传感器的结构。

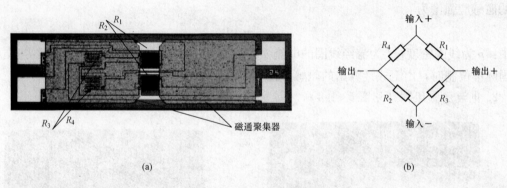

图 6-147 GMR 模拟传感器结构图

(a) 几何结构；(b) 电路连接

对于电桥结构，如果 4 个 GMR 电阻对磁场的响应完全同步，就不会有信号输出。图 6-147 中，将处在电桥对角位置的两个电阻 R_3、R_4 覆盖一层高导磁率的材料如坡莫合金，以屏蔽外磁场对它们的影响，而 R_1、R_2 阻值随外磁场改变。设无外磁场时 4 个 GMR 电阻的阻值均为 R，R_1、R_2 在外磁场作用下电阻减小 ΔR，简单分析表明，输出电压为

$$U_{OUT} = U_{IN}\Delta R/(2R - \Delta R) \tag{6-135}$$

屏蔽层同时设计为磁通聚集器，它的高导磁率将磁力线聚集在 R_1、R_2 电阻所在的空间，进一步提高了 R_1、R_2 的磁灵敏度。

从图 6-147 的几何结构还可见，巨磁电阻被光刻成微米宽度迂回状的电阻条，以增大其电阻至 kΩ 数量级，使其在较小工作电流下得到合适的电压输出。图 6-148 是某 GMR 模拟传感器的磁电转换特性曲线。图 6-149 是磁电转换特性的测量原理图。

将 GMR 模拟传感器置于螺线管磁场中，功能切换按钮切换为"传感器测量"。实验仪的 4V 电压源接至基本特性组件"巨磁电阻供电"，恒流源接至"螺线管电流输入"，基本特性组件"模拟信号输出"接至实验仪电压表。

按表 6-59 数据，调节励磁电流，逐渐减小磁场强度，记录相应的输出电压于表格"减小磁场"列中。由于恒流源本身不能提供负向电流，当电流减至 0 后，交换恒流输出接线的极性，使电流反向。再次增大电流，此时流经螺线管的电流与磁感应强度的方向为负，从上到下记录相应的输出电压。电流至 -100mA 后，逐渐减小负向电流，电流到 0 时同样需要交换恒流输出接线的极性，从下到上记录数据于"增大磁场"列中。

理论上讲，外磁场为零时，GMR 传感器的输出应为零，但由于半导体工艺的限制，4 个桥臂电阻值不一定完全相同，导致外磁场为零时输出不一定为零，有的传感器可以观察到这一现象。根据螺线管上标明的线圈密度，由式（6-134）计算出螺线管内的磁感应强度 B。以磁感应强度 B 作横坐标，输出电压 U 为纵坐标作出磁

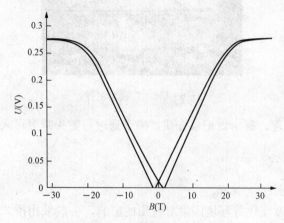

图 6-148 CMR 模拟传感器的磁电转换特性

电转换特性曲线。

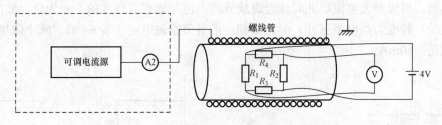

图 6-149　模拟传感器磁电转换特性实验原理图

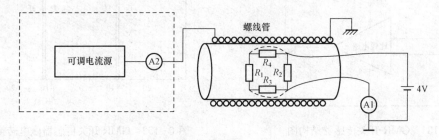

图 6-150　磁阻特性测量原理图

2. GMR 磁阻特性测量

按表 6-60 数据，调节励磁电流，逐渐减小磁场强度，记录相应的磁阻电流于表格"减小磁场"列中。由于恒流源本身不能提供负向电流，当电流减至 0 后，交换恒流输出接线的极性，使电流反向。再次增大电流，此时流经螺线管的电流与磁感应强度的方向为负，从上到下记录相应的输出电压。电流至 −100mA 后，逐渐减小负向电流，电流到 0 时同样需要交换恒流输出接线的极性。从下到上记录数据于"增大磁场"列中。

计算出螺线管内的磁感应强度 B，由欧姆定律 $R = U/I$ 计算出磁阻。以磁感应强度 B 作横坐标，磁阻 R 为纵坐标作出磁阻特性曲线。不同外磁场强度时磁阻的变化反映了 GMR 的磁阻特性，同一外磁场强度下磁阻的差值反映了材料的磁滞特性。

3. GMR 开关（数字）传感器的磁电转换特性曲线测量

将 GMR 模拟传感器与比较电路，晶体管放大电路集成在一起，就构成 GMR 开关（数字）传感器，结构如图 6-151 所示。比较电路的功能是：当电桥电压低于比较电压时，输出低电平。当电桥电压高于比较电压时，输出高电平。选择适当的 GMR 电桥并结合调节比较电压，可调节开关传感器开关点对应的磁场强度。

图 6-152 是某种 GMR 开关传感器的磁电转换特性曲线。当磁场强度的绝对值从低增加到 12Gs 时，开关打开（输出高电平），当磁场强度的绝对值从高减小到 10Gs 时，开关关闭（输出低电平）。

将 GMR 模拟传感器置于螺线管磁场中，功能切换按钮切换为"传感器测量"。实验仪的 4V 电压源接至基本特性组件"巨磁电阻供电"，"电路供电"接口接至基本特性组件对应的"电路供电"输入插孔，恒流源接至"螺线管电流输入"，基本特性组件"开关信号输出"接至实验仪电压表。

将励磁电流从 50mA 逐渐减小，输出电压从高电平（开）转变为低电平（关）时记录相应的励磁电流于表 6-61 "减小磁场"列中。当电流减至 0 后，交换恒流输出接线的极性，使电流反向。再次增大电流，此时流经螺线管的电流与磁感应强度的方向为负，输出电压从低电平（关）转变为高电平（开）时记录相应的负值励磁电流于表 6-61 "减小磁场"列中。将电流调至 -50mA。

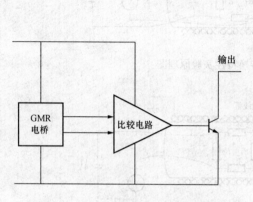

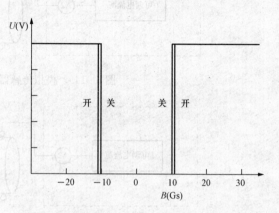

| 图 6-151　GMR 开关传感器结构图 | 图 6-152　GMR 开关传感器磁电转换特性 |

逐渐减小负向电流，输出电压从高电平（开）转变为低电平（关）时记录相应的负值励磁电流于表 6-61 "增大磁场"列中，电流到 0 时同样需要交换恒流输出接线的极性。输出电压从低电平（关）转变为高电平（开）时记录相应的正值励磁电流于表 6-61 "增大磁场"列中。以磁感应强度 B 作横坐标，开、关时输出电压 U（高、低电平）为纵坐标作出开关传感器的磁电转换特性曲线。

利用 GMR 开关传感器的开关特性已制成各种接近开关，当磁性物体（可在非磁性物体上贴上磁条）接近传感器时就会输出开关信号。广泛应用在工业生产及汽车，家电等日常生活用品中，控制精度高，恶劣环境（如高低温，振动等）下仍能正常工作。

4. 用 GMR 模拟传感器测量电流

从图 6-153 可见，GMR 模拟传感器在一定的范围内输出电压与磁感应强度成线性关系，且灵敏度高，线性范围大，可以方便的将 GMR 制成磁场计，测量磁感应强度或其他与磁场相关的物理量。作为应用示例，我们用它来测量电流。

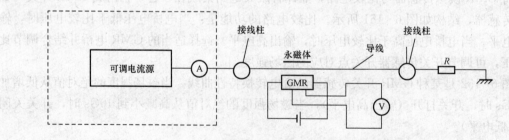

图 6-153　模拟传感器测量电流实验原理图

由理论分析可知，通有电流 I 的无限长直导线，与导线距离为 r 的一点的磁感应强度为

$$B = \mu_0 I/2\pi r = 2I \times 10^{-7}/r \tag{6-136}$$

磁感应强度与电流成正比，在 r 已知的条件下，测得 B，就可知 I。在实际应用中，为了使 GMR 模拟传感器工作在线性区，提高测量精度，还常常预先给传感器施加一固定已知磁场，称为磁偏置，原理类似于电子电路中的直流偏置。

实验仪的 4V 电压源接至电流测量组件"巨磁电阻供电"，恒流源接至"待测电流输入"，电流测量组件"信号输出"接至实验仪电压表，待测电流调节至 0。将偏置磁铁转到远离 GMR 传感器，调节磁铁与传感器的距离，使输出约 25mV。

将电流增大到 300mA，按表 6-62 数据逐渐减小待测电流，从左到右记录相应的输出电压于表格"减小电流"行中。由于恒流源本身不能提供负向电流，当电流减至 0 后，交换恒流输出接线的极性，使电流反向。再次增大电流，此时电流方向为负，记录相应的输出电压。

逐渐减小负向待测电流，从右到左记录相应的输出电压于表格"增加电流"行中。当电流减至 0 后，交换恒流输出接线的极性，使电流反向。再次增大电流，此时电流方向为正，记录相应的输出电压。

将待测电流调节至 0，偏置磁铁转到接近 GMR 传感器，调节磁铁与传感器的距离，使输出约 150mV。用低磁偏置时同样的实验方法，测量适当磁偏置时待测电流与输出电压的关系。

5. GMR 梯度传感器的特性及应用

将 GMR 电桥两对对角电阻分别置于集成电路两端，4 个电阻都不加磁屏蔽，即构成梯度传感器，如图 6-154 所示。

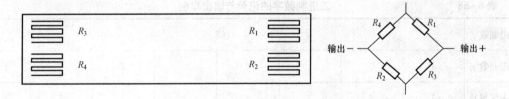

图 6-154　GMR 梯度传感器结构图

这种传感器若置于均匀磁场中，由于 4 个桥臂电阻阻值变化相同，电桥输出为零。如果磁场存在一定的梯度，各 GMR 电阻感受到的磁场不同，磁阻变化不一样，就会有信号输出。图 6-155 以检测齿轮的角位移为例，说明其应用原理。

将永磁体放置于传感器上方，若齿轮是铁磁材料，永磁体产生的空间磁场在相对于齿牙不同位置时，产生不同的梯度磁场。a 位置时，输出为零。b 位置时，R_1、R_2 感受到的磁感应强度大于 R_3、R_4，输出正电压。c 位置时，输出回归零。d 位置时，R_1、R_2 感受到的磁感应强度小于 R_3、R_4，输出负电压。于是，在齿轮转动过程中，每转过一个齿牙便产生一个完整的波形输出。这一原理已普遍应用于转速（速度）与位移监控，在汽车及其他工业领域得到广泛应用。

将实验仪 4V 电压源接角位移测量组件"巨磁电阻供电"，角位移测量组件"信号输出"接实验仪电压表。

逆时针慢慢转动齿轮，当输出电压为零时记录起始角度，以后每转 3° 记录一次角度与电

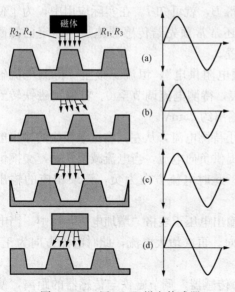

图 6 - 155 用 GMR 梯度传感器
检测齿轮位移

压表的读数。转动 48°齿轮转过 2 齿，输出电压变化 2 个周期。

6. 磁记录与读出

磁记录是当今数码产品记录与储存信息的最主要方式，由于巨磁阻的出现，存储密度有了成百上千倍的提高。在当今的磁记录领域，为了提高记录密度，读、写磁头是分离的。写磁头是绕线的磁芯，线圈中通过电流时产生磁场，在磁性记录材料上记录信息。巨磁阻读磁头利用磁记录材料上不同磁场时电阻的变化读出信息。磁读写组件用磁卡做记录介质，磁卡通过写磁头时可写入数据，通过读磁头时将写入的数据读出来。

同时，开关传感器输出的高低电平对应于二进制中的 1 与 0，可用作数字记录的读出磁头。例如，数字 165，其二进制码如表 6 - 58 第二行所示。调节磁卡与记录磁头的相对位置，以有磁与无磁两种状态记录二进制的 1 与 0。然后将 GMR 数字传感器移至相应位置，输出的高低电平即还原（读出）了原记录的数字。同学可自行设计一个二进制码，按二进制码写入数据，然后将读出的结果记录下来。

表 6 - 58   二进制数字的记录与读出举例

十进制数字	165							
二进制数字	1	0	1	0	0	1	0	1
磁卡区域号	1	2	3	4	5	6	7	8
记录磁头	充磁	消磁	充磁	消磁	消磁	充磁	消磁	充磁
读出电平	高	低	高	低	低	高	低	高

实验仪的 4V 电压源接磁读写组件"巨磁电阻供电"，"电路供电"接口接至基本特性组件对应的"电路供电"输入插孔，磁读写组件"读出数据"接至实验仪电压表。将需要写入与读出的二进制数据记入表 6 - 64 第 2 行。将磁卡插入，"功能选择"按键切换为"写"状态。缓慢移动磁卡，根据磁卡上的刻度区域切换"写 0""写 1"。将"功能选择"按键切换为"读"状态，移动磁卡至读磁头处，根据刻度区域在电压表上读出电压，记录于表 6 - 64 第 5 行。由于测试卡区域的两端数据记录可能不准确，因此实验中只记录中间的 1～8 号区域的数据。

六、数据记录与处理

1. GMR 模拟传感器的磁电转换特性测量

表 6 - 59　　　　　　　**GMR 模拟传感器的磁电转换特性测量**

$n=$_____匝/米　　　　电桥电压 4V

磁感应强度 B(Gs)		输出电压 U(mV)	
励磁电流 I_M(mA)	磁感应强度 B(Gs)	减小磁场	增大磁场
100			
90			
80			
70			
60			
50			
40			
30			
20			
10			
5			
0			
−5			
−10			
−20			
−30			
−40			
−50			
−60			
−70			
−80			
−90			
−100			

以磁感应强度 B 作横坐标，输出电压表 U 为纵坐标作出磁电转换特性曲线。

2. GMR 磁阻特性测量

表 6 - 60　　　　　　　　　**GMR 磁阻特性测量**

$n=$_____匝/米　　　　磁阻两端电压 4V

磁感应强度 B(Gs)		磁阻 R(Ω)			
		减小磁场		增大磁场	
励磁电流 I_M(mA)	磁感应强度 B(Gs)	磁阻电流 I(mA)	磁阻 R(Ω)	磁阻电流 I(mA)	磁阻 R(Ω)
100					
90					
80					
70					
60					

磁感应强度 B(Gs)		磁阻 R(Ω)			
		减小磁场		增大磁场	
励磁电流 I_M(mA)	磁感应强度 B(Gs)	磁阻电流 I(mA)	磁阻 R(Ω)	磁阻电流 I(mA)	磁阻 R(Ω)
50					
40					
30					
20					
10					
5					
0					
−5					
−10					
−20					
−30					
−40					
−50					
−60					
−70					
−80					
−90					
−100					

以磁感应强度 B 作横坐标，磁阻 R 为纵坐标作出磁阻特性曲线。

3. GMR 开关（数字）传感器的磁电转换特性曲线测量

表 6 - 61　　　　　　　　GMR 开关（数字）传感器的磁电转换特性曲线测量

$n=$_____匝/米　　高电平=____ V　　低电平=____ V

减小磁场			增大磁场		
开关动作	励磁电流 I_M(mA)	磁感应强度(Gs)	开关动作	励磁电流 I_M(mA)	磁感应强度(Gs)
关			关		
开			开		

以磁感应强度 B 作横坐标，开、关时输出电压 U 为纵坐标作出开关传感器的磁电转换特性曲线。

4. 用 GMR 模拟传感器测量电流

表 6 - 62　　　　　　　　　　用 GMR 模拟传感器测量电流

			待测电流 I(mA)	300	200	100	0	−100	−200	−300
输出电压 U(mV)	低磁偏置（约 25mV）	减小电流								
		增加电流								
	适当磁偏置（约 150mV）	减小电流								
		增加电流								

以待测电流作横坐标，输出电压为纵坐标分别作出 4 条曲线。

5. GMR 梯度传感器的特性及应用

表 6 - 63　　　　　　　　　GMR 梯度传感器的特性及应用

转动角度（°）													
输出电压（mV）													

以齿轮实际转过的角度为横坐标，输出电压为纵向坐标作图。

6. 磁记录与读出

表 6 - 64　　　　　　　　　　磁　记　录　与　读　出

十进制数字								
二进制数字								
磁卡区域号	1	2	3	4	5	6	7	8
记录磁头								
读出电平								

七、注意事项

（1）由于巨磁阻传感器具有磁滞现象，因此，在实验中，恒流源只能单方向调节，不可回调。否则测得的实验数据将不准确。实验表格中的电流只是作为一种参考，实验时以实际显示的数据为准。仪器应在清洁干净的场所使用，避免阳光直接暴晒和剧烈颠震。

（2）测试卡组件不能长期处于"写"状态。

（3）实验过程中，实验环境不得处于强磁场中。

八、思考题

1. 什么是巨磁电阻效应，与霍尔效应有何不同之处？

2. 什么是磁滞效应？你在实验中是否观察到了磁滞效应？

3. GMR 梯度传感器能用于车辆流量监控吗？如果能如何实现？

第7章 设计性与研究性实验

§7.1 设计性实验的设置与实施

设计性实验是在完成了一定数量的基本实验后，由实验室提出的一种带有综合应用性质或一定设计性任务要求，由实验者自行完成的提高性教学实验。它既不同于以掌握科学实验基本知识、基本方法和基本技能为目的的常规教学实验，又不同于工程实践和科学研究中以对未知问题进行探索为目的研究性实验。完成此类实验的要求是可以变通的，通常只提出最低的要求（下限），而不限制内容或要求的上限。在进行设计性实验的一般过程中，实验者须根据实验室提供的设备器材自行推证有关理论，自行确定实验方案，自行选择组配仪器设备，自行拟订实验程序和注意事项等。在条件许可下，实验者在实验过程中可加工一些零配件、或者订购个别专用器材。但是，所确定的实验内容与实验方案，应经过指导教师审核、听取参考意见后才能实施。实验结束后，实验者应该按照实验要求得出实验结果，做出定性与定量分析，写出比较完整的设计性实验报告。

§7.1.1 设计性实验的目的

设计性实验的目的是充分调动实验者的学习主动性和创造性，将所学的物理知识应用于实验的选题与设计、实验动手操作乃至独立进行数据处理的全过程。通过设计性实验能使实验者将学到的理论知识与实践的感性认识更好地结合，激发其创新能力，提高其发现问题、分析问题、解决问题的能力，也有助于将严谨的科学作风与创新精神更好地结合起来。

§7.1.2 设计性实验的基本步骤

一、选题

指导教师首先针对设计性实验的科学思想与方法进行专题讲座，给出一些研究领域的背景与发展动态，有待解决或阐明的问题或热点问题及研究意义。学生以自己的兴趣爱好与有关背景相结合，选择课题题目。根据设计性实验的题目充分查阅文献，保证课题的科学性与可行性，并要求有一定的先进性或创新性，然后根据实验室的综合条件选择相应的实验方法，使课题切实可行。

二、确定实验方案

首先应经过一定的准备（查阅已有资料，思考并拟订初步的设计方案），形成"最优化"的设计。注意到不同的设计性实验课题在要求上的差别，如有的设计性实验重点在于对实验现象的观察分析，有的重点在于实验规律的探索、还有的重点在于实验结果的比较和实验内容的变通、引伸等。要根据其侧重点及实验条件拟定一个原理简单、方法新颖、实施方便以及应用可行的实验方案。设计性实验在具体实施时，实验者应遵照科学实验的以下基本原则：

（1）实验方案的选择——最优化原则。

（2）测量方法的选择——误差最小原则。

（3）测量仪器的选择——不确定度均分原则。

（4）测量条件的选择——最有利原则。

1. 实验方案的选择——最优化原则

所谓"最优化"的实验方案,是指针对具体研究对象,依据相关的物理原理,按照实验对测量的精度要求、仪器要求、量限要求和特性要求等,选择适当的实验方法(包括电路、光路或特定的实验装置等)。它并不意味将要求实验测量结果的精度越高越好,也不意味着选用的仪器越高级越好。"最优化"原则也可以说是"可行性"和"经济性"或"适应性"原则。

通常选择实验方案的一般程序如下:

(1) 根据研究对象(物理量、物理过程及其现象),罗列出各种可能的实验原理及其测量依据的理论公式。例如,对长度的测量,就可以通过直接的机械接触,用力学方法——刻度尺、游标卡尺或千分尺等仪器完成;也可用电学方法——位移或长度传感器,将长度这一力学量转换成电学量去完成测量;也可以用光学方法——干涉法或比长仪法等实现。

(2) 分析各种测量实验原理及其所依据测量公式的适用条件、优缺点和局限性。

(3) 结合可能提供的实验器材、设备,分析各种实验原理的可行性(指能否进行直接或间接的测量),大致可以达到的精度(指不确定度的可能大小、估算数量级)。

(4) 根据设计性实验的要求,确定最优的实验方案,兼顾实验结果的精确度,实验完成的可行性及经济性。

应该强调指出的是,实验方案的选择不应是消极的比较与选择,而应是积极地创造实验条件,去提高可测性。例如第五章和第六章涉及光波波长测量的实验有:光栅衍射法、牛顿环法、摄谱仪法和迈克尔干涉仪法等。各种方法都有各自的优缺点,要进行综合分析并加以比较,要分析各种方法可能引入的系统误差以及消除误差的方法,对应测的物理量还要制定具体的测量方法以减小系统误差的影响。实际上,实验能力的高低,关键之一是看实验者能否发现和消除实验中的系统误差。

2. 实验方法的选择——误差最小原则

在选定了实验方案之后,就需要进一步对实验中可能的误差来源、性质、大小作出初步的估算,针对不同性质的误差及其来源,选定适当的测量方法,力求测量误差最小。

对于随机(偶然)误差,主要是采取等精度的多次测量的方法,来尽量减小其影响,而对于一些等间隔、线性变化的连续实验序列数据的处理,则可以采用"逐差法"、"最小二乘法"等。对于系统误差,则应针对性地运用各种基本测量方法予以发现和消除(或减小)。要发现系统误差,必须仔细地考察与研究测量原理和方法的推演过程,检验或校准每一件仪器,分析每一个实验条件,考虑每一步调整和测量,注意每一种因素对实验的影响等。常用的发现并消除系统误差的方法请参阅本书 §2.6 节。

3. 测量仪器的选择——不确定度均分原则

在选择测量仪器或将仪器配套时,通常要考虑以下 4 个因素:①分辨率——即该测量仪器所能测量的最小值;②精密度——在有效控制系统误差的前提条件下,通常用与仪器误差限相关的 B 类不确定度 $U_b = \Delta_1$(置信概率为 95%,其中 Δ_1 为仪器误差限)及其相对不确定度来表征;③有效(实用)性;④经济(价格)性。由于后两个因素受各种情况和条件的影响较大,在物理实验中主要讨论前两个因素。而对一种比较成熟的科学仪器来说,仪器的分辨率和精密度是相互关联的,从这个意义上讲,在选择测量仪器时,主要考虑仪器精密度的选择和分配。

　　对于一个比较复杂的实验来说，会涉及多个物理量的测量，用到多种测量仪器。对某一种仪器来说，会碰到是选择精度高的仪器还是选择精度低的仪器，以及不同的仪器如何配套使用这样的问题。从总体优化的角度出发，就必须用系统优化的观点处置仪器的 B 类不确定度合理分配。假设待测物理量 F 的测量函数形式是由 k 个独立的直接测量量 x，y，z…构成的。即

$$F = F(x, y, z, \cdots) \tag{7-1}$$

$$U_b(F) = \sqrt{\left(\frac{\partial F}{\partial x}\right)^2 U_b^2(x) + \left(\frac{\partial F}{\partial y}\right)^2 U_b^2(y) + \left(\frac{\partial F}{\partial z}\right)^2 U_b^2(z) + \cdots} \tag{7-2}$$

仪器配套时不确定度的分配采用"不确定度均分原理"，即各直接测量量 x，y，z…对间接测量量的总的 B 类不确定度影响相同，有

$$U_b(F) = \sqrt{k}\left(\frac{\partial F}{\partial x}\right)U_b(x) = \sqrt{k}\left(\frac{\partial F}{\partial y}\right)U_b(y) = \cdots \tag{7-3}$$

由此，可以根据被测量 F 的 B 类不确定度 $U_b(F)$ 和其相对不确定度 $\dfrac{U_b(F)}{F}$ 的要求，计算出各直接测量的 B 类不确定度和其相对不确定度为

$$U_b(x) = \frac{U_b(F)}{\sqrt{k}\left(\frac{\partial F}{\partial x}\right)}, \quad U_b(y) = \frac{U_b(F)}{\sqrt{k}\left(\frac{\partial F}{\partial y}\right)}, \cdots \tag{7-4}$$

以及

$$\frac{U_b(x)}{x} = \frac{1}{\sqrt{k}}\frac{U_b(F)}{F}, \quad \frac{U_b(y)}{y} = \frac{1}{\sqrt{k}}\frac{U_b(F)}{F}, \cdots \tag{7-5}$$

例如，要求用秒摆（周期为秒的摆）测定重力加速度 g，结果精确到 0.5%，则秒摆的摆长 l 和周期时间 T 的测量仪器应如何选择和配套？

　　题中说明摆是秒摆，故周期 T 约为 $1.00\mathrm{s}$，假定摆长 l 约为 $100.0\mathrm{cm}$，要求 g 的相对 B 类不确定度为 0.5%，即

$$U_b(g)/g \leqslant 0.005$$

给 g 预先定一个约数为 $980\mathrm{cm/s^2}$，则

$$U_b(g) = 5\mathrm{cm/s^2}$$

按理论公式

$$g = \frac{4\pi^2 l}{T^2}$$

由式（7-4）可得

$$U_b(l) = \frac{U_b(g)}{\sqrt{2}\left(\frac{\partial g}{\partial l}\right)} = \frac{5}{\sqrt{2}\frac{4\pi^2}{T^2}} = \frac{5}{\sqrt{2}\times\frac{4\times3.14^2}{1.00^2}} = 0.09(\mathrm{cm})$$

$$U_b(T) = \frac{U_b(g)}{\sqrt{2}\left(\frac{\partial g}{\partial l}\right)} = \frac{5}{\sqrt{2}\frac{4\pi^2 l}{T^2}} = \frac{5}{\sqrt{2}\times\frac{8\times3.14^2\times100}{1.00^2}} = 0.0004(\mathrm{s})$$

根据摆长和周期的 B 类不确定度，各自挑选一种最接近计算结果的仪器和量具。

$$\Delta_1(l) = U_b(l) = 0.09\mathrm{cm}$$

$$\Delta_1(T) = U_b(T) = 0.0004\mathrm{s}$$

测量摆长 l 可挑选最小分度为毫米的刻度尺。测量周期时间 T 若只测摆动一个周期的时间，则应选 0.1ms 的数字毫秒仪与之配套。若用积累放大测量法，测 50 个周期的时间，则可选用 0.01s 的电子秒表与之配套即可。

如果不这样考虑，而是让某一个自变量的测量精度远远高于其他量的测量精度（例如高出 1、2 个数量级），那么，F 的实际测量的结果是，这些高精度的测量被淹没在其他低精度的测量之中，失去了追求高精度的必要而造成浪费。当然，在实际工作中，要完全严格地做到"不确定度均分"既不可能，也没有必要，完全可以依实际情况在数值上予以调整，但是，按"不确定度均分"的原则确定各个变量的测量仪器的仪器误差限，使它们在数量级上大致均衡，应该作为仪器选配的一个重要方面。根据实验设计中对相对不确定度的要求，将这一不确定度均分给各自变量的仪器的不确定度，就可以很快地确定所需仪器的精度等级。

4. 测量条件的选择——最有利原则

在测量方法、测量方案及仪器明确情况下，有时还需确定测量的最有利条件，这就是确定在什么条件下进行测量，能使函数关系引起的总体不确定度最小。从数学上说，也就是求 B 类相对不确定度函数 $\dfrac{U_b(F)}{F}$ 对于各自变量（x，y，z，…）的极值。这种情况常用在测量结果不确定度的大小与测量点的选择有关的时候。

例如，本书实验五中利用线式惠斯通电桥测量电阻时，滑键在什么位置时，能使待测电阻的 B 类相对不确定度最小？图 5-22 中，R_x 为待测电阻，R_S 为已知标准电阻，l_1 和 $l_2 = L - l_1$ 为电阻丝的两臂长度，当电桥平衡时有

$$R_x = R_S \frac{l_1}{l_2} = R_S \left(\frac{L - l_1}{l_2} \right)$$

相对不确定度为

$$\frac{U_b(R_x)}{R_x} = \frac{dR_x}{R_x} = \frac{L}{l_2(L - l_2)} dl_2$$

说明 $\dfrac{U_b(R_x)}{R_x}$ 是 l_2 的函数。显然，$\dfrac{U_b(R_x)}{R_x}$ 最小的条件为

$$\frac{\partial \left[\dfrac{U_b(R_x)}{R_x} \right]}{\partial l_2} = \frac{L(L - 2l_2)}{l_2^2(L - l_2)^2} = 0$$

即 $l_2 = \dfrac{L}{2}$。所以取 $l_1 = l_2 = \dfrac{L}{2}$ 是线式惠斯通电桥的最有利的测量条件。

三、准备实验

与常规实验不同的是，设计性实验前的准备工作更为重要。在实验研究的目的、要求及任务明确后，要根据实验的设计方案准备资料，列出实验所需的仪器和用品的清单，并提交给指导教师审查。实验室没有的设备或用品，要求学生独立准备。这既是收集资料的过程，又是调查研究的过程，这对实验设计是否科学、合理和先进有极大的关系。较好的资料储备才能开阔视野，才能较好的符合设计性实验的基本原则。

四、预实验与实验方案的完善

按照实验设计方案和操作步骤认真进行预实验。在预实验过程中，学生要做好各项实验的原始数据记录。实验结束后，应及时整理实验结果，发现和分析预实验中存在的问题和需要改进的、修改的地方，并向指导教师进行汇报。得到教师同意后，在正式实验中加以改进

完善。如果指导教师认为预实验已基本达到目的和要求，预实验阶段即算完成。

五、正式实验

按照修改的实验设计方案和操作步骤认真进行实验，记录好实验的原始数据，独立操作，教师仅在操作的难点部分适当的指导。

六、设计性实验报告的撰写

在完成实验后，要对实验结果做出科学的整理、分析，得出结论。如果实验失败，或与预期结果及文献报道不符，则应找出相应的原因，再重复实验，以期得到稳定的科学结果与结论。之后，写出完整的实验报告。设计性实验报告与一般的实验报告类似，但又有自身的特点，基本格式如下。

（1）标题。应当以最恰当、最简明的词语反映报告中最重要的特定内容，高度概括、画龙点睛，一般不超过 20 个字。

（2）实验目的和要求。与一般的实验报告类似，应将实验目的和要求简单归纳成几条，说明设计性实验的基本内容和实验结果要求。

（3）实验原理和步骤。根据实验要求选择实验原理和方法，确定计算公式，选择仪器，给出原理图、方框图及实验条件和参数，具体实验操作步骤。

（4）数据处理。将测量数据整理列表，进行数据处理，给出实验结果和不确定度，由此得出完整、准确的结论。有可能分析一下系统误差消除情况，提出进一步改进建议，做到图文并茂，一目了然。

（5）参考文献。为了帮助读者深入了解此项工作，应列出与之有关的参考文献的名称、作者、出处，供读者需要时查找。

（6）附录。对需要详细论证的问题或公式推导，不应列入正文，以保证实验报告或论文的简洁。为此，可将其作为附录放在报告最后，供想要深入学习的读者阅读。

实验报告是实验工作全面系统的总结，既是交流、推广的纽带，也是评审、改进的依据，这是一项十分重要的工作，也是为今后撰写课程设计报告和毕业论文进行的有益的训练。

§7.1.3　设计性实验举例

实验课题：测量某一电阻器的电阻值（大约 $1.0\text{k}\Omega$，额定功率 0.25W）；测量精度要求：$\leqslant 3\%$。

设计程序和方法概述如下：

1. 收集资料，确定实验原理

电阻的测量方法有"伏安法"、"电桥法"、"电位差计法"、"电容充放电法"等。但是测中高值电阻最简便实用的方法是伏安法，计算公式为 $R = \dfrac{U}{I}$，直接测量量为 U 和 I，I 为流过电阻器的电流，U 为电阻器两端的电压。根据所给课题测量精度的要求，本实验采用伏安法测量即可。

2. 实验方法和测量方法的选择

用伏安法测电阻又分两种测量方法，即内接法和外接法，如图 7-1 (a)、图 7-1 (b) 所示。由于电流表和电压表内阻的影响，在两个电路中都存在系统误差。简单分析可知，用内接法测 I 准确，但测得的 U 偏大，使 R_x 待测电阻的测量值也偏大；外接法恰好相反。只

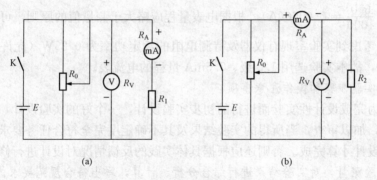

图 7-1 伏安法测电阻的两种电路图
(a) 内接法；(b) 外接法

有在 R_x 较大（$R_x \gg R_A$，R_A 为电流表内阻）时，内接法测 R_x 才较准确。R_x 较小（$R_x \ll R_V$，R_V 为电压表内阻）时，外接法测 R_x 较准确。为此，应尽可能选用高内阻的电压表和低内阻的电流表。本课题中，待测电阻阻值大约为 $1.0\mathrm{k}\Omega$，因此我们就选择图 7-1（a）（内接法）作为测量的原理电路图，且用下面的公式对测量值进行系统误差修正

$$R_x = R_1 = R - R_A$$

3. 测量仪器的选择与配套

根据伏安法原理，本实验需要选择以下器具：电源，滑线变阻器，开关，电流表，电压表各一个，导线若干。

（1）电源的选择。本实验中我们选用双路跟踪稳压稳流电源，并取电源电压 $E=6.0\mathrm{V}$。为了调整方便，将工作电源做成分压电路，如图 7-1（a）所示。

（2）电压表和电流表精度等级的选择。由公式 $R = \dfrac{U}{I}$ 得相对 B 类不确定度为

$$\frac{U_\mathrm{b}(R)}{R} = \sqrt{\left[\frac{U_\mathrm{b}(U)}{U}\right]^2 + \left[\frac{U_\mathrm{b}(I)}{I}\right]^2}$$

由测量要求和 B 类不确定度均分原理得

$$\frac{U_\mathrm{b}(U)}{U} = \frac{U_\mathrm{b}(I)}{I} = \frac{1}{\sqrt{2}}\frac{U_\mathrm{b}(R)}{R} \leqslant \frac{1}{\sqrt{2}} \times 0.03 = 0.021$$

则电表的仪器误差限应满足

$$\frac{\Delta_\mathrm{I}(U)}{U} = \frac{\Delta_\mathrm{I}(I)}{I} \leqslant 0.021$$

通常使用电表时，应使表针指在满量程的 1/2 以上的位置，所以取 $U = \frac{1}{2}U_{\max}$，$I = \frac{1}{2}I_{\max}$较坏的情况有

$$\frac{\Delta_\mathrm{I}(U)}{U_{\max}} = \frac{\Delta_\mathrm{I}(I)}{I_{\max}} = 0.010$$

所以在给定的测量精度下，电流表和电压表都取 1.0 级表即可满足要求。

（3）电压表和电流表量程的选择。由于电源电压选为 6.0V，所以电压表的量程也选 6.0V 为宜。因为电压的取值范围为 $\frac{1}{2}U_{\max} \sim U_{\max}$，即 3.0～6.0V，故电流的取值范围为

$I_{max} = \dfrac{U_{max}}{R} = \dfrac{6.0}{1000} = 0.0060(A)$。根据电表量程应略大于测量值的原则，可选电流表的量程为 7.5mA。考虑到实验室现有仪器及待测电阻的额定功率为 0.25W（允许通过的最大电流为 15.8mA），故本实验选用 1.0 级、7.5mA 量程的电流表。

4. 拟定出实验步骤和操作注意事项

以上仅是为完成设计性实验而进行的初步实验设计。一个好的实验设计，还需要通过实验的具体实践，加以审查，当所得的实验结果及其不确定度完全符合任务要求，各个仪器使用运行正常，设计才算完成。否则还应根据具体实践的反馈情况对设计进行修改、补充。

5. 实施实验测量，对实验结果进行综合分析、计算，写出符合规范要求的实验报告

按照拟定的实验方案，完成实验测量。得出实验结果后，还必须整理实验数据（列出表格及作图），作出最终确定的实验电路图，并进行实验结果的总结，分析讨论经验教训，完成实验报告，并列出主要参考文献。

实验三十三　　重力加速度的测定

一、实验目的与任务

调研资料，总结测定重力加速度的常用方法。立足于既有的实验条件，设计重力加速度测定的实验方案，并进行实验。

二、实验设计提示

重力加速度的测定一般离不开时间的测量。时间测量的精度对测量值的可靠程度往往起着重要的影响。可考虑（但不局限）利用"转动惯量的测量"实验中所使用过的通电电脑计时器进行适当的改装来精确的测量时间。

三、实验要求

在有效消除或减小系统误差的基础上确定实验方案。要求相对扩展不确定度小于 1%。进行不确定度分析，合理选配测量仪器（种类、型号、规格及性能参数等）。与本地区的重力加速度的公认值进行比较。形成完整、规范的实验报告。

实验三十四　　声波在物质中的衰减系数的测量

一、实验目的与任务

在完成"超声干涉法与相位比较法测空气声速与绝热系数"实验的基础上进行声波在物质中的衰减系数的测量。

二、实验设计提示

声波（实验室中能产生和检测的是超声波）在物质中传播时，通常是按 $I = I_0 e^{-\gamma L}$ 的规律衰减的，其中 I_0 是衰减前的声波强度，I 是声波在物质中传播 L 的距离而衰减后的强度，γ 即为衰减系数。

三、实验要求

自己查找有关的资料，基本立足于实验室既有的实验条件，在考虑被测样品是固体、液体或空气的情况下，进行实验方案的设计。测量出物质的衰减系数并与公认值进行比较，分析误差产生的原因。形成完整、规范的实验报告。

实验三十五　　空气物理参数的测量

一、实验目的与任务

对空气的常用物理参数（如密度、大气压强、折射率、介电常数、导热系数等）进行初步测量。

二、实验设计提示

地球表面被一层厚厚的大气所覆盖，我们所做的任何实验总是离不开它的影响。有的实验必须知道关于大气的一些物理参数，以有效地消除或减小其影响，这样才能得到更好的实验结果。以所做过的实验为基础，选择要测量的参数（还要考虑到该参数随着如温度、湿度等环境条件的变化），调研资料，在综合考虑到实验原理、实验方法与测量方法的基础上进行实验方案的设计。

三、实验要求

选择其中的一种参数，利用有关的物理原理，立足于（也不完全受限于）实验室既有的实验条件，进行实验方案的设计，完成实验测量。与公认值进行比较，寻找误差产生的原因，提出进一步改进实验的方法。形成完整、规范的实验报告。

实验三十六　电表的改装与校准

一、实验目的

完成基本的电学实验后，在自学 §4.5，§4.6，§4.7，§5.1 等节以及参考其他资料的基础上，学习电学量测量方案的设计，独立完成实验的全过程。

二、实验设计提示

实验室使用的磁电式电流表与电压表通常都是微安表表头改装而来的。这种表头允许通过的最大电流是很小的，它的内阻主要由其内部绕在铁芯上的线圈的电阻所决定，如图 4-26 所示，一般在数千欧姆的量级，因此其两端所能承受的电压很小，不能通过常规的方法测量其内阻，否则会烧毁表头。

在已知表头内阻和满偏电流的基础上，可以将它改装成合适量程的电流表和电压表，但改装成电流表与电压表的方法是不同的。改装后的量程与精度取决于实验室所能提供的相关器件的性能参数。改装而成的电流表或电压表，必须借助于标准表（大致高于被测表两个等级）进行校准，以确定联入到电路中的电阻的实际值。校准的关键是在改装表到达满量程时，标准表指针也必须指在相应值。

三、可提供的实验器件

待改装的表头（满偏电流 $50.0 \mu A$，内阻约数千欧姆）；多量程标准电压表（等级见表盘）；多量程标准电流表（等级见表盘）；电阻箱（最大电阻为 $99\ 999.9\Omega$，最小步进值 0.1Ω）；直流低压稳压电源；滑线变阻器；开关与导线等。

四、实验内容

（1）设计出测定表头内阻的实验方案。

（2）画出改装成电流表与电压表的实验电路图，由所提供的实验器件的参数，确定可改装的量程范围，并从中选取合适的量程值进行下一步的改装实验。

（3）由选定的量程值，计算出需要联入到电路中的电阻值。

（4）进行改装表的实验校准，得出校正曲线。

（5）研究改装表与标准表的读数的偏差（如何科学评价它们的偏差?）与校准程度的关系。

五、实验要求

（1）进入实验室前，要求在仔细阅读有关资料，熟悉可提供的实验器件的性能参数的基础上，进行实验方案的设计、画出电路图，拟定实验步骤，并设计出科学合理的数据记录的表格。这些必须写在实验报告纸上，以作为预习报告。

（2）在通过实验指导教师检查预习报告后，独立进行实验操作。

（3）按要求进行数据处理，撰写实验报告。

六、参考资料

（1）大学物理实验．周殿清，等．武汉：武汉大学出版社，2002．

（2）新编物理实验．李学慧，等．大连：大连理工大学出版社，1999．

实验三十七　用电位差计校准电压表

一、实验目的与任务

用电位差计校准电压表（量程 1.5V，内阻约为 1.5kΩ，1.5 级）。

二、实验设计提示

校准方法是用电位差计测出被校电压表两端的实际电压，再与被校表的指示数逐一比较。实际上这里的电位差计作为标准电压表使用。

实验室可提供 UJ-31 型低电势电位差计，它能测量的最大值只有 171mV。须考虑如何用它来测量较大的电压。

依据国家相关标准规定——标准表应高于被校表两个等级，因此，要求电位差计（包括其附属电路）所测的电压的误差不超过 0.5%。由此进行相关器件的性能参数的选择。

三、实验要求

简述实验原理，确定实验方案。画出实验电路图，选定所需实验器件，确定相关的性能参数。拟定实验步骤，设计数据记录表格，通过实验得出校正曲线，形成完整、规范的实验报告。

四、参考资料

（1）本书 §4.5，§4.6，§4.7，§5.1 节，"电位差计测电池的电动势和内阻"实验。

（2）大学物理实验．苏锡国，等．北京：中国电力出版社，2009。

实验三十八　简易万用电表的设计与制作

一、实验目的与任务

查找有关资料，设计出简易万用电表的电路图。通过电路元器件的选择和测试、电路的焊接、制作出一个简易万用电表。

二、可提供的实验器件

微安表表头（满偏电流 $50.0\mu A$，内阻为 3850Ω，1.5 级）。

欧姆表采用 1.5V 干电池供电。

其他器件在指导教师对实验方案进行审核的基础上，由自己依据所计算的性能参数向实验室报告（自己查找资料，依据市场上可以提供的电阻规格进行最简化的组合），由实验室统一提供。

三、实验要求

制作出的简易万用电表要求能够测量：两量程（5.0mA，10.0mA）直流电流；两量程（1.0V，5.0V）直流电压；两挡电阻（$R\times 1$，$R\times 10$）（电阻的测量可选做）。

实现对电流、电压及电阻的换挡测量（可考虑用波段开关实现）。

电路焊接前，必须画出电路图，详细列出各电路元器件的性能参数。

如条件许可，将整个电路制作安装在一个电路板上，留出输入插口。

四、参考资料

(1) 本书§4.5，§4.6，§4.7，§5.1节，"电表的改装与校准"实验。

(2) 大学物理实验．周殿清，等．武汉：武汉大学出版社，2002.

(3) 其他有关万用表的专门资料。

实验三十九　　光栅常数与半导体激光波长的测定

一、实验目的与任务

利用光栅的衍射原理设计用已知波长的单色光来测定光栅常数。由该光栅测定半导体激光器所发光波的波长。

二、实验设计提示

利用光栅的衍射就离不开角度的测量。实验室中能准确测量角度的仪器是分光计。

三、实验要求

简述实验原理，画出光路图，确定其他所需的实验器材。分析实验误差产生的原因，考虑如何减小或消除系统误差，确定实验方案。拟定实验步骤，设计数据记录的表格。独立完成实验及进行数据处理，形成完整、规范的实验报告。

四、参考资料

(1) 本书§5.2节以及分光计的使用资料。

(2) 普通物理教材波动光学部分。

实验四十　　薄透镜焦距的测定

一、实验目的与任务

查找资料，归纳、比较测定薄透镜焦距的各种方法。测定薄透镜的焦距。

二、实验设计提示

光学实验离不开光路。要准确测定光路的长度通常是在光具座上（但也不局限于）来进行的，实验室可提供光具座。

三、实验要求

在归纳、比较测定薄透镜焦距的各种方法的基础上选定一种或数种方法进行实验测定。要求画出光路图，拟定实验步骤，设计好数据记录表格。光路的调节必须做到等高共轴。分析误差产生的原因。实验中要求测定的精度在1mm的范围内。形成完整、规范的实验报告。

四、参考资料

(1) 基础物理实验，沈元华，等．北京：高等教育出版社，2003.

(2) 大学物理实验，周殿清，等．武汉：武汉大学出版社，2002.

实验四十一　　望远镜与显微镜的组装

一、实验目的与任务

掌握望远镜与显微镜的工作原理，熟悉表征其性能的主要特征参量。从市场上选配具有工业标准的镜片。组装望远镜或显微镜（只选一种）。

二、实验设计提示

一个实用的光学系统通常是由各种不同规格的镜片组装起来，其中各个镜片所起的作用是不同的。制作一块优质镜片的过程是很复杂的，要求也是非常严格的。为了降低单位成本，市场上的镜片通常是按工业化的标准大批量生产的，其规格可参考有关的光学手册或光学仪器生产厂家的技术手册，这里提供一个光学门户网站（http：//www.lightfc.com/）供查阅。

透射式望远镜和显微镜都是由目镜和物镜两部分构成，但它们的几何参数是不同的。其中望远镜又分为使用在天文观测中的开普勒望远镜和使用在地面观测中的伽利略望远镜。评价望远镜的最主要技术指标是放大率，而评价显微镜的最主要技术指标是放大率以及分辨率。

三、实验要求

查找资料，熟悉望远镜和显微镜的光路结构以及工作特性。选定合适的参数（放大率和分辨率等），选配相应规格的镜片，将参数交给实验室统一解决。画出装配图，组装出望远镜或显微镜。测试组装的望远镜或显微镜的特性参数。

四、参考资料

(1) 光学．赵凯华，等．北京：北京大学出版社，1982.

(2) 光学教程．姚启钧，等．北京：高等教育出版社，1981.

(3) 光学设计手册．李士贤，等．北京：北京理工大学出版社，1996.

(4) 大学物理实验．周殿清，等．武汉：武汉大学出版社，2002.

实验四十二　激光定位实验

一、实验目的与任务

了解 PSD 光电位置传感器的原理；掌握 PSD 位置传感器的特性；学习对测量电路进行初步设计。

二、实验设计提示

PSD 为一具有 PIN 三层结构的平板半导体硅片。其断面结构如图 7-2 所示，表面层 P 为感光面，在其两边各有一信号输入电极，底层的公共电极适用于加反偏电压。当光点入射到 PSD 表面时，由于横向电势的存在，产生光生电流 I_0，光生电流就流向两个输出电极，从而在两个输出电极上分别得到光电

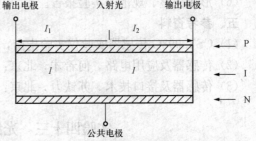

图 7-2　PSD 位置传感器断面结构图

流 I_1 和 I_2，显然 $I_0 = I_1 + I_2$。而 I_1 和 I_2 的分流关系则取决于入射光点到两个输出电极间的等效电阻。假设 PSD 表面分流层的阻挡是均匀的，则 PSD 可简化为图 7-3 所示的电位器模型，其中 X 为入射光点与 PSD 中间零位点距离，R_1、R_2 为入射光点位置到两个输出电极间的等效电阻，显然 R_1、R_2 正比于光点到两个输出电极间的距离。

因为　　　　　　　　　$I_1/I_2 = R_2/R_1 = (L-X)/(L+X)$

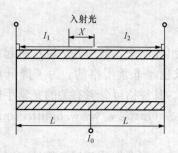 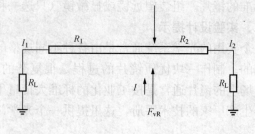

图 7-3　PSD 位置传感器电位器模型图

$$I_0 = I_1 + I_2$$

所以可得
$$I_1 = I_0(L - X/2L)$$
$$I_2 = I_0(L + X/2L)$$
$$X = (I_2 - I_1)L/I_0$$

当入射光恒定时，I_0 恒定，则入射光点与 PSD 中间零位点距离 X 与 $I_2 - I_1$ 成线性关系，与入射光点强度无关。根据这一线性特性，就可以从两端负载电阻的输出电压值知道激光点的位置，从而实现激光定位或位置的精确测量。

三、可提供的实验仪器

CSY-998G 传感器实验成套仪；电学实验中所使用过的各种测量仪表和器材。

四、实验要求

(1) 查阅资料，详细掌握 PSD 位置传感器的工作特性及性能参数。

(2) 参考"基本光敏元件特性的测量及应用"实验，设法利用 CSY-998G 传感器实验仪。

(3) 对测量电路进行初步设计。

(4) 考虑影响实验误差的因素，估算实验不确定度。

(5) 拟定实验内容和实验步骤，进行实验测量，完成数据处理。

(6) 形成完整、规范的实验报告。

五、参考资料

(1) CSY-998G 传感器实验仪实验指南，实验室资料．

(2) 传感器及应用电路．何希才．北京：电子工业出版社，2001．

(3) 传感器及接口技术．苏铁力．北京：中国石化出版社，1998．

实验四十三　光纤位移传感器实验

一、实验目的与任务

了解光纤位移传感器的工作原理，掌握光纤位移传感器的特性，学习对测量电路进行初步设计。

二、实验设计提示

本实验采用的光纤位移传感器是由两束光纤经专门连接而成的 Y 型光纤，其中一束光纤的端部与光源相接发射光束，另一束的端部与光电转换器相接接收光束，如图 7-4 所示。

两束光纤在另一端结合在一块，呈双 D 型分布，这一端称为工作端，亦称探头，它与被测体相距 X。由光源发出的光传到端部出射后再经被测体反射回来，由另一束光纤接收光信号经光电转换器转换成电量，而光电转换器的电量大小与间距 X 有关，因此可用于测量位移。

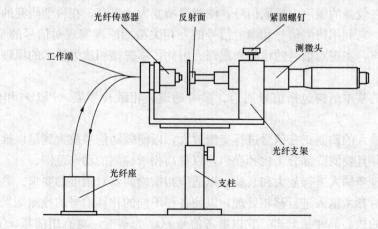

图 7 - 4　光纤位移传感器及安装示意图

三、可提供的实验仪器

CSY-998G 传感器实验成套仪；电学实验中所使用过的各种测量仪表和器材。

四、实验要求

(1) 查阅资料，详细掌握光纤位移传感器的工作特性及性能参数。

(2) 参考"基本光敏元件特性的测量及应用"实验，设法利用 CSY-998G 传感器实验仪。

(3) 对测量电路进行初步设计。

(4) 考虑影响实验误差的因素，估算实验不确定度。

(5) 拟定实验内容和步骤，进行测量，完成数据处理。

(6) 形成完整、规范的实验报告。

五、参考资料

(1) CSY-998G 传感器实验仪实验指南 . 实验室资料 .

(2) 传感器及应用电路 . 何希才 . 北京：电子工业出版社，2001.

(3) 传感器及接口技术 . 苏铁力 . 北京：中国石化出版社，1998.

(4) 光纤传感技术与应用 . 王惠文 . 北京：国防工业出版社，2001.

实验四十四　锁相放大器的使用

一、实验目的与任务

了解锁相放大器的原理及用途。熟悉锁相放大器的使用方法。测试与研究双相锁相放大器的特性。

二、锁相放大器简介

在物理学的许多测量中，常常遇到极微弱信号。通常的方法是采用选频放大技术，使放大器的中心频率与待测信号频率相同，即从非线性器件直接产生的或外部引入的（干扰等）

众多频率分量中取出有用分量，滤除其他无用分量。但此方法存在中心频率不稳定、带宽不能太窄及对信号缺乏跟踪能力等缺点。

锁相放大器（Lock-in amplifier，LIA）自问世以来，在微弱信号检测方面显示出优秀的性能，它能够在较强的噪声中提取信号，使测量精度大大提高，在科学研究的各个领域得到了广泛的应用。它利用待测信号和参考信号的互相关检测原理实现对信号的窄带化处理，能有效地抑制噪声，实现对信号的检测和跟踪。因此，掌握锁相放大技术的原理与应用具有重要的意义。

锁相放大器的基本结构包括信号通道、参考通道、相敏检测器（PSD）和低通滤波器（LPF）等。

信号通道对输入的调制正弦信号进行交流放大，以使微弱信号放大到足以推动相敏检测器工作的水平，并且要滤除部分干扰和噪声，以提高相敏检测的动态范围。

参考通道对参考输入进行放大和衰减，以适应相敏检测器对幅度的要求。参考通道的另一个重要功能是对参考输入进行移相处理，以使各种不同的相移信号的检测结果达到最佳。

锁相放大器的核心部件是 PSD，它以参考信号 $r(t)$ 为基准，对有用信号 $x(t)$ 进行相敏检测，从而实现频谱迁移过程。将 $x(t)$ 的频谱由 $\omega = \omega_0$ 处，再经 LPF 滤除噪声，输出直流信号，其幅度与两路输入信号幅度及它们的相位有关。其输出 $u_0(t)$ 对 $x(t)$ 的幅度和相位都敏感，这样就达到了既鉴别幅度又鉴别相位的目的。因为 LPF 的频带可以做得很窄，所以可使锁相放大器达到较大的 SNIR（信号噪声干扰比）。

三、实验要求

查找有关资料，详细了解锁相放大器的工作原理及性能参数。拟定实验步骤，测试与研究双相锁相放大器的功能及特性。写出研究报告。

四、参考资料

(1) 近代物理实验讲义. 吕斯骅，等. 北京：高等教育出版社，1991.

(2) 集成锁相环路—原理、特性及应用. 万心平，等. 北京：人民邮电出版社，1990.

(3) 物理实验教程—近代物理部分. 张孔时，等. 北京：清华大学出版社，1991.

实验四十五　　反常霍尔效应实验

一、实验目的与任务

了解低温环境下稀磁半导体材料的反常霍尔效应，测量与研究霍尔电阻随磁感应强度的变化关系。学习使用关键词，通过网络检索工具（如 Google、Sogou 等）和馆藏数据库（如各种电子期刊、电子图书数据库等）进行资料检索。

二、霍尔电阻与反常霍尔效应简介

霍尔电阻定义为霍尔电压与电流的比值，记为 ρ_H。正常霍尔效应中，ρ_H 与加在材料上的磁感应强度成正比。然而在多晶形式的铁磁性金属和合金中，霍尔电阻具有以下表达式

$$\rho_H = R_0 B + \mu_0 R_S M_S$$

式中：R_0 是正常霍尔系数；R_S 是反常霍尔系数；B 是磁感应强度；M_S 是饱和磁化强度；μ_0 是真空磁导率。等号右边第一项是由于载流子受到洛仑兹力产生的，第二项表征材料的磁化状态的特性；它是与磁化强度成正比的。

三、实验要求

了解反常霍尔效应的产生机制及特性。设计实验方案，拟定实验步骤，测量反常霍尔效应，研究霍尔电阻随磁感应强度的变化关系。写出研究报告。

四、参考资料

依据实验目的和要求，确定关键词，自己检索、遴选得出。

实验四十六　低温的获得与测量

一、实验目的与任务

用氦闭循环制冷机使得待测样品的温度达到 10K 以下。用控温仪控制所要达到的温度并能测量温度。

二、氦闭循环制冷机简介

氦闭循环制冷机可为用户提供一个能任意控制温度的环境，（最低温度 4.2K，高温可以到 325K），并且提供全套的样品安装支架，用户可以很方便地安装样品进行各种试验，成为在宽温度范围内研究材料物理特性的强有力的工具。

该制冷机采用 GM 制冷循环，不需要液氦或液氮，只需接上电就可以很方便的使用。该仪器包含压缩机、氦气管线、冷头、样品架，真空罩、防辐射屏、温度计、加热器、控温仪等。

压缩机和冷头通过氦气管线相连，压缩机内充满高纯的氦气，氦气在冷头和压缩机之间作热力学循环，在二级冷头上产生 4.2K，功率为 0.5W 的冷量。在二级冷头上安装有样品架，样品可以固定在样品架上，从而使样品达到低温。

在样品架上安装有温度计和加热器，温度计可以实时测量样品的温度。温度计和加热器通过电缆和控温仪相连。用户可以在控温仪上设定需要的温度，当实际测量温度和设定温度不同时，控温仪比较实际测量温度和设定温度的差别，对样品进行加热，当制冷和加热达到平衡时，样品温度稳定在用户需要的温度，此时可以进行需要的实验。

为了同大气隔离，冷头、样品架、温度计、加热器等安装在真空罩里，同时真空罩内安装了防辐射屏，从而保证 4.2K 的低温。

本实验所用蜗轮分子泵是一种机械式真空泵，是通过高速旋转的多级蜗轮转子叶片和静止蜗轮叶片的组合进行抽气的，在分子流区域内对被抽气体产生很高的压缩比，从而获得所需要的真空性能，对被抽气体无选择性、无记忆效应、操作简单、使用方便。由于对分子量大的气体具有很高的压缩比，因此在运转过程中，高真空区域不会受到油蒸汽的污染，该泵不需要冷阱和油挡板，即可获得清洁的高真空和超高真空环境。它广泛应用于表面分析、加速器技术、等离子体技术、电真空器件的制造及真空技术的各个领域。

三、实验要求

查阅有关资料，了解氦闭循环制冷机和蜗轮分子泵的工作原理和结构。拟定实验操作步骤，获得所需的低温并进行测量。写出研究报告。

四、参考资料

(1) 物理实验教程—近代物理实验部分．张孔时等．北京：清华大学出版社，1991．

(2) 近代物理实验技术．吕斯骅，等．北京：高等教育出版社，1991．

实验四十七　真空镀膜

一、实验目的与任务

了解真空镀膜的基本知识。学习掌握蒸发镀膜的基本方法。

二、蒸发镀膜简介

蒸发镀膜就是在真空中通过电流加热、电子束加热和激光加热等方法，使薄膜材料蒸发成为原子或分子，它们随即以较大的自由程作直线运动，碰撞基片表面而凝结，形成一层薄膜。蒸发薄膜要求镀膜室内残余气体分子的平均自由程大于蒸发源到基片的距离，尽可能减少残余分子与其他气体分子碰撞的机会，这样才能保证薄膜纯净和牢固。

蒸发镀膜时，薄膜材料被加热蒸发成为原子或分子，在一定的温度下，薄膜材料单位面积的质量蒸发速率由 Langmuir 导出的公式决定

$$G \approx 4.73 \times 10^{-3} P_v \sqrt{\frac{M}{T}} (\text{kg} \cdot \text{m}^{-2} \cdot \text{s}^{-1})$$

式中：M 为蒸发材料的摩尔质量；P_v 为蒸发材料的饱和蒸汽压；T 为蒸发材料温度。材料的饱和蒸汽压随温度的上升而迅速增大，温度变化 10%，饱和蒸汽压就要变化一个数量级。因此，在蒸发镀膜过程中，要想控制蒸发速率，必须精确控制蒸发源的温度。

蒸发镀膜最常用的加热方法是电阻大电流加热。例如蒸发 Zn 膜，它的熔点为 419.6℃，沸点为 907℃，实际上在低于 907℃就已经可以将一部分 Zn 蒸发到基片上形成膜了，这同水在 100℃以前就可以产生水蒸气一样。真空镀膜中，飞抵基片的气化原子或分子，除一部分被反射外，其余的被吸附在基片表面上，被吸附的原子或分子在基片表面上进行扩散运动，一部分经过一段时间的滞留后再被蒸发而离开基片表面，另一部分在运动中因相互碰撞而结聚成团，形成一层薄膜附着在基片表面。

三、实验要求

掌握真空镀膜机的使用方法。研究与控制影响膜层质量的要素。在基片表面镀上符合规定要求（包括膜层厚度及膜层质量等方面）的膜层并进行测量。写出研究报告。

四、参考资料

(1) 薄膜物理与技术．陈国平．南京：东南大学出版社，1993.

(2) 薄膜物理与技术．杨帮朝，等．北京：电子科技大学出版社，1994.

(3) 近代物理实验技术（Ⅱ）．尚世铉，等．北京：高等教育出版社，1993.

(4) 薄膜材料制备原理、技术及应用．唐伟忠．北京：冶金工业出版社，1999.

实验四十八　氧化锌纳米材料的制备

一、实验目的与任务

了解纳米材料的基本知识，掌握热蒸发制备氧化锌材料的方法。

二、纳米材料及制备的热蒸发方法

纳米是一种度量单位。广义地说，所谓纳米材料，是指微观结构至少在一维方向上受纳米尺度（1～100nm）调制的各种固体超细材料，它包括零维的原子团簇（几十个原子的聚

集体）和纳米微粒；一维调制的纳米线；二维调制的纳米微粒膜（涂层）。简单地说，是指尺寸为纳米级的颗粒，线或薄膜等各种材料，其尺寸大小不应超过 100nm，而通常情况下不应超过 10nm。纳米材料包括金属、非金属、有机、无机和生物等多种粉末材料。纳米材料研究是目前材料科学研究的一个热点，纳米材料是纳米技术应用的基础，其相应发展起来的纳米技术则被公认为是 21 世纪最具有前途的科研领域。

纳米材料的制备方法很多，这里我们仅介绍热蒸发法。从原理上讲，热蒸发法是一个比较简单的生长纳米材料的过程。在预先设计好的生长条件下（包括温度、气体压力、气体流量、基片等），金属粉末或颗粒随着温度的升高而蒸发，不断的与气体碰撞，发生化学反应，沿着气体流动的方向，继续生长，最后在低温区生成期望的纳米材料。

三、实验要求

通过热蒸发法制备出氧化锌纳米材料并进行相关物理特性的测量。研究与控制影响制备成功的要素。写出研究报告。

四、参考资料

（1）纳米材料与纳米结构．张立德，等．北京：科学出版社，2001.

（2）纳米材料技术．周瑞发，等．北京：国防工业出版社，2003.

实验四十九　真空的获得与测量

一、实验目的与任务

了解真空技术的基本知识，掌握低、高真空的获得和测量的基本原理及方法。

二、真空的获得及真空泵简介

用来获得真空的设备称为真空泵，真空泵按其工作的机理分为排气泵和吸气泵两大类。排气型真空泵是利用内部的压缩机构，将被抽容器内气体压缩排出。如机械泵、分子泵。吸气型真空泵利用表面吸气的方法将分子长期吸着在吸气剂表面上，使被抽容器保持真空。如，离子泵，低温泵等。

低真空可以靠机械泵获得。机械泵种类很多，目前常用的是旋片式机械泵，由一个定子和偏心转子组成，定子为一个圆形空腔，空腔上装着进气孔和出气阀门，转子顶端保持与空腔壁相接触，转子上开槽，槽内安放了由弹簧连接的两个刮板，当转子旋转时，两刮板的顶端始终沿着空腔的内壁滑动。整个空腔放置在油箱内。工作时，转子带着旋片不断旋转，使得被抽容器内气体的体积不断膨胀压缩，就有气体不断排出，完成抽气作用。

目前常用分子泵获得高真空，分子泵属动量传递真空泵。实用的分子泵是蜗轮分子泵，其工作原理是依靠高速运动的物体表面把定向速度传递给入射表面的气体分子，造成泵出口、入口的气体分子正向、反向传输几率的差异而产生抽气作用。蜗轮分子泵由蜗轮叶片组件、中频马达和外壳组成。蜗轮叶片组件包括若干转子叶轮和定子叶轮，每一叶轮相应于一级。叶轮的制法之一是在薄圆片上径向开槽，再按相同角度扭成许多近似平行的叶片，定子叶轮的开槽方向与转子叶轮相反。叶片转动时的平均平移速度大体上等于空气分子的平均热运动速度，气体与叶轮相碰获得定向速度，而叶轮开槽的角度保证分子由入口到出口的传输几率大于相反方向的几率。出口、入口压强相等时泵有最大抽速。分子泵的压缩比和气体分子量的平方根成正比，气体分子越轻，压缩比越小，分子泵的残气主要由氢组成，而重的碳氢化合物是极少的，因此分子泵油蒸气污染较轻。

三、实验要求

了解真空泵的工作原理及主要结构，掌握真空泵的操作过程及注意事项。研究与测量系统漏率，做出系统漏率曲线，写出研究报告。

四、参考资料

(1) 真空技术．王欲知．成都：四川人民出版社，1981.

(2) 真空技术．罗丝．北京：机械工业出版社，1980.

(3) 真空物理．高本辉，等．北京：科学出版社，1983.

(4) 真空物理与技术及其在电子器件中的应用（上）．胡汉泉，等．北京：国防工业出版社，1983.

附录 物理常数表

国际单位制

	物理量名称	单位名称	单位符号		用其他 SI 单位表示式
			中文	国际	
基本单位	长度	米	米	m	
	质量	千克	千克	kg	
	时间	秒	秒	s	
	电流	安培	安	A	
	热力学温标	开尔文	开	K	
	物质的量	摩尔	摩	mol	
	光强度	坎德拉	坎	cd	
辅助单位	平面角	弧度	弧度	rad	
	立体角	球面度	球面度	sr	
导出单位	面积	平方米	米^2	m^2	
	速度	米每秒	米/秒	m/s	
	加速度	米每秒平方	米/秒^2	m/s^2	
	密度	千克每立方米	千克/米^3	kg/m^3	
	频率	赫兹	赫	Hz	s^{-1}
	力	牛顿	牛	N	m·kg·s^{-2}
	压力、压强、应力	帕斯卡	帕	Pa	N/m^2
	功、能量、热量	焦尔	焦	J	N·m
	功率、辐射通量	瓦特	瓦	W	J/s
	电量、电荷	库仑	库	C	s·A
	电位、电压、电动势	伏特	伏	V	W/A
	电容	法拉	法	F	C/V
	电阻	欧姆	欧	Ω	V/A
	磁通量	韦伯	韦	Wb	V·s
	磁感应强度	特斯拉	特	T	Wb/m^2
	电感	亨利	亨	H	Wb/A
	光通量	流明	流	lm	
	光照度	勒克斯	勒	lx	1m/m^2
	粘度	帕斯卡秒	帕·秒	Pa·s	
	表面张力	牛顿每米	牛/米	N/m	
	比热容	焦尔每米克开尔文	焦/（千克·开）	J/（kg·K）	
	热导率	瓦特每米开尔文	瓦/（米·开）	W/（m·K）	
	介电常量（电容率）	法拉每米	法/米	F/m	
	磁导率	亨利每米	亨/米	H/m	

附表 2　　　　　　　　　　　　　**基 本 物 理 常 数**

量	符号	数 值	单 位	相对不确定度（×10⁻⁶）
真空中光速	c	299，792，458	m・s⁻¹	（精确）
真空磁导率	μ_0	$4\pi\times10^{-7}$	N・A⁻¹	（精确）
真空的介电常量	ε_0	8.854 187 817…	10¹²F・m⁻¹	（精确）
万有引力常量	G	6.672 59 (85)	10¹¹m³kg⁻¹・s⁻²	128
普朗克常量	h	6.626 075 5 (40)	10⁻³⁴J・s	0.60
基本电荷	e	1.602 177 33 (49)	10⁻¹⁹C	0.30
电子质量	m_e	0.910 938 97 (54)	10⁻³⁰kg	0.59
电子荷质比	$-e/m_e$	−1.758 819 62 (53)	10¹¹C/kg	0.30
质子质量	m_p	1.672 623 1 (10)	10⁻²⁷kg	0.59
里德伯常量	R_∞	10 973 731.534 (13)	m⁻¹	0.0012
精细结构常数	a	7.297 353 08 (33)	10⁻³	0.045
阿伏伽德罗常量	N_A	6.022 136 7 (36)	10²³mol⁻¹	0.59
气体常量	R	8.314 510 (70)	J mol⁻¹ K⁻¹	8.4
玻耳兹曼常量	k	1.380 658 (12)	10²³J・K⁻¹	8.4
标准状态下理想气体摩尔体积	V_m	22.414 10 (29)	L/mol	8.4
圆周率	π	3.141 592 65		
自然对数底	e	2.718 281 83		
对数变换因子	ln10	2.302 585 09		

附表 3　　　　　　　　　　　　　**国 际 制 词 头**

因数		词头名称		符号	因数		词头名称		符号
		英文	中文				英文	中文	
倍数	10²⁴	yotta	尧［它］	Y	分数	10⁻¹	deci	分	d
	10²¹	zeta	泽［它］	Z		10⁻²	centi	厘	c
	10¹⁸	exa	艾［可萨］	E		10⁻³	milli	毫	m
	10¹⁵	peta	拍［它］	P		10⁻⁶	micro	微	μ
	10¹²	tera	太［拉］	T		10⁻⁹	nano	纳［诺］	n
	10⁹	giga	吉［咖］	G		10⁻¹²	pico	皮［可］	p
	10⁶	mega	兆	M		10⁻¹⁵	femto	飞［母托］	f
	10³	kilo	千	k		10⁻¹⁸	atto	阿［托］	a
	10²	hecto	百	h		10⁻²¹	zepto	仄［普托］	z
	10¹	deca	十	da		10⁻²⁴	yocto	幺［可托］	y

附表 4 物 质 的 比 热 容

物 质	温度（K）	比热容 $(10^2 J \cdot kg^{-1} \cdot K^{-1})$	物 质	温度（K）	比热容 $(10^2 J \cdot kg^{-1} \cdot K^{-1})$
Al	298	9.04	水	298	41.73
Ag	298	2.37	乙醇	298	24.19
Au	298	1.28	石英玻璃	293～373	7.87
C（石墨）	298	7.07	黄铜	273	3.70
Cu	298	3.850	康铜	291	4.09
Fe	298	4.48	石棉	273～373	7.95
Ni	298	4.39	玻璃	293	5.9～9.2
Pb	298	1.28	云母	293	4.2
Pt	298	1.363	橡胶	288～473	11.3～20
Si	298	7.125	石蜡	273～293	29.1
Sn（白）	298	2.22	木材	293	约 12.5
Zn	298	3.89	陶瓷	293～473	7.1～8.8

附表 5 固 体 的 导 热 系 数

物 质	温度（K）	导热系数 $(10^{-2} W \cdot m^{-1} \cdot K^{-1})$	物 质	温度（K）	导热系数 $(10^{-2} W \cdot m^{-1} \cdot K^{-1})$
Ag	273	4.28	锰铜	273	0.22
Al	273	2.35	康铜	273	0.22
Au	273	3.18	不锈钢	273	0.14
C（金刚石）	273	6.60	镍铬合金	273	0.11
C（石墨）	273	2.50	硼硅酸玻璃	300	0.011
Ca	273	0.98	软木	300	0.000 42
Cu	273	4.01	耐火砖	500	0.0021
Fe	273	0.835	混凝土	273	0.0084
Ni	273	0.91	玻璃布	300	0.000 34
Pb	273	0.35	云母（黑）	373	0.0054
Pt	273	0.73	花岗岩	300	0.016
Si	273	1.70	赛璐珞	303	0.0002
Sn	273	0.67	橡胶（天然）	298	0.0015
水晶（∥c）	273	0.12	杉木	293	0.001 13
水晶（⊥c）	273	0.068	棉布	313	0.0008
石英玻璃	273	0.014	尼龙	303	0.000 43
黄铜	273	1.20			

附表 6 　　　　　　　　铜—康铜热电偶的热电势　　　　　　　　　　　mV

温度（℃）	0	10	20	30	40	50	60	70	80	90
−200	−5.54									
−100	−3.35	−3.62	−3.89	−4.14	−4.38	−4.60	−4.82	−5.02	−5.20	−5.38
0	0	−0.38	−0.75	−1.11	−1.47	−1.81	−2.14	−2.46	−2.77	−3.06
0	0	0.39	0.79	1.19	1.61	2.03	2.47	2.91	3.36	3.81
100	4.28	4.75	5.23	5.71	6.20	6.70	7.21	7.72	8.23	8.76
200	9.29	9.82	10.36	10.91	11.46	12.01	12.57	13.14	13.71	14.28
300	14.86	15.44	16.03	16.62	17.22	17.82	18.42	19.03	19.64	20.25
400	20.87									

附表 7 　　　　　　　在海平面上不同纬度处的重力加速度

纬度 φ（度）	g（m/s^2）	纬度 φ（度）	g（m/s^2）
0	9.780 49	50	9.810 79
5	9.780 88	55	9.815 15
10	9.782 04	60	9.819 24
15	9.783 94	65	9.822 49
20	9.786 52	70	9.826 14
25	9.789 69	75	9.828 73
30	9.793 38	80	9.830 65
35	9.797 40	85	9.831 82
40	9.808 18	90	9.832 21

注 表中列出数值根据公式：$g = 9.780\ 49(1 + 0.005\ 288\sin^2\varphi - 0.000\ 006\sin^2 2\varphi)$ 算出，式中 φ 为纬度。

附表 8 　　　　　　　　**固 体 的 摩 擦 因 数**

物体 I 在物体 II 上静止或运动的情况

I	II	静摩擦因数		动摩擦因数	
		干燥	涂油	干燥	涂油
钢铁	钢铁	0.7	0.005～0.1	0.5	0.03～0.1
钢铁	铸铁	—	0.18	0.23	0.13
钢铁	铅	0.95	0.5	0.95	0.3
镍	钢铁	—	—	0.64	0.18
铝	钢铁	0.61	—	0.47	—
铜	钢铁	0.53	—	0.36	0.18
黄铜	钢铁	0.51	0.11	0.44	—
黄铜	铸铁	—	—	0.30	—
铜	铸铁	1.05	—	0.29	—
铸铁	铸铁	1.10	0.2	0.15	0.070
铝	铝	1.05	0.30	1.4	—
玻璃	玻璃	0.94	0.35	0.4	0.09
铜	玻璃	0.68	—	0.53	—
聚四氟乙烯	聚四氟乙烯	0.04	—	0.04	—
聚四氟乙烯	钢铁	0.04	—	0.04	—

附表 9　　　　　　　　　　　**20℃时常见固体的密度**

物质	密度（g/cm³）	物质	密度（g/cm³）	物质	密度（g/cm³）
银	10.492	铅锡合金⑦	10.6	软木	0.22～0.26
金	19.3	磷青铜⑧	8.8	电木板	1.32～1.40
铝	2.70	不锈钢⑨	7.91	纸	0.7～1.1
铁	7.86	花岗岩	2.6～2.7	石蜡	0.87～0.94
铜	8.933	大理石	1.52～2.86	蜂蜡	0.96
镍	8.85	玛瑙	2.5～2.8	煤	1.2～1.7
钴	8.71	熔融石英	2.2	石板	2.7～2.9
铬	7.14	玻璃（普通）	2.4～2.6	金刚石	3.51
铅	11.342	玻璃（冕牌）	2.2～2.6	硬橡胶	1.1～1.4
锡（白四方）	7.29	玻璃（火石）	2.8～4.5	丙烯树脂	1.182
锌	7.12	瓷器	2.0～2.6	尼龙	1.11
黄铜①	8.5～8.7	砂	1.4～1.7	聚乙烯	0.90
青铜②	8.78	砖	1.2～2.2	聚苯乙烯	1.056
康铜③	8.88	混凝土⑩	2.4	聚氯乙烯	1.2～1.6
硬铝④	2.79	沥青	1.04～1.40	冰（0℃）	0.917
德银⑤	8.30	松木	0.6～0.8	石棉	2.0～2.8
殷钢⑥	8.0	竹	0.31～0.40	石墨	2.22

①Cu70%，Zn30%。
②Cu90%，Sn10%。
③Cu60%，Ni40%。
④Cu4%，Mg0.5%，Mn0.5%，其余为 Al。
⑤Cu26.3%，Zn36.6%，Ni36.8%。
⑥Fe63.8%，Ni36%，C0.2%。
⑦Pb87.5%，Sn12.5%。
⑧Cu79.7%，Sn10%，Sb9.5%，P0.8%。
⑨Cr18%，Ni8%，Fe74%。
⑩水泥1份，砂2份，碎石4份。

附表 10　　　　　　　　　　　**常见液体的密度**

物质	密度（g/cm³）	物质	密度（g/cm³）	物质	密度（g/cm³）
重水	1.105*	水银	13.558	蓖麻油	0.96～0.97
苯	0.8790*	煤油	0.80	海水	1.01～1.05
甲醇	0.7913*	汽油	0.66～0.75	牛乳	1.03～1.04
三氯甲烷	1.489*	柴油	0.85～0.90	硫酸	1.0304
酒精	0.791	甘油	1.261*	盐酸	1.0162

注　标有"＊"记号者为20℃值。

附表 11 标准状态下常见气体的密度

物质	密度（kg/m³）	物质	密度（kg/m³）
Ar	1.7837	Cl_2	3.214
H_2	0.0899	NH3	0.771
He	0.1785	乙炔	1.173
Ne	0.9003	甲烷	0.7168
N_2	1.2505	丙烷	2.009
O_2	1.4290	空气	1.2928
CO_2	1.977		

附表 12 各种固体的弹性模量

名 称	杨氏模量 Y（10^{10} N/m²）	切变模量 G（10^{10} N/m²）	泊松比 σ
金	8.1	2.85	0.42
银	8.27	3.03	0.38
铂	16.8	6.4	0.30
铜	12.9	4.8	0.37
铁（软）	21.19	8.16	0.29
铁（铸）	15.2	6.0	0.27
铁（钢）	20.1~21.6	7.8~8.4	0.28~0.30
铝	7.03	2.4~2.6	0.355
锌	10.5	4.2	0.25
铅	1.6	0.54	0.43
锡	5.0	1.84	0.34
镍	21.4	8.0	0.336
硬铝	7.14	2.67	0.335
磷青铜	12.0	4.36	0.38
不锈钢	19.7	7.57	0.30
黄铜	10.5	3.8	0.374
康铜	16.2	6.1	0.33
熔融石英	7.31	3.12	0.170
玻璃（冕牌）	7.1	2.9	0.22
玻璃（火石）	8.0	3.2	0.27
尼龙	0.35	0.122	0.40
聚乙烯	0.077	0.026	0.46
聚苯乙烯	0.36	0.133	0.35
橡胶（弹性）	$(1.5\sim5)\times10^{-4}$	$(1.5\sim5)\times10^{-5}$	0.46~0.49

附表 13 　　　　　　　　　**液体的粘滞系数 η** 　　　　　　　Pa·s

温度（℃）	水×10^{-4}	水银×10^{-4}	乙醇×10^{-4}	氯苯×10^{-4}	苯×10^{-4}	四氯化碳×10^4	蓖麻油
0	17.94	16.85	18.43	10.56	9.12	13.5	53.00
10	13.10	16.15	15.25	9.15	7.58	11.3	24.20
20	10.09	15.54	12.0	8.02	6.52	9.7	9.86
30	8.00	14.99	9.91	7.09	5.64	8.4	4.51
40	6.54	14.50	8.29	6.34	5.03	7.4	2.30
50	5.49	14.07	7.06	5.74	4.42	6.5	
60	4.70	13.67	5.91	5.20	3.91	5.9	0.80
70	4.07	13.31	5.03	4.76	3.54	5.2	
80	3.57	12.98	4.35	4.38	3.23	4.7	0.30
90	3.17	12.68	3.76	3.97	2.86	4.3	
100	2.84	12.40	3.25	3.67	2.61	3.9	0.169

附表 14 　　　　　　　　　**液体的表面张力**

物质	接触气体	温度（℃）	表面张力系数（10^{-3}N·m^{-1}）
水	空气	10	74.22
	空气	30	71.18
	空气	50	67.91
	空气	70	64.4
	空气	100	58.9
水银	空气	15	487
乙醇	空气	20	22.3
甲醇	空气	20	22.6
乙醚	蒸气	20	16.5
甘油	空气	20	63.4

附表 15 　　　　　　　**固体中的声速（沿棒传播的纵波）**

固体	声速（m/s）	固体	声速（m/s）
铅	5000	锡	2730
黄铜（Cu70，Zn30）	3480	钨	4320
铜	3750	锌	3850
硬铝	5150	银	2680
金	2030	硼硅酸玻璃	5170
电解铁	5120	重硅钾铅玻璃	3720
铅	1210	轻氯铜银铅冕玻璃	4540
镁	4940	丙烯树脂	1840
莫涅尔合金	4400	尼龙	1800
镍	4900	聚乙烯	920
铂	2800	聚苯乙烯	2240
不锈钢	5000	熔融石英	5760

附表 16　　　　　　　　　　**液体中的声速（在 20℃ 下）**

液体	声速（m/s）	液体	声速（m/s）
CCl_4	935	$C_3H_8O_3$（甘油）	1923
C_6H_6	1324	CH_3OH	1121
$CHBr_3$	928	C_2H_5OH	1168
$C_6H_5CH_3$	1327.5	CS_2	1158.0
CH_3COCH_3	1190	H_2O	1482.9
$CHCl_3$	1002.5	Hg	1451.0
C_6H_5Cl	1284.5	$NaCl4.8\%$水溶液	1542

附表 17　　　　　　　　　　**气体中的声速（标准状态）**

气体	声速（m/s）	气体	声速（m/s）
空气	331.45	H_2O（水蒸气）（100℃）	404.8
Ar	319	He	970
CH_4	432	N_2	337
C_2H_4	314	NH_3	415
CO	337.1	NO	325
CO_2	258.0	N_2O	261.8
CS_2	189	Ne	435
Cl_2	205.3	O_2	317.2
H_2	1269.5		

附表 18　　　　　　　　　　**水的饱和蒸汽压与温度的关系**

温度（℃）	0.0	1.0	2.0	3.0	4.0	5.0	6.0	7.0	8.0	9.0
−20.0	0.7790	0.7076	0.6422	0.5824	0.5277	0.4778	0.4323	0.3907	0.3529	0.3184
−10.0	1.956	1.790	1.636	1.495	1.365	1.246	1.1358	1.0348	0.9421	0.8570
−0.0	4.581	4.220	3.884	5.573	3.285	3.018	2.771	2.542	2.331	2.136
0.0	4.581	4.925	5.292	5.683	6.099	6.542	13.635	7.531	8.045	8.609
10.0	9.209	9.844	10.518	11.231	11.988	12.788	13.635	14.531	15.478	16.478
20.0	17.535	18.651	19.828	21.070	22.379	23.759	25.212	26.742	28.352	30.046
30.0	31.827	33.700	35.668	37.735	39.904	42.181	44.570	47.075	49.701	52.453
40.0	55.335	58.354	61.513	64.819	68.277	71.892	75.671	79.619	83.744	88.050
50.0	92.545	97.236	102.129	107.232	112.551	118.09	123.84	129.88	136.14	142.66
60.0	149.44	156.50	163.83	171.46	179.38	187.62	196.17	205.05	214.27	223.84
70.0	233.76	244.06	254.74	265.81	277.29	289.17	301.49	314.24	327.45	341.12
80.0	355.26	369.89	385.03	400.68	416.87	433.59	450.88	468.73	487.18	506.22
90.0	528.88	546.18	567.12	588.73	611.02	634.01	657.71	682.14	707.32	733.27
100.0	1.000	1.036	1.074	1.112	1.151	1.192	1.234	1.277	1.3214	1.3670
110.0	1.4138	1.4620	1.5116	1.5624	1.6147	1.6684	1.7236	1.7803	1.8384	1.8980
120.0	1.9593	2.0222	2.0867	2.1529	2.2208	2.2904	2.3618	2.4350	2.5101	2.5870
130.0	2.6653	2.7466	2.8292	2.9139	3.0007	3.0896	3.1805	3.2736	3.3689	3.4664

注　压强在 100℃以上 ×101 325Pa，在 100℃以下 ×133 322Pa。

附表 19　　　　　　　　在 101 325Pa 下一些物质的熔点和沸点

物质	熔点（℃）	沸点（℃）	物质	熔点（℃）	沸点（℃）
铜	1048.5	2580	金	1064.43	2710
铁	1535	2754	银	961.93	2184
镍	1455	2731	锡	231.97	2270
铬	1890	2212	铅	327.5	1750
铝	660.4	2486	汞	−38.86	356.72
锌	419.58	903			

附表 20　　　　　　　　相 对 湿 度 查 对 表

湿表温度	干湿差度									
	1.0	1.5	2.0	2.5	3.0	3.5	4.0	5.0	6.0	7.0
30	93	89	86	83	79	76	73	67	61	55
	93	89	86	82	79	76	72	66	60	54
	93	89	86	82	79	75	72	65	59	53
	93	89	85	81	78	75	71	65	59	53
	92	88	85	81	78	74	71	64	58	51
25	92	88	85	81	77	74	70	63	57	51
	92	88	84	80	77	73	70	62	56	49
	92	88	84	80	76	72	69	62	55	48
	92	88	83	80	75	72	68	61	54	47
	91	87	83	79	75	71	67	60	52	45
20	91	87	83	78	74	70	66	59	51	44
	91	86	82	78	74	70	65	58	50	43
	91	86	82	77	73	69	65	56	49	41
	90	86	81	77	72	68	63	55	47	39
	90	85	81	76	71	67	62	54	48	37
15	90	85	80	75	71	66	61	53	44	35
	90	84	79	74	70	65	60	51	42	33
	89	84	79	74	69	64	59	49	40	31
	89	83	78	73	68	62	57	48	38	29
	88	83	77	72	66	61	56	46	36	26
10	88	82	77	71	65	60	55	44	34	24
	88	82	76	70	64	58	53	42	31	21
	87	81	75	69	62	57	71	40	29	18
	87	80	75	67	61	55	49	37	26	14
	86	79	73	66	60	53	47	35	23	
5	86	79	72	65	58	51	45	32	19	
	85	78	70	63	56	49	42	29		
	84	77	68	62	54	47	40	25		
	84	76	68	60	52	45	37	22		
	83	75	66	58	50	42	34	18		
0	82	73	64	56	47	39	31			

例：干温度 20℃，湿温度 17℃，它们相差 3℃，查上表干湿差度 3 的数往下对准湿度 17℃，交叉数可读出湿度为 72%。

附表 21 在常温下某些物质相对于空气的光的折射率

物 质	H$_\alpha$线（656.3nm）	D线（589.3nm）	H$_\beta$线（486.1nm）
水（18℃）	1.3314	1.3332	1.3373
乙醇（18℃）	1.3609	1.3625	1.3665
二硫化碳（18℃）	1.6199	1.6291	1.6541
冕玻璃（轻）	1.5127	1.5153	1.5214
冕玻璃（重）	1.6126	1.6152	1.6213
燧石玻璃（轻）	1.6038	1.6085	1.6200
燧石玻璃（重）	1.7434	1.7515	1.7723
方解石（寻常光）	1.6545	1.6585	1.6679
方解石（非常光）	1.4846	1.4864	1.4908
水晶（寻常光）	1.5418	1.5442	1.5496
水晶（非常光）	1.5509	1.5533	1.5589

附表 22 常用光源的谱线波长表 nm

一、H（氢）
656.28 红
486.13 绿蓝
434.05 蓝
410.17 蓝紫
397.01 蓝紫

二、He（氦）
706.52 红
667.82 红
587.56（D$_3$）黄
501.57 蓝绿
492.19 蓝绿
471.31 蓝

447.15 蓝
4387.9 紫
4143.8 紫

三、Ne（氖）
650.65 红
640.23 橙
638.30 橙
626.25 橙
621.73 橙
614.31 橙
588.19 黄
585.25 黄

四、Na（钠）

589.592（D$_1$）黄
588.995（D$_2$）黄

五、Hg（汞）
623.44 红
579.07 黄
576.96 黄
546.07 黄绿
491.60 蓝绿
435.84 蓝紫
407.78 紫
404.66 紫

六、He-Ne 激光
632.8 橙